宋代小说与宋代民间商贸活动研究

罗陈霞 著

对外经济贸易大学出版社
中国·北京

图书在版编目（CIP）数据

宋代小说与宋代民间商贸活动研究 / 罗陈霞著. —北京：对外经济贸易大学出版社，2021.6
ISBN 978-7-5663-2267-8

Ⅰ. ①宋… Ⅱ. ①罗… Ⅲ. ①古典小说–小说研究–中国–宋代②商业史–史料–中国–古代 Ⅳ. ①I207.41②F729.44

中国版本图书馆 CIP 数据核字（2021）第 075859 号

宋代小说与宋代民间商贸活动研究

罗陈霞 著
责任编辑：董 黛

出版发行：对外经济贸易大学出版社
社 址：北京市朝阳区惠新东街 10 号
网 址：www.uibep.com
资源网址：www.uibepresources.com
邮政编码：100029
邮购电话：010－64492338
发行部电话：010－64492342
E-mail：uibep@126.com

成品尺寸：170mm×240mm
印 张：20.75
字 数：395 千字
ISBN 978-7-5663-2267-8
印 刷：北京九州迅驰传媒文化有限公司
版 次：2021 年 6 月北京第 1 版
印 次：2021 年 6 月第 1 次印刷
定 价：79.00 元

本书为国家社科基金项目
“民间商贸活动视域下的宋代小说研究”
（13BZW067）成果

序

主要出自文人之手的文言小说，在史家传真写实观念的作用之下，常在虚构的人物事件中，作出最为精细真实的社会图景描写，包括地域环境、历史环境、人文环境、政治环境及相关事件等等。这样，就使得文言小说的研究，除文本、文体、文献研究之外，诸如历史、政治、经济、制度、宗教、民俗等方面的解读、阐释也属题中应有之义，自有各自的学术意义和价值。

而每一代小说都必然打着时代烙印。历来唐宋并称，但就社会经济文化形态以观，分明有明显差别。如果说唐代还属于传统的古代社会，那么两宋则转型为近代社会，在政治、经济、文化各方面发生重大变化，此中一个具有本质特征的社会变化便是商品经济的发达，尤其是城市商品经济的高度繁荣。如学者所说，“两宋时期，农业、手工业和商业都在隋唐五代的基础上继续发展，是中国古代经济史上繁荣兴旺的高峰期之一。”（姜锡东《宋代商人和商业资本》）在此背景下，士人传统的门第观念、名利观念大大物质化、金钱化了，而商人社会地位大大提高。

宋代社会经济文化的转型变化，在宋代小说中有着非常突出的表现。陈霞所著《宋代小说与宋代民间商贸活动研究》一书，即是从宋代民间商贸活动这一独特视角展开宋代小说的《清明上河图》式的生动画卷，并加以多角度的阐释。陈霞之所以作如此的选择，即以民间商贸作为宋人小说研究的主题，在我看来，不仅是因为在宋代商品经济高度发达的大环境中，民间商贸必然成为宋代经济的重要方面，更直接的原因应当是基于这样的事实，就是在宋代小说中，存在着对于民间商贸活动生动丰富的展现，如陈霞书中所说，“宋代小说文本中有着更具动态性也更加原汁原味的呈现”。——这实在是小说研究的源泉所在。唐代小说是士人文学，作家的关注点是士人的生活、命运和思想情感，宋人小说自然也关注这些，但宋代社会经济文化的巨大变化，如市民阶层的兴起，市井文化的兴盛，有力冲击和改变着作家的观念和视野，他们有意无意地向民间靠拢，下移视点，将丰富多彩的民间生活引入笔下，这样宋人小说就出现了——用我的话说，就是市井化的倾向，“具体说就是市井细民题材向文人小说大量涌入”（《宋代志怪传奇叙录》前言）。

陈霞为本书划定的小说范围相当开阔，即以宋代志怪传奇小说为主要文本，兼及宋代杂事小说与话本小说，研究的文本对象殊称完备，而其展开的民间商贸议题，也颇为周全，既有综合性议题，如小说中呈现的民间商贸活动、民间商贸习俗，也有具体议题，如酒肆、茶肆——陈霞称之为两宋民间商贸活动的“四个截面”。这四个截面的概括，用心细微，而其论述的展开，用力颇巨。并归纳出商贸小说的故事类型，分析其文化内涵，则又别开一途。

具体说，关于小说中的民间商贸活动，是从交易市场和交易主体两个截面论述。前者主要讲商铺、晓市、夜市、草市、庙市等的热闹繁盛。引人注意的是，陈霞仍采用她一贯喜用的图表法，利用孟元老《东京梦华录》和袁褧《枫窗小牍》，同时参照洪迈《夷坚志》及周煇《清波别志》等小说、笔记，制成《北宋汴京主要名牌商铺一览表》，所列商铺商品，若王楼山洞梅花包子、曹婆婆肉饼、李四分茶等等多达 56 家。又举《清明上河图》，指出汴梁的质库（解库，当铺）、卜肆、香药铺、裱画铺、彩帛铺也很繁盛。对于行在临安的“铺席骈盛”，同样也列表显示，高达 136 家。此外，对宋代小说中出现的商铺主要种类如医药铺、解库、金银铺、食品店和杂货铺，分别介绍其分布与特点。对坐商铺席的管理与经营，也有细致入微的论述，如主管值班制度、请假制度、值夜制度、防盗、服务等等。对于有特定时间限定的早市和夜市，有特别场所限定的墟市和庙市，也均论说得有板有眼，此不赘述。

关于民间商贸活动的交易主体，分作专业商贩，自产（采、捕）自销者及牙侩、行钱与揽户三类。取材主要是民间商贸题材极为丰富的《夷坚志》，编制了《〈夷坚志〉所载专业商贩一览表》（凡 94 例），《〈夷坚志〉所载自产（采、捕）自销者一览表》（凡 58 例），《〈夷坚志〉所载牙侩一览表》（凡 24 例）。前两项不难理解。牙侩，陈霞释为商业中介，指出宋代牙侩遍及布帛业、粮食加工业、日用品业、米行、鱼行、肉行、珠宝行、医药行、古董行等诸多行业，这从一个侧面证明了宋代商品经济的高度繁荣与发达。牙侩以外的中介——职业经理人、行钱与揽户，也都是宋代商品经济中出现的特殊从业人员，“行钱”是贷款中介，“揽户”是税务中介。

所谓民间商贸习俗，包括商贸交易方式习俗、商标与广告习俗及商贸神祖崇拜习俗三方面。前两项中，前者介绍“讨价还价”的议价方式、“关扑”习俗以及“交子”的出现与纸币的流通。后者介绍商业标志的出现、广告的普及、品牌意识的兴起。与前两项不同，商贸神祖崇拜习俗，属于民间信仰，包括纸墨业祖师神吕仙翁、海商保护神天妃、准财神五通菩萨、商机预测神紫姑。这些仙家神灵，大抵古来流传甚广，在宋代被赋予新的神格。

这里单独举出“关扑”。陈霞说，目前学者对宋代“关扑”习俗的学术研究较少，所见仅三篇论文，而她有着自己的看法。她通过对小说、笔记、话本、戏曲等大量文献中的情节描述及词语的悉心考证辨析，把所谓“关扑”的用具（即头钱）、图案组合、具体操作说得清清楚楚。认为“关扑”虽然由钱币赌发展而来，但不同于一般赌博的赌钱，它实质上是与商贸活动紧密相连的以赌物促销的一种交易方式。“关扑”的对象不仅包括食物、水果、衣服饰品、家具、纸画、玩具和珍玉奇玩等奢侈品，甚至还有车马、地宅之类的不动产，歌姬、舞女之类的人口。由于这种交易方式简单易行，偶然性又强，对一般市民有很大的吸引力，所以在两宋的城市村镇非常盛行。陈霞对“关朴”长篇大论的悉心考证论述，我以为是此书最精彩的部分，见出她深厚的功力，诚为可嘉。

宋代商贸小说的主题类型与文化内涵部分，本书依旧制作了《宋代商贸小说中的发家传闻故事一览表》《宋代商贸小说中的义商故事一览表》和《宋代商贸小说中的海外奇遇故事一览表》。并运用主题学与叙事学理论，对三类故事的基本叙事模式与主要情节单元作出概括，分析它们各自的叙事角度与叙事策略，并作出文化解读。如海外奇遇故事的基本叙事框架归纳为“航海遇险、难或奇——生还返乡”。古来志怪传奇小说有一个人入异境的母题，异境常为仙境，大抵表现神仙观念。而这里涉及的海外异境包括仙境、异国、鬼国，涉及的奇人有菩萨、神仙、鬼、巨人与异域女，显然要丰富得多，不仅富于阅读趣味，同时也传达出种种思想情感。

本书最后专辟两章，用浓墨重彩讨论酒肆和茶肆及相关故事。这是因为酒肆和茶肆在宋代商贸市场极为兴盛，遍布城乡，“各有茶坊酒店”，是民众重要消费场所，自然也就成为小说家关注之地。

酒肆部分，书中从介绍宋朝专利榷酒制度入手，讲专卖商主营酒类批发，是为正店，分销零售商户是为“脚店”“拍户”或“泊户”。——这些过于专业，这里撇过。我感兴趣的是汴京马行街因为是夜市和酒楼汇集之地，酒楼烟熏火燎，熏得蚊子不敢靠近，从而成为“无蚊街”。这自然是蔡絛《铁围山丛谈》的夸张，然京师酒楼之盛乃可得见。

为具体展示酒楼之盛，书中据《东京梦华录》等编制了《北宋末年汴梁酒楼正店一览表》，凡 54 家。其中作为“京师酒肆之甲”，“夜深灯火上樊楼”的樊楼（又名丰乐楼），陈霞多有陈说。临安的酒肆，也编制了《南宋临安酒肆正店一览表》，凡 35 家。其第一楼也叫丰乐楼，在西子湖畔。书中还详细讨论了酒肆的建筑形式、布局与装饰。其中对酒旗的论说颇可称道。指出不仅是酒肆的标识，而宋人很多小说中的描写都反映了酒旗的广告功能。此外也讨论了酒肆的经营策略，如立店诚信不欺，佳肴雅境，歌妓招邀等等。

茶肆部分，讲茶肆的种类、分布地点与装饰，讲茶肆的经营策略。这些也不再介绍，只摘出其中对“分茶”的考辨。陈霞说，“分茶”不是指茶坊，而是指与茶毫无关系的面食店。分茶指宋代文人流行的一种泡茶游戏，技艺独特，鲜有能者，它与风行于世的琴棋书画一样，被视为一种高雅的娱乐活动。市井饮食商家怀着趋附名艺绝技的心态，纷纷以“分茶”标榜，显示店铺之品味高雅，用以招揽客人。宋代市井多新鲜事，此为一端。

对于酒肆茶肆，陈霞分别从空间叙事学、类型学与主题学的角度，归纳出各自故事的主题类型。前者有遇仙佛故事、遇众生故事、遇鬼怪故事，后者有遇仙（异）故事、遇众生故事、遇鬼（怪）故事。对这两类故事，陈霞力求揭示其在叙事策略方面的特色与异同，并探讨酒肆茶肆故事所折射出的两宋民间文化内涵。

两宋商贸繁盛之况及小说表现前所未有，陈霞此书以此为研究主脑，诚如商人识宝，大可称道，无疑为宋人小说研究打开一个新局面，其学术意义及价值自不待言。这样的研究需要两大方面的知识。陈霞专业是研究小说，讨论宋代小说自属分内之事，但宋代商贸分明是别样学问。本书所涉多是有关宋代民间商贸的专业性论题，非缺乏相关专业知识者所能办，此中难度可想而知。从书中看，凡及民间商贸均说得头头是道，除得济于参考许多有关论著外，岂亦缘陈霞置身于对外经济贸易大学，得耳目濡染之便耶？

前年 12 月，陈霞所著《民间婚恋视域下的宋代小说研究》一书，由对外经济贸易大学出版社出版，我为作序。序文引古人所云“夫道无终穷，学无止境”。如今又见到这本《宋代小说与宋代民间商贸活动研究》，学问又入一境。此书稿本是她在南开随我读博士（2005—2008）的毕业论文，此后十余年间不断增修，可谓“十年磨一剑”，后来更以此为基础申请到国家社科基金项目，现在书稿对结项成果又有修订。当初的博士论文至今我还保存着，翻出来对比二稿，仅看目录就觉出大有不同，诚然是新做的一道美餐——如汴京樊楼“烹龙煮凤味肥鲜”的佳肴一样。陈霞此书近期亦将由对外经济贸易大学出版社出版，又求我作序。对宋代商贸我知之甚少，然诚意难却，姑赋数千言如上，聊以塞责云尔。

李剑国

2021 年 3 月 29 日成于钓雪斋

目　录

绪　言

两宋时期，民间商贸活动获得了前所未有的发展，其繁荣发达在宋代小说中得到了鲜活、生动的体现，也就是说，宋代小说纪实性和市井化的特点使其鲜活、生动地再现了当时民间商贸活动的真实图景，接下来的问题是，在宋代小说中，民间商贸活动是如何被呈现的？造成这种选择性呈现的原因是什么？民间商贸活动对宋代小说的叙事艺术与文化内涵产生了什么样的影响？对宋代小说的生成、传播及发展产生了什么样的影响？对这些问题的探究，是本书要致力达成的研究目标。

一、宋代商贸活动的繁荣发达及其影响

毋庸置疑的是，我国封建社会在唐宋之际发生了重大转折，显著的变异与断裂出现在社会生活的诸多方面，从而使整个社会生活呈现出迥异于以往朝代却又异彩纷呈的面貌。加藤繁在《宋代都市的发展》一文中写道：

> ……厢坊制崩溃，人家都朝着大街开门启户，市制愈来愈完全崩溃，商店可以设在城内外到处朝着大街的地方，设置了叫做瓦子的戏场集中的游乐场所，二层、三层的酒楼临大街而屹立，这些情形都是在宋代才开始出现的[①]。

作为城市发展的重大新变，北宋中期厢坊制的瓦解带来的直接结果是商店、酒楼可以临街开设，这无疑大大促进了商品经济的繁荣与城市文化的兴起，也使市民阶层的崛起与壮大成为历史发展的必然。

宋代商贸活动的繁荣发达在文化领域产生了不容忽视的影响，这些影响首先直接表现为对财富与金钱的崇拜成为一时的风气，“钱之为钱，人所共爱，势

① 出自〔日〕加藤繁《宋代都市的发展》一文，该文收录在《中国经济史考证》中译本第一卷（商务印书馆 1959 年版，第 239 页），此段引文在《中国经济史考证》中译本第一卷第 277 页。

所必争”[①]是这种风气的最佳注解，“凡人情，莫不欲富，至于农人、商贾、百工之家，莫不昼夜营度以求其利”[②]，则是社会各个阶层对财富孜孜以求的具体写照。社会大众毫不遮掩的致富欲望与求利心理，使他们为子女选择结婚对象时，在实践层面不再看重“家之婚姻必由于谱系”[③]的传统门第观念，而是转向嫁娶为财，以致“不顾门户，直求资财”[④]成为民间风俗所尚。宋代商贸活动的繁荣发达带来的第二个重要影响是商人地位的逐渐提升，这一点在南宋时期表现得尤为明显。太宗妃孙氏本是东京酒店户孙赐之女，因太宗微服私访时弹琵琶侍酒被看中而招入宫中，后竟获封妃位[⑤]。南宋时，受朝廷委派出使金国的大臣孟思恭“便是盐商孟客儿”，也就是说他父亲是一位贩私盐的巨贾[⑥]。曾做过孝宗、光宗、宁宗三朝丞相的权贵留正与另一位朝廷高官，都和“主舶船贸易，其富不赀”的泉州富豪王元懋结为了儿女姻家[⑦]。理宗朝丞相崔与之归蜀后建造的府第极其壮丽，当地有位李姓豪商“从而倣之，就倩崔府造屋匠人，一依崔府绳墨尺寸不差，造屋一所”[⑧]，这位李富商的住宅敢与出将入相、名震华夷的崔与之比肩，崔与之虽然语加嘲讽却也无可奈何，这固然与当时追求住宅奢华的社会风气有关，但也从一个侧面反映了商人地位的提升。需要指出的是，两宋时期尤其南宋时的富商家庭，有的通过与宗室贵戚、官僚联姻获得特权，“京师富人如大桶张家，至有三十余县主”[⑨]；有的通过科举入仕、纳粟捐官跻身仕宦，以致当时兼具官员身份的富商大贾“遍满天下，一州一县，无处无之”[⑩]，富商家庭社会地位的上升这一社会生活中的新变在潜移默化中悄然完成。宋代

① （宋）李之彦《东谷所见》之《钱》则，《全宋笔记》第 8 编第 4 册，郑州：大象出版社，2017 年 6 月版，第 12 页。

② （宋）蔡襄《端明集》卷三十四《福州五戒文》，四库全书本。

③ （宋）郑樵《通志》卷二十五《氏族略第一》之《氏族序》，《通志》（1），杭州：浙江古籍出版社，2007 年 1 月版，第 1025 页。

④ （宋）蔡襄《端明集》卷三十四《福州五戒文》，四库全书本。

⑤ （宋）苏颂《苏魏公文集附魏公谭训》附录一《魏公谭训》卷十《杂事》，《苏魏公文集附魏公谭训》，北京：中华书局，1988 年 9 月 1 版，第 1178 页。

⑥ （宋）洪迈《夷坚支乙》卷六《单于问家世词》，《夷坚志》第二册，北京：中华书局，1981 年 10 月 1 版，第 841 页。

⑦ （宋）洪迈《夷坚三志己》卷六《王元懋巨恶》，《夷坚志》第三册，北京：中华书局，1981 年 10 月 1 版，第 1345 页。

⑧ 无名氏《湖海新闻夷坚续志》前集卷一《人伦门・戏谑》，北京：中华书局，1986 年 5 月 1 版，第 46 页。

⑨ （宋）朱彧《萍洲可谈》卷一《富商赂宗室求婚》，《笔记小说大观》第二册，上海：上海古籍出版社，2007 年 3 月 1 版，第 2290 页。

⑩ （清）徐松辑、刘琳等点校《宋会要辑稿・职官》卷五五，《宋会要辑稿》（7），上海：上海古籍出版社，2014 年 7 月版，第 3124 页。

商贸活动的繁荣发达造成的第三个影响是反映工商业者生活与情感的文学作品较前代明显增多[①]，这些作品中首先敏锐地捕捉到社会生活的新变并及时、鲜活地呈现出来的，当属作为叙事文学的宋代小说，不仅与民间生活密切相关的白话小说如此，文言的志怪传奇小说也不例外。仅以被清代陆心源称为“小说之渊海”的《夷坚志》为例，这部卷帙空前浩繁的巨型小说集所载故事多达五六千个，现存数量仍有二千八百之多[②]。据该小说集作者洪迈本人介绍，时人“每得一说，或千里寄声”[③]，大家积极为他提供故事素材，而他则无论对方身份、地位高低，对其提供的故事都无差别地欣然记录，因此《夷坚志》所载故事的提供者，除了当世的士大夫，还涵盖了“寒人、野僧、山客、道士、瞽巫、俚妇、下隶、走卒”[④]等社会中下层人士，由此可推断《夷坚志》故事的来源覆盖了社会的各个阶层，其反映宋代民间社会生活尤其工商业者生活与情感的广泛与丰富程度无疑是空前的。正是从这个意义上说，洪迈称自己的这本书“天下之怪怪奇奇尽萃于是矣”[⑤]绝非夸张之辞。据笔者列表统计，《夷坚志》中记载的专业商贩有 95 人，作为中介的牙侩有 24 人，自产自销的手工业者有 58 人[⑥]，称这部小说集为荟萃宋代工商业者形象的集大成之作显然不为过誉。

二、民间商贸活动在宋代小说中的呈现

宋代小说的研究者普遍认为这段时期的小说具有很强的纪实性[⑦]，明编《五朝小说》之《宋人百家小说·桃源居士序》评价宋代文言小说 “出士大夫手，非公余纂录，即林下闲谭，所述皆生平父兄师友相与谈说，或履历见闻、疑误考证，……其事可补正史之亡，裨掌故之阙”，李剑国也说“宋人小说中大量出现以记朝野遗闻、名人轶事为主的所谓小说……即使在志怪传奇小说集中也往往搀杂许多实在而无小说意味的纪实文字”[⑧]，都认为纪实性是宋代小说的突出特点。《夷坚志》作者洪迈自我标榜“善学太史公，宜未有如吾者”[⑨]，明确表

---

① 关于宋代商品经济空前发展在文化领域产生的影响，请参见姚瀛艇主编《宋代文化史》绪论部分（《宋代文化史》，河南大学出版社，1992 年 2 月 1 版，第 12—14 页）的相关论述。

② 这一统计数字来自李剑国、陈洪主编《中国小说通史》第二卷第三编《宋辽金元文言小说》部分。

③（宋）洪迈《夷坚乙志序》，《夷坚志》第一册，北京：中华书局，1981 年 10 月 1 版，第 185 页。

④（宋）洪迈《夷坚丁志序》，《夷坚志》第二册，北京：中华书局，1981 年 10 月 1 版，第 537 页。

⑤（宋）洪迈《夷坚乙志序》，《夷坚志》第一册，北京：中华书局，1981 年 10 月 1 版，第 185 页。

⑥ 参见本书第一章笔者所做相关表格。

⑦ 参见李剑国《宋人小说——巅峰下的徘徊》一文。引自《古稗斗筲录——李剑国自选集》，天津：南开大学出版社，2004 年 10 月 1 版，第 177—181 页。

⑧ 李剑国《宋人小说——巅峰下的徘徊》，引自《古稗斗筲录——李剑国自选集》，天津：南开大学出版社，2004 年 10 月 1 版，第 177 页。

⑨（宋）洪迈《夷坚丁志序》，《夷坚志》第二册，北京：中华书局，1981 年 10 月 1 版，第 537 页。

示自己是纪实传信的典范，《夷坚志》一书所撰故事“皆表表有据依者”①。谈到创作原则，洪迈说自己“每闻客语，登辄记录，或在酒间不暇，则以翌旦追书之，仍亟示其人，必使始末无差戾乃止”②，如果“以告者过，或予听焉不审”，则自己都会“竦然以惭”③。正是抱着这样的写作态度与原则，洪迈听闻贾客航海被巨鱼吞吃之事后随即追问“一舟尽没，何人谈此事于世乎”④，考证秦观与长沙妓女相恋之事系传闻后，对自己将其写进《夷坚志》一书而追悔莫及⑤。南宋张邦基在其《墨庄漫录跋》中以“所书者必劝善惩恶之事，亦不为无补于世”和备“史官采摭”为衡量标准，明确表示自己的《墨庄漫录》是“寓言寄意者，皆不敢载，闻之审，传之的，方录焉”⑥。以洪迈、张邦基等为代表的两宋志怪传奇作者的史家传信意识与求实心理使他们把故事素材撰写成小说时，最大限度地遵循了实录原则，“一话一首，入耳辄录”⑦，时间、地点、人物、事件均不敢变动与妄撰，“得岁月者纪岁月，得其所者纪其所，得其人者纪其人，三者并书之备矣，阙一二亦书，皆阙则弗书”⑧，甚至注出事件来源以求取信。志怪传奇小说这一纪实性的特点使这些小说文本在再现当时的民间社会图景时更原汁原味、更鲜活真实。相较于文言小说，“用写实的手法再现了特定时代、特定环境中的社会风貌和生活习俗”⑨的宋代话本更是两宋民间社会的一面镜子，很大程度上更真实、鲜活地还原了民间社会生活林林总总的影像与新变。

“大抵唐人选言，入于文心；宋人通俗，谐于里耳”⑩，冯梦龙的这段话道出了宋代小说另一个突出特点——市井化。所谓市井化，就是市井细民题材携带着情感趣味上的市井气息大量涌入文人小说，同时伴随着通俗语言的渗入，或者是经过市井化审美处理的非市井题材出现在了文人小说中。这种鲜见于唐代小说中的现象到了宋代，尤其是南宋变得相当普遍、突出。洪迈在《夷坚丁志序》中说他的故事来源不限于当世贤卿大夫，还包括“寒人、野僧、山客、道

---

① （宋）洪迈《夷坚乙志序》，《夷坚志》第一册，北京：中华书局，1981 年 10 月 1 版，第 185 页。

② （宋）洪迈《夷坚支庚序》，《夷坚志》第三册，北京：中华书局，1981 年 10 月 1 版，第 1135 页。

③ （宋）洪迈《夷坚丙志序》，《夷坚志》第一册，北京：中华书局，1981 年 10 月 1 版，第 363 页。

④ （宋）洪迈《夷坚支戊序》，《夷坚志》第三册，北京：中华书局，1981 年 10 月 1 版，第 1051 页。

⑤ （宋）洪迈《容斋四笔》卷九《辨秦少游义倡》，《容斋随笔》，北京：中华书局，2005 年 11 月 1 版，第 738 页。

⑥ （宋）张邦基《墨庄漫录跋》，《墨庄漫录》（与《过庭录》、《可书》合刊），北京：中华书局，第 281 页。

⑦ （宋）洪迈《夷坚三志己序》，《夷坚志》第三册，北京：中华书局，1981 年 10 月 1 版，第 1303 页。

⑧ （宋）王质《夷坚别志序》，引自马端临《文献通考》卷二百一十七《夷坚别志二十四卷》，《万有文库》影印乾隆十三年重刻本。

⑨ 程毅中辑注《宋元小说家话本集·前言》，《宋元小说家话本集》，济南：齐鲁书社，2000 年 2 月 1 版，第 15 页。

⑩ （明）冯梦龙《古今小说叙》，《喻世明言》，北京：人民文学出版社，1958 年 4 月 1 版，第 1 页。

士、瞽巫、俚妇、下隶、走卒”①，这种三教九流无所不包，高低贵贱来者不拒的态度，无疑为市民题材大量进入文人小说开通了道路。从这个意义上说，以洪迈为代表的诸多宋代小说作者，包括《清尊录》作者廉布、《投辖录》和《摭青杂说》作者王明清等人，都在不自觉的状态中开始了小说题材的革新。南宋沈氏《鬼董》一书，题材多为市井村野之事，人物的市井化色彩也很鲜明，胥吏、术士、客旅、屠夫、妓女之类的小人物成了小说的重要角色。志怪传奇小说的市井化特征如此明显，城市经济繁荣大背景下兴起的话本小说更是有过之而无不及。概言之，宋代的文言和白话小说文本中均呈现出了《清明上河图》式的、鲜活的宋代民间社会图景。

两宋小说文本呈现的宋代民间社会图景是多方面的，以婚姻制度和习俗为例，据笔者不完全统计，单是洪迈《夷坚志》一书中提到再娶和再嫁的故事就有 40 则②之多。毋庸置疑的是，商业和贸易活动也是这诸多呈现中颇具代表性的、值得关注的一个方面。有宋一代，随着士庶界限的打破和民间商贸活动的空前发展，独立工商业者的社会地位较唐代有了明显提高，这主要体现在三个方面：第一，宋代户籍制度之下出现了前朝所无有的“坊廓户”，这些“坊廓户”被正式列入了国家户籍，而他们大部分是中小工商业者，这表明中小工商业者的社会地位得到了封建朝廷的承认；第二，行会作为宋代工商业者自己的组织开始出现并发展；第三，工商业者的子弟被允许参加科举考试，一个典型的例子是徽宗大观三年（1109 年）以上舍及第并于宣和年间拜相的李邦彦，这位科举出身的朝廷高官是银匠李浦的儿子③。商品经济的空前发展及由此带来的工商业者地位的提升，为商贸题材小说的大量出现提供了重要背景和前提，而前面论及的宋代小说纪实性、市井化的突出特征使其在呈现民间商贸活动图景时更加真实鲜活，仅就商贸活动的交易市场而论，这样的例子就不胜枚举：话本《志诚张主管》中提到了胭脂绒线铺的经营方式，描述了老板张员外与他雇用的店铺主管之间的关系；话本《闹樊楼多情周胜仙》中描写了汴京七十二家大酒楼之首的樊楼的高档与奢华；话本《山亭儿》中提到了茶肆行业的隐语，出现了茶肆老板按照行规处置偷窃营业收入的伙计的情节，叙写了茶肆老板与伙计之间的矛盾与纠纷。据笔者不完全统计，《夷坚志》中提到的南宋地方上的茶肆就有 14 个④，茶肆主人、茶仆成了不少故事的主角，典型的如《鄂州南市女》，这

① （宋）洪迈《夷坚丁志序》，《夷坚志》第二册，北京：中华书局，1981 年 10 月 1 版，第 537 页。

② 克利斯蒂安《〈夷坚志〉中的女人：用小说做史料基础的社会史研究》一文统计《夷坚志》中提到 33 例再婚，张邦炜《宋代妇女再嫁问题探讨》一文统计出《夷坚志》37 例再婚，笔者统计的再婚是 40 例。

③ 关于宋代社会较前代的巨大变化，请参见姚瀛艇主编《宋代文化史》绪论部分（《宋代文化史》，开封：河南大学出版社，1992 年 2 月 1 版，第 4—8 页）的相关论述。

④ 这一统计数字请参见本书第五章《宋代小说中的茶肆与茶肆故事》。

篇小说中的南草市茶肆是一座新兴商业城镇中的茶肆，茶肆的茶仆彭先是女主角吴氏女心仪的男主人公。出自王明清小说集《摭青杂说》中的《茶肆主人》一篇，其主角是身为下层小商人的茶肆主人，小说叙写的则是这位茶肆老板拾金不昧的故事。

三、宋代小说与民间商贸活动的界定

从上文的论述可知，宋代商贸活动的繁荣发达带来了反映工商业者生活与情感的小说文本的增多，而这些小说纪实性与市井化的突出特征又使民间商贸活动在其中得到了真实生动、原汁原味的呈现。那么，宋代小说文本的范围如何界定，民间商贸活动又如何定义呢？显然，对这两个概念的解释与界定是保证本研究严谨性与科学性的前提。有鉴于此，笔者首先将本研究的范围划定为以宋代志怪传奇小说为主要文本，兼及宋代杂事小说与话本小说，并进一步将宋代小说界定为：宋人写的反映宋代社会生活的小说。这一界定意味着，虽为宋人所撰但不是反映宋人生活的作品，如乐史《杨太真外传》、钱易《越娘记》等，不在本研究范围之内；同理，不是宋人所写却反映了宋人生活的小说，也不属于本研究的范围。为研究方便，笔者对包括志怪传奇小说、杂事小说与话本小说在内的全部宋代小说，做如下具体说明：

（1）两宋传奇文与志怪传奇小说集是本研究的阐述主体，这部分以李剑国《宋代志怪传奇叙录》（增订本）①中收录的作品为基本篇目与文本范围；

（2）两宋杂事小说是本研究的辅助文本，这部分以中华书局校点本《唐宋史料笔记丛刊》、上海古籍出版社校点本《宋元笔记小说大观》（全六编）与江苏广陵古籍刻印社影印本《笔记小说大观》中收录的宋代作品，上海书店据涵芬楼旧版影印本《宋人小说》（共十八册）与大象出版社校点本《全宋笔记》（共十编）②中收录的作品为基本篇目与文本范围；

（3）两宋话本小说亦是本研究的辅助文本，笔者以《醉翁谈录》与《宝文堂书目》为目录线索，参照保存在《清平山堂话本》《熊龙峰刊小说四种》与三言二拍等书中的宋元旧篇，以谭正璧、胡士莹、郑振铎等名家的勘定为依据③，将这三位学者均勘定为宋话本的篇目和其中一位勘定为宋话本的篇目列为基本篇目与文本范围，共收集到已被判断为宋代话本和有学者认定是宋代话本的篇

---

① 李剑国《宋代志怪传奇叙录》（增订本），北京：中华书局，2018 年 8 月 1 版。

②《全宋笔记》由上海师范大学古籍整理研究所校点整理，主编为朱易安、傅璇琮、周常林、戴建国，从 2003 年完成第一编到 2018 年完成第十编，前后历时 19 年。

③ 参见谭正璧《话本与古剧》（上海：上海古籍出版社，1985 年版）、胡士莹《话本小说概论》（北京：中华书局，1980 年版）、郑振铎《郑振铎古典文学论文集》（上海：上海古籍出版社，1984 年版）、郑振铎《中国文学研究》（北京：人民文学出版社，2000 年版）四书的相关考订。

目40篇，分列如下：

1.《错斩崔宁》——《醒世恒言》卷三十三写作《十五贯戏言成巧祸》

2.《种瓜张老》——《喻世明言》卷三十三写作《张古老种瓜娶文女》

3.《山亭儿》——《警世通言》卷三十七写作《万秀娘仇报山亭儿》

4.《西湖三塔记》——《清平山堂话本》卷一

5.《冯玉梅团圆记》——出《京本通俗小说》,《警世通言》卷十二写作《范鳅儿双镜重圆》

6.《志诚张主管》——出《京本通俗小说》,《警世通言》卷十六写作《张主管志诚脱奇祸》

7.《合同文字记》——《清平山堂话本》卷一

8.《蓝桥记》——《清平山堂话本》卷二

9.《杨温拦路虎传》——《清平山堂话本》卷三

10.《五戒禅师私红莲记》——《清平山堂话本》卷三

11.《刎颈鸳鸯会》——《清平山堂话本》卷三

12.《陈巡检梅岭失妻记》——《清平山堂话本》卷三

13.《洛阳三怪记》——《清平山堂话本》卷二

14.《失记章台柳》(又名《苏长公章台柳传》)——《熊龙峰刊小说四种》

15.《彩鸾灯记》(又名《张生彩鸾灯传》)——《熊龙峰刊小说四种》

16.《燕山逢故人郑意娘传》——《喻世明言》卷二十四写作《杨思温燕山逢故人》

17.《史弘肇传》——《喻世明言》卷十五写作《史弘肇龙虎君臣会》

18.《金鳗记》——《警世通言》卷二十写作《计押番金鳗产祸》

19.《红白蜘蛛》——《醒世恒言》卷三十一写作《郑节使立功神臂弓》①

20.《简帖和尚》——《清平山堂话本》卷一

21.《风月瑞仙亭》——《清平山堂话本》卷一

22.《快嘴李翠莲记》——《清平山堂话本》卷二

23.《沈鸟儿画眉记》——《喻世明言》卷二十六写作《沈小官一鸟害七命》

24.《任珪五颗头》——《喻世明言》卷三十八写作《任孝子烈性为神》

25.《赵正侯兴》——《喻世明言》卷三十六写作《宋四公大闹禁魂张》

26.《赵旭遇仁宗传》——《喻世明言》卷十一写作《赵伯升茶肆遇仁宗》

27.《碾玉观音》——《警世通言》卷八写作《崔待诏生死冤家》②

---

① 按，此篇乃《红白蜘蛛》增订本。

② 按，胡士莹在《话本小说概论》(北京：中华书局，1980年版，第200页）中明确指出《碾玉观音》为宋代话本。

28.《宿香亭张浩遇莺莺》——《警世通言》卷二十九
29.《勘靴儿》——《醒世恒言》卷十三写作《勘皮靴单证二郎神》
30.《钱舍人题诗燕子楼》——《警世通言》卷十
31.《三现身》——《警世通言》卷十三写作《三现身包龙图断冤》
32.《定山三怪》——《警世通言》卷十九写作《崔衙内白鹞招妖》
33.《乐小舍拼生觅偶》——《警世通言》卷二十三
34.《白娘子永镇雷峰塔》——《警世通言》卷二十八
35.《金明池吴清逢爱爱》——《警世通言》卷三十
36.《皂角林大王假形》——《警世通言》卷三十六
37.《福禄寿三星度世》——《警世通言》卷三十九
38.《闹樊楼多情周胜仙》——《醒世恒言》卷十四
39.《陈可常端阳仙化》（又名《菩萨蛮》）——《警世通言》卷七
40.《西山一窟鬼》——《警世通言》卷十四写作《一窟鬼癞道人除怪》

在对宋代民间社会典型场景之一的民间商贸活动这一概念进行界定之前，笔者先解释一下民间社会、商人、官商这三个概念。所谓民间社会，笔者认为是与官方提倡的上层社会和精英文化相对的基层社会、日常生活与民间文化。在笔者看来，商人应包括下面四种人，一是专门从事商品交换的人；二是经营金融、借贷业的人；三是既从事商品生产又负责自家生产商品运销或既从事商品生产又负责自家生产商品初级批发销售的人[①]；四是直接服务于商品交换业务的人，如作为商品交换中介的牙侩、行钱之类。提到商人，通常是指私商，至于官商，按照姜锡东的说法，他们“都是国家官吏，利用国有商业资本，为国家经商谋利”[②]，从这个意义上讲，官商代表国家进行的商贸活动可视为官方商贸活动。需要说明的是，官商和官方商贸活动均不在本研究的讨论范围之内，本研究中论及的商人均为私商。因此，笔者将民间商贸活动定义为：与官方组织的商贸活动相对的、民间私商的个人经营活动，这一活动的主体可以是小商小贩，也可以是富商大贾。

四、本书构想及主要内容

综上所述，宋代民间商贸活动的繁荣发达为商贸小说的大量出现提供了重要背景与前提，这些小说纪实性与市井化的特点又使其鲜活、生动地再现了当时民间商贸活动的真实图景，而宋代民间商贸活动的高度繁荣是前代所没有的，

① 这类人属于本书第一章中分析的自产自销者，他们也被称为手工业者、工业资本家。姜锡东《宋代商人与商业资本·导论》认为这类人不属于商人，笔者没有认同姜先生的观点，而是将他们纳入了商人的范畴。

② 姜锡东《宋代商人与商业资本》，北京：中华书局，2002年12月第1版，第2页。

如果以此为切入点，从商业经济学和社会生活史的角度，首先经过筛滤梳理还原小说文本呈现出的、动态的民间商贸活动图景，然后分析这些商贸活动图景对小说叙事的作用及其折射出的民间文化内涵，即探讨这些活动图景与小说叙事意义、文化意义之间的关联与互动，这样既符合两宋志怪传奇与话本小说自身的特点，同时又具有较高的学术价值。有鉴于此，本书将依据上文对宋代小说和民间商贸活动的界定与释义，选取两宋民间商贸活动的四个截面：交易市场与交易主体、商贸习俗、酒肆、茶肆，把它们作为观照视角与切入点，以两宋小说文本为研究对象，一方面还原小说中呈现的这四个截面，另一方面分析以这四个截面为主要内容、空间场景、主角或配角之商贸小说的叙事策略与文化内涵。具体而言，本研究的主要内容将体现为四个互有关联又相对独立的部分：

1. 宋代小说中呈现的民间商贸活动

此部分将使用统计学、文献分类法与文史互证法，通过《北宋汴京主要名牌商铺一览表》《临安主要名牌商铺一览表》《〈夷坚志〉所载专业商贩一览表》《〈夷坚志〉所载自产（采、捕）自销者一览表》和《〈夷坚志〉所载牙侩一览表》五个表格，对两宋民间商贸活动的交易市场——商铺（食店、药店、金银珠宝店、质库等）和民间商贸活动的交易主体——专业商贩、商业中介（牙侩）和其他中介（经营中介、贷款中介“行钱”、税务中介“揽户”）、自产（采、捕）自销者进行量化统计与质性分析，从商业经济学的角度，还原宋代小说中呈现的、民间商贸活动交易市场与交易主体两大截面的真实图景。

2. 宋代小说中呈现的民间商贸习俗

此部分将从三个方面勾勒和描述宋代小说中呈现的两宋民间商贸习俗这一截面的具体影像：首先将阐述商贸交易方式习俗中“讨价还价”的议价方式、作为支付方式的纸币“交子”和亦商亦赌的新兴交易方式“关扑”，着重对“关扑”习俗的概念、所用工具、图案组合和具体操作过程进行考辨与阐释，揭示其在宋代大行其道的原因。其次将分析商标与广告习俗中商标、广告与准广告的种类及特点，揭示商人打造品牌优势的方式和民众的消费心理。再次将探究商贸神祖崇拜习俗中纸墨业祖师神吕仙翁和准财神五通菩萨、海商保护神天妃、商机预测神紫姑的渊源嬗变及奉祀情况，分析其广受崇祀的原因。

3. 宋代商贸小说的主题类型与文化内涵

此部分中，笔者将以自己制作的《宋代商贸小说中的发家传闻故事一览表》《宋代商贸小说中的义商故事一览表》和《宋代商贸小说中的海外奇遇故事一览表》为文本范围，运用相关的主题学与叙事学理论，分别总结归纳上述三类故事的基本叙事模式与主要情节单元，分析它们各自的叙事角度与叙事策略，揭示发家传闻故事所蕴含的善有善报的报应观、事皆前定的命定观与急于发家的暴富期待；探究义商故事借助直接赞誉与报应观念，让重义轻利者得到高名和善报所要达到的道德劝惩目的；分析海外奇遇故事中海商们面临的、危及财产甚至生命的巨大风险及他们所体现出的冒险精神。

4. 酒肆与茶肆故事的叙事策略及文化内涵

相较于民间商贸活动的其他交易市场，酒肆与茶肆分布更为普遍，繁荣与发达程度也更高。作为具有特殊意义的空间场所，两宋小说中的酒肆和茶肆在结构故事、推动情节发展方面有着重要的意义。有鉴于此，这部分将主要从空间叙事学、类型学与主题学的角度，对酒肆、茶肆场景在两宋酒肆、茶肆故事中所承担的叙事功能进行论述，对酒肆与茶肆的空间特性，茶肆故事与酒肆故事的类型与叙事特征进行对比分析，力图揭示这两类故事在叙事策略方面的特色与异同，并进一步探讨茶肆与酒肆故事所折射出的两宋民间文化内涵。

第一章　宋代小说中呈现的民间商贸活动

论到两宋的经济，姜锡东在《宋代商人和商业资本》一书中指出：

> 农业、手工业和商业都在隋唐五代的基础上继续发展，（赵宋时期）是中国古代经济史上繁荣兴旺的高峰期之一。……大多数学者都承认，宋代商业的繁荣发达确实明显超过了汉唐时期。①

对于学者们普遍认同的宋代商业尤其是民间商贸活动的长足发展，相较于正史与诗词的记载，宋代小说文本中有着更具动态性也更加原汁原味的呈现。本章以林立的商铺（包括食店、药店、金银珠宝店、质库等）、骈盛的早市（又称晓市）与夜市、遍布各地的墟市（又称草市、亥市）与庙市等交易市场和专业商贩、自产（包括自采、自捕）自销者、商业中介（牙侩）及其他中介（职业经理人、行钱、揽户）等交易主体为两个截面，以绪言中划定的宋代小说为基本范围，从商业经济学和社会生活史的角度，尝试对这些小说文本中呈现的宋代民间商贸活动进行以下具体的还原与分析。

第一节　民间商贸活动的交易市场

贸易市场的兴盛是宋代民间商贸活动较前代发达的重要表现。所谓贸易市场，是“由人们约定俗成的或按规定专门设置的供买卖双方进行商品交换活动的接头聚会场所，它所体现的，是商品交换行为的空间分布形式”②，贸易市场又称交易市场，其主要表现形式诸如商铺、晓市、夜市、草市、庙市等在宋代小说中有着诸多栩栩如生的呈现。

---

① 姜锡东《宋代商人和商业资本》，北京：中华书局，2002 年 12 月第 1 版，第 4 页。

② 王锐《市井商情录——中国商业民俗概说》，石家庄：河北人民出版社，1997 年 4 月 1 版，第 16 页。

一、坐商铺席

正如日本学者加藤繁所说，宋代“厢坊制崩溃，人家都朝着大街开门启户，市制愈来愈完全崩溃，商店可以设在城内外到处朝着大街的地方”[1]，并且“随着坊制的崩溃，禁止夜间营业的命令也自然废止”[2]，于是宋代的商铺、民居、官衙、寺庙、学校可以杂处于一个街区之内，商业活动也不再像唐代那样受到时间限制，从早到晚甚至通宵达旦都可以自由地进行商品交易，“夜市直至三更尽，才五更又复开张。如要闹去处，通晓不绝”[3]，显然，因“坊市分区制”崩溃导致的临街设店现象大大推动了两宋商品经济的飞速发展。

北宋都城汴梁是当时“四方所凑，天下之枢，可以临制四海”的重要城市[4]，因为承平日久，到徽宗时，汴梁已是“人物繁阜”[5]的特大城市，仅新封丘门大街两边的坊巷院落，就“纵横万数，莫知纪极”[6]，人烟的浩穰使居于此地的孟元老由衷地发出了“添十数万众不加多，减之不觉少”[7]的感叹，晏殊曾用“百万人家户不扃，管弦灯烛沸重城”[8]的诗句形容汴京人口之众，句中数字虽不无夸张之嫌，但其描述的汴京人烟之浩穰却是不争的事实，因为据有关学者推算，至徽宗崇宁（1102—1106 年）年间，汴京及开封府的人口总数已高达一百三十六万[9]。与人烟浩穰相伴而生的是商业的骈盛，在汴梁这个 10 世纪后期至 12 世纪初世界上最大的城市里，市场交易空前繁荣，所谓“八荒争凑，万国咸通。集四海之珍奇，皆归市易；会寰区之异味，悉在

---

①〔日〕加藤繁《宋代都市的发展》，载于《中国经济史考证》中译本第一册，北京：商务印书馆，1959 年版，第 277 页。

②〔日〕加藤繁《唐宋时代的市》，载于《中国经济史考证》中译本第一册，北京：商务印书馆，1959 年版，第 237 页。

③（宋）孟元老《东京梦华录》卷三《马行街铺席》，伊永文《东京梦华录笺注》，北京：中华书局，2006 年 8 月 1 版，第 312—313 页。

④（元）脱脱《宋史》卷九十三《河渠志》，《宋史》第七册，北京：中华书局，1985 年 6 月新 1 版，第 2320 页。

⑤（宋）孟元老《东京梦华录·序》，伊永文《东京梦华录笺注》，北京：中华书局，2006 年 8 月 1 版，第 1 页。

⑥（宋）孟元老《东京梦华录》卷三《马行街铺席》，伊永文《东京梦华录笺注》，北京：中华书局，2006 年 8 月 1 版，第 312 页。

⑦（宋）孟元老《东京梦华录》卷五《民俗》，伊永文《东京梦华录笺注》，北京：中华书局，2006 年 8 月 1 版，第 451 页。

⑧（宋）晏殊《丁巳上元灯夕》，转引自（宋）蒲积中《岁时杂咏》卷八《上元》，四库全书本。

⑨ 请参看姜庆湘、萧国亮《从〈清明上河图〉和〈东京梦华录〉看北宋汴京的城市经济》一文（载《中国社会科学》1981 年第 4 期）的相关论述。

庖厨”[①]，徽宗时人烟最为繁盛的东华门外，“凡饮食、时新花果、鱼虾鳖蟹、鹑兔脯腊、金玉珍玩、衣着，无非天下之奇”[②]。很多民居集中的繁华街巷都是商业店铺集中的地方，“高头街北去，从纱行至东华门街、晨晖门、宝箓宫，直至旧酸枣门，最是铺席要闹”[③]，“至州桥投西大街，乃果子行。街北都亭驿（大辽人使驿也），相对梁家珠子铺。余皆卖时行纸画、花果铺席”[④]。汴京城内商业店铺尤其“茶坊酒店，勾肆饮食”之多，为居民的日常饮食提供了极大的便利，以致“市井经纪之家，往往只于市店旋买饮食，不置家蔬”[⑤]。

林立于汴京城大街小巷的坐商店铺不仅以文字的形式被记载，在宋人绘画中也有形象直观的反映。最典型的是创作于北宋末年的《清明上河图》，这幅巨型画作描绘了作者清明节前前往汴河一带游览所见到的情景，它的作者张择端以擅长画舟车、市街、城郭、桥径著称，这幅使人看了便“恍然如入汴京，置身流水游龙间，但少尘土扑面耳”[⑥]的市肆风俗画中画有不少商业店铺，涉及的种类有酒店、邸店、解库（质库）、医药铺、香药铺、裱画铺、彩帛铺等[⑦]，从这些商铺悬挂于街市上的幌子和店门口的招牌上可以清晰地看到它们的名字，如位于市桥南岸的“十千脚店”和十字街头的正店“孙羊店”，位于十字街道两旁的“刘家上色沉檀楝香”、“口家鲜明匹帛铺”、“王家罗锦匹帛铺”、“刘三叔精装字画”和“赵太丞家”等。《清明上河图》所画和宋人文字所载互相印证，为我们呈现了北宋末年汴京商业店铺繁荣的真实生动的图景。

1. 东京汴梁的各类商铺

在汴京数量众多的各类商业店铺中，有不少是因为经营有方、服务上乘赢得了消费者的信赖，成了某个行业的名店。少年至中年时住在汴京的孟元老在靖康之乱后流寓江南，他撰写《东京梦华录》一书回忆京师昔日的繁华，这部

① （宋）孟元老《东京梦华录序》，伊永文《东京梦华录笺注》，北京：中华书局，2006年8月1版，第1页。

② （宋）孟元老《东京梦华录》卷一《大内》，伊永文《东京梦华录笺注》，北京：中华书局，2006年8月1版，第41页。

③ （宋）孟元老《东京梦华录》卷二《东角楼街巷》，伊永文《东京梦华录笺注》，北京：中华书局，2006年8月1版，第144页。

④ （宋）孟元老《东京梦华录》卷二《宣德楼前省府宫宇》，伊永文《东京梦华录笺注》，北京：中华书局，2006年8月1版，第82页。

⑤ （宋）孟元老《东京梦华录》卷三《马行街铺席》，伊永文《东京梦华录笺注》，北京：中华书局，2006年8月1版，第312页。

⑥ （明）吴宽《家藏集》卷五十三《跋清明上河图》，钦定四库全书荟要本。

⑦ 关于《清明上河图》中的店铺，请参看黄杰《宋画中的信仰民俗研究》第九章，杭州：浙江大学出版社，2020年11月版，第146—166页。

希望年轻人和后来者“开卷得睹当时之盛”①的北宋汴京风俗记，记载了众多汴京的名牌商铺。少长于大梁、后侨寓临安的袁褧和孟元老有着相同的人生经历，他“对窗西乌桕，省念旧闻，得数十事录之，以备遗忘”②而成的笔记小说《枫窗小牍》也记载了不少汴京的名牌食品，笔者以孟元老《东京梦华录》为主要文本，用袁褧《枫窗小牍》证之，同时参照洪迈《夷坚志》，再辅之以周煇《清波别志》等文人笔记，制成了下面的《北宋汴京主要名牌商铺一览表》：

表一　　北宋汴京主要名牌商铺一览表③

序号	名称	特色	具体位置	出处
1	王楼山洞梅花包子		州桥以南、御街东	《东京梦华录》卷二《宣德楼前省府宫宇》，袁褧《枫窗小牍》卷上
2	曹婆婆肉饼		州桥以南、御街东	《东京梦华录》卷二《宣德楼前省府宫宇》，袁褧《枫窗小牍》卷上
3	李四分茶	大型食店	州桥以南、御街东	《东京梦华录》卷二《宣德楼前省府宫宇》
4	薛家分茶羊饭熟羊肉铺	大型食店，羊肉饭、熟羊肉最为有名	曲院街北	《东京梦华录》卷二《宣德楼前省府宫宇》，袁褧《枫窗小牍》卷上
5	鹿家包子		曲院街北、御廊西	《东京梦华录》卷二《宣德楼前省府宫宇》
6	徐家瓠羹店	门前有山棚，门面窗户均为朱绿装饰，是为“欢门”，有厅院、东西廊。	潘楼街东	《东京梦华录》卷二《东角楼街巷》，袁褧《枫窗小牍》卷上

①（宋）孟元老《东京梦华录序》，伊永文《东京梦华录笺注》，北京：中华书局，2006年8月1版，第1页。

②（宋）袁褧《枫窗小牍》卷上，《宋元笔记小说大观》第五册，上海：上海古籍出版社，2007年3月版，第4771页。

③ 由于酒肆、茶肆在两宋之际非常发达，而且出现了不少与酒肆、茶肆有关的宋代小说，笔者后面设有专章对茶肆、酒肆及相关故事进行论述，并且会列出酒肆、茶肆一览表，故本表不再重复罗列这两类店铺。宋代的旅馆业也很发达，因邸店更多偏重提供住宿服务而不是进行商品买卖，故本表亦未涉及。另，《清明上河图》中所画各类店铺，因笔者未见到文字文献的相关记载，为慎重起见，亦未列入本表。

续表

序号	名称	特色	具体位置	出处
7	郑家油饼店	京师最著名饼店之一，售卖蒸饼、糖饼、装合、引盘之类，规模很大。①	土市子南之皇建院街	《东京梦华录》卷二《潘楼东街巷》，《东京梦华录》卷四《饼店》，袁褧《枫窗小牍》卷上
8	马铛家羹店		马行街北	《东京梦华录》卷二《潘楼东街巷》
9	史家瓠羹店	在京第一。门前有山棚，门面窗户均朱绿装饰，是为欢门，有厅院、东西廊。	西车子曲（即尚书省西门）	《东京梦华录》卷三《大内西右掖门外街巷》
10	万家馒头店	在京第一	西车子曲（即尚书省西门）	《东京梦华录》卷三《大内西右掖门外街巷》
11	贾家瓠羹店	门前有山棚，门面窗户均朱绿装饰，是为“欢门”，有厅院、东西廊	相国寺桥西	《东京梦华录》卷三《大内前州桥东街巷》
12	孙好手馒头店		相国寺桥西	《东京梦华录》卷三《大内前州桥东街巷》
13	丁家素茶	类似寺院的斋食	相国寺东门大街	《东京梦华录》卷三《寺东门街巷》
14	李庆糟姜铺		小甜水巷北	《东京梦华录》卷三《寺东门街巷》
15	矾楼前李四家	屈指可数的著名北食店	新封丘门大街	《东京梦华录》卷三《马行街铺席》
16	段家爊物	屈指可数的著名北食店	新封丘门大街	《东京梦华录》卷三《马行街铺席》，袁褧《枫窗小牍》卷上
17	石逢巴子	屈指可数的著名南食店	新封丘门大街	《东京梦华录》卷三《马行街铺席》，袁褧《枫窗小牍》卷上
18	寺桥金家	屈指可数的著名南食店	新封丘门大街	《东京梦华录》卷三《马行街铺席》

① 对于郑家油饼店，孟元老《东京梦华录》卷二《潘楼东街巷》和卷四《饼店》中均有记载，两处所叙店铺所在地点、名号相同，说明是一家店，只是提到店的规模时，卷二说“动二十余炉”，卷四载“有五十余炉”，虽不知哪个数字更为真实，但可以确定的是这家油饼店规模大，也很有名，因为袁褧《枫窗小牍》卷上对其亦有提及。

续表

序号	名称	特色	具体位置	出处
19	九曲子周家	屈指可数的著名南食店	新封丘门大街	《东京梦华录》卷三《马行街铺席》
20	海州张家油饼店	京师著名饼店之一，规模大，“有五十余炉”	龙津桥西南、武成王庙前	《东京梦华录》卷二《朱雀门外街巷》,《东京梦华录》卷四《饼店》
21	梅家鹅鸭	菜品店	州桥南	《东京梦华录》卷二《州桥夜市》，袁褧《枫窗小牍》卷上
22	鹿家鹅鸭	菜品店	州桥南	《东京梦华录》卷二《州桥夜市》
23	曹家从食	制作各色蒸作糕点的点心店	州桥南	《东京梦华录》卷二《州桥夜市》，袁褧《枫窗小牍》卷上
24	王家奶酪	奶酪店	不详	袁褧《枫窗小牍》卷上
25	魏家鲊铺	鲃鲊天下第一①	东华门外	《夷坚志补》卷九《徐汪二仆》
26	何家鲊铺	著闻天下，有文士为赋诗，夸为珍味	东华门外	周煇《清波别志》卷三
27	吴家鲊铺	著闻天下，有文士为赋诗，夸为珍味	东华门外	周煇《清波别志》卷三
28	百钟圆药铺		景灵西宫南	《东京梦华录》卷二《宣德楼前省府宫宇》
29	李生菜小儿药铺		旧曹门街	《东京梦华录》卷二《潘楼东街巷》
30	仇防御药铺		旧曹门街	《东京梦华录》卷二《潘楼东街巷》
31	下马刘家药铺	京师大药肆，高门赫然，正面大屋七间	牛行街	《东京梦华录》卷二《潘楼东街巷》，洪迈《夷坚丙志》卷一《綦叔厚》
32	大骨传药铺		马行街北	《东京梦华录》卷三《马行街北诸医铺》
33	曹家药铺	独胜元（丸）有名	旧封丘门	《东京梦华录》卷三《马行街北诸医铺》

①（元）陶宗仪《说郛》卷十二下引太平老人《袖中锦·天下第一》（四库全书本）：监书、内酒、端砚、洛阳花、建州茶、蜀锦、定瓷、浙漆、吴纸、晋铜、西马、东绢、契丹鞍、夏国剑、高丽秘色、兴化军子鱼、福州荔眼、温州挂、临江黄雀、江阴县河豚、金山咸豉、简寂观苦笋、东华门把鲊，右兵福建出秀才、大江以南士大夫、江西湖外长老、京师妇人，皆为天下第一，他处虽效之，终不及。

续表

序号	名称	特色	具体位置	出处
34	山水李家药铺	以“口齿咽喉药”著名	旧封丘门	《东京梦华录》卷三《马行街北诸医铺》
35	石鱼儿班防御医铺		旧封丘门	《东京梦华录》卷三《马行街北诸医铺》
36	银孩儿柏郎中家医铺	善医小儿	旧封丘门	《东京梦华录》卷三《马行街北诸医铺》
37	大鞋任家医铺	产科有名	旧封丘门	《东京梦华录》卷三《马行街北诸医铺》
38	张戴花洗面药铺	洗面药有名	踊路街	《东京梦华录》卷三《大内西右掖门外街巷》
39	国太丞药铺		踊路街	《东京梦华录》卷三《大内西右掖门外街巷》
40	张老儿药铺		踊路街	《东京梦华录》卷三《大内西右掖门外街巷》
41	金龟儿药铺		踊路街	《东京梦华录》卷三《大内西右掖门外街巷》
42	丑婆婆药铺		踊路街	《东京梦华录》卷三《大内西右掖门外街巷》
43	荆筐儿药铺		金梁桥西大街	《东京梦华录》卷三《大内西右掖门外街巷》
44	盖防御药铺		瓮市子西	《东京梦华录》卷三《大内西右掖门外街巷》
45	孙殿丞药铺		南北讲堂巷	《东京梦华录》卷三《寺东门街巷》
46	宋家生药铺	铺中两壁均为李成所画山水画		《东京梦华录》卷三《寺东门街巷》
47	潘家药店	黄耆圆（丸）有名	保康门	《东京梦华录》卷三《大内前州桥东街巷》
48	銮家金肆	天下第一	不详	《春渚纪闻》卷十“记丹药”《点铜成庚》;俞琰《席上腐谈》卷下
49	唐家金银铺		景灵东宫南门大街以东	《东京梦华录》卷二《宣德楼前省府宫宇》

续表

序号	名称	特色	具体位置	出处
50	枣王家金银铺		金梁桥西大街	《东京梦华录》卷三《大内西右掖门外街巷》
51	李家银铺		州桥	无名氏《道山清话》
52	梁家珠子铺		州桥西大街北	《东京梦华录》卷二《宣德楼前省府宫宇》
53	温州漆器什物铺		景灵东宫南门大街以东	《东京梦华录》卷二《宣德楼前省府宫宇》
54	李家香铺		州桥以南、御街东	《东京梦华录》卷二《宣德楼前省府宫宇》
55	莲花王家香铺		不详	《东京梦华录》卷六《十六日》
56	李和家水果店	鸡头（即芡实）最有名	梁门里	《东京梦华录》卷八《立秋》

上表所列 56 家商铺，总结起来，分别为食品店 27 家，医药铺 20 家，金银铺 4 家，香药铺 2 家，珠子铺 1 家，水果店 1 家，漆器店 1 家。从统计数据上看，食品店和医药铺明显多于其他种类的店铺。究其原因，其一是饮食和医药于市民生活最为重要，食品店和医药铺为满足市民的首要需求才如此之多；其二恐怕与作为上表文献依据的《东京梦华录》与《枫窗小牍》两书作者的个人偏好有关。孟元老带着对故都的回忆写作《东京梦华录》时，让他念兹在兹的汴京繁华主要是餐饮业的诸多酒楼与食店；同样的道理，《枫窗小牍》的作者袁褧对汴京的追忆也集中在那些“亦复擅名”的“烹煮盘案”[①]上，这就使得两书对其他行业的名店提及较少，可以肯定的是，两书的较少提及并不意味着其他行业的店铺一定比饮食店少。从《清明上河图》所画就可以判断出，汴梁的质库（解库，当铺）、卜肆、香药铺、裱画铺、彩帛铺也很繁盛，这些行业的名店当然也不在少数，原因是张择端在选取所画店铺时一定采取了典型性的原则，所以呈现在这幅市肆风俗画上的店铺一定不是当时罕见的、稀少的或不具代表性、普遍性的行业店铺。孟元老在《东京梦华录》中虽未提及具体的名牌质库，但在卷五《民俗》和卷七《三月一日开金明池琼林苑》中都写了质

① （宋）袁褧《枫窗小牍》卷上，《宋元笔记小说大观》（五），上海：上海古籍出版社，2007 年 3 月版，第 4771 页。

库，提到“质库掌事，即着皂衫角带不顶帽”[①]，又说临近金明池的街上“皆酒食店舍，博易场户，艺人勾肆质库”[②]。综合《东京梦华录》、《枫窗小牍》等书的文字记载和《清明上河图》中的画面呈现可知，北宋时汴京的商业店铺主要包括食品店、医药铺、金银铺、珠子铺、解库（当铺）、卜肆、彩帛铺、香药铺、漆器店、裱画店、纸画铺、冠朵铺[③]、书籍铺、幞头铺、腰带铺、靴店[④]等等，无论在种类和数量上，都大大超过了唐代。另据《续资治通鉴长编》卷二六二熙宁八年四月癸未条记载，汴京的团行至少有一百六十多个。这都充分说明汴京城内商业、手工业的内部分工已相当细致，也从一个侧面印证了北宋商品经济的高度繁荣。

2. 行在临安的各类商铺

随着绍兴八年（1138）南宋定都临安，“四方之民云集二浙，百倍常时”[⑤]，到一百多年后的理宗端平年间，临安城已是人烟稠密、户口蕃息的大都市，至于具体的人口数，《都城纪胜》说有“百余万家”[⑥]；《西湖老人繁盛录》也记载“有百万人家”[⑦]；《梦粱录》的说法则有两种，一是“近百万余家”[⑧]，二是“城内外不下数十万户，百十万口”[⑨]。虽然这三书的说法不完全一致，但它们却有一个共同点，就是用人口的大约数量来描述、说明当时临安城“户口蕃息、市井骈集”的空前繁荣。据林正秋先生科学推算，南宋时临安府城内外（包括郊区）确切的人口数字为：孝宗乾道年间九万二千余户，四十六万余人，度宗咸

① （宋）孟元老《东京梦华录》卷五《民俗》，伊永文《东京梦华录笺注》，北京：中华书局，2006年8月1版，第451页。

② （宋）孟元老《东京梦华录》卷七《三月一日开金明池琼林苑》，伊永文《东京梦华录笺注》，北京：中华书局，2006年8月1版，第644页。

③ 具体记载见孟元老《东京梦华录》卷二《宣德楼前省府宫宇》（伊永文《东京梦华录笺注》，北京：中华书局，2006年8月1版，第82页）：西宫南皆御廊杈子，至州桥投西大街，乃果子行。街北都亭驿（大辽驿也），相对梁家珠子铺。余皆卖时行纸画、花果铺席。

④ 具体记载见孟元老《东京梦华录》卷三《寺东门街巷》（伊永文《东京梦华录笺注》，北京：中华书局，2006年8月1版，第301页）：寺东门大街，皆是幞头、腰带、书籍、冠朵铺席，丁家素茶。……又向北曲东李务街、高头街、姜行后巷，乃脂皮画曲妓馆。南北讲堂巷、孙殿丞药铺、靴店。

⑤ （宋）李心传《建炎以来系年要录》卷一百五十八，四库全书本。

⑥ （宋）灌园耐得翁《都城纪胜·坊院》，《东京梦华录（外四种）》，上海：上海古典文学出版社，1956年11月版，第100页。

⑦ （宋）西湖老人《西湖老人繁盛录·端午节》，《东京梦华录（外四种）》，上海：上海古典文学出版社，1956年11月版，第118页。

⑧ （宋）吴自牧《梦粱录》卷十九《塌房》，《东京梦华录（外四种）》，上海：上海古典文学出版社，1956年11月版，第299页。

⑨ （宋）吴自牧《梦粱录》卷十六《米铺》，《东京梦华录（外四种）》，上海：上海古典文学出版社，1956年11月版，第269页。

淳年间十七万四千余户，七十五万余人[①]。伴随着人口的迅猛增长，临安这座大城市对各种消费品的需求急剧扩大，这无疑为南宋商业的发展提供了有利的条件，同时，因靖康之难造成的北方大批工商业者的南迁，也给临安带来了较为雄厚的商业资本和先进的经营方式，从而对临安商业的发展起到了一定的推动作用[②]。

临安商业得到快速发展的一个重要体现就是无论从种类还是数量上看，这座行都的商业店铺都超过了繁盛时的京城汴梁，正如灌园耐得翁在《都城纪胜序》中所说，自高宗驻跸于杭，杭城"虽市肆与京师相侔，然中兴已百年余，列圣相承，太平日久，前后经营至矣，辐辏集矣，其与中兴时又过十数倍也"，《梦粱录》所载"杭城之外城，南西东北各数十里，……市井坊陌，铺席骈盛，数日经行不尽"[③]，虽难免沿习《都城纪胜》之嫌[④]，但其所述商业铺席之空前骈盛却是不争的事实，对此，该书《铺席》篇有更具体详尽的描述：

> （行在所）自大街及诸坊巷，大小铺席，连门俱是，即无虚空之屋。每日侵晨，两街巷门，浮铺上行，百市买卖，热闹至饭前，市罢而收。……至于故楮羽毛，皆有铺席发客，其他铺可知矣。其余坊巷桥道，院落纵横……处处各有茶坊、酒肆、面店、果子、彩帛、绒线、香烛、油酱、食米、下饭鱼肉鲞腊等铺……[⑤]

大小坊巷遍布着各行各业的大小店铺，行在临安"铺席骈盛"之语绝非夸张。具体而言，位于御街中段的官巷口至羊坝头一带，是临安城最大的商业区，这里金银钞引交易铺、珠子铺、质库、彩帛铺和布铺、扇铺、温州漆器铺、青白碗器铺等铺席连门密布[⑥]；而大内和宁门外的新路南北一带是新兴的繁华区，

---

① 这一统计数字来自林正秋《南宋都城临安》一书（杭州：西泠印社，1986 年 5 月 1 版）的第 180—185 页。据林先生所述，临安人口之所以没有无限制地增长，是因为南宋朝廷采取了一定的控制措施。

② 请参看林正秋《南宋都城临安》（杭州：西泠印社，1986 年 5 月 1 版）一书第 245—246 页的相关论述。

③（宋）吴自牧《梦粱录》卷十九《塌房》，《东京梦华录外四种》，上海：上海古典文学出版社，1956 年 11 月版，第 299 页。

④ 成书于《梦粱录》之前的《都城纪胜》"坊院"中有类似的一段文字：今中兴行都已百余年，其户口蕃息，仅百万余家者，城之南西北三处，各数十里，人烟生聚，市井坊陌，数日经行不尽，各可比外路一小小州郡，足见行都繁盛。见《东京梦华录（外四种）》，上海：上海古典文学出版社，1956 年 11 月版，第 100 页。

⑤（宋）吴自牧《梦粱录》卷十三《铺席》，《东京梦华录（外四种）》，上海：上海古典文学出版社，1956 年 11 月版，第 239—240 页。

⑥（宋）灌园耐得翁《都城纪胜・铺席》，《东京梦华录（外四种）》，上海：上海古典文学出版社，1956 年 11 月版，第 100 页。

“早间珠玉珍异及花果时新海鲜野味奇器天下所无者，悉集于此”[①]。需要指出的是，临安城店铺基本是因市场需求而设置，所以即使是官衙附近，只要有开设店铺的需求也会被允许，《梦粱录》中就记载位于福坊桥右面的府衙前“市井亦盈，铺席甚多。盖经讼之人，往来骈集，买卖耍闹处也”[②]。同样，因为百姓人家每天生活不可或缺的是柴米油盐酱醋茶，所以即使“坊巷桥门及隐僻去处，俱有铺席买卖”[③]。三年一次的省试之年，前来应试的举子一万余人骈集临安城，他们至少要在这里停留近两个月的时间，因此带来了吃、住、用方面的大量需求，商人们纷纷抓住这一机会进行各类商业活动，以致“铺席买卖如市”，被市民们形象地称为“应一时之需”的“赶试官生活”[④]。

遍布于临安城不可胜数的大小商业店铺中有不少驰誉行在乃至全国的名牌铺号。笔者以灌园耐得翁《都城纪胜》、西湖老人《西湖老人繁盛录》、吴自牧《梦粱录》、周密《武林旧事》、陆游《老学庵笔记》、王国维《两浙古刊本考》等书的记载为依据，制成了下面的《南宋临安主要名牌商铺一览表》：

表二　　南宋临安主要名牌商铺一览表[⑤]

序号	名称	具体位置	出处
1	中瓦前皂儿水	新街坊中瓦子前	《都城纪胜》之《诸行》，《梦粱录》卷十三《铺席》
2	杂卖场前甘豆汤	通江桥东	《都城纪胜》之《诸行》，《梦粱录》卷十三《铺席》
3	杂卖场前戈家蜜枣儿	通江桥东	《都城纪胜》之《诸行》，《梦粱录》卷十三《铺席》
4	官巷口光家羹	官巷口	《都城纪胜》之《诸行》，《梦粱录》卷十三《铺席》

① （宋）灌园耐得翁《都城纪胜・铺席》，《东京梦华录（外四种）》，上海：上海古典文学出版社，1956年11月版，第91页。

② （宋）吴自牧《梦粱录》卷十《府治》，《东京梦华录（外四种）》，上海：上海古典文学出版社，1956年11月版，第211页。

③ （宋）吴自牧《梦粱录》卷十六《鲞铺》，《东京梦华录（外四种）》，上海：上海古典文学出版社，1956年11月版，第270页。

④ （宋）吴自牧《梦粱录》卷二《诸州府得解士人赴省闱》，《东京梦华录（外四种）》，上海：上海古典文学出版社，1956年11月版，第147页。

⑤ 此表与表一一样，未列入酒楼与茶肆。另，位于坝头榜亭的安抚司惠民坊熟药局和位于市西坊南的和剂惠民药局因为是官营药店，也未列入此表。

续表

序号	名称	具体位置	出处
5	寿慈宫前熟肉	寿慈宫（即德寿宫，在望仙桥东北）前	《都城纪胜》之《诸行》，《梦粱录》卷十三《铺席》
6	宋五嫂鱼羹	钱塘门外	《都城纪胜》之《诸行》，《梦粱录》卷十三《铺席》
7	涌金门灌肺	丰豫门（即涌金门）	《都城纪胜》之《诸行》，《梦粱录》卷十三《铺席》
8	中瓦前耿家羊肉①	中瓦前	《都城纪胜》之《诸行》，《梦粱录》卷十三《铺席》
9	张家糰子	南瓦子	《都城纪胜》之《市井》、《诸行》，《梦粱录》卷十三《铺席》
10	李婆婆羹	不详	《都城纪胜》之《市井》
11	脏三家猪胰胡饼店	太平坊巷口	《都城纪胜》之《食店》
12	卞家从食店	大内前	《都城纪胜》之《食店》
13	王宣旋饼店	街市	《都城纪胜》之《食店》
14	糕麋店	望仙桥	《都城纪胜》之《食店》
15	卖酥贺家酪面店	后市街	《都城纪胜》之《食店》
16	魏大刀熟肉铺	贤福坊平津桥（即猫儿桥）	《梦粱录》卷十三《铺席》
17	周五郎蜜煎铺	五间楼前	《梦粱录》卷十三《铺席》
18	张卖食面店	保佑坊前	《梦粱录》卷十三《铺席》
19	张家豆儿水	中瓦子前	《梦粱录》卷十三《铺席》
20	陈花脚面食店	金子巷口	《梦粱录》卷十三《铺席》
21	倪没门面食店	太平坊南	《梦粱录》卷十三《铺席》
22	卓道王卖面店	南瓦子北	《梦粱录》卷十三《铺席》
23	菜面店	腰棚前	《梦粱录》卷十三《铺席》

① 所据版本为浙江人民出版社 1983 年校点本《南宋古迹考（外四种）》中的《都城纪胜》“诸行”。按，上海古典文学出版社 1956 年校点本《东京梦华录（外四种）》中的《都城纪胜》“诸行”、上海古典文学出版社 1956 年校点本《东京梦华录（外四种）》中的《梦粱录》卷十三《铺席》、与《武林旧事》合刊之山东友谊出版社 2001 年校注本《梦粱录》卷十三《铺席》均作“中瓦前职家羊饭”，“职”字应为“耿”字，形误。

续表

序号	名称	具体位置	出处
24	双条划子店①	熙春楼下	《梦粱录》卷十三《铺席》
25	戴家鏖肉铺	朝天门里	《梦粱录》卷十三《铺席》
26	朱家元子糖蜜糕铺	朝天门里大石板	《梦粱录》卷十三《铺席》
27	泉福糖蜜	五间楼	《梦粱录》卷十三《团行》
28	张家元子铺	宝佑坊前	《梦粱录》卷十三《铺席》
29	元子铺	荐桥东新开巷	《梦粱录》卷十三《铺席》
30	朱家馒头铺	坝头（即市西坊）榜亭侧②	《梦粱录》卷十三《铺席》
31	倪家鲃鲊铺	石榴园	《梦粱录》卷十三《铺席》
32	大瓦子水果子	大瓦子	《都城纪胜》之《诸行》，《梦粱录》卷十三《铺席》
33	钱家干果铺	新街坊中瓦子前	《梦粱录》卷十三《铺席》
34	阮家京果铺	兰陵坊（即水巷口）	《梦粱录》卷十三《铺席》
35	姚家海鲜铺	市西坊（即三桥街）	《梦粱录》卷十三《铺席》
36	潘节干熟药铺	贤福坊平津桥（即猫儿桥）	《梦粱录》卷十三《铺席》
37	张家生药铺	五间楼前	《梦粱录》卷十三《铺席》
38	讷庵丹砂熟药铺	宝佑坊前	《梦粱录》卷十三《铺席》
39	陈直翁药铺	中瓦子前	《梦粱录》卷十三《铺席》
40	梁道实药铺	中瓦子前	《梦粱录》卷十三《铺席》
41	杨将领药铺	金子巷口	《梦粱录》卷十三《铺席》
42	仁爱堂熟药铺	寿安坊（即官巷）前	《梦粱录》卷十三《铺席》
43	三不欺药铺	修义坊（即菱椒巷）	《梦粱录》卷十三《铺席》
44	金药臼楼太丞药铺	寿安坊（即官巷）北	《梦粱录》卷十三《铺席》
45	李官人双行解毒丸	漆器墙下	《梦粱录》卷十三《铺席》
46	双葫芦眼药铺	清平坊（即外沙皮巷口）	《梦粱录》卷十三《铺席》

① “划子”是一种肉食，西湖老人《西湖老人繁盛录·肉食》中有“双条划子”一种，周密《武林旧事》卷六《市食》中也有“划子”一种。

② 吴自牧《梦粱录》卷十三《铺席》作“坝桥榜亭侧朱家馒头铺”，“桥”字乃“头”字之误，上文有“坝头榜亭安抚司惠民坊熟药局”，可证。另，洋坝头即市西坊之俗称（见林正秋《南宋都城临安》一书第104页）。

续表

序号	名称	具体位置	出处
47	陈妈妈风药铺	天庆坊太庙前	《梦粱录》卷十三《铺席》
48	疳药铺	天庆坊大佛寺前	《梦粱录》卷十三《铺席》
49	保和大师乌梅药铺	天庆坊大佛寺前	《梦粱录》卷十三《铺席》
50	毛家生药铺	市西坊（即坝头）	《梦粱录》卷十三《铺席》
51	张省干金马杓小儿药铺	坝头（即市西坊）榜亭侧	《梦粱录》卷十三《铺席》
52	郭医产药铺	盐桥下①	《梦粱录》卷十三《铺席》
53	刘家彩帛铺	市西坊南三桥街	《梦粱录》卷十三《铺席》
54	吕家彩帛铺	市西坊南三桥街	《梦粱录》卷十三《铺席》
55	陈家彩帛铺	市西坊南三桥街	《梦粱录》卷十三《铺席》
56	钮家彩帛铺	市西坊北三桥街	《梦粱录》卷十三《铺席》
57	顾家彩帛铺	清河坊	《梦粱录》卷十三《铺席》
58	生帛铺	盐桥下	《梦粱录》卷十三《铺席》
59	布铺	贤福坊平津桥沿河	《梦粱录》卷十三《铺席》
60	生绢一红铺	水巷桥东之铁线巷	《梦粱录》卷十三《铺席》
61	厢王家绒线铺②	御街	《都城纪胜》之《铺席》
62	徐家绒线铺	兰陵坊（即水巷口）	《梦粱录》卷十三《铺席》
63	柴家绒线铺	市西坊南三桥街	《梦粱录》卷十三《铺席》
64	针铺	水巷（即兰陵坊）桥下	《梦粱录》卷十三《铺席》

① 《梦粱录》卷十三《铺席》作“沿桥下生帛铺、郭医产药铺”，卷十三《团行》却作“且如橘园亭书房、盐桥生帛、五间楼泉福糖蜜”，从文意看，应以“盐桥”为是。另，盐桥是杭城“大河”上二十余座桥梁中有名的一座。南宋临安城内有南北流向的四大河道，其中之一南起皇宫和宁门外的登平坊，北通天宗水门，长达十四、五里，沟通大运河与钱塘江，是杭州城中人工开凿的最长、历史最悠久的河，宋人称其为“大河”。宋时，大河上有一座桥是盐船靠岸的码头，人们便称此桥为盐桥，大河也因此得名盐桥运河（请参见林正秋《南宋都城临安》，杭州：西泠印社，1986 年 5 月 1 版，第 90—91 页）。杭州城右三厢的兴德坊因为在盐桥下西堍，又称盐桥巷（《咸淳临安志》卷十九《坊巷》，《梦粱录》卷七《禁城九厢坊巷》），《梦粱录》卷七《大河桥道》有“兴福坊东曰盐桥”，林正秋考证“兴福”应为“兴德”之误，见林正秋《〈梦粱录〉点校失误举例》一文（载《古籍整理出版情况简报》1984 年第 121 期）。

② 东京汴梁原有此店，靖康之难后自东京流寓到临安。

续表

序号	名称	具体位置	出处
65	宣家白衣铺	南瓦子	《都城纪胜》之《诸行》,《梦粱录》卷十三《铺席》
66	沈家白衣铺	市南坊	《梦粱录》卷十三《铺席》
67	舒家体真头面铺	小市里	《梦粱录》卷十三《铺席》
68	沈家枕冠铺	寿安坊（即官巷）内	《梦粱录》卷十三《铺席》
69	俞家冠子铺	兰陵坊（即水巷口）	《梦粱录》卷十三《铺席》
70	孔八郎头巾铺	清平坊（即沙皮巷）	《梦粱录》卷十三《铺席》
71	孔家头巾铺	宝佑坊前	《梦粱录》卷十三《铺席》
72	杨三郎头巾铺	三桥街附近	《梦粱录》卷十三《铺席》
73	徐官人幞头铺	市南坊（即巾子巷）	《梦粱录》卷十三《铺席》
74	钮家腰带铺	市南坊	《梦粱录》卷十三《铺席》
75	陈家绦结铺	沙皮巷	《梦粱录》卷十三《铺席》
76	许家槐简铺	抱剑营街	《梦粱录》卷十三《铺席》
77	彭家油靴铺	中瓦子前	《都城纪胜》之《诸行》,《梦粱录》卷十三《铺席》
78	季家云梯丝鞋铺	升阳宫前	《梦粱录》卷十三《铺席》
79	李家丝鞋铺	抱剑营街	《梦粱录》卷十三《铺席》
80	陈妈妈泥面具铺	天庆坊太庙前	《梦粱录》卷十三《铺席》
81	齐家花朵铺	寿安坊（即官巷）内	《梦粱录》卷十三《铺席》
82	归家花朵铺	寿安坊（即官巷）内	《梦粱录》卷十三《铺席》
83	刘家翠铺	寿安坊（即官巷）内	《梦粱录》卷十三《铺席》
84	汪家金纸铺	武志坊李博士桥	《梦粱录》卷十三《铺席》
85	马家领抹销金铺	寿安坊（即官巷）内	《梦粱录》卷十三《铺席》
86	宋家领抹销金铺	寿安坊（即官巷）内	《梦粱录》卷十三《铺席》
87	染红王家胭脂铺	寿安坊（即官巷）北	《梦粱录》卷十三《铺席》
88	张古老胭脂铺	修义坊（即菱椒巷）北	《梦粱录》卷十三《铺席》
89	胡家粉心铺	寿安坊（即官巷）北	《梦粱录》卷十三《铺席》
90	冯家粉心铺	寿安坊（即官巷）北	《梦粱录》卷十三《铺席》

续表

序号	名称	具体位置	出处
91	戚百乙郎颜色铺	兰陵坊（即水巷口）	《梦粱录》卷十三《铺席》
92	飞家牙梳铺	寿安坊（即官巷）内	《梦粱录》卷十三《铺席》
93	凌家刷牙铺	狮子巷口	《梦粱录》卷十三《铺席》
94	傅官人刷牙铺	金子巷口	《梦粱录》卷十三《铺席》
95	张家铁器铺	市西坊南三桥街	《梦粱录》卷十三《铺席》
96	准岭倾锡铺	官巷北	《梦粱录》卷十三《铺席》
97	戚家犀皮铺	清湖桥附近	《梦粱录》卷十三《铺席》
98	游家漆铺	里仁坊（即陶家巷）口	《梦粱录》卷十三《铺席》
99	彭家温州漆器铺	水巷（即兰陵坊）桥下	《梦粱录》卷十三《铺席》
100	温州漆器铺	贤福坊平津桥沿河	《梦粱录》卷十三《铺席》
101	青白磁器铺	贤福坊平津桥沿河	《梦粱录》卷十三《铺席》
102	黄草铺	贤福坊平津桥沿河	《梦粱录》卷十三《铺席》
103	笼子铺	水巷桥东之铁线巷	《梦粱录》卷十三《铺席》
104	沈家金银交引铺	市西坊南三桥街	《梦粱录》卷十三《铺席》
105	张家金银交引铺	市西坊南三桥街	《梦粱录》卷十三《铺席》
106	邓家金银铺	武志坊李博士桥	《梦粱录》卷十三《铺席》
107	张家金银铺	天井巷	周密《癸辛杂识》别集卷上
108	盛家珠子铺	寿安坊（即官巷）内	《梦粱录》卷十三《铺席》
109	俞家七宝铺①	宝佑坊前	《梦粱录》卷十三《铺席》
110	朱家裱褙铺	朝天门里大石板	《梦粱录》卷十三《铺席》
111	徐家纸札铺	狮子巷口	《梦粱录》卷十三《铺席》
112	舒家纸札铺	市西坊南三桥街	《梦粱录》卷十三《铺席》
113	童家柏烛铺	五间楼前	《梦粱录》卷十三《铺席》
114	吴家香烛裹头铺	抱剑营街	《梦粱录》卷十三《铺席》
115	夏家香烛裹头铺	抱剑营街	《梦粱录》卷十三《铺席》
116	马家香烛裹头铺	抱剑营街	《梦粱录》卷十三《铺席》

① “七宝”泛指各种宝物，《梦粱录》卷十三《团行》：又有异名“行”者，如买卖七宝者谓之骨董行。

续表

序号	名称	具体位置	出处
117	张官人诸史子文籍铺	宝佑坊前	《梦粱录》卷十三《铺席》
118	橘园亭文籍书房	戒民坊（即棚桥巷）棚桥前	《梦粱录》卷十三《铺席》，《梦粱录》卷十三《团行》
119	尹家文字铺（又名尹家书籍铺或经籍铺）①	天庆坊太庙前	《梦粱录》卷十三《铺席》
120	荣六郎经史书籍铺	中瓦子南街东	钱谦益《牧斋有学集》卷四十六题跋《跋抱朴子》②
121	陈道人书籍铺（陈宅经籍铺、陈宅书籍铺）	定民坊棚北大街	王国维《两浙古刊本考》卷上，叶德辉《书林清话》卷二
122	西经坊王念三郎家	定民坊棚南大街前	王国维《两浙古刊本考》卷上
123	王八郎家经铺	修文坊相对	王国维《两浙古刊本考》卷上
124	徐茂之家扇子铺	新街坊中瓦子前	《梦粱录》卷十三《铺席》
125	青篦扇子铺	羲和坊炭桥沿下	《梦粱录》卷十三《铺席》
126	周家折揲扇铺	小市里	《梦粱录》卷十三《铺席》
127	陈家画团扇铺	小市里	《梦粱录》卷十三《铺席》
128	顾四笛店	候潮门	《梦粱录》卷十三《铺席》
129	邱家筚篥店	大瓦子	《梦粱录》卷十三《铺席》
130	乐驻泊乐铺	不详	陆游《老学庵笔记》卷八
131	王防御契圣眼科	不详	陆游《老学庵笔记》卷八
132	陆官人遇仙风药铺	不详	陆游《老学庵笔记》卷八
133	陈忠翊医铺	不详	陆游《老学庵笔记》卷八
134	陆太丞医铺	不详	陆游《老学庵笔记》卷八
135	寇保义卦肆	不详	陆游《老学庵笔记》卷八
136	仲家光牌铺	升阳宫前	《梦粱录》卷十三《铺席》

① 据王国维《两浙古刊本考》卷上记载，这家文字铺曾刊行不少笔记小说，如《北户录》《却扫编》《渑水燕谈录》《曲洧旧闻》《述异记》《续幽怪录》《茅亭客话》《箧中集》等。

② 原文为：《抱朴子·内篇》二十卷，宋绍兴壬申岁刻，最为精致。其跋尾云：旧日东京大柏（误，应为相）国寺东荣六郎家，见寄居临安府中瓦南街东，开印输经史书籍铺。今将京师旧本《抱朴子·内篇》校正刊行。

从统计数据上看，《梦粱录》和《都城纪胜》两书对临安城名牌店铺的记载明显不同于孟元老和袁褧的回忆，前者显然更客观，也更全面。表二所列136家商铺中，包括31家食品店、21家医药铺、16家日用器物店、11家衣冠服饰铺、8家彩帛铺、7家书籍铺、6家饰物店、5家化妆品店、4家扇子铺、4家金银交引铺、3家水果店、3家绒线铺、3家裱褙札铺、3家鞋靴铺、2家乐器铺、1家针铺、1家槐简铺、1家面具铺、1家珠子铺、1家古董铺、1家海鲜店和1家卦肆。和北宋时期一样，饮食业和医药行业的店铺最多，其他名店几乎涉及了南宋商品经济的各个行业，相较于北宋的汴京，临安城内商业和手工业的内部分工更加细致，这也从一个侧面说明了南宋商品经济的发展更加繁荣。

3. 两京之外的商铺及其特点

需要指出的是，两宋时，不仅汴京和临安两大都城商铺云集，其他城市和村镇也分布着不少店铺，这一情形在宋代小说，尤其是《夷坚志》和宋代话本中多有呈现。宋代小说中出现的商铺种类包括医药铺、解库（当铺）、金银铺、食品店、杂货铺、彩帛铺、绒线铺、水果铺、油铺、染铺、纸店、卜肆等，其中以医药铺、解库（当铺）、金银铺、食品店和杂货铺居多。下面分别介绍一下它们的分布与特点。

为百姓生命与身体健康所需的医药铺在南宋的城镇与乡村随处可见。住在豫章城中的杨秀才为买全炼丹用的几种药材，跑了好几家医药铺，可见该城的医药铺很多①；镇江也有不少药肆，一个叫李克用的人在城内针子桥下开了家生药店，不久后，他曾经的店铺主管许宣在渡口码头上也开了家药店，自己做起了老板，生意很是兴隆②；当涂外科医生徐某“累世能治痈疖”，他经营着一家“门首画楼台标记”的著名医药铺③；信州贵溪人闻人氏在信州开了家药肆留给长子邦荣作为产业④。有的医药铺规模大又很有气派。《夷坚丙志》卷一《綦叔厚》中提到的刘家药肆“高门赫然，正面大屋七间”，是汴京有名的大药肆，巧的是，这家药肆以“下马刘家药铺”的全称出现在了《东京梦华录》卷二中，可见其在当时名声之著⑤。

---

①（宋）洪迈《夷坚支甲》卷八《宋道人》，《夷坚志》第二册，北京：中华书局，1981年10月1版，第779页。

② 宋话本《白娘子永镇雷峰塔》（载《警世通言》卷二十八），冯梦龙《警世通言》下册，北京：人民文学出版社，1956年1月1版，第435—464页。

③（宋）洪迈《夷坚丁志》卷十《徐楼台》，《夷坚志》第二册，北京：中华书局，1981年10月1版，第618页。

④（宋）洪迈《夷坚志补》卷五《闻人邦华》，《夷坚志》第四册，北京：中华书局，1981年10月1版，第1592页。

⑤（宋）孟元老《东京梦华录》卷二《潘楼东街巷》，伊永文《东京梦华录笺注》，北京：中华书局，2006年8月1版，第163页。

经营医药铺会获得很大的回报，也是致富捷径。汴京马行街北直到里城旧封丘门，“南北几十里，夹道药肆，盖多国医，咸巨富”①。住在汴京高头街的医师能太丞，因为医术高明而“致家赀鉅万”②；由汴京流亡临安的御医张二大夫退居吉州时开了家药铺，虽然医术不甚高明，却也“累资数万缗”③；平江人江仲谋，在平江府内饮马桥南经营一间熟药铺，赚钱后，于光宗绍熙五年时又在常熟梅里镇开了家分店④。当然，不是所有的医药铺都能赚大钱，有位叫张拱的人在汴京宜春门后坊开了家医药铺，因为生意不好，没赚到什么钱⑤。

据吴曾《能改斋漫录》卷二记载，因为南北朝以来“江北人谓以物质钱为解库，江南人谓为质库”⑥，所以两宋时的典当行（当铺）称为解库或质库。因为解库的开设与经营均需要大量的资金，所以解库主人多为富人，因此两宋小说中提到某人很富有时，往往会说他既开着解库，又开着金银铺。《杨温拦路虎传》中提到离东岳庙不远的仙居市里，有一位大财主杨员外，他“开着金银铺，又开质库”⑦；《郑节使立功神臂弓》中的汴梁富豪张员外也是“门首一壁开个金银铺，一壁开所质库”⑧；《宾退录》卷九引了一则出自《夷坚戊志》的故事，这则故事说寓居临安的富人裴某“有质库和金珠肆在通衢”⑨。从小说中的这些描写可以看出，富而开解库是当时的社会常态，解库在两宋时期是富人热衷经营的店铺，这和史书《续资治通鉴长编》中“近京师大姓多止开质库”⑩的记载高度一致。不唯史书，当时的画作《清明上河图》在闹市区十字路口就画有一

①（宋）蔡絛《铁围山丛谈》卷四，《铁围山丛谈》，北京：中华书局，1983 年 9 月 1 版，第 70 页。

②（宋）洪迈《夷坚乙志》卷九《金刚不坏身》，《夷坚志》第一册，北京：中华书局，1981 年 10 月 1 版，第 259 页。

③（宋）洪迈《夷坚支乙》卷七《张二大夫》，《夷坚志》第二册，北京：中华书局，1981 年 10 月 1 版，第 845 页。

④（宋）洪迈《夷坚支庚》卷五《伏虎司徒庙》，《夷坚志》第三册，北京：中华书局，1981 年 10 月 1 版，第 1168 页。

⑤（宋）洪迈《夷坚丙志》卷十八《张拱遇仙》，《夷坚志》第一册，北京：中华书局，1981 年 10 月 1 版，第 520 页。

⑥（宋）吴曾《能改斋漫录》卷二《事始・以物质钱为解库》，《能改斋漫录》，上海：上海古籍出版社，1960 年 11 月 1 版，第 28 页。

⑦ 宋话本《杨温拦路虎传》，转引自程毅中辑注《宋元小说家》话本集，济南：齐鲁书社，2000 年 2 月 1 版，第 114 页。

⑧ 宋话本《郑节使立功神臂弓》（载《醒世恒言》卷三十一），冯梦龙《醒世恒言》下册，北京：人民文学出版社，1956 年 7 月 1 版，第 682 页。

⑨（宋）赵与时《宾退录》卷九，《宋元笔记小说大观》第四册，上海：上海古籍出版社，2007 年 3 月 1 版，第 4228 页。

⑩（宋）李焘《续资治通鉴长编》卷二百六十二“熙宁八年四月”，《续资治通鉴长编》第十一册，北京：中华书局，1992 年 3 月 1 版，第 6407 页。

个高挂“解”字招牌的当铺[①]，这充分说明解库在当时的盛行。解库作为有闲置资金的富人们重要的投资渠道之一，“若谓民间富庶，…人家有钱本多是停榻、解质、舟船往来兴贩，岂肯闲着钱买金在家顿放”[②]，王明清《挥麈后录》卷六提到神宗时开封甜水巷民薛六郎以典库为业[③]；《鬼董》卷四《樊生》中介绍男主人公樊生的富有时，首先提到的就是他家里开着质库[④]。

一般而言，质库中往往存有很多金珠宝贝。《宋四公大闹禁魂张》中有位汴京富豪禁魂张员外“积祖开质库”，他家质库被盗后，张员外到开封府报案时开列的失单内就有包括八宝嵌花金杯一对、金镶玳瑁杯十只、北珠念珠一串、珍珠一包、嵌宝金钏在内的很多金珠宝贝，以致开封府滕大尹见了之后都有些吃惊，脱口而出说“你庶民之家，那得许多东西”[⑤]。《白娘子永镇雷峰塔》中苏州府前周将仕家典当库被窃，失物清单中有“五千贯金珠细软、白玉绦环、细巧百招扇、珊瑚坠子”等贵重物品。显然，周家典当库不仅富庶，收典的物品种类也颇多[⑥]。

两宋的金银铺分为金铺、银铺和金银铺三种。《杨温拦路虎传》中仙居市富豪杨玉、《郑节使立功神臂弓》里汴京财主张员外、《洛阳三怪记》中洛阳富人潘松开的都是金银铺，《夷坚支癸》卷六《张七省干》中会稽人张守中在临安为官时所娶之妻秦氏家里经营的是银铺，黄休复《茅亭客话》卷六《金宝化为烟》中被盗贼王盛掳走的益州城一位妇女是魏氏金银铺的儿媳；《夷坚丁志》卷九《龙泽陈永年》中严州人陈永年与兄长合伙开着一家银铺。和解库类似，金银铺也属于高档商铺，由于前期投入和流通中所需资金较多，只有富豪才有能力开设。

---

① 关于这个屋檐上伸出的“解”字招牌代表的是什么店铺，学者们有不同的说法，徐邦达认为是官吏办公的地方（请参见《清明上河图的初步研究》一文，载《故宫博物院院刊》1958 年第 1 期）；张安治认为可能是一所代办运输的客栈（请参见张安治为《清明上河图卷》挂历所作的说明，中华书局 1985 年出版）；朱家溍、刘坤太、周宝珠都认为这是一个解库，即当铺（请参见朱家溍《关于清明上河图中的“解”字招牌》，载《故宫博物院院刊》1960 年第 2 期；刘坤太《清明上河图中的“解”》，载《河南大学学报》1987 年第 1 期；周宝珠《〈清明上河图〉与清明上河学》，开封：河南大学出版社，1997 年 6 月 1 版，第 104—107 页），笔者赞同并在此处采用了朱家溍、刘坤太、周宝珠三位先生的说法。

②（宋）徐梦莘《三朝北盟会编》卷二十九《靖康中帙》，四库全书本。

③（宋）王明清《挥麈录·后录》卷六，《挥麈录》，上海：上海书店出版社，2001 年 8 月 1 版，第 119 页。按，此则故事亦载于李心传《旧闻正误》卷二。

④（宋）沈氏《鬼董》卷四《樊生》，转引自李剑国先生辑校《宋代传奇集》（下册），北京：中华书局，2018 年 8 月 1 版，第 1453 页。

⑤ 宋话本《宋四公大闹禁魂张》，转引自程毅中辑注《宋元小说家话本集》，济南：齐鲁书社，2000 年 2 月 1 版，第 148 页。

⑥ 宋话本《白娘子永镇雷峰塔》（载《警世通言》卷二十八），冯梦龙《警世通言》下册，北京：人民文学出版社，1956 年 1 月 1 版，第 450 页。

话本《杨温拦路虎传》中男主人公，东京人杨温流落仙居市时，与当地的大财主杨玉员外结为兄弟。有一天，杨员外有急事出门，让杨温替他看守金银铺，杨温坚决拒绝并再三表示“铺中许多财物，不敢在此”。这段描写一方面反映了杨温性格的谨慎，另一方面也透露出金银铺中物品之贵重。的确，经营价值不菲的金银制品是需要雄厚的资金作为支撑的①。据《东京梦华录》卷二《东角楼街巷》记载，汴京城有条巷子，名为“界身”，“是金银彩帛交易之所，屋宇雄壮，门面广阔，望之森然，每一交易，动即千万，骇人闻见”②。真宗天禧年间，汴京富人张生“货银为业，设肆于界中”，这间张家银铺所在的“界中”就是《东京梦华录》所说的界身巷。张生见一位乞丐可怜，每天凌晨他来乞讨时都给他五枚铜钱，如此这般十多年后，这位以乞丐身份游于人间的神仙送给张生一块金子，“均约其直，与十数年日赠之数，恰相酬也”③。施舍给一位乞丐的钱就如此不菲，开银铺的张生之富有可见一斑，开金银铺的富人之豪富由此亦可以想见。

因为市民饮食和日常生活方面的需求，食品店、杂货店和水果店是不可或缺的，其中消费人口庞大的汴京和临安食品店数量最多，包括北食、南食、川饭三大类。汴京最有特色的食品店是瓠羹店，仅《东京梦华录》中提到的名店就有徐家、贾家、史家和马铛家四家④。都城之外的大小城市和村镇，食品店、杂货店和水果店也有着广泛的分布，这在巨型小说集《夷坚志》中多有呈现：信州城内有不少食品店，五通楼前王氏食品店“专售荷包爊肉，调芼胜于它铺”⑤；平江府商铺繁盛，仅绍熙三年六月当地一水果店老板为祈雨从众商铺募集的善款就达“二十余千”⑥；徽州歙县士人李生离家出走后用妻子蔡五十三姐随身带的数十两金银开了家米铺，七年后“贸运积数千缗，渐成富室”⑦；同样是县城，

① 宋话本《杨温拦路虎传》，转引自程毅中辑注《宋元小说家话本集》，济南：齐鲁书社，2000 年 2 月 1 版，第 122—123 页。

②（宋）孟元老《东京梦华录》卷二《东角楼街巷》，伊永文《东京梦华录笺注》，北京：中华书局，2006 年 8 月 1 版，第 144 页。

③（宋）上官融《友会谈丛》卷中《天禧丐者》，转引自李剑国先生辑校《宋代传奇集》（上册），北京：中华书局，2018 年 8 月 1 版，第 197—198 页。

④ 见本章表一。

⑤（宋）洪迈《夷坚三志辛》卷六《五色鸡卵》，《夷坚志》第三册，北京：中华书局，1981 年 10 月 1 版，第 1427 页。

⑥（宋）洪迈《夷坚支庚》卷五《西馆桥塑龙》，《夷坚志》第三册，北京：中华书局，1981 年 10 月 1 版，第 1172 页。

⑦（宋）洪迈《夷坚志补》卷十六《蔡五十三姐》，《夷坚志》第四册，北京：中华书局，1981 年 10 月 1 版，第 1697 页。

处州龙泉县有间张家米铺[①]，华亭县市中也开设有小常卖铺[②]，戚方之乱后的宣城街市仍有饼店[③]，绍兴三十二年青城县某民在青城山下开的饼店生意很是兴隆[④]；食品店和杂货店在偏僻、荒远的地方也不可或缺，泽州凌川县虽然素来荒寂，但县城中仍有一家卖胡饼的店铺[⑤]，甚至在被称为“荒残小邑”的信阳军罗山县也有一家杂货店[⑥]。

4. 坐商铺席的管理与经营

除了商铺的种类和地域分布情况，宋代小说文本还出现了不少有关商铺经营管理方面的内容。两宋时的各类坐商铺席，不少是店主自己兼任店员进行经营的，如果一位老板拥有多家商铺或是商铺规模扩大、生意红火以致忙不过来，那就需要雇佣店员。除了酒肆和茶肆，其他商铺的营业员一般被称为主管，雇用主管的商铺老板都有一套相应的管理制度。南宋光宗绍熙元年，住在临安府清河坊南首升阳库前的张员外，在家门口开了个川广生药铺，因为生意兴隆，儿子张秀“每日不出大门，只务买卖”还是忙不过来，就又雇用了一个叫任珪的主管帮忙照看店铺生意[⑦]。宋话本《张主管志诚脱奇祸》叙述东京汴梁界身子里开胭脂绒线铺的张士廉员外，其店铺雇用了两个主管营运，每天傍晚时两位主管：

> 算了账目，把文簿呈张员外，今日卖几文，买几文，人上欠几文，都佥押了。原来两个主管，各轮一日在铺中当直，其日却好正轮着张主管值宿。门外面一间小房，点着一盏灯。张主管闲坐半晌，安排歇息。[⑧]

---

① （宋）洪迈《夷坚乙志》卷十二《龙泉张氏子》，《夷坚志》第一册，北京：中华书局，1981 年 10 月 1 版，第 289 页。

② （宋）周密《癸辛杂识》续集上《海井》，《癸辛杂识》，北京：中华书局，1988 年 1 月 1 版，第 125 页。

③ （宋）洪迈《夷坚丁志》卷二《宣城死妇》，《夷坚志》第二册，北京：中华书局，1981 年 10 月 1 版，第 553 页。

④ （宋）洪迈《夷坚丙志》卷四《饼店道人》，《夷坚志》第一册，北京：中华书局，1981 年 10 月 1 版，第 391 页。

⑤ （宋）洪迈《夷坚丁志》卷十六《鸡子梦》，《夷坚志》第二册，北京：中华书局，1981年10月1版，第673页。

⑥ （宋）洪迈《夷坚三志壬》卷六《罗山道人》，《夷坚志》第三册，北京：中华书局，1981 年 10 月 1 版，第 1508 页。

⑦ 宋话本《任孝子烈性为神》（载《喻世明言》卷三十八），冯梦龙《喻世明言》，北京：人民文学出版社，1958 年 4 月 1 版，第 607 页。

⑧ 宋话本《张主管志诚脱奇祸》，见程毅中辑注《宋元小说家话本集》，济南：齐鲁书社，2000 年 2 月 1 版，第 730 页。

每天傍晚下班时算清当天的账目，签押后给老板交账是店铺主管的基本职责，此外，店铺还有值班制度，规定两位主管必须轮流在店铺中值夜班。宋话本《白娘子永镇雷峰塔》故事中的男主人公许宣在表叔李将仕家的生药铺做主管，因为要到保俶塔寺中追荐祖宗，他就去生药铺向李将仕请一天的假，李将仕痛快地答应了，可见当时不仅有主管值班制度，还有请假制度，如果主管有事情，可以向老板请假。许宣第二次请假是因为要借要伞的机会去见一见钟情的白娘子：

> 当时许宣见老将仕坐在柜上，向将仕说道："姐夫叫许宣归早些，要送人情，请暇半日。"将仕道："去了，明日早些来！"许宣唱个喏，径来箭桥双茶坊巷口，寻问白娘子家里……①

只上了半天班的许宣又向李将仕请假，虽然在请假理由上撒了谎，仍获得了老板的批准。

药铺和绒线铺基于经营和管理的需要，有主管晚上值班制度，而解库中存有各种各样的物品，其中不乏金珠宝贝和其他贵重物品，就解库的管理而言，最重要的是防盗，所以很多解库都采取了严密的防盗措施。宋话本《宋四公大闹禁魂张》写江湖盗贼宋四公要去汴京禁魂张员外的解库库房偷窃，他等到三更时分，跳入了张员外家的天井，意外地在廊屋中抓到了一位与人约会的女人：

> 宋四公道："小娘子，我来这里做不是。我问你则个：他这里到上库有多少关闭？"妇女道："公公，出得奴房十来步，有个陷马坑，两只恶狗。过了便有五个防土库的，在那里吃酒赌钱，一家当一更，便是土库。入得那土库，一个纸人，手里托着个银球，底下做着关棙子。踏着关棙子，银球脱在地下，有条合溜，直滚到员外床前，惊觉，教人捉了你。"②

接近库房就得过陷马坑、恶狗和保安三道关，幸运闯过这三关进了库房，还会遇到一个报警纸人，纸人下藏着一个能转动的机械装置，如果踩到它，纸人手中银球掉落并顺着水槽滚到张员外床前直接报警，设有四道关卡的张员外蓄藏贵重物品的库房的防盗措施可谓非常严密，但还是被大盗宋四公一一破解，丢

---

① 宋话本《白娘子永镇雷峰塔》（载《警世通言》卷二十八），冯梦龙《警世通言》，北京：人民文学出版社，1956年1月1版，第439页。

② 宋话本《宋四公大闹禁魂张》，见程毅中辑注《宋元小说家话本集》，济南：齐鲁书社，2000年2月1版，第150页。

失了价值五万贯的上等金珠。

除了防盗，经营解库面临的风险还包括避免收典盗窃来的财物，否则后果不堪设想。《宋四公大闹禁魂张》中的禁魂张员外因为惹恼了江湖大盗宋四公，四公便让同伙侯兴扮作内官，拿着另一同伙赵正从钱大王府中偷来的暗花盘龙羊脂白玉带到张员外解库典当，宋四公事先叮嘱侯兴，让他对张员外说这玉带虽然是无价之宝，但只想当三百贯钱，而且“三日便来取赎，若不赎时，再加绝二百贯。你且放在铺内，慢些子收藏则个”。侯兴依照宋四公吩咐而行，外行张员外利令智昏，“不问来由，当去三百贯足钱”，结果接到宋四公暗派之人举报的钱大王让手下人去禁魂张员外家解库搜查，搜出了玉带，钱大王亲自把张员外和赃物玉带送到开封府滕大尹处拷问，收典了偷盗之物的张员外被打得皮开肉绽，最后熬刑不过，“情愿责限三日，要出去挨获当带之人。三日获不着，甘心认罪”①。何薳《春渚纪闻》中也记载了一家小当铺误质盗物之事：

（刘贡父舍人）一日与先生（苏轼）拥炉于慧林僧寮，谓坡曰：“吾之邻人，有一子稍长，因使之代掌小解，不逾岁，偶误质盗物，资本耗折殆尽……”②

小当铺因为误收了盗窃来的物品而赔光了本钱，足见经营解库风险之大。

不同种类的店铺有着不同的经营项目与范围，两宋小说中呈现较多的是解库和金银铺的具体业务。先看解库，宋话本《郑节使立功神臂弓》叙述东京汴梁富豪张员外被破落户夏扯驴诈了二十两银子，写了批子让他到自己开的质库去支钱。夏扯驴拿着批子来到张员外质库里，见到了主管郑信：

……未发迹的贵人（郑信）问道：“赎典，还是解钱？”夏扯驴道：“不赎不解，员外有批子在此，教支二十两银。”郑信便问：“员外买你甚么？支许多银？”那厮道：“买我牛肉吃。”郑信道：“员外直吃得许多牛肉？”夏扯驴道：“主管莫问，只照批子付与我。”两个说来说去，一声高似一声。这郑信只是不肯付与他……③

从夏扯驴和郑信的对话可知质库的经营主要包括两大类，一是赎典，二是解钱。

① 宋话本《宋四公大闹禁魂张》，见程毅中辑注《宋元小说家话本集》，济南：齐鲁书社，2000 年 2 月 1 版，第 168—169 页。

②（宋）何薳《春渚纪闻》卷六《苏刘互谑》，《春渚纪闻》，北京：中华书局，1983 年 1 月 1 版，第 95 页。

③ 宋话本《郑节使立功神臂弓》（载《醒世恒言》卷三十一），冯梦龙《醒世恒言》，北京：人民文学出版社，1956 年 7 月 1 版，第 689 页。

赎典是解库最常见的业务，《夷坚乙志》卷十一《涌金门白鼠》中就记载高宗绍兴十一年，京师人鲁时“送所亲于北闸下，忘携钱行”，只得“解衣质于库”①，即将自己的衣服典给了当铺；解钱是指将大额的金钱兑散成小额的，《水浒传》第三十八回“及时雨会神行太保　黑旋风斗浪里白跳”中，李逵对宋江说“我有一锭大银，解了十两小银使用了”②，指的就是这个意思。

早期的金银铺主要以金银器皿和首饰的打造、贩卖为经营范围，但到了唐宋时期，其经营范围不断扩大。日本学者加藤繁将唐宋时金银铺的业务范围概括为金银器饰的买卖、金银铤和金银饼等的买卖、金银的鉴定、金银器饰与地金的铸造、钞引的买卖五种③，两宋小说中反映较多的是其中的金银器饰的买卖和金银的鉴定与买卖两种。据叶绍翁《四朝闻见录》丙集《慈明》记载，北宋汴京卖珍珠的富豪吴员外手下仆人“置白金器于肆”，结果却与银铺老板发生了争吵④。显然，在银铺老板看来，售卖金银器饰属于自己店铺的业务范围。洪迈《夷坚丁志》卷十《秦楚材》记载，士人秦楚材在徽宗政和年间自建康贡入京师，住在汴河上的一家客店中。一天，他和同住这家客邸的一个人走在街上：

> 逢黥面道人，携小篮，揖秦曰：“积金峰之别，三百年矣。……无以赠君。”探篮中白金一块授之，……（同舍）挽诣肆，将货之以供酒食费。肆中人视金，反复咨玩不释手。问需几何钱。曰：“随市价见偿可也。”人曰：“吾家累世作银铺，未尝见此品。”转而之他，所言皆然。秦亦悟神仙之异，不肯鬻。以制酒杯、茶汤匕、药器，凡五物。⑤

这段文字至少透露了三方面的信息：其一，银铺的经营业务中包括收买银子；其二，银铺根据银子的品种、数量，按时价计算后给付钱币；其三，银铺收买银子时要进行鉴定、评估，对极品金银和珍奇金银会用特殊价格收买。金银铺收买金银时，鉴定评估是至关重要的一环。《秦楚材》中银铺主人是通过肉眼、凭借经验鉴定银子成色的，而何薳《春渚纪闻》介绍了一种更为科学的鉴定方

①（宋）洪迈《夷坚乙志》卷十一《涌金门白鼠》，《夷坚志》第一册，北京：中华书局，1981 年 10 月 1 版，第 276 页。

②（明）施耐庵、罗贯中《水浒传》第三十八回“及时雨会神行太保 黑旋风斗浪里白跳”，《水浒传》，北京：人民文学出版社，1985 年 10 月 1 版，第 514 页。

③ 请参见〔日〕加藤繁《唐宋时代金银之研究》，北京：中华书局，2006 年 12 月 1 版，第 490—499 页。

④（宋）叶绍翁《四朝闻见录》丙集《慈明》，《四朝闻见录》，北京：中华书局，1989 年 2 月 1 版，第 111 页。

⑤（宋）洪迈《夷坚丁志》卷十《秦楚材》，《夷坚志》第二册，北京：中华书局，1981 年 10 月 1 版，第 620—621 页。

法。在该书卷十《点铜成庚》一篇中，三位道人炼出真金后：

袖市肆中，云良金也。众复相与谋曰："常闻京师銮家金肆为天下第一，若往彼市之无疑，则真仙秘术也。"袱被而行。至都，以十两就市，銮氏取其家金较之，则体柔而加紫焰，即得高直以归。①

据加藤繁先生判断，名牌店铺銮家金肆鉴定道人欲卖之金所用的"家金"，应该就是等子或对牌之类金的标本②，显然，銮家金肆鉴定金子采用的是与样品对照进行评估的方法。另据蔡绦《国史补》中记载，徽宗大观三年，在大钱折价变更之先，朝中大臣纷纷"争辇钱而市黄金。在都金银铺未之知，不两月命下，时传以为讪笑"③，可见金银铺不仅收买金银，也卖出金银。

除了商铺的管理制度与经营业务，宋代小说文本中还呈现了店铺的经营理念与策略，这些理念与策略可以概括为三点：首先是服务热情周到，对大小客人一视同仁，还会根据季节变换提供特色食品，《东京梦华录》卷四《食店》中有这样的记载：

……又有瓠羹店，门前以枋木及花样沓结缚如山棚，上挂成边猪羊，相间三二十边。近里门面窗户，皆朱绿装饰，谓之"欢门"。每店各有厅院东西廊，称呼坐次。客坐则一人执箸纸，遍问坐客。都人侈纵，百端呼索，或热或冷，或温或整，或绝冷、精浇、臕浇之类，人人索唤不同。行菜得之，近局次立，从头唱念，报与局内。当局者谓之"铛头"，又曰"着案"讫。须臾，行菜者左手杈三碗、右臂自手至肩，驮叠约二十碗，散下尽合各人呼索，不容差错。一有差错，坐客白之主人，必加叱骂，或罚工价，甚者逐之。吾辈入店，则用一等琉璃浅棱碗，谓之"碧碗"，亦谓之"造羹"，菜蔬精细，谓之"造齑"，每碗十文。面与肉相停，谓之"合羹"；又有"单羹"，乃半个也。旧只用匙，今皆用箸矣。④

这段文字详细说明了汴京食品店中较高级的瓠羹店服务之热情、周到。事实上不仅瓠羹店，其他一些食店也会从顾客的需要出发，有的食店甚至会随着季节的变化供应各种节日食品，《清异录》卷下"馔羞门"中记载的张手美家就是这

①（宋）何薳《春渚纪闻》卷十《点铜成庚》，《春渚纪闻》，北京：中华书局1983年1月1版，第149页。

② 参见〔日〕加藤繁《唐宋时代金银之研究》，北京：中华书局，2006年12月1版，第493页。

③（宋）马端临《文献通考》卷九《钱币考二》引蔡絛《国史补》，四库全书本。

④（宋）孟元老《东京梦华录》卷四《食店》，伊永文《东京梦华录笺注》，北京：中华书局，2006年8月1版，第430页。

样一家食店：

阊阖门外通衢有食肆，人呼为张手美家。水产陆贩，随需而供，每节则专卖一物，遍京辐凑，号曰浇店。偶记其名，播告四方事口腹者：元阳脔（元日）、油画明珠（上元油饭）、六一菜（人日）、涅盘兜（二月十五）、手里行厨（上巳）、冬凌粥（寒食）、指天馂馅（四月八）、如意圆（重午）、绿荷包子（伏日）、辣鸡脔（二社饭）、摩睺罗饭（七夕）、玩月羹（中秋）、盂兰饼餤（中元）、米锦（重九糕）、宜盘（冬至）、萱草麪（腊日）、法王料斗（腊八）①。

几乎每一个当时的节日，张手美家食店都特别供应一款应节食品，因此可以肯定，它的这一经营特色是这家店铺成为名牌食品店的原因之一。一般来说，两宋时的商铺都是讲究品种齐全，追求服务热情周到的，要什么没有什么的店铺肯定罕见，无奇不有的是，宋话本《种瓜张老》中就写了这样一家生药铺，它的药厨里“四个荅薏三个空，一个盛着西北风”，甚至连最普通的薄荷、甘草、百药煎都没有。话本作者最后揭示了这一奇观出现的原因：原来这家生药铺的老板是一位神仙，不同于一般商人，他丝毫不指望靠经营药店赚钱②。

在服务态度上，很多商铺都把一视同仁视为最基本的经营理念。宋话本《白娘子永镇雷峰塔》中，因为受到白娘子的牵连，许宣被押送镇江府牢城营做苦工，到达镇江后，经过姐夫的熟人、开生药铺的李克用上下打点，许宣被“保领回家”，李克用让他在自己的生药铺中做主管，许宣做起买卖来很是上心：

原来药铺中有两个主管，一个张主管，一个赵主管。赵主管一生老实本分，张主管一生克剥奸诈。倚着自老了，欺侮后辈。见又添了许宣，心中不悦，恐怕退了他；反生好计，要嫉妒他。忽一日，李克用来店中闲看，问：“新来的做买卖如何？”张主管听了心中道：“中我机谋了！”应道：“好便好了，只有一件，……”克用道：“有甚么一件？”老张道：“他大主买卖肯做，小主儿就打发去了，因此人说他不好。我几次劝他，不肯依我。”老员外说：“这个容易，我自分付他便了，不怕他不依。”赵主管在傍听得此言，私对张主管说道：“我们都要和气。许宣新来，我和你照管他才是。

①（宋）陶穀《清异录》卷下“馔羞门”之《张手美家》，《宋元笔记小说大观》（一），上海：上海古籍出版社，2007年3月第1版，第130页。

② 宋话本《种瓜张老》（《喻世明言》卷三十三作《张古老种瓜娶文女》），冯梦龙《喻世明言》，北京：人民文学出版社，1958年4月1版，第531—532页。

有不是宁可当面讲，如何背后去说他？他得知了，只道我们嫉妒。”老张道：“你们后生家，晓得甚么！”天已晚了，各回下处。赵主管来许宣下处道：“张主管在员外面前嫉妒你，你如今要愈加用心，大主小主儿买卖，一般样做。”许宣道：“多承指数……”①

张主管在店主李克用面前说许宣坏话的内容和赵主管对许宣的好心提醒都说明，“大主小主儿买卖一般样做”即对顾客一视同仁是商铺基本的、也是特别看重的经营理念。

宋代小说文本中呈现的当时商铺经营理念与策略的第二点，是注重宣传自己的商铺和商品，常见的宣传方法是制作起到广告作用的招牌、招幌和商标。欧阳修《归田录》卷二中说“京师食店卖酸馅者，皆大出牌膀于通衢，而俚俗昧于字法，转酸从食，馅从臽”②，宋话本《碾玉观音》一开头，就提到车桥下面的一家裱褙铺，“门前出着一面招牌，写着‘璩家装裱古今书画’”③；后来写崔宁与秀秀逃到潭州，要开家碾玉铺谋生，于是“就在潭州市里讨间房屋，出面招牌，写着‘行在崔待诏碾玉生活’”④，同一部小说提到的两家不同行业的商铺都是通过伸出店外的招牌宣传自己的，汴京通衢那些写着食品名字的大大的招牌和《碾玉观音》中提及的这两块招牌一样，起到的都是今天招牌广告的作用。《张主管志诚脱奇祸》中的张胜离开大张员外的绒线铺之后，他母亲让他背着花栲栳儿沿街贩卖胭脂绒线。张胜用五十两银子的本钱开了一家胭脂绒线铺，这家店铺“门前挂着花烤拷儿为记”⑤，栲栳儿是一种用竹子或柳条编制而成的筐篮，“花”是指筐篮的色彩和图案，张胜父亲留下的花栲栳儿想必色彩和图案都很漂亮，它其实相当于张胜绒线铺的招幌广告。《夷坚丁志》卷十《徐楼台》中当涂外科医生徐某自己开了家医药铺，药铺“门首画楼台标记”，这个形象的标记相当于他店铺的商标。由于医术高超，徐某坐堂的医药铺远近闻名，以致人们直接称他为“徐楼台”⑥，这个楼台标记可以算是驰名商标了。

---

① 宋话本《白娘子永镇雷峰塔》（载《警世通言》卷二十八），冯梦龙《警世通言》，北京：人民文学出版社，1956年1月1版，第452—453页。

②（宋）欧阳修《归田录》卷二，《渑水燕谈录》《归田录》合刊，北京：中华书局，1981年3月1版，第26页。

③ 宋话本《碾玉观音》，转引自程毅中辑注《宋元小说家话本集》，济南：齐鲁书社，2000年2月1版，第187页。

④ 宋话本《碾玉观音》，转引自程毅中辑注《宋元小说家话本集》，济南：齐鲁书社，2000年2月1版，第191页。

⑤ 宋话本《张主管志诚脱奇祸》，转引自程毅中辑注《宋元小说家话本集》，济南：齐鲁书社，2000年2月1版，第731—734页。

⑥（宋）洪迈《夷坚丁志》卷十《徐楼台》，《夷坚志》第二册，北京：中华书局，1981年10月1版，第618页。

宋代小说文本中呈现的当时商铺经营理念与策略的第三点，是讲究商业道德，诚信为本，不卖假货。《夷坚支庚》卷五就记载了这样一位医药铺老板，他叫江仲谋，在平江府开了家医药铺，为避免“伪品药杂于剂中，误人服食”，坚持不惜高价“收市良材”[①]。施德操《北窗炙輠录》卷上《陶四翁》篇也写了一位诚信商人陶四翁，他：

> 开染肆，尝有紫草来，四翁乃出四百万钱市之。数日，有驵者至，视之曰：“此伪草也。”四翁曰：“何如？”驵者曰：“此蒸坏草也，泽皆尽矣。今色在外，实伪物也，不可用。”四翁试之，信然。驵者曰：“毋忧，某当为翁遍诸小染家分之。”四翁曰：“诺。”明日，驵者至，翁尽取四百万钱草，对其人一爇而尽，曰：“宁我误，岂可误他人耶！”时陶氏资尚薄，其后富盛，累世子孙登第者亦数人……[②]

四百万铜钱在宋代是多少银子呢，据《宋史·食货志》记载，北宋中期一两银子可兑换一贯铜钱，北宋末期一两银子可兑换两贯铜钱，一贯是七百七十铜钱，陶四翁如果生活在北宋末年，那四百万铜钱对他来说就是大约两千六百两银子的巨款，如果生活在北宋中期，四百万铜钱对他来说则大约是五千二百两银子的巨款，在资金尚薄时宁可自己承受如此大的损失而没有接受驵侩建议转嫁给相对弱势的小染肆，陶四翁堪称诚信经商的楷模。

二、夜市骈阗连早市

坊市制在北宋前期的松弛裂变直至北宋中期的彻底崩溃，给当时的经济生活带来的直接变化就是，不仅城市里所有的大街小巷都变成了市场，而且市场的营业时间也不再像北宋以前那样仅限于白天，而是延长到了夜晚甚至清晨，这样的情形之下，在以日间经营为主的坐商店铺之外，早市和夜市在两宋的城市里如雨后春笋般出现并得到了空前的发展。

1. 五鼓钟鸣早市开

早市又称晓市，它在两宋的许多城市中呈现了旺盛的生命力，范成大诗句“巷南敲板报残更，街北弹丝行诵经……菜市喧时窗透明，饼师叫后药煎成”[③]写

---

① （宋）洪迈《夷坚支庚》卷五《伏虎司徒庙》，《夷坚志》第三册，北京：中华书局1981年10月1版，第1168页。

② （宋）施德操《北窗炙輠录》卷上《陶四翁》，《宋元笔记小说大观》（三），上海：上海古籍出版社，2007年3月1版，第3303页。

③ （宋）范成大《石湖诗集》卷二十七《自晨至午，起居饮食皆以墙外人物之声为节，戏书四绝》，四库全书本。

的是苏州早市卖菜和卖饼小贩的叫卖声；王之道诗句“炭重乌银争晓市，蔬挑翠羽荷邻家”[①]描述的是冬末春初的江城早市之景，吕南公“晓市鱼多腥万鼻，晚波风健趁千艘”[②]的诗句则写出了湖口早市鲜鱼交易之盛。与苏州、湖口、江城这些地方性城市相比，北宋汴京和南宋临安的早市更繁盛，也更热闹，请看《东京梦华录》《都城纪胜》和《梦粱录》中的相关记载：

……其（指潘楼酒店）下每日自五更市合，买卖衣物、书画、珍玩、犀玉，至平明，羊头、肚肺、赤白腰子、奶房、肚胘、鹑兔鸠鸽野味、螃蟹、蛤蜊之类讫，方有诸手作人上市，买卖零碎作料。饭后饮食上市，如酥蜜食、枣䭔、澄砂团子、香糖果子、蜜煎雕花之类[③]。

……又东十字大街，曰从行裹角茶坊，每五更点灯博易，买卖衣服、图画、花环、领抹之类，至晓即散，谓之“鬼市子”[④]。

每日交五更，诸寺院行者打铁牌子，或木鱼，循门报晓……诸门桥市井已开，如瓠羹店门首坐一小儿，叫“饶骨头”，间有灌肺及炒肺。酒店多点灯烛沽卖，每分不过二十文，并粥、饭、点心。亦间或有卖洗面水，煎点汤茶药者，直至天明。其杀猪羊作坊，每人担猪羊及车子上市，动即百数。如果木亦集于朱雀门外，及州桥之西，谓之果子行。纸画儿亦在彼处，行贩不绝。其卖麦面，秤作一布袋，谓之“一宛”；或三五秤作一宛，用太平车或驴、马驮之，从城外守门入城货卖，至天明不绝。更有御街、州桥至南内前，趁朝卖药及饮食者，吟叫百端[⑤]。

卖生鱼则用浅抱桶，以柳叶间串，清水中浸，或循街出卖。每日早惟新郑门、西水门、万胜门，如此生鱼有数千檐入门。冬月即黄河诸远处客

---

①（宋）王之道《相山集》卷九《追和东坡严车二雪诗》，四库全书本。

②（宋）吕南公《灌园集》卷五《过湖口》，四库全书本。

③（宋）孟元老《东京梦华录》卷二《东角楼街巷》，伊永文《东京梦华录笺注》，北京：中华书局，2006年8月1版，第144页。

④（宋）孟元老《东京梦华录》卷二《潘楼东街巷》，伊永文《东京梦华录笺注》，北京：中华书局，2006年8月1版，第164页。按，此段之断句，上海古典文学出版社1956年点校本作“又东十字大街，曰从行裹角，茶坊每五更点灯博易”，似较为妥当。见《东京梦华录（外四种）》，上海：上海古典文学出版社，1956年11月1版，第15页。

⑤（宋）孟元老《东京梦华录》卷三《天晓诸人入市》，伊永文《东京梦华录笺注》，北京：中华书局，2006年8月1版，第357页。

鱼来，谓之“车鱼”，每斤不上一百文[①]。

和宁门外红杈子，早市买卖，市井最盛。盖禁中诸阁分等位，宫娥早晚令黄院子收买食品下饭于此。凡饮食珍味，时新下饭，奇细蔬菜，品件不缺。遇有宣唤收买，即时供进。如府宅贵家，欲会宾朋数十位，品件不下一二十件，随索随应，指挥办集，片时俱备，不缺一味。夏初茄瓠新出，每对可直十余贯，诸阁分、贵官争进，增价酬之，不较其值，惟得享时新耳[②]。

杭城大街，买卖昼夜不绝，夜交三四鼓，游人始稀；五鼓钟鸣，卖早市者又开店矣[③]。

每日交四更，诸山寺观已鸣钟……御街铺店，闻钟而起，卖早市点心，如煎白肠、羊鹅事件、糕、粥、血脏羹、羊血、粉羹之类。冬天卖五味肉粥、七宝素粥，夏月卖义粥、馓子、豆子粥。又有浴堂门卖面汤者，有浮铺早卖汤药二陈汤，及调气降气并丸剂安养元气者。有卖烧饼、蒸饼、糍糕、雪糕等点心者。以赶早市，直至饭前方罢。及诸行铺席，皆往都处，侵晨行贩。和宁门红杈子前买卖细色异品菜蔬，诸般嗄饭，及酒醋时新果子，进纳海鲜品件等物，填塞街市，吟叫百端……孝仁坊口，水晶红白烧酒，曾经宣唤，其味香软，入口便消。六部前丁香馄饨，此味精细尤佳。早市供膳诸色物件甚多，不能尽举。自内后门至观桥下，大街小巷，在在有之，不论晴雨霜雪皆然也[④]。

自大内和宁门外，新路南北，早间珠玉珍异及花果时新海鲜野味奇器天下所无者，悉集于此；……而五鼓朝马将动，其有趁卖早市者，复起开张。无论四时皆然。[⑤]

---

①（宋）孟元老《东京梦华录》卷四《鱼行》，伊永文《东京梦华录笺注》，北京：中华书局，2006年8月1版，第447—448页。

②（宋）吴自牧《梦粱录》卷八《大内》，《东京梦华录（外四种）》，上海：上海古典文学出版社，1956年11月1版，第193页。

③（宋）吴自牧《梦粱录》卷十三《夜市》，《东京梦华录（外四种）》，上海：上海古典文学出版社，1956年11月1版，第242页。

④（宋）吴自牧《梦粱录》卷十三《天晓诸人出市》，《东京梦华录（外四种）》，上海：上海古典文学出版社，1956年11月1版，第241—242页。

⑤（宋）灌园耐得翁《都城纪胜·市井》，《东京梦华录（外四种）》，上海：上海古典文学出版社，1956年11月1版，第90页。

以上文献记载至少透露了三个信息：其一，早市的繁华地段，汴京主要有潘楼街潘楼酒店下、土市子东从行里角大街、御街、州桥至南内前等处，临安则集中在大内和宁门外红杈子前、御街、孝仁坊口、六部前、大内后门到观桥下等处。其二，无论汴京还是临安，概言之，早市售卖的商品可分为两大类，一类是与饮食、洗漱有关的日用品，包括早餐食品（各种点心、粥、小吃、小菜等）、蔬菜（各种应季蔬菜）、水果、海鲜、肉类、野味、麦面、酒醋、药品、洗面水等，这类商品一般采用吟唱叫卖的方式进行销售，销售对象主要是上朝的官员和各部上班的吏员，另一类是艺术品与珠宝玉器，诸如饰品、书画、珍玩、犀玉、珠玉、珍异奇器等，这类商品多采用博易的方式进行售卖。汴京、临安早市售卖的商品和下文要介绍的夜市相比，不仅同样种类繁多，而且还有自己的特色，比如早市售卖的新鲜蔬菜、鲜鱼等河鲜与海鲜、肉类等，都是夜市没有的。其三，无论汴京还是临安，早市的营业时间都是五更到天明，只是由于临安的夜市一般延续到四更，所以常会出现夜市与早市相连的情况，这也从一个侧面说明了南宋商业市场的高度繁荣。早市和夜市一样，有着较强的稳定性，不会受到季节和“风雨霜雪”等恶劣天气的影响。

2. 红灯焰焰三更市

夜市是唐代后期作为特殊现象开始出现的，虽然经过了唐五代统治者的禁绝，入宋后仍然以不可遏阻的态势逐渐普及开来，宋太祖无奈之下，只得于乾德三年下诏给开封府，明令以后不得禁止京城夜市。此后，夜市在两宋的城市中日渐兴盛。北宋太祖开宝初年，染工李某去买熟食，看见自己后晋末年杀死的小贩孙某也在买东西①的地方是洛阳夜市；南宋宁宗庆元三年，饶州市民萧七去夜市卖“批炙猪肉片脯”②。相较于洛阳、饶州这样的地方城市，北宋汴京和南宋临安的夜市显然更为繁盛，在这两座巨型城市中，夜市已成为商业活动不可或缺的一个部分，和以日间营业为主的坐商店铺一起，共同谱写着京城商品市场的繁荣乐章。

夜市又称晚市，下面是孟元老笔下的汴京夜市：

> 自州桥南去……至朱雀门，旋煎羊白肠、鲊脯、燠冻鱼头、姜豉、剿子、抹脏、红丝、批切羊头、辣脚子、姜辣萝卜。夏月麻腐鸡皮、麻饮细粉、素签沙糖冰雪冷元子、水晶皂儿、生淹水木瓜、药木瓜、鸡头穰、沙糖绿

---

①（宋）张齐贤《洛阳缙绅旧闻记》卷三《洛阳染工见冤鬼》，转引自李剑国先生辑校《宋代传奇集》，北京：中华书局，2001年11月1版，第88页。按，中华书局2018年8月修订版《宋代传奇集》未选此篇。

②（宋）洪迈《夷坚三志壬》卷六《萧七佛经》，《夷坚志》第四册，北京：中华书局 1981 年 10 月 1 版，第 1513 页。

豆甘草冰雪凉水、荔枝膏、广芥瓜儿、咸菜、杏片、梅子姜、莴苣笋、芥辣瓜儿、细料馉饳儿、香糖果子、间道糖荔枝、越梅、锯刀紫苏膏、金丝党梅、香枨元，皆用梅红匣儿盛贮。冬月盘兔、旋炙猪皮肉、野鸭肉、滴酥、水晶鲙、煎夹子、猪脏之类，直至龙津桥须脑子肉止，谓之杂嚼，直至三更①。

……向晚，（潘楼酒店下）卖河娄头面、冠梳、领抹、珍玩、动使之类②。

自土市子南去，铁屑楼酒店、皇建院街、得胜桥郑家油饼店，……直南抵太庙街、高阳正店，夜市尤盛③。

马行北去，乃小货行，时楼，大骨传药铺，直抵正系旧封丘门，……夜市比州桥又盛百倍，车马阗拥，不可驻足，都人谓之“里头”④。

马行北去，……新封丘门大街，两边民户铺席，外余诸班直军营相对，至门约十里余，……夜市直至三更尽，才五更又复开张。如要闹去处，通晓不绝。寻常四梢远静去处，夜市亦有燋酸豏、猪胰胡饼、和菜饼、獾儿、野狐肉、果木翘羹、灌肠、香糖果子之类。冬月虽大风雪阴雨，亦有夜市。㓮子、姜豉、抹脏、红丝、水晶脍、煎肝脏、蛤蜊、螃蟹、胡桃、泽州饧、奇豆、鹅梨、石榴、查子、榅桲、糍糕、团子、盐豉汤之类。至三更方有提瓶卖茶者⑤。

中秋夜，贵家结饰台榭，民间争占酒楼玩月。……闾里儿童，连宵嬉戏。夜市骈阗，至于通晓⑥。

---

①（宋）孟元老《东京梦华录》卷二《州桥夜市》，伊永文《东京梦华录笺注》，北京：中华书局，2006年8月1版，第115—116页。

②（宋）孟元老《东京梦华录》卷二《东角楼街巷》，伊永文《东京梦华录笺注》，北京：中华书局，2006年8月1版，第144页。

③（宋）孟元老《东京梦华录》卷二《潘楼东街巷》，伊永文《东京梦华录笺注》，北京：中华书局，2006年8月1版，第164页。

④（宋）孟元老《东京梦华录》卷三《马行街北诸医铺》，伊永文《东京梦华录笺注》，北京：中华书局，2006年8月1版，第268页。

⑤（宋）孟元老《东京梦华录》卷三《马行街铺席》，伊永文《东京梦华录笺注》，北京：中华书局，2006年8月1版，第312—313页。

⑥（宋）孟元老《东京梦华录》卷八《中秋》，伊永文《东京梦华录笺注》，北京：中华书局，2006年8月1版，第814页。

从上面的文字可以推知汴京夜市的四个特点：第一，汴京夜市最繁盛地段包括南面御街朱雀门到龙津桥一带、北面御街之马行街、北面御街之潘楼街东潘楼酒店下、北面御街之新封丘门大街、太庙街高阳正店下等处，它们都是居民居住和活动集中的街区。除了上面提到的繁华地段，夜市广泛分布于汴京城内的大街小巷，甚至城边偏远僻静之处也有夜市。逛夜市的人很多，“车马阗拥”，很是热闹，据说“夜市酒楼极繁盛处”的马行街“永绝蚊蚋”①的原因，竟是因为“人物嘈杂，灯光照天”以至讨厌油烟的蚊子纷纷远避；第二，夜市的营业时间是固定的，一般从傍晚延续到三更，所谓“红灯焰焰三更市”②也。夜市最繁华地段甚至有营业到四更的，如马行街③，每逢元夕、中秋等节日，夜市甚至“通晓不绝”。夜市营业时间也不受季节和天气限制，即使酷暑严冬，即使下雨下雪，即使大风天气，夜市也不会停业。苏轼在《牛口见月》一诗中有“忽忆丙申年，京邑大雨滂……龙津观夜市，灯火亦煌煌”之句④，龙津桥是汴京惠民河上的一座桥，在州桥之南，而州桥以南朱雀门到龙津桥段的御街是夜市最繁华的地段之一，苏轼的诗句证实了孟元老“虽大风雪阴雨，亦有夜市”的记载并非夸诞不实之辞；第三，夜市所卖商品以各类特色小吃、冷热饮料、水果、日用小商品、饰物饰品、玩具为主，而且会随着季节的转换而变化，也就是说，夜市售卖之物无论小吃零食、水果饮料，还是玩具饰品，以应季商品居多。

随着商品经济的长足发展，南宋都城临安的夜市比北宋汴京更为繁盛，这一点在灌园耐得翁《都城纪胜》、吴自牧《梦粱录》等书记载中均有体现，请看灌园耐得翁和吴自牧对临安夜市的记载：

> ……（自大内和宁门外，新路南北）以至朝天门、清河坊、中瓦前、灞头、官巷口、棚心、众安桥，食物店铺，人烟浩穰。其夜市除大内前外，诸处亦然，惟中瓦前最胜，扑卖奇巧器皿、百色物件，与日间无异。其余坊巷市井，买卖关扑，酒楼歌馆，直至四鼓后方静；而五鼓朝马将动，其有趁卖早市者，复起开张。无论四时皆然，如遇元宵犹盛……。⑤

> 此夜（笔者按，指中秋夜）天街买卖，直到五鼓，玩月游人，婆娑于

① （宋）蔡絛《铁围山丛谈》卷四，《铁围山丛谈》，北京：中华书局，1983 年 9 月 1 版，第 70 页。

② （宋）郑侠《西塘集》卷九《和英州太守何智翁次韵冯仲礼麻江桥》，四库全书本。

③ （宋）蔡絛《铁围山丛谈》卷四，《铁围山丛谈》，北京：中华书局，1983 年 9 月 1 版，第 70 页。

④ （宋）苏轼《东坡全集》卷二十六《牛口见月》，四库全书本。

⑤ （宋）灌园耐得翁《都城纪胜・市井》，《东京梦华录（外四种）》，上海：上海古典文学出版社，1956 年 11 月 1 版，第 91 页。见《南宋古迹考（外四种）》，杭州：浙江人民出版社，1983 年 6 月 1 版，第 80 页。

市，至晓不绝。盖金吾不禁故也。①

最是大街一两处面食店及市西坊西食面店，通宵买卖，交晓不绝。②

杭城大街，买卖昼夜不绝，夜交三四鼓，游人始稀；五鼓钟鸣，卖早市者又开店矣。……又有夜市物件，中瓦前车子卖香茶异汤，狮子巷口爊耍鱼，罐里瀌鸡丝粉，七宝科头，中瓦子武林园前煎白肠、焐肠，灌肺岭卖轻饧，五间楼前卖余柑子、新荔支，木檐市西坊卖焦酸馅、千层儿……大街更有夜市卖卦：蒋星堂、玉莲相、花字青、霄三命、玉壶五星、草窗五星、沈南天五星、简堂石鼓、野庵五星、泰来心、鉴三命。……其余桥道坊巷，亦有夜市扑卖果子糖等物，亦有卖卦人盘街叫卖，如顶盘担架卖市食，至三更不绝。冬月虽大雨雪，亦有夜市盘卖。至三更后，方有提瓶卖茶。……③

坝北修义坊，名曰“肉市”……每日不下宰数百口，皆成边及头蹄等肉，俱系城内外诸面店、分茶店、酒店、犯鲊店及盘街卖爊肉等人，自三更开行上市，至晓方罢市。④

上面的材料至少给我们透露了三个信息：其一，临安夜市繁盛地段集中在御街两旁，具体说来，包括御街南段大内和宁门红杈子前、御街中段市南坊北中瓦子前、清河坊、三桥址、官巷口、众安桥和观桥等处。相较于汴京，夜市繁盛处在临安城内的分布更为广泛，除了居民居住和活动集中的街区，还扩大到了“市瓦”伎艺区中夜间营业的市场。其二，夜市的营业时间很固定，一般是从傍晚延至四鼓，营业时间明显比汴京夜市的持续到三鼓加长了。元宵、中秋等节日期间，夜市甚至“至晓不绝”，相当于通宵营业了。当时通宵营业的除了节日夜市，还有一些特殊的行业，诸如御街上和市西坊西的面食店、修义坊肉铺等，都是通宵开门的。临安夜市和汴京夜市一样不受季节限制，一年四季都保持营

①（宋）吴自牧《梦粱录》卷四《中秋》，《东京梦华录（外四种）》，上海：上海古典文学出版社，1956年11月1版，第161页。

②（宋）吴自牧《梦粱录》卷十三《天晓诸人出市》，《东京梦华录（外四种）》，上海：上海古典文学出版社，1956年11月1版，第241页。

③（宋）吴自牧《梦粱录》卷十三《夜市》，《东京梦华录（外四种）》，上海：上海古典文学出版社，1956年11月1版，第242—243页。

④（宋）吴自牧《梦粱录》卷十六《肉铺》，《东京梦华录（外四种）》，上海：上海古典文学出版社，1956年11月1版，第270页。

业时间不变，也不受天气限制，即使下大雪，大街上的夜市也不受影响。其三，临安夜市售卖的商品除了汴京夜市常见的水果小吃、冷热饮料、日用小商品和饰物饰品之外，还增加了奇巧器皿、糖果之类，而且很多商品都是用当时市民中流行的关扑方式进行售卖的。

两宋早市和夜市的空前繁盛在宋代小说中有不少呈现。据王明清《挥麈后录》卷六记载，苏东坡作杭州知府时，一有空闲，就与朋友携歌妓游于西湖，早晨出城，晚上“列烛以归”，归时虽然已经是一、二更天，“夜市犹未散，城中士女云集，夹道以观千骑之还”[①]，可见北宋时的杭州夜市之盛。吴曾《能改斋漫录》卷十四中提到王安石舅舅吴子经做了一本名为《法言》的书，书中写道：

> 稚子夜啼，拊背以哀之而不止，取果以与之而不止，许之以早市物而不止。于是其母灭烛，其父伏户下为鬼啸，出垣后为狐鸣，则其口如窒。此事所以贵乎权也。[②]

在上文列举的五种试图制止小儿夜啼的方法中，“许之以早市物”赫然在列，可以肯定，早市所售商品中肯定有不少新奇诱人之物或者美味食品，这不仅与灌园耐得翁《都城纪胜·市井》中“早间珠玉珍异及花果时新、海鲜野味、奇器天下所无者，悉集于此”[③]的记载及《梦粱录》卷十三《天晓诸人出市》中早市诸多美味食品的记载互相印证，而且还和另一篇出现在《夷坚志》中的短篇小说《张主簿墓仆》的描写暗合：

> （张主簿）有父墓在东关外十里。其守仆曰裴九，裴之侄婿曰胡三。淳熙十三年八月，采菱于上湖，夜归，冥行小径。遇男子十数人，暗中不能认面目，同声语曰：“大家去魏八郎宅赴会。”胡不肯行，曰：“要将菱角归家，事持洗涤，赴绝早上市。若连夜赴人会，定到晓。又不与魏八郎识知，元不曾见招，岂可上他门户。”[④]

---

①（宋）王明清《挥麈录·后录》卷六，《挥麈录》，上海：上海书店出版社，2001 年 8 月 1 版，第 126 页。

②（宋）吴曾《能改斋漫录》卷十四《吴子经言似庄子》，《能改斋漫录》，上海：上海古籍出版社，1960 年 11 月 1 版，第 434 页。

③（宋）灌园耐得翁《都城纪胜·市井》，《东京梦华录（外四种）》，上海：上海古典文学出版社，1956 年 11 月 1 版，第 90 页。

④（宋）洪迈《夷坚支庚》卷一《张主簿墓仆》，《夷坚志》第四册，北京：中华书局 1981 年 10 月 1 版，第 1142 页。

胡三拒绝与路遇男子共赴魏八郎宅宴会的理由之一，就是明天要到早市卖新摘的菱角。这则故事也从一个侧面说明两宋时早市无论在城市还是村镇都已经成了民间生活的常态。《水浒传》第二十一回“虔婆醉打唐牛儿 宋江怒杀阎婆惜”中写婆惜变心，与夜宿自己家的宋江闹了好长时间的别扭，宋江捱到五更起来，穿好衣服下楼：

> 阎婆听得脚步响，便在床上说道：“押司且睡歇，等天明去。没来由起五更做甚么？”宋江也不应，只顾来开门。婆子又道：“押司出去时，与我拽上门。”宋江出得门来，就拽上了。……却从县前过，见一碗明灯，看时，却是卖汤药的王公来到县前赶早市。那老儿见是宋江来，慌忙道：“押司，如何今日出来得早？”宋江道：“便是夜来酒醉，错听更鼓。”王公道：“押司必然伤酒，且请一盏醒酒二陈汤。”宋江道：“最好。”就凳上坐了。那老儿浓浓的捧一盏二陈汤递与宋江吃……①

宋江五更天起来赶上了郓城的早市，王公所卖的“醒酒二陈汤”与南宋吴自牧《梦粱录》卷十三《天晓诸人出市》中所载“有浮铺早卖汤药二陈汤”完全一致。

三、墟市庙市交易盛

两宋民间商贸活动的主要交易场所，除了坐商店铺、早市与夜市之外，还有墟市和庙市。王锐在《市井商情录》一书中指出，作为我国古代乡间贸易的初级市场，墟市和庙市之类的集市贸易是以民间小生产者（包括个体农民，小手工业者）的直接交易为主，以隔日、数日或隔月一集的形式进行的民间自发或约定俗成的交易活动②。两宋墟市和庙市的具体情形在当时的小说文本中也有不少鲜活的呈现：

1. 以鄂州南草市为代表的墟市

墟市又称为草市、村市、亥市、山市、野市、小市。其中草市、村市是当时通行的叫法，山市、野市和小市的得名是缘于这类集市规模较小又地处乡村，陆游《入蜀记》中就提到自己黎明时分到达一个叫长河堰的地方，那里“亦小市也，鱼蟹甚富”③。至于墟市、亥市名称的由来，宋人吴处厚在《青箱杂记》

---

①（明）施耐庵、罗贯中《水浒传》第二十一回“虔婆醉打唐牛儿 宋江怒杀阎婆惜”，《水浒传》，北京：人民文学出版社，1975年10月第1版，第274—275页。

② 王锐《市井商情录——中国商业民俗概说》，石家庄：河北人民出版社，1997年4月版，第28页。

③ 蒋方《入蜀记校注》卷一，武汉：湖北人民出版社，2005年5月版，第13页。

写道：

> 岭南谓村市为虚，……盖市之所在，有人则满，无人则虚，而岭南村市满时少，虚时多，谓之为虚，不亦宜乎？…又蜀有痎市，而间日一集，如痎疟之一发，则其俗又以冷热发歇为市喻[①]。

显然，吴处厚认为墟市、亥市的得名是民间基于其特点而使用的比喻说法，对于吴氏的这一推断，明人方以智持不同意见，他认为：

> 以亥日为市曰亥市。《青箱杂记》：蜀有亥市、亥音，皆言如痎疟，间日一发也。讳痎，故曰亥市。徐筠《水志》曰：荆吴俗，取寅申巳亥日集于市，又分宁县本常州亥市。智按，吴曾曰：豫章古渔父诗云：鱼收亥日妻到市，醉卧水痕船信风。张藉《江南曲》云：江村亥日长为市，落帆度桥来浦里。后见李淳风《易镜占渔猎胜负篇》云：取鱼，卦宜二水。又云：鱼宜见水忌土。盖亥子属水，乃知鱼收亥日所自[②]。

在方以智看来，亥市之得名是因为其开市日期为亥日。吴处厚和方以智的看法孰是孰非这里姑且不论，即无论墟市、亥市之名是源于开市日期还是源于比喻之意，可以肯定的是它们是岭南和江南、蜀地之人对乡村集市的普遍称呼，且无论怎么称呼，这类乡村集市都属于墟市，作为客商贩运与乡间小商品生产者交易相结合的一种贸易场所，它们有着共同的特点，即“这些市的名称，在作为市场的生成上，地方的发展上以及由于方言而在名称上虽然有些差异，但大体上是为在村落内、道路旁和村边上经营的极小的交换场地所起的名称”。[③]

综观两宋时各地的墟市，笔者发现它们的开市时间并不统一，隔日、三日、五日、七日、十日甚至不定期开设的情况都有，其中以三日开市一次的居多。《宋会要辑稿·食货》卷十八“商税”之“孝宗淳熙二年九月二十二日”中就有“乡落有号为虚市者，止是三数日一次市合”的记载，“端州以南三日一市，谓之趁虚”[④]记载的也是三日开设一次的墟市。

宋代小说尤其《夷坚志》中的不少文字都涉及墟市，从这些描写可以看出，

---

①（宋）吴处厚《青葙杂记》卷三，《青葙杂记》，北京：中华书局，1985 年 5 月版，第 30 页。

②（明）方以智《通雅》卷十二“天文”，四库全书本。

③〔日〕斯波义信《宋代商业史》，杭州：浙江人民出版社，2001 年版，第 341 页。

④（宋）钱易《南部新书》辛卷，《宋元笔记小说大观》第一册，上海：上海古籍出版社，2007 年 3 月 1 版，第 359 页。

到南宋时，墟市已经遍布于州县以外的小城镇或乡村中，有些较大的墟市甚至随着乡间贸易的繁荣发展成了新兴的工商业市镇。《夷坚三己》卷一《石六山美女》中就记载了宁越灵山县外一个叫石六山的新兴商业小镇，“旧为墟市，居民益广，商旅交合，在于成邑”①。墟市作为一个民间商贸活动的场所，多数位于交通要道上，交易繁盛，人烟荟萃，居民以商贾为主，也有士人。《夷坚丙志》卷五《徐秉钧女》中提到永嘉县有个叫黄土山的地方，“乃南郭外一虚市，去城才五里”②，这个距离县城五里的墟市中有米铺，米铺与一位士人的住宅相邻；《夷坚支庚》卷六《彭居士》篇叙述鄱阳城外百里有个全保庄，距离这个庄子三十里“有小墟市，通江西路，多富居民”③，可见这个乡村墟市虽地处郊外，却有着便利的交通，里面聚居着不少富商。《夷坚三壬》卷九《古步王屠》中也记载，“余干古步，有墟市数百家，为商贾往来通道，屠宰者甚众。”④ 说明在余干古驿道这条交通便利、商贾往来的要道上，集中分布着几百个墟市⑤，足见商业集群效应所导致的密集程度。为满足过往商旅的实际需求，这些墟市甚至发展起了从业者众多的屠宰行业。

就宋代小说文本的呈现而言，墟市中最有名的是鄂州南草市，关于这个墟市，据笔者统计，《夷坚志》中就有四则记载，范成大《吴船录》、陆游《入蜀记》也有描述，现将这些文字分列如下：

> 鄂州南草市茶店仆彭先者，虽尘肆细民，而姿相白皙，若美男子。对门富人吴氏女，每于帘内窥觇而慕之 ……⑥

> 鄂州富商武邦宁，启大肆，货缣帛，交易豪盛，为一郡之甲。……（武邦宁）长子有女，……乾道七年，得奇疾。…… 历数月，求巫医数十，极

①（宋）洪迈《夷坚三志己》卷一《石六山美女》，《夷坚志》第三册，北京：中华书局，1981 年 10 月 1 版，第 1304 页。

②（宋）洪迈《夷坚丙志》卷五《徐秉钧女》，《夷坚志》第一册，北京：中华书局，1981 年 10 月 1 版，第 406 页。

③（宋）洪迈《夷坚支癸》卷六《彭居士》，《夷坚志》第三册，北京：中华书局，1981 年 10 月 1 版，第 1267 页。

④（宋）洪迈《夷坚三志壬》卷九《古步王屠》，《夷坚志》第四册，北京：中华书局，1981 年 10 月 1 版，第 1536 页。

⑤ 有学者认为“余干古步，有墟市数百家，为商贾往来通道”应理解为“余干县古步镇，是个有几百户人家的墟市，位于商贾往来的通道旁”，笔者看来此解释不无道理，可备一说。南宋时的饶州余干县古步镇即今天的江西上饶市余干县古埠镇，该镇现在每逢农历一、四、七的日子仍然有市集。

⑥（宋）洪迈《夷坚支庚》卷一《鄂州南市女》，《夷坚志》第三册，北京：中华书局，1981 年 10 月 1 版，第 1136 页。

治悉不效。次年春，一客结束如道人状，入肆饮茶，……客曰："吾谈笑间可治，须一入视之。"（客）曰："我只在亨头，可令一童相随去。"亨头者，南市邸店也。[①]

鄂州都统司医官滑世昌，居于南草市，家赀鉅万，而行医以救为心，鄂州称其盛德。[②]

鄂州民媪李二婆，居于南草市，老而无子，以鬻盐自给。淳熙乙巳，市中大火，自北而南凡五里，延烧屋庐数千间，虽楼居土库亦不免。……[③]

（鄂州）市邑雄富，列肆繁错，城外南市亦数里，虽钱塘、建康不能过，隐然一大都会也。[④]

……午至鄂渚，泊鹦鹉洲前南市堤下。南市在城外，沿江数万家，廛闬甚盛，列肆如栉，酒垆楼栏尤壮丽，外郡未见其比。盖川、广、荆、襄、淮、浙贸迁之会，货物之至者无不售，且不问多少，一日可尽。其盛壮如此。……（南楼）下临南市，邑屋鳞差。[⑤]

鄂州在宋代尤其是南宋已发展成为长江中游最大的城市，是区域性政治、经济中心，由以上记载可以还原出一个鲜活的南宋前、中期鄂州城外的南草市：它位于鄂州城南门望泽门外的鹦鹉洲前，水上交通便利，是连接川、广、荆、襄、淮、浙的贸易中心，堪称南宋墟市发达繁盛的一个典型代表。其市街沿着长江堤岸向西偏南方向绵延几里，南北向跨度至少有五里以上，俨然一座以鄂州卫星城出现的新兴商业市镇，里面遍布酒肆、茶肆、邸店、商铺、民居等，人口密度很大，居民以从事商贸活动者为主，其中既有吴氏这样的富商，也有李二婆这种卖盐的小贩。

---

①（宋）洪迈《夷坚支庚》卷五 《武女异疾》，《夷坚志》第三册，北京：中华书局，1981 年 10 月 1 版，第 1174 页。

②（宋）洪迈《夷坚支癸》卷二《滑世昌》，《夷坚志》第三册，北京：中华书局，1981 年 10 月 1 版，第 1230 页。

③（宋）洪迈《夷坚志补》卷二十五《李二婆》，《夷坚志》第四册，北京：中华书局，1981 年 10 月 1 版，第 1775 页。

④（宋）陆游《入蜀记》，北京：中华书局，1985 年 5 月版，第 47 页。

⑤（宋）范成大《吴船录》卷下，见《范成大笔记六种》，北京：中华书局 2002 年 9 月 1 版，第 225 至 226 页。

2. 以相国寺市场为代表的庙市

庙市是指在寺庙或道观内外举办的定期集市，它依佛寺、道观而兴，是随着宗教信仰发展起来的商贸场所。庙市举办时间固定，一般是宗教节日或规定的日期，如上元、中元、神道生辰及祭祀之日。有宋一代，寺院、道观和民间奉祀的庙宇遍布各地，依寺观而兴的庙市也是遍地开花，其中被称为“商品渊薮”的大相国寺庙市、规模巨大的东岳庙市和青城山庙市均为驰名全国的特大集市。位于平江府常熟县福山镇上的东岳庙是泰山神的行祠，每年都有大批信徒从各地前来祭祀，“江淮闽粤，水浮陆行者……率以类至，号曰‘会社’，箫鼓之音，相属于道，不知几千万人”①，由于人数众多，这里形成了一个很大的庙市，“环皆市区，江浙川广诸货之所聚，生人所须无不有”②，商品交易的规模很大，交易的品种也极为丰富。因为流动人员数量大，混乱嘈杂，为加强管理，官府还特地设置了巡检司。每年一次的青城山庙会在宋代影响也很大，庙会二十五日举行时，“四远毕至”③、“会者万计”④。见到每年来赴道会的人数如此之众，当地不少有商业眼光的居民抓住机会“结屋山下，以鬻茶果”⑤，开展商品交易活动，逐渐形成了一个规模很大的庙市。相比于青城山道会，位于东京大相国寺的庙市更为著名，与其说它是当时全国最大的庙市，不如说它是汴京城最有名的大百货市场，这个大百货市场的具体情形在宋代小说中有着不少呈现，笔者在这里对它做一下具体的分析。

相国寺位于州桥东北、南临汴河的大街上，是汴京城内最大的寺庙。明代李濂在《汴京遗迹志》一书中勾勒了这座寺庙的历史沿革及发展到宋代的基本情况：

（相国寺）本北齐建国寺，天保六年创建，后废。唐为郑审宅园，睿宗景云初，游方僧慧云睹审后园池中有梵宫影，遂募缘易宅，铸弥勒佛像高一丈八尺。值睿宗以旧封相王，初即位，因赐额为相国寺。玄宗天宝四载，建资圣阁，东塔曰普满，西塔曰广愿。宋真宗咸平四年，增建翼廊、三门、

① （宋）范成大《吴郡志》卷十三“祠庙”下，《吴郡志》，南京：江苏古籍出版社，1999 年 8 月 1 版，第 181 页。

② （宋）范成大《骖鸾录》，《范成大》笔记六种，北京：中华书局，2002 年 9 月第 1 版，第 54 页。

③ （宋）洪迈《夷坚丙志》卷三《道人留笠》，《夷坚志》第一册，北京：中华书局，1981 年 10 月 1 版，第 386 页。

④ （宋）洪迈《夷坚丙志》卷四《饼店道人》，《夷坚志》第一册，北京：中华书局，1981 年 10 月 1 版，第 391 页。

⑤ （宋）洪迈《夷坚丙志》卷四《饼店道人》，《夷坚志》第一册，北京：中华书局，1981 年 10 月 1 版，第 391 页。

前楼，迎取颍川郡铜罗汉五百尊，置于阁上。神宗元丰中，增建东西两厢。又立八院，东曰宝严、宝梵、宝觉、慧林，西曰定慈、广慈、普慈、智海，金元兵毁。①

又据吴曾《能改斋漫录》卷十三所记，徽宗政和年间，大相国寺曾一度改为宫，后复改回寺②。作为一所在宋人眼中具有悠久历史的寺庙，大相国寺内名胜古迹众多，又处于市中心，所谓“最据冲会”③，所以在北宋时颇具吸引力，加上寺内场地宽阔，“旧有六十余院，或止有屋数间”④，而“僧房散处，而中庭、两庑可容万人”，这无疑为商品交易提供了很好的场地。以上所述的诸多特点使相国寺很快发展成了一个定期的大型商品集散地，“凡商旅交易，皆萃其中，四方趋京师以货物求售转售他物者，必由于此”⑤，“伎巧百工列肆，罔有不集，四方珍异之物悉萃其间”，以至被宋人戏称为“破脏所”⑥，洪迈《夷坚志》中就记载，北宋时临安人杨十一郎之父让他进贡给皇帝、蔡京和童贯三盒巧夺天工的“螺钿火镄”，他却偷着留下了两个，把它们拿到相国寺庙市出售，因此获得了一大笔在京的冶游费⑦。关于相国寺庙市的繁盛，宋人孟元老在《东京梦华录》一书的第三卷以专章的篇幅做了介绍：

相国寺每月五次开放，万姓交易。大三门上皆是飞禽猫犬之类，珍禽奇兽，无所不有。第二、三门皆动用什物，庭中设綵幙、露屋、义铺，卖蒲合、簟席、屏帏、洗漱、鞍辔、弓剑、时果、腊脯之类。近佛殿，孟家道院王道人蜜煎、赵文秀笔及潘谷墨。占定两廊，皆诸寺师姑卖绣作、领抹、花朵、珠翠、头面、生色销金花样幞头、帽子、特髻冠子、绦线之类。殿后资圣门前，皆书籍、玩好、图画，及诸路罢任官员土物、香药之类。

① （明）李濂《汴京遗迹志》卷十《寺》，《汴京遗迹志》，北京：中华书局 1999 年 12 月 1 版，第 151 页。

② （宋）吴曾《能改斋漫录》卷十三《大相国寺额》，《能改斋漫录》，上海：上海古籍出版社 1979 年 11 月新 1 版，第 378 页。

③ （宋）王得臣《麈史》卷下《谐谑》，转引自《宋元笔记小说大观》第二册，上海：上海古籍出版社，2007 年 3 月 1 版，第 1374 页。

④ （宋）周煇《清波别志》卷中，四库全书本。

⑤ （宋）王林《燕翼诒谋录》卷二，《默记》《燕翼诒谋录》合刊，北京：中华书局，1981 年 9 月 1 版，第 20 页。

⑥ （宋）王得臣《麈史》卷下《谐谑》，《宋元笔记小说大观》第二册，上海：上海古籍出版社，2007 年 3 月 1 版，第 1374 页。

⑦ （宋）洪迈《夷坚甲志》卷十八《杨靖偿冤》，《夷坚志》第一册，北京：中华书局，1981 年 10 月 1 版，第 156 页。

后廊皆日者、货术、传神之类[①]。

从上面这段文字可以推知三点，第一，不同于一般庙市的每年举行一次或几次，相国寺庙市是密度极高的每月五次定期开放。至于开放的具体日期，据王得臣《麈史》卷下记载，是每月的“朔望、三八日”[②]。学者杨宽将“三八日”解释为三个逢八的日子，即初八、十八、廿八，如此一解释，相国寺庙市所有开放时间便锁定在了每月的初一、初八、十五、十八和二十八日，正好与孟元老记载的每月五次开放吻合[③]；另一学者周宝珠将“三八”解释为逢三和逢八的日子，这样一来相国寺庙市的所有开放时间变成了每月的初一、初三、初八、十三、十五、十八、二十三和二十八日，每月开放八次与孟元老记载的五次不符，周宝珠则解释为孟元老五次之说可能是笔误或后人刊刻、抄写之误[④]。在笔者看来，无论是每月开放五次还是八次，都足以说明相国寺庙市在北宋时期的空前繁盛了；第二，相国寺庙市交易场地的布置采用了分门别类的方式，这样既方便了顾客的选购，又便于商贩的集中售卖，可以说是充分考虑了买卖双方需求的人性化设计；第三，相国寺庙市所售商品种类繁多，既有常见的日用百货，也有稀罕的飞禽猫犬、珍禽异兽；既有冠帽与饰品，也有土产和香药；既有书籍、字画、笔墨等文化用品，也有古玩、珠宝等奢侈品，甚至还设有不少卜肆、卦摊卜卦和测字、相面；第四，来这里进行商品交易的人成分复杂，除了常见的大小商贾、小手工业者和普通市民，还有寺观的道士、尼姑，相国寺庙市的开放、自由程度由此可见一斑。

被视为大型定期百货市场的相国寺庙市多次出现在宋代小说文本中[⑤]，这个商品荟萃的渊薮售卖的物品形形色色、包罗万象，其中最受士人们喜爱的是古

---

① （宋）孟元老《东京梦华录》卷三“相国寺内万姓交易”，伊永文《东京梦华录笺注》，北京：中华书局，2006 年 8 月 1 版，第 288 页。

② （宋）王得臣《麈史》卷下《谐谑》，《宋元笔记小说大观》第二册，上海：上海古籍出版社，2007 年 3 月 1 版，第 1374 页。

③ 参见杨宽《中国古代都城制度史研究》下编之三，《中国古代都城制度史研究》，上海：上海人民出版社，2003 年 6 月 1 版，第 327 页注释①。

④ 参见周宝珠《宋代东京研究》第六章，《宋代东京研究》，开封：河南大学出版社，1992 年 4 月 1 版，第 239—240 页。

⑤ 笔者按：宋人关于相国寺内各种商品买卖及其他活动的记载颇多，熊伯履编著《相国寺考》（修订本，中州古籍出版社 1985 年 5 月版）第 90—97 页对这些记载进行了简单的分类与罗列，段玉明著《相国寺——在唐宋帝国的神圣与凡俗之间》（巴蜀书社 2004 年 11 月版）第 257—268 页对《相国寺考》提及的宋人记载有所补充，并按照自己的标准对这些记载进行了重新分类与分析。笔者下面提到的宋人对相国寺的记载仅限于小说文本中对寺内各种商品买卖和占卜、相面等商业迷信活动的记载，因为将相国寺视为典型的庙市，所以与熊书、段书不同，笔者的分析是围绕着宋代小说中呈现的相国寺商品交易种类和交易特点展开的。

籍与前人的字画。魏泰《东轩笔录》中提到韩柳古文的拥趸穆修“晚年得《柳宗元集》，募工镂板，印数百帙，携入京相国寺”[①]，在里面开了家书肆专卖自己刻的《柳宗元集》；岳珂《桯史》卷十一中也提及北宋书法家黄庭坚题诗其上的《蚁蝶图》在徽宗崇宁年间“偶为人携入京，鬻于相国寺肆”[②]。除了这类稀见物品，时人眼中视为珍奇的东西也可能出现在相国寺庙市，神宗熙宁末年，有人就在这里看到了一把独特的扇子，“琴漆柄，以鸦青纸厚如饼折为旋风扇，溪粉画平远山水，薄傅以五采，近岸为寒芦衰蓼，鸥鹭伫立，景物如八九月间，舣小舟，渔人披蓑钓其上。天末隐隐有微云飞鸟之状，意思深远，笔势精妙，中国之善画者，或不能也”[③]，因为用料珍贵图画又佳，此扇开价极高。不可否认的是，也有一些假货混迹在大相国寺庙市售卖的珍奇商品中。范公偁《过庭录》就记载黄庭坚“见京师相国寺中卖大葫芦种，仍背一葫芦，甚大，一粒数百金，人竞买。至春种结，仍乃瓠尔”[④]，这个卖大葫芦种的人无疑属于典型的挂羊头卖狗肉；苏轼《东坡志林》写宋哲宗时“有道人坐相国寺卖诸禁方，缄题其一曰‘赌钱不输方’，少年有博者，以千金得之。归，发视其方，曰‘但止乞头’”[⑤]，这位道人售价千金的四个字虽然不是假货，但实在难脱作假骗人之嫌。与这位道人的做法不同，相国寺庙市中有些售假者售卖假货时，就坦率表示它并非真货，周煇《清波杂志》卷十一中提到，连宋徽宗都知道大相国寺中售卖的蟾芝乃“玩物耳”[⑥]，与代表天下太平、国家大治的祥瑞没有任何关系。

既然大相国寺庙市被称为商品的渊薮，那就意味着在别处买不到的东西，往往会在这里不期而遇，这种惊喜与奇遇往往被宋代文人通过笔记小说津津乐道地展示出来。一般而言，文人们在相国寺庙市的奇遇大多与书籍、字画、碑帖、奇石等艺术品和收藏品有关。据吴处厚《青箱杂记》卷三记载，士人上官极游相国寺时，“买诗一册，纸已熏晦”，回到住处仔细一看，诗集的第一页还

①（宋）魏泰《东轩笔录》卷三，《东轩笔录》，北京：中华书局，1983年10月1版，第30—31页。另，朱弁《曲洧旧闻》卷四《穆伯长自刻韩柳集鬻于相国寺》中也记载，穆伯长“得韩、柳善本”，“欲二家文集行于世，乃自镂板鬻于相国寺”。见《师友谈记》《曲洧旧闻》《西塘集耆旧续闻》合刊，北京：中华书局，2002年8月1版，第142页。

②（宋）岳珂《桯史》卷十一《蚁蝶图》，《桯史》，北京：中华书局，1981年12月1版，第123页。

③（宋）江少虞《宋朝事实类苑》卷六十《日本扇》，《宋朝事实类苑》，上海：上海古籍出版社，1981年7月1版，第799—800页。

④（宋）范公偁《过庭录·大葫芦种》，《墨庄漫录》《过庭录》《可书》合刊，北京：中华书局，2002年8月1版，第364页。

⑤（宋）苏轼《东坡志林》卷二《记道人戏语》，《东坡志林》，北京：中华书局，1981年9月1版，第37页。

⑥（宋）周煇《清波杂志》卷十一《蟾芝》，《清波杂志》，北京：中华书局，1994年9月1版，第473页。

有“五代时门状一幅”①，上官极无意中碰到的居然是一本五代时的珍贵古籍；邵博《闻见后录》卷十七叙述杨大年的子孙在相国寺杂卖故书中淘到了唐末罗虬所著的《比红儿诗》，使杨大年多年的宿愿得以了却②；据朱弁《曲洧旧闻》卷四披露，黄庭坚的文章之所以写得好，是因为他在相国寺买到了宋祁所撰《唐史稿》一册，回家后反复学习揣摩，从此“文章日进”③；张邦基《墨庄漫录》卷二说魏泰“在相国寺庭中买得古叶子书杂抄”④，里面居然载有他寻找已久的、失传的“汉宫香方”；范大珪“以七百金于常卖处买得雪图，破碎甚古”，后经证实，居然是唐代诗人兼画家王维的绘画真迹⑤；何薳《春渚纪闻》卷九记载赵子立在相国寺碰巧用一百铜钱买到一块异石，想用它做镇纸，一位玉工“求以钱二万易之”，赵子立都没有答应，可见这块石头的珍异⑥；洪迈《容斋四笔》卷五《赵德甫金石录》提到李清照丈夫赵明诚常去大相国寺淘买碑帖等古物⑦；刘延世《孙公谈圃》也记载，张齐贤被无药可治的脚疾所苦，于相国寺一位卖药人处买到两颗绿豆，吃下之后脚病居然神奇地痊愈了⑧。

相国寺庙市里还有不少卜肆和卦摊，在宋代小说作者的笔下，不少卜肆和卦摊的摊主都身怀异术，占验如神，这些神奇故事中最为奇特的是刘斧《青琐高议》中记载的谢颐素及第故事：

> 都官员外郎谢颐素常言：既过南省，就殿试讫，独诣相国寺艾评事卜肆求筮命。艾布卦言曰：“君必及第。”谢密告曰：“昨日殿试，赋只作七韵，忘作第八，必不得也。”艾曰：“据卦足下年命俱合及第，余不知其他。”后果于蔡齐状元下及第，竟不知何以得之，岂非命乎！⑨

---

①（宋）吴处厚《青箱杂记》卷三，《青葙杂记》，北京：中华书局，1985年5月1版，第31页。

②（宋）邵博《闻见后录》卷十七，《闻见后录》，北京：中华书局，1983年8月1版，第131页。

③（宋）朱弁《曲洧旧闻》卷四，《师友谈记》《曲洧旧闻》《西塘集耆旧续闻》合刊，北京：中华书局，2002年8月1版，第142页。

④（宋）张邦基《墨庄漫录》卷二《汉宫香方》，《墨庄漫录》《过庭录》《可书》合刊，北京：中华书局，2002年8月1版，第75页。

⑤（宋）米芾《画史》，转引自元陶宗仪《说郛》卷九十二上，四库全书本。

⑥（宋）何薳《春渚纪闻》卷九《跃鱼见水石中》，《春渚纪闻》，北京：中华书局，1983年1月1版，第142页。

⑦（宋）洪迈《容斋四笔》卷五《赵德甫金石录》，《容斋随笔》，北京：中华书局，2005年11月1版，第685页。

⑧（宋）刘延世《孙公谈圃》卷中，四库全书本。

⑨（宋）刘斧《青琐高议》，见《青琐高议补遗》之《颐素及第》篇，上海：上海古籍出版社 2012 年 12 月1版，第169页。按，此篇原载于委心子《新编分门古今类事》卷十一《颐素及第》。

谢颐素写文章时连规定的韵脚都没押全，艾评事却算出他会及第，事后居然得以应验，艾评事占卜之术可谓高妙无比，他的卜肆名满天下也就不足为奇了。张端义《贵耳集》与陈鹄《西塘集耆旧续闻》都记载徽宗郑皇后父郑绅与其侄郑居中一同到相国寺一卜肆算命，郑绅当时穷困潦倒，郑居中只是一位太学生，占卜者预言两人将来都是异姓真王，还说大雪纷飞之日即是他们富贵发迹之时。后来郑绅父以女贵，封乐平郡王，郑居中亦获封华原郡王，卜者之言完全应验。这位占卜者卜术如此神验，难怪他敢于在卦肆旁标出“一卦万钱”之高价，且声明每日只推算一命，时人请他算卦大多需提前预约，所谓“隔夕留金，翼朝议命”①也。

由于大相国寺庙市的空前繁荣，集中开设在寺庙后廊的卦肆为数不少，这也使得它们之间的竞争非常激烈，有因一次卜筮而出名甚至发迹的占卜者，也有因一次占卜未应验而坏了名声，甚至穷饿而死的术士。蔡絛《铁围山丛谈》卷三就记载徽宗未做皇帝时，派手下心腹拿着他的八字去相国寺卦肆问卜，并吩咐算命时“第言汝命，勿谓我也”，这位心腹“历就诸肆问祸福，大抵常谈，尽不合”，最后见到一个名叫陈彦的卜者，虽然“穷悴蓝缕坐诸肆后”，却一口咬定这个八字“必非汝命，此天子命也”，结果一年后徽宗即位，陈彦发迹封官，最后“官至节度使”②；范镇《东斋记事》中所记同样在相国寺开卜肆的某人却远没有陈彦那么幸运，他算出先后前来问卜的张士逊、寇准、张齐贤和王随四人都会官至宰相，但他“一日之内，而有四人宰相”的预测不仅四位当事人不相信，旁人也视为无稽之谈，这位卜者自此“声望日消，亦不复有人问之”③，最后饥寒交迫而死。由此可知卜肆的名声非常重要，因为它决定着占卜者是否能够靠这个技能谋生和发迹。洪迈《夷坚支丁》卷七提到相国寺的一位相士，因为占卜灵验，其卜肆门庭若市，他的主要顾客群是“询扣得失”的举子。丁湜前去相面，相士一见，马上预言他是今年的新科状元，为传扬自己的名声，相士赶忙将写着“今岁状元是丁湜”七个大字的纸贴在墙上。仅仅过了两天，“设心不善，为牟利之举以负神明”的丁湜再次出现在这位相士的卦肆中时，相士大惊之后首先的反映是“误我术矣”④，害怕丁湜坏了自己的名声，很快重新预

---

①（宋）张端义《贵耳集》卷中，《宋元笔记小说大观》第四册，上海：上海古籍出版社，2007 年 3 月 1 版，第 4282 页；（宋）陈鹄《西塘集耆旧续闻》卷七《相国寺日者》，《师友谈记》《曲洧旧闻》《西塘集耆旧续闻》合刊，北京：中华书局，2002 年 8 月 1 版，第 361—362 页。

②（宋）蔡絛《铁围山丛谈》卷三，《铁围山丛谈》，北京：中华书局，1983 年 9 月 1 版，第 41—42 页。

③（宋）范镇《东斋记事》卷三，《东斋纪事》《春明退朝录》合刊，北京：中华书局，1980 年 9 月 1 版，第 28 页。

④（宋）洪迈《夷坚支丁》卷七《丁湜科名》，《夷坚志》第三册，北京：中华书局，1981 年 10 月 1 版，第 1026 页。

言了他的科举名次。这个故事也从一个侧面说明在相国寺众多的卜肆里，占验如神的相士终归是少数，而且好的声誉对于卜肆的生存与卜者的发迹是至关重要的。

第二节　民间商贸活动的交易主体

以商贾及商贾生活为题材的小说在六朝志怪中就已出现，东晋干宝《搜神记》中的《费季》，刘宋刘义庆《幽冥录》中的《卖粉女》《冯法》《陈仙》《杨林》等作品都涉及了当时的商人与商人生活。有唐一代，随着商品经济的发展，表现商人生活的小说逐渐多了起来。据邵毅平先生统计，唐代（含五代）志怪传奇中，被收录在《太平广记》中的以商人为主人公或与商人有关的作品就有六十余篇[①]，这六十多篇小说主要涉及了商人遇仙、商旅生活等内容。两宋时期上承盛唐的经济繁荣，进入了中国古代商品经济繁荣兴盛的高峰阶段，民间商贸活动的主体——私商的数量也随之大量增加，于是，作为社会生活一面镜子的宋代小说中以商人和商人生活为题材的作品也自然而然地大量增加，这一情形在现存的巨型小说集《夷坚志》[②]中表现得最为明显。下面笔者就以《夷坚志》为典型文本，以民间商贸活动主体中的只做贩运与售卖的专业商贩、自产（采、捕）自销的小生产者和起中介作用的牙侩、行钱与揽户作为切入点，具体分析一下《夷坚志》中所呈现的两宋民间私商的基本情况与生存状态。

一、专业商贩

周密《武林旧事》卷六《作坊》写道：

> 凡买卖之物，多于作坊行贩已成之物，转求什一之利。或有贫而愿者，凡货物盘架之类，一切取办于作坊，至晚始以所直偿之。虽无分文之储，亦可糊口[③]。

结合周密的描述，笔者将专业商贩定义为：依靠贩卖商品谋生的人，所贩卖的商品均为购进或赊进，而非自己生产或制作。专业商贩中既有仅能糊口的中小商贩，也有豪富的大商人。作为民间商贸活动的重要主体，专业商贩在宋代小

① 见邵毅平《中国文学中的商人世界》，上海：复旦大学出版社，2005年6月版，第98页。

② 笔者按，《夷坚志》原有四百二十卷，现存二百零七卷，请参见李剑国先生《宋代志怪传奇叙录》（增订本）一书第604—613页相关考证。

③（宋）周密《武林旧事》卷六《作坊》，《东京梦华录（外四种）》，上海：上海古典文学出版社，1956年11月版，第444页。

说尤其是《夷坚志》中有着较多的呈现。笔者以《夷坚志》为文本，制成了《〈夷坚志〉所载专业商贩一览表》，列在下面：

表三　　《夷坚志》所载专业商贩一览表①

序号	姓名及居住地区	经营商品与所属行业	大商人还是中小商贩	具体出处
1	登州黄县人宗立本	贩缣帛的布帛商	中小商贩	《夷坚甲志》卷二《宗立本小儿》
2	建昌人黄袭云同乡某氏	外出去浔阳经商的商贩	中小商贩	《夷坚甲志》卷二《神告方》
3	婺源人方客	贩盐的盐商	未提及且无从判断	《夷坚甲志》卷四《方客遇盗》
4	建州浦城人黄衡同里乡人某氏	外出至宣城经商的商贩	中小商贩	《夷坚甲志》卷五《黄平国》
5	常州无锡县村民陈承信	以贩猪为业的畜产商	中小商贩	《夷坚甲志》卷七《陈承信母》
6	泉州僧本偁表兄	海贾，即做海外贸易的商人	大商人	《夷坚甲志》卷七《岛上妇人》
7	温州东山人王居常	往来海外、贩卖货物的商人	大商人	《夷坚甲志》卷七《搜山大王》
8	明州昌国人某氏	海商，即做海外贸易的商人	大商人	《夷坚甲志》卷十《昌国商人》
9	缙云人潘君	先为贩卖东西小贩，后做大生意	先为小贩，后成积财逾数十百万的大商人	《夷坚甲志》卷十一《潘君龙异》
10	某地某氏	贩卖珍珠的珠宝商	大商人	《夷坚甲志》卷十二《林积阴德》
11	南康建昌县民某氏	去下江贩茶、去某地卖米的商贩	中小商贩	《夷坚甲志》卷十六《碧澜堂》
12	兴仁府乘氏县豪家傅氏子	贩卖罗绮的布帛商	大商人	《夷坚甲志》卷十八《乘氏疑狱》
13	某地老妇人	出门入户贩缯的布帛商	中小商贩	《夷坚甲志》卷十九《误入阴府》
14	严州某氏	贩卖丝绢的布帛商	中小商贩	《夷坚乙志》卷三《浦城道店蝇》

① 这里所说的专业商贩是指以经商为谋生手段，负责贩运、售卖或只是售卖的商人，不包括售卖自己生产产品的地主、农民、市民和手工业者。

续表

序号	姓名及居住地区	经营商品与所属行业	大商人还是中小商贩	具体出处
15	大商人某氏	长途贩运布匹的布帛商	大商人	《夷坚乙志》卷七《布张家》
16	明州人某氏	泛海，即做海外贸易的商人	大商人	《夷坚乙志》卷八《长人国》
17	汴京兵士阚喜	贩卖水果的水果商	小商贩	《夷坚乙志》卷十一《米张家》
18	临安某氏	开质库的典当商	大商人	《夷坚乙志》卷十一《涌金门白鼠》
19	京师某里某氏	贩缯的布帛商	未提及且无从判断	《夷坚丙志》卷三《费道枢》
20	密州板桥镇人某氏	航海往广州进行海外贸易的商人	大商人	《夷坚丙志》卷六《长人岛》
21	蜀人某氏	以商贾为业的商人	未提及且无法判断	《夷坚丙志》卷七《安氏冤》
22	乐平县城某妇	“以卖花粉之属为业”的化妆品商	中小商贩	《夷坚丙志》卷九《郑氏犬》
23	广州估客及部官纲者共二十有八人	带很多货物进行海上贩运的商人	大商人	《夷坚丙志》卷十三《长乐海寇》
24	京师刘某	开药肆的药品商	大商人	《夷坚丙志》卷十四《綦叔厚》
25	唐州比阳富人王八郎、离婚妻子某氏	王八郎是往来江淮的大商人；其离婚妻子是卖“瓶罂之属”的日用品商	王八郎是大商人，离婚妻是中小商贩	《夷坚丙志》卷十四《王八郎》
26	汴京张拱	开药肆的药品商	中小商贩	《夷坚丙志》卷十八《张拱遇仙》
27	泉州商人杨某	做海外贸易的大商人	有资金二万万的大商人	《夷坚丁志》卷六《泉州杨客》
28	宜黄县民莫寅	买卖食盐的盐商	持钱三百万买盐的大商人	《夷坚丁志》卷八《宜黄人相船》
29	余干乡民张某	从乡间贩货到县城的商贩	中小商贩	《夷坚丁志》卷十五《张客奇遇》
30	吴中甲、乙两细民	以鬻鳝为业的鱼贩	“日赢三百钱”的小商贩	《夷坚丁志》卷十六《吴民放鳝》

续表

序号	姓名及居住地区	经营商品与所属行业	大商人还是中小商贩	具体出处
31	乐平明口人许德和	出售麦子的粮商	未提及且无从推断	《夷坚丁志》卷十九《许德和麦》
32	山阳海王三之父	“贾于泉南”的跨地区贸易商	未提及且无从推断	《夷坚支甲》卷十《海王三》
33	临安人王彦太	“航南海，营舶货”的海外贸易商	大商人	《夷坚支乙》卷一《王彦太家》
34	上饶人王三客	贩鬻于庐寿之地的行商	大商人	《夷坚支乙》卷一《翟八姐》
35	楚州北堰虾疃巷民董成二郎	“以商贩斛米自业”的粮商	小商贩	《夷坚支乙》卷一《董成二郎》
36	孟思恭父亲	贩盐的盐商	大商人	《夷坚支乙》卷六《单于问家世词》
37	乐平县城某氏	卖缣帛的布帛商	中小商人	《夷坚支乙》卷七《潘璋家僧》
38	京师人张二大夫	在吉州开药肆的药品商	累资数万缗的大商人	《夷坚支乙》卷七《张二大夫》
39	台州近城三十里径山民童七	卖纱帛的布帛商	中小商贩	《夷坚支景》卷五《童七屠》
40	台州仙居人郑四客	贩买纱帛海物的布帛、海鲜商	小商贩	《夷坚支景》卷五《郑四客》
41	温州张愿	海外贸易商	大商人	《夷坚支丁》卷三《海山异竹》
42	福州闽清林自诚	商贾	未提及	《夷坚支丁》卷四《林子元》
43	淮西某氏	卖肉牛的畜产商	未提及	《夷坚支丁》卷五《淮西牛商》
44	丽水商人王七六	“以布帛贩货于衢婺间”的布帛商	大商人	《夷坚支丁》卷八《王七六僧伽》
45	盐城吴某	开质肆的典当商	大商人	《夷坚支丁》卷九《盐城周氏女》
46	福州长乐县陈公任、张世显、何仲文、何仲济等	贩布的布帛商	陈公任是大商人，余人不详	《夷坚支戊》卷一《陈公任》

续表

序号	姓名及居住地区	经营商品与所属行业	大商人还是中小商贩	具体出处
47	某地某氏	海外贸易商	大商人	《夷坚支戊》卷二《海船猴》
48	九江德化县民黄二	卖果子的水果商	小商贩	《夷坚支戊》卷四《德化鸷兽》
49	金陵陆道姑之夫	出外经商的商人	未提及且无从推断	《夷坚支戊》卷八《陆道姑》
50	临川某氏	贩鬻篦头钗镊等日用品的商贩	小商贩	《夷坚支戊》卷十《程氏买冠》
51	临安某某八人、洞庭某氏	茶商、布帛商	未提及	《夷坚支庚》卷四《奔城湖女子》
52	鄂州富商武邦宁	卖缣帛的布帛商	大商人	《夷坚支庚》卷五《武女异疾》
53	福州福清杨氏父子三人	海外贸易商	大商人	《夷坚支癸》卷三《鬼国续记》
54	饶州市民张霖，税务巷郑大郎	张是“贩易陶器”的日用品商，郑是贩盐的小盐商	中小商贩	《夷坚支癸》卷四《郑百三妻》
55	平江西馆桥市民某	鬻生果的水果商	小商贩	《夷坚支癸》卷五《西馆桥塑龙》
56	抚州市民陈泰	原为贩布小贩，后为布帛商	大商人	《夷坚支癸》卷五《陈泰冤梦》
57	建昌人祝某，某地人陶某、何某、吴某、董某	贩南药的药品商	中小商贩	《夷坚三志己》卷二《姜七家猪》
58	泉州陈某、刘某、吴某、张某、李某、余某、蔡某	海外贸易商	未提及且无从推断	《夷坚三志己》卷二《余观音》
59	临安市民某氏	卖冠的日用品商	小商贩	《夷坚三志己》卷五《卫灵公本》
60	泉州人王元懋	“主舶船贸易”的海外贸易商	大商人，“其富不赀”	《夷坚三志己》卷六《王元懋巨恶》
61	襄阳宜城人刘三客	“所赍财货数千缗”的商人	大商人	《夷坚三志辛》卷二《宜城客》
62	蕲州蕲口镇民金生	走街串巷、抱贩束帛的布帛商贩	小商贩	《夷坚三志辛》卷六《金客隔织》

续表

序号	姓名及居住地区	经营商品与所属行业	大商人还是中小商贩	具体出处
63	鄱阳人阎大翁	贩盐的盐商	家赀巨亿的大商人	《夷坚三志辛》卷七《阎大翁》
64	鄱阳莫冈民黄廿七	贩陶器的日用品商	小商贩	《夷坚三志辛》卷十《湖口庙土地》
65	赣州人宁三十	跨地区贩运的商贩	小商贩	《夷坚三志辛》卷十《宁客陆青》
66	湖州人陈小八	贩买缣帛的布帛商	中小商贩	《夷坚三志辛》卷十《陈小八子债》
67	信阳军罗山县沈媪	开杂货店的日用品商	小商贩	《夷坚三志壬》卷六《罗山道人》
68	夔州人王道成	来往江湖间做商	未提及且无从推断	《夷坚三志壬》卷七《王道成先生》
69	信州孙十郎	盐商	大商人	《夷坚三志壬》卷八《孙十郎放生》
70	岳州民邹曾九	到太湖经商的商贩	小商贩	《夷坚三志壬》卷十《邹九妻甘氏》
71	归州民施华	出外作商的商贩	小商人	《夷坚三志壬》卷十《解七五姐》
72	某氏	贩鳖往临安出鬻的海鲜商	小商贩	《夷坚志补》卷四《村叟梦鳖》
73	德兴县某氏	“摇小鼓而售戏面具”的玩具商	小商贩	《夷坚志补》卷四《程氏诸孙》
74	湖州某氏	到永嘉卖姜的蔬菜商	小商贩	《夷坚志补》卷五《湖州姜客》
75	鄂岳之间居民张客	“以步贩纱绢为业”的布帛商	中小商贩	《夷坚志补》卷五《张客浮沤》
76	淮北颖豪间某氏	茶商	未提及且无从推断	《夷坚志补》卷五《莲花栎》
77	信州贵溪民闻人氏长子邦荣	信州药肆卖药的药品商	中小商贩	《夷坚志补》卷五《闻人邦华》
78	汴京民朱庆	州桥卖纸的日用品商	小商贩	《夷坚志补》卷六《金源洞》①

① 此条亦载于张邦基《墨庄漫录》卷三，亦题《金源洞》，文字稍有改易，李剑国先生认为《夷坚志》所载系出于《墨庄漫录》。

续表

序号	姓名及居住地区	经营商品与所属行业	大商人还是中小商贩	具体出处
79	商贾某氏	跨地区贩运的商人	未提及且无从推断	《夷坚志补》卷六《周翁父子》
80	某州王兰	以贾贩起家的跨地区长途贩运的商人	“积资颇厚”的大商人	《夷坚志补》卷六《王兰玉童》
81	鄂州某氏	盐商	未提及且无从推断	《夷坚志补》卷七《直塘风雹》
82	衢州江山县峡口市山下祝大郎	开质库的典当商	大商人	《夷坚志补》卷七《祝家谭》
83	建康朱家	以贩卖谷物为业的粮商	中小商贩	《夷坚志补》卷十一《宣城葛女》
84	江陵傅氏	“以鬻纸为业”的日用品商	小商人	《夷坚志补》卷十二《傅道人》
85	华亭某氏	“贩芦席万领往临安”的日用品商	小商人	《夷坚志补》卷十二《华亭道人》
86	徽州歙县士人李生	汉川县开米铺的粮商	“贸运积数千缗”的大商人	《夷坚志补》卷十六《蔡五十三姐》
87	临安某少妇之夫	贩江的跨地区商贩	未提及且无从推断	《夷坚志补》卷十八《孙生沙卦》
88	乐平向十郎	往来湖广诸郡，“贩茜柸数十篋之桂林”的药材商	中小商贩	《夷坚志补》卷二十《桂林秀才》
89	广州人潘成	贩香药到成都的日用品商	小商贩	《夷坚志补》卷二十《潘成击乌》
90	建康杨二郎	“数贩南海”的海外贸易商	“累赀千万”的大商人	《夷坚志补》卷二十一《鬼国母》
91	金陵富小二	海外贸易商	大商人	《夷坚志补》卷二十一《猩猩八郎》
92	广南某氏	海外贸易商	大商人	《夷坚志补》卷二十一《海外怪洋》
93	鄂州南草市民媪李二婆	“以鬻盐自给”的盐商	小商人	《夷坚志补》卷二十五《李二婆》
94	饶城某氏	贩米卖往下江的粮商	未提及且无从推断	《夷坚志补》卷二十五《鄱阳雷震》

从上表可以看出，除去只笼统说是商贾却未提及具体经营哪种商品的 19 个故事（序号分别为 2，4，9，11，21，25，29，32，34，42，49，61，65，68，70，71，79，80，87），在剩下的 75 个故事中，有 17 个（序号分别为 1，12，13，14，15，19，37，39，40，44，46，51，52，56，62，66，74）为布帛商，所占比例为 22.7%；16 个（序号分别为 6，7，8，16，20，23，27，33，41，47，53，58，60，89，90，91）为海外贸易商，所占比例为 21.3%；10 个（序号分别为 25，50，54，59，64，67，78，84，85，89）为日用品商，所占比例为 13.3%；8 个（序号分别为 3，28，36，54，63，69，81，93）为盐商，所占比例为 10.7%；6 个（序号分别为 24，26，38，57，77，88）为药品商，所占比例为 8%；5 个（序号分别为 31，35，83，86，94）为粮商，所占比例为 6.7%。余下的分别为水果商 3 个（序号分别为 17，48，55）、典当商 3 个（序号分别为 18，45，82）、海鲜商 3 个（30，40，72），茶商 2 个（序号为 51，76）、畜产商 2 个（序号为 5，43），珠宝商 1 个（序号为 10）、蔬菜商 1 个（序号为 74）、化妆品商 1 个（序号为 22）、玩具商 1 个（序号为 73）。根据上述统计结果可以推知两点信息：其一，两宋商人中为数不少的商人不是固定、一成不变地只经营某一种商品，而是根据市场需求经营盈利空间大的商品，如序号 11 的故事中那位南康建昌县市民，在“下江茶贵可贩”时就贩茶，当“某处乏米可载以往”时即贩米①，他随时变换经营商品的唯一的目的就是追逐丰厚的利润；其二，就《夷坚志》的呈现来看，商人中从事布帛、海外贸易、日用品（包括食盐）、药品、粮食经营的人较多，原因主要是除了海外贸易，其他行业均属于百姓生活的日用品和必需品，正如吴自牧《梦粱录》中所说的，南宋都城临安一带，“人家每日不可阙者，柴米油盐酱醋茶”②，即使是属于两浙西路管辖的秀州农村，“见佃户携米，或一斗或五七三四升至其肆，易香烛、纸马、油、盐、醬、酰、浆粉、麸面、椒、姜、药饵之属不一”③，可见，布帛、日用品（包括食盐）、药品、粮食等在一般市民和百姓，即或下层农民中均有着很大的市场需求。

应当指出的是，和唐代相比，宋代商人的地位有了明显提高。两宋商品经济的空前繁荣和全民经商的风气使得“货殖之事益急，商贾之事益重”④。《夷坚甲志》卷十一《潘君龙异》（序号 9）中叙述缙云妓女某氏“夜梦黑龙绕门左”，晨起开门一看，躺在其屋檐下的应梦之人是城中的小商贩潘君，于是“倾家赀

① （宋）洪迈《夷坚甲志》卷十六《碧澜堂》，《夷坚志》第一册，北京：中华书局，1981 年 10 月 1 版，第 140 页。

② （宋）吴自牧《梦粱录》卷十六《鲞铺》，《东京梦华录（外四种）》，上海：上海古典文学出版社，1956 年 11 月 1 版，第 270 页。

③ （宋）魏了翁撰、（元）方回续《续古今考》卷十八，四库全书本。

④ （清）沈壵《落帆楼文集》卷二十四《费席山先生七十双寿序》，吴兴刘氏嘉业堂咸丰八年刊本。

济之，不问其出入。潘藉以为商，所至大获，积财逾数十百万”①。用以往类比帝王和文臣武将的龙来形容未发迹的小商贩，宋人观念中商人地位的提高可见一斑。不同于宋元之前“士农工商”四民阶层的严格划分，两宋之际“士之子恒为士”的门阀制度已彻底式微，南宋士人袁采甚至主张，士大夫子弟如不能为儒，“则巫医、僧道、农圃、商贾、伎术，凡可以养生而不至于辱先者，皆可为也”②。和袁采持同样观念的宋人应该不是少数，于是原本读书业儒的士大夫子弟在屡试不第后纷纷弃儒经商，同时商人之子读书为士人、登第为官员的现象也大量出现，这种情况在上表所载的《夷坚志》故事中体现得很是明显。《夷坚支庚》卷五《武女异疾》（序号 52）中，鄂州富商武邦宁次子康民“读书为士人”③；《夷坚支乙》卷六《单于问家世词》（序号 36）中，出使金国的知阁门事孟思恭之父是“贩鹾巨贾”④；曾经业儒的闽清士人林子元之兄林自诚（序号 42）“捐弃笔砚，为商贾之事”⑤；汴京士人张拱（序号 26）举进士不第后，在宜春门后坊开了家药肆，成了商人⑥。两宋时期有不少大商人与朝廷高官联姻，“主舶船贸易，其富不赀”的泉州巨商王元懋（序号 60）就与留正丞相、诸葛侍郎结成了姻家⑦。巨商高攀上了一人之下、万人之上的丞相，也从一个侧面说明有宋一代尤其南宋时商人地位的提升。

按照资产的多少，可以把两宋时期的专业商贩分为大商人和中小商贩两类，从《夷坚志》的文本呈现来看，这两类商人的生活状态是完全不同的。海外贸易商、典当商、珠宝商和盐商多为大商人，通常很是富有，鄱阳的阎大翁“以贩盐致富，家赀巨亿”⑧；信州的盐商孙十郎每天所买的、用来放生的飞禽走兽

---

①（宋）洪迈《夷坚甲志》卷十一《潘君龙异》，《夷坚志》第一册，北京：中华书局，1981 年 10 月 1 版，第 98 页。

②（宋）袁采《袁氏世范 · 处己 · 子弟当习儒业》，《增广贤文》《朱子家训》《袁氏世范》合刊，合肥：黄山书社，2007 年 5 月 1 版，第 125 页。

③（宋）洪迈《夷坚支庚》卷五《武女异疾》，《夷坚志》第三册，北京：中华书局，1981 年 10 月 1 版，第 1174 页。

④（宋）洪迈《夷坚支乙》卷六《单于问家世词》，《夷坚志》第二册，北京：中华书局，1981 年 10 月 1 版，第 841 页。

⑤（宋）洪迈《夷坚支丁》卷四《林子元》，《夷坚志》第三册，北京：中华书局，1981 年 10 月 1 版，第 993 页。

⑥（宋）洪迈《夷坚丙志》卷十八《张拱遇仙》，《夷坚志》第二册，北京：中华书局，1981 年 10 月 1 版，第 520 页。

⑦（宋）洪迈《夷坚三志己》卷六《王元懋巨恶》，《夷坚志》第三册，北京：中华书局，1981 年 10 月 1 版，第 1345 页。

⑧（宋）洪迈《夷坚三志辛》卷七《阎大翁》，《夷坚志》第三册，北京：中华书局，1981 年 10 月 1 版，第 1439 页。

的花销就达二三万铜钱之多①。与大商人的优裕生活形成鲜明对比的是，小商贩们的日子充满了艰辛与无奈。世为行商的登州黄县人宗立本年纪渐长却无子嗣，在贩缣帛去往昌乐途中偶遇一个自称父母双亡的六七岁孩童，就收养了他，为他取名“神授”。神授“性质警敏，每览读文书，一过辄忆。又能把巨笔作一丈阔字，篆隶草不学而成，见名贤古帖墨迹，稍加摹临，必曲尽其妙”，宗立本于是“遽弃旧业，而携此儿行游，使习路岐贱态，藉以自给”②。宗立本毫不犹豫地选择不再做小贩而靠神授卖艺为生，说明小商贩的地位及经济状况与当时地位低下的艺人没有太大的区别，某种程度上小商贩的日子甚至比卖艺的艺人更辛苦，更没有保障。至于小商贩经营的辛苦，《夷坚支戊》卷十《程氏买冠》故事中有着鲜活而真实的描述：

> 浮梁臧湾士人臧庆祖，娶妻程氏……程年不及三十而亡，臧念之不替……有商客从临川来，寻常以篦头钗镊就湾中贩鬻者。客时到其家，程在帘下呼问：“有何物？”具以名色对。取而视之，择买鱼枕冠一顶，曰：“要钱几何？”曰：“千五百。”程曰：“年年买尔物，物有所值，何必索价？偿尔百可乎？”客初未肯为市，徐念往来此地岁久，人情习熟，谊不应校，即留冠受直。暮还旅店，就主人语叹干运之难，曰：“今日趋走营营，只是细一官人宅买得一冠耳。交易费力，销折本钱，去住无门，将若何而可？”……③

每日“趋走营营”却“交易费力，销折本钱”；离乡背井贩卖缣帛却不能保证每次都能赚到钱，这位贩鬻篦头钗镊的临川商贩赚钱糊口之难一定程度上代表了当时诸多小商贩经商的真实情形。

对商人而言，除了小商贩的艰难糊口，他们时常要面对的还有诸多危及资金甚至生命的风险，尤其是那些长途贩运的行商。《夷坚志补》卷十八《孙生沙卦》中记载，一位少妇因为丈夫“出外贩江，一年无信”而惴惴不安，遂去临安军将桥瓦市里的卜肆卜吉凶，听到卜者说丈夫“道途平安，多获财利”时大为欣慰④。这个再普通不过的故事揭示的是一个再普遍不过的事实：跨地区搞长

---

①（宋）洪迈《夷坚三志壬》卷八《孙十郎放生》，《夷坚志》第四册，北京：中华书局，1981 年 10 月 1 版，第 1526 页。

②（宋）洪迈《夷坚甲志》卷二《宗立本小儿》，《夷坚志》第一册，北京：中华书局，1981 年 10 月 1 版，第 12 页。

③（宋）洪迈《夷坚支戊》卷十《程氏买冠》，《夷坚志》第三册，北京：中华书局，1981 年 10 月 1 版，第 1129 页。

④（宋）洪迈《夷坚志补》卷十八《孙生沙卦》，《夷坚志》第四册，北京：中华书局，1981 年 10 月 1 版，第 1722 页。

途贩运的商人常年“奔走道途之间”，辗转奔波，经常要面对各种各样意想不到的危险，于是“道途平安，多获财利”成了他们和他们的家人心中最大的期盼。但残酷的事实是各类危险常常接踵而至，无法避免。有所贩商品或随身携带的本金被偷的，如湖州布帛商陈小八往邵阳买隔织，住在柯氏旅店时，行箧中近千两银子在一个晚上被店仆徐四偷走，而这位店仆是因为服侍殷勤被陈留在自己房中守宿的，可谓防不胜防。本钱被盗走的陈小八因为无钱没法回家，以致“行乞于邵城”①；蕲州蕲口镇贩束帛的商贩金生，因为常到镇官白承节家卖布帛，故“出入镇宅甚熟”。一次又去白家送货时，白承节趁其不备，“窃取其邵阳隔织两匹，藏箧中”，金生找白查问，反遭其怒斥，最后只得“逊谢，收泪去”②；有被巫师等人敲诈的，“往来湖广诸郡”的乐平药贩向十郎“尝贩茜柸数十箧之桂林”，因为下雨暂栖僧寺，当地一巫师向他索要药材总数的十分之一，遭到向十郎拒绝后，巫师居然施法术让他的茜柸“皆变白色，欲腐”③。

在导致商人资金、商品方面重大损失的诸多原因中，除人为因素之外，还包括水灾、火灾、风灾、雷震、船沉等不可抗拒的自然灾害，这些不可抗力甚至会导致商人财丧人亡。《夷坚支戊》卷一中的主人公陈公任乃福州长乐县的巨商，孝宗淳熙元年四月，他和张世显、何仲文、何仲济等十余名商人乘船去浙江贩布，七日夜到鸟鹰港时，船师“报船无故自拆”，世显等人相继弃船上岸，“惟公任、仲立留恋货财，未肯舍。顷之舟沉，而綷出水面。二人急抱綷，逐浪上下，哀呼求救，不可忍闻。腹为綷所摇，几至于裂，竟堕死波中”。陈公任、何仲立与贩运的商品一起葬身河中，侥幸逃生的其他布帛商所贩布匹也全部沉入水中，此次沉船事件中，溺水身亡的商人有两位，遭受财产损失的商人多达十余人④。《夷坚丁志》卷六《泉州杨客》中记载了一位从事海外贸易的泉州大商人杨客，他从海外归来到达临安后，“悉辇物货置抱剑街主人唐翁家”，“举所赍沉香、龙脑、珠琲珍异纳于土库中，他香布、苏木不减十余万缗，皆委之库外”，自己住在了柴垛桥西的一家客馆里。第二天，杨客听闻外面着了火，一惊而起，跑着登上吴山，“望火起处尚远，俄顷间已及唐翁屋”，他对仆人表示只烧了不值钱的粗重之物，损失不大，又过了一会，杨客看见土库位置“黑烟直

①（宋）洪迈《夷坚三志辛》卷十《陈小八子债》，《夷坚志》第三册，北京：中华书局，1981 年 10 月 1 版，第 1465 页。

②（宋）洪迈《夷坚三志辛》卷六《金客隔织》，《夷坚志》第三册，北京：中华书局，1981 年 10 月 1 版，第 1433 页。

③（宋）洪迈《夷坚志补》卷二十《桂林秀才》，《夷坚志》第四册，北京：中华书局，1981 年 10 月 1 版，第 1733 页。

④（宋）洪迈《夷坚支戊》卷一《陈公任》，《夷坚志》第三册，北京：中华书局，1981 年 10 月 1 版，第 1059 页。

上，屋即摧塌，烈焰亘天”，等火灭了去现场看时，他存在土库内外的贵重商品均已化为灰烬。承受不了如此重大的打击，杨客“自经于库墙上”[①]，一场大火不仅烧光了杨客的商品，还夺去了他宝贵的生命；《夷坚志补》卷七《祝家谭》中的主人公、住在衢州江山县峡口市山下的商人祝大郎建在山上的库房“忽迸裂，洪水涌出如奔，屋宇钱帛，随流而下”，山下的房屋“浸没丈余，居旁大樟树约数十围，摧折压屋，为风水所漂，旋转其上。顷刻间冲漩为深潭”，洪水肆虐之下，不仅所有的财物顷刻间消失殆尽，而且祝家全家死尽，只“一小儿与一婢在山巅仅免”[②]；《夷坚志补》卷七《直塘风雹》中提到孝宗淳熙元年五月十三日午后，“大风忽从西北起，阴霾蔽空，雨雹倾注，风声吼怒，甚于雷霆”，这场暴风雨使得平江常熟县直塘富商张三八家仓廪帑库“所贮钱米万计，扫荡无一存”，“所居大屋，揭去数里外，合抱之木尽拔。典质金帛在匮，随风宛转于半空，不知所届”，张三八次子张五三 “惊怖之际，一木堕于旁，折其臂”[③]；《夷坚志补》卷二十五《鄱阳雷震》中也记载了宁宗庆元三年六月二十二日晚饶城的一场大雷雨，这场雷雨使饶城下一只装载三百石米欲贩往下江的商船遭受雷击，船仓和蓬顶都被击穿，“米沉江中，颗粒不存”，船上的商人侥幸逃生，最后“哭而归湖”[④]。

船沉人亡的不幸事件在从事海上贸易的商人中间残酷地上演着。由于海上天气的多变和海况的复杂，海商们贩海时遭遇大风、大雾、暴雨或暗礁，船迷失方向甚至沉没之事时有发生，《夷坚志》中就记载了不少这类遇险事件。遇险事件中比较幸运的是虽然海船暂时迷失了航向，但没有导致船沉人亡。据《夷坚乙志》卷八《长人国》记载，明州商人海上航行时“值昏雾四塞，风大起，不知舟所向。天稍开，乃在一岛下”[⑤]；《夷坚丙志》卷六《长人岛》描述，密州板桥镇商人航海去往广州，“遭大风雾，迷不知东西，任帆所向。历十许日，所赍水告竭，人畏渴死，望一岛屿渐近，急奔赴之”[⑥]；《夷坚支丁》卷三《海

---

①（宋）洪迈《夷坚丁志》卷六《泉州杨客》，《夷坚志》第二册，北京：中华书局，1981 年 10 月 1 版，第 588 页。

②（宋）洪迈《夷坚志补》卷七《祝家谭》，《夷坚志》第四册，北京：中华书局，1981 年 10 月 1 版，第 1610 页。

③（宋）洪迈《夷坚志补》卷七《直塘风雹》，《夷坚志》第四册，北京：中华书局，1981 年 10 月 1 版，第 1609 页。

④（宋）洪迈《夷坚志补》卷二十五《鄱阳雷震》，《夷坚志》第四册，北京：中华书局，1981 年 10 月 1 版，第 1778 页。

⑤（宋）洪迈《夷坚乙志》卷八《长人国》，《夷坚志》第一册，北京：中华书局，1981 年 10 月 1 版，第 249 页。

⑥（宋）洪迈《夷坚丙志》卷六《长人岛》，《夷坚志》第一册，北京：中华书局，1981 年 10 月 1 版，第 414—415 页。

山异竹》提到，绍兴七年，温州巨商张愿出海时，“遭风漂其船，不知所届。经五六日，得一山”①。这三次因为大雾和大风导致的遇险事件虽然最终是虚惊一场，但也充分说明了两宋商人海外经商行程的艰险，这种艰险在《夷坚志补》卷二十一《海外怪洋》中被描述得很是详尽：

> 大观中，广南有海贾使帆，风逆，飘至一所。舟中一客，老于海道，起四顾变色，与众曰：“此海外怪洋。我昔年飘泛至此，百怪出没，几丧厥生。今不幸再来，性命未可知也！”至日没，天水皆黄浊。有独山峙水中央，山巅大石崩，巨声振厉，激水高丈余。黑云亘山，横起云中。两朱塔，隐隐然有光。老者趣移舟，曰：“是龙怪也。”令众持弓矢满引，鸣钲鼓，叫噪而行。巨人长丈余，出水面，持金刚杵，稍逼舟次。众齐声诵观音救苦经文，乃没。老者曰：“此不宜夜泊，盍入怪港。”指示篙师，水迅急，转盼即到。夜深，矴泊港心。风止月明，老者命抟饭数百块，以待需索。或问之，曰：“第为备，勿问也。”二更时，有大舟峨然来，欲相并，亟掷饭与之，且唾且骂。彼人争夺而食。顷刻舟益多，或出或没。掷饭如前时。约四更，始散去。老者曰：“是皆覆舟鬼也，视舟行月中无影。若无以充其饥，害吾人必矣。常视舟行求食者。”天将晓，张帆盲进，水气腥秽，大蟒千百，出没波间。又漂至一高岸，隆然如山，多荆棘。少壮三数人登岸问途，行四五里，见长城横亘，不知艺极，高可百尺。到一门，两巨人坐门下，各以一手持众髻，挂于大木杪。入门携火盆出，取一人投火中，炙至焦黑，分食之。既携盆复入。众悉畏骇，共议曰：“若再来，吾属无噍类矣。”断发沿水疾驰至舟中，急解维，虽老者亦不知为何处……。②

以上描述肯定有因时代局限而引起的、迷信视角下的鬼怪与幻觉，抛开这些不谈，留在读者视野中的则是海商们航行海上时遇到的危险海域，那里的怪风、怪山等情景很是恐怖，那些出现在危险海域的所谓“鬼船”也从一个侧面证明了当时贩海时沉没、商人无一生还的商船数量肯定不在少数。

在航海途中的诸多风险中，船沉人亡无疑是最恶性的事件。《夷坚甲志》卷七《岛上妇人》中泉州僧本偶表兄欲往三佛齐，“法当南行三日而东”，因为风力较大，这位海商南行两天半就到达了该转向东行的地方，等意识到这一点时

---

①（宋）洪迈《夷坚支丁》卷三《海山异竹》，《夷坚志》第三册，北京：中华书局，1981 年 10 月 1 版，第 987 页。

②（宋）洪迈《夷坚志补》卷二十一《海外怪洋》，《夷坚志》第四册，北京：中华书局，1981 年 10 月 1 版，第 1744 页。

马上回柁，可为时已晚，船触礁沉入海中，船上之人全部溺亡，只有本俩表兄因为抓住了一根木头，在海上漂了三天，“漂至一岛畔”[①]，成为唯一的生还者和那场灾难的见证人；《夷坚支甲》卷十《海王三》中，“贾于泉南”的山阳人王某航行海上，“航巨浸，为风涛败舟，同载数十人俱溺”，只有他一人因 “得一板自托”，漂到一个小岛上得以幸存[②]；《夷坚志补》卷二十一《猩猩八郎》中的金陵商人富小二，绍兴间泛海，“至大洋，觉暴风且起，唤舟人下矴石整帆樯以为备，未讫而舟溺”，富小二因为当时“方立蓬顶，与之俱坠，急持之”得以“漂荡抵绝岸”，成为唯一的生还者[③]。当然，偶尔也有商船沉没而幸存者较多的，《夷坚支癸》卷三《鬼国续记》中就记载，福州福清海商杨氏父子三人“同溺于大洋”，但因“共附一木”，三人均侥幸得以不死[④]。

相比于进行海外贸易的商人，在国内跨地区进行长途贩运的商人遭遇的风险也不少，这些风险既有来自政治与自然方面的，也有人为造成的。宋金对峙时，温州瑞安商人王居常因为贩海去往山东，结果“为伪齐所拘”，后来脱身由陆路逃归[⑤]；孝宗淳熙二年，“贩贸纱帛海物”的台州仙居人郑四，和仆人陈二“负担至摘星岭”，天色已晚，又遇暴雨，两人躲入一间空屋中，发现三只小虎后将其杀死，随即用木头顶住了门。不一会，两人“闻撞扉声极猛，窥诸隙中，盖两大虎，其一衔物长数尺，顿于地，其一举爪穿阈下，意欲突入。郑以利刃断其三爪，两虎皆舍去”[⑥]，可以想见，如果郑四不够勇猛，他和仆人恐怕早已成为虎口之食了；宁宗庆元元年五月二十四日，九江下了五昼夜大雨，卖果子小贩黄二正走到德化县村田间，“遇鸷兽缘道而来”，他“遽升高木避之”，等到十余名官军鸣钲鼓、持叉矛将鸷兽驱逐后，黄二才敢从树上下来[⑦]。相比于政治与自然方面的风险，《夷坚志》中记载较多的是人为带来的风险，比如有不少商

---

① （宋）洪迈《夷坚甲志》卷七《岛上妇人》，《夷坚志》第一册，北京：中华书局，1981 年 10 月 1 版，第 59 页。

② （宋）洪迈《夷坚支甲》卷十《海王三》，《夷坚志》第二册，北京：中华书局，1981 年 10 月 1 版，第 787 页。

③ （宋）洪迈《夷坚志补》卷二十一《猩猩八郎》，《夷坚志》第四册，北京：中华书局，1981 年 10 月 1 版，第 1742 页。

④ （宋）洪迈《夷坚支癸》卷三《鬼国续记》，《夷坚志》第三册，北京：中华书局，1981 年 10 月 1 版，第 1239 页。

⑤ （宋）洪迈《夷坚甲志》卷七《搜山大王》，《夷坚志》第一册，北京：中华书局，1981 年 10 月 1 版，第 62 页。

⑥ （宋）洪迈《夷坚支景》卷五《郑四客》，《夷坚志》第二册，北京：中华书局，1981 年 10 月 1 版，第 919 页。

⑦ （宋）洪迈《夷坚支戊》卷四《德化鸷兽》，《夷坚志》第三册，北京：中华书局，1981 年 10 月 1 版，第 1079 页。

人在经商途中被人杀死。婺源盐商方客在芜湖遇盗，强盗“先缚其仆，以刃刲腹投江中”，后将方客“缚手足，缒以大石，投诸水”①；严州某商人“赍丝绢一担”住在浦城永丰境内一村民开的旅店里，村民及其妻见他单身一人，带的货物又多，起了谋财害命之心，“醉以酒，中夜持刃斫之。客大叫救人，声彻于邻”，邻叟听见声音奔来，民妻“以右手遮拒使勿入，左手持客丝一把与之，叟喜而去，客遂死”②；处州丽水商人王七六，“每以布帛贩货于衢婺间”，绍熙四年到衢州后“诣市驵赵十三家”，赵将王七六带来的三百千铜钱挪用，“王久留索偿不可得，时时忿骂，赵但巽词迁延”，一晚赵将王七六灌醉，“与妻扼其喉杀之，纳尸于大篰内”③；孝宗淳熙十六年，赣州商贩宁客去荆南贩货，归家途中经过汉川，走到鄂渚杨太莱店时，“前过苇林畔，一人从内持棒走出，痛殴之死，曳入苇丛，而掠其资货”④；某少年商人挟赀到建康周翁家，周“见少年独行，心利其财，因与泛江出郭，佯为舟覆，溺杀之，而隐没所赍”⑤。上面所述商人被杀事件中，杀人者的目的都是谋财、劫财，正是商人携带钱财、贩运货物的职业性质使他们随时都可能面临性命之忧。

除了经商途中被谋财害命之外，跨地区经营的商人们经常遇到的风险还有病困甚至病死异乡。据《夷坚三志壬》卷十《邹九妻甘氏》记载，岳州民邹曾九在光宗绍熙五年春天⑥去舒州太湖贩货，宁宗庆元四年正月才回程，邹曾九之所以在外四年“久不得归”，是因为他在太湖遭病患折磨，险些病死⑦。和邹曾九相比，那些做了异乡之鬼的商人更为悲惨。《夷坚甲志》卷五《黄平国》中的建州浦城商人某氏，外出经商至宣城，最后竟然病死在那里，随行的仆人将他就地埋葬，仓卒间只给穿了一只鞋⑧，这位商人的悲惨结局令人鼻酸；“以贾贩

① （宋）洪迈《夷坚甲志》卷四《方客遇盗》，《夷坚志》第一册，北京：中华书局，1981 年 10 月 1 版，第 31—32 页。

② （宋）洪迈《夷坚乙志》卷三《浦城道店蝇》，《夷坚志》第一册，北京：中华书局，1981 年 10 月 1 版，第 204—205 页。

③ （宋）洪迈《夷坚支丁》卷八《王七六僧伽》，《夷坚志》第三册，北京：中华书局，1981 年 10 月 1 版，第 1032 页。

④ （宋）洪迈《夷坚三志辛》卷十《宁客陆青》，《夷坚志》第三册，北京：中华书局，1981 年 10 月 1 版，第 1461 页。

⑤ （宋）洪迈《夷坚志补》卷六《周翁父子》，《夷坚志》第四册，北京：中华书局，1981 年 10 月 1 版，第 1603 页。

⑥ 按，《夷坚三志壬》卷十《邹九妻甘氏》中写作“绍兴五年春”，据文意，“绍兴”乃“绍熙”之误。

⑦ （宋）洪迈《夷坚三志壬》卷十《邹九妻甘氏》，《夷坚志》第四册，北京：中华书局，1981 年 10 月 1 版，第 1541 页。

⑧ （宋）洪迈《夷坚甲志》卷五《黄平国》，《夷坚志》第一册，北京：中华书局，1981 年 10 月 1 版，第 39 页。

起家，积资颇厚”的某州商人王兰，外出经商时到一村店住宿，“忽苦暴下，一夕竟卒”，无良的店主人将王兰所带金珠等数万贯财物据为己有，将他的尸体草草埋在了山沟里①，富商王兰的结局同样令人唏嘘。

二、自产（采、捕）自销者

除了专业商贩，宋代小说尤其《夷坚志》中还记录了不少自产（采、捕）自销者和兼职商贩。所谓的自产（采、捕）自销者，是指出售自己生产、制作、采集、捕获产品或商品的人，他们往往集手工业者或食品制作业者或渔民或农民与商贩于一身。所谓兼职商贩，指的是农闲时节兼做商贩的农民，他们的主要社会身份还是农民，如赣州一带的农民在农闲时节，除了贩牛还兼做盐贩，他们“率贩鹾于闽、粤之境，名曰盐子”②。叶适《水心集》卷一中总结道：

> 民计每岁种食之外，余米尽以贸易。大商则聚小家之所有，小舟亦附大舰而同营。展转贩粜，以规厚利。父子相袭，老于风波，以为常俗。③

从上面的文字可知，农闲时节贩卖商品是两宋很多地方农民的习惯做法。除了农民，也有一些官僚在调官之际顺便贩运一些商品，如《夷坚甲志》卷十六《郑畯妻》中记载福州人郑畯在高宗建炎初年“自提举湖南茶盐罢官”后，“买巨杉数千枚，如维扬”，因为当时朝廷正“营行在官府，木价踊贵”，所以郑畯此次顺路贩运木材“获息十倍”，发了大财。与农民于农闲时节的定期经商相比，官员的长途贩运活动随机性较强，所以严格说来，他们不能算做兼职商贩，作为兼职商贩的农民在宋代小说中反映的也较少。自产（采、捕）自销者作为民间商贸活动的重要主体，他们的身影在两宋小说尤其《夷坚志》中频频出现，基于这种情况，笔者以洪迈《夷坚志》为文献依据，编制成了下表：

表四　　《夷坚志》所载自产（采、捕）自销者一览表

序号	居住地区及姓名	经营商品及种类	生产及售卖方式	具体出处
1	常德府查市富户余翁	粮食类的谷物	自己生产粮食并销售	《夷坚甲志》卷七《查市道人》
2	泉州某妇人	药品类的草药	晚上捣药、第二天售卖	《夷坚甲志》卷二十《一足妇人》

①（宋）洪迈《夷坚志补》卷六《王兰玉童》，《夷坚志》第四册，北京：中华书局，1981年10月1版，第1604页。

②（宋）刘克庄《后村集》卷一百五十九《宋经略》，四部丛刊本。

③（宋）叶适《水心集》卷一《上宁宗皇帝札子二》（嘉泰三年），四库全书本。

续表

序号	居住地区及姓名	经营商品及种类	生产及售卖方式	具体出处
3	饶州人董国度所买之妾	食品类的面粉	磨制面粉并去集市售卖	《夷坚乙志》卷一《侠妇人》
4	洪州崇真坊北大井市民杜三	日用品类的水和驱蚊药	平日从井中汲水出售，夏天自制驱蚊药售卖	《夷坚乙志》卷七《杜三不孝》
5	青城山下某氏	食品类的饼	自己制作并在店铺售卖	《夷坚丙志》卷四《饼店道人》
6	范寅宾旧仆人李吉	食品类的爊鸡	自己制作并走街串巷售卖	《夷坚丙志》卷九《李吉爊鸡》
7	番阳城市民张二	食品类的粥	自己制作并售卖	《夷坚丙志》卷十一《张二子》
8	福州北门某家	食品类的豆乳	自己制作并售卖	《夷坚丙志》卷十三《福州异猪》
9	京师某翁	药品类的熟药	自己泡制并担药架沿街售卖	《夷坚丙志》卷十四《綦叔厚》
10	汴京人某氏	食品类的蒸枣	自己加工并走街串巷售卖	《夷坚丙志》卷十八《张拱遇仙》
11	宣城人某氏	食品类的饼	自己制作并在店铺售卖	《夷坚丁志》卷二《宣城死妇》
12	临安盐桥史忞旧庖卒王立	食品类的爊鸭	自己制作并走街串巷售卖	《夷坚丁志》卷四《王立爊鸭》
13	京师人骆某	药品类的熟药	走街串巷负药笈售卖	《夷坚丁志》卷九《西池游》
14	临安太庙前许道寿	日用品类的香	自己制香、卖香	《夷坚丁志》卷九《许道寿》
15	客居临安之浙江人舒懋	食品类的鱼饭	自己制作并售卖	《夷坚丁志》卷九《舒懋育鳅鳝》
16	泽州凌川县某氏	食品类的胡饼	制作并出售	《夷坚丁志》卷十六《鸡子梦》
17	钱塘民沈全、施永	河鲜类的青蛙	捕蛙并入城贩鬻	《夷坚支甲》卷四《钱塘老僧》

续表

序号	居住地区及姓名	经营商品及种类	生产及售卖方式	具体出处
18	临安陈翁	食品类的炙鳅	制作并售卖	《夷坚支甲》卷四《九里松鳅鱼》
19	鄂渚王氏夫妇	食品类的饭	做饭、卖饭	《夷坚支甲》卷八《鄂渚王媪》
20	曹州定陶县北陂泽居民	河鲜类的螺蚌鱼鳖	采捕并售卖螺蚌鱼鳖之属	《夷坚支乙》卷一《定陶水族》
21	婺源鄱阳村屠户江六三	肉类中的牛肉	屠牛卖肉	《夷坚支乙》卷八《江牛屠》
22	湖州城南市民许六	食品类的糖饼	制作、售卖锅饼饵蓼糤	《夷坚支景》卷五《许六郎》
23	台州近城径山屠者童七	肉类的猪肉	杀猪并贩肉于城中	《夷坚支景》卷五《童七屠》
24	临安荐桥门外太平桥北市民张四	食品类的炒海蛳、煎豆腐	先炒制、售卖海蛳，后改为制作贩卖煎豆腐	《夷坚支丁》卷三《张四海蛳》
25	临安候潮门外居民羽老	工艺品类的面人	制作并贩卖面人	《夷坚支丁》卷八《周氏买花》
26	盐城朦胧民周氏	日用品类的苇席	芟刈芦苇并织成席子售卖	《夷坚支丁》卷九《盐城周氏女》
27	南剑州顺昌县石溪村民李甲	日用品类的炭	伐木烧炭鬻于市	《夷坚支戊》卷一《石溪李仙》
28	九江德化县城某氏	食品类的米粽	制作并售卖	《夷坚支戊》卷四《德化鸷兽》
29	平江市民张氏	食品类的熟蟹	煮蟹出售	《夷坚支戊》卷四《张氏煮蟹》
30	京师人许大郎	食品类的面粉	磨制、售卖	《夷坚支戊》卷七《许大郎》
31	鄱阳胡三	水果类的菱角	采菱并卖于集市	《夷坚支庚》卷一《张主簿墓仆》
32	寿安乡村民某氏	食品类的豆腐	制作并走街串巷售卖	《夷坚支庚》卷二《浮粱二士》

续表

序号	居住地区及姓名	经营商品及种类	生产及售卖方式	具体出处
33	平江屠者贾循	肉类中的獐肉	屠宰獐子、贩卖獐肉	《夷坚支庚》卷二《贾屠宰獐》
34	平江人江仲谋	药品类的熟药	加工、泡制熟药并在店铺售卖	《夷坚支庚》卷五《伏虎司徒庙》
35	无锡张木匠	日用品类的盆器	造盆器出贸于街	《夷坚支庚》卷九《无锡木匠》
36	黄州市民渠生	食品类的油	做油、卖油	《夷坚支癸》卷二《黄州渠油》
37	客居舒州宿松县的新安人吴十郎	衣物类的草鞋；食品类的油	先织草鞋贩卖、后榨油售卖	《夷坚支癸》卷三《独脚五通》
38	临安观桥下王良佐	食品类的油	榨油负担售卖	《夷坚支癸》卷三《宝叔塔影》
39	侯官县市井小民杨文昌	日用品类的扇子	制作并出售扇子	《夷坚支癸》卷四《画眉山土地》
40	石头镇市民龚三	食品类的蒸芋	制作并售卖蒸芋	《夷坚支癸》卷五《石头镇民》
41	饶州市民鲁四公	食品类、猪羊血羹	煮猪羊血为羹并负担售卖	《夷坚支癸》卷八《鲁四公》
42	永年监兵方五的孀妻	食品类的酒	营私酿酒，每用中夜雇渔艇运致，传入街市酒店	《夷坚支癸》卷九《吴六竞渡》
43	新淦市妓女程喜真	衣物类的领子和衬垫	自绣领茵之属出售	《夷坚三志己》卷二《程喜真非人》
44	舒州市民燕五	食品类的糍饵	煎货糍饵	《夷坚三志己》卷四《燕仆曹一》
45	平江城北民周氏	食品类的麸面	种麦并磨成麸面售卖	《夷坚三志己》卷七《周麸面》
46	信州五通楼前王氏	食品类的荷包爊肉	制作并售卖荷包爊肉	《夷坚三志辛》卷六《五色鸡卵》
47	饶州城内德化桥民高屠	药品类的风药	配置、售卖风药	《夷坚三志辛》卷十《鬼杀高二》

续表

序号	居住地区及姓名	经营商品及种类	生产及售卖方式	具体出处
48	抚城市民	食品类的灌肺	制作并在夜市上担担子售卖	《夷坚三志壬》卷四《杨五三鬼》
49	鄱阳市居百姓蒋二	日用品类的香	装造印香贩卖	《夷坚三志壬》卷六《蒋二白衣社》
50	饶州双碑下细民萧七	食品类的炙猪肉片脯	批炙猪肉片脯贩卖	《夷坚三志壬》卷六《萧七佛经》
51	余干古步王生	肉类的猪肉	杀猪卖肉	《夷坚三志壬》卷九《古步王屠》
52	鄱阳石门屠者羊六	肉类的羊肉	宰羊卖肉	《夷坚三志壬》卷十《石门羊屠》
53	芜湖詹氏女	日用品类的女工	做女工并售卖	《夷坚志补》卷一《芜湖孝女》
54	汴京东华门外魏氏	食品类的鲃鲊	开鲊铺制作并售卖	《夷坚志补》卷九《徐汪二仆》
55	常州某小儿	食品类的豆	制作售卖	《夷坚志补》卷十二《真仙堂小儿》
56	临安市民吴翁	食品类的冻鱼	制作售卖	《夷坚志补》卷十六《卖鱼吴翁》
57	巴东村市某面店	食品类的面食	制作面食并在店铺售卖	《夷坚志补》卷二十《沈子与仆》
58	豫章民沈生（沈乌盆）	日用品类的陶器	制作陶器并出售	《夷坚志补》卷二十四《沈乌盆》

通观上表所列 58 个例子，不难发现，在自产自销者中，产销食品类商品的共有 34 人，占总人数的 58.6%；产销日用品类商品的 9 人，占总人数的 15.5%；产销药品和肉类的均为 5 人，占总人数的 8.6%；产销海鲜和服装类的都是 2 人，产销工艺品和水果类的都只有 1 人，占比较低。显然，自产自销者中以食品制

作业者（加工）和手工业者居多，他们是宋代自产自销者的主体。

《夷坚志》中有关自产自销者的记载透露了如下信息：其一，两宋自产自销者的生产、制作和销售过程很是辛劳，每天很早起来制作欲售卖之物，然后走街串巷去兜售，常常很晚才回到家中，起早贪黑地赚些辛苦钱。番阳城中以卖粥为业的张二（序号 7），清晨鸡刚叫就得“诣厨作粥”[①]；临安卖爊鸭的王立（序号 12），每天先买好十只生鸭，“天未明，赍诣大作坊，就釜灶炀治成熟，而偿主人柴料之费”[②]，据王立介绍，卖爊鸭小贩们每天的生活都是这样开始的。汴京一位老翁（序号 9）挑担卖药，他收拾好的药担“药架甚华楚，上列白陶缶数十，陈熟药其中”[③]，重量肯定不轻；汴京卖药的骆生（序号 13）每日“负药笈”沿街售卖[④]，深夜时，南宋抚城街上仍然有“负灌肺担子者方归，犹有残灯在担”（序号 48）[⑤]。住在鄱阳城外的胡三（序号 31）白天在湖中采菱，辛苦一天晚上回家后还要将菱角洗干净，第二天又要“赴绝早上市”[⑥]售卖，披星戴月地早出晚归，全天没有片刻休息的时间，其中的辛苦可以想见；其二，辛苦劳作奔波的小商品生产者赚钱不易，但这并不能成为他们为逐利而不择手段的借口。通观表四所列故事，小商品生产者们的商业道德水平参差不齐，有不择手段、以次充好，甚至大肆造假的，也不乏宅心仁厚、恪守诚信，并非一味逐利的。常德府查市富户余翁（序号 1）处心仁廉，其人“岁收谷十万石，……常减价出粜。每粜一石，又以半升增给之”[⑦]；侯官县以造扇为业的市井小民杨文昌（序号 39）朴直安分，他“每售扇皆有定价，虽村人及过往收市，未尝妄有增加”[⑧]；在平江府饮马桥南开熟药铺的江仲谋（序号 34）制作成药时，为避免“伪品药杂于

① （宋）洪迈《夷坚丙志》卷十一《张二子》，《夷坚志》第二册，北京：中华书局，1981 年 10 月 1 版，第 463 页。

② （宋）洪迈《夷坚丁志》卷四《王立爊鸭》，《夷坚志》第二册，北京：中华书局，1981 年 10 月 1 版，第 571 页。

③ （宋）洪迈《夷坚丙志》卷十四《綦叔厚》，《夷坚志》第二册，北京：中华书局，1981 年 10 月 1 版，第 489 页。

④ （宋）洪迈《夷坚丁志》卷九《西池游》，《夷坚志》第二册，北京：中华书局，1981 年 10 月 1 版，第 610 页。

⑤ （宋）洪迈《夷坚三志壬》卷四《杨五三鬼》，《夷坚志》第三册，北京：中华书局，1981 年 10 月 1 版，第 1497 页。

⑥ （宋）洪迈《夷坚支庚》卷一《张主簿墓仆》，《夷坚志》第三册，北京：中华书局，1981 年 10 月 1 版，第 1142 页。

⑦ （宋）洪迈《夷坚甲志》卷七《查市道人》，《夷坚志》第一册，北京：中华书局，1981 年 10 月 1 版，第 56—57 页。

⑧ （宋）洪迈《夷坚支癸》卷四《画眉山土地》，《夷坚志》第三册，北京：中华书局，1981 年 10 月 1 版，第 1249 页。

剂中，误人服食”而“收市良材，不惜价直”[1]。对于自产自销者造假的动机，宋人袁采认为就是逐利，“有见他人获息之多，致富之速，则欲以人事强夺天理。如贩米而加以水，卖盐而杂以灰，卖漆而和以油，卖药而易以他物……如此等类，不胜其多”[2]。以卖油为业的黄州市民渠生（序号 36）“一意嗜利”，每次做油时，“乘热益以便溺，几三之一”，因此“获息颇博”[3]；住在临安太庙前的许道寿（序号 14）以卖香为业，他“仿广州造龙涎诸香，虽沉麝笺檀，亦大半作伪”[4]；余干县古步镇墟市中的屠户王某（序号 51），为多赚钱发明了活猪增重法，“每将杀一豕，必先注水沃灌，使若充肥”。受王屠户注水猪肉的启发，南宋时不少屠户“用此法者，比户皆然，至于鸡鹅鱼鸭亦尔”[5]，举一反三地发明了注水鸡鹅鱼鸭肉。婺源以屠牛为业的人很多，其中某人发明了一种毒杀农民耕牛的方法，“慢火焚乌头汁，济以他药。浸铁针长三寸余，插于牛胁皮中，不经日必死，则唤之使宰剥，肉既非带疫，人食之无害，谓为良杀，厥价差高”，这种损人利己的方法很快传到了鄱阳一带，家住鄱阳城东十五里的屠户江六三习得此技后，周围的耕牛常莫名其妙地“不病而毙”，农民无奈之下只得“悉付鬻卖”（序号 21）[6]。

《夷坚志》所记载的自产自销者多数属于中下层百姓，他们要靠着辛勤的劳作，通过自产自销，才能维持自身或一家的温饱，他们的经济状况和生活水平都比较低下。像在临安卖爊鸭的王立，“一日所赢，自足以糊口”[7]；南剑州顺昌县石溪村民李甲，年四十未娶妻，靠着伐木烧炭卖到市场，“得钱则日籴二升米以自给”[8]；洪州人杜三平日里从崇真坊北的大井中汲水售卖，夏天售卖自己

①（宋）洪迈《夷坚支庚》卷五《伏虎司徒庙》，《夷坚志》第三册，北京：中华书局，1981 年 10 月 1 版，第 1168 页。

②（宋）袁采《袁氏世范·治家·营运先存心近厚》，《增广贤文》《朱子家训》《袁氏世范》合刊，合肥：黄山书社，2007 年 5 月 1 版，第 186 页。

③（宋）洪迈《夷坚支癸》卷二《黄州渠油》，《夷坚志》第三册，北京：中华书局，1981 年 10 月 1 版，第 1230 页。

④（宋）洪迈《夷坚丁志》卷九《许道寿》，《夷坚志》第二册，北京：中华书局，1981 年 10 月 1 版，第 609 页。

⑤（宋）洪迈《夷坚三志壬》卷九《古步王屠》，《夷坚志》第四册，北京：中华书局，1981 年 10 月 1 版，第 1536 页。

⑥（宋）洪迈《夷坚支乙》卷八《江牛屠》，《夷坚志》第二册，北京：中华书局，1981 年 10 月 1 版，第 860 页。

⑦（宋）洪迈《夷坚丁志》卷四《王立爊鸭》，《夷坚志》第二册，北京：中华书局，1981 年 10 月 1 版，第 571 页。

⑧（宋）洪迈《夷坚支戊》卷一《石溪李仙》，《夷坚志》第三册，北京：中华书局，1981 年 10 月 1 版，第 1052 页。

制作的驱蚊药，卖水、卖药所得要维持自己每日的生活，还要奉养母亲①；饶州市民鲁四公，“煮猪羊血为羹售人，以养妻子”②；另一位市民萧七，“能批炙猪肉片脯行贾，以取分毫之利，赡育妻子”③。当然，也有一些手艺出众或者特别善于经营的自产自销者达到了小康，甚至发家致富。湖州城南市民许六，“以锅饼饵蓼糤为生”，后来“获利日给，稍有宽余”④；制作陶器的豫章人沈生，因为手艺最精湛所以卖出的陶器最多，于是“家业甚裕”⑤；以买獐肉为业的平江屠户贾循，“常豢饲数十头，每夕宰其一。迨旦，持出鬻于市。吴地少此物，率一斤直钱一千，人皆争买，移时而尽”⑥，日积月累二十余年后获利颇丰。因为靖康之乱滞留北方的官员董国度，弃官隐居乡村，他买的小妾见他贫困，就以谋生为己任，“盘家所有，买磨驴七八头，麦数十斛。每得面，自骑入市鬻之，至晚负钱以归。率数日一出，如是三年，获利益多，有田宅矣”⑦；几代卖面的汴京人许大郎，“颇留意营理，增磨坊三处，买驴三四十头，市麦于外邑，贪多务得，无时少缓”，善于经营加上辛勤劳作，使得许大郎改变了仅能自给自足的命运，十多年后，“家道日以昌盛，骎骎致富矣”⑧；平江城北百姓周某，本以卖麸面为业，“因置买沮洳陂泽，围裹成良田，遂致富赡”。周某致富后，为其子捐了个将仕郎的官位，这位将仕郎自杀后，周某为他建了一座大寺，“度数僧居之”，总共“费钱十余万缗”⑨，周某处理儿子后事的出手阔绰说明他已经跻身于大商人的行列了。

---

①（宋）洪迈《夷坚乙志》卷七《杜三不孝》，《夷坚志》第一册，北京：中华书局，1981 年 10 月 1 版，第 242 页。

②（宋）洪迈《夷坚支癸》卷八《鲁四公》，《夷坚志》第三册，北京：中华书局，1981 年 10 月 1 版，第 1283 页。

③（宋）洪迈《夷坚三志壬》卷六《萧七佛经》，《夷坚志》第四册，北京：中华书局，1981 年 10 月 1 版，第 1513 页。

④（宋）洪迈《夷坚支景》卷五《许六郎》，《夷坚志》第二册，北京：中华书局，1981 年 10 月 1 版，第 916 页。

⑤（宋）洪迈《夷坚志补》卷二十四《沈乌盆》，《夷坚志》第四册，北京：中华书局，1981 年 10 月 1 版，第 1772 页。

⑥（宋）洪迈《夷坚支庚》卷二《贾屠宰獐》，《夷坚志》第三册，北京：中华书局，1981 年 10 月 1 版，第 1150 页。

⑦（宋）洪迈《夷坚乙志》卷一《侠妇人》，《夷坚志》第一册，北京：中华书局，1981 年 10 月 1 版，第 190 页。

⑧（宋）洪迈《夷坚支戊》卷七《许大郎》，《夷坚志》第三册，北京：中华书局，1981 年 10 月 1 版，第 1110 页。

⑨（宋）洪迈《夷坚三志己》卷七《周麸面》，《夷坚志》第三册，北京：中华书局，1981 年 10 月 1 版，第 1357 页。

三、牙侩、行钱与揽户

1. 商业中介——牙侩

牙侩，两宋时期又称驵侩、牙人、牙、互郎、主郎，“今之谓驵侩为牙，谓之互郎、主郎，主互市事也”①，指居于买卖双方之间，从中撮合交易，以抽取牙钱（佣金、中介费）的中间人，即今天说的商业中介。就宋代商业的实际情况而言，牙侩可分为两种，一种是从事人口买卖与雇佣业务的，具体来说，这类中介所做的是 “如府宅官员，豪富人家，欲买宠妾、歌童、舞女、厨娘、针线供过、粗细婢妮，亦有官私牙嫂，及引置等人，但指挥便行踏逐下来。或官员士夫等人，欲出路、还乡、上官、赴任、游学，亦有出陆行老，顾倩脚夫脚从，承揽在途服役，无有失节”②；另一种是从事商业交易的，由于宋代商业的高度发展，这类中介中的有些人逐渐发展成了今天所说的批发商。按照上面的界定标准，两宋时期新兴的经营管理中介“行钱”和税收中介“揽户”都不属于牙侩。两宋小说尤其是洪迈《夷坚志》中对牙侩这一民间商业活动的主体多有呈现，下面笔者就以《夷坚志》为文本，将这些故事列表如下：

表五　　《夷坚志》所载牙侩一览表

序号	居住地区、姓名	属于何种行业的牙侩	具体的中介行为（契约、中介费等）	具体出处
1	拱州人某氏	买卖婢妾的女侩	立有契约	《夷坚甲志》卷十三《妇人三重齿》
2	邢州富人张翁	布帛业的牙侩	先接小布商货物，后成为“赀至十千万”的大布帛中介	《夷坚乙志》卷七《布张家》
3	汉州一女侩	买卖婢妾的女侩	未提及	《夷坚丙志》卷二《罗赤脚》
4	衢州人徐生之父	粮食行业中米行的牙侩	未提及	《夷坚丙志》卷六《徐侍郎》
5	京师某牙媪	买卖婢妾的女侩	立有契约	《夷坚丙志》卷八《耿愚侍婢》
6	女侩施三嫂	买卖婢妾的女侩	中介费五千钱	《夷坚丙志》卷十一《施三嫂》

①（宋）吴曾《能改斋漫录》卷四《牙郎》，《能改斋漫录》，上海：上海古籍出版社，1960 年 11 月 1 版，第 72 页。

②（宋）吴自牧《梦粱录》卷十九《顾觅人力》，《东京梦华录（外四种）》，上海：上海古典文学出版社，1956 年 11 月 1 版，第 301 页。

续表

序号	居住地区、姓名	属于何种行业的牙侩	具体的中介行为（契约、中介费等）	具体出处
7	临安某女侩	买卖婢妾的女侩	未提及	《夷坚丁志》卷十一《王从事妻》
8	方城县乡民阎四老	未说明是何种牙侩	未提及	《夷坚丁志》卷十三《阎四老》
9	抚州南门黄柏路居民詹六、詹七	“以接鬻缣帛为生”的布帛业牙侩	未提及	《夷坚丁志》卷十五《詹小哥》
10	临安陈翁	卖鳅的鱼行牙侩	抽取中介费，晚年仍卖炙鳅为业，未致富	《夷坚支甲》卷四《九里松鳅鱼》
11	临安某牙侩	买卖婢妾的牙侩	未提及	《夷坚支乙》卷四《小红琴》
12	鄱阳乡民王三	帮人卖毡笠的牙侩	未提及中介费，但王私扣了所卖钱的一半	《夷坚支乙》卷七《王牙侩》
13	江陵五十里外某村侩	贩猪的牙侩	未提及	《夷坚支景》卷一《江陵村侩》
14	信州牙侩	货卖珠宝的牙侩	未提及	《夷坚支丁》卷七《灵山水精》
15	衢州市驵赵十三	布帛业驵侩	未提及	《夷坚支丁》卷八《王七六僧伽》
16	宿预桃园人王耕	驵侩	未提及	《夷坚支丁》卷九《清风桥妇人》
17	居于府市的寿春民姜七	药材等行业的牙侩	为外地商旅提供住宿	《夷坚三志己》卷二《姜七家猪》
18	涟水沙家堰支氏客邸少主人支友璋	各类商品的牙侩	性慧口辩，诡谲百出，左弥右缝	《夷坚三志己》卷三《支友璋鬼狂》
19	乐平永丰乡民胡廿四	“粜麻打油”的粮食加工业牙侩	未提及	《夷坚三志辛》卷六《胡廿四父子》
20	丹阳女侩	买卖婢妾的女侩	未提及	《夷坚三志辛》卷七《舒榷货妾》
21	建康牙侩孙廿二	颇识宝物的古董牙侩	未提及	《夷坚三志壬》卷九《和州僧瓶》

续表

序号	居住地区、姓名	属于何种行业的牙侩	具体的中介行为（契约、中介费等）	具体出处
22	某郡牙侩	买卖婢妾的牙侩	将逃妾卖价增加了“数十千”	《夷坚志补》卷三《高南寿捕盗》
23	寿州下蔡县吴五郎	主榷场大驵，“干南北行商之货”	所得不赀	《夷坚志补》卷六《张本头》
24	建康巨商杨二郎	未说明是何种牙侩	未提及	《夷坚志补》卷二十一《鬼国母》

从上表的统计不难看出，宋代从事商业交易的牙侩已遍及布帛业、粮食加工业、日用品业、米行、鱼行、肉行、珠宝行、医药行、古董行等诸多行业，甚至售卖国家专卖商品的榷场也有牙侩主持，这从一个侧面证明了宋代商品经济的高度繁荣与发达。吴自牧《梦粱录》卷十六《米铺》中提到行在临安因为人口众多而米铺遍布，活跃在这些零售米铺和米市之间的中介称为“米市小牙子”，他们的职责就是“亲到各铺支打发客”，吴自牧的这一记载印证了《夷坚志》中有关米行牙侩描述的真实。相比于从事商品交易中介的牙侩，人口买卖与雇佣方面的牙侩在《夷坚志》中被提及的最多，共有 8 个，占到了上表 24 个故事的三分之一。两宋的人口买卖主要是婢妾使女的买卖，而居中主持这类买卖的绝大多数是女性，因此这类牙侩常被称为女侩，女侩们又根据年龄的不同分别被称作牙媪、牙婆和牙嫂。孟元老《东京梦华录》记载“觅女使即有引至牙人”[①]，吴自牧《梦粱录》也说，官员和豪富人家想买婢女小妾、歌童舞女、厨娘绣娘等下人时，均有牙嫂提供相关服务，这和上表所列《夷坚志》中呈现的牙嫂的工作范围是一致的，可见洪迈的描写绝非虚构。罗烨《新编醉翁谈录》丙集卷一《致妾不可不察》中详细地描述了一次买卖从嫁婢女的过程：

> 昔日东京南街林三娘者，为牙婆，善谈说，熟识士夫宅院，以故贩雇女奴者，接踵其门。一日，有盐商贩一女奴至，年十五六，为人洁白聪俊，举止便捷，善解人意。牙婆见谓客曰：“霸陵桥左张官人宅，欲得一人如此，要为装从之用。”乃引置其家。张之妻一见，雅合其意。张有女，年十七八，母令女自试其能否，女亦喜之。议成立，名伴喜……[②]

① （宋）孟元老《东京梦华录》卷三《雇觅人力》，《东京梦华录（外四种）》，上海：上海古典文学出版社，1956 年 11 月 1 版，第 22 页。

② （宋）罗烨《新编醉翁谈录》丙集卷一《致妾不可不察》，《新编醉翁谈录》，上海：上海古典文学出版社，1957 年 4 月 1 版，第 27—28 页。

这次买卖经过了买家提出条件、牙婆挑选、牙婆送人上门、买家面试、牙婆与买家谈价钱几个环节。

需要指出的是，通过牙侩买卖或雇佣人力一个不可或缺的环节就是订立契约，即今天说的签订合同。《夷坚甲志》卷十三《妇人三重齿》中，拱州郑雍之侄见乞讨的流民中一妇人貌美，想纳她为妾，得到妇人允许后，郑雍之侄“乃召女侩立券，尽以其当得钱为市脂泽衣服”①；《夷坚补志》卷二十二《王千一姐》记载，绍兴四年六月，外地人王七公带着女儿千一姐拜访隆兴府樵舍镇富人周生，周生看中了千一姐的貌美多才，要娶为侧室，王七公欣然同意，周生表示给他官券一千缗作为彩礼，谈妥的两人“呼牙侩立契约，（王七公）即留女而受券去”②。这两个例子中的买卖双方达成意向后都会履行一个叫来牙侩、订立契约的手续，这个手续在避免日后纠纷方面是具有法律效力的。据《夷坚丙志》卷八《耿愚侍婢》记载，徽宗大观年间，京师医官耿愚买一侍婢，一年后这个侍婢被一孩童认出是其已死的母亲，她的丈夫也确认她是自己的妻子，侍婢也向别人承认了自己有丈夫和孩子，耿愚听后很生气：

> 诟责之曰：“去年买汝时，汝本无夫，有契约牙侩可验，何敢尔？”夫诉诸开封，迹所从来。婢昏然不省忆，但云：“因行至一桥，迷失路，为牙媪引去，迫于饥馁，故自鬻。”牙媪亦言：“实遇之于广备桥，求归就食，遂鬻以偿欠。”京尹不暇究始末，命夫以余直偿耿氏而取其妻。耿氏不伏……③

耿愚的愤怒与理直气壮是因为他买侍女时既有牙侩，也有契约，即使被侍女的丈夫告到府尹处，耿愚对府尹所做的将侍女归还其夫的判决仍然不服，而府尹对他也无可奈何。另一个载于《夷坚志补》中的例子则从相反的角度证实了契约的重要性。宋代名臣曾公亮布衣时游京师，偶然碰到某人因欠官府钱无力偿还即将获罪，被迫将自己的女儿卖给商人做妾，曾公亮建议他把女儿嫁给属于士人阶层的自己：

> 其人跪谢曰：“某平生未尝有一日之雅，不意厚贶若此，虽不得一钱，

---

①（宋）洪迈《夷坚甲志》卷十三《妇人三重齿》，《夷坚志》第一册，北京：中华书局，1981 年 10 月 1 版，第 115 页。

②（宋）洪迈《夷坚志补》卷二十二《王千一姐》，《夷坚志》第四册，北京：中华书局，1981 年 10 月 1 版，第 1754 页。

③（宋）洪迈《夷坚丙志》卷八《耿愚侍婢》，《夷坚志》第二册，北京：中华书局，1981 年 10 月 1 版，第 435—436 页。

> 亦愿奉君子。然已书券受直，奈何？”公曰：“但还其直，索券而焚之。彼不可，则曰诉于官，彼畏，必见听矣！”遂出白金以四十万，置其家，曰：“……后三日中以女来，吾待于水门之外。”公去而商至，用前说却之，商果不敢争。[①]

被迫卖女的某士人觉得契约已经订立，自己也收了商人的钱，事情至此已没办法挽回，归还卖女费、要回契约毕竟没有道理。幸亏买妾的是个地位低于他的商人，加之他又用告到官府相威胁，这样某士人卖女的契约才得以撕毁。如果商人像耿愚那样据理力争诉诸官府的话，也未必赢不了这场官司。

《夷坚三志己》卷三《支友璋鬼狂》篇记载牙侩支友璋“性慧口辩，诡谲百出，左弥右缝”，抛开支氏的诡诈不谈，需要指出的是，作为一名牙侩，他有着巧言善辩的口才和左右逢源的交际能力；上面提到的牙婆林三娘，也是因为能言善辩，才引得那些雇用使女婢妾的人接踵登门的。毋庸置疑，做一名专业牙侩首先需要像支友璋和林三娘那样，有很好的口才和较强的交际沟通能力，而且仅有口才和社交能力还不够，专业牙侩还需要具备本行业的专业知识。《夷坚三志壬》卷九《和州僧瓶》就让读者见识了一个古董牙侩对古董的超强鉴赏力：孝宗淳熙年间，和州太守熊祖显与该州一僧人友善，这僧人案头有个铜瓶，虽微有损蚀之处，但形制高古可爱，在熊祖显的要求下，僧人把这个铜瓶送给了他。在平庸浅陋的僧人眼里，这个铜瓶没什么特别之处，熊祖显虽然自负有鉴赏古董的能力，却也不能判断出铜瓶的年代和款识的有无。当他带着这个铜瓶经过建康时，有个叫孙廿二的骨董牙侩看出了铜瓶的不同寻常，马上报告给了转运使赵师揆，赵“立遣借观，不复可出。伺熊临去，饷以钱五百千”[②]，从赵氏的态度可知这件古董价值不菲，而慧眼识宝瓶的就是古董牙侩孙廿二。事实上不只是古董牙侩，做珠宝行业的牙侩对专业知识的要求也很高，《夷坚支丁》卷七《灵山水精》中就提到信州灵山出产水精，“唯以大为贵，及其中现花竹象者”，当地人朱彦才无意中碰到一块高阔如大瓮且光辉射人的，此消息一出，当地的珠宝牙侩争相前来观看，最后经过他们专业的判定，给这块水晶估出了六千贯的高价[③]。

相较于工作程序和专业水准，《夷坚志》等宋代小说对牙侩的呈现更多侧重

---

①（宋）洪迈《夷坚志补》卷三《曾鲁公》，《夷坚志》第四册，北京：中华书局，1981 年 10 月 1 版，第 1566 页。

②（宋）洪迈《夷坚三志壬》卷九《和州僧瓶》，《夷坚志》第四册，北京：中华书局，1981 年 10 月 1 版，第 1533 页。

③（宋）洪迈《夷坚支丁》卷七《灵山水精》，《夷坚志》第三册，北京：中华书局，1981年10月1版，第 1023页。

的是他们的职业道德或个人品德。《夷坚支丁》卷九《清风桥妇人》记载了一位“颇著信闾里间”的好牙侩、宿预桃园人王耕，其人“谙练世故，且长于谋画。乡人或有所款，则就而取法”；《夷坚乙志》卷七《布张家》中提到布帛业牙侩张翁救了一位受杖昏死后苏醒的死囚，每日“与其妻谨视之，饲以粥饵”，两月后死囚伤好能走路时，张翁趁着天没亮时亲自把他送出城并赠送路费，却一直没问过这位复活死囚的家乡和名姓，牙侩张翁堪称施恩不图报的道德楷模。不同于王耕和张翁，《夷坚支甲》卷四《九里松鳅鱼》中的鱼行牙侩陈翁“专为货鳅主人，凡自余杭门入者悉经其手乃敢售”，一个人霸道地垄断了整个余杭门一带的货鳅生意，陈翁的做法已经违背了由宋代朝廷颁发的牙侩“身牌”（相当于营业执照）上约束条文中的“买卖双方当面自成交易者，不得阻拦”之规定；《夷坚支乙》卷七《王牙侩》中，当鄱阳乡民郑小五请王牙侩帮他卖毡笠时，面对郑氏“合宅染疫疠，贫甚，饩粥不能给。欲召医巫买药，空无所有”[①]的情况，王牙侩却狠心将其卖毡笠的救命钱克扣了一半，王氏的做法不仅违背了牙侩“身牌”上约束条文中的“不得高抬价例”之规定，也属于趁人之危，有见死不救之嫌；比王牙侩所作更为过分的是《夷坚支丁》卷八《王七六僧伽》中的市驵赵十三，光宗绍熙四年，丽水布帛商王七六至衢州，到市驵赵十三家，王七六带来的三百千钱都被赵十三侵用，“王久留索价不可得，时时忿骂。赵但巽词迁延。一夕，醉以酒，与妻扼其喉杀之”[②]，驵侩赵十三不仅侵占霸用商人钱财，而且因为无法补上这笔钱而杀人灭口，行为实在恶劣。和驵侩赵十三的恶劣不相上下的是《夷坚支景》卷一《江陵村侩》中的某位牙侩，他长期充当世代养猪的江陵民某氏的售猪中介，一次，某氏长子“尝携银券，其直百千，并一仆，出乡间贸易”时，该牙侩见其携带的钱财后利欲熏心，居然“醉以酒而杀之”[③]，这属于典型的图财害命了。

从《夷坚志》等小说文本的呈现来看，宋代牙侩整体的生存状态并不理想：第一，他们的社会地位比一般的商贾还低，主流社会和民间百姓对牙侩存有不少偏见。在上层社会的精英们看来，“大凡求利，莫难于商贾，莫易于牙侩。奔走道途之间，蒙犯风波之险，此商贾之难也，而牙侩则安坐而取之；数倍之本，趁锥刀之利，或计算不至，或时月不对，则亏折本柄者常八、九，此又商贾之所难也，而牙侩则不问其利息之有无，而已之所解落者（牙钱）一定而不可

①（宋）洪迈《夷坚支乙》卷七《王牙侩》，《夷坚志》第二册，北京：中华书局，1981年10月1版，第851页。

②（宋）洪迈《夷坚支丁》卷八《王七六僧伽》，《夷坚志》第三册，北京：中华书局，1981年10月1版，第1032页。

③（宋）洪迈《夷坚支景》卷一《江陵村侩》，《夷坚志》第二册，北京：中华书局，1981年10月1版，第883页。

减”[1]，这样的观照之下，牙侩们俨然成了坐收渔利的不劳而获者。对于女侩们赚取自己服务所得的中介费的行为，有的诗人讥讽为“插花充牙侩，城市称雄霸。梳头坐列肆，笑语皆机诈。新奇弄浓妆，会合持物价。愚夫与庸奴，低头受凌跨”[2]。更有甚者，袁采在其著名的《袁氏世范》卷下《外人不宜入宅舍》条中，将女侩与尼姑、道婆、媒婆及“妇人以买卖、针灸为名者”相提并论，武断地认定“凡脱漏妇女财物及引诱妇女为不美之事，皆此曹也”，同时警告家人和族人一定要将她们拒于家门之外。在民间百姓的视野中，牙侩的刻板印象也很不佳，下面这个典型的例子中，方城县乡民阎四老平日在乡里作牙侩，他病入膏肓之际：

> 忽语其子曰：“我且为驴，试视我打滚。”即翘足仰身，翻覆作势，其状真与驴等。又曰：“可锉细草和蒸豆来，我欲饱食而死。”家人泣而进之，据盆大嚼，略无遗余。食毕复卧，少顷气绝……[3]。

阎四老死后会转世为驴，按照宋代民间观念，这是典型的恶有恶报的结果。值得注意的是，这位来生要堕入畜生道的人是一位乡里的牙侩，牙侩这一群体留给一般百姓的刻板印象之差由此可见一斑。《夷坚丙志》卷六《徐侍郎》记述新喻县丞徐生“受人钱五百千，鞫狱故不以实”，以致杀人富民之仆被屈杀，作者追根溯源，将徐生这一遭阴谴的行为归因于“其父本米侩也，随子之官，日夜导以不义”，县丞徐生之不义是身为米侩的父亲教唆的结果；第二，多数行业的牙侩并不富裕。“临江军市为牙侩者，例皆贫民。虽有百斛求售，亦无钱本可以收蓄”[4]，牙侩们的工作虽然旱涝保收，有赚无赔，但仍属于很难获得较大利润、没有积蓄的贫民。《夷坚支甲》卷四《九里松鳅鱼》中那位垄断了临安余杭门一带的鳅市、抽取了不少中介费的陈翁，晚年仍然迁居城外以卖炙鳅为业，可见他并没有因为做牙侩而致富。当然，这并不意味着做牙侩而致富的一个也没有，《夷坚志补》卷二十一《鬼国母》中的建康巨商杨二郎就是牙侩出身，不过使他成为富豪的不是做牙侩的收入，而是十多年间多次去南海的贸易所得；《夷坚乙志》卷七《布张家》中的张翁，原本是以“接小商布货为业”的布帛业牙侩，接了一次五千匹布的大生意后发家致富，成为了“赀至十千万”的大布帛批发

① （宋）佚名《明公书判清明集》卷十一《治牙侩父子欺瞒之罪》，《明公书判清明集》，北京：中华书局，1987年1月1版，第409页。

② （清）顾嗣立编《元诗选》三集卷二，北京：中华书局，1987年1月1版，第775页。

③ （宋）洪迈《夷坚丁志》卷十三《阎四老》，《夷坚志》第二册，北京：中华书局，1981年10月1版，第650页。

④ （宋）王炎《双溪类稿》卷二十一《上赵帅》，四库全书本。

商，只是需要指出的是，那次五千匹布的大生意是拜张翁所救的死囚为报恩所赐的。

2. 牙侩以外的中介——职业经理人、行钱与揽户

按照笔者上文给出的关于牙侩的界定，在两宋商品经济快速发展中出现的三类人不属于作为商业中介的牙侩的范围，一是受资金所有者委托进行商业经营的人，简称为经营中介，类似今天的职业经理人；二是作为高利贷经营者经纪人的“行钱”，简称为贷款中介；三是承揽他人税赋输纳业务并从中取利的“揽户”，简称为税务中介，下面分别对宋代小说中出现的这三类中介进行一下介绍：

首先是经营中介，这些人往往是有经营管理才干的下层平民，这些平民受掌握资本的文官武将、大地主、大商人等委托，用其提供的资金进行商业活动，活动所获利润与资金委托者按一定比例进行分配。《夷坚三志辛》卷八《申师孟银》记载了一个叫申师孟的枣阳人：

> 以善商贩著干声于江湖间。富室裴氏访求得之，相与欢甚，付以本钱十万缗，听其所为。居三年，获息一倍，往输之主家，又益三十万缗。凡数岁，老裴死，归临安吊哭，仍还其赀。裴子以十分之三与之，得银两万两，买舟西上。①

富室裴氏访求到了有经商才干的申师孟，给他本钱和决定权放手让他去经商，经商所获利润的十分之三分给他作为报酬。申师孟的角色相当于今天的职业经理人：受雇于公司股东（董事长），直接负责企业的经营运转，按照绩效领取薪资，这一职业的出现预示着企业所有权与经营权的分离。申师孟以善于经商著称，他利用自己的经商才干代替裴氏去经商，从经商所获的利润中分得一定份额的佣金。这则故事中，裴氏实际充当的是股东角色，申师孟则充当了职业经理人的角色。需要说明的是，无职业经理人之名却有其实的申师孟，几年为裴氏经营下来，自己也获得了一大笔可观的佣金。《夷坚支庚》卷六《处州客店》中也写了一个类似申师孟的处州市民叶青，他祖辈“世与大家掌邸店”，从事的就是职业经理人的工作②。另据罗大经《鹤林玉露 》丙编卷二《老卒回易》条记载：

> 张循王之兄保，尝怨循王不相援引，循王曰：“今以钱十万缗、卒五千

①（宋）洪迈《夷坚三辛》卷八，北京，中华书局，1981 年 10 月 1 版，第 1446 页。

②（宋）洪迈《夷坚支庚》卷六《处州客店》，《夷坚志》第三册，北京：中华书局，1981 年 10 月 1 版，第 1178 页。

付兄，要使钱与人流转不息，兄能之乎？”保默然久之，曰：“不能。”循王曰：“宜弟之不敢轻相援引也。”王尝春日游后圃，见一老卒卧日中，王蹴之曰：“何慵眠如是！”卒起声喏，对曰：“无事可做，只得慵眠。”王曰：“汝会做甚事？”对曰：“诸事薄晓，如回易之类，亦粗能之。”王曰：“汝能回易，吾以万缗付汝，何如？”对曰：“不足为也。”王曰：“付汝五万。”对曰：“亦不足为也。”王曰：“汝需几何？”对曰：“不能百万，亦五十万乃可耳。”王壮之，予五十万，恣其所为。其人乃造巨舰，极其华丽，市美女能歌舞音乐者百余人，广收绫锦奇玩、珍羞佳果及黄白之器；募紫衣吏轩昂闲雅若书司、客将者十数辈，卒徒百人。乐饮逾月，忽飘然浮海去，逾岁而归。珠犀香药之外，且得骏马，获利几十倍。……呜呼！观循王之兄与浮海之卒，其智愚相去奚翅三十里哉！彼卒者，颓然甘寝苔阶花影之下，而其胸中之智，圆转恢奇乃如此，则等而上之，若伊吕管葛者，世亦岂尽无也哉！……以一弊衣老卒，循王慨然捐五十万缗畀之，不问其出入，此其意度之恢弘，固亦足以使之从容展布以尽其能矣。①

和不能用弟弟提供的十万缗铜钱赚更多钱的张俊之兄张保形成鲜明对比的是，那位白日在王府后花园睡觉被张俊撞见的老卒可谓经营奇才，他对张俊表示自己擅长贸易，张俊于是给了他五十万缗铜钱，老卒造巨舰，买歌姬，带着绫锦奇玩、珍羞佳果及黄白之器浮海而去。一年后回来，不仅获利几十倍，还带回了珠犀、香药和骏马。即使用今天的标准衡量，这位浮海之卒也堪称天生的职业经理人，当然他此次出海贸易获利颇丰也得益于张俊的信任与放手，将五十万缗巨款交给一位老卒且不问出入用度，张俊的做法符合资金委托者的身份，更为相当于职业经理人的老卒展现自己的才能提供了很好的环境与平台。

其次是私营高利贷者所委托的贷款中介“行钱”。宋代商贸活动的发达催生了私人高利贷活动的发展，当时高利贷活动很是猖獗，从乡村到城市，从偏远州县到繁华京城，遍布着高利贷者的足迹。由于是厚利之所在，所以不论官府官员还是寺观僧道，凡有富余资金者，无不放债取利，从事高利贷经营活动。那些拥有巨资的高利贷经营者，常常需要雇佣“行钱”作为经纪人代替自己进行经营。

廉布《清尊录》中《大桶张氏》篇提到了“行钱”孙助教：

大桶张氏者，以财雄长京师。凡富人以钱委人，权其出入而取其半息，谓之行钱。富人视行钱如部曲也。或过行钱之家，设特位，置酒，妇人出

① （宋）罗大经《鹤林玉露》丙编卷二，北京：中华书局，1983年8月1版，第269—270页。

劝，主人乃立侍。富人逊谢，强令坐再三，乃敢就位。张氏子年少，父母死，主家事，未娶。因祠州西灌口神，归过其行钱孙助教家。孙置酒，酒数行，其未嫁女出劝，容色绝世。张目之曰："我欲娶为妇。"孙皇恐不可，且曰："我公家奴也。奴为郎主丈人，邻里笑怪。"张曰："不然，烦主少钱物耳，岂敢相仆隶也？"张固豪侈，奇衣饰，即取臂上古玉条脱与女，且曰："择日纳币也。"饮罢去，孙邻里交来贺曰："有女为百万主母矣。"

其后张别议婚，孙念势不敌，不敢往问期。而张亦恃醉戏言耳，非实有意也。逾年张婚他族……[1]

王明清《投辖录》中《玉条脱》篇记载了同样的故事，只是文字较廉布所记更详细，据李剑国《宋代传奇集》考证，此故事当是廉布、王明清二人先后从许彦周处得来，后各载入己书的[2]，因此也将王明清的记载列出：

大桶张氏者，以财雄长京师。凡富人以钱委人，权其子而其半，谓之行钱，富人视行钱如部曲也。或过行钱之家，其人设特位置酒，妇人出劝，主人反立侍，富人逊谢，强令坐，再三乃敢就宾位，其谨如此。张氏子年少，父母死，主家事，未娶，因祠州西灌口神，归过其行钱孙助教家。孙置酒，张勉令坐。孙氏未嫁女出劝酒，其女方笄矣，容色绝世。张目之曰："我欲娶为妇。"孙惶恐曰："不可。"张曰："愿必得之。"言益确。孙曰："予，公之家奴也，奴为郎主丈人，邻里笑怪。"张曰："不然，我自欲之，盖烦其女为我主管少钱物耳，岂敢相仆隶也。且于皇法无碍，如我资产人才为公家之婿，不劳苦相阻也。"孙愈惶恐。张笑曰："言已定矣，不可移易。"张固豪侈，奇衣饬物，即取臂上所带古玉条脱，俾与其女带之，且曰："择日作书纳币也。"饮罢而去。孙之邻里交来贺曰："行为百万财王主人之妇翁，女为百万财主之母矣。"其后张为人所诱，别议其亲，孙念势不匹敌，不敢往问期，而张亦若相忘者。踰年张就婚他族……[3]

从以上两段记载可推知下面三点信息，其一，像孙助教这样的贷款中介两宋时叫"行钱"，其具体业务就是负责经营高利贷出资者提供的资金，所获收益双方平分，也就是说"行钱"作为中介赚取的佣金是高利贷者贷出款项利息的

---

①（宋）廉布《清尊录·大桶张氏》，转引自李剑国辑校《宋代传奇集》（中册），北京：中华书局，2018年8月1版，第810页。

② 见李剑国辑校《宋代传奇集》（中册），北京：中华书局，2018年8月1版，第813页。

③《宋元笔记小说大观》（四）王明清《投辖录》，上海：上海古籍出版社，2007年3月1版，第3867—3868页。

一半。这显然是笔不小的收入，自然会吸引不少人依附高利贷者获利，这些人中甚至有低级官吏，上面提到的“行钱”孙助教就是从九品小官；其二，高利贷出资者和“行钱”是主仆关系，高利贷出资者视“行钱”为自己家中执役的仆隶、家奴，所以当高利贷者经过“行钱”之家时，“行钱”要置酒款待，席间要为高利贷者特设座位，让妻子、女儿出来劝酒，自己则站立着伺候，高利贷者再三要求他坐下时他才敢坐在客位上，整个宴请的礼节如同仆人接待主人；其三，“行钱”既然被高利贷者视为家奴，其地位自然不高，所以当孙助教的郎主大桶张氏子提出娶他女儿为妻时，孙助教的反映先是惶恐、拒绝，张氏子再三重申并留下定情之物玉条脱后无奈认可，而当听到信誓旦旦的张氏子议婚他族后，孙助教却因自己与对方不是门当户对而“不敢往问期”。像大桶张氏子这样的高利贷者一般不会只雇佣一个“行钱”，洪迈《夷坚支癸》卷五《陈泰冤梦》记载抚州大布商陈泰：

（每年）出捐本钱，贷崇仁、乐安、全溪诸债户，达于吉之属邑，各有驵主其事，至六月，自往敛索，率暮秋乃归。①

作为高利贷者的布商陈泰的借贷范围辐射抚州、吉州诸县，甚至扩展到了吉州的属邑，他在各县都雇佣了“驵”，即贷款代理人，这些“驵”实际就是上面说的“行钱”。如果说《大桶张氏》中的大桶张氏是这一高利贷系统的总行，“行钱”就是这一系统中的一个支行，总行拥有越多的支行，就越能形成一层层密布的高利贷网络，而这个网络活动范围越大，作为总行的高利贷者所获利息也就越多。

第三是专以承揽他人税赋输纳从中取利者，类似今天的税务代理（中介），两宋时称这类人为“揽户”、“揽纳人”、“揽子”，其中“揽户”是“揽纳户”的简称。揽户是宋代商品经济长足发展之下出现的新生事物，揽户包揽、代纳民户税赋的现象在两宋民间广泛存在，甚至出现了乡户纳税大多要借助揽户的局面，可见揽户现象在宋代经济生活中不可或缺的重要作用。作为职业的税务中介，揽户的身份受到两宋官方的法定认可，有朝廷颁发的“身牌”或“印记”，这“身牌”就是他们从业的法律凭证。《夷坚志补》卷七《叶三郎》中就记载了一个资深揽户叶三郎的故事：

乐平南原富室刘氏，与邑驵叶三郎者，再世往来，刘兄弟二人，税亩

① （宋）洪迈《夷坚支癸》卷五《陈泰冤梦》，《夷坚志》第三册，北京：中华书局，1981 年 10 月 1 版，第 1254 页。

甚广，每岁所输官赋，悉以委叶，于出纳之间，颇获赢润，盖市井薄徒，俗目为揽户者是已。绍兴三年，市民胡鍮匠以艺游刘门，与一苏氏子游说，攘叶之利，且曰：“苏资业不薄，君家邂逅或缓期，则能先出己财以代急。”刘信为然，即举门户有役转而之苏，遣从叶生收索簿籍。叶老矣，肩舆亟谒二刘曰：“自先父迨我，充君干力五十年，无一阙事，顾乃用闲言相弃捐也？”二刘曰：“诚知其误，但业已许之矣！”叶塞默而退。还次白杨冈，谓其仆曰：“胡鍮匠夺我衣食活路，死不放他。”长吁而卒。及尸舆到家治丧，胡犹以里巷故会吊。方跪于柩前，忽心动气沮，如背负芒，不成吊而返。越三日，正就食，遽舍匕箸趋出，顷之即回，告妻梁氏曰：“适有唤我者，认得是叶三郎声音，走赴之，杳无所见，吾甚恶焉！”是夕魇而死。妻梦其夫与叶发相结，一黄衣卒持杖驱之去。苏子闻之惧，不复依刘。叶之子遂仍其故矣。①

从上面文字可以推断出两方面的信息，一是虽然叶三郎充当二刘兄弟父子两代人的揽户，五十年间服务上乘，无一错漏，但还是因为别人的挑拨而被辞退，可见民户和揽户的关系是流动的，揽户之间存在着竞争；二是揽户的佣金很是可观，正因为叶三郎“于出纳之间，颇获赢润”，另一揽户苏氏子才会欲分其利，叶才会在说服二刘兄弟无效后恨胡鍮匠夺了他的衣食活路，气愤而亡，三天后阴魂还将胡鍮匠魇制而死，也终于从苏氏子手中把揽户的位子夺回到自己儿子手中。洪迈称叶三郎为市井间浅薄无知之人，认为充当揽户的都是这些人，这代表了当时士人的普遍看法。宋代诉讼判决书和官府公文汇编《明公书判清明集》中，名臣蔡久轩对操舜卿的判词就明确表示：

观操舜卿所供，亦粗有文采，但既是士人，便不应充揽户。既充揽户，则与县吏等耳。……以其粗知读书，姑与押下县学，习读三月，候改过日，与搥毁揽户印记，改正罪名。②

在蔡久轩等士人看来，揽户的社会地位与县吏等同，士人操舜卿充当揽户与其身份地位不符，所以要把他押往县学令其改过自新，而且要收回他做揽户的从业资格证明。

①（宋）洪迈《夷坚志补》卷七《叶三郎》，《夷坚志》第四册，北京：中华书局，1981 年 10 月 1 版，第 1611 页。

②（宋）无名氏《明公书判清明集》，北京：中华书局，1987 年 1 月 1 版，第 404—405 页。

第二章　宋代小说中呈现的民间商贸习俗

商贸习俗是伴随着商业贸易活动出现的，两宋民间商贸活动空前繁荣之下商贸习俗的丰富、发展在宋代小说中多有呈现。至于民间商贸习俗所包含的内容，王锐《市井商情录——中国商业民俗概说》一书将其概括为三个方面，第一是商人信仰方面，指流传于民间商贸生活中的各种迷信或俗信（比如商业行业神崇拜、商业禁忌等）的信仰传承；第二是商业行为方式方面，具体表现为贸易市场习俗、交易方式习俗、待客服务方式习俗等的传承；第三是商业传播方式方面，具体指商业标志（商标、店标、商品包装标志等）与广告方式（商业招牌、店家字号、街头招贴等）、商业交际用语、行业秘密语等的民俗传承①。就宋代小说文本对民间商贸习俗的呈现而言，主要集中在上述分类中的商贸交易方式、商业标志与广告方式、商业神祖崇拜三个方面。当然，也有少数宋代之前所无却在两宋民间广泛流行的商贸习俗无法归入这三个方面，比如行商外出经商时的“携婥子出行”，请看《夷坚支乙》卷一《翟八姐》中的记载：

> 江、淮、闽、楚间商贾，涉历远道，经月日久者，多挟妇人俱行，供炊爨薪水之役，夜则共榻而寝，如妾然，谓之婥子，大抵皆猥倡也。②

携“婥子”出行的习俗在当时的江、淮、闽、楚行商中普遍存在着，这些“婥子”受跨区域经商的商人雇用，负责照料他们远行经商期间的饮食起居，白天打柴汲水、烧火做饭，相当于仆人侍奉商人；晚上和行商同居同睡，相当于小妾侍奉丈夫，充当“婥子”的人一般是低等妓女。这一习俗的形成主要源于行

---

① 请参见王锐编著《市井商情录——中国商业民俗概说》的前言部分，《市井商情录——中国商业民俗概说》，石家庄：河北人民出版社，1997 年第 1 版，第 2—3 页。

②（宋）洪迈《夷坚支乙》卷一《翟八姐》，《夷坚志》第二册，北京：中华书局，1981 年 10 月 1 版，第 802 页。

商旅途的艰辛和生活起居的需求：因为交通条件的限制，宋代从事远途贸易之行商的旅程短则数月，长则数年，而且条件艰苦。“婢子”们既能照料生活起居，又能解离家相思之苦，对千里、万里跋涉的行商而言，她们亦仆亦妾，出于旅途方便的考虑，这一特殊的商贸习俗便应运而生了。

除了“行商携婢子出行”这类较特殊的商贸习俗之外，下面笔者就从商贸交易方式、商贸标志与广告方式、商贸神祖崇拜三个方面对两宋小说文本中呈现的民间商贸习俗进行一下具体的分析论述。

第一节　宋代小说中呈现的商贸交易方式习俗

所谓交易方式，按照现代人的界定，是指商品交易活动的外部行为特征，它所体现的是交易过程中定价机制、流通手段等方面的特点。宋代商贸交易方式习俗所体现出的特征，可以从议价方式、支付方式、货币形式三个方面来分析。

一、“讨价还价”的议价方式

作为传统议价风俗中最典型、最常见的议价方式，“讨价还价”方式在宋代民间商贸活动中被广泛遵循着。两宋时期，无论是坐商店铺、长途贩运还是流动商贩，除了极少数店铺是不与买主议价的明码实价之外，绝大部分商品交易是可以讲价的，即需要通过“讨价还价”的议价过程来实现。《夷坚支戊》卷十《程氏买冠》中记载了一则鲜活、具体的议价案例：

> （程氏）取而视之，择买鱼枕冠一顶，曰：“要钱几何？”曰：“千五百。”程曰：“每年买尔物，物有所直，何必索价？偿七百可乎？”客初未肯为市，徐念往来此地岁久，人情习熟，谊不应校，即留冠受直。①

这是一个典型的讨价还价的议价过程，写得生动具体：程氏要买一顶鱼枕冠，商贩要价一千五百个铜钱，程氏还价七百，商贩最初不肯，但是考虑到自己经常来此地，程氏又是老顾客，就依从程氏所还价格，最终以七百铜钱的成交价达成了这笔交易，此次议价过程中起决定作用的是人情因素。

① （宋）洪迈《夷坚支戊》卷十《程氏买冠》，《夷坚志》第三册，北京：中华书局，1981 年 10 月 1 版，第 1229 页。

“讨价还价”议价方式的一般过程是：从买方问价、卖方报价开始，卖方所报价格一般高于成交价格。然后再由买方还价，买方通常要对产品的质量、价值褒贬一番，藉此要求卖方让价。这之后一般是买卖双方经过反复协商，在互有让步的情况下商品交易得以完成，成交价通常为双方最初报价的中间价格。《夷坚支癸》卷九《鲤鱼玉印》中记载了商人购买一枚玉印的过程：

> 值常买小商过门，出以夸示，然但须价五千。商酬五之三，士喜所获数倍，即付与。①

在这次议价过程中，明州士人作为玉印的主人首先出价五千，商人将价格压到三千，这个价格超出了士人的预期，交易由此达成，最后的成交价位于交易双方的心里预期价格之间。不是所有的交易都能通过讨价还价的方式在一个买主手上完成，《夷坚支丁》卷七《灵山水精》就记载了一次经过很多买家才完成的、较为复杂的交易过程：

> ……已而市侩皆传闻，相率来观，共酬价六千贯，朱犹未许。临安内苑匠闻之，请于院壖，求假至信，视己立价复增三千贯。朱付之，赖以小康。②

信州当地的商侩们为购买朱彦才的极品水精互相竞争，有人甚至出到了六千贯铜钱的高价，但由于没有达到朱氏的心理预期，商侩与朱氏的这笔交易失败了。当一位临安内苑的工匠请假专程来到朱氏家，给出了九千贯铜钱的报价后，朱氏卖给了他，可见内苑工匠的报价达到了朱氏的心理预期，于是双方的这笔交易得以达成。

讨价还价的交易方式与现今的议价策略有异曲同工之妙，可见这一习俗的影响之深与传承性之强。虽然两宋时期许多商贸活动都是通过讨价还价的交易方式进行的，但不能以此概括当时所有的民间商贸活动，因为也有一部分商品的交易是通过明码标价的方式成交的。《夷坚支癸》卷四《画眉山土地》就记载侯官县扇子商人杨文昌，“每售扇皆有定价，虽村人及过往收市，未尝妄有增加③”，

① （宋）洪迈《夷坚支癸》卷九《鲤鱼玉印》，《夷坚志》第三册，北京：中华书局，1981 年 10 月 1 版，第 1290 页。

② （宋）洪迈《夷坚支丁》卷七《灵山水精》，《夷坚志》第三册，北京：中华书局，1981 年 10 月 1 版，第 1024 页。

③ （宋）洪迈《夷坚支癸》卷四《画眉山土地》，《夷坚志》第三册，北京：中华书局，1981 年 10 月 1 版，第 1249 页。

洪迈的这则故事被凌蒙初改编成了《二刻拍案惊奇》卷十四中的“赵县君乔送黄柑　吴宣教干偿白镪”，下面是凌氏演绎的吴宣教（即《李将仕》中的李将仕）“博柑”这一细节：

> 一日正在门首坐地，呆呆的看着对门帘内。忽有个经纪，挑着一篮永嘉黄柑子过门，宣教叫住问道：“这柑子可要博的？”经纪道：“小人正待要博两文钱使使，官人作成则个。”宣教接将头钱过来，往下就扑。那经纪墩在柑子篮边，一头拾钱，一头数数。怎当得宣教一边扑，一心牵挂着帘内那人在里头看见，没心没想的抛下去，何止千扑，再扑不成一个浑成来，算一算，输了一万钱。宣教还是做官人心性，不觉两脸通红，“哏”的一声道：“坏了我十千钱，一个柑不得到口，可恨！可恨！”欲待再扑，恐怕扑不出来，又要贴钱；欲待住手，输得多了，又不甘伏。①

这段描写把吴宣教扑柑时的三心二意，输了一万铜钱后的恼恨、矛盾的心态刻画得栩栩如生，同时也透露了有关关扑的三个信息：其一，关扑用具“头钱”是小贩自己预备的；其二，“浑成”是关扑时很难扔成的组合；其三，即使扑买几个柑子，输赢的钱数也不算小。那么，问题来了，凌蒙初的上述描述是否符合宋代关扑的真实情况呢？按《汉语大词典》的解释，“头钱”是一种博具，共用钱六枚，博者掷下去，看“字”（正面）和“镘”（背面）的多少决定胜负；“浑成”是指赌博将数个铜钱掷成全字或全背。于是疑问产生了，“字”（正面）和“镘”（背面）多少算赢，多少算输呢？“数个铜钱”到底是几个，只有六个这一种数目吗？具体到关扑这种商贸交易方式中，“头钱”和“浑成”又怎么解释呢？带着这些问题，我们来看一下鲁应龙《闲窗括异志》中的记载：

> 又有张湘亦以乙卯魁亚荐，揭晓两夕前，梦人持巨鳌扑卖。湘一扑五钱皆黑，一钱旋转不已，竟作字。一人曰：几乎浑纯。②

这段描写中也出现了两个关扑专用语：“字”和“浑纯”，可以推知的是此处所用头钱共六枚，“浑纯”是“字”的反面，也就是说，将六枚头钱扔成六个“镘”（背面）称为“浑纯”。那么，用于关扑的“头钱”和当时作为市场流通货币的

---

①（明）凌濛初《二刻拍案惊奇》卷十四“赵县君乔送黄柑　吴宣教干偿白镪”，上海：上海古籍出版社，1983年9月1版，第280页。

②（宋）鲁应龙《闲窗括异志》卷三，《全宋笔记》第8编第4册，郑州：大象出版社，2017年6月版，第32页。

铜钱是不是一种呢？请看周密《癸辛杂识续集上》之《纯色骰钱》的记载：

> 闻理宗朝春时，内苑效市井关扑之戏，皆小珰互为之。至御前，则于第二、三扑内供纯镘骰钱，以供一笑。①

《汉语大词典》将此处的“骰钱”解释为“旧时投掷给艺人的赏钱”，这一解释与此处的文意不符，其实这里的“骰钱”就是“头钱”。另外，《汉语大词典》将“镘”解释为：通“幕”，指铜钱背面的字幕。相比于《汉语大词典》，宋朝孙宗鉴《东皋杂录》中对“镘”的解释更为具体：

> ……以钱文面背为胜负。背字曰幕，幕读如漫。漫即镘，北人并以为钱的通称，或呼钱为子儿。②

又宋人赵彦卫在《云麓漫钞》卷五中也解释了“镘”与“字”：

> 今人目钱有文处为字，背为漫。按《汉书·大宛传》：钱文为王面，幕为夫人面。荀悦云：“幕音漫，无文也。”张晏云：“钱之文面作人乘马，钱之幕作人面形。”韦昭云：“幕，钱背也。”③

综合同为宋代人的孙宗鉴和赵彦卫的解释可知，铜钱有字的一面即正面称为“字”，无字的那面即背面称为“镘”，“镘”也可写作“幕”。周密《癸辛杂识续集上》之《纯色骰钱》记载中，小太监们为博得理宗皇帝一笑，专门使用了没有正面、只有背面的头钱，这说明头钱不同于作为流通货币使用的铜钱，可以是特别设计的，专门用于赌博之类的活动的。同时，“几乎浑纯”的遗憾也从一个侧面印证了把头钱都扔成背面“幕”的难度大于都扔成正面的“字”。那么，关扑的过程具体是什么样子的呢？话本《史弘肇龙虎君臣会》中的一段描写形象地再现了一次民间的关扑活动：

> ……（郭大郎）在客店前闲坐，只见一个扑鱼的在门前叫扑鱼，郭大郎遂叫住扑。只一扑，扑过了鱼。扑鱼的告那贵人道：“昨夜迫划得几文钱，买这鱼来扑，指望赢几个钱去养老娘。今日出来，不曾扑得一文，被官人

① （宋）周密《癸辛杂识续集上》之《纯色骰钱》，北京：中华书局，1988 年 1 月第 1 版，第 154 页。

② （宋）孙宗鉴《东皋杂录》卷五，四库书本。

③ （宋）赵彦卫《云麓漫钞》卷五，北京：中华书局，1996 年 8 月 1 版，第 85—86 页。

一扑扑过了，如今没这钱归去养老娘。官人可以借这鱼去，前面扑赢得几个钱时，便把来还官人。”贵人见他说得孝顺，便借与他鱼去扑。分付他道：“如有人扑过，却来说与我知。”扑鱼的借得那鱼去扑，行到酒店门前，只见一个人叫：“扑鱼的在那里？”……酒店里叫住扑鱼的，是西京河南府部署李霸遇，在酒店里吃酒，见扑鱼的，遂叫入酒店里去扑。扑不过，输了几文钱，径硬拿了鱼。扑鱼的不敢和他争，走回来，说向郭大郎道：“前面酒店里，被人拿了鱼，却赢得他几文钱，男女纳钱还官人。”贵人听得说，道：“是甚么人？好不晓事！既扑不过，如何拿了鱼？鱼是我的，我自去问他讨。”①

上述对关扑整个过程的描写和《二刻拍案惊奇》卷十四中“赵县君乔送黄柑　吴宣教干偿白镪”中对吴宣教扑柑的描写基本一致，可见冯梦龙描写的关扑符合宋代民间的生活真实。同时，上面的文字也印证了关扑的最大特点即它最吸引人冒险的地方：如果赢了，可以不用付钱直接拿走所扑商品。比话本《史弘肇龙虎君臣会》记载的关扑过程更具体生动的，是反映宋代生活的元人李文蔚所作杂剧《同乐院燕青博鱼》第二折中的描述，该杂剧写误了宋江规定的回山期限被脊杖六十后赶下梁山的燕青走投无路之下，向人借了些本钱，批发了些鲜鱼，在三月三清明节这一天到同乐院里去扑卖：

（正末唱）可怜咱十分贫窘，恰才那打鱼人赊与俺这卖鱼人。凭着我六文家铜镘，博的是这三尺金鳞。……我去那新红盒子内，拿着这常占胜，不占输，只愁富，不愁穷，明丢丢的几个头钱问。……

（叫科，云）博鱼！博鱼！（燕大云）一尾好鲜鱼。你这鱼是卖的，可是博的？（正末云）这鱼也博，也卖。（燕大云）这尾鱼重多少斤两？要多少钱钞？你则实说咱。（正末唱）

【那吒令】这鱼呵，重七斤八斤，你若是博呵，要五纯六纯，着小人呵，也觅一文半文。……（燕大云）将头钱来，我和你博这尾鱼咱。（正末云）哥也，你真个要博鱼呵，（唱）

【金盏儿】……哥也，你便博一千博，我这胳膊也无些儿困。我将那竹根的绳拂子绰了这地皮尘，（云）哥也，老实的博。（燕大云）我只是博耍子，有甚么老实不老实？（正末唱）不要你蹲着腰虚土里纵，叠着指漫砖上墩；则要你平着身往下撇，不要你探着手可便往前分。

① 宋话本《史弘肇传》（《喻世明言》卷十五作《史弘肇龙虎君臣会》），冯梦龙《喻世明言》，北京：人民文学出版社，1958年4月1版，第237—245页。

（燕大云）你拿头钱来我看咱。（正末云）这个是头钱。（燕大云）这钱昏，字镘不好。（正末云）哥也，这钱不昏，你则睁眼儿看者。（唱）

【油葫芦】则这新染来的头钱不甚昏，可不算先道的准，手心里明明白白摆定一文文。（燕大做博科，云）我博了六个镘儿，我赢了也。（正末唱）呀呀呀，我则见五个镘儿乞丢磕塔稳，更和一个字儿急溜骨碌滚。唬的我咬定下唇，掐定指纹，又被这个不防头爱撇的砖儿稳，可是他便一博六浑纯。

（燕大云）我赢了也。大嫂，我赢的一尾好鲜鱼……①

这段文字借助“镘”、“字”、六浑纯、五纯、六纯五个关扑专用语和对买卖双方的心理、细节描写活灵活现地还原了这场博鱼交易的整个过程：第一步，备头钱。作为商贩的燕青准备好了头钱，此处用的是六文铜钱；第二步，谈价格。商贩燕青和买主燕大谈妥价格：七八斤的鱼掷出五纯、六纯就可以不付钱扑走；第三步，申规则。商贩燕青要求买主燕大投掷头钱时不要有“蹲着腰虚土里纵，叠着指漫砖上墩”和“探着手可便往前分”的作弊行为，要老实地“平着身往下撇”；燕大则要求他的头钱正背面文字要清晰，不能模糊，燕青表白他的头钱是新染色的、明晃晃的；第四步，掷头钱。规则也重申了，买主开始掷头钱。此次扑鱼的头钱是掷在地上的，为了看得更清楚，燕青还细心地用绳拂子拂去了地上的尘土。需要说明的是，关扑时也有将头钱仍在瓦盆里的，如《东京梦华录》卷七《三月一日开金明池、琼林苑》就记载金明池“桥上两边，用瓦盆内掷头钱，关扑钱物、衣服、动使”②；第五步，论输赢。由于燕大只扔了一次就扔出了六浑纯的花色组合，因此他赢了，一尾好鲜鱼免费拿到了手。与此同时，商贩燕青借博鱼赚几文钱的希望泡了汤。

《同乐院燕青博鱼》中的头钱数目也是六个，但从宋代小说的呈现来看，用于关扑的头钱数目并不限于六个。张仲文《白獭髓》中提到宋宁宗嘉定年间有个叫郑复礼的人看见行都有博鸡的，其规定是“三文十纯博鸡并钱”③，这里记载的头钱数目是三枚。另外清朝李斗《扬州画舫录》卷十六《蜀岗录》有下面记载：

跌成，古博戏也，时人谓之拾博。用三钱者为三星，六钱者为六成，

①（元）李文蔚所作杂剧《同乐院燕青博鱼》，出自（明）臧懋循《元曲选》，四库全书本。

②（宋）孟元老《东京梦华录》卷六《三月一日开金明池琼林苑》，伊永文《东京梦华录笺注》，北京：中华书局，2006 年 8 月 1 版，第 643 页。

③（宋）张仲文《白獭髓》卷三，《全宋笔记》第 8 编第 3 册，郑州：大象出版社，2017 年 6 月版，第 37 页。

八钱者为八义。均字均幕为成，四字四幕为天分。天分必幕舆幕偶，字与字偶，长一尺，不杂不斜，以此为难。盖跌成之戏，古谓之纯……[1]

李斗上述文字解释了关扑时掷成“字”或“幕”统称纯成、浑成的字义来源，也使笔者有了一个基本推断：关扑所用工具“头钱”数目基本为三枚、六枚和八枚。伊永文根据周亮工《书影》第五卷所说“什一微胜者，曰打头”和陆游《老学庵笔记》卷十所记“‘头钱’犹言‘一钱’也。故都俗语云：‘千钱精神头钱买’ 亦此意云”得出结论，“头钱”之称起于唐代，“头钱”即关扑定胜负一掷之钱也，为区分他钱，“头钱”染色以标明[2]。

综上所述，笔者对于两宋时期乃至元代都大行其道的商贸交易方式“关扑”的用具、图案组合、具体操作等做出下面的总结：

1. 头钱

关扑所用工具称为“头钱”，意思是决定胜负的一掷之钱，这一称呼起于唐代，宋代沿用下来。头钱不同于当时作为流通货币使用的铜钱，是专用于关扑活动的。为与作为货币的铜钱区分开，头钱一般要染色，有的甚至经过了特别的设计，比如宋理宗时宫中小太监使用的没有正面的无“字”头钱。头钱的数目不固定，一般是三枚、六枚和八枚，其中以六枚的居多，由商贩自备，要求图案、文字清晰，色泽明亮。头钱有正面和背面，宋人称铜钱的正面为“字”或“幕前”，背面为“幕”或“镘”“漫”、“慢”[3]。

2. 约定

关扑之前，买卖双方要约定好某件商品“扑”几纯，买者赢了就免费拿走所“扑”商品，输了则要付钱。

3. 图案组合

具体操作时，买者将几枚头钱向地下或瓦盆内投掷，根据它们落下后正背面图案、文字的不同组合来判定输赢。一般说来，买者要将头钱都扔成正面或背面，即都为“字”或“幕”才算获胜。头钱都扔成正面或背面的组合统称为“纯成”和“浑成”，由于将头钱扔成背面较难，所以头钱落在地上或瓦盆里时有几枚被扔成背面就称为几“纯”，如五纯、六纯，如果全部头钱都被扔成了背面，则称为“浑纯”，“浑纯”是很难被掷出的图案组合。

4. 双方权利

关扑活动中的商贩一方有权要求买家不要在关朴姿势上作弊，买家一方也

---

① （宋）赵彦卫《云麓漫钞》卷六，《云麓漫钞》，北京：中华书局，1996 年 8 月 1 版，第 372 页。

② 伊永文《东京梦华录笺注》，北京：中华书局，2006 年 8 月第 1 版，第 652 页

③ （宋）赵彦卫《云麓漫钞》卷五，《云麓漫钞》，北京：中华书局，1996 年 8 月 1 版，第 85 页。

有权要求商贩的头钱图案、文字要清晰明亮。

关扑虽然由钱币赌发展而来，但不同于一般赌博的赌钱，它实质上是与商贸活动紧密相连的以赌物促销的一种交易方式。由于这种交易方式简单易行，偶然性又强，对一般市民有很大的吸引力，所以在两宋的城市、村镇里非常盛行。据孟元老《东京梦华录》卷六和卷七记载，关扑在北宋时的东京汴梁就已经流行，“正月一日年节，开封府放关扑三日。士庶自早互相庆贺，坊巷以食物、动使、果实、柴炭之类，歌叫关扑”①，开放关扑的日子除了春节三天，还有寒食、冬至各三天以及三月一日至四月八日对民间百姓开放金明池、琼林苑期间，但实际上，官府的限制在民间并没有得到彻底的贯彻执行，进行关扑活动的实际时间已经突破了官府所定开放日的限制。按照《东京梦华录》的记载，关扑的对象非常广泛：

> 每日如宅舍宫院前，则有就门卖羊肉、头、肚、腰子、白肠、鹑、兔、鱼、虾、退毛鸡鸭、蛤蜊、螃蟹、杂燠、香药果子，博卖冠梳、领抹、头面、衣着、动使、铜铁器、衣箱、磁器之类。亦有扑上件物事者，谓之“勘宅”②。

> 殿上下回廊，皆关扑钱物、饮食、伎艺人作场，勾肆罗列左右。桥上两边，用瓦盆内掷头钱，关扑钱物、衣服、动使。③

> 池苑内……铺设珍玉、奇玩、匹帛、动使、茶酒器物关扑。有以一笏扑三十笏者，以至车马、地宅、歌姬、舞女，皆约以价而扑之④。

> 御街游人嬉集，观者如织。卖扑土木粉捏小象儿并纸画⑤。

---

①（宋）孟元老《东京梦华录》卷六《正月》，伊永文《东京梦华录笺注》，北京：中华书局，2006 年 8 月 1 版，第 514 页。

②（宋）孟元老《东京梦华录》卷三《诸色杂卖》，伊永文《东京梦华录笺注》，北京：中华书局，2006 年 8 月 1 版，第 373 页。

③（宋）孟元老《东京梦华录》卷六《三月一日开金明池琼林苑》，伊永文《东京梦华录笺注》，北京：中华书局，2006 年 8 月 1 版，第 643 页。

④（宋）孟元老《东京梦华录》卷七《池苑内纵人关扑游戏》，伊永文《东京梦华录笺注》，北京：中华书局，2006 年 8 月 1 版，第 725 页。

⑤（宋）孟元老《东京梦华录》卷十《大礼预教车象》，伊永文《东京梦华录笺注》，北京：中华书局，2006 年 8 月 1 版，第 883 页。

由以上文字可知，北宋时关扑的对象不仅包括食物、水果、衣服饰品、家具、纸画玩具等日常生活用品，珍玉、奇玩等奢侈品，甚至还有车马、地宅之类的不动产，歌姬、舞女之类的人口。

较之北宋，南宋时期的关扑在大大小小的城市里更为盛行。据赵彦卫《云麓漫钞》卷五记载，“关扑食物，法有禁。惟元正、冬至、寒食三节，开封府出榜放三日，或以数十笏银，或以乐艺女人，为一掷；其他百物，无不然”①，可见北宋时，关扑活动只能在官府限定的时间内才可以进行，虽然这一限定在民间没有得到彻底的执行，但毕竟不如“常得关扑”②的南宋时期名正言顺，所以就关扑的深度与广度而言，南宋时期大大超过了北宋时期。在南宋的民间生活舞台上，北宋春节时“放关扑三日”的习俗仍然沿续着③；在群妓出没的诸坊和诸处茶肆等娱乐场所，也有不少“赶趁祗应扑卖者”看准了商机，纷纷赶来④；京城市井扑卖的土木粉捏妆彩小象儿和纸画，外地人买走后居然作为土仪送人⑤；关扑不仅在白天大行其道，而且扩展到了夜市，并和夜市相始终。灌园耐得翁《都城纪胜·市井》就记载当时最盛的中瓦前夜市“扑卖奇巧器皿百色物件，与日间无异”，同时其它的坊巷市井“买卖关扑，酒楼歌馆，直至四鼓后方静”⑥。《梦粱录》卷十三《夜市》中不厌其烦地罗列了夜市上可以“扑”的商品种类、名称：

> 大街关扑，如糖蜜糕、灌藕、时新果子、像生花果、鱼鲜猪羊蹄肉，及细画绢扇、细色纸扇、漏尘扇柄、异色影花扇、销金裙、缎背心、缎小儿销金帽儿、逍遥巾、四时玩具、沙戏儿。春冬扑卖玉栅小球灯、奇巧玉栅屏风、捧灯球、快行胡女儿沙戏、走马灯、闹蛾儿、玉梅花、元子槌拍、金橘数珠、糖水、鱼龙船儿、梭球、香鼓儿等物。夏秋多扑青纱、黄草帐子、挑金纱、异巧香袋儿、木犀香数珠、梧桐数珠、藏香、细扇、茉莉盛盆儿、带朵茉莉花朵、挑纱荷花、满池娇、背心儿、细巧笼仗、促织

---

①（宋）赵彦卫《云麓漫钞》卷五，《云麓漫钞》，北京：中华书局，1996年8月1版，第81页。

②（宋）赵彦卫《云麓漫钞》卷五，《云麓漫钞》，北京：中华书局，1996年8月1版，第81页。

③（宋）吴自牧《梦粱录》卷一《正月》，《东京梦华录（外四种）》，上海：上海古典文学出版社，1956年11月1版，第139页。

④（宋）周密《武林旧事》卷六《歌馆》，《东京梦华录（外四种）》，上海：上海古典文学出版社，1956年11月1版，第443页。

⑤（宋）吴自牧《梦粱录》卷五《明禋年预教习车象》，《东京梦华录（外四种）》，上海：上海古典文学出版社，1956年11月1版，第165页。

⑥（宋）灌园耐得翁《都城纪胜·市井》，《东京梦华录（外四种）》，上海：上海古典文学出版社，1956年11月1版，第91页。

笼儿、金桃、陈公梨、炒栗子、诸般果子及四时景物，预行扑卖，以为赏心乐事之需耳[①]。

和北宋相比，南宋时的关扑对象不仅有日常生活用品，甚至还包括了鲜花和蟋蟀笼子。此时的关扑活动还考虑到了季节特点，商贩们会根据季节的不同提供不同的商品，以满足市民个性化的需求，《梦粱录》卷十三《诸色杂货》就非常详细记载了可以关扑的鲜花名称：

四时有扑带朵花……春扑带朵桃花、四香、瑞香、木香等花，夏扑金灯花、茉莉、葵花、榴花、栀子花，秋则扑茉莉、兰花、木樨、秋茶花，冬则扑木春花、梅花、瑞香、兰花、水仙花、腊梅花，更有罗帛脱蜡像生四时小枝花朵，沿街市吟叫扑卖。[②]

可以看出，随着春夏秋冬四季的转换，商贩们扑卖的鲜花也会转换成当季的品种，冬天扑卖的除了鲜花，甚至包括假花。宋话本《种瓜张老》中提到，真州六合县“有两个扑花的，一个唤做王三，一个唤做赵四，各把着大蒲篓来寻张公打花”[③]，王三、赵四就是以扑卖鲜花为业的小商贩，他们来找园叟张公，就是要批发一些鲜花去街市上扑卖，这和《梦粱录》中扑卖四季鲜花的记载完全相合，再次印证了作为社会生活一面镜子的两宋小说中呈现的宋代社会生活之实录性与真实性。另据《梦粱录》卷十九《园囿》记载，一位太监在住宅之侧建了一个花园，每年春天让市民免费参观游玩，里面放了不少具有宫廷风格、样式新潮的商品，供人买卖关扑，这位太监可谓深谙经商之道。

关扑实质上是一种用赌博来促销的商贸交易方式，与一般交易方式不同的是它采用了亦赌亦销的形式。“关扑”习俗之所以在两宋之际广泛流行，一个重要的原因是它迎合了人们试图不劳而获的贪财心理与侥幸心理。《李将仕》故事中的男主人公李将仕因为贪财而步入圈套也在情理之中。“美人局”设计者正是抓住李将仕的心理而以扑柑引其入彀的。扑几个柑子就输了万钱，恐怕不是运气不佳，而是卖黄柑小贩做了什么手脚所致。既然要引李将仕上钩，那就得非叫他输掉这次扑柑不可。

---

① （宋）吴自牧《梦粱录》卷十三《夜市》，刘坤、赵宗乙主编，孟庆祥副主编《中国古代民俗2》，哈尔滨，黑龙江人民出版社，2006年版，第123页。

② （宋）吴自牧《梦粱录》卷十三《夜市》，《东京梦华录（外四种）》，上海：上海古典文学出版社，1956年11月1版，第243页。

③ 宋话本《种瓜张老》，出自程毅中辑注《宋元小说家话本集》，济南：齐鲁书社，2000年2月1版，第277页。

从《夷坚志补》卷八中的《李将仕》记述的整个“美人局”来看，扑柑已经是第二步，“美人局”的第一步是帘下“妇人”也就是“赵县君”的引诱。请注意洪迈对这位妇人的描写，妇人立于帘后，使人闻其声、见其足而不能睹其面。欲现还隐，心计全在其中。引诱的办法是唱歌，而那歌又是极富挑逗意味的：柳丝呀你只管飘来飘去，怎么就拴不住那个人儿呢？李将仕本是惯游娼家的好色之徒，待他听歌后“击节赏咏”，“美人局”的第一步就成功了。于是便有了扑柑输钱的第二步。紧接着是第三步，就是青衣童子捧盒出现。正是他的立即出现，才使读者体会出扑柑并非偶然，而是预设的机关。青衣童子声称“赵县君”奉献黄柑。这“赵县君”独守空房，自然逗起李的想入非非，于是便有了第四步：送礼、相见。“赵县君”老谋深算，引而不发，非得把李将仕的胃口吊足不可，你看，见面后这妇人“持身甚正，了无一语及于鄙媟”，甚至生日约会、升堂会饮，“赵县君”仍旧声色不露。待胃口吊足，时机成熟，便实施第五步计划，约李幽会上床。此刻，鳖已入瓮，水到渠成，最后一步就是主人突兀而至，来“收网”了。有趣的是，假戏真做到底，妇人“失色”，“赵君”诟骂、鞭打其妾，具牒报官，妻劝其夫，演了一出有声有色的喜剧。作者就这样煞有介事地、一本正经地写来，除了“赵阳怒不可”那个“阳”字，作者整个是声色不露。这样直到最后，李将仕还不晓得自己着了“美人局”的道儿，想必还在嗟叹运气不佳，好事未成，事实上读者大约也会这样想，待到“明望其店，空无人矣”，此刻李将仕和读者才明白过来。

《李将仕》叙述的这个“美人局”的导演无疑是所谓“赵大夫”，主角是所谓“赵县君”，其余卖柑者、青衣童、“妾”都是跑龙套的。“赵大夫”、“赵县君”的真实身份没有点明，其实也不用点明，无非是“游手奸黠”之徒。整个“美人局”设计精密巧妙，编织成一个严密的网，不由李将仕不入彀。话虽如此，但如果李将仕不好色贪财，他也不会上这个当。《李将仕》故事也从一个侧面反映了关扑作为两宋时典型的商贸交易方式，作为小商贩招揽生意的重要手段，之所以能在宋代的商贸舞台上大行其道，一个重要的原因就是它利用人们的贪财和侥幸心理而采用的亦商亦赌的独特交易方式。

三、“交子”的出现与纸币的流通

宋代很多长途贩运的商人财力雄厚、买卖庞大，但用于支付的金属货币铜钱、铁钱却价值量小，而且沉重不利于携带，严重影响了商品的流通。于是，在10世纪末、11世纪初的北宋真宗年间，使用铁钱的四川地区诞生了世界第一张纸币“交子”，这种纸币在中国乃至世界金融史上都有着至关重要的意义。需要指出的是，交子的诞生首先基于一种商贸信用，它是由十六家四川商人联合成立的“交子铺”印造、发行的。到南北宋更替之际，纸币交子的使用已经相当普遍，并且得到了官方的承认，由政府支持发行。据洪迈《夷坚甲志》卷一《伪齐咎证》记载，靖康之难后，在原来的北方地区，金人扶持建立的伪齐政权以政府的名义发行了纸币，这种纸币“又作纸交子，自一贯至百贯”①，因为以国家信用作为担保，这种纸交子渐渐具有了国家货币的性质。

纸币交子的出现解决了宋代大宗货物的支付问题，给长途跋涉的行商们带来了极大的便利，所以当时的商人争相使用，出现了“贸百金之货，走千里之途，卷而怀之，皆曰铁钱不如楮”②的情况。南宋时，交子更是由个别地区局部的使用，逐渐进入寻常百姓的日常生活，成为民间社会普遍使用的支付方式。《夷坚丙志》卷三《唐八郎》就描述了这样一次再平常不过的支付活动，说的是宋孝宗隆兴初年，成都一位村民乘车来到集市，在路上遇见一位熟人，于是他“遗交子二千，授以书，曰：‘倩汝送与仙井唐八郎’”③ 这位成都村民让熟人捎带给唐八郎的不是真金白银，而是两千交子；《夷坚支癸》卷三《闻人氏事斗》记载了另外一次利用交子进行的支付活动，嘉兴人闻人尧民离开故乡到外地为官，三月后积攒了百千俸禄，然后“买楮券，遣仆持归遗母④”，将自己三个月的工资全部换成纸币交子，派仆人送给家乡的母亲。上面两个故事体现了交子保值性能良好和便于携带的特点。

《夷坚支丁》卷八《王七六僧伽》篇中提到的丽水商人王七六，是常在衢、婺間行走的布帛商。紹熙四年他到衢州时被駔侩趙十三及其妻杀害，趙十三运尸体时被邻居姜屠户发现：

> （赵十三）不能隐，乃告以实，赂以五楮券。姜不听，曰：“我当诉尔于官。”赵夫妇哀祈，复增十券。姜喜，乃舍去。是日不买猪，即归而持券易钱。其妻疑之曰：“汝无事早归，不作经纪，何缘得有钱？定是作贼！”⑤

赵十三夫妇为掩盖杀人罪行贿赂姜屠户的钱“楮券”就是纸币。纸币在当时的民间使用是如此普遍，加上它便于携带的优点，自然而然地成为了不少外出贸

① （宋）洪迈《夷坚甲志》卷一《伪齐咎证》，《夷坚志》第一册，北京：中华书局，1981年10月1版，第7页。

② （宋）杨冠卿《客亭类稿》卷九，四库全书本。

③ （宋）洪迈《夷坚丙志》卷三《唐八郎》，《夷坚志》第一册，北京：中华书局，1981年10月1版，第390页。

④ （宋）洪迈《夷坚支癸》卷三《闻人氏事斗》，《夷坚志》第三册，北京：中华书局，1981年10月1版，第1244页。

⑤ （宋）洪迈《夷坚支丁》卷八《王七六僧伽》，《夷坚志》第三册，北京：中华书局，1981年10月1版，第1032页。

易的商人携带的货币，《夷坚支景》卷一《江陵村侩》中就记载江陵民某氏长子“尝携银券，其直百千，并一仆，出乡间贸易”[①]。需要指出的是，纸币的使用也会带来一些负面的效果，比如纸币携带者要时刻防范小偷，《夷坚支庚》卷六《歙厅吕明》记载淳熙十四年，歙县厅吏吕明被派往严州：

> 归途值一客，亦负担，元不相识，即顾揖如旧交。凡四五日间，其行或在前，或在后，一日数相逢。吕当食必招与共啜，但见其追逐不舍，顾疑焉。投宿村店，取腰篋中所藏楮券十余道，置席下，以防其窃。[②]

吕明将随身携带的纸币藏在自己睡觉的席子之下，他为了防止纸币被盗可谓用心良苦。

第二节 宋代小说中呈现的商标与广告习俗

宋代商贸活动较前代表现出很大的自由化趋势，主要表现为坊市界限打破和经营时间的自由化，这样的背景之下，商贸交易中的营销方式也获得了极大的丰富，这种丰富集中体现为广告、商标等宣传手段的出现。这些宣传手段的出现，是商贸经营走向成熟的重要标志，它意味着商贸活动由初级阶段的自发经营，逐渐发展到了高级阶段的市场营销。中国历史博物馆收藏了一块北宋年间的雕版印刷铜板，这块铜板分为三栏，上面是一行八个大字“济南刘家功夫针铺”；中间是一幅白兔捣药图，图右侧刻有“认门前白”四字，图左侧对称刻有“兔儿为记”四字，合起来是“认门前白兔儿为记”；下面是七行小字“收买上等钢条，造功夫细针，不误宅院使用，转卖兴贩，别有加饶，请记白”。从内容上看，用这块雕版印制出的是一份份广告单张，这份单张中的“济南刘家功夫针铺”八个大字相当于今天的品牌字号，“白兔捣药图”相当于今天的商标，下面的七行小字相当于今天的广告语。即使用今天的标准来衡量，这份宣传单张的整体设计也属上乘，既简洁明确又全面丰富，尤其商标“白兔捣药图”源于月宫白兔捣药的传说，白兔所用铁杵又暗合了“只要功夫深，铁杵磨成针”的民间谚语，突出了刘家功夫针铺所出针品的原材料上乘和打磨加工精细，真可谓绝妙的设计。需要指出的是，类似白兔捣药雕版广告单张之类的营销手段

① （宋）洪迈《夷坚支景》卷一《江陵村侩》，《夷坚志》第二册，北京：中华书局，1981 年 10 月 1 版，第 883 页。

② （宋）洪迈《夷坚支庚》卷六《歙厅吕明》，《夷坚志》第三册，北京：中华书局，1981 年 10 月 1 版，第 1184 页。

与方式在两宋小说中多有呈现，下面笔者就从商标、广告和品牌意识三个方面来分析一下宋代小说中呈现的商业标志与广告习俗。

一、商业标志的出现

按照现代营销学的解释，商业标志即商标是商品生产者在生产、制造、加工过程中放置于所生产商品之上，用以增加商品区分度，塑造自己品牌的一种标志。其表现形式多为图案、文字、数字等，以醒目、使人印象深刻为设计宗旨。在两宋时期的民间商贸交易活动中，某一行业的商人经过逐渐摸索和经验积累，往往会生产、设计出独具特色的商品，当这些特色产品得到市场的认可时，就需要有一个属于自己的独特标记，以便和其他同类产品区别开来，实现盈利的最大化。这种试图通过商品独特标记区别于其他同类商品的想法就是商标意识。从上面介绍的文物——北宋白兔捣药雕版铜板不难判断，宋人已经有了明确的商标意识。

在笔者看来，宋代的商标可分为两类，一类是自行设计的商标，另一类是由“物勒工名”传统发展而来的“铭记”，即工商业者在手工业制品中标明自己的姓氏、姓名或留下独有的标志作为商标。商标的目的，一是将自己商品与其他同类商品区分开来，起到宣传和扩大影响的作用；二是表示对自己生产技艺的一种骄傲和自信。《夷坚三志辛》卷十《鬼杀高二》中有这样的记载：

> 饶州城内德化桥民高屠，世以售风药为业，手执叉钩，牵一黑漆木猪以自标记，故得屠之名。①

卖风湿药的市民高氏的营销手段颇有些行为艺术的意味，因为他把自己设计成了一个行走的商标：手拿叉钩，拉着一只黑漆木猪。这一怪异的形象颇具视觉冲击力，让人一眼望去便会留下深刻印象，高氏因此被称为高屠，黑漆木猪作为他所售卖的风湿药广告的雏形从视觉效果上大大增加了商品的吸引力。《夷坚丁志》卷十《徐楼台》故事中出现了一个现代意义上的商标：

> 当涂外科医徐楼台，累世能治痈疖，其门首画楼台标记，以故得名。传至孙大郎者，尝获乡贡，于祖业尤精。②

---

①（宋）洪迈《夷坚三志辛》卷十《鬼杀高二》，《夷坚志》第三册，北京：中华书局，1981 年 10 月 1 版，第 1459 页。

②（宋）洪迈《夷坚丁志》卷十《徐楼台》，《夷坚志》第二册，北京：中华书局，1981 年 10 月 1 版，第 618 页。

外科医生徐氏拥有祖传的治疗痈疮的医术，为宣传自己、扩大影响，他就在自家门上画了一个楼台图案作为标志，显然徐氏是把自己家作为了行医的医馆，这个楼台图案可视为他的商标，将楼台景物画于自家门上作为商业标识使顾客印象深刻，既招揽了顾客，又扩大了销售范围。这个楼台商标不仅让徐氏远近闻名，自己得名徐楼台，其宣传效果还延续到了他的孙辈。

除了自行设计的商标，宋代小说中还呈现了很多由“物勒工名”传统发展而来的“铭记”商标。《夷坚甲志》卷十六《蒲大韶墨》中记载：

> 阆中人蒲大韶，得墨法于山谷，所制精甚，东南士大夫喜用之。尝有中贵人持以进御，上方留意翰墨，视题字曰“锦屏蒲舜美”，问何人，中贵人答曰：“蜀墨工蒲大韶之字也。”①

蒲大韶的墨制作精良，受到东南士大夫的喜爱，可以说是得到了市场的肯定。对自己手艺引以为傲的他直接在制作的墨上刻上了自己的郡望和字，这题字就属于“铭记”商标，它甚至引起了皇帝的注意。宋话本《碾玉观音》中，碾玉匠崔宁手艺精湛，在他制作的玉观音底部刻上了“崔宁造”三个字，这和蒲大韶制作的墨上面的题字一样，属于“铭记”商标；另一篇宋话本《勘靴儿》中假二郎神孙道士跳窗逃跑时掉落了一只四缝乌皮皂靴：

> （冉贵）向灯下细细看那靴时，却是四条缝，缝得甚是紧密。看至靴尖，那一条缝略有些走线。冉贵偶然将小指头拨一拨，拨断了两股线，那皮就有些撬起来。向那灯下照里面时，却是蓝布托里。仔细一看，只见蓝布上有一条白纸条儿，便伸两个指头进去一扯，扯出纸条。……众人争上前看时，那纸条上面却写着：“宣和三年三月五日铺户任一郎造。”②

靴子底儿里面的字条详细记录了靴子制造的时间和制造者姓名，实际上成为了任一郎靴铺独有的“铭记”商标。

二、广告的普及

招幌，即招牌和幌子，是最常见广告的形式，因为有很长的历史，已经成为商贸活动中的一种习俗得到了人们的普遍认同。著名的市肆风俗画《清明上

---

①（宋）洪迈《夷坚甲志》卷十六《蒲大韶墨》，《夷坚志》第一册，北京：中华书局，1981 年 10 月 1 版，第 142 页。

② 程毅中辑注《宋元小说家话本集》下册，济南：齐鲁书社，2000 年 2 月 1 版，第 697 页。

河图》中画了数十个商业店铺，据统计，这些店铺里伸出的幌子有10个，门前矗立的招牌有23块，这些具有广告作用的招幌充分说明了宋人强烈的广告意识。欧阳修《归田录》卷二记载“京师食店，皆大书牌榜于通衢大道”①；洪迈《夷坚乙志》卷十五《诸般染铺》中也有如下描写：

> 王锡文在京师，见一人推小车，车上有瓮，其外为花门，立小牓曰：“诸般染铺”，架上杂色缯十数条。②

小车上树立的写有“诸般染铺”的招牌虽小，却突出了自己的特色，其广告作用不容小觑。《夷坚志补》卷十九《蓬州樵夫》条记载当时的拆字名家谢石在丹阳旅游时：

> 见道姑行市中，执巨扇，其上大书“拆字如神”。石笑曰：“此术岂有胜我者？何物老媪敢尔！”呼之入室，书“石”字示之。姑曰：“为名不成，得召却退，逢皮则破，遇卒则碎。”石视之不乐，然心服其言。③

道姑手中拿着的那把写有“拆字如神”的巨扇无疑相当于商铺的招幌，她对自己拆字技艺的这一宣传不是吹嘘也没有言过其实，因为拆字名家谢石选了“石”字让她拆，结果是心里暗自叹服。

宋话本中出现了各类琳琅满目的店铺招牌，如“顾一郎店”、“孙婆店”、“本行侯家，上等馒头点心”、“璩家装裱古今书画”、“行在崔待诏碾玉生活”之类，它们和文言小说中的呈现一起印证了作为商贸交易活动宣传手段之一的招幌现象在两宋的普及。④

除了遍布城市和村镇大街小巷的招幌之外，宋人广告意识的自觉还体现在深知广告会提升自己产品的销量，增加自己的利润，为达到这个目的会创造性的想出各种奇招，于是我们就在宋代小说中看到了诸多独特的、极富创意的广告与准广告，如《夷坚支志》景卷十《简坊大蕈》就记载，居住在进贤县简坊市的佃农赵三每天上山砍柴，宁宗庆元元年七月，他上山时看见一棵巨大的

①（宋）欧阳修《归田录》卷二，《渑水燕谈录》《归田录》合刊之《归田录》，北京：中华书局，1981年3月1版，第26页。

②（宋）洪迈《夷坚乙志》卷十五《诸般染铺》，《夷坚志》第一册，北京：中华书局，1981年10月1版，第310页。

③（宋）洪迈《夷坚志补》卷十九《蓬州樵夫》，《夷坚志》第四册，北京：中华书局，1981年10月1版，第1724页。

④ 因为酒肆、茶肆的招幌在本文后面有专章论及，故此处略去未谈。

松树下长着一个大野菇，直径达一尺八寸。他将这个野蘑菇带下山，邻里街坊纷纷表示从来没有见过这么大的蘑菇，此时酒肆王老板出现了：

> 酒肆王翁尤异之，谓曰："我与尔钱，尔以与我，将挂于店外以诱饮客。①"

王老板想将大野菇挂在自家酒肆外边吸引顾客，是要利用人们的好奇心、从众心理达到自己的营销目的。因为人们很可能好奇怎么会有如此大的蘑菇，然后就会纷纷前来观看，这无形中会增加酒肆的客流量，自然也会为酒肆带来更多的经营利润。王老板的这一想法堪称上佳的广告创意。宋话本《张主管志诚脱奇祸》中的绒线铺主管张胜，因为怕被主人老张员外新娶的小夫人纠缠，听从母亲教导不再去绒线铺上班。数月后家中积蓄眼见用尽，他问母亲如今怎么养家时，母亲手指着屋梁让他看：

> 张胜看时，原来屋梁上挂着一个包，取将下来。道："你爷养得你这等大，则是这件物事身上。"打开纸包看时，是个花栲栳儿。婆婆道："你如今依先做这道路，习爷的生意，卖些胭脂绒线。"……灯光下婆婆看见，就留小夫人在家住。小夫人道："来日剪颗来货卖，开起胭脂绒线铺，门前挂着花栲栳儿为记。" ②

"花栲栳儿"是宋时挂在绒线铺门前作为招幌的东西。张胜家屋梁上的这个"花栲栳儿"是他父亲经营绒线铺时挂的，是属于张胜父亲所独有的，张胜母亲和小夫人让他把这个老物件挂在新开张的绒线铺门前，是想利用这个"花栲栳儿"重新赢回老主顾对其父经营绒线铺的记忆，从而吸引更多的客人来光顾。这个创意很是成功，张胜新开张的店铺甚至将原来老张员外的客户也吸引了过来，他也由为人打工的店员张主管变身成了成功商人小张员外。

三、品牌意识的兴起

品牌，按照现在的解释，就是消费者对商品的认可度，是某种商品区别于同类相似产品的内在价值，对于商品的经营和销售来讲，品牌是意义重大的无形资产。宋代城市和村镇大街小巷上琳琅满目的各类店铺招牌，反映出工商业者正逐渐形成自觉的广告意识，为了在激烈的市场竞争中获取更高的经营效益，

---

①（宋）洪迈《夷坚支景》卷十《简坊大蕈》，《夷坚志》第三册，北京：中华书局，1981 年 10 月 1 版，第 962 页。

② 程毅中辑注《宋元小说家话本集》下册，济南：齐鲁书社，2000 年 2 月第 1 版，第 731—734 页。

发展特色商品、打造品牌优势成为了宋代商贸经营的一大趋势。就两宋小说文本的呈现而言，可以看出，当时的商贸活动发展过程中涌现出了不少知名品牌，宋代民众已经逐渐形成了追求品牌的消费心理。

巨型小说集《夷坚志》中记载了不少两宋时的知名品牌，反映了宋代商贸活动的活跃与成熟。《夷坚志补卷》第二十四《沈乌盆》篇记载：

> 豫章民埏埴为器，胜于他州。而沈生者艺最精，所售最多，家业甚裕，土人因其实，目为沈乌盆。①

宋朝时的江西南昌人最擅长和泥做陶器，其中手艺最高的是沈氏，因为制作精良，他家的陶器销量最大，所以渐渐变得富有，人们不再称呼他的名字，而是直接用他的产品称其为“沈乌盆”；《夷坚志补》卷二《吴任钧》篇记载：宋徽宗政和年间，国家重视教育，来自各个州县的学子聚集绕城的学宫，他们外出时一定要带上帽子、系上腰带，得知这一商机的馀干县制帽商人吴翁立刻移居饶城，以这些学子为目标群体制作、销售帽子，他制作的帽子受到学子们追捧，以至本人都被称为“吴纱帽”②。与“沈乌盆”、“吴纱帽”这两个因为质量上乘而驰名的品牌有异曲同工之妙的还有 “许糖饼”这个品牌，《夷坚支景》卷五《许六郎》中记载“以货饼饵蓼撒为生”的湖州城南市民许六家的糖饼远近闻名，于是他本人被当地消费者称为“许糖饼”③。提起远近闻名的“沈乌盆”、“吴纱帽”和“许糖饼”，人们更多指的不是这三个商人而是三个陶器行业、衣帽行业和糕点行业的知名品牌。

上面三则故事中的商品之所以具有很高的品牌知名度，主要原因都是产品质量得到高度肯定与认同后，顾客们直接在生产者姓氏后面加上了其特色产品的名称从而无形中使该产品的影响力更加扩大。与这一类被顾客命名的知名品牌不同的是商人自己命名的驰名品牌，比如在《夷坚支丁》卷三《班固入梦》中，洪迈叙述乾道六年冬，吕德卿与好友王李夷、魏子正、上官禄一同出游，路上住在黄氏客邸：

> 王、魏俱梦一人，着汉衣冠，通名曰班固。既相见，质问西汉史疑难。

---

①（宋）洪迈《夷坚志补》卷二十四《沈乌盆》，《夷坚志》第四册，北京：中华书局，1981 年 10 月 1 版，第 1772 页。

②（宋）洪迈《夷坚志补》卷二《吴任均》，《夷坚志》第四册，北京：中华书局，1981 年 10 月 1 版，第 1562 页。

③（宋）洪迈《夷坚支景》卷五《许六郎》，《夷坚志》第二册，北京：中华书局，1981 年 10 月 1 版，第 916 页。

临去云："明日暂过家间少款可乎？"觉而莫能晓。各道梦中事，大抵略同。适是日案阅五辂，四人同出嘉会门外茶肆中坐，见幅纸用绯帖，尾云："今晚讲说汉书。"相与笑曰："班孟坚岂非在此邪！"旋还到省门，皆觉微馁。就入一食店，视其牌，则班家四色包子也。且笑且叹，因信一憩息一饮馔之微，亦显于梦寐，万事岂不前定乎！①

这里抛开班固托梦让四人接受自己家的款待而后四人果真在班家食店就餐是否属于万事前定不谈，食店主人是否真是班固后代也暂且不论，单看孝宗乾道年间的小商人班氏将自己的包子与同姓名人班固联系起来的营销创意，就可证宋人已经颇具品牌意识，食店主人对包子的命名利用了在民间颇有影响的史学家班固的名人效应，从而使"班家四色包子"这一名品具有了更高的辨识度和知名度。

宋话本《白娘子永镇雷峰塔》中的男主人公许宣许小乙外出遇雨，向开生药铺的亲戚李将仕之子小李将仕借伞用，小李将仕命手下伙计老陈给许仙拿把雨伞，老陈奉命将雨伞递给许仙时，再三嘱咐他：

小乙官，这伞是清湖八字桥老实舒家做的，八十四骨，紫竹柄的好伞，不曾有一些儿破，将去休坏了！仔细！仔细！②

老陈再三强调仔细使用的这把雨伞的制作者清湖八字桥老实舒家无疑是当时伞业的大品牌，连老陈这样的一般市民都知晓它、盛赞它，也从一个侧面反映了南宋时人们追求品牌的消费心理，这一点从吴自牧《梦粱录》"大抵都下买物，多趋名家驰誉者"③的记载中也得到了验证。袁褧《枫窗小牍》卷上提到了不少汴京的有名饭食：

……（汴京）即烹煮盘案，亦复擅名。如王楼梅花包子、曹婆肉饼、薛家羊饭、梅家鹅鸭、曹家从食、徐家瓠羹、郑家油饼、王家乳酪、段家爊物、不逢巴子南食之类，皆声称于时。若南迁湖上，鱼羹宋五嫂、羊肉李七儿、奶房王家、血肚羹宋小巴之类，皆当行不数者。宋五嫂，余家苍

① （宋）洪迈《夷坚支丁》卷三《班固入梦》，《夷坚志》第三册，北京：中华书局，1981 年 10 月 1 版，第 991 页。

② （明）冯梦龙《警世通言》卷二十八《白娘子永镇雷峰塔》，北京：人民文学出版社，1956 年 1 月 1 版，第 438 页。

③ （宋）吴自牧《梦粱录》卷十九《塌房》，《东京梦华录（外四种）》，上海：上海古典文学出版社，1956 年 11 月版，第 299 页。

> 头嫂也，每过湖上，时进肆慰谈。亦它乡寒故也，悲夫。[①]

南渡的袁褧如数家珍的罗列了当年驰名汴京的十种美味后，又提到他常去吃从汴京南迁来的宋五嫂鱼羹，除了追求品牌的消费心理之外，恐怕更多的是睹旧物，见旧人，思故乡之悲情了。

第三节　宋代小说中呈现的商贸神祖崇拜习俗

宋代作为一个商业经济高度发达的社会，其繁荣的商贸活动催生出了多种多样的商贸风俗，商贸禁忌和商贸神祖崇拜就是其中两个重要的组成部分。按照王锐《市井商情录—中国商业民俗概说》一书的说法，商贸禁忌“是人们在商贸活动中，因传统信仰的原因或商人追求功利的目的而形成的某些民间禁忌习俗，其中也包括商贸经营者对某些经验教训的总结和汲取”[②]。商贸禁忌的产生主要有两种途径，其一是出于人们的传统迷信观念或是由于人们无法改变自然而产生的对某些超自然能力的信仰；其二是出于人们对社会生活经验的总结和实际教训的吸取。就两宋小说文本的呈现而言，有源自神明敬畏与传统信仰的商贸禁忌，也有源自经验总结与教训吸取的商贸禁忌。

首先分析源自神明敬畏与传统信仰的商贸禁忌。两宋时期，从事远途贸易是一个高风险职业，这些风险主要体现为盗贼与疾病。张邦基《墨庄漫录》卷四记载崔公度赴任宣州太守，他的船航行在长江上：

> 夜见一舟相随而行，寂然无声。晚，船得港而泊，所见之舟，亦正近岸。公疑之，遣人视之，乃空舟也。舟中有血痕，于舟尾得皂绦一条，系文字一纸，取观之，乃雇舟契也。因得其人姓名及牙保之属。至郡，檄巡尉缉捕，尽获其人。盖船主杀雇舟之商，取其物而弃其舟，遂伏于法。……[③]

一艘船与另一只无主船在江上偶遇，而无主船的出现是因为雇船商人被杀、杀人犯弃船逃跑，这显然是一起典型的小概率事件，正是这个小概率事件从一个侧面反映了商人从事远途贸易的高风险。朱彧《萍洲可谈》卷二《广州市舶司泊货抽解官市法》中也说从事海外贸易的商人“言船大人众则敢往，海外多盗

---

①（宋）袁褧《枫窗小牍》卷上，《宋元笔记小说大观》第五册，北京：中华书局，2007年3月1版，第4771—4772页。

② 王锐《市井商情录—中国商业民俗概说》，石家庄：河北人民出版社，1997年4月1版，第162页。

③（宋）张邦基《墨庄漫录》卷四，《墨庄漫录》《过庭录》《可书》合刊之《墨庄漫录》，北京：中华书局，2002年8月1版，第120页。

贼，且掠非诣其国者”[①]，远途贸易的高风险性决定了商人出行时必须谨小慎微，要时刻防范盗贼，预防疾病，最重要的是不能触怒神灵，因为按照当时商人们的观念，触怒神灵可能是遭遇盗贼、患上疾病、财产折损等一切灾难的诱因。据《夷坚乙志》卷十五《程师回》记述，南宋高宗绍兴十二年，被朝廷遣还北方的燕人程师回的大船由南向北经过大孤山下时，舟人提前向他报告了此处的禁忌：

> 舟人白：“凡舟过此者，不得作乐及煎油。或犯之，菩萨必怒。”师回曰：“菩萨为谁？”不肯言，逼之再三，乃以龙告。……江行人相传以烹油为戒，云：“蛟螭之属，闻油香则出，多腾入舟，舟必覆，或至于穿决堤岸乃去。……[②]

行船到大孤山下不能烹油和作乐，否则就可能触怒水中之龙，导致船覆人亡的灾难，行船者的这一禁忌是源于信仰的对龙的敬畏，是对某种未知神秘力量的恐惧。源自神明敬畏的商贸禁忌，其根源在于远途贸易的路途艰难，在缺乏足够的物质与技术条件保护时，商人们只能谨小慎微，将道途平安、多获财利的希望寄托在不触犯任何可能危害自己与生命财产安全的力量上。

除了为防止触怒鬼神而产生的禁忌之外，还有一些禁忌是源于对以往实践经验的总结。这些禁忌往往能找到科学的依据或经验的支撑，而且从实践效果看也更具客观性。据《夷坚三志已》卷三《余观音》记载，光宗绍熙元年六月，七名泉州海商乘一艘船出海贸易，船才离岸三天余姓商人就得了病：

> 海舶中最忌有病死者。众就山岸缚茅舍一间，置米菜灯烛并药饵，扶余入处，相与诀别曰：“苟得平安，船回至此，不妨同载。”余悲泣无奈，遥望普陀山，连声念菩萨不已。[③]

同行商人的行为看似不近人情，甚至有些冷酷残忍，但就当时的实际条件而言，这一做法实出于无奈。因为相较于陆地，船只的活动范围本就狭小，船上人员又密集，加上人与人之间接触频繁，一旦发生疫情，极易交叉传染。在缺医少

---

① （宋）朱彧《萍洲可谈》卷二《广州市舶司泊货抽解官市法》，《笔记小说大观》第二册，上海：上海古籍出版社，2007年3月1版，第2309页。

② （宋）洪迈《夷坚乙志》卷十五《程师回》，《夷坚志》第一册，北京：中华书局，1981年10月1版，第315页。

③ （宋）洪迈《夷坚三志已》卷三《余观音》，《夷坚志》第三册，北京：中华书局，1981年10月1版，第1318页。

药、疫情难以有效控制的海上，将生病者从船上隔离出去也算是保全其他人的一种次优选择，海商们对生病的余氏的处置遵行了海上行船时对待病死者的禁忌，这种禁忌实际上来自于对以往航海经验的总结。把生病者从船上隔离至山岸某处的做法还是较为仁慈的，因为有的航海禁忌是直接把病重者扔到海里，请看朱彧《萍洲可谈》卷二《船舶航海法》的描写：

> 舟人病者忌死于舟中，往往气未绝便卷以重席，投水中，欲其遽沈，用数瓦罐贮水缚席间，才投入，群鱼并席吞去，竟不少沈。①

不仅把没有咽气的人用席子卷着扔进海里，还在席子上绑上盛满水的瓦罐助其速沉，这看起来残忍的做法一方面是避免船上发生疫病的无奈之举，另一方面也有着减轻病重者死前痛苦的考量。

宋人的神明信仰中有相当一部分是对商贸神祖的崇拜，按照所崇拜神明作用的侧重点不同，这些商贸神祖大致可以分为两种类型：祖师神与保护神。所谓祖师神，即被作为行业祖师来崇拜的行业神。“由该行业的从业者们共同认定的本行业的开创者，故又称之为创业神。如酒行以杜康为神，茶行奉陆羽为神，屠宰业以樊哙、张飞为神”②。因为祖神崇拜是神灵崇拜的产物，而神灵崇拜又带有很大的盲目性，所以人们崇拜的对象不一定就是某个行业真正的创业者，因此只要本行业的从业者将某位神或人物戴上祖师的桂冠加以崇拜，就可称其为祖师神，如两宋关中饼师奉汉宣帝为祖师，蔡絛《铁围山丛谈》卷六记载，因为“汉宣帝在仄微，有售饼之异”，所以“关中饼师，每图宣帝像于肆中，今殆成俗”③；宋代的酒行曾供奉二郎神和祠山神，据《陔余丛考》卷三十五《祠山神》记载，“陆放翁有《张王行庙》诗，高翥《菊磵小集》亦有诗，为辇下酒行多祭二郎神及祠山神而作者”④，显然，无论汉宣帝还是二郎神、祠山神，他们都不是饼业和酒业真正的开创者。众所周知，商贸活动以追逐财富为目的，人们都渴望通过经商发迹，而商贸活动的主体尤其是从事长途贩运的行商们在经商过程中往往会面临巨大的风险，诸如陆地上的强盗，海上的海盗和风浪之类，这些风险时刻威胁着商人们的财产甚至生命安全。在缺乏足够手段保障自身安全的情况下，商人往往希望通过对神明的崇拜祈求生意发达、路途平安，这类商贸神祖的作用主要有两个，一是赐予财富，二是保护平安，他们也因此被称

① （宋）朱彧《萍洲可谈》卷二《船舶航海法》，《笔记小说大观》第二册，上海：上海古籍出版社，2007年3月1版，第2310页。

② 王锐：《市井商情录—中国商业民俗概说》，石家庄：河北人民出版社，1997年4月第1版，第15页。

③ （宋）蔡絛《铁围山丛谈》卷六，北京：中华书局，1983年9月第1版，第107页。

④ （清）赵翼《陔余丛考》卷三十五《祠山神》，石家庄：河北人民出版社，1990年11月第1版，第729页。

为保护神。无论是祖师神还是保护神，商贸神祖崇拜在宋代小说尤其是巨型小说集《夷坚志》中有着诸多的呈现，其中涉及的商贸祖师神主要有吕洞宾，商贸保护神主要有五通神、林夫人和紫姑等，下面笔者就分别加以介绍。

一、纸墨业祖师神吕仙翁

宋代商人为祈求生意兴隆，多于店铺、作坊内为行业祖师神设祀，《夷坚志补》卷十二《傅道人》中就记载了一位纸店商人将吕仙翁奉为祖师神的故事：

> 江陵傅氏，家贫，以鬻纸为业。性喜云水士，见必邀迎，随其丰俭款接，里巷呼为傅道人。舍后小阁，塑吕仙翁像，坐磐石上，旁置墨篮，以泥裹竹片作墨数笏，朝暮焚香敬事，拜毕，则扃户去梯，虽妻子不许至。[①]

这位卖纸的傅道人将吕仙翁的塑像供奉在一个单独的楼阁内，每天早晚焚香敬拜，即使最亲近的妻子和孩子都不让进入，足见其态度的虔诚。傅道人奉祀的吕仙翁就是被尊奉为纸墨行业祖师神的吕洞宾，而吕洞宾之所以被奉为纸墨行业的祖师神，和民间传说中他曾经卖过墨不无关系，张邦基《墨庄漫录》卷二就记载仙人吕洞宾常以卖墨人的身份游于人间：

> 世传吕公得道之士，唐僖宗时进士。能作诗，传者仅百首，往往卖墨世间。毗陵士人姓邵，忘其名，善谈《易》，众请讲于佛舍。至《小畜》，有墨者，青巾布衣，褰帏直入。邵恶之，眷眷而问曰："何来？"曰："卖墨耳。适闻讲《易》至《小畜》，其说非是。"邵惊，遽揖之坐，墨者脱履置案上，取墨一丸，曰："此墨价十千。"一坐皆笑。墨者纳履取砚涤之，试墨置日影中，贮墨而出，曰："抵暮复来，当知十千非贵也。"邵且笑且骇，少顷视砚，墨之所濡，彻底为黄金，与日影相耀。邵惋恨不已，必吕公也。[②]

这个故事中，吕洞宾虽然上演了一出变黑墨为黄金的奇迹，但他现身世间时的

---

①（宋）洪迈《夷坚志补》卷十二《傅道人》，《夷坚志》第四册，北京，中华书局，1981年10月1版，第1654页。

②（宋）张邦基《墨庄漫录》卷二，《墨庄漫录》《过庭录》《可书》合刊之《墨庄漫录》，北京：中华书局，2002年8月1版，第76页。

形象是一位身穿布衣、头戴青色软帽的普通卖墨商贩，他推销墨的过程也和一般卖墨小贩无异：拿出一丸墨报出卖价，然后洗涤砚台，然后在日影下研墨，最后在砚台里盛上墨离开，离开时还表示天黑时再来，那时会证明自己的墨卖一万铜钱是物有所值。如果没有故事最后“墨之所濡，彻底为黄金”的神异，这里呼之欲出的就是一个栩栩如生的卖墨商人形象。成书于宋代的《古今诗话》中也记载宿州天庆观西屋下有两首石刻的诗，是宋太宗至道年间一个卖墨人到此游玩后题写的，时人怀疑这个卖墨人就是吕洞宾[①]。吕洞宾游于世间时常自称回道人，他不仅卖墨，甚至还能制墨，《夷坚补志》卷十二记载回道人闯入江州太平宫，道士胡用宗接待了他：

> （回道人）索酒饮，徐顾左右，觅刀刮土，沥酒漱液，就掌抟和，吹嘘成墨锭，掷之案上，铿然有声，语胡曰：“善藏之，饵此亦能去病”。取视，香气四发，郁然袭人，殆非兰麝可比。[②]

回道人用土和酒制成的墨锭居然香气袭人，而且后来胡道士服用这个墨之后，几年间相貌未变老，酒量却日增，这神奇的墨锭已经不是一般的世间卖墨人所能制作出来的了。

也有宋代小说的记载指出吕洞宾“卖墨”之说属无稽之谈，吴曾《能改斋漫录》卷十八《吕洞宾传神仙之法》中提到了在岳州有石刻为证的吕洞宾自传，自传中有“世言吾卖墨，飞剑取人头，吾闻哂之”[③]的自白，否定了民间传说中自己常以卖墨人身份游戏人间的说法。一个更有意思的记载出现在陈师道《后山谈丛》卷四《吕翁像》中：

> 世传吕先生像，张目奋须，捉腕如市墨者，乃庸人也。南唐后主使工访别本而图之，久而不得。他日，有人过之，自言得吕翁真本，约工图其像而后授之。工后以像过之，客舍市邸，方昼卧，叩关不发，问：“吾像如何？”且使张之，曰：“是也。”相语而觉稍远，已而声絶，发门索之，无见也。意客即吕翁也，乃以所画像献之，今有传焉，深静秀清，

① （宋）阮阅《诗话总龟后集》卷四十六《神仙门上》，北京：人民文学出版社，1987年8月1版，第442—444页。

② （宋）洪迈《夷坚志补》卷十二《回道人》，《夷坚志》第四册，北京：中华书局，1981 年 10 月 1 版，第 1652 页。

③ （宋）吴曾《能改斋漫录》卷十八《神仙鬼怪》之《吕洞宾唐末人》，上海：上海古籍出版社，1960年11月1版，第503—504页。

真神人也。[①]

按照陈氏的说法，民间传承的吕洞宾画像是一个气质庸常的卖墨商贩，后来南唐后主李煜派画工寻访别的传本，许久之后得到一幅自言是真本的吕洞宾像，这个真本的提供者居然是吕洞宾本人，这幅画像传到宋朝时，画像中人已经是深静秀清的神仙模样了。

事实上，吕洞宾不是纯粹的传说中的神仙，历史上真有其人：

有吕洞宾传云："关右人，咸通初，举进士不第。值巢贼为梗，携家隐居终南山，学老子法"云。以此知洞宾乃唐末人。[②]

吕洞宾尝自传，岳州有石刻。云："吾乃京兆人，唐末，累举进士不第。因游华山，遇钟离，传授金丹大药之方；复遇苦竹真人，方能驱使鬼神；再遇钟离，尽获希夷之妙旨。吾得道年五十，第一度郭上灶，第二度赵仙姑。[③]

吕仙翁名岩，字洞宾，本关右人。咸通初，举进士不第，值巢贼为梗，携家隐于终南山，学老子法，绝世辟谷，变易形骸，尤精剑术。今往往有人于关右途路间与之相逢，多不显姓名，以其趋舍动作异于流俗，故为人所疑，又为篇咏，章句间泄露其意。…又，先生唐僖宗时人，避寇乱多游湖湘间，或梁魏之地。[④]

从以上记载可推知，吕洞宾名岩，字洞宾，关右（或京兆）人，生活在唐僖宗时。咸通初年举进士不第，正值黄巢起义，于是携家人隐居终南山，习学老子之法，精于剑术。可见吕洞宾原本是一位厌倦尘世纷争而避世修行的人，只是在北宋时期的民间传说中被赋予了神性，甚至被奉为纸墨行业的祖师神加以崇拜，人们希望从他那里得到护佑甚至发财，所以终宋一代，吕洞宾在民间受到了广泛崇祀。

---

①（宋）陈师道《后山谈丛》卷四《吕翁像》，《宋元笔记小说大观》第二册，北京：中华书局 2007 年 3 月 1 版，第 1603 页。

②（宋）吴曾《能改斋漫录》卷十八《神仙鬼怪》之《吕洞宾唐末人》，上海：上海古籍出版社，1960年11月1版，第503—504页。

③（宋）吴曾《能改斋漫录》卷十八《神仙鬼怪》之《吕洞宾唐末人》，上海：上海古籍出版社，1960年11月1版，第503—504页。

④（宋）阮阅《诗话总龟后集》卷四十六《神仙门上》，北京：人民文学出版社，1987年8月1版，第442—444页。

与吕洞宾有关的故事频繁出现在宋代小说文本中，据笔者不完全统计，仅《夷坚志》一书中就有二十五篇之多①。吕洞宾会帮助敬虔奉祀他的商人，而对于充满贪欲的商人，他偶尔也会戏耍他们一下。前面提到的《傅道人》故事中就记载了这样一个民间视野中的吕仙翁：

> 傅目昏多泪，（方巾布袍客）教取生熟地黄切焙，取椒去目及闭口者微炒，三物等分，炼蜜为丸，每五十丸空心服，以盐米汤饮下之。傅如方治药，一月目明，夜能视物。往还半岁，忽别云："三两日外将往襄阳，能与我偕西乎？"辞以累重不可出。客笑曰："吾知汝不肯去。"取笔书"利市和合"四字付之，曰："贴于铺壁，获息当百倍。"复拉诣酒肆酌别，袖出纸包，有墨数片，曰："欲携去襄阳做人事，暂寄君所，临行来取之。"酒罢傅归，置墨架上，踰两月，客不至，试启视之，乃吕翁像前竹片所作者，探阁内篮中，无有矣！始悟客为吕翁，深悔不遇，乃贴四字于壁，生意日丰。②

纸店店主傅道人虔诚供奉吕翁像的结果是：方巾布袍客先是治好了他的眼病，临别时又写下"利市和合"四字，嘱咐他贴在店铺墙壁上就会获息百倍，傅道人依言去做，纸店生意果然日渐兴隆。后来傅道人发现方巾布袍客临别时留下的数片墨乃自己奉祀的吕翁像前竹片所制，才认出他就是吕仙翁。显然，敬虔的奉祀给傅道人带来了身体的康健和生意的兴隆，这两点恰恰是商人们的诉求。《夷坚志补》卷十二《华亭道人》记载，一位贩芦席的华亭客商偶遇以道人身份游于人间的吕洞宾：

> 绍兴二十八年，华亭客商贩芦席万领往临安，巍然满船。晚出西栅，一道人呼于岸，欲附载。商曰："船已塞满，全无宿卧处，我自露立，岂能容耳！"道人曰："与汝千钱，但辍一席地足矣！"商曰："遇雨奈何！"道人曰："更与汝百钱，买芦席一领，遇雨自覆。"商利其钱，使登舟，坐于席

① 篇目具体为：《夷坚甲志》卷一《石氏女》、卷三《宝道人》、卷六《绛县老人》；《夷坚乙志》卷十七《张八叔》、卷十九《望仙岩》、卷二十《神霄宫商人》；《夷坚丙志》卷二《赵缩手》、卷四《饼店道人》与《顶山回客》；《夷坚丁志》卷八《乱汉道人》、卷十八《张珍奴》；《夷坚支甲》卷六《远安老兵》；《夷坚支乙》卷七《岳阳吕翁》；《夷坚支景》卷九《陈待制》；《夷坚支癸》卷四《洞口先生》、卷十《雷州病道士》；《夷坚三志己》卷六《黄裳梅花》；《夷坚三志辛》卷三《知命先生》、卷四《岳阳稚松》；《夷坚志补》卷十二《回道人》《真仙堂小儿》《傅道人》《华亭道人》《仙居牧儿》《杜家园道人》。

②（宋）洪迈《夷坚志补》卷十二，《夷坚志》第四册，北京：中华书局，1981 年 10 月 1 版，第 1654 页。

> 上，仅容膝，不见其饮食便溺，在途亦无雨，到北关，乃辞去，曰："谢汝载我，使汝多得二十千以相报。"商殊不晓。适是年郊祀大礼，青城用芦席甚广，临安府惧之，凡贩此物至者，每领额外增价钱二文，尽买之，遂赢二万。搬卸即毕，最下一领有墨书六大字，曰"吕洞宾曾附舟"，字画遒劲，好事者争来观视，知为仙翁。①

因为该客商在船装满时仍然搭载了吕洞宾前往临安，吕洞宾就让他的芦席多卖了二万铜钱。这位客商得知附舟道人就是鼎鼎大名的吕洞宾，后来又在众安桥巧遇卖画的这位神仙时，就迫不及待地揭示了对方的真实身份，然后向其求黄金，还表示多多益善。吕洞宾当即答应并以取金子为借口离开之后，那位依照他吩咐在桥上痴痴地等到晚上的华亭客商却再也没见到他。赐给两万铜钱的福报和让人空等至日暮的戏耍同时发生在这位客商身上，从一个侧面说明了吕洞宾对待敬虔和贪婪态度的迥异。

二、海商保护神天妃

与资金、财产的损失相比，商人经商途中面临的最大风险莫过于生命的危险，这一点在从事海外贸易的商人身上体现得尤其明显，航海技术所限和自然条件恶劣造成的沉船事件成为了他们生命的最大杀手。为了能在波涛汹涌的海上平安往返，海商们常常求助于仙佛的保护，两宋时期海商们奉祀的保护神中，林夫人是有名的一位，据《夷坚支景》卷九《林夫人庙》记载：

> 兴化军境内地名海口，旧有林夫人庙，莫知何年所立，室宇不甚广大，而灵异素著。凡贾客入海，必致祷祠下，求杯珓，祈阴护，乃敢行，盖尝有至大洋遇恶风而遥望百拜乞怜见神出现于樯竿者。②

这位灵异素著的林夫人就是北宋中后期以来在沿海地区广受崇祀的天妃，是专司贩海者生命与财产安全的民间神，又称娘妈、天后、圣母，在福建和台湾俗称妈祖。天妃是一位出身于民间又被朝廷明令列入祀典的正神，据传说其人本姓林，名默娘，是福建莆田湄洲人，生于宋太祖建隆年间，死后被当地民间奉祀为神。高宗绍兴年间，林默娘被南宋朝廷封为灵惠夫人，后屡加封号，称为

---

①（宋）洪迈《夷坚志补》卷十二《华亭道人》，《夷坚志》第四册，北京：中华书局，1981年10月1版，第1655页。

②（宋）洪迈《夷坚支景》卷九《林夫人庙》，《夷坚志》第二册，北京：中华书局，1981年10月1版，第951页。

“灵惠昭应崇福善利夫人”。光宗绍熙年间封“灵惠妃”，由“夫人”升格为“妃”，此后也是屡加封号，元代更晋封为“天妃”[①]。就宋代小说的呈现来看，天妃灵异的故事屡见不鲜，下面是一个典型的例子：

> 绍熙三年，福州人郑立之，自番禺泛海还乡。舟次莆田境浮曦湾，未及出港，或人来告：“有贼船六只在近洋，盍谋脱计？”于是舟师诣崇福夫人庙求救护，得三吉珓。虽喜其必无虞，然迟回不决，聚而议曰：“我众力单寡，不宜以白昼显行迎祸，且安知告者非贼候逻之党乎？勿堕其计中。不若侵晓打发。出其不意，庶或可免。况神妃许我耶！”皆曰：“善！”迨出港，果有六船翔集洪波间，其二已逼近。舟人窘迫，但遥瞻神祠致祷，相与被甲发矢射之。矢且尽，贼舳舻已接，一魁持长叉将跳入。忽烟雾勃起，风雨欻至，惊波驾山，对面不相睹识，全如深夜。既而开霁帖然，贼船悉向东南去，望之绝小，立之所乘者，亦漂往数十里外，了无它恐。盖神之赐也。其灵异如此，夫人今进为妃云。[②]

表面上看，是海上骤然而至的暴风雨救了即将落入海盗之手的商人郑立之和他的船员的性命，但在郑立之们看来，他们幸免于难的原因是船长到崇福夫人（即天妃）庙求救获其恩准，这场恰巧在海盗头目将要跳入商船之际突发的、冲走了海盗船的暴风雨正是崇福夫人所赐，是她伸出的救护之手。

三、准财神五通菩萨

即五通神，“五通菩萨”和“独脚五通”是该神在宋代两个流行的称呼，其形象与事迹常出现在《夷坚志》与宋话本中。《汪一酒肆客》就叙述宁宗庆元三年盛夏，德兴南市乡民汪一的酒肆里，三位客人偶遇多年不见的两位朋友，攀谈之间得知这两位朋友 “因往台州干事，一住十五年，拟欲再行，且谒五通行宫”[③]，出行前要拜谒五通神行宫的做法透露出这两人对五通神的崇拜；《吴长者》篇中的乐平人吴曾因为人高洁、注重道义被乡里称为长者，一位住在当地旅店的异乡客把伞放在门外不慎丢失：

---

① 关于天妃信仰的情况及宋代对天妃的崇信，请参见贾二强《唐宋民间信仰》一书（福州：福建人民出版社，2002 年 10 月 1 版）第 142—148 页的相关论述。

②（宋）洪迈《夷坚支戊》卷一《浮曦妃祠》，《夷坚志》第三册，北京：中华书局，1981 年 10 月 1 版，第 1058 页。

③（宋）洪迈《夷坚三志壬》卷十《汪一酒肆客》，《夷坚志》第四册，北京：中华书局，1981 年 10 月 1 版，第 1545 页。

来见吴曰："微物不足惜，但贮五通神像，奉事多年，一旦属他人，道途无所依倚。知公长者，能为我访索乎？"吴即为寻觅，得其人，赎以钱三百。顷之反命，或疑伞颇重，吴曰："是乃神物所以显灵耳。"①

这位常年奔波于道途的外乡人为保平安，将神像装进伞中随身携带，他奉事多年的神道就是五通神。上述三人对五通神的崇奉绝非特例或个案，事实上，整个两宋时期，五通神崇拜是当时江南民间广为流传的、普遍的信仰，这位神道被供奉、享祀之所除了上文提到的行宫，还有神祠、神庙。洪迈在《夷坚三志己》卷八《五通祠醉人》中写到：

会稽城内有五通祠，极宽大，虽不预春秋祭典，而民俗甚敬畏。②

姚宽《西溪丛语》卷上《绍兴和旨楼》中也记载：

绍兴府轩亭临街大楼，五通神据之，土人敬事。③

据贾二强《唐宋民间信仰》一书的统计，两宋时"五通神庙神殿分布之地有柳州、汉阳、建昌、扬州、绍兴、鄂州、临川、浙东、江西、闽中、舒州、饶州、南康、会稽、衢州、新安、衡山、临安等地，说明当时在南方长江流域五通神信仰的普遍，同时在今福建、广西也不乏信奉者，反映其信仰已广及东南各地，并且达于岭南，成为民间熟知的一路神道"④。

那么，这位两宋民间普遍敬畏的五通神到底是怎样的一位神道呢？洪迈《夷坚丁志》卷十九《江南木客》中对其有如下介绍：

大江以南地多山，而俗禨鬼，其神怪甚佹异，多依岩石树木为丛祠，村村有之。二浙江东曰"五通"，江西闽中曰"木下三郎"，又曰"木客"，一足者曰"独脚五通"，名虽不同，其实则一。考之传记，所谓林石之怪夔罔两及山�是也。李善注《东京赋》云："野仲游光，兄弟八人，常在人间

① （宋）洪迈《夷坚三志辛》卷五《吴长者》，《夷坚志》第三册，北京：中华书局，1981 年 10 月 1 版，第 1418 页。

② （宋）洪迈《夷坚三志己》卷八《五通祠醉人》，《夷坚志》第三册，北京：中华书局，1981 年 10 月 1 版，第 1364 页。

③ （宋）姚宽《西溪丛语》卷上《绍兴和旨楼》，《西溪丛语》《家世旧闻》合刊之《西溪丛语》，北京：中华书局，1993 年 12 月第 1 版，第 35 页。

④ 贾二强《唐宋民间信仰》，福州：福建人民出版社，2002 年 10 月 1 版，第 350—351 页。

作怪害。”皆是物云。变幻妖惑，大抵与北方狐魅相似。或能使人乍富，故小人好迎致奉事，以祈无妄之福。若微忤其意，则又移夺而之他。遇盛夏，多贩易材木于江湖间，隐见不常，人绝畏惧，至不敢斥言，祀赛惟谨。①

按照洪迈的解释，五通神又名“木下三郎”、“木客”、“独脚五通”，真身是山林中的怪兽、木石精怪，它们主要的神通是“能使人乍富”，所以市井乡民喜欢“迎致奉事”，目的是“祈无妄之福”。换言之，五通神有赐人钱财、使人暴富的神通，市井乡民尤其是商贩供奉它们的主要的目的是求财，得到财富的奉祀者如果悖逆五通神的心意，或者被它认为不够恭谨，那所得的财富也会不翼而飞，故此民间奉祀五通神的商贩对他是既敬且畏。来历、神通、特点都与洪迈对五通神介绍相符的最典型的例子是《夷坚丁志》卷十三的《孔劳虫》篇：

……荆南刘五客者，往来江湖，妻顿氏与二子在家，夜坐，闻窗外人问：“刘五郎在否？”顿氏左右顾，不见人，甚惧，不敢应。复言曰：“归时倩为我传语，我去也。”刘归，妻道其事，议欲徙居。忽又有言曰：“五郎在路不易。”刘叱曰：“何物怪鬼，频来我家，我元不畏汝。”笑曰：“吾即五通神，非怪也。今将有求于君，苟能祀我，当使君毕世钜富，无用长年贾贩，汩没风波间。获利几何，而蹈性命不可测之险？二者君宜详思，可否在君，何必怒？”遂去，不复交谈。刘固天资嗜利，颇然其说，遽于屋侧建小祠。即有高车骏马，传呼而来，曰：“郎君奉谒。”刘出迎，客黄衫乌帽，容状华楚，才入座，盘飧酒浆络绎精腆。自是日一来，无间朝暮，博奕嬉笑，四邻莫测何人。金银钱帛，赠饷不知数。如是一年，刘绝意客游，家人大以为无望之福。他夕，因奕棋争先，忿刘不假借，推局而起。明日，刘访箧中，所畜无一存，不胜悔怒，谋召道士治之。……夜未半，黄衣过来，冠服如初，径入户。孔举剑挥之，大叫而没，但见血中堕黄鼠半体。旦而迹诸祠，正得上体于偶人下，盖一大鼠也。②……

身为往来江湖的行商，荆南商人刘五客确实像五通神所说的那样，奔波劳碌，“在路不易”，所以当五通神主动建议他奉祀自己，条件是让他一生巨富，从此不用

① （宋）洪迈《夷坚丁志》卷十九《江南木客》，《夷坚志》第二册，北京：中华书局，1981年10月1版，第695页。

② （宋）洪迈《夷坚丁志》卷十三，《夷坚志》第二册，北京：中华书局，1981年10月1版，第647—648页。

因长年出去经商而“汨没风波间”，不用因未必能获利多少而“蹈性命不可测之险”时，追求利润与财富的商人本性使刘五客“颇然其说”，他立刻在自家屋旁建了一座小神祠供奉五通神。此后每日一来的五通神果真给刘五客带来了美酒佳肴和数不胜数的金银钱帛，一年后行商刘五客已经不再出门经商，全家都认为获得了意想不到的福气。后来仅仅因为刘五客“奕棋争先”，五通神大怒，第二天刘蓄存财宝的箱子就变得空空如也，其翻脸之快堪比令奉祀者致富之快。后来，这位来见刘五客时穿黄衫戴乌帽“容状华楚”的五通神被会道术的孔劳虫杀死现出原形，原来是一只黄色大鼠。

虽然五通神较容易与奉祀他的人闹翻而收回所赐财物，但在市井小民看来，他能使人致富的神通是否灵验才最重要，《夷坚丁志》卷十五《吴二孝感》中就强调临川水东市民吴二供奉的五通神很灵验，甚至做到了“凡财货之出入亏赢必先阴告”[①]。因为具有了财神的一部分灵异，五通神的容易翻脸并没有影响他被广泛奉祀，尤其是被天性逐利的商人们崇奉。商人向五通神祈求财富的现象在宋代很普遍，正是从这个意义上讲，五通神和海神天妃一样，也是两宋时很重要的一位商贸保护神。《夷坚支癸》卷三《独脚五通》就记载了商人吴十郎在五通神指引下暴富的故事。吴十郎原本是新安人，孝宗淳熙初年举家逃荒到舒州宿松县，一开始靠着编织草鞋糊口，逐渐发展到凭借卖油这种小本经纪养家，几年后居然“资业顿起，殆且巨万”[②]，这个流寓穷民的暴富引起了邻里的怀疑，正巧此时一豪富人家被强盗抢劫，众人指证吴十郎就是那个强盗，将他捆绑起来送到了官府。严刑拷打之下，吴十郎吐露了自己发家的秘密：

> （吾）顷者梦一脚神来言：“吾将发迹于此，汝能谨事我，凡钱物百须，皆可如意。”明日，访屋侧，得一毁庙，问邻人，曰：“旧有独脚五郎之庙，今亡矣。”默感昨梦之异，随力稍加缮葺。越两月，复梦神来曰：“荷尔至诚，即当有以奉报。”凌晨起，见缗钱充塞，逐日以多，遂营建华屋。方徙居之夕，堂中得钱龙两条，满腹皆金。自后广置田土，尽用此物，今将十年，未尝敢为大盗也。”[③]

原来吴十郎的突然发迹是由于修葺了毁坏的五通神庙、供奉了五通神，五通神给他送来了数不清的铜钱和两条满腹皆金的钱龙。在被官府认定无罪释放后：

---

①（宋）洪迈《夷坚丁志》卷十五，《夷坚志》第二册，北京，中华书局，1981年10月1版，第667—668页。

②（宋）洪迈《夷坚支癸》卷三，《夷坚志》第三册，北京，中华书局，1981年10月1版，第1238页。

③（宋）洪迈《夷坚支癸》卷三，《夷坚志》第三册，北京，中华书局，1981年10月1版，第1238页。

> 吴创神祠于家，值时节及月朔日，必盛具奠祭，杀双羊、双猪、双犬，并毛血粪秽，悉陈列于前。以三更行礼，不设灯烛。率家人拜祷讫，不论男女长幼，皆裸身暗坐，错陈无别，逾时而退。常夕不闭门，恐神人往来妨碍。妇女率有感接，或产鬼胎。庆元元年，长子娶官族女，不肯随群为邪，当祭时独不预。旋抱病，与翁姑相继亡。所积之钱，飞走四出，数里之内，咸有所获。吴氏虔启谢罪，其害乃止。至今奉事如初。[①]

以上文字还原了民间祭祀五通神的具体情形，从祭祀时间、祭品到祭祀仪轨，全备详实。“吴氏长媳不参与祭祀遭报身亡，所积之钱四出飞走”的描述和《江南木客》、《孔劳虫》两篇小说的记载惊人相似，只是吴氏没有像刘五客那样请来道士杀死五通神，而是敬虔谢罪，整个家族一直奉祀五通，家族财富也得以保守。

像吴十郎这样通过供奉五通神，生意越做越大，发家致富的例子在《夷坚志》中绝非个案。《夷坚三志辛》卷六《五色鸡卵》篇就叙述了信州专卖荷包爊肉的商贩王氏因对五通神“严香火之奉”[②]而家道小康的故事。需要指出的是，并不是所有商人向五通神求财都能如愿以偿，《夷坚志补》卷七《丰乐楼》中就记载了这样一个故事：

> 临安市民沈一，酒拍户也。居官巷，自开酒庐，又扑买钱塘门外丰乐楼库，日往监沽，逼暮则还家。淳熙初，当春夏之交，来饮者多。一日，不克归，就宿于库。将二鼓，忽有大舫泊湖岸，贵公子五人，挟姬妾十数辈，径诣楼下，唤酒仆，问何人在此，仆以沈告。客甚喜，招相见，多索酒，沈接续侍奉之。……饮罢，夜已阑，偿酒直，郑重致谢。沈生贪而黠，见其各顶花帽，锦袍玉带，容止飘然，不与士大夫类，知其为五通神，即拱手前拜曰：“小人平生经纪，逐锥刀之末，仅足糊口。不谓天与之幸，尊神赐临，真是夙生遭际，愿乞小富贵，以荣终身。”客笑曰：“此殊不难，但不晓汝意问所欲何事？”对曰：“市井下劣，不过欲冀钱帛之赐尔！”客笑而颔首，呼一驶卒至，耳边与语良久。卒去，少顷负一布囊来，以授沈，沈又拜而受。摸索其中，皆银酒器也，虑持入城，或为人诘问，不暇解囊，悉槌击蹴踏，使不闻声。俄耳鸡鸣，客领妾上马，笼烛夹道，其去如飞。

① （宋）洪迈《夷坚支癸》卷三，《夷坚志》第三册，北京，中华书局，1981 年 10 月 1 版，第 1238—1239 页。

② （宋）洪迈《夷坚三志辛》卷六，《夷坚志》第三册，北京，中华书局，1981 年 10 月 1 版，第 1427 页。

沈不复就枕，待旦，负持归，妻尚未起，连声夸语之曰："速寻等秤来，我获横财矣！"妻惊曰："昨夜闻柜中奇响，起视无所见，心方疑之，必此也！"启钥往视，则空空然。盖逐日两处所用，皆聚此中。神以其贪痴，故侮之耳。……[①]

孝宗淳熙初年春夏之交的一个夜晚二更时分，承包丰乐楼官酒库并自营酒肆的市井商人沈一，在丰乐楼中接待了五位携姬妾来饮酒的贵公子，狡黠的沈生见他们头戴花帽，穿锦袍系玉带，看上去"容止飘然"却又不像士大夫，便猜出他们是五通神，于是抓住这个终生难遇的机会，赤裸裸地向五通神祈求"钱帛之赐"，毫不掩饰自己想籍此机会发一笔横财的迫切诉求。五通神不喜欢沈一的市侩、贪婪与痴心妄想，不仅没有满足他求财的要求，反而戏弄了他：给他一个布袋子，摸到里面是银酒器的沈一不知道那就是丰乐楼和自家酒庐的，第二天清晨进城时怕被查问还将袋子中的银酒器"槌击蹴踏"得变了形，被妻子点醒后不得不花了几万铜钱重新将其团打成形。这则故事中的五通神形象是五位贵公子，与其他小说中的形象略有不同，行事也与其他小说中的描写迥异，不再是对每位奉祀者有求必应大撒钱帛，动辄翻脸钱财四散，而是对求财者的人品和道德水准更加看重，对贪痴者戏耍薄惩，俨然一副民间正神的形象。

四、商机预测神紫姑

紫姑神是民间崇祀颇为久远的神祇：

……古来相传云是人家妾，为大妇所嫉，每以秽事相次役。正月十五日感激而死，故世人以其日作其形，夜于厕间或猪栏边迎之，祝曰："子胥不在——是其婿名也；曹姑亦归——曹即其大妇也；小姑可出戏。"捉者觉重，便是神来，奠设酒果，亦觉貌辉辉有色，即跳躞不住。能占众事，卜未来蚕桑……[②]

按照刘敬叔的记载，紫姑原为人妾，被正室虐待而死，民间传说她死后化为神，主司厕所与蚕桑，能预知未来蚕桑丰歉。从南北朝开始的紫姑崇祀到唐朝时"不仅仍在大江两岸流传，而且又渐次普及于北方的黄河流域"[③]，此时紫姑预知未

① （宋）洪迈：《夷坚志补》卷第七《丰乐楼》，《夷坚志》第四册，中华书局，1981年10月1版，第1613页。

② （晋）刘敬叔《异苑》卷五《紫姑神》，转引自李剑国《唐前志怪小说集释》（修订本），上海：上海古籍出版社，2011年10月第1版，第532页。

③ 贾二强《唐宋民间信仰》，福州：福建人民出版社，2002年10月第1版，第133页。

来蚕桑丰歉的神通已经借由通行于民间的紫姑卜扩大到了科举、仕途、财富、吉凶等诸多方面。进入宋代后，民间迎请紫姑的习俗更为盛行。有宋一代，紫姑的形象与神通主要体现在两个方面，一是士文化影响下写诗作文、绘画书法、音乐围棋无所不能的文人雅士化的紫姑，二是拥有预测神通尤其预测赚钱商机的紫姑。下面先介绍一下前者。

文人雅士化的紫姑尤其擅长写诗词，巨型小说集《夷坚志》中就有很多关于紫姑作诗词的故事，《夷坚丁志》卷十八《紫姑蓝粥诗》记载：

> 临川谢氏，家城西，筑圃艺花，子侄聚学其中，暇日迎紫姑神，作歌诗杂文。友生江楠过焉，意后生伪为之而托以惑众，弗信也。一日再至，见执箕者皆童奴，而词语高妙，颇生信心。于是默祷求诗，箕徐动曰："德林素不见信，曷乎索诗？"漫赋绝句云：未豆应急用，屑榆岂充欲？嗜好肖赵张，苍皇救文叔。众不晓所谓，复祷求神，愿明以告我。又徐书云："第一句见《晋书·石崇传》，第二句见《唐书·阳城传》，第三句见《史记·仓公传》，第四句见《后汉·冯异传》。"检视之，皆粥事也。盖是时，官妓蓝氏者，家世卖粥，人以"蓝粥"呼之。楠前夕方宿其馆，神因以此戏之云。①

紫姑写的诗不仅句句用典，而且典故恰切地戏弄了此前对她不信如今又默祷求诗的士人江楠。《夷坚支乙》卷五《紫姑咏手》记载：

> 吉州人家邀紫姑，正作诗，适有美女子在其傍，因请咏手，即书曰：笑折夭桃力不禁，时攀杨柳弄春阴。管弦曲里传声慢，星月楼前敛拜深。绣幕偷回双舞袖，绿衣闲整小眉心。秋来几度挑罗袜，为忆相思放却针。②

这首咏美人手的诗虽然信笔而成，却颇为雅致。《夷坚支景》卷六《西安紫姑》记载：

> 吴兴周权选伯，乾道五年知衢州西安县，招郡士沈延年为馆生，邀至紫姑神，每谈未来事，未尝不验。尤善属文，清新敏捷，出人意表。周每

① （宋）洪迈《夷坚丁志》卷十八《紫姑蓝粥诗》，《夷坚志》第二册，北京：中华书局，1981 年 10 月 1 版，第 687 页。

② （宋）洪迈《夷坚支乙》卷五《紫姑咏手》，《夷坚志》第二册，北京：中华书局，1981 年 10 月 1 版，第 834 页。

余暇，必过而观之。尝闻窗外鹊噪甚急，周试扣曰：“鹊声颇喜，未审报何事。”即书一绝句，末联云：“窗前接接缘何事，万里看君上豹关。”……后三年，周从监左藏西库擢守婺，沈生偕往。……通判方棨宴客，就郡借妓，周适邀仙，因从容求赋一词往侑席。仙乞题，指屏内一捻红牡丹令咏之。又乞词名及韵，令作《瑞鹤仙》，用“捻”字为韵，意欲因险困之，亦不思而就。其语云：睹娇红细捻，是西子、当日留心千叶。西都竞栽接，赏园林台榭，何妨日涉。轻罗慢褶，费多少、阳和调燮。向晓来露浥，芳苞一点，醉红潮颊。双靥姚黄国艳，魏紫天香，倚风羞怯。云鬟试插，便引动、狂蜂蝶。况东君开宴，赏心乐事，莫惜献酬频迭。看相将红药，翻阶尚余侍妾。既成，不加点。……①

这个故事记录了紫姑咏鹊诗和咏红牡丹词，其中咏牡丹词不仅文思敏捷，而且清丽堪玩。《夷坚三志壬》卷五《邓氏紫姑诗》记载了紫姑咏衣领诗两首、咏裙带和咏桃诗各一首：

邓端若，少时传得召紫姑咒诀，而所致皆女仙，喜欢作诗。…尝为邓氏妇女赋衣领及裙带三绝句，凄婉可传焉。《衣领篇》云：小剪云罗雪色明，香煤随意作真行。新诗便是班昭戒，胜却闲书坐右铭。其二云：时样新裁段色衣，不将彩线缕花枝。殷勤只要诗仙句，绣出分明一段奇。《裙带诗》云：尺六腰围柳样轻，娉娉袅袅最倾城。罗裙新翦湘江水，缓步金莲袜底生。时庭前桃正华，或请赏咏，应声落笔云：武陵溪上旧时花，两岸晴红烂彩霞。试问刘郎缘底事，花开时节未还家。……②

四首诗均清丽婉约。除了《夷坚志》，其他两宋小说中也颇多紫姑做诗词的记载，周密《齐东野语》卷十六《降仙》篇就是其中颇具代表性的一篇，简直可称为紫姑诗词集锦，抄录如下：

降仙之事，人多疑为持箕者狡狯以愚旁观，或宿构诗文托为仙语，其实不然，不过能致鬼之能文者耳。余外家诸舅，喜为此戏，往往所降多名士，诗亦粗可读，至于书体文势，亦各近似其人。一日，元愬舅诸姬，戏

---

①（宋）洪迈《夷坚支景》卷六《西安紫姑》，《夷坚志》第二册，北京：中华书局，1981 年 10 月 1 版，第 928 页。

②（宋）洪迈《夷坚三志壬》卷五《邓氏紫姑诗》，《夷坚志》第四册，北京：中华书局，1981 年 10 月 1 版，第 1505 页。

以纨扇求诗，遂各题小词于上，仍寓姬之名于内，行草相间有可观者。

绍兴斜桥客邸有请紫姑者，命舻为题，诗云："寒岩雪压松枝折，斑斑剥尽青虬血。运斤巧匠斫削成，剑脊半开鱼尾裂。五湖仙子多奇致，欲驾神舟探仙穴。碧云不动晓山横，数声摇落江天月。"

湖学甲子岁科举后，士友有请仙问得失者，赋词云："凄凉天气，凄凉院宇，凄凉时候。孤鸿叫斜月，寒灯伴残漏。落尽梧桐秋影瘦，鉴古画眉难就。重阳又近也，对黄花依旧。"此人竟失举。

淳佑间，有降仙于杭泮者，或以鬼议之，大书一诗云："眼前青白谁知我，口里雌黄一任君。纵使挟山可超海，也须覆雨更番云。"或以功名为问，答曰："朝经暮史无间日，北履南鞭知几年。践履未能求实地，荣枯何必问青天。"报其相讥也。

又董无益尝记女仙三绝句云："柳条金懒不胜鸦，青粉墙边道韫家。燕子未来春寂寞，小窗和雨梦梨花。""松影侵坛琳观静，桃花流水石桥寒。东风吹过双蝴蝶，人倚危楼第几栏。""屈曲栏杆月半规，藕花香澹水漪漪。分明一夜文姬梦，只有青团扇子知。"亦可喜也。

友人姚天泽亦善此。时先君需清湘次，因至外塾观子弟捧箕。忽大书曰：诗赠周邦君，云："谢公楼上春光好，五马行春人未老。郁孤台上墨未干，手捧诏书入黄道。"先子为一笑，然莫知为何等语也。未几，易守临汀，首披郡志，则旧有谢公楼，所谓"谢公楼上好美酒，三百青铜买一斗"者，与前语适符。然郁孤台以后语，竟亦不验。

又宋庆之寓永嘉时，遇诏岁，乡士从之结课者颇众。适逢七夕，学徒醵饮，有僧法辨者在焉。辨善五星，每以八煞为说，时人号为辨八煞。酒边一士致仙扣试事，忽箕动，大书文章伯降，宋怪之，漫云："姑置此，且求一七夕新词如何？"复请韵，宋指辨云："以八煞为韵。"意欲困之也。忽运箕如飞，大书《鹊桥仙》一阕云："鸾舆初驾，牛车齐发，隐隐鹊桥咿轧。尤云殢雨正欢浓，但只怕来朝初八。霞垂彩幔，月明银烛，馥郁香喷金鸭。年年此际一相逢，未审是甚时结煞。"亦警敏可喜。

又闻李和父云："向尝于贵家观降仙，扣其姓名，不答。忽作薛稷体大书一诗云：'猩袍玉带落边尘，几见东风作好春。因过江南省宗庙，眼前谁是旧京人。'捧箕者皆悚然惊散，知为渊圣在天之灵。"……[①]

上文共录紫姑不同时间与场合所作诗词十篇，均警敏可喜。这些两宋小说中俯拾皆是的紫姑写诗作文、绘画书法故事传达出了一个明确的信息：紫姑信仰发

① （宋）周密《齐东野语》卷十六《降仙》，北京：中华书局，1983 年 11 月 1 版，第 299—301 页。

展到宋代，紫姑已经由原来的司厕与蚕桑之神一变为琴棋书画无所不能的“文艺”女神了。

上面的文献中屡次提到“迎紫姑”、“邀紫姑”、“召紫姑 ”、“请紫姑”和“降仙”，那么，问题来了，宋代民间是如何召唤紫姑使其下降人间的呢？朱彧《萍洲可谈》卷三《紫姑神》和张世南《游宦纪闻》卷三都描述了迎请紫姑下神扶乩的情景：

古传紫姑神，近世尤甚。宣和初禁之，乃绝。尝观其下神，用两手扶一筲箕，头插一箸，画灰盘作字，加笔于箸上，则能写纸，与人应答……①

世南少小时，尝见亲朋间，有请紫姑仙。以箸插筲箕，布灰桌上画之。有能作诗词者，初间必先书姓名，皆近世文人，如于湖、石湖、止斋者。亦有能作时赋、时论、记跋之类者，往往敏而工。②

除了通用的方法，当时召唤紫姑的仪式中，洪迈《夷坚三志壬》卷三《沈承务紫姑》中先是三言两语介绍了通行于世的召迎紫姑之法，接着简单提到了一种升级版的“以木手作黑字者”③，最后浓墨重彩地推出了沈承务独有的迎请紫姑大法：

……而衢人沈生之术，特为惊听。其法：从占者各自书心疏，仍自缄封，用印蜡亦可，沈漫不知。既至当门，焚褚镪而祷。沈居武雄营门，无厅事，只直头屋一间，逼街狭小，室仅容膝，供神九位，标曰侍御玉虚真人、太乙真人、南华真人之类。先焚疏毕，乃入室中，磨墨濡毫，展幅纸于案。来者又增拈白纸成卷而实缄之，多至四十幅。沈接置于砚旁而出，虽垂疏帘，不加糊饰，了然可睹。沈同客坐伺于外，少则闻放笔声，共入视，才有数字，只是报真人名称为何神。又坐食顷，复放笔，然后取其书，上有讫字皆满，墨迹未干，凡所谒，无不报。但每问弗许过三事，钱止三百五十文……④

①（宋）朱彧《萍洲可谈》卷三《紫姑神》，上海：上海古籍出版社，2007 年 3 月 1 版，第 2336—2337 页。

②（宋）張世南《游宦纪闻》《旧闻证误》合刊之《游宦纪闻》，北京：中华书局，1981 年 1 月 1 版，第 22 页。

③（宋）洪迈《夷坚三志壬》卷三《沈承务紫姑》，《夷坚志》第四册，北京：中华书局，1981 年 10 月 1 版，第 1486 页。

④（宋）洪迈《夷坚三志壬》卷三《沈承务紫姑》，《夷坚志》第四册，北京：中华书局，1981 年 10 月 1 版，第 1486—1487 页。

衢人沈生迎请紫姑的方法堪称神秘奇特。由于紫姑信仰的流行，宋代擅长邀请紫姑的人为数不少，仅名字被记载在《夷坚志》中的就有《夷坚支庚》卷二《新建信屠》中的栗七官人、同卷《蓬瀛真人》中的台州黄岩人、潼川路都监蒋师望邻居祝氏子等，他们和沈承务一样，都是降紫姑的佼佼者。

除了琴棋书画诸项神通加持的文艺女神形象，紫姑神身上自魏晋隋唐以来被赋予的预测神通在两宋时期并未消失，这使得她在宋代商贸保护神的崇祀中处于一种特殊的地位，因其预测神通能使商人们趋利避害。《夷坚甲志》卷十六《碧澜堂》中叙述说，南康建昌县的居民家中都供奉着紫姑神：

> 事紫姑神甚灵，每告以先事之利，或云下江茶贵可贩，或云某处乏米可载以往，必如其言获厚利。①

人们按照紫姑的预言进行商业贩运活动时，往往可以获得丰厚的利润，紫姑预测商机的神通在此展现无遗。很显然，宋代商人供奉紫姑的主要目的就是为了获利，紫姑信仰的动机就是商业利益。《夷坚丙志》卷十二《吴虎臣梦卜》篇中提到博闻强识、知名江西的士人吴虎臣“奉紫姑神甚谨，每言事多验”②。吴虎臣在家中虔敬地供奉紫姑神，这使他能够准确预测别人的前程如何、能否发财。

除了上面提到的吕仙翁、天妃、五通菩萨、紫姑神之外，两宋商人们奉祀的对象还包括一些名不见经转的各路神道。例如贩海的商人们除了奉祀天妃，他们求助的对象中还有源自佛教的神灵。台州临海县上亭保有座小寺名叫真如院，院东廊下“置轮藏，其神一躯”，因为平素以灵验著称，所以“海商去来，祈祷供施无虚日”③。这里虽然未提及海商们虔敬祈祷的目的，但显然是为了航海时避免遭遇大风、大雾、暴雨或暗礁，为了保障自身的生命与财产安全。《夷坚支甲》卷二《九龙庙》还记载了一位陶匠崇祀的龙神：

> 潼州白龙谷陶人梁氏，世世以陶冶为业，其家极丰腴，乃立十窑，皆烧瓦器，唯一窑所成最善，余九所每断火取器，率窊邪不正，及鬻于市，则人争售之。凡出尽然，固莫知其所以也。谷中故有祠曰白龙庙，盖因谷

---

①（宋）洪迈《夷坚甲志》卷十六《碧澜堂》，《夷坚志》第一册，北京：中华书局，1981 年 10 月 1 版，第 140 页。

②（宋）洪迈《夷坚丙志》卷十二《吴虎臣梦卜》，《夷坚志》第二册，北京：中华书局，1981 年 10 月 1 版，第 830 页。

③（宋）洪迈《夷坚支庚》卷五《真如院藏神》，《夷坚志》第三册，北京：中华书局，1981 年 10 月 1 版，第 1169 页。

得名，灵响寂寂，不为乡社所敬。梁梦龙翁化为人来见曰："吾有九子，今皆长立，未有攸处，分寄身于汝家窑下。前此陶甄时，往往致力，阴助于汝。"梁曰："九窑之建，初未尝得一好器物，常以为念，何助之云！"龙曰："汝一何不悟，器劣而获厚利，岂非吾儿所致耶？"梁方竦然起拜谢。龙曰："汝苟能与之创庙，异时又将大获福矣。"许之而觉。即日呼匠治材，立新祠于旧址，设老龙像正中坐，东西列九位以奉其子。迨毕工，居民远近和会，瞻礼欢悦。其后以亢阳祷祈雨，不择日而降。梁之生理益于昔云。①

陶氏九个窑坑烧制出的品相不好的陶器却在市场上热销，他梦中得知是因为老龙的九个儿子暗地里保佑，又从老龙那里得到为其九子建庙就会获得更大福报的承诺后，陶氏立刻在原白龙庙旧址上重建新祠，而后陶氏的生意果真获利更多了。这个故事形象的说明了民间商人奉祀神明的另一个重要原因是为了致富，即满足他们经济利益方面的诉求。

① （宋）洪迈《夷坚支甲》卷二《九龙庙》，《夷坚志》第二册，北京：中华书局，1981 年 10 月 1 版，第 725 页。

第三章　宋代商贸小说的故事类型与文化内涵

通观宋代小说文本，无论文言还是话本小说，涉及商业、贸易的故事不在少数。为研究方便，笔者将宋代小说划分为志怪传奇小说、杂事小说和话本小说三个部分进行了商贸故事的搜集工作，其中志怪传奇小说部分，以李剑国《宋代志怪传奇叙录》（2018 年增订本）涉及的传奇文与志怪传奇小说集为基本篇目和文本范围，以程毅中《古体小说钞（宋元卷）》、李剑国《宋代传奇集》（2018 年版）、洪迈《夷坚志》、刘斧《青琐高议》、李献民《云斋广录》、皇都风月主人《绿窗新话》、罗烨《新编醉翁谈录》等为文本依据；话本小说部分，以本书绪言中考订的四十篇宋代话本为基本篇目和文本范围，以程毅中辑注《宋元小说家话本集》、欧阳建和萧相恺编订《宋元话本小说集》、《清平山堂话本》、《熊龙峰刊小说四种》及三言二拍中的相关篇目为文本依据；杂事小说部分，以中华书局校点本《唐宋史料笔记丛刊》和上海古籍出版社校点本《宋元笔记小说大观》两部丛书中的宋代作品为基本文本，以大象出版社校点本《全宋笔记》（十编 102 册）为补充文本，共收集到宋代主要的商贸小说二百七十余篇，而这二百七十余篇商贸小说中，以发家传闻类故事、义商型故事和海外奇遇类故事数量居多，下面笔者就分别从类型特点、情节单元和文化内涵方面对这三类故事展开具体的分析与探讨。

第一节　发家传闻故事

一、“偶然事件——获财发家”的叙事结构

作为宋代商贸小说范围之内数量较多的一类，发家传闻故事指的是由某种偶然性或非人为因素导致的、发生在宋代商人身上的发家致富故事。具体而言，发家传闻故事必须同时具备三个条件：第一，发家原因应是偶然性或非人为的

因素。按照这一具体标准，由善于经营导致的发家致富故事，因为凸显的是经济行为本身而非传说或异闻，所以不属于本书所说的发家传闻故事，小说《侠妇人》（《夷坚乙志》卷一）、《许大郎》（《夷坚支戊》卷七）和《周麸面》（《夷坚三志己》卷七）没被收入下表就是这个原因；第二，发家者的身份必须是商人。其他身份发家者的故事因为不在商贸小说这个大范围之内，所以不属于本书所界定的发家传闻故事，洪迈《林氏富证》（《夷坚甲志》卷十二）、洪迈《程佛子》（《夷坚丙志》卷十一）和洪迈《灵山水精》（《夷坚支丁》卷七）未被收入下表依据的就是这一点；第三，所谓发家致富涵盖了三种情况：或成为富商巨贾；或借助纳粟捐官由富及贵、既富且贵；或成为富庶乃至小康的中产阶级。按照这一标准，那些描写在某次具体经营活动中发了财却没有改变家庭整体经济状况的故事，不被视为发家传闻故事，小说《华亭道人》（《夷坚志补》卷十二）和《碧澜堂》（《夷坚甲志》卷十六）就因为这个原因没被收入下表。综上，笔者在收集到的二百七十余篇两宋商贸小说中，严格按照上述标准，选出十二篇狭义的发家传闻故事并列表如下：

表一　　宋代商贸小说中的发家传闻故事一览表①

序号	发家者	发家原因	发家前后经济状况	具体出处
1	临安人某氏	追白鼠追到涌金门墙下，挖出五千两银子，取走了一半，因此成为富人。	发家前：夫妻行乞于市，三子拾杨梅核椎取其实以卖；发家后：成富家，买屋以居，开质库。	洪迈《夷坚乙志》卷十一《涌金门白鼠》
2	吴中人某甲	心生善念，决定不再卖鳝杀生，将鳝放归江中；按照梦中人指引的地点，在某路二十里间“草蔓邃密”处寻得旧开元通宝钱二万，负之还家。	发家前：以鬻鳝为业，每天赚三百铜钱；发家后：生活小康	洪迈《夷坚丁志》卷十六《吴民放鳝》
3	平江人姜八郎	姜后妻一日采摘野菜时追逐白兔到一山上，兔入一石穴中，姜后妻探穴得一异石，持归告姜，姜识为银矿，知其穴为银坑，遂以坑冶致大富。	发家前：无钱还债，假休妻，只身出逃异乡；发家后：大富，携信州妻与其姑归平江，迎回故妻，两倍偿还欠款。	施德操《北窗炙輠录》卷下《姜八郎》

① 因为本表所收发家传闻故事的发家原因限定为某种偶然性或非人为因素，所以采用不正当手段发家致富的故事，如《夷坚支癸》卷三《张显祖治狱》中张显祖用所受贿赂为经商本钱发家、《夷坚志补》卷六《周翁父子》中周翁杀死外地客商占其财物、《夷坚志补》卷六《王兰玉童》中店主占有病死商人王兰之财而成巨富之类，均未列入本表。

续表

序号	发家者	发家原因	发家前后经济状况	具体出处
4	汴京人张某	京师卖水果小贩阚喜与妻汤氏从小鬼处得“金数十颗，银十余铤”，藏入瓜篮抬归，途中因太重暂寄张家茶肆，雇人抬到家后才发觉金银已被张氏掉包。小鬼告知汤氏金银系借他们之手送与张氏之财，阚夫妇又得到张氏养老承诺，故未报官。张氏得此金银后大富。	发家前：一小茶肆主人；发家后：富有，徙居城北，被称为米张家。	洪迈《夷坚乙志》卷十一《米张家》
5	静江府林一郎	林无限期赊酒给一道人，六天后道人告知其家五里头某处田地乃风水极佳之地，若用以葬已死之亲，会速致富贵。林依言而行，三年后发大财。	发家前：小酒肆老板；发家后：成为富豪，儿子也“纳粟补官”。	无名氏《湖海新闻夷坚续志》后集卷一《卖酒遇仙》
6	舒州宿松县吴十郎	吴十郎夜梦独脚五通告知“汝能谨事我，凡钱物百须，皆可如意”，次日修缮屋侧毁弃之五通庙。两月后家中“缗钱充塞，逐日以多”，遂建豪宅，搬入后又得“钱龙两条”，用之买田置地，十年不到跻身富豪之列。	发家前：先织草鞋，后卖油。 发家后：“资业顿起，殆且巨万”。	洪迈《夷坚支癸》卷三《独脚五通》
7	缙云人潘君	潘君进城做买卖，天将黑时避雨，睡卧道旁倡家屋檐下。倡女“夜梦黑龙绕门左”，晨起见潘，视为应梦之人，倾家财赀济，潘以之为本钱经商，获巨利。	发家前：贫穷的小商贩；发家后：积财逾数十百万，娶倡女为妻，生子擢进士第，官至郡守。	洪迈《夷坚甲志》卷十一《潘君龙异》
8	邢州人张翁	张偶然救起一遭杖杀又苏醒之死囚，与妻秘密照顾两月，待其伤愈能行走时给足路费，趁天未晓悄送出城。十年后，复活死囚以布五千匹报张夫妇再生之恩，张氏因此致富。	发家前：开茶肆，以接小商布货为业； 发家后：赀至十千万，被邢州人称为布张家。	洪迈《夷坚乙志》卷七《布张家》
9	临安观桥下小民王良佐	王少年时因斗殴伤人被押入仁和县监狱，恰和一重囚同牢，该囚自思必死，将自己埋于宝叔塔下之金银送给王，嘱其为自己收尸、下葬并广作佛事、遇忌日饭僧诵经。王出狱后依嘱而行，在塔下挖出价值万缗之财宝，因此致富。	发家前：初为负担贩油的小贩，后家道小康，开油肆。发家后：独自出钱重修宝叔塔，后又“买给使减年恩补官”，其豪富可见一斑。	洪迈《夷坚支癸》卷三《宝叔塔影》

续表

序号	发家者	发家原因	发家前后经济状况	具体出处
10	青城山下饼店老板某	饼店开张第一日，神仙吕洞宾扮成一道人，醉酒袒卧饼店门左，又用扫帚蘸水刷洗门侧木凳两个时辰，后躺卧其上，往来者厌其形象而过店不入。洞宾走后，“吕先生来”四字深透凳木，观者拥堵，此后该店之饼大卖。	发家前：不详 发家后：开设有一家生意极好的饼店。	洪迈《夷坚丙志》卷四《饼店道人》
11	江陵傅氏	吕洞宾扮成一方巾布袍客，数日间屡至傅氏纸肆，傅或留饮，或与饭，半年后，吕治好傅目昏之症，欲携其去襄阳，遭傅婉拒后写“利市和合”四字嘱其“贴于铺壁”，傅依其言，从此“生意日丰”。	发家前：家贫，以鬻纸为业。 发家后：仍然买纸，但“生意日丰”。	洪迈《夷坚志补》卷十二《傅道人》
12	汴京市民张胜	张胜原来做主管的绒线铺老板张士廉之妻小夫人爱上张胜，送给他五十两银子和一串宝珠，张胜用这笔银子做本钱开了家绒线铺。	发家前：能维持温饱的绒线铺主管；发家后：自开绒线铺，生活小康，被称为小张员外。	宋话本《志诚张主管》①

通观上表中十二个发家传闻故事，其基本叙事模式可以归纳为“偶然事件或非经济行为——获财发家”，这一叙事模式具体体现为下面三个主要情节单元：其一，发家商人发家之前生活穷困或勉强维持温饱。这里的生活穷困除了一般意义的穷困，也可以指靠借债糊口和做乞丐度日。能勉强维持温饱的则是小商铺主人和行走街市的小贩。整个故事的叙事就是以这一情节单元为背景向前推进的；其二，发家商人因某一偶然事件或某种非经济行为得财。上表十二个故事中，因偶然事件得财和因非经济行为得财的各占六个，可见这两种得财方式不仅是此类故事叙事的首选，更是把故事叙述推向高潮的核心情节单元；其三，发家商人发家之后致富或者既富且贵。这一情节单元一般是故事的结局，它的出现使故事具有了讲述的意义。

二、报应、命定观念与求富心态

由上文分析可知，发家传闻故事中最核心的情节单元是因偶然因素和非经

① 宋话本《白娘子永镇雷峰塔》（载《警世通言》卷二十八）中的一段情节与本篇类似，叙述的是身为生药铺主管的许宣得到妻子白娘子的资助，在镇江开了家药铺，一度买卖兴盛，家道小康。只是后来许宣离开镇江回到家乡临安，最后出家为僧。因为这一结局，笔者没有把这篇小说列入发家传闻类故事。

济行为得财，那么，这些使发家者获财的因素具体包括什么呢？请看下面笔者就表一所列故事进行的分析。

1. 因掘藏得财

从《涌金门白鼠》（序号 1）、《吴民放鳝》（序号 2）与《姜八郎》（序号 3）的叙事看，其中发家者获财的原因就是掘藏①。根据刘勇强先生《掘藏：从民俗到小说》一文的观点，中国古人一直有着掘藏致富的梦想，《搜神记》中已有掘藏行为的记载②，两宋之际掘藏渐成风俗。掘藏在人们观念中的道德化、神秘化正好与小说讲劝惩、重奇幻的传统相吻合，于是掘藏成了古代小说中一个常见的情节类型③。具体到发家传闻故事中的《涌金门白鼠》《吴民放鳝》和《姜八郎》三篇，《涌金门白鼠》和《姜八郎》两篇更为相似，它们有一个共同的情节单元：发家者之妻因为追逐白鼠或白兔而至藏银之处或银坑所在，结果掘出大笔银子或找到了银矿。这里的白鼠和白兔可视为金银自身的显灵。金银显灵的表现形式一般有两种，其一是化形为人，因为就外部形态而言，白色是银子的颜色，所以银子所化之人均以白为特征或身穿白衣。《夷坚甲志》卷十二《林氏富证》中的几十枚“银孩儿”化形为几十个白衣小儿、《夷坚支甲》卷三《姜彦荣》中的一个银锭化形为一位须发如雪、眉毛花白的老人、《夷坚支庚》卷九《景德镇妇人》中的二十七铤银化为二十七位身穿白衣的白皙妇人都是这样的例子；其二是化形为白蛇、白鼠、白兔之类动物，即洪迈所说的“白金之精，荡于异物”④，这种化形与金银大多埋藏于地下或隐藏在草丛中有关⑤。《夷坚乙志》卷十八《太学白金》中百余笏银就化作了从竹间一条长一丈多的白蛇，《涌金门白鼠》和《姜八郎》两篇中的白银分别化作了白鼠和白兔。所谓的金银显灵就实质而言，就是李剑国先生所说的基于“物老为怪”观念的银精之化形。早在魏晋时期，曹丕《列异传》、郭璞《玄中记》、干宝《搜神记》等小说集中就有了金精、银精化形的记载；《玄中记》中明确指出“铜精为僮奴，铅精为老妇”⑥；《搜神记》卷十八《张奋宅》叙述深夜三更出现在张奋旧宅中的黄衣、白衣、青

① 按，《林氏富证》（《夷坚甲志》卷十二）也属于典型的掘藏故事，只是因为发家者林茂先的身份是官员而不是商人，故未列入商贸小说的发家传闻类故事中。

② （晋）干宝《搜神记》卷十八《张奋宅》，《搜神记》，中华书局，1979 年 9 月 1 版，第 215—216 页。

③ 具体论述请参见刘勇强《掘藏：从民俗到小说》一文，载《文学遗产》1997 年第 6 期。

④ 洪迈《夷坚乙志》卷十八《太学白金》，《夷坚志》第二册，北京：中华书局，1981 年 10 月 1 版，第 336 页。

⑤ 关于金银显灵问题，刘勇强在《掘藏：从民俗到小说》一文（载《文学遗产》1997 年第 6 期）中有精到的论述，请参看。笔者此处即借鉴了刘先生的观点。

⑥ 关于金精、银精的化形，李剑国在《唐前志怪小说史》（修订本）一书（天津：天津教育出版社，2005 年 1 月 1 版）第 243 页、第 252—255 页、第 273 页均有精辟论述，请参看。笔者此处即引用了李剑国先生的观点。

衣者就是金精、银精、铅精所化[①]。《吴民放鳝》与《涌金门白鼠》、《姜八郎》两篇的不同之处在于，同为举手之劳获得大笔钱财，《吴民放鳝》中指示铜钱藏匿之处的是细民某甲的梦境，其梦中数十人的明确指示成了铜钱发现的线索与契机。某甲之所以有这样的好运气，是因为以鬻鳝为业的他，一晚梦鳝做人声哀鸣后，顿悟卖鳝求利“本非善图”，于是“默发愿改业”，第二天就从同行处买来鳝鱼放归江中。某甲不再杀生的善举获得了善报，被放生的数十条鳝鱼化为人托梦给他，指示了埋藏铜钱的具体地点。由此看来，《吴民放鳝》中的鳝鱼托梦不仅是某甲发家的契机，更体现了宋人善有善报的观念，凸显了小说的道德劝惩功能。《姜八郎》的作者洪迈把姜八郎发现银矿的原因归结为“天以是报善人”，归结为姜前妻因怜悯婆婆年老，誓不再嫁的高尚节操和姜本人欠债出逃之际立誓将来加倍偿还欠款的善念。很显然，《姜八郎》和《吴民放鳝》故事一样，凸显的也是善有善报的报应观念。

2. 因仙鬼帮助得财

具体来讲，就是因为仙人、奉祀之神鬼的帮助而得财。《米张家》（序号 4）、《卖酒遇仙》（序号 5）、《独脚五通》（序号 6）、《饼店道人》（序号 10）和《傅道人》（序号 11）五篇即属于此类。《饼店道人》和《傅道人》两篇中帮助店主发家的神仙都是吕洞宾。《饼店道人》中，吕洞宾在青城山下一家新开业的饼店门口的木凳上，用墨写了“吕先生来”四个大字，有好事者“取刀削之，愈削愈明，深透木底，上下若一”[②]，这一奇事一时间引得观者如堵，这家饼店因此名声雀起，凭借神仙吕洞宾光顾的传闻而大火；《傅道人》中，吕洞宾写了“利市和合”四字给江陵纸铺老板傅某，告诉他贴在纸铺墙上就会获息百倍，傅某遵嘱而行，自此果然“生意日丰”，后来竟脱贫致小康。《饼店道人》中导致饼店买卖兴隆的是吕仙光顾的轰动效应之后百姓的跟风行为，《傅道人》中纸铺的发财之因则是吕仙所书的“利市和合”四字，相较而言，充满神奇魔力的“利市和合”四个字使《傅道人》故事更具神奇色彩。

吕洞宾是在宋代民间广受崇祀的一位神仙。张齐贤《洛阳缙绅旧闻记》卷三《田太尉候神仙夜降》中有“时人皆知吕洞宾为神仙”之语，可见最迟在宋代初年，吕洞宾信仰已经流行于民间；罗烨《醉翁谈录》丙集卷二《柳屯田耆卿》篇中，柳耆卿之友张生迷恋金陵妓女宝宝，宝宝却属意一豪家子弟，为提醒张生，柳耆卿给他讲了一个吕洞宾肚中藏有何仙姑、何仙姑肚中又藏有曹国

① （晋）干宝《搜神记》卷十八《张奋宅》，《搜神记》，中华书局，1979 年 9 月 1 版，第 215—216 页。

② （宋）洪迈《夷坚丙志》卷四《饼店道人》，《夷坚志》第一册，北京：中华书局，1981 年 10 月 1 版，第 391 页。

舅的故事①，这一情节从一个侧面说明了吕洞宾信仰在整个两宋时期的流行及宋人对这位神仙的耳熟能详。在宋代的民间视野中，吕洞宾的形象总是与卖墨联系在一起，“世传吕公得道之士，唐僖宗时进士。能做诗，传者仅百首，往往卖墨世间”②；金陵府鲍府史梦见一个道人，“青巾白袍皂绦，抱墨桶置其庭阶，如世所谓吕先生”③。《卖酒遇仙》中那位不知姓名的神仙给林一郎挑了一块地，让他马上将已死亲人葬入这块风水宝地，因为这样很快就能获得富贵。林一郎依其指点而行，三年之后果真从一位酒肆老板变成了有个官员儿子的既富且贵的大富豪。

帮助《独脚五通》中吴十郎发家的是五通神。五通神又叫木客、木下三郎、五通、独脚五通，属于民间淫祀之神。这位亦正亦邪的民间神有两大特点，首先是“能使人乍富，…若微忤其意，则又移夺而之他”④；其次是“尤喜淫，或为士大夫美男子，或随人心所喜慕而化形，或只见本形”⑤。因为吴十郎修葺了他的庙宇，五通神便使吴家充满了一千文一串的铜钱而且一天天增多。吴十郎用这些钱营建了华屋，刚搬进这座豪宅的那个晚上，又在正厅发现两条满腹皆金的钱龙，吴十郎用这些金子广置田地，遂成巨富。

五通神之所以能使商人在短时间内暴富，主要原因是他有直接将金银财帛搬运到奉祀者家中的神通。《夷坚支志》甲卷一《五郎君》中提到了这位化形为少年的五通神，他霸占了市人刘庠漂亮的妻子郑氏后，刘庠回到家：

> 入房，见金帛钱绮盈室，问所从得。郑曰：“数月以来，每至更深，必有一少年来，自称五郎君，与我寝处，诸物皆其所贶。不敢隐也。”……庠惧，徙于外馆，一听所为，且铸金为其像，晨夕瞻事。⑥

曾经家徒四壁的刘庠看到的满屋金帛钱绮，按照其妻郑氏所说，都是拜五通神

---

①（宋）罗烨《新编醉翁谈录》丙集卷二《柳屯田耆卿》，《新编醉翁谈录》，上海：上海古典文学出版社，1957年4月1版，第30—32页。

②（宋）张邦基《墨庄漫录》卷二，《墨庄漫录》《过庭录》《可书》合刊，北京：中华书局，2002年8月1版，第76页。

③（宋）洪迈《夷坚支庚》卷九《鲍同及第》，《夷坚志》第三册，北京：中华书局，1981年10月1版，第1203页。

④（宋）洪迈《夷坚丁志》卷十九《江南木客》，《夷坚志》第二册，北京：中华书局，1981年10月1版，第695页。

⑤（宋）洪迈《夷坚丁志》卷十九《江南木客》，《夷坚志》第二册，北京：中华书局，1981年10月1版，第695页。

⑥（宋）洪迈《夷坚支甲》卷一《五郎君》，《夷坚志》第二册，北京：中华书局，1981年10月1版，第717页。

所赐。发家致富的诱惑加上恐惧，刘庠开始用金子铸了座五通神像，“晨夕瞻事”。相对于刘庠的祭祀方式，《独脚五通》中的吴十郎对五通神的敬祀方式似乎更加隆重：

吴创神祠于家，值时节及月朔日，必盛具奠祭，杀双羊、双猪、双犬并毛血粪秽悉陈列于前。以三更行礼，不设灯烛。率家人拜祷讫，不论男女长幼，皆裸身暗坐，错陈无别，逾时而退。常夕不闭门，恐神人往来妨碍。妇女率有感接，或产鬼胎①。

吴十郎长子所娶官员之女不肯随众人一起敬祀五通神，不久即遭报复，她和她父母相继而亡，积累的钱财“飞走四出，数里之内，咸有所获”②，吴氏敬虔谢罪，五通神的报复才停止。

《米张家》中汴京茶肆主人张某的得财发家，是没有任何原因的、百分之百的命中注定。京师小贩阚喜与妻子汤氏中午卖瓜时，从高树上的小鬼处得到“金数十颗，银十余铤”，藏进瓜篮抬归途中：

仅能行百步，重不能胜，暂寄于张家茶肆中，出募有力者挈取。张氏讶其苍黄如许，发蔀见物，悉以瓦砾易之。喜夫妇不复阅视，及家始觉。③

因藏有金银的瓜篮太重将其暂时寄放在张家茶肆，却被张氏调了包，阚喜夫妇发现时瓜篮已被抬到了自己家中，妻子汤氏只得又到东水门外汴堤柳林下去呼唤小鬼，听到他答应之后，汤氏马上命令道：

“再以昨日之物来。”曰：“亡矣。”问：“何故？”曰：“已烦卖瓜人送与张氏竟。”喜将讼于官，妻曰：“鬼神不我与，虽诉何益？不若谋诸张氏。”张曰：“物已归我，又无证验。安得取？且尔夫妇皆老而无子，多赀亦奚为？幸馆于吾门，随所用钱相给。毕此一世，可也。”喜乃止。张氏由此益富，徙居城北，俗呼为米张家云④。

---

①（宋）洪迈《夷坚支癸》卷三《独脚五通》，《夷坚志》第三册，北京：中华书局，1981 年 10 月 1 版，第 1238 页。

②（宋）洪迈《夷坚支癸》卷三《独脚五通》，《夷坚志》第三册，北京：中华书局，1981 年 10 月 1 版，第 1238 页。

③（宋）洪迈《夷坚乙志》卷十一《米张家》，《夷坚志》第一册，北京：中华书局，1981 年 10 月 1 版，第 276 页。

④（宋）洪迈《夷坚乙志》卷十一《米张家》，《夷坚志》第一册，北京：中华书局，1981 年 10 月 1 版，第 276 页。

小鬼“已烦卖瓜人送与张氏”的解释和阚喜之妻“鬼神不我与”的认命说明，无论是神仙吕洞宾、五通神还是小鬼，他们给人带来钱财之举绝非人力所能介入和干预，因为谁能获得意外之财是命定的，得财的数量和时间也是冥冥之中预设的，所以发家传闻故事中因仙人、奉祀之神鬼的帮助而得财的情节单元反映的是宋人意识中极具神秘色彩的定数观念。

3. 因救人、助人善举得财

即得财乃发家者救人、助人之报，《布张家》（序号 8）和《宝叔塔影》（序号 9）两篇故事属于此类。《布张家》中的邢州布帛牙侩张翁，因一念之善，救起了一位被杖杀后复活的死囚，与妻子秘密照顾两个月，等此人伤好能走路时给足路费，于天未晓时将其送出城，甚至连家乡、姓名都没有问。从未希望得到报答的张翁十年后从死囚那里得到了五千匹布的报偿，由此发家并成了邢州巨富。感激张翁再生之恩的死囚强调自己是张翁十年前床上所养之人，他“专以此布来偿翁媪恩”[①]的表白凸显的是宋人意识中善有善报的观念；《宝叔塔影》中的临安小贩王良佐，年轻时因斗殴伤人被押在狱，因为允诺同监杀人重犯待其伏法后“为收拾骸骨，瘗之高原。仍广作佛事，以资超脱。遇忌日时节，宜饭僧诵经，分明回向”而得到了他埋于宝叔塔下、价值万缗的财物成为巨富。显然，《宝叔塔影》故事叙述的发家原因强调的也是善有善报的报应观念。

4. 因被认定为应梦之人得财

因为被认定为应梦之人而获得经商本钱的资助，《潘君龙异》（序号 7）属于此类故事。这篇小说中的缙云妓女之所以倾家资帮助小商贩潘某，是因为她夜里梦见黑龙盘绕在家门左边，早晨起来正看到潘某躺在屋檐下，由此认定潘某是那条应梦之龙，于是千方百计予以厚待，提供资财任其支配，潘某用这些资金经商而致富。应当指出的是，这类发家故事和因仙人、奉祀之神鬼的帮助而得财的故事一样，借着古人对梦中之言和梦中之事的相信揭示的是宋人意识中“万物皆有定数”的观念。

总而言之，得财传闻中的偶然因素与非经济行为反映的是宋人急于发家的求富心态和对定数、报应观念的笃信。宋代小说中还有一些因经济行为本身而致富的商贸故事，如《夷坚乙志》卷一《侠妇人》中董国度身陷金人统治区后，他娶的小妾见他贫穷，就以谋生为己任，“买磨驴七八头，麦数十斛。每得面，自骑入市鬻之，至晚负钱以归。率数日一出”[②]，辛勤劳作三年后，董国度家成

---

①（宋）洪迈《夷坚乙志》卷七《布张家》，《夷坚志》第一册，北京：中华书局，1981 年 10 月 1 版，第 243 页。

②（宋）洪迈《夷坚乙志》卷一《侠妇人》，《夷坚志》第一册，北京：中华书局，1981 年 10 月 1 版，第 190 页。

了有田宅的小康之家；《夷坚支戊》卷七《许大郎》中的京师人许大郎家世代卖面却仅能自给，许大郎留意经营，凭着聪明才智和勤劳，许家增加了三处磨坊，买了三四十头驴，许大郎到外县买麦子，贪多务得，几乎很少休息。十几年后“家道日以昌盛，骎骎致富矣”[①]；《夷坚三志己》卷七《周麸面》故事中以卖麸面为业的平江城北小民周某，也是一位善于经营的商贩，他买了低湿的湖泽之地改造成良田，这一做法省去了不少购卖土地的本钱，周某由此致富。和上面提及的这些商贩相比，寓居临安开质库和金珠铺的大商人裴某更胜一筹，据赵与时《宾退录》卷九《裴老智数》记载：

> 《夷坚戊志》载《裴老智数》谓：“绍兴十年七月，临安大火，延烧城内外室屋数万区。裴方寓居，有质库及金珠肆在通衢，皆不顾，遽命纪纲仆分往江下及徐村，而身出北关，遇竹木砖瓦芦苇椽桷之属，无论多寡大小，尽平价买之。明日有旨：竹木材料免征税抽解。城中人作屋者皆取之，裴获利数倍，过于所焚”[②]。

与发家传闻故事强调非经济行为的发家过程不同，以上这些商贸小说中叙述的发家原因是商人的经济行为本身，即商人凭借出色的经营才干和辛勤的劳作而致富。毋庸置疑，这类故事在现实生活中更普遍、也更真实，这类故事在小说中却比发家传闻故事少得多，究其原因主要有两个，其一是因为发家传闻故事独有的道德化与神秘化色彩正好与古代小说讲劝惩、重奇幻的传统相吻合，发家传闻母题成为小说中的宠儿也就不足为奇了；二是伴随着商品经济的快速发展，发家致富已成为两宋时期人们一种普遍的、迫切的渴求，只是因为多数人存在着避开出色的经营才干和辛苦劳作追求偶然性发家的心态，因为偶然事件和非人为因素带来的发家致富恰恰与人们集体无意识中不劳而获的求富幻想相契合，这种情况下，那些仅凭举手之劳便致巨富的五花八门的发家奇闻便成了社会大众津津乐道的话题得以广泛传播[③]，自然也更容易被热衷于“搜奇记异”的小说作者记录下来。

---

① （宋）洪迈《夷坚支戊》卷七《许大郎》，《夷坚志》第三册，北京：中华书局，1981 年 10 月 1 版，第 1110 页。

② （宋）赵与时《宾退录》卷九《裴老智数》，《宋元笔记小说大观》第四册，上海：上海古籍出版社，2007 年 3 月 1 版，第 4228 页。按，今本《夷坚志》中无此故事，应为佚文。

③ 关于宋人发家传闻背后的社会心态，张祝平《夷坚志论稿》一书（中国文史出版社 2002 年 10 月版）第 167—170 页有精辟的论述，请参看。笔者此处对张先生的观点有所借鉴。

第二节　义商故事

一、“义举——获福报（赞誉）”的叙事模式

和发家传闻故事一样，义商故事也是宋代商贸小说中较典型的一类，“义商”的“义”，既可以指商人恪守商业道德的高义，也可以指一直被主流社会视为“转徙不常，又无义”①的商人符合儒家“仁义礼智信”的个人品质，根据这一释义，笔者下面分析的义商故事也包括两种，一是商人经商活动中重义轻利的故事，二是商人个人生活中颇富仁义的故事。在收集到的二百七十余篇商贸小说中，笔者严格按照上述界定，选出了十三篇义商故事并将其分列如下：

表二　　宋代商贸小说中的义商故事一览表

序号	义商	义举	商业道德或个人品质	具体出处
1	建昌南城人陈策	买一不可被鞍之骡，不忍转卖他人，其子将骡转卖给一位路过的官员，陈说明真相将骡子追回；不卖因岁月而“丝力糜脆不任用”的罗绮。	不卖劣质商品和过期商品。	洪迈《容斋随笔》卷七《洛中盱江八贤》
2	建昌南城人曾叔卿	叔卿收买陶器要贩运到北方，因北方发生灾荒计划搁浅。某人欲买他的陶器贩卖到北方，叔卿告知实情，陶器没有卖出。而此时的叔卿很贫穷，“妻子饥寒不恤”。	诚信，不愿将损失转嫁给别人。	洪迈《容斋随笔》卷七《洛中盱江八贤》
3	望江陈国瑞、张翁	陈国瑞为母选下葬坟地，术士王生帮他选中近村张翁的一块地，陈子怕张知道真实用途后漫天要价，派手下以烧炭为名用三万铜钱的低价成交。次年，陈国瑞得知实情后，坚执以葬地价三十万钱付张翁，张拒收。	陈国瑞诚实、不欺诈；张翁信守原约。	岳珂《桯史》卷二《望江二翁》
4	钱塘陶四翁	四翁开染肆，资金尚薄，以四百万钱买紫草，却误买不能用之伪草，驵侩主动提出帮他转卖给小染坊，四翁当其面将伪草“一爇而尽”。	承担买假货之经济损失，不将损失转嫁他人。	施德操《北窗炙輠录》卷上《陶四翁》

①（宋）洪迈《夷坚志补》卷三《曾鲁公》，《夷坚志》第四册，北京：中华书局，1981年10月1版，第1566页。

续表

序号	义商	义举	商业道德或个人品质	具体出处
5	侯官县杨文昌	杨以造扇为业，所售扇子价格固定，“虽村人及过往收市，未尝妄有增加。”	为人朴直安分，经商讲诚信，不哄抬价格。	洪迈《夷坚支癸》卷四《画眉山土地》
6	鄂州南草市李二婆	李二婆以鬻盐自给，每日卖盐时，买一斤者则称给十八两。	讲诚信，给足甚至多给分量。	洪迈《夷坚志补》卷二十五《李二婆》
7	京师樊楼旁一小茶肆老板	李某落下的金子被茶肆主人拾到，三四年后李某再到此茶肆时，偶尔提及此事，茶肆主人核对后将存在棚楼上的失物交给李某，却拒绝了他的酬谢和宴请。	专设一棚楼存放客人遗失之物，坚持不懈地拾金不昧。	王明清《摭青杂说·茶肆主人》
8	信州弋阳县大郴村韩洙	韩在荆山开酒肆及客邸，有琼州黎秀才赴临安省试，途中租住韩洙客店，临行遗落了盛有金银的钱袋，韩洙归还钱袋给黎并拒收酬谢。	韩洙拾金不昧，被誉为有“仁人之心”。	洪迈《夷坚丁志》卷七《荆山客邸》
9	泰州项四郎	贩盐途中，在船上救起一落水之官家女子，其妻反对娶该女为儿媳，主张将她卖为妓妾，项不仅坚决反对，还应该女之要求，将她嫁给了丧妻的金县尉。	高义贤者，不贪财色，存心忠厚，救人急难且助人到底。	王明清《摭青杂说·项四郎》
10	鄂州咸宁冯京之父	冯京父壮年无子，到京师买一妾，已付钱立券，问妾来历，才知其父为现任官员，因“纲运欠折”被迫卖女赔偿。冯京父心生恻然，未索卖身钱即遣女归父家。	救人急难。	《鹤林玉露》乙编卷四《冯三元》
11	汴京卖勃荷者	卖勃荷者口渴向史某讨水喝，史“以尊酒劳之”。后京师被金人围困，史在城上缘索而下，幸遇城外卖勃荷者相助，逃出金人包围圈，幸免于难。	知恩图报、施恩报德、宽厚仁爱。	施德操《北窗炙輠录》卷下《卖勃荷》
12	汴京张生	张生在汴京界身巷开银肆，有一乞丐凌晨必来乞讨，张出于怜悯之心，每天施舍给其五枚铜钱，如此十余年之久。	有恻隐之心，周济乞丐。	上官融《友会谈丛》卷中《天禧丐者》
13	汴京吴员外	京师大珠宝商吴员外常行闾巷 “周济贫乏者”，为避免为人所见，常带一仆夜出，将装有金子与钱钞之袋偷放于欲周济之家。	济穷不令人知，不图回报，以积阴德。	叶绍翁《四朝闻见录》丙集《慈明》

通观上表所列十三篇小说，义商故事的基本叙事模式可归结为“商人义举——因之获福报或赞誉”。从文本呈现看，此类故事又可分为讲述商人经营活动的A亚型和讲述商人社会生活的B亚型。上表中序号1到序号6的六篇故事属于A亚型，主要包括以下三个情节单元：其一，交易发生时，商品质量或成交价格出了问题。这一情节单元是故事得以发生的背景，整个故事就是在这个叙述语境上展开的；其二，商人自己承担了损失或主动补偿了差价。这一情节单元的出现把故事推向高潮，是全篇叙事的核心与关键；其三，商人因义举获福报或受赞誉。这一颇具劝惩意味的情节单元使故事具有了讲述的意义。上表中序号7到序号13的故事属于B亚型，其情节单元可总结为下面的三个：一是某人陷入困境，可以是生活贫困、丢失钱物、被迫卖身为妾、面临生命危险等。这一情节单元构成了故事的叙述语境与背景，整个故事就是在此背景下发生、发展的；二是商人义举解困，或施舍周济，或归还失物，或为妾赎身、助女嫁人，或救人性命。这是整个故事的叙事核心，它的出现意味着故事进入了高潮；三是商人因义举获福报或赞誉，这一情节单元与A亚型故事相同，叙事意义也一样。需要指出的是，A亚型的《画眉山土地》和《李二婆》两个故事中，第一个情节单元被置换成了定价平易不随行涨价和卖一斤多给二两，这一置换凸显了商人在经营活动中展现出的良好商业道德与商业信誉。

二、典型义商形象的呈现

受传统文化中重义轻利价值观及重农抑商政治传统的影响，在以商贾为叙写中心的小说中，多数商人的形象被贴上“唯利是图”的道德标签，商人重利轻别离成了社会大众的一种刻板印象。唐人薛渔思《河东记》中的《板桥三娘子》叙写板桥一旅店老板三娘子为牟利，竟使用妖术将住店客人变成驴供其使唤。三娘子的妖术可视为商人为牟利不择手段的典型，三娘子本人也堪称奸商恶贾的代表。除了奸商趋利，唐代商贸小说中也不乏凸显商人义举的作品，如《河东记》之《龚播》中以贩卖蔬菜水果为业的龚播，因在一个风雨之夕救人急难的义举，意外地得到一个金人，而后成为“三蜀大贾”；牛肃《纪闻》中《吴保安》写吴保安为赎友而经商，堪称义士经商的代表。只是略显遗憾的是，义商故事在唐传奇中并不多见。到了宋代，伴随着商贸小说的增多，颂扬市井商贾“重利轻义”之高风厚德的义商故事明显增加。在上表十三篇小说所涉及的商人中，项四郎、茶肆主人和冯京之父均堪称义商之典范。项四郎（序号9）乃泰州盐商，救起落水的徐氏女后，面对妻子卖之为妓、妾的劝说，他明确表示：

> 彼一家遭难，独彼留得余生。今我既不留为子妇，宁陪些少结束，嫁一本分人，岂可更教他作倡女婢妾，一生无出伦耶？①

对于一个以逐利为天职的商人来说，这几句平淡之语可谓掷地千金，而平淡话语所表露出的厚道、仁义更是难能可贵。项四郎收养了徐氏女且视为己出，因为一心要为徐氏女找一个好归宿，所以煞费苦心地为其挑选女婿。项四郎之所以不同意金县尉的求婚，只是因为徐氏女嫁过去是做妾，怕她受委屈。对这样一位厚道仁义、重义轻利的商人，小说作者借徐氏女之兄徐将仕之口赞扬他“彼商贾乃高见如此，士大夫色重礼轻，有不如也”，最后又让徐氏女“画项像为生祠，终身奉事”，如此高的评价和高的待遇要凸显的是项四郎的高义。

宋话本《阴骘积善》记述了一个与《茶肆主人》（序号 7）极为相似的拾金不昧故事，两个故事情节上颇多相似之处，如拾到金子或珍珠的商人都是将失物妥为保存并积极寻找失主，失主为表达谢意都要分一半失物给商人却遭其坚拒。至于两篇故事的相异之处，首先是《阴骘积善》的主人公是士人林善甫，而《茶肆主人》的主人公是京师樊楼旁小茶肆的老板；其次是林善甫拒绝接受一半珍珠时，是行为上的“数次相推”，茶肆主人拒绝一半金子时，是说了一段掷地作金石声的话：

> 官人想亦读书，何不知人如此？义利之分，古人所重，小人若重利轻义，则匿而不告，官人将如何？又不可以官法相加，所以然者，常恐有愧于心故耳②。

上述深得“义利”精髓的表述说明了茶肆主人明于义利之分，一言一行但求问心无愧的高尚品质。较之林善甫行为上的拒绝酬谢，茶肆主人还金不图报的表白一定程度上也是为自己和自己所在的商人阶层正名：以读书知义自诩的士人能做到的，以谋利为生的商人也能做到。至于茶肆主人保存于棚楼上的伞、扇、衣服、器皿之类茶客们历年遗失的物品，上面都清楚地标着“某年某月某日，某色人所遗下者”，这进一步说明茶肆主人拾金不昧的行为已经成了长期持守的一种习惯，这一习惯使他无愧于义商之称。

除了项四郎和茶肆主人，《冯三元》（序号 10）中的冯京之父也是一位典型

---

①（元）陶宗仪《说郛》卷三十七收王明清《摭青杂说·项四郎》，转引自李剑国辑校《宋代传奇集》（中册），北京：中华书局，2018 年 8 月 1 版，第 948 页。

②（元）陶宗仪《说郛》卷三十七收王明清《摭青杂说·茶肆主人》，转引自李剑国辑校《宋代传奇集》（中册），北京：中华书局，2018 年 8 月 1 版，第 954 页。

的义商，他将所买之妾送还那位被迫卖女的父亲，而且没有索要已经付给对方的身价钱，表现出救人急难的高尚品德。在以往的小说文本中，这类义举多发生在士人或缙绅身上，如时邦美之父军将时某、太常寺主簿袁韶之父给事袁某均为生子娶一妾，但听说女子是卖身葬父后，均将女子归还其母，不仅没有索要买妾之钱，还另外资助了不少①；韩琦买一美妾，知其为使女儿活命而卖身时，便助其夫雪冤，又赠金二十两，将该妾归还原夫②。对比之下，在救人急难这一点上，商人的行为再一次与读书知义的士人保持了一致，这也从一个侧面说明在宋人心目中，商人中的多数已不再被笼统地贴上“重利轻义”的标签，烙印在商人身上的刻板印象正在被打破，商贸小说中逐渐增多的义商形象也是两宋时期商人地位逐渐上升的一个缩影。

三、重义轻利的道德倾向

无论是 A 亚型中的商人自己承担经济损失或主动补偿差价，还是 B 亚型中的商人义举解困，其核心情节背后蕴含的都是“重义轻利”的道德倾向。正如邱绍雄所说，“在义利关系的处理上，把仁义、诚实、守信看得很重，是中国传统文化‘重义轻利’价值取向在商品交换领域的延伸”③。在 A 亚型中，这一道德倾向体现为《洛中盱江八贤》（序号 1，2）和《陶四翁》（序号 4）中的不卖劣质与过期商品、不将经济损失转嫁他人；《望江二翁》（序号 3）中的诚实守约、不欺诈；《画眉山土地》（序号 5）和《李二婆》（序号 6）中的不哄抬物价、不缺斤少两。对 B 亚型而言，这一道德倾向具体表现为《茶肆主人》（序号 7）和《荆山客邸》（序号 8）中的拾金不昧且不图酬报；《项四郎》（序号 9）、《冯三元》（序号 10）和《卖勃荷》（序号 11）中的救人性命和使落难官员之女免于作妾；《天禧丐者》（序号 12）和《慈明》（序号 13）中的以恻隐之心周济乞丐、救助穷人。

通观表二中的十三个故事，笔者发现，宋人对“重义轻利”观念的强调，主要以两种方式体现出来，首先是借助评论进行直接的赞誉和提倡。《洛中盱江八贤》作者洪迈由衷赞叹陈策、曾叔卿等人之贤，深以他们因地位卑微未被写入史书为憾，自己修国史时，意欲将其放于孝行传后而又未成，无奈之下将他们写入了《容斋随笔》；《望江二翁》作者岳珂赞誉陈国瑞补偿地价和张翁的守约拒收，说“世之人以市道相交，一钱之争，至于死而不悔，闻二人之风，亦

①（宋）刘斧《青琐高议》前集卷一《时邦美》，《青琐高议》，上海：上海古籍出版社，1983 年 5 月 1 版，第 125—126 页。

②（宋）康与之《昨非录》，转引自（清）徐士銮辑《宋艳》，杭州：浙江古籍出版社，1987 年 1 月 1 版，第 10 页。

③ 邱绍雄《中国商贾小说史》，北京：北京大学出版社，2004 年 8 月 1 版，第 62 页。

可以少媿乎！”[①]；对《李二婆》中卖盐多给分量的鄂州民媪李二婆，郡守赵善俊和军帅郭杲听闻后都表示尊敬，多赏赐钱帛给她；《茶肆主人》故事中，目睹了京师樊楼旁小茶肆老板的拾金不昧和不图酬报后：

> 时茶肆中五十余人皆以手加额，咨嗟叹息，谓世所罕见也。识者谓伊尹之一介不取，杨震之畏四知，亦不过是。异乎，名不附于国史，附之亦卓行之流也……[②]

茶肆中众人给出了“世所罕见”的评价，有识之士将茶肆老板之举与伊尹一介不取、杨震畏四知相提并论，作者洪迈则为茶肆老板之卓行未写入国史而遗憾不已。对同样拾金不昧亦不图报的《荆山客邸》中的旅店老板韩洙，士人范万顷题诗并书跋语赞叹道：

> 囊金遗失正茫然，逆旅仁心尽付还。从此弋阳添故事，不教阴德擅燕山。又跋云：世间嗜利为小人之行者，比比皆是，闻韩子之风得无愧乎？[③]

其次是通过因果报应观念，让重义轻利者得到好报以达到劝惩目的[④]。《陶四翁》中，在资金尚不雄厚情况下自己承担买假货的四百万铜钱经济损失的陶四翁，获得了几代子孙中数人考中进士的福报；《李二婆》中记载鄂州市火灾时，从南到北五里之内，被烧的房屋有数千间，楼房和土库也未能幸免，只有那位客人买一斤多给二两的卖盐小贩李二婆的房子安然无恙；《冯三元》中壮年无子的冯京之父，将所买之妾遣还给他的父亲，连付给对方的身价钱也没要回。几个月后，冯父一直不孕的妻子居然怀孕，所生之子即长大后连中三元的冯京。据说冯妻将要生产时，乡邻们都梦到了锣鼓喧腾迎接状元。显然，小说作者要强调的正是冯某重义轻利的救人急难之举使他得到了诞生麟儿的福报。

---

① （宋）岳珂《桯史》卷二《望江二翁》，北京：中华书局，1981年12月第1版，第22页。

② （元）陶宗仪《说郛》卷三十七收王明清《摭青杂说·茶肆主人》，转引自李剑国辑校《宋代传奇集》（中册），北京：中华书局，2018年8月1版，第954页。

③ （宋）洪迈《夷坚丁志》卷七《荆山客邸》，《夷坚志》第二册，北京：中华书局，1981年10月1版，第596页。

④ 张祝平《夷坚志论稿》一书（中国文史出版社，2002年12月1版）第165—167页对此亦有论述，请参看。

第三节　海外奇遇故事

一、“遇险（奇）——生还返乡”的叙事结构

和发家传闻故事、义商故事一样，海外奇遇故事也是宋代商贸小说中比较典型的一类。在笔者看来，所谓海外奇遇，是指从事海外贸易的商人航海途中因为某种原因（通常为大风、大雾造成的迷航和沉船、遇海盗、触礁沉船）进入海外异域（通常为岛或山）后的神奇、奇幻或恐怖经历，描写这类经历的商贸小说即为海外奇遇故事。需要说明的是，上面的界定强调的是海商们在海上航行时误入了一块陆地，这块陆地可能是一座山，一个岛屿，或者一个岛国。正是依据这个界定，海商们误入的、被他们称为“鬼国”的海外异域，虽然可能是古人迷信视角下的误解，但因为“鬼国”中的众鬼如活人居世间一般居于其间的是岛屿或山峦，因此也视之为海外奇遇故事。同样是基于上述界定标准，那些叙述海商们在海上航行时见到奇景、奇境的故事，因为发生地点是海上而不是陆地，所以不能被视为海外奇遇故事，像郭彖《睽车志》卷三所记四明海商郑邦杰往来高丽、日本时在海上见到的“鬼划舡”奇事，如洪迈《夷坚志补》卷二十一《海外怪洋》篇所记广南海商海上航行时看到的怪风、怪山、鬼船等恐怖景象都属于这种情况。

本节中，笔者依据上述界定，在收集的二百七十余篇商贸小说里选出了十二篇海外奇遇故事并按时间顺序列表如下：

表三　　宋代商贸小说中的海外奇遇故事一览表

序号	奇遇者	奇遇背景或原因	奇遇对象与具体情形	结局	具体出处
1	某泉州海商	船出海遭遇恶风，漂到一岛旁。	误入长人岛，在山谷间遇到“身皆丈余”的数十巨人，被抓住罩在大铁笼下，供对方需要时裂食。	几位商人中只有一人从铁笼下钻穴逃出，在海边遇番船得以回乡，其余均被巨人裂食。	郭彖《睽车志》卷四
2	某四明巨商	航行十余日至一座山下，因连日风涛，不能前进。	误入普陀落伽山，在山顶梵宫见到观音，得观音坐后旃檀林紫竹一竿。	商人削竹为杖，前行至一国，用竹杖换珍珠一小箱，用削下的竹叶医治疑难病症。	郭彖《睽车志》卷四

续表

序号	奇遇者	奇遇背景或原因	奇遇对象与具体情形	结局	具体出处
3	泉州僧本偶表兄某海商	航行海上时触礁船沉，船上人溺亡，某海商抓住一根木头，三天后飘到一小岛旁。	某海商扔掉船沉时所抱之木登上一岛，路遇一裸体女，该女拉其入一石室，夜则同居，日则将其禁于石室外出采果，久后才放松。	某海商与裸体女生三子。七八年后某天，一同乡人之船误停岛旁，该商急登船逃离，裸体女发觉至岸边，已不可追，悲痛至极，商掩涕而归。	洪迈《夷坚甲志》卷七《岛上妇人》
4	明州昌国某海商	航海途中，因为船需要补充给养停靠在一巨岛旁。	几位商人上岛砍柴被岛人发现，逃下岛时一商正如厕未及逃离，被岛人抓住为奴。	被抓商人受奴役、遭虐待：戴铁链耕田，大腿被铁箸烧灼顿足号呼供岛人取乐。三年后遇便舟逃归。	洪迈《夷坚甲志》卷十《昌国商人》
5	明州某海商	航海时遇大雾大风，船迷失航向，漂到一岛下。	误入长人国。两商人持刀登岸，遇一“高三四丈”之巨人，其一被抓，巨人用巨藤穿其肩吊于高树，欲烹食之。	被吊于高树上之商人砍断巨藤，忍痛逃上船，船迅速离岸。巨人追入海，被砍断手指后才舍船而去，两位商人均得以逃归。	洪迈《夷坚乙志》卷八《长人国》
6	福州南台某海商	航海时船沉，海商抱一木浮行，得至大岛上。	该商登大岛，因吹笛受岛主青睐，虽言语不通，岛主仍赐给他房屋，又将女儿嫁给他。	某海商居大岛十三年后，其妻与妻兄准备无缝船，航海陪送他返乡，两月后至家。	洪迈《夷坚乙志》卷八《无缝船》
7	密州板桥镇某商人	航海往广州，遇大风雾，迷失航向，十多天后，船上淡水将尽，为补充给养临时停靠一岛屿旁。	误入长人岛，汲水摘枣后在一石岩中休息，遇四个身长二丈余的巨人，一巨人用大石头塞住石岩洞口。	商人们从洞口缝隙中逃出，奔入船后船迅速离岸。一巨人跳入水“以手捉船”，船上人用斧断其一臂，才得脱身回乡。	洪迈《夷坚丙志》卷六《长人岛》

续表

序号	奇遇者	奇遇背景或原因	奇遇对象与具体情形	结局	具体出处
8	山阳海商王某	航海遇风船沉，除王某外，船上人皆溺亡。王抱一木板漂至一岛下。	王登岛，坐大树下，一美女至，问王来历，具告，女领王进一山洞，与同居，女禁王于洞中，早晚饲以果实。岁余，女生一子。	王某岛居一年后，在岸边遇一避风船，船上人乃旧相识，王急取儿后登船，岛女追至，见船已张帆，悲痛欲绝，王亦挥泪，遂与子随船归，子名海王三。	洪迈《夷坚支甲》卷十《海王三》
9	温州巨商张愿	出海遇大风，船迷失航向，五六天后漂到一座长满竹子的山下。	误入宝伽山，上山砍竹十竿，遇一位白衣仙翁。	经仙翁指点得以还乡，十竿竹子中只有一竿未做桅樯用，倭客及昆仑奴用高价买下此竹后告知它是聚宝竹，插入水中“诸宝不采而聚”。	洪迈《夷坚支丁》卷三《海山异竹》
10	福州福清海商杨氏父子三人	海商杨氏父子三人，同溺于大洋，共附一木，漂流至鬼国中。	误入异域鬼国。鬼国虽然“烟火聚落，悉如人世”，但以人间祭物为食，三人常“号腹竟夕”。数年后，“父兄皆死，唯幼子存 ”。	幼子随众鬼赴法会，听群僧诵大悲咒，忆起少时所记，随之持诵，“鬼不复相亲”。天亮时 “认得夜来法席，正其家也”。家人初见他“且疑且畏”，几天后妻子“悲泣存问”，一年后恢复如初。	洪迈《夷坚支癸》卷三《鬼国续记》
11	建康巨商杨二郎	“遇盗于鲸波中，一行尽遭害，杨偶先坠水得免”，抱着一块木头漂了两天，到一岛屿旁。	误入异域鬼国，鬼国母闻杨愿住此间，给他一间房并将一丫鬟嫁给他。鬼国起居饮食与人间相同，杨居此两年。	杨随鬼国母赴一法会，听人哭声，“盖其妻子与姻戚也。”遂与家人“道所值遇曲折”后相认，拒绝鬼国母召唤回到人间，近一年身体才复原。	洪迈《夷坚志补》卷二十一《鬼国母》

续表

序号	奇遇者	奇遇背景或原因	奇遇对象与具体情形	结局	具体出处
12	金陵商客富小二	船遇海上风暴而沉，富小二因抱蓬顶浮海上幸存，漂到一岸边。	误入一岛，岛人遍体生毛，披发衣木叶，住岩穴，吃生果，岛人“择一少艾女子以配富，旋诞一男”，富后知此岛为猩猩国。	富始被软禁于石穴，其子出生后获行动自由。三年后，富“携男独纵步”时见路过客船，获许附行后“即抱男以登”，归乡。此子长大后，“人目之为猩猩八郎”。	洪迈《夷坚志补》卷二十一《猩猩八郎》

通观上表所列十二篇小说，海外奇遇故事的基本叙事框架可归结为“航海遇险、难或奇——生还返乡”，其最大特色是巧合、偶然与奇幻。从文本的具体呈现看，海外奇遇故事一般由三个情节单元组成：（一）商人航海途中遭遇险境或船难，幸存者偶然漂流至一海外异境（一般是一座山或岛屿）。因为后续情节均是在此背景下展开或向前推进的，所以此情节单元提供了整个故事的叙述语境；（二）偶入海外异境的幸存海商遇到奇人奇事或生命危险，诸如获得落伽山宝竹、与裸女同居乃至生子、长期被奴役遭虐待、成年累月与众鬼为伍或险些被巨人裂食之类。这一情节单元构成了整个叙事的中心，它的出现意味着故事进入了高潮；（三）困于岛（山）上的海商得以生还返乡，有的不仅生还，还发了财。返乡方式是搭乘偶然漂流或停靠此处的商船。这一情节单元是整个故事能够被讲述的逻辑前提，因为海外异境的目击与亲历者生还归乡了。表三所列十二个海外奇遇故事均具备了上述三个情节单元，只是《昌国商人》（序号 4）故事中，情节单元（一）被置换，明州昌国的海商们进入的不是海外异境，而是一座普通的巨岛，这座巨岛没有异域色彩，岛上居民与中原居民也没有区别，海商们登上这座巨岛的原因也非海上航行遇险后的偶然闯入，而是给养补充需求下的临时停靠。需要指出的是，《无缝船》（序号 6）故事中，福州南台海商的归乡并非因为偶遇过路船只，而是被他在岛上所娶之妻的两位兄长驾船送回，此故事中“偶遇客船（或乡船）附归”情节被置换成了“妻兄特意送归”。

二、故事背后：民间流行观念与心态

从海外奇遇故事的情节单元（一）来看，海商们航海时的风险来自自然和人为两个方面：其一是暴风、大雾、暗礁等恶劣的自然条件直接导致船毁人亡；其二是船迷失方向后，海盗等人为的危险使全船遇害。这两种情况之下，都可能会有某一位或几位幸存者，甚至全船海商流落到以岛或山之外形出现的海外异境旁。海商们流落海外异境的原因从一个侧面反映了两宋之际海外贸易的巨大风险和海商们恶劣的生存状态：这些赚取巨额利润的贩海者付出的不仅仅是长时间海上颠簸的艰辛，也不仅仅是一年、数年甚至十年“住蕃”①的长期离乡背井，而往往更是无法预估之危险导致的失联、失踪与葬身大海。

情节单元（二）涉及的海外异境包括仙境、奇异之国与鬼国，涉及的奇人有菩萨、神仙、鬼、巨人与异域女。海商们误入之海外异境的不同直接导致了他们遭遇的差异，这种差异恰恰从不同侧面反映了两宋民间的流行观念与心态。误入仙境的两篇（序号 2，9）中，商人们误入仙境后偶遇的是神仙或菩萨，得到的是聚宝竹与紫竹两样宝物。在《睽车志》卷四（序号 2）中，是来自南洋某国的老叟告诉四明巨商他得到的竹子是普陀落伽山旃檀林的紫竹；在《海山异竹》（序号 9）中，是昆仑奴告诉巨商张愿他砍的十根竹子是插入水中就会吸引周边宝物自动汇聚过来的聚宝竹。唐宋人称今天中印半岛南部、南洋诸岛与东非各国为“昆仑”，则来自南洋某国的老叟和昆仑奴都是唐人观念中的胡人，上面两则故事一方面展现了唐代胡人识宝观念②在宋代民间的传承，另一方面也延续了唐传奇中胡人识宝型故事的基本叙事模式。按照李剑国先生《唐宋传奇品读辞典·苏州客》一文的阐释，唐传奇中此类故事的基本叙事模式可以概括为：某俗物凡人获宝，获宝之人不识其为宝，遇眼力非凡之胡人，经或鉴宝，或拜宝、求宝，或释宝、用宝的过程，宝物之奇异玄妙最终得以展现，而不识宝之人、宝物本身与识宝胡人是这一叙事模式中不可或缺的三个要素③。《睽车志》卷四（序号 2）和《海山异竹》（序号 9）两篇宋人小说也具备了上述叙事模式与要素：商人于海外异境获宝但不识其为宝——前者中的四明巨商将紫竹制作成了手杖，后者中的巨商张愿将十根聚宝竹中的九根做成了船的桅杆，二人后来分别遇到了眼力非凡的南洋老叟和昆仑奴，老叟和昆仑奴都认出并说明了宝物的神通。《睽车志》卷四（序号 2）和《海山异竹》（序号 9）同时也具备了不识宝的四明巨商与张愿、识宝的老叟与昆仑奴、宝物紫竹与聚宝竹这三个叙事要素，从这一角度说，这两个宋代故事也属于典型的胡人识宝型故事。

郭彖《睽车志》卷四《泉州海商》（序号为 1）、《夷坚乙志》卷八《长人国》（序号为 5）、《夷坚丙志》卷六《长人岛》（序号为 7）三篇中，海商们进入的海

① （宋）朱彧《萍洲可谈》卷二《住蕃住唐》，《宋元笔记小说大观》第二册，上海：上海古籍出版社，2007 年 3 月 1 版，第 2310 页。

② 关于胡人识宝型故事可参看程蔷《中国识宝传说研究》，上海：上海文艺出版社，1986 年 5 月版；程蔷《骊龙之珠的诱惑——民间叙事宝物主题探索》，北京：学苑出版社，2003 年 5 月版。

③ 请参阅李剑国主编《唐宋传奇品读辞典》（新世纪出版社 2007 年 3 月 1 版）中《苏州客》一篇中关于胡人识宝的相关论述。

外异域都是巨人国。其中序号 1 故事中的泉州海商们误入一岛，被岛上身高一丈多的巨人们抓住罩在大铁笼下，看守的巨人不时从里面取出一个，脱去他的衣服，和几十个巨人一起把他撕开分吃，场面血腥无异于妖精吃人；序号 5 故事中的两位明州海商持刀登岸，与一位走路如飞、身高三四丈的巨人狭路相逢，跑得慢的那位被抓住，巨人用手指在他肩上挖了个孔，用巨藤穿过此孔将其吊在高树上，而后取来铁镬意欲煮食；序号 7 中航海去广州的商人们遇大风雾迷失了航向，在海上漂荡十余天后登一岛取淡水，在一石岩下休息时，被四位身长二丈余、行走如奔马的巨人撞见，他们用巨石堵住了石岩出口后离去，给被困其中的海商们留下了深深的恐惧。上述误入长人岛后被巨人生吃或险些成为巨人口中之食的情节，渲染的是海商们在充满不可预知风险的航行中进入不可预知风险的海外异域时的恐怖感，是“海于天地间为物最巨，无所不有，可畏哉”①的感叹所反映的宋人观念中对大海深深的敬畏感。误入鬼国的两篇（序号为 10，11）中描写的海外鬼国，虽然烟火聚落如同人世，饮食起居也与世间无异，但《鬼国续记》（序号 10）中的众鬼生活贫困，面黄肌瘦，只有赴法会时才能够吃饱，这种细节呈现的是宋代民间流行的鬼常挨饿的观念；《鬼国母》（序号 11）中的众鬼住在山洞里，大多数裸体无衣，地位最高的是一位被称为鬼国母的女人，这个宋代海商迷信视角下的海岛鬼国实际上可能是当时一个穴居的母系氏族部落。

情节单元（二）涉及的奇人中最值得分析的是海外异域的女子，这里姑且称其为野女。中原商人偶遇野女被扣留同居甚至生子的情节是野女掠男母题的基本情节单元，按照王立《野女掠男故事的主题学分析》一文的观点，这类“作为外乡来客的中原男人为偏远外域的土著妇女扣留同居”②的故事属于野女掠男母题，该母题源于巴利文的佛本生故事③。本章表三所列十二个海外奇遇故事中，《岛上妇人》《无缝船》《海王三》和《猩猩八郎》四篇（序号分别为 3，6，8，12）均可归入“野女掠男”母题，因为它们都具备了这一母题要求的三个基本情节单元：（一）中原商人因航海遇险漂落到一海外岛屿上；（二）中原商人无奈之下与岛上野女同居或成亲；（三）一年、几年甚至十几年后中原商人得以返乡。四个故事中，《无缝船》一篇与其他三篇略有不同：其他三篇中，岛上野女均住在山洞或石室里，靠采集野果为生；中原商人曾有一段时间遭软禁或被禁戒外出，他们与岛上野女同居后均已生子；中原商人偶然走到海边，巧遇过路

---

①（宋）洪迈《夷坚丙志》卷六《长人岛》，《夷坚志》第一册，北京：中华书局，1981年10月1版，第414—415页。

② 具体论述请见王立《野女掠男故事的主题学分析》一文，载于《山西大学学报》2005 年第 9 期。

③ 见郭良鋆、黄宝生译《佛本生故事选·精通脚印青年本生（M）》，北京：人民文学出版社，2001 年版，第 269 页。

海船后抛弃野女附舟返乡。而《无缝船》描写的岛上居民住在房子里，会烹煮食物，甚至还知道中原的宋朝；南台商人是被喜欢音乐的岛主看中而与其女成亲的，他可以自由出入；南台商人的归乡，是岛上野女与其兄主动备船，经过两个月的海上航行后实现的，这位商人上岸时，一起走出船舱的还有野女和他的两位兄长。相较而言，《无缝船》记载的岛国文明程度更高，故事也更具可信性，而另外三个以中原商人为第三人称限知视角展开的叙事中，海岛成了急于逃离的场景，野女则是终要摆脱的人物，野女痴痴的恋夫、恋子之情被选择性忽略，对家乡念念不忘的商人有的只是时刻准备逃离的冷酷与决绝，通篇呈现出的是自视优越的中原文化的强势叙事与野女话语权的完全缺失。从某种程度上来说，《岛上妇人》、《海王三》和《猩猩八郎》三篇野女掠男型故事似乎更像流落异域的海商们遮掩在“被迫无奈”面纱下半推半就的一次“艳遇”，野女们则是其邂逅的未开化岛屿上仅以树叶蔽体的娼妓，根本不在其返乡归家的考虑范围之内。至于与野女所生之子，《海王三》和《猩猩八郎》中是被带回，这也从一个侧面印证了异域野女们在中原商人眼中娼妓一般的地位，因为在商人与娼妓的关系中，儿子作为男性后代要归回家族，而生下这个儿子的妓女通常是被摒弃于家族之外的。

海外奇遇故事里商人被扣留在异域岛上的九篇小说中，除了情节单元（三）被置换的《无缝船》（序号 6），幸存商人返乡的具体方式分别为被过路商船捎回、借水陆法会归家和经仙佛指路返航。无论是偶然经过的海船将恰巧看到此船的海商捎回（序号 1，3，4，8，12），还是家人所做法会庇佑流落鬼国的商人重回人间家中（序号 10，11），甚或是迷失航向的海船借助仙佛指路顺利返航（序号 9），凸显的都是仙佛的法力及偶然与巧合，体现的则是两宋民间对佛教、道教的崇奉和“万事皆有定数”的命定观。

第四章　宋代小说中的酒肆与酒肆故事

两宋时期，人们对酒店的称呼一般为酒楼、酒店、酒肆等。其中，酒楼一词仅指铺面是两层或三层楼房的大酒肆，酒肆和酒店都是较为通用的称呼，可以指规模大的，也可以指规模小的；可以指铺面是楼房的，也可以指铺面是平房的。鉴于今天的“酒店”一词主要指旅馆，为避免望文而生的歧义，笔者在讨论宋代的酒楼、酒店、酒肆时，统一采用“酒肆”一词作为这类饮食店铺的称呼。

相较于其他作为民间商贸活动交易场所的商业店铺，两宋的酒肆更为繁盛发达。作为公共社会空间和一个以饮酒为中心的群众性娱乐场所，酒肆具有汇聚各类形形色色人物的功能，其顾客既可能来自不同的社会阶层，也可能来自不同的地域。来自四面八方的三教九流之人在酒肆里饮酒休闲、聚会联谊、谈古论今，酒肆俨然成了一个微缩版的、鲜活的民间社会，各种各样的故事在这个空间里上演，其中很多因为怪奇、诡异、恐怖而被记录下来，于是宋代小说中就有了为数不少的酒肆故事。

作为宋代民间生活一面镜子的宋代小说，对酒肆的种类、分布地点、建筑装饰、经营策略等多有呈现。下面笔者就以两宋小说为主要文本，还原一下出现在这些小说中的酒肆，并从叙事学、主题学的角度对酒肆这一空间场景在两宋小说之酒肆故事中的叙事功能进行具体分析，并进一步探讨这些酒肆故事背后蕴含的文化内涵。

第一节　酒肆的种类与分布地点

一、正店与脚店

酒肆茶坊是“太平日久，人物繁阜”①的汴京繁华长卷中一个重要的画面。汴京的马行街“处处拥门，各有茶坊酒店，勾肆饮食。市井经纪之家，往往只于市店旋买饮食，不置家蔬”②，九桥门街市的酒店“彩楼相对，绣旆相招，掩翳天日”③，东京酒肆之繁多、繁盛由此可见一斑。

宋朝有严密的专利榷酒制度并做到了自始至终严格贯彻执行。全国通行的榷酒形式包括官监（酒务或酒库）制、买扑（坊场）制与特许酒户制，部分地区还曾实行过榷曲、隔槽法、赡军酒务及酒库、万户酒制、税酒法等形式④。所谓官监酒务，是指赵宋官府在“诸州城内，皆置务酿酒”⑤，其“在州、军一级设置的酿卖酒、曲，征收酒课的机关称作都酒务，县一级谓之酒务”⑥。有关酒务和酒务监官的记载时见于宋代小说文本中，如“郑州新乡县……尝有一道人求买酒，监务赵某，每见辄喜之，必勑酒吏数倍给与”⑦，赵某是北宋宣和年间郑州新乡县的酒务监官，监务乃“酒务监官”之简称；又如“鄱阳郡胥段祥，主酒务榷酤”⑧，段祥主持的是南宋饶州鄱阳县的酒务榷酤；再如“欧阳尝世为镇江总领所酒官”⑨和“建康酒库专知官雍章妻女，以上巳日游真武庙”⑩，欧

① （宋）孟元老《东京梦华录序》，《东京梦华录（外四种）》，上海：上海古典文学出版社，1956 年 11 月 1 版，第 1 页。

② （宋）孟元老《东京梦华录》卷三《马行街铺席》，《东京梦华录（外四种）》，上海：上海古典文学出版社，1956 年 11 月 1 版，第 20—21 页。

③ （宋）孟元老《东京梦华录》卷二《酒楼》，《东京梦华录（外四种）》，上海：上海古典文学出版社，1956 年 11 月 1 版，第 16 页。

④ 关于宋代的榷酒制度，李华瑞论文《宋代的酒》（载《文史知识》2004 年第 2 期）和专著《宋代酒的生产和征榷》（河北大学出版社 1995 年 3 月 1 版）中均有精辟论述，请参阅。

⑤ （元）脱脱《宋史》卷一百八十五《食货志》，《宋史》第十三册，北京：中华书局，1985 年 6 月新 1 版，第 4513 页。

⑥ 李华瑞《宋代酒的生产和征榷》，保定：河北大学出版社，1995 年 3 月 1 版，第 145 页。

⑦ （宋）洪迈《夷坚志补》卷十二《新乡酒务道人》，《夷坚志》第四册，北京：中华书局，1981 年 10 月 1 版，第 1663 页。

⑧ （宋）洪迈《夷坚支甲》卷三《段祥酒楼》，《夷坚志》第二册，北京：中华书局，1981 年 10 月 1 版，第 734 页。

⑨ （宋）洪迈《夷坚丁志》卷四《镇江酒库》，《夷坚志》第二册，北京：中华书局，1981 年 10 月 1 版，第 568 页。

⑩ （宋）洪迈《夷坚志补》卷十五《雍氏女》，《夷坚志》第四册，北京：中华书局，1981 年 10 月 1 版，第 1690 页。

阳尝和雍章二人分别为南宋镇江府总领所和建康府酒库的酒务监官。

买扑坊场（指酒坊、酒场）制的具体方式是包税人以自己的资产作抵押与官府签订承买合同，合同规定的承包期（宋时称作界）一般为三年。买扑制实质是一种包税制，包税人在承包期内拥有酿卖专利权，同时要按合同规定如期向官府缴纳酒税，不能按期足额缴纳者会被罚款。如果包税人经营坊场无方导致亏本或破产，官府就会将其抵押的资产充公以抵债。北宋时期酒坊扑户多为豪民大户、坊郭大姓及服衙前役者，到了南宋，军队和富商巨贾也开始以买扑者身份承包坊场，一般人户承包酒坊、酒场的现象也开始多了起来①。《夷坚支戊》卷五《刘元八郎》记载明州人夏主薄“与富民林氏共买扑官酒坊”②，合资承买酒坊的就是服衙前役者与豪民大户；同卷《镬匭蕈》中也提及临海县承恩乡富室毛三五助教的幼子惟瑾，“读书不成，家赀日以衰削，遂买扑酒坊”③，事实上，毛惟瑾承买酒坊时的身份已经不是豪民大户而是一般人户了。

在赵宋王朝局部地区实行的榷曲制实际上是对榷酒制的一种变通，北宋时汴京“不榷酤，官置院造曲，增其值出贸，凡酒户定年额斤数占买，虽未榷亦榷也”④，的确，用榷曲替代榷酒，实际是换汤不换药：国家垄断酒曲的制做权，官府把酒曲定量卖给一些大酒店供其造酒使用，如此一来，酒的专卖变成了酒曲的专卖。真宗天禧年间，著名的大酒楼樊楼“日输钱二千，岁市官曲五万斤”⑤，每年要买官曲五万斤用来造酒，可见大酒楼需要酒曲数量之巨。

无论是官监（酒务或酒库）制还是买扑（坊场）制，某种程度上都类似今天官府授权的专卖商。这些专卖商主营酒类批发，私商小贩或特许酒户们从他们那里批发后再分销，于是就形成了以各地的官监酒库和买扑坊场为中心的批发零售网点，这些主营酿造与批发的官监酒库和买扑坊场被称为正店，而主营分销的私商小贩或特许酒户被称为“脚店”、“拍户”或“泊户”。《夷坚志补》卷七《丰乐楼》中就记载了一位拍户：

> 临安市民沈一，酒拍户也。居官巷，自开酒庐，又扑买钱塘门外丰乐楼库，日往监沽，逼暮则还家。淳熙初，当春夏之交，来饮者多。一日，

① 请参见李华瑞论文《宋代的酒》（载《文史知识》2004 年第 2 期）中的相关论述。

②（宋）洪迈《夷坚支戊》卷五《刘元八郎》，《夷坚志》第三册，北京：中华书局，1981 年 10 月 1 版，第 1086 页。

③（宋）洪迈《夷坚支戊》卷五《镬匭蕈》，《夷坚志》第三册，北京：中华书局，1981 年 10 月 1 版，第 1170 页。

④（宋）方勺《泊宅编》卷六，《泊宅编》，北京：中华书局，1983 年 7 月 1 版，第 33 页。

⑤（清）徐松《宋会要辑稿·食货》二零之五，《宋会要辑稿》第六册，北京：中华书局，1957 年 11 月 1 版，第 5135 页。

不克归，就宿于库。①

临安的沈一自己开了一家酒肆进行酒的零售，显然是一位拍户，他同时扑买了官酒库丰乐楼，所以又是扑户。据《梦粱录》卷十六《酒肆》记载："大抵酒肆除官库、子库、脚店之外，其余谓之拍户"②，《都城纪胜·酒肆》也有类似的说法。由此可知，宋代酒肆中的正店包括官正库及子库，拍户不属于正店。

脚店往往与正店有经营上的联系。正店通常自行酿酒，甚至拥有自己的酒坊，创制出某一品牌的名酒。脚店是分销、零售的机构，可以到正店批发，代为出售，也就是说脚店卖的酒是由正店供应的。《宋会要辑稿·食货》卷二十记载，仁宗天圣年间朝廷下诏，"白礬楼酒店如有情愿买扑，出办课利，令于在京脚店酒户内拨定三千户，每日于本店取酒沽卖"③，官府提供给樊楼的优惠就是指定脚店、酒户三千户作为它的分销商，每天去它那里批发。《夷坚支戊》卷五《刘元八郎》记载明州人夏主薄，"与富民林氏共买扑官酒坊，他店从而沽拍，各随数多寡，偿任其课"④，这个例子也印证了脚店是从正店批发酒，然后再零售出去的。

正店和脚店之间还存在经济上的借贷关系。脚店如遇到需批量借用成套餐具的情况，就可到正店请求解决。据《东京梦华录》卷五《民俗》记载，脚店如有生意上的需求，来装酒时，正店会毫不犹豫地将价值三五百两的成套银器借给对方。苏颂《苏魏公文集》所附《魏公谭训》卷第十《杂事》记载了东京一个叫孙赐的酒家博士，因为"诚实不欺，主人爱之，假以百千，使为脚店。"正店店主主动借钱给孙赐让他开脚店，孙开始坚决拒绝，店主表示没有归还期限，孙赐主动把借贷期定为了一年。

二、汴梁的酒肆

蔡絛《铁围山丛谈》卷四有这样的记载：

---

①（宋）洪迈《夷坚志补》卷七《丰乐楼》，《夷坚志》第四册，北京：中华书局，1981年10月1版，第1612—1613页。

②（宋）吴自牧《梦粱录》卷十六《酒肆》，《东京梦华录（外四种）》，上海：上海古典文学出版社，1956年11月1版，第263页。

③（清）徐松《宋会要辑稿·食货》二零之七，《宋会要辑稿》第六册，北京：中华书局，1957年11月1版，第5136页。

④（宋）洪迈《夷坚支戊》卷五《刘元八郎》，《夷坚志》第三册，北京：中华书局，1981年10月1版，第1086页。

> 天下苦蚊蚋，都城独马行街无蚊蚋。马行街者，都城之夜市酒楼极繁盛处也。蚊蚋恶油，而马行人物嘈杂，灯火照天，每至四鼓罢，故永绝蚊蚋。①

汴京马行街之所以成为“无蚊街”，是因为那里是京师夜市和酒楼汇集之地，酒楼的油烟之大、之重熏得蚊子不敢靠近，汴梁酒楼的繁盛由此可见一斑：

1. 酒肆极繁盛处

《东京梦华录》卷二记载，北宋末年，汴梁的酒店中，正店有 72 家，除正店外，还有多到“不能遍数”的被称为脚店的中、小型酒肆。这些脚店的数量，虽然没有确切的统计数字，但从仁宗天圣五年（1027）八月给三司的诏令来看，宋官府能指定脚店三千户作为白礬楼的分销商，则京城脚店的总户数之多可以想见。保守估计，数量应不下万数。所以，《东京梦华录》卷二《酒楼》中所载汴梁九桥门街市上的酒店“彩楼相对，绣旆相招，掩翳天日”②绝非孟元老的夸张之词。北宋刘攽《彭城集》卷七有一首名为《王家酒楼》的诗：

> 君不见天汉桥下东流河，浑浑瀚瀚无停波。游人阅水看白日，骇浪瞥远红影蹉。感叹世事亦如此，振顿两足行吟哦。提钱买酒聊取醉，道傍高楼正嵯峨。白银角盆大如斗，臛鸡煮蟹随纷罗。黄花满把照眼丽，红裙女儿前艳歌。③

在壮丽的路边高楼里，盛在大而明亮的银餐具中的一道道精美菜肴络绎不绝地端上酒桌，身穿红裙的歌妓一展歌喉，艳歌助兴，这里描述的是诗人在汴梁王家酒楼里就餐的情景。类似王家酒楼这样的高级酒楼在汴梁为数不少，笔者翻阅孟元老《东京梦华录》、张知甫《可书》、欧阳修《归田录》、朱弁《曲洧旧闻》④、洪迈《夷坚志》、释文莹《玉壶清话》和李濂《汴京遗迹志》等书，收集了汴京有名可查的酒楼正店，编制成了下面的《北宋末年汴梁酒楼正店一览表》：

---

①（宋）蔡絛《铁围山丛谈》卷四，《铁围山丛谈》，北京：中华书局，1983 年 9 月 1 版，第 70 页。

②（宋）孟元老《东京梦华录》卷二《酒楼》，《东京梦华录（外四种）》，上海：上海古典文学出版社，1956 年 11 月 1 版，第 16 页。

③《全宋诗》卷六百零四刘攽《王家酒楼》，《全宋诗》第十一册，北京：北京大学出版社，1993 年 9 月第 1 版，第 7148 页。

④ 该书卷七引张能臣《酒名记》，列举北宋末年酒名约二百余种，其中包括北宋著名市楼所酿美酒名，由此可推知当时的一些著名酒楼。

表一　　北宋末年汴梁酒楼正店一览表

序号	名字	位置	出处
1	长庆楼	景灵东宫之东墙下	孟元老《东京梦华录》卷二《酒楼》；李濂《汴京遗迹志》卷八
2	车家酒店	州桥南御街东	孟元老《东京梦华录》卷二《宣德楼前省府宫宇》
3	炭张家酒店	州桥南御街东	孟元老《东京梦华录》卷二《宣德楼前省府宫宇》和同卷《饮食果子》
4	蛮王家酒店	里城东之旧曹门	孟元老《东京梦华录》卷二《酒楼》和同卷《饮食果子》
5	乳酪张家酒店	里城东之旧曹门	孟元老《东京梦华录》卷二《酒楼》和同卷《饮食果子》
6	仁和店	里城之旧宋门外	孟元老《东京梦华录》卷二《酒楼》、卷四《会仙酒楼》；欧阳修《归田录》卷一；释文莹《玉壶清话》卷一；朱弁《曲洧旧闻》卷七引张能臣《酒名记》
7	姜店	里城之旧宋门外	孟元老《东京梦华录》卷二《酒楼》
8	会仙楼正店	近里城南面之新门里	孟元老《东京梦华录》卷四《会仙酒楼》；朱弁《曲洧旧闻》卷七引张能臣《酒名记》；李濂《汴京遗迹志》卷八
9	河王家正店	里城西面之旧郑门外	孟元老《东京梦华录》卷二《酒楼》
10	李七家正店	里城西面之旧郑门外	孟元老《东京梦华录》卷二《酒楼》
11	潘楼酒店	北段御街以东潘楼街	孟元老《东京梦华录》卷二《东角楼街巷》；朱弁《曲洧旧闻》卷七引张能臣《酒名记》；灌园耐得翁《都城纪胜·酒肆》；李濂《汴京遗迹志》卷八
12	宴宾楼	金明池西	李濂《汴京遗迹志》卷八
13	杨楼	马行街北	李濂《汴京遗迹志》卷八
14	庄楼（后改称和乐楼）	马行街东	孟元老《东京梦华录》卷二《东角楼街巷》；张知甫《可书》；朱弁《曲洧旧闻》卷七引张能臣《酒名记》；洪迈《夷坚甲志》卷十八《李舒长仆》；李濂《汴京遗迹志》卷八
15	任店（欣乐楼）	马行街北	孟元老《东京梦华录》卷二《东角楼街巷》和同卷《酒楼》；张知甫《可书》；朱弁《曲洧旧闻》卷七引张能臣《酒名记》；李濂《汴京遗迹志》卷八

续表

序号	名字	位置	出处
16	时楼	马行街	朱弁《曲洧旧闻》卷七引张能臣《酒名记》
17	高阳正店	景灵东宫东门外大街	孟元老《东京梦华录》卷二《东角楼街巷》和卷三《寺东门街巷》；朱弁《曲洧旧闻》卷七引张能臣《酒名记》
18	看牛楼酒店	牛行街	孟元老《东京梦华录》卷二《东角楼街巷》；李濂《汴京遗迹志》卷八
19	中山正店	潘楼街东十字大街街南	孟元老《东京梦华录》卷二《潘楼东街巷》
20	集贤楼	郑门外	李濂《汴京遗迹志》卷八
21	莲花楼	郑门外	李濂《汴京遗迹志》卷八
22	千春楼	不详	朱弁《曲洧旧闻》卷七引张能臣《酒名记》
23	杨楼	土市子街	孟元老《东京梦华录》卷二《酒楼》；吴自牧《梦粱录》卷十六《酒肆》；李濂《汴京遗迹志》卷八。
24	唐家酒店	大内西右掖门外	孟元老《东京梦华录》卷三《大内西右掖门外街巷》
25	宜城楼	里城之西梁门以西大街	孟元老《东京梦华录》卷二《酒楼》和卷三《大内西右掖门外街巷》；朱弁《曲洧旧闻》卷七引张能臣《酒名记》；李濂《汴京遗迹志》卷八
26	药张四店	里城之西梁门以西大街	孟元老《东京梦华录》卷二《酒楼》和卷三《大内西右掖门外街巷》；朱弁《曲洧旧闻》卷七引张能臣《酒名记》；李濂《汴京遗迹志》卷八
27	班楼	里城之西梁门以西大街	孟元老《东京梦华录》卷二《酒楼》和卷三《大内西右掖门外街巷》；朱弁《曲洧旧闻》卷七引张能臣《酒名记》；李濂《汴京遗迹志》卷八
28	刘楼	梁门大街西与金梁桥街交汇处金梁桥下	孟元老《东京梦华录》卷二《酒楼》；李濂《汴京遗迹志》卷八
29	得胜楼	土市子街	李濂《汴京遗迹志》卷八
30	庆丰楼	土市子街	李濂《汴京遗迹志》卷八
31	玉川楼	土市子街	李濂《汴京遗迹志》卷八
32	熙熙楼	第三巷东	李濂《汴京遗迹志》卷八

续表

序号	名字	位置	出处
33	胡楼	南薰门外西南	李濂《汴京遗迹志》卷八
34	蜘蛛楼	宋门外	李濂《汴京遗迹志》卷八
35	樊楼	宫城东华门外景明坊	孟元老《东京梦华录》卷二《酒楼》；张知甫《可书》；释文莹《湘山野录》卷上；张舜民《画墁录》；王明清《投辖录·龙主》；朱弁《曲洧旧闻》卷七引张能臣《酒名记》；吴自牧《梦粱录》卷十六《酒肆》；罗烨《新编醉翁谈录》丙集卷一《三妓挟耆卿作词》；周密《齐东野语》卷十；李濂《汴京遗迹志》卷八
36	孙家正店	外城之通津门内	苏颂《苏魏公文集附魏公谭训》附录一《魏公谭训》卷十《杂事》
37	铁屑（薛）楼酒店	土市子南	孟元老《东京梦华录》卷二《东角楼街巷》；朱弁《曲洧旧闻》卷七引张能臣《酒名记》；李濂《汴京遗迹志》卷八
38	玉楼	新桥东北	朱弁《曲洧旧闻》卷七引张能臣《酒名记》；李濂《汴京遗迹志》卷八
39	状元楼	新桥东北	朱弁《曲洧旧闻》卷七引张能臣《酒名记》；李濂《汴京遗迹志》卷八
40	遇仙正店	南薰门里曲院街街南	孟元老《东京梦华录》卷二《宣德楼前省府宫宇》；朱弁《曲洧旧闻》卷七引张能臣《酒名记》；李濂《汴京遗迹志》卷八
41	八仙楼	旧汴州城北	孟元老《东京梦华录》卷二《酒楼》；朱弁《曲洧旧闻》卷七引张能臣《酒名记》；《梦粱录》卷十六《酒肆》；李濂《汴京遗迹志》卷八
42	清风楼酒店	大巷口街西	孟元老《东京梦华录》卷二《朱雀门外街巷》、卷三《大内西右掖门外街巷》、卷八《四月八日》；朱弁《曲洧旧闻》卷七引张能臣《酒名记》；李濂《汴京遗迹志》卷八
43	张八家园宅正店	外城戴楼门	孟元老《东京梦华录》卷二《酒楼》
44	中山园子正店	不详	朱弁《曲洧旧闻》卷七引张能臣《酒名记》
45	银王店	不详	朱弁《曲洧旧闻》卷七引张能臣《酒名记》
46	蛮王园子正店	不详	朱弁《曲洧旧闻》卷七引张能臣《酒名记》

续表

序号	名字	位置	出处
47	朱宅园子正店	不详	朱弁《曲洧旧闻》卷七引张能臣《酒名记》
48	邵宅园子正店	不详	朱弁《曲洧旧闻》卷七引张能臣《酒名记》
49	大桶张宅园子正店	不详	朱弁《曲洧旧闻》卷七引张能臣《酒名记》
50	方宅园子正店	不详	朱弁《曲洧旧闻》卷七引张能臣《酒名记》
51	姜宅园子正店	不详	朱弁《曲洧旧闻》卷七引张能臣《酒名记》
52	梁宅园子正店	不详	朱弁《曲洧旧闻》卷七引张能臣《酒名记》
53	郭小齐园子正店	不详	朱弁《曲洧旧闻》卷七引张能臣《酒名记》
54	杨皇后园子正店	不详	朱弁《曲洧旧闻》卷七引张能臣《酒名记》

确如上表所列，汴京著名的大酒楼不仅繁多而且各具特色：有“以好淹藏菜蔬，卖一色好酒”①著称的州桥炭张家、奶酪张家酒楼；有“常有百十分厅馆，动使各足备，不尚少阙一件”②的仁和店与会仙楼，这两家酒肆以各拥有一百余间雅间、高档酒器齐备驰名京师，仁和店的酒尤其有名，加上此酒店百物齐备、待客宾至如归，真宗时名臣鲁宗道常常“易服微行，饮于其中”③；有“都人夏月多乘凉于此”④、“最宜夏饮”⑤的清风楼，司马光《和孙器之清风楼》诗曾称赞此楼“晚吹来千里，清商落万家”⑥；有“浓妆妓女数百，聚于主廊槏面上，

①（宋）孟元老《东京梦华录》卷二《饮食果子》，《东京梦华录（外四种）》，上海：上海古典文学出版社，1956年11月1版，第16页。

②（宋）孟元老《东京梦华录》卷四《会仙酒楼》，《东京梦华录（外四种）》，上海：上海古典文学出版社，1956年11月1版，第26页。

③（宋）欧阳修：《归田录》卷一，《渑水燕谈录》《归田录》合刻，北京：中华书局，1981年3月第1版，第1—2页。

④（宋）孟元老《东京梦华录》卷二《朱雀门外街巷》，《东京梦华录（外四种）》，上海：上海古典文学出版社，1956年11月1版，第13页。

⑤（宋）孟元老《东京梦华录》卷八《四月八日》，《东京梦华录（外四种）》，上海：上海古典文学出版社，1956年11月1版，第47页。

⑥《全宋诗》卷五百零二司马光《和孙器之清风楼》，《全宋诗》第九册，北京：北京大学出版社，1993年9月第1版，第6085页。

以待酒客呼唤，望之宛若神仙”[①]的任店（即欣乐楼）；有“前有楼子，后有台”，被汴京人称为“台上”、誉为“最是酒店上户”[②]的花园式酒店遇仙正店；有五代郭高祖游幸过、历史悠久的潘楼酒店[③]；有宋太宗微服游幸过“杯盘精好”[④]的孙家正店；有“政和以后更为兴隆”的长庆楼；还有士人饯别时常去的集贤楼与莲花楼，更有被周密誉为“京师酒肆之甲”的声名赫赫的樊楼：

2. 京师酒肆之甲——樊楼

宋代诗人刘子翚在靖康之变后回到家乡福建，十分怀念汴京的生活，遂撰写《汴京纪事》组诗二十首，其中流传最广的第十七首写道：

> 梁园歌舞足风流，美酒如刀解断愁。忆得少年多乐事，夜深灯火上樊楼。[⑤]

令刘子翚念兹在兹的樊楼又名丰乐楼——“樊楼乃是丰乐楼之异名”[⑥]，是北宋时汴京城“五星级”的豪华大酒楼。这座大酒楼原名白矾楼，因曾为商贾贩矾之集散地而得名，吴曾《能改斋漫录》卷八对此有明确记载：

> 京师东华门外景明坊有酒楼，人谓之矾楼。或者以为楼主之姓，非也。本商贾鬻矾于此，后为酒楼，本名白矾楼。[⑦]

樊楼坐落在宫城东华门外的繁华街区——东华门街，北宋末期改称丰乐楼，在汴京城的大酒店中首屈一指。樊楼的特点有二：第一是高大壮观。该楼建在

---

①（宋）孟元老《东京梦华录》卷二《酒楼》，《东京梦华录（外四种）》，上海：上海古典文学出版社，1956年11月1版，第15页。

②（宋）孟元老《东京梦华录》卷二《宣德楼前省府宫宇》，《东京梦华录（外四种）》，上海：上海古典文学出版社，1956年11月1版，第12页。

③（宋）孟元老《东京梦华录》卷二《东角楼街巷》，《东京梦华录（外四种）》，上海：上海古典文学出版社，1956年11月1版，第14页；（宋）灌园耐得翁《都城纪胜·酒肆》，《东京梦华录（外四种）》，上海：上海古典文学出版社，1956年11月1版，第92页。

④（宋）苏颂《苏魏公文集附魏公谭训》附录一《魏公谭训》卷十《杂事》，《苏魏公文集附魏公谭训》，北京：中华书局，1988年9月1版，第1177页。

⑤《全宋诗》卷一千九百二十刘子翚《汴京纪事》之十七，《全宋诗》第三十四册，北京：北京大学出版社，1998年4月第1版，第21428页。

⑥《新刊大宋宣和遗事》利集，《新刊大宋宣和遗事》，上海：中国古典文学出版社，1954年11月1版，第85页。

⑦（宋）吴曾《能改斋漫录》卷八“白矾楼”条，《笔记小说大观》第八册，扬州：江苏广陵古籍刻印社，1984年3月1版，第235页。

稠密的店铺民宅区，因此只能向空中发展，它在宣和年间改建后变成了由五幢三层楼组成的建筑群，高低起伏，错落有致。楼与楼之间，各用飞桥栏槛，明暗相通①。鉴于 12 世纪街市上的建筑大都是砖木结构，所以樊楼的三层很可能是指上楼梯的三层，用今天的标准衡量应是四层。在当时的街市里，樊楼这种四层建筑，应该说是鹤立鸡群的摩天大厦了，难怪微服私访的宋仁宗初见它时：

> 将及半晌，见座酒楼，好不高峻！乃是有名的樊楼。有《鹧鸪天》词为证：城中酒楼高入天，烹龙煮凤味肥鲜。公孙下马闻香醉，一饮不惜费万钱。招贵客，引高贤，楼上笙歌列管弦。百般美物珍羞味，四面栏杆彩画檐。②

仁宗情不自禁之下发出的樊楼高入天际的感叹绝非空穴来风，据《东京梦华录》卷二《酒楼》记载，樊楼建筑群中的内西楼后来只开放楼下部分，禁人上楼，原因是楼阁高敞，登楼后竟能窥见大内皇城的动静③，其高度可以想见。

对樊楼的高度，徽宗、高宗时的官员王安中《登丰乐楼》一诗也可作为佐证，王诗原文如下：

> 日边高拥瑞云深，万井喧阗正下临。金碧楼台虽禁御，烟霞岩洞却山林。
> 巍然适构千龄运，仰止常倾四海心。此地去天真尺五，九霄歧路不容寻。④

说樊楼"去天真尺五"乃夸张之语，但高入天际肯定是王安中和当时许多汴京百姓面对樊楼时的真切感受。

樊楼的第二个特点是豪华高档。据《东京梦华录》卷二《酒楼》记载，樊楼"珠帘绣额，灯烛晃耀。…元夜则每一瓦陇中，皆置莲灯一盏…"⑤，简直就是宋代的美食不夜城、今天的夜总会，其装饰之讲究，气派之豪华，令千载之下的读者都惊叹不已。门前扎缚的彩楼欢门，使人未入酒楼之前，就感受到了

---

① 参见（宋）孟元老《东京梦华录》卷二《酒楼》："宣和间，更修三层相高。五楼相向，各有飞桥栏槛，明暗相通"。（《东京梦华录（外四种）》，上海古典文学出版社，1956 年 11 月 1 版，第 16 页）

② 宋话本《赵伯升茶肆遇仁宗》，见《古今小说》卷十一，《古今小说》，北京：人民文学出版社，1958 年 4 月 1 版，第 169 页。

③ 参见（宋）孟元老《东京梦华录》卷二《酒楼》："内西楼后来禁人登眺，以第一层下视禁中。"（《东京梦华录外四种》，上海古典文学出版社，1956 年 11 月 1 版，第 16 页）

④（宋）王明清《挥麈录·后录》卷二，《挥麈录》，上海：上海书店，2001 年 8 月 1 版，第 77 页。

⑤（宋）孟元老《东京梦华录》卷二《酒楼》，《东京梦华录（外四种）》，上海：上海古典文学出版社，1956 年 11 月 1 版，第 16 页。

一种华贵的气势；酒楼内的每个过道、每间阁子都是珠帘绣额；夜里整座酒楼烛光晃耀，熠熠生辉，上元灯节更是彩灯争奇。与豪华的环境相匹配，酒楼内所有器皿均为银质；“赶趁”人吹箫、弹阮、歌唱、散耍的音乐伴奏令客人心旷神怡之际，禁不住留连忘返……

被周密誉为“京师酒肆之甲”①的樊楼，因为豪华高档，吸引无数富商大贾、王孙公子、文人骚客来此欢宴享乐。真宗时的名臣，开封府功曹参军、著作郎张君房做小官时，就曾“醉饮于樊楼”②。宣和年间，太学生们也经常“共登丰乐楼会饮”③。据周密记载，樊楼每天“饮徒常千余人”④。之所以有如此大的客流量，樊楼的名酒也是原因之一。樊楼常备的自酿酒名为“眉寿”、“和旨”，是当时颇具知名度的名酒。

汴梁的樊楼（丰乐楼）在靖康之乱中毁于兵火后，这面东京繁华的旗帜令异邦金国羡慕不已，索性在自己的领土上来了个“山寨版”：据宋话本《杨思温燕山逢故人》记述，燕山建起了一座秦楼，“便似东京白矾楼一般：楼上有六十个阁儿，下面散铺七八十副桌凳”⑤，甚至连酒保雇用的也是流落燕山的矾楼过卖。

三、临安的酒肆

1. 处处有酒肆

南宋时，由于饮食娱乐业的迅速发展，酒肆在全国遍地开花，其分布地区已经从大城市、州府普及到了县城、小市镇甚至乡村和交通要道，洪迈《夷坚志》中有不少这方面的记载。“鄱阳每岁迎神之会，……绍熙三年春，县前居民舒七者，开酒肆”⑥，“宣之南陵，在汉为春榖县，古邑也。民某生者，就邑治大门之内开酒店”⑦，这两家都是开在县城的酒肆；“韩洙者，……寓家信州弋阳县大郴村。独往县东二十里，地名荆山，开酒肆及客邸。乾道七年季冬，南方举

① （宋）周密《齐东野语》卷十一《沈君与》，《齐东野语》，北京：中华书局，1983年11月1版，第206页。

② （宋）释文莹《湘山野录》卷上，《湘山野录》《续录》《玉壶清话》合刊，北京：中华书局，1984年7月第1版，第6页。

③ （宋）王明清《投辖录·龙主》，转引自李剑国《宋代传奇集》（中册），北京：中华书局，2018年8月1版，第885页。

④ （宋）周密《齐东野语》卷十一《沈君与》，《齐东野语》，北京：中华书局，1983年11月1版，第206页。

⑤ 宋话本《杨思温燕山逢故人》，见《古今小说》卷二十四，北京：人民文学出版社，1958年4月1版，第369页。

⑥ （宋）洪迈《夷坚支癸》卷六《舒七不偿酒》，《夷坚志》第三册，北京：中华书局，1981年10月1版，第1268页。

⑦ （宋）洪迈《夷坚支乙》卷八《南陵美妇人》，《夷坚志》第二册，北京：中华书局，1981年10月1版，第856页。

人赴省试，来往甚盛”[①]，“张充者，……徙居山阳北神堰，大启酒肆，家亦赡足”[②]，韩洙和张充的酒肆位于交通要道，属于典型的乡镇酒肆；“池州东流县村墟，尝有少年数辈，相聚于酒店赌博”[③]，“德兴南市乡民汪一，启酒肆于村中”[④]，这两家是开在乡村的酒肆。

在县城、乡镇、和乡村之外的城市，酒肆更是数不胜数。周密《癸辛杂识》续集卷上《成都恶事》记载魏明已之侄“云少年在成都，时方承平，繁盛与京师同。一日入酒肆中坐……”[⑤]，魏氏提及的是成都的酒肆；范成大在《吴郡志》卷六《仓库场务　市楼附》中记载了平江城（今苏州市）的激赏西库、激赏南库、望云馆三所官酒库和清风楼、黄鹤楼、跨街楼、花月楼、丽景楼五座市楼[⑥]；范成大作为南宋特使在乾道六年出使金国时，路过相州，见“市有秦楼、翠楼、康乐楼、月白风清楼，皆旗亭也”[⑦]，可见，金人统治区相州的酒楼也不少。

地方上如此，行在临安更是酒楼林立，处处“各有茶坊、酒肆”[⑧]，其繁盛、繁多程度与北宋东京汴梁相比，可谓有过之而无不及。当时杭州的酒楼有两种，其中一种是属于户部点检所官酒库的官酒楼。据《梦粱录》卷十《点检所酒库》记载，户部点检所共有东库、西库（又名金文正库）、南库（原名升阳宫）、北库、中库、南上库、南外库、北外库、西溪库、天宗库、赤山库、崇新库、徐村库十三座大的官酒库，另外在安溪、余杭、奉口、解城、盐官、长安、许村、临平和汤镇还有九座规模较小的官酒库[⑨]，十三座大酒库都附设了酒楼；除了官酒库附设的官酒楼，行在临安还有不少“市楼”。所谓“市楼”，指的是私人开

① （宋）洪迈《夷坚丁志》卷七《荆山客邸》，《夷坚志》第二册，北京：中华书局，1981年10月1版，第596页。

② （宋）洪迈《夷坚三志己》卷七《张充家怪》，《夷坚志》第三册，北京：中华书局，1981年10月1版，第1327页。

③ （宋）洪迈《夷坚支癸》卷九《东流道人》，《夷坚志》第三册，北京：中华书局，1981年10月1版，第1292页。

④ （宋）洪迈《夷坚三志壬》卷十《汪一酒肆客》，《夷坚志》第四册，北京：中华书局，1981年10月1版，第1545页。

⑤ （宋）周密《癸辛杂识》续集上，《癸辛杂识》，北京：中华书局，1988年1月1版，第141页。

⑥ （宋）范成大《吴郡志》卷六《仓库场务　市楼附》，《吴郡志》，南京：江苏古籍出版社，1999年8月1版，第69—70页。

⑦ （宋）范成大《揽辔录》，《范成大笔记六种》，北京：中华书局，2002年9月1版，第11页。

⑧ （宋）吴自牧《梦粱录》卷十三《铺席》，《东京梦华录（外四种）》，上海：上海古典文学出版社，1956年11月1版，第241页。

⑨ （宋）吴自牧《梦粱录》卷十《点检所酒库》，《东京梦华录（外四种）》，上海：上海古典文学出版社，1956年11月1版，第213—214页。

设的酒楼。事实上，无论官营的官楼还是私营的“市楼”，其奢华程度是一般无二的。

和北宋相比，南宋的普通酒肆为满足不同客户的需要，承担了一些大酒楼不愿和不能承担的服务项目，从而产生了经营项目更为专一，业务针对性更强的各类小酒肆。灌园耐得翁《都城纪胜》专辟一节详述各类酒肆：

> 除官库子库脚店之外，其余皆谓之“拍户”，有茶饭店，谓兼卖食次下酒是也……包子酒店，谓卖鹅鸭包子、四色兜子、肠血粉羹、鱼子、鱼白之类，此处易为支费。宅子酒店，谓外门面装饰如仕官宅舍，或是旧仕宦宅子改作者。花园酒店，城外多有之，或城中效学园馆装折。直卖店，谓不卖食次也。散酒店，谓零卖百单四、七十七、五十二、三十八，并折卖外坊酒。门首亦不设油漆杈子，多是竹栅布幕，谓之打碗，遂言只一杯也，却不甚尊贵，非高人所往。庵酒店，谓有娼妓在内，可以就欢，而于酒阁内暗藏卧床也。门首红栀子灯上，不以晴雨，必用箬𥫗盖之，以为记认。其他大酒店，娼妓只伴坐而已。欲买欢，则多往其居。罗酒店，在山东、河北有之，今借名以卖浑头，遂不贵重也。①

吴自牧《梦粱录》卷十六中对酒肆的描述同样详尽：

> 大抵酒肆除官库、子库、脚店之外，其余谓之“拍户”，兼卖诸般下酒，食次随意索唤。酒家亦自有食牌，从便点供。更有包子酒店，专卖灌浆馒头、薄皮春茧包子、虾肉包子、鱼兜杂合粉、灌熝大骨之类。又有肥羊酒店，如丰豫门归家、省马院前莫家、后市街口施家、马婆巷双羊店等铺，零卖软羊、大骨龟背、烂蒸大片、羊杂熓四软、羊撺四件。有一等直卖店，不卖食次下酒，谓之“角毬店”，零沽散卖，或百单四、七十七、五十二、三十八者是也。又有挂草葫芦、银马杓、银大碗，亦有挂银裹直卖牌，多是竹栅布幕，谓之“打碗头”，只三二碗便行。更有酒店兼卖血脏、豆腐羹、熝螺蛳、煎豆腐、蛤蜊肉之属，乃小辈去处。②

将上面两段文字逐一对比，便可推知南宋的普通酒肆从主营项目角度大致可分

① （宋）灌园耐得翁《都城纪胜·酒肆》，《东京梦华录（外四种）》，上海：上海古典文学出版社，1956年11月1版，第92页。

② （宋）吴自牧《东京梦华录》卷十六《酒肆》，《东京梦华录（外四种）》，上海：上海古典文学出版社，1956年11月1版，第263页。

为下面几类：一是茶酒店，又名茶饭店，以卖酒为主，兼买主食和配菜；二是包子酒店，专售灌浆馒头、薄皮春卷、虾肉包子、肠血粉羹等；三是直卖店，又名角毬店，专卖各色黄、白诸酒，不买主食和配菜；四是散酒店，零沽散卖一百零四钱、七十七钱、五十二钱、三十八钱酒，除本地酒外，也卖外地酒，且兼营血脏、豆腐羹、熬螺蛳、煎豆腐、蛤蜊肉等廉价佐酒菜。这种酒店，外挂镀银招牌，门遮竹栅布幕，是身份不太尊贵的市井小民经常光顾的地方；五是庵酒店，有娼妓在内，酒阁内都暗藏着卧床，可以提供性服务。这类酒肆区别于其他酒肆的标志是门前挂有红栀子灯，而且不论晴天还是下雨，栀子灯都用竹叶盖着。除了以上五种，还有门面装饰如仕宦宅舍，或是旧仕宦宅子改作的宅子酒店；在城外郊区或在城内仿园林建筑，供文人雅士举行文会聚饮之类活动的花园酒店，专售羊肉、羊骨、羊杂碎的肥羊酒店，以及名字出奇的罗酒店等。

就像庵酒店是对娼妓只陪坐不卖身的大酒楼的补充一样，《都城纪胜》和《梦粱录》记载的这些小酒店都是对大酒楼经营盲区的一种补充。正是这些各具经营特色的小酒店的出现，才使整个酒肆行业的结构更为合理，同时也说明了南宋酒肆行业的进一步繁荣与发展。

根据吴自牧《梦粱录》、周密《武林旧事》、灌园耐得翁《都城纪胜》、施谔《淳祐临安志》、周淙《乾道临安志》及田汝成《西湖游览志》等书的相关记载，笔者将有名可查的临安酒楼正店编制成了下面的表格：

表二　　　　南宋临安酒楼正店一览表

序号	酒肆名称	位置	文献出处
1	太和楼（属东酒库，又名大和楼）	常庆坊（崇新门里）	灌园耐得翁《都城纪胜·酒肆》；吴自牧《梦粱录》卷十《点检所酒库》；田汝成《西湖游览志》卷十三《南山分脉城内胜迹·衢巷河桥》
2	西楼（属西酒库，西酒库又称金文库，金文正库）	丰豫门（涌金门）外	灌园耐得翁《都城纪胜·酒肆》；吴自牧《梦粱录》卷十《点检所酒库》；田汝成《西湖游览志》卷十三《南山分脉城内胜迹·衢巷河桥》
3	和乐楼（属南酒库，南酒库原名升阳宫）	清河坊南	灌园耐得翁《都城纪胜·酒肆》；吴自牧《梦粱录》卷十《点检所酒库》；周密《武林旧事》卷六《酒楼》；沈氏《鬼董》卷四《樊生》；田汝成《西湖游览志》卷十三《南山分脉城内胜迹·衢巷河桥》
4	春风楼（属北酒库）	鹅鸭桥东	灌园耐得翁《都城纪胜·酒肆》；吴自牧《梦粱录》卷十《点检所酒库》；田汝成《西湖游览志》卷十三《南山分脉城内胜迹·衢巷河桥》

续表

序号	酒肆名称	位置	文献出处
5	和丰楼（属南上库，南上库又名银瓮子库）	睦亲坊北	灌园耐得翁《都城纪胜·酒肆》；吴自牧《梦粱录》卷十《点检所酒库》；周密《武林旧事》卷六《酒楼》；田汝成《西湖游览志》卷十三《南山分脉城内胜迹·衢巷河桥》
6	丰乐楼（旧名耸翠楼，属西子库）	善履坊（丰豫门即涌金门外）	灌园耐得翁《都城纪胜·酒肆》；祝穆《方舆胜览》卷一《浙西路·临安府》；潜说友《咸淳临安志》卷三十二《丰乐楼》；周密《武林旧事》卷六《酒楼》；田汝成《西湖游览志》卷八《北山胜迹》和卷十三《南山分脉城内胜迹·衢巷河桥》
7	太平楼（属西子库）①	清和坊内	庄绰《鸡肋编》卷下；李心传《建炎以来系年要录》卷八十九绍兴五年五月甲申；灌园耐得翁《都城纪胜·酒肆》；周密《武林旧事》卷六《酒楼》；田汝成《西湖游览志》卷十三《南山分脉城内胜迹·衢巷河桥》
8	中和楼（属中酒库，中酒库又名银瓮子中库）	众乐坊北	灌园耐得翁《都城纪胜·酒肆》；吴自牧《梦粱录》卷十《点检所酒库》；周密《武林旧事》卷六《酒楼》；田汝成《西湖游览志》卷十三《南山分脉城内胜迹·衢巷河桥》
9	春融楼（属北外库）	左家桥北	灌园耐得翁《都城纪胜·酒肆》；吴自牧《梦粱录》卷十《点检所酒库》
10	先得楼（即望湖楼，属钱塘正库）	钱塘门外上船亭南	吴自牧《梦粱录》卷十《点检所酒库》
11	武林园	中瓦巷南（中瓦子前）	吴自牧《梦粱录》卷十六《酒肆》；田汝成《西湖游览志》卷十三《南山分脉城内胜迹·衢巷河桥》
12	王家酒店	丰禾坊	吴自牧《梦粱录》卷十六《酒肆》
13	三元楼	新街坊	吴自牧《梦粱录》卷十六《酒肆》；周密《武林旧事》卷六《酒楼》；田汝成《西湖游览志》卷十三《南山分脉城内胜迹·衢巷河桥》

① 庄绰《鸡肋编》卷下载为南宋大将张俊开办的酒肆，约建于高宗绍兴初年。李心传《建炎以来系年要录》卷八十九“绍兴五年五月甲申”条记载建此楼的是杨沂中，未知孰是。

续表

序号	酒肆名称	位置	文献出处
14	井字楼[①]	纯礼坊（又名竹竿巷，俗呼后洋街巷）	田汝成《西湖游览志》卷二十《北山分脉城内胜迹·衢巷河桥》
15	熙春楼	南瓦子前熙春桥畔	吴自牧《梦粱录》卷十六《酒肆》；周密《武林旧事》卷六《酒楼》；田汝成《西湖游览志》卷十三《南山分脉城内胜迹·衢巷河桥》
16	双凤楼	坝头西市坊	吴自牧《梦粱录》卷十六《酒肆》
17	花月楼	新街巷口	吴自牧《梦粱录》卷十六《酒肆》；周密《武林旧事》卷六《酒楼》；田汝成《西湖游览志》卷十三《南山分脉城内胜迹·衢巷河桥》
18	日新楼	羲和坊（下瓦子前）	吴自牧《梦粱录》卷十六《酒肆》；周密《武林旧事》卷六《酒楼》；田汝成《西湖游览志》卷十三《南山分脉城内胜迹·衢巷河桥》
19	郑厨分茶酒肆	清波门（暗门）外	吴自牧《梦粱录》卷十六《酒肆》
20	风月楼	金波桥	吴自牧《梦粱录》卷十六《酒肆》
21	五间楼	新街坊（南宋中期从融和坊与太平坊之间分出来的一条街）	周密《武林旧事》卷六《酒楼》；田汝成《西湖游览志》卷十三《南山分脉城内胜迹·衢巷河桥》
22	嘉庆楼	融和坊	吴自牧《梦粱录》卷十六《酒肆》
23	聚景楼	融和坊	吴自牧《梦粱录》卷十六《酒肆》
24	赏新（心）楼	修义坊（即菱椒巷）	吴自牧《梦粱录》卷十六《酒肆》；周密《武林旧事》卷六《酒楼》；田汝成《西湖游览志》卷十三《南山分脉城内胜迹·衢巷河桥》
25	虾蟆眼酒店	新街坊	周密《武林旧事》卷六《酒楼》
26	严厨酒楼	不详	周密《武林旧事》卷六《酒楼》；田汝成《西湖游览志》卷十三《南山分脉城内胜迹·衢巷河桥》
27	银马杓酒楼	不详	周密《武林旧事》卷六《酒楼》

①（明）田汝成《西湖游览志》卷二十《北山分脉城内胜迹·衢巷河桥》记载：“井字楼，宋酒楼也，叠构如井，故名。”

续表

序号	酒肆名称	位置	文献出处
28	康沈店	不详	周密《武林旧事》卷六《酒楼》；田汝成《西湖游览志》卷十三《南山分脉城内胜迹·衢巷河桥》
29	翁厨酒楼	不详	周密《武林旧事》卷六《酒楼》；田汝成《西湖游览志》卷十三《南山分脉城内胜迹·衢巷河桥》
30	任厨酒楼	不详	周密《武林旧事》卷六《酒楼》；田汝成《西湖游览志》卷十三《南山分脉城内胜迹·衢巷河桥》
31	陈厨酒楼	不详	周密《武林旧事》卷六《酒楼》；田汝城《西湖游览志》卷十三《南山分脉城内胜迹·衢巷河桥》
32	周厨酒楼	不详	周密《武林旧事》卷六《酒楼》；田汝城《西湖游览志》卷十三《南山分脉城内胜迹·衢巷河桥》
33	巧张酒楼	不详	周密《武林旧事》卷六《酒楼》
34	沈厨酒楼	不详	周密《武林旧事》卷六《酒楼》；田汝城《西湖游览志》卷十三《南山分脉城内胜迹·衢巷河桥》
35	张花酒楼	不详	周密《武林旧事》卷六《酒楼》

临安的著名酒楼，有规模最大的中瓦子前武林园，这家酒楼不仅“花木森茂，酒座潇洒”，而且由著名的三元楼厨师康、沈二人主厨，菜肴绝佳。酒店主廊上还坐着几十位仙女似的歌妓，“以待酒客呼唤”①；有“俱用全桌银器皿沽卖”②的康厨酒楼、沈厨酒楼、施厨酒楼、王家酒店、郑厨分茶酒肆，其中的王家酒店是南宋时著名的高级酒楼；有“只卖好酒”③的虾蟆眼酒店；有杭州被定为行在不久后兴建的太平楼④；有以名厨号召食客的银马杓酒楼、翁厨酒楼、任厨酒楼、陈厨酒楼、周厨酒楼、巧张酒楼、沈厨酒楼和张花酒楼⑤；有专卖羊肉、羊骨、羊杂的丰豫门归家、省马院前莫家、后市街口施家及马婆巷双羊店⑥等中

①（宋）吴自牧《梦粱录》卷十六《酒肆》，《东京梦华录（外四种）》，上海：上海古典文学出版社，1956年11月1版，第263页。

②（宋）吴自牧《梦粱录》卷十六《酒肆》，《东京梦华录（外四种）》，上海：上海古典文学出版社，1956年11月1版，第264页。

③（宋）周密《武林旧事》卷六《酒楼》，《东京梦华录（外四种）》，上海：上海古典文学出版社，1956年11月1版，第442页。

④（宋）庄绰《鸡肋编》卷下，《鸡肋编》，北京：中华书局，1983年3月1版，第92页。

⑤（宋）周密《武林旧事》卷六《酒楼》，《东京梦华录（外四种）》，上海：上海古典文学出版社，1956年11月1版，第442页。

⑥（宋）吴自牧《梦粱录》卷十六《酒肆》，《东京梦华录（外四种）》，上海：上海古典文学出版社，1956年11月1版，第263页。

低档的大众酒肆。众多著名酒楼中，最为知名的当属被称为南宋第一楼的丰乐楼：

2. 南宋第一楼——丰乐楼

丰乐楼是临安风景最美的酒楼。东京的丰乐楼（即樊楼）在靖康之乱中毁于兵火后，在临安的西子湖畔，又出现了一座以“丰乐楼”命名的新酒楼。南宋的这座丰乐楼原名耸翠楼，是一座历史悠久的老酒楼。关于这座酒楼的变迁沿革，南宋周淙所撰《乾道临安志》卷二《楼》中有如下记载：

> 耸翠楼，在丰豫门外，政和七年，郡守徐铸命钤辖杨靖，于湖堂之右，以众乐亭旧址临湖为耸翠楼。今丰乐楼。①

南宋施谔撰《淳佑临安志》卷六《楼观》记载如下：

> 丰乐楼　在丰豫门外，旧名耸翠楼，政和七年，郡守徐公铸于湖堂之右，以众乐亭旧址，临湖始建此楼。楼据西湖之会……淳佑九年，府尹大资政赵公与篡始撤新之。瑰丽宏特，高接云汉……遂为西湖之壮。旁为花径曲折，亭榭参差，更与兹楼映带云。②

周密《武林旧事》卷五《湖山胜概》中写道：

> 丰乐楼旧为“众乐亭”，又改“耸翠楼”，……淳佑间，赵京尹与篡重建，宏丽为湖山冠。③

上面三则材料告诉我们，丰乐楼旧址原是丰豫门外的众乐亭，北宋徽宗政和七年（1117 年），郡守徐铸在众乐亭旧址基础上，临湖修建了一座酒楼，命名为“耸翠楼”。到周淙作《乾道临安志》时的南宋孝宗乾道五年（1169），耸翠楼才被称为丰乐楼。随着南宋偏安一隅的局面逐渐稳定，杭州由钱鏐以来的“东南第一州”跃升为全国第一州，成为当时世界上最繁荣富庶的第一大城市。当时有两句民谣，“若要富，守定行在卖酒醋；若要官，杀人放火受招安”④，分

---

①（宋）周淙《乾道临安志》卷二《楼》，《南宋临安两志》，杭州：浙江人民出版社，1983 年 1 月版，第 43—44 页。

②（宋）施谔《淳祐临安志》卷六《楼观》，《南宋临安两志》，杭州：浙江人民出版社，1983 年 1 月版，第 104—105 页。

③（宋）周密《武林旧事》卷五《湖山胜概》，《东京梦华录（外四种）》，上海：上海古典文学出版社，1956 年 11 月 1 版，第 409 页。

④（宋）张知甫《可书》，《墨庄漫录》《过庭录》《可书》合刻，北京：中华书局，2002 年 8 月 1 版，第 417 页。

销国家专卖的酒醋也可以致富，杭州的繁荣富庶可想而知。在这种大背景下，位于美丽的西子湖畔的丰乐楼，生意越来越红火，于是“官酤喧杂”之下，该楼建筑“卑小，弗与景称”的缺陷一天天凸显出来。终于在宋理宗淳祐九年（1249），临安府尹对耸翠楼进行了重修扩建。扩建后的该楼面目一新，瑰丽宏伟，高接云霄，既保持了重修前“据西湖之会，千峰连环，一碧万顷，柳汀花坞，历历栏槛间，而游桡画鹢，棹讴堤唱，往往会合于楼下”①的自然环境优势，又加上楼旁“花径曲折，亭榭参差，更与兹楼映带”，从而成为融人工美与自然美于一体的壮观之景，名副其实的南宋第一楼。难怪周密在《武林旧事》卷五回忆杭州的湖山胜景时，首先就提到了丰乐楼。约在南宋末年，这座官办酒楼又成了缙绅士人“同年会、拜乡会之地”②，即乡饮团拜的专用酒楼。

生活在南宋宁宗、理宗时的姚勉（1216—1262）有一首《柳梢青·忆西湖》词，在他对西湖的回忆中，除了浓淡相宜的水光山色，杨柳青青的苏堤，就是“丰乐楼前，涌金门外，买个船儿”③泛舟湖上，丰乐楼在词人的笔下，成了西子湖畔的标志性建筑。理宗淳祐十一年即丰乐楼扩建的第三年春天，南宋著名词人吴文英登楼宴饮，作了一首名为《莺啼序·丰乐楼节斋新建》的词，并且将它写在了丰乐楼的墙壁上，于是众口传颂，流行一时：

> 天吴驾云阆海，凝春空灿绮。倒银海、蘸影西城，四碧天镜无际。彩翼曳、扶摇宛转，雩龙降尾交新霁。近玉虚高处，天风笑语吹坠。清濯缁尘，快展旷眼，傍危阑醉倚。面屏障、一一莺花。薜萝浮动金翠。惯朝昏、晴光雨色，燕泥动、红香流水。步新梯，藐视年华，顿非尘世。麟翁衮舄，领客登临，座有诵鱼美。翁笑起、离席而语，敢诧京兆，以役为功，落成奇事。明良庆会，赓歌熙载，隆都观国多闲暇，遣丹青、雅饰繁华地。平瞻太极，天街润纳璇题，露床夜沉秋纬。清风观阙，丽日罘罳，正午长漏迟。为洗尽、脂痕茸唾，净卷麹尘，永昼低垂，绣帘十二。高轩驷马，峨冠鸣佩，班回花底修禊饮，御炉香、分惹朝衣袂。碧桃数点飞花，涌出宫沟，溯春万里。④

① （宋）施谔《淳祐临安志》卷六《楼观》，《南宋临安两志》，杭州：浙江人民出版社，1983 年 1 月版，第 104—105 页。

② （宋）周密《武林旧事》卷五《湖山胜概》，《东京梦华录（外四种）》，上海：上海古典文学出版社，1956 年 11 月 1 版，第 409 页。

③ （宋）姚勉《柳梢青·忆西湖》，唐圭璋编纂《全宋词》第五册，北京：中华书局，1999 年 1 月 1 版，第 3920 页。

④ （宋）吴文英《莺啼序·丰乐楼节斋新建》，唐圭璋编纂《全宋词》第四册，北京：中华书局，1999 年 1 月 1 版，第 3686 页。

对丰乐楼情有独钟的吴文英晚年重游丰乐楼时，又写了一首名为《高阳台・丰乐楼分韵得如字》的词，盛赞该楼风景之美，所谓“凭阑浅画成图。山色谁题？楼前有雁斜书”①，展现在眼前的湖山宛如一副天然的图画，此时天际正好有一队大雁飞过，燕阵恰似这幅画图上题写的诗句。吴文英还写过一首《醉桃源・会饮丰乐楼》的词，描绘了晚春时节，晓莺堤畔，翠阴浓处，“画图新展远山齐”②背景下，“花深十二梯”③ 的丰乐楼外部环境之幽美。

事实上，对丰乐楼情有独钟的不止吴文英一人，理宗朝进士、开庆元年（1259）做建康府江宁县宣教郎的林晖④曾为丰乐楼做过赋；《武林旧事》卷五《湖山胜概》之《丰乐楼》抄录了三朝元老，光宗时做过吏部尚书、宁宗时任右丞相的名臣赵汝愚（1140—1196）的《柳稍青・题丰乐楼》：

水月光中，烟霞影里，涌出楼台。空外笙箫，云间笑语，人在蓬莱。天香暗逐风回，正十里、荷花盛开。买个小舟，山南游遍，山北归来。⑤

赵氏用优美的文笔描绘出了一个人间仙境般的丰乐楼。宋话本《西湖三塔记》入话形容西湖风景之美，有“花坞相连酒市，旗亭萦绕渔村。柳洲岸口，画船停棹唤游人；丰乐楼前，青布高悬沽酒帘”⑥的词句，丰乐楼作为南宋最为著名的大酒楼，在一般市民心目中也是西湖的地标建筑。

至于南宋人将西湖之滨的耸翠楼改为北宋汴京的丰乐楼之名的原因，张岱《西湖梦寻》指出“高宗移汴民居杭地嘉、湖诸郡，时岁丰稔，建此楼，以与民同乐，故名”⑦。丰乐楼之所以从东京汴梁走到了行在临安，与其说是耸翠楼的重命名，不如说是丰乐楼的“迁徙”更为准确，因为它道出了从高宗赵构到普通市民对丰乐楼的难以忘怀，实际上是对已经逝去的东京繁华的难以忘怀。

---

①（宋）吴文英《高阳台・丰乐楼分韵得如字》，唐圭璋编纂《全宋词》第四册，北京：中华书局，1999年1月1版，第3702页。

②（宋）吴文英《醉桃源・会饮丰乐楼》，唐圭璋编纂《全宋词》第四册，北京：中华书局，1999年1月1版，第3673页。

③（宋）吴文英《醉桃源・会饮丰乐楼》，唐圭璋编纂《全宋词》第四册，北京：中华书局，1999年1月1版，第3673页。

④ 林晖事参见（宋）梁克家《淳熙三山志》（四库全书本）卷三十二“人物类”和（宋）周应合《景定建康志》（南京出版社2009年9月版）卷二十七。

⑤（宋）赵汝愚《柳稍青・题丰乐楼》，唐圭璋编纂《全宋词》第三册，北京：中华书局，1999年1月1版，第2412页。此词又见（明）陈耀文辑《花草粹编》卷八。

⑥（明）洪楩《清平山堂话本》卷一《西湖三塔记》，《清平山堂话本》，上海：上海古籍出版社，1987年2月新1版，第22页。

⑦（明）张岱《西湖梦寻》卷四《西湖南路・柳洲亭》，南京：江苏古籍出版社，2000年8月1版，第48页。

第二节　酒肆的建筑形式、布局与装饰

一、酒垆楼栏尤壮丽：建筑形式与布局

日本学者加藤繁论到宋代城市变化时指出，城市中“二层三层的酒楼临大街而屹立”的情形是在宋代才开始的[①]。的确，作为宋代城市繁荣象征的酒楼，绝大多数都是凭借高大宏伟的建筑雄踞一城的。宋人张师正《倦游杂录·无比店与有巴楼》中，有如下记载：

参政赵侍郎宅，在东京丽景门内。后致政，归睢阳旧第。宋门之宅，更以为客邸，而材植雄壮，非邸可比，时谓之无比店。李给事中师保厘西京，时驼马市有人新造酒楼，李乘马过其下，悦其壮丽，忽大言曰有巴。京师谚语以美好为有巴。时人对曰：“梁苑叔平无比店，洛阳君赐有巴楼。”[②]

洛阳驼马市新造的酒楼因为壮丽，震撼了来自汴京的官员，他不由自主地发出了赞叹：有巴！

1. 有巴楼

范成大在《吴郡志》卷六《仓库场务　市楼附》中记述了南宋时平江府府治平江城（今苏州城）的酒库和酒楼：

激赏西库，在景德寺东，激赏南库，在盘门里，望云馆，在阊门里。右三所并绍定二年郡守李寿朋创。清风楼，在乐桥南。黄鹤楼，西楼之西。跨街楼，西楼之西。花月楼，饮马桥东北。丽景楼，乐桥东南。花月、丽景，皆淳熙十二年郡守丘崇建，雄盛甲于诸楼。[③]

平江城五座酒楼中的花月楼和丽景楼都是临街巍然耸立的大建筑[④]。不仅平江城，绍兴府也有类似的大酒楼：

---

①（日）加藤繁《中国经济史考证》，《中国经济史考证》中译本，北京：商务印书馆1959年版，第277页。

②（宋）张师正《倦游杂录·无比店与有巴楼》，见《宋元笔记小说大观》第一册，上海：上海古籍出版社，2007年1月1版，第753页。

③（宋）范成大《吴郡志》卷六《仓库场务　市楼附》，《吴郡志》，南京：江苏古籍出版社，1999年8月1版，第69—70页。

④ 在存世的《平江图》中仍清晰可辨。《平江图》与《吴郡志》几乎刊刻于同时，由理宗时的平江府知府李寿朋命刊，后经重行描刻，现仍完好的保存在苏州孔庙内。

绍兴府轩亭临街大楼，五通神据之，土人敬事。翟公巽帅越，尽去其神，改为酒楼。神座下有一大酒字，亦非偶然，目为和旨楼。①

这座名为和旨楼的酒楼，是由一座临街、高大的五通神庙改建而成的。

类似洛阳、平江城、绍兴府这样宏伟壮丽的酒楼还有不少，比如鄂州南市，因为“酒垆楼栏尤壮丽，外郡未见其比”②，给范成大留下了深刻的印象。上述地方酒楼，其壮观的程度和两宋都城的酒楼相比，还是略逊一筹。据张知甫《可书》记载：

宣和间，京师建欣乐、和乐、丰乐三酒楼，壮观之盛，虽从官亦许游宴。时高丽遣使贺正，赐宴其上。③

北宋政府之所以在这三座酒楼里宴请高丽国使者，是认为它们的无比壮丽代表了本朝酒楼建筑的最高水平。

高大、宏伟、壮丽的楼阁不仅是宋代酒楼一个显著的特点，也是宋代酒店建筑的形式之一。就布局和建筑形式而言，宋代的酒肆可分为楼阁型、宅邸型和花园型。楼阁型建筑上以二至三层的楼阁为主体，布局方面，一般底层设为散座，上层分隔为一间间的阁子，设为单间雅座。如由五座相对独立的楼阁组成，靠飞桥作为联络通道的超级大酒楼樊楼，就是典型的楼阁型酒肆。宅邸型酒肆的特点是店中设有若干院落和厅堂，廊庑也多做成单间阁子，可同时供上千人饮宴使用。花园型酒肆是一种高档酒肆，园中建轩、馆、亭、台，种植花木，使酒店融于园林之中，其中有一些就是利用旧花园设的酒肆，张八家园宅店即属此类④。被誉为“最是酒店上户”、“前有楼子，后有台，都人谓之‘台上’”⑤的汴京遇仙正店即是这种花园型酒肆。

2. 酒阁子

王明清《投辖录·龙主》记载宣和七年的一天，几个太学生到丰乐楼聚会饮酒时的奇遇。文中提及丰乐楼时，就写到了北宋京城楼阁型酒肆布局的一个共同特点：

---

①（宋）姚宽《西溪丛语》卷上，《西溪丛语》，北京：中华书局，1993年12月1版，第35页。

②（宋）范成大《吴船录》卷下，《范成大笔记六种》，北京：中华书局，2002年9月1版，第226页。

③（宋）张知甫《可书》，《墨庄漫录》《过庭录》《可书》合刻，北京：中华书局，2002年8月1版，第402页。

④ 从建筑的角度对酒店进行的分类，请参考柯宏伟《从清明上河图看北宋东京酒店建筑的特色》一文（载《河南大学学报》2004年第4期）。

⑤（宋）孟元老《东京梦华录》卷二《宣德楼前省府宫宇》，《东京梦华录（外四种）》，上海：上海古典文学出版社，1956年11月1版，第12页。

都城楼上酒客坐所，各有小室，谓之酒阁子。[①]

酒楼楼上都是各自独立的一个个单间，因为是各自独立的，保证了顾客会面、谈话的私密性。宋话本《志诚张主管》叙述汴京胭脂绒线铺的伙计张胜元宵夜看灯时，被一个酒博士请到一家酒店，他“同这酒博士到店内，随上楼梯，到一个阁儿前面。量酒道：‘在这里。’掀开帘儿，张主管看见一个妇女……”[②]，这位妇女是王招宣府遗弃的小夫人，离开她新丈夫张士廉的绒线铺后，张胜第一次在这种北宋京城各大酒楼都有的酒阁子里见到了她。不惟北宋，南宋酒楼的酒阁子一般也设在楼上。宋话本《西山一窟鬼》中，秀才吴洪与李乐娘第一次见面的酒阁子就是在酒楼的楼上。话本叙述媒人王婆和陈干娘安排吴洪到梅家桥下酒店相亲，吴洪和王婆“两个同入酒店里来。到得楼上，陈干娘接着，教授便问道：‘小娘子在那里？’干娘道：‘孩儿和锦儿在东阁儿里坐地’”[③]，李月娘等吴洪的地方是临安梅家桥下酒店楼上的东阁儿。

酒阁子的位置并不局限于酒店的楼上，一是因为宅邸型酒店没有楼上，二是有些楼阁型酒店楼下也设有酒阁子，比如汴京著名的任店（欣乐楼），入其门，“一直主廊约百余步，南北天井两廊皆小阁子”[④]，作为楼阁型的酒店，任店的酒阁子中就有设在南北天井两廊的。又比如武林园作为临安著名的花园型酒店，“入其门，一直主廊，约一二十步，分南北两廊，皆济楚阁儿，稳便坐席”[⑤]，这家酒店南北两廊整洁漂亮的酒阁子也是在楼下。

酒阁子在两宋时也叫“厅院”、“厅馆”[⑥]。在北宋的京城，“诸酒店必有厅院，廊庑掩映，排列小阁子，吊窗花竹，各垂帘幕，命妓歌笑，各得稳便”[⑦]，

---

①（宋）王明清《投辖录·龙主》，转引自李剑国《宋代传奇集》（中册），北京：中华书局，2018 年 8 月 1 版，第 885 页。

② 宋话本《志诚张主管》，出自《京本通俗小说等五种》，南京：江苏古籍出版社，1991 年 12 月 1 版，第 45 页。

③ 宋话本《西山一窟鬼》，出自《京本通俗小说等五种》，南京：江苏古籍出版社，1991 年 12 月 1 版，第 31 页。

④（宋）孟元老《东京梦华录》卷二《酒楼》，伊永文《东京梦华录笺注》，北京：中华书局，2006 年 8 月 1 版，第 174 页。

⑤（宋）吴自牧《梦粱录》卷十六《酒肆》，《东京梦华录（外四种）》，上海：上海古典文学出版社，1956 年 11 月 1 版，第 263 页。

⑥ 参见灌园耐得翁《都城纪胜·酒肆》（《东京梦华录（外四种）》，上海：上海古典文学出版社，1956 年 11 月 1 版，第 92 页）：“酒阁名为厅院，若楼上则又或名为山，一山、二山、三山之类。”

⑦（宋）孟元老《东京梦华录》卷二《饮食果子》，伊永文《东京梦华录笺注》，北京：中华书局，2006 年 8 月 1 版，第 190 页。

规模最大的酒楼樊楼（丰乐楼），每座楼上有六十个酒阁①，五座楼加起来应该是三百，即使考虑到“内西楼后来禁人登眺，以第一层下视禁中”②的因素，樊楼常设的酒阁也已经达到二百四十个左右。其他的大酒楼，如仁和店、会仙楼正店，则“常有百十分厅馆”③，酒阁的数量也不在少数。

二、彩楼相对绣旌招：店外与店内装饰

酒楼的装饰可分为店内装饰和店外装饰两种，店外装饰主要有杈子、彩楼欢门、酒旗（又称酒帘，望子）和栀子灯。吴自牧《梦粱录》卷十六《酒肆》一开头，就给读者描绘了武林园这个典型的大酒楼，说它

> ……店门首彩画欢门，设红绿杈子，绯绿帘幕，贴金红纱栀子灯。④

作为临安“市楼之表表者”，武林园气派、全备的店外装饰颇具代表性。由灌园耐得翁“酒家事物，门设红杈子、绯绿帘、贴金红纱栀子灯之类。旧传因五代郭高祖游幸汴京潘楼，至今成俗”⑤的记载可以推知两点，一是武林园的店外装饰绝非与众不同，而是临安酒楼的一种普遍现象；二是从北宋的汴京到南宋的临安，酒肆的店外装饰一脉相承，而且已经沿袭成俗。北宋张择端以汴京为对象创作的《清明上河图》也印证了灌园耐得翁的记载。《清明上河图》中所绘的酒店，既有正店，也有脚店。其中有一家名为“孙羊店”的正店，坐落在闹市区十字路口的东侧。从画面上看，这家正店门首搭建有高大、讲究的欢门彩楼，上面挑出写有“孙羊店”三字的大幅酒旗；门前有遮拦人马的杈子，杈子内的楞形花柱面上，一面写着“正店”，一面写着“孙记”。在虹桥南端的汴

① 参见《古今小说》第二十四卷《杨思温燕山逢故人》（《古今小说》，北京：人民文学出版社，1958 年 4 月 1 版，第 369 页）：思温随从车子到燕市秦楼住下，车尽入其中。贵人上楼去，番官人从楼下坐。原来秦楼最广大，便似东京白樊楼一般：楼上有六十个阁儿，下面散铺七八十副卓凳。

②（宋）孟元老《东京梦华录》卷二《酒楼》，《东京梦华录（外四种）》，上海：上海古典文学出版社，1956 年 11 月 1 版，第 15 页。

③（宋）孟元老《东京梦华录》卷四《会仙酒楼》，《东京梦华录（外四种）》，上海：上海古典文学出版社，1956 年 11 月 1 版，第 26 页。按，中华书局 1982 年 1 月版邓之城《东京梦华录注》和中华书局 2006 年 8 月版伊永文《东京梦华录笺注》此处断句均为：“常有百十分厅馆动使，各各足备，不尚少阙一件。”从文意看，似为不妥。

④（宋）吴自牧《梦粱录》卷十六《酒肆》，《东京梦华录（外四种）》，上海：上海古典文学出版社，1956 年 11 月 1 版，第 263 页。

⑤（宋）灌园耐得翁《都城纪胜・酒肆》，《东京梦华录（外四种）》，上海：上海古典文学出版社，1956 年 11 月 1 版，第 92 页。《梦粱录》卷十六《酒肆》也有类似记载，只是不如《都城纪胜》详细，且未提到绯绿帘，可参看。

河之侧，张择端绘有一处名为“十千”的脚店。这家脚店高悬写有“新酒”二字的酒旗，店门前的彩楼欢门，虽然没有孙羊店的宽大，但亦有气派；由于门面占地较小，门前的杈子也相对短些。该店门前也有个楞形装饰物，两面各写有“十千”、“脚店”两字。孙羊店和十千脚店的店外装饰真实地反应了汴京酒肆的普遍情况。

1. 杈子

杈子，又叫拒马、梐枑，俗称拒马杈子，其作用是拦截行人和车马，设在大街两旁时，可拦阻人马车辆越界通行。建炎元年，东京留守宗泽请求高宗回京师的奏札中说他已经修整的“护道杈子”[①]就属此类；杈子如果置于临街的建筑物前，则可以避免人马车辆靠近。吴自牧《梦粱录》所载 “登闻鼓院、检院相对，悉皆红杈子，排列森然，门禁严甚，守把钤束，人无敢辄入仰视”[②]和“大抵杭城是行都之处，万物所聚，诸行百市，自和宁门杈子外至观桥下，无一家不买卖者”[③]两处文字中的杈子起的就是避免人马车辆靠近的作用[④]。酒楼前设置的杈子显然属于后一类，这种杈子既方便酒楼营业，又有助于保持其门前的整洁清净。细看《清明上河图》，发现小摊贩、车辆等都在酒楼门前的杈子之外，就是此种作用的一个印证。需要指出的是，《宋史·舆服志》规定“臣庶室屋制度”时，明确指出“凡公宇，栋施瓦兽，门设梐枑”[⑤]，即杈子一般用于官府门前，而酒楼前可以设置杈子，意味着酒楼得到了和官府衙门同样的待遇，这显然是一种破格。宋代的酒楼正店和较大规模的脚店所用杈子的长短、高低和酒楼规模、门面占地的大小是相匹配的。门前不设杈子的除了临安的散酒店[⑥]，就是囿于资金和条件限制的乡镇村墟的小酒肆了。

---

① （宋）徐梦莘《三朝北盟汇编》卷一百十三，上海：上海古籍出版社，2019 年 9 月版，第 851 页。

② （宋）吴自牧《梦粱录》卷八《大内》，《东京梦华录（外四种）》，上海：上海古典文学出版社，1956 年 11 月 1 版，第 192 页。

③ （宋）吴自牧《梦粱录》卷十三《团行》，《东京梦华录（外四种）》，上海：上海古典文学出版社，1956 年 11 月 1 版，第 239 页。

④ 关于杈子的制作方法和设置地点，请参考柯宏伟《从清明上河图看北宋东京酒店建筑的特色》一文（载《河南大学学报》2004 年第 4 期）。

⑤ （元）脱脱《宋史》卷一百五十四《舆服志》，《宋史》第十一册，北京：中华书局，1985 年 6 月新 1 版，第 3600 页。

⑥ 参见（宋）灌园耐得翁《都城纪胜·酒肆》（《南宋古迹考外四种》，杭州：浙江人民出版社，1983 年 6 月 1 版，第 82 页）：散酒店，谓零卖百单四、七十七、五十二、三十八，并折卖外坊酒。门首亦不设油漆杈子，多是竹栅布幕，谓之打碗，遂言只一杯也。

2. 彩楼欢门

彩楼欢门首先出现在汴京的酒楼，“凡京师酒店，门首皆缚彩楼欢门”[①]，随后地方上的大型酒楼争相效仿。《梦粱录》记载了南宋临安官酒库清明节前酿完新酒做街头宣传时，“诸酒肆结彩欢门，游人随处品尝”[②]的情形，从一个侧面说明了欢门彩楼在南宋时的流行。一般而言，欢门彩楼可分为两种形式，第一种后面与酒楼屋身柱梁榫卯结合，自身不独立；第二种围成四方形或多角形，自身形成独立构架。据柯宏伟《从清明上河图看北宋东京酒店建筑的特色》一文的阐释，欢门彩楼的建筑构造是平地立柱，纵向与横向用粗细不同的圆木互相绑扎在一起，顶部的两侧甚至四个角斜出三角形片状构架，正面中部甚至四个面的中部高耸出三角形构架，这些木制构架主次分明，错落有致，本身已经具有很强的装饰性，如果再涂上颜色，其强大的视觉冲击力可想而知[③]。

的确，欢门的典型特点是用“朱绿五彩装饰”[④]，只是由于店家资本厚薄的不同，其大小和装饰程度会有区别。从《清明上河图》的画面看，绘有欢门彩楼的店铺共七处，除一家医药铺外，其余都是酒店。在这些酒店的彩楼欢门中，最壮观、气势不凡的是孙羊店。孙羊店的欢门共两层，前面正中是一个平面的梯檐，上面装饰着花形鸟状之物，檐下垂流苏[⑤]。

3. 酒旗

宋人孔平仲写有一首《酒帘》诗，其中有“百尺风外帘，常时悬高阁。若夸酒味美，聊劝行人酌”[⑥]的诗句，其中的酒帘即酒旗，酒旗又称酒望（子）、望子、招子、酒望儿，它的起源很早，春秋战国以来即作为酒家的标识而通行了。宋代酒楼、酒店门前多悬挂有酒旗，《清明上河图》中所绘的酒店都悬挂酒旗，正店孙羊店的酒旗上大书“孙羊店”三字，十千脚店前酒旗高悬，上写“新酒”二字。

酒旗是酒肆的标识，酒肆借酒旗的升降告知人们有酒无酒，营业或不营业。

---

① （宋）孟元老《东京梦华录》卷二《酒楼》，《东京梦华录（外四种）》，上海：上海古典文学出版社，1956年11月1版，第15页。

② （宋）吴自牧《梦粱录》卷二《诸库迎煮》，《东京梦华录（外四种）》，上海：上海古典文学出版社，1956年11月1版，第149页。

③ 关于彩楼欢门的分类和构造，请参考柯宏伟《从清明上河图看北宋东京酒店建筑的特色》一文（载《河南大学学报》2004年第4期）的相关论述。

④ （宋）吴自牧《梦粱录》卷十六《面食店》，《东京梦华录（外四种）》，上海：上海古典文学出版社，1956年11月1版，第267页。

⑤ 关于孙羊店彩楼欢门的样子，请参考伊永文《东京梦华录笺注》（北京：中华书局，2006年8月1版）第177页注释（二）“彩楼欢门”。

⑥ 《全宋诗》卷九十二孔平仲《酒帘》，《全宋诗》第十六册，北京：北京大学出版社，1995年3月第1版，第10853页。

北宋东京“中秋节前，诸店皆卖新酒，……市人争饮，至午未间，家家无酒，拽下望子”[①]，宋诗中亦有“酒楼日暮收青旆”[②]的描述。除了作为标识，酒旗还有很浓的广告色彩，所谓“一竿横挂数幅帛，题云酒味如醍醐”[③]是也。宋人很多小说中的描写都反映了酒旗的广告功能。宋话本《金鳗记》中写周三杀了计押番夫妻后出逃到镇江府，找了个客店住下后：

> 没事，出来闲走一遭。觉道肚中有些饥，就这里买些酒吃。只见一家门前招子上写道：酝成春夏秋冬酒，醉倒东西南北人。周三入去时，酒保唱了喏。问了升数，安排蔬菜下口。[④]

很显然，是招子上的广告语吸引了周三这个初来乍到、对镇江酒楼一无所知的外地人，使他迈进那家酒店的，酒旗的广告作用由此可见一斑。江少虞《宋朝事实类苑》还记载了比《金鳗记》中的招子文字更为成功的一则酒旗用语：

> 王逵以祠部员外郎知福州，尚气自矜。福唐有当垆老媪，常酿美酒，士人多饮其家，有举子谓曰：“吾能与媪致十数千，媪信乎？”媪曰：“倘能之，敢不奉教。”因俾媪市布为一酒帘，题其上曰：“下临广陌三条阔，斜倚危楼百尺高。”又曰：“太守若出，喝道者必令媪卸酒帘，但佯若不闻。俟太守行马至帘下，即出卸之，如见责稽缓，即推以事故，谢罪而已。必问酒帘上诗句何人题写，但云：‘某尝闻饮酒者好诵此二句，言是酒望子诗。’”媪遂托善书者题于酒旗上，自此酒售数倍。…诗乃王咏酒旗诗也，生平最为得意者。[⑤]

福州的这家由老媪当垆的酒肆，因为酒美已经吸引了不少读书人，但她的美酒销售量成倍增长则是在悬挂了写有“下临广陌三条阔，斜倚危楼百尺高”的酒

---

①（宋）孟元老《东京梦华录》卷八《中秋》，《东京梦华录（外四种）》，上海：上海古典文学出版社，1956年11月1版，第50页。

②《全宋诗》卷二千二百一十八陆游《早春出游二首》，《全宋诗》第四十册，北京：北京大学出版社，1998年12月第一版，第25429页。

③《全宋诗》卷六百三十四徐积《高楼春》，《全宋诗》第十一册，北京：北京大学出版社，1998年12月第一版，第7568页。

④（明）冯梦龙《警世通言》卷二十《计押番金鳗产祸》，《警世通言》，北京：人民文学出版社，1956年1月第1版，第283页。

⑤（宋）江少虞《宋朝事实类苑》卷三十九《诗歌赋咏·酒帘》，《宋朝事实类苑》，上海：上海古籍出版社，1981年7月1版，第488页。

帘以后，这酒帘上的字句出自当时福州知州王逵的咏酒旗诗，这则酒旗用语的成功之处在于无意中运用了名人效应。宋诗中有不少诗句也反应了酒旗的广告功能，王铚的“酒旗隔岸招闲客”①，陆游的“青帘夸酒美，且复共登楼”、“无心作村醉，酒旆苦相招”、“小市酒旗能唤客”②，都是这样的例子。

宋代城市乃至县城的酒旗都追求高大、美观，从《清明上河图》的画面看，汴京的大酒旗多为青白二色条布五幅相间而成。对于酒旗的以大为时尚，洪迈《容斋续笔》中有“今都城与郡县酒务，及凡鬻酒之肆，皆揭大帘于外，以青白布数幅为之”③的记载。宋诗人郭祥正也有“百尺栏杆横酒旗”④的诗句，百尺高的栏杆上挑出的酒旗之宽大是不难想见的。在追求宽大的同时，宋人在酒旗的美观上也下了不少功夫。从孟元老“九桥门街市酒店，彩楼相对，绣旆相招，掩翳天日”⑤的记载，可以得知北宋汴京酒肆的酒旗曾使用绣工，以增加视觉上的冲击力和美观度。《东京梦华录》卷八《中秋》说中秋节前各酒店为多卖新酒，都“重新结络门面彩楼，花头画竿，醉仙锦旆”⑥，不同于一般文字锦旗的呆板，这种饰有醉仙图案的锦绣酒旗活泼新奇，引得“市人争饮”也就不足为奇了。宋话本《赵正侯兴》提到宋四公来到谟县前，见个小酒店，它的酒旗虽然“三尺晓垂杨柳岸，一竿斜刺杏花傍”，不甚宽大，却也是“云拂烟笼锦旆扬”⑦，可见，即使是县城的酒肆，酒旗也是颇为美观的。

4. 店内装饰

和酒肆外部的建筑装饰相比，宋代酒肆内部的装饰也很颇为讲究，无论是店铺内部的建筑装饰还是店内的陈设，都特别注重文化、艺术氛围的营造。店堂内常挂有书画，或在墙壁上画有图画。洪迈《夷坚志》中写许先之做东平知府时得

---

①《全宋诗》卷一千九百零九王铚《雪晴闲渡西溪》，《全宋诗》第三十四册，北京：北京大学出版社，1998年4月第一版，第21321页。

②《全宋诗》卷二千一百九十四陆游《题酒家壁》、《全宋诗》卷二千二百一十二陆游《江亭》、《全宋诗》卷二千二百二十四陆游《闲适》，《全宋诗》第四十册、第四十册、第四十一册，北京：北京大学出版社，1998年12月第一版，第25050页、第25337页、第25520页。

③（宋）洪迈《容斋续笔》卷十六《酒肆旗望》，《容斋随笔》，北京：中华书局，2005年11月1版，第417页。

④《全宋诗》卷七百五十一郭祥正《谢杜倅职方兼简汤史君》，《全宋诗》第十三册，北京：北京大学出版社1993年9月第一版，第8756页。

⑤（宋）孟元老《东京梦华录》卷二《酒楼》，《东京梦华录（外四种）》，上海：上海古典文学出版社，1956年11月1版，第50页。

⑥（宋）孟元老《东京梦华录》卷八《中秋》，伊永文《东京梦华录笺注》，北京：中华书局，2006年8月1版，第814页。笔者按，上海古典文学出版社1956年点校本《东京梦华录》卷八《中秋》将此处标点为“重新结络门面彩楼花头，画竿醉仙锦旆”，似不妥，应以伊永文的标点为准。

⑦（明）冯梦龙《古今小说》卷三十六《宋四公大闹禁魂张》，《古今小说》，北京：人民文学出版社，1958年4月1版，第532页。

一奇石，这块石头“高阔三尺，宛如酒家壁所画仙人醉后奋袖坐舞之状”[①]，可见酒肆壁上所画的内容通常是醉后的仙人。北宋汴京孙赐的酒肆，“置图画于壁间，列书史于几案，为雅戏之具”[②]，这样的装饰与摆设融书香、画意和趣味于一体，呈现给酒客的是一派高雅不凡的风格，也暗合了人们潜意识里流动的琴棋书画的理想意境。周密《武林旧事》卷三《西湖游幸》记载南宋淳熙年间，太上皇高宗常乘大龙舟游幸湖山：

一日，御舟经断桥，桥旁有小酒肆，颇雅洁，中饰素屏，书《风入松》一词于上，光尧驻目称赏久之，宣问何人所作，乃太学生俞国宝醉笔也[③]。

与一般酒肆的将字画挂于墙壁不同，这家小酒肆是将一位太学生醉中所写的词题于屏风之上，并放在了酒肆的显眼位置，这一做法颇有创意，因为题字屏风烘托出的是一种雅致的氛围。

和城市里的酒肆相比，乡村酒肆的内部装饰在文雅化和艺术氛围的营造方面要逊色不少。话本《宋四公大闹禁魂张》中，宋四公赶路时：

肚里又闷，又有些饥渴，只见个村酒店，但见：

柴门半掩，破旆低垂。村中量酒，岂知有涤器相如？陋质蚕姑，难效彼当垆卓氏。壁间大字，村中学究醉时题；架上麻衣，好饮芒郎留下当。酸醨破瓮土床排，彩画醉仙尘土暗[④]。

与文君、相如的对比凸显出宋人对酒店文雅化的期许。墙上挂着村学究写的字，架上放着村汉当的麻衣，醉仙画上落满了尘土，这一切显然都与“雅洁”二字无缘。宋话本《洛阳三怪记》中也写到了一家村酒肆，这家位于洛阳郊外的村酒肆“白板凳铺邀客坐，柴门多用棘针编。暖烟灶前煨麦蜀，牛屎泥墙画醉仙”[⑤]，很明显，在装饰和摆设方面比《赵正侯兴》中的村酒肆还不如，但仍然

---

① （宋）洪迈《夷坚支丁》卷五《醉石舞袖》，《夷坚志》第三册，北京：中华书局，1981 年 10 月 1 版，第 1010 页。

② （宋）苏颂《苏魏公文集附魏公谭训》附录一《魏公谭训》卷十《杂事》，《苏魏公文集附魏公谭训》，北京：中华书局，1988 年 9 月 1 版，第 1177 页。

③ （宋）周密《武林旧事》卷三《西湖游幸》，《东京梦华录（外四种）》，上海：上海古典文学出版社，1956 年 11 月 1 版，第 366—367 页。

④ 程毅中《宋元小说家话本集》之《宋四公大闹禁魂张》，济南：齐鲁书社，2000 年 2 月 1 版，第 157 页。

⑤ （明）洪楩《清平山堂话本》卷二《洛阳三怪记》，《清平山堂话本》，上海：上海古籍出版社，1987 年 2 月新 1 版，第 71 页。

有着在墙上画醉仙画的意识，充分说明了两宋时酒肆内部装饰的普遍性。

第三节 酒肆的经营策略

仁宗时名臣鲁宗道觉得酒肆美酒佳肴齐备，服务上乘令自己有宾至如归之感，所以他“往往易服微行，饮于其中”[①]；真宗时士大夫们燕集时，常常选择市楼酒肆作为“游息之地”[②]，这些记载都从一个侧面反映了宋代酒肆的经营有术。两宋的酒肆，除了注重外部环境、店面装璜之外，还特别讲究经营策略，其经营策略与方法主要包括以下几点：

一、立店：诚信不欺

苏颂《魏公谭训》卷十《杂事》叙述了一个名叫孙赐的酒楼老板的发家致富史。孙赐是酒博士出身，自己开脚店是他发家的第一步，能迈出这至关重要的一步，是因为他凭借“诚实不欺”获得了原酒肆主人的资金支持，苏颂祖父“孙之致富，皆以信与量而已”[③]的总结道出了酒肆经营中诚信的重要性。失去诚信的结果除了客流量减少外，还可能导致酒肆的破产。《夷坚三志己》卷六《养皮袋》中记载了两家酒肆：

> 有刘韩二酒家，刘氏颇平直，韩氏狗利，酒更多酸。叟携竹竿倚于刘肆楼曰：“救汝救汝，动着时吃铁棒。”次日，一恶少为推吏所苦，挺刃致怒。吏走上楼，恶少随至，吏缘竿坠地，皆获免。又旬日，诣韩氏，取一杓小便出门首饮之，不留涓滴，观者堵立，叟曰：“吃此尿，胜似吃渠家酒。”自是无人往沽[④]。

在重诚信的刘氏酒肆，两位酒客斗殴、追打，一人从楼上摔下居然没摔伤，另一人居然也没再追究，店主因此避免了人命官司惹起的纠纷，化险为夷。虽然洪迈把这归结于一位自称“养皮袋”的异人的帮助，却也反映了时人心中经商

---

①（宋）欧阳修《归田录》卷一，《渑水燕谈录》《归田录》合刻，北京：中华书局，1981年3月1版，第2页。

②（宋）彭□《墨客挥犀》卷十，《侯鲭录》《墨客挥犀》《续墨客挥犀》合刻，北京：中华书局，2002年9月1版，第398页。

③（宋）苏颂《苏魏公文集附魏公谭训》附录一《魏公谭训》卷十《杂事》，《苏魏公文集附魏公谭训》，北京：中华书局，1988年9月1版，第1178页。

④（宋）洪迈《夷坚三志己》卷五《养皮袋》，《夷坚志》第三册，北京：中华书局，1981年10月1版，第1348页。

讲诚信必有好报的观念。与刘氏酒肆形成鲜明对比的是为多赚钱而卖劣酒的韩氏酒肆，由于异人“养皮袋”在其门前喝尿的现场表演，导致此后无人去买酒的下场，不讲诚信的韩氏酒肆最终自食恶果。

二、杀手锏：美酒与佳肴

朱弁撰写的《曲洧旧闻》成书于南宋初年，这部书追述北宋往事，历来被认为信实可靠，该书卷七记载了许多大酒楼自酿的名酒：

> 市店，丰乐楼眉寿，又和旨，即白矾楼也，忻乐楼仙醪，即任店也，和乐楼琼浆，即庄楼也，遇仙楼玉液，玉楼玉酝，铁薛楼瑶醽，仁和楼琼浆，高阳店流霞，清风楼玉髓，会仙楼玉酥，八仙楼仙醪，时楼碧光，班楼琼波，潘楼琼液，千春楼仙醇，今废为铺。
>
> 中山园子正店千日春，今废为邸。银正店延寿，蛮王园子正店玉浆，朱宅园子正店瑶光，邵宅园子正店法清，大桶张宅园子正店仙醁，方宅园子正店琼酥，姜宅园子正店羊羔，梁宅园子正店美禄，郭小齐园子正店琼波，杨皇后宅园子正店法清。[①]

有自己酿制的美酒，无疑会在市场竞争中占据优势，这一点在仁和店体现得很明显。真宗在宫城内的太清楼宴请群臣，正当君臣和谐、融洽无间之际：

> （真宗）忽问：“廛沽尤佳者何处？”中贵人奏有南仁和者，亟令进之。遍赐宴席，上亦颇爱……[②]

仁和店酿制的酒味道绝佳，其名声已传入宫中的太监耳中，真宗品尝了这家店自酿的琼浆酒后也很喜欢，说明了该酒的名符其实。可以想见，此次宴会之后，受到当今皇帝喜爱并被诸位大臣品尝过的琼浆酒会为这座酒楼招来更多的客人，因为名人效应带来的影响是不可低估的。仁和店的美酒还征服了真宗时的名臣鲁宗道，鲁的家位于宋门外的浴堂巷，仁和店就在旁边，鲁宗道去这家酒肆时怕被人认出有失大臣的身份，更怕遭到御史弹劾，只好变装偷偷前去喝酒，渐渐成了常客，以至有一天，“真宗急召公，将有所问。使者及门而公不在，移

---

①（宋）朱弁《曲洧旧闻》卷七，《曲洧旧闻》，北京：中华书局，2002年8月1版，第178页。

②（宋）文莹《玉壶清话》卷一，《宋元笔记小说大观》第二册，上海：上海古籍出版社，2007年3月1版，1452页。

时乃自仁和肆中饮归”①，迟到的鲁宗道无奈之下对仁宗道出了实情，仁和店美酒的魅力由此可见一斑。

除了仁和店，北宋时以名酒著称的还有州桥炭张家和乳酪张家酒店，当大多数酒店为争客源听任焌糟、闲汉们入内时，这两家酒店对此类人则坚决予以拒绝，主要原因是这两家店“好淹藏菜蔬，卖一色好酒”②，自信能靠一流的美酒和佳肴吸引顾客。据《东京梦华录》和《梦粱录》记载，州桥炭张家和乳酪张家酒店菜肴品种之丰富，制作方法之精良，都令人叫绝③。

三、召唤：美器与雅境

宋代酒肆特别注重店内器具的洁净与环境的雅致，洪迈《夷坚甲志》卷四《吴小员外》中记载金明池小径旁的小酒肆，“花竹扶疏，器用罗陈。极萧洒可爱，寂无人声”④，是集环境的幽静雅致与酒器的精美洁净于一体的典型，因此受到郊外游春的汴京市民的普遍欢迎。

精美的陶瓷碗碟是宋代酒店最常见的饮食器具，除此之外，银器的使用也越来越普遍。北宋时大酒楼以拥有全套银器为夸耀的资本，比如仁和店、会仙楼正店，店中共有百十个包厢，里面配备的是全套银器，即使只有两个客人对坐饮酒，“亦须用注碗一副，盘盏两副，果菜碟各五片，水菜碗三五只，即银近百两矣”⑤，即使只有一人独自饮酒，“碗遂亦用银盂之类”⑥。到了南宋，“大酒店用银器”⑦已成为很正常的现象，大酒店楼上的雅间里连筷子都是银制的，“两人入店买五十二钱酒，也用两只银盏”⑧。《夷坚志补》卷七《丰乐楼》记载临安市民沈一，“自开酒庐，又扑买钱塘门外丰乐楼库”，一人拥有两处酒楼。

---

①（宋）欧阳修《归田录》卷一，《渑水燕谈录》《归田录》合刻，北京：中华书局，1981年3月1版，第1—2页。

②（宋）孟元老《东京梦华录》卷二《饮食果子》，《东京梦华录（外四种）》，上海：上海古典文学出版社，1956年11月1版，第16页。

③ 请参见宋孟元老《东京梦华录》卷二《饮食果子》（《东京梦华录（外四种）》，上海：上海古典文学出版社，1956年11月1版，第16—17页）和宋吴自牧《梦粱录》卷十六《分茶酒店》（《东京梦华录（外四种）》，上海：上海古典文学出版社，1956年11月1版，第264—266页）的记载。

④（宋）洪迈《夷坚甲志》卷四《吴小员外》，《夷坚志》第一册，北京：中华书局，1981年10月1版，第29页。

⑤（宋）孟元老《东京梦华录》卷四《会仙酒楼》，《东京梦华录（外四种）》，上海：上海古典文学出版社，1956年11月1版，第26页。

⑥（宋）孟元老《东京梦华录》卷四《会仙酒楼》，《东京梦华录（外四种）》，上海：上海古典文学出版社，1956年11月1版，第26页。

⑦（宋）西湖老人《西湖老人繁盛录·瓦市》，《东京梦华录（外四种）》，上海：上海古典文学出版社，1956年11月1版，第124页。

⑧（宋）西湖老人《西湖老人繁盛录·瓦市》，《东京梦华录（外四种）》，上海：上海古典文学出版社，1956年11月1版，第124页。

一天晚上，五通神下降沈一的丰乐楼酒库，沈猜出他们的身份后乞求“钱帛之赐”，五通神给了他一个布袋子，沈伸手进去摸了一下，感觉都是银酒器。五通神走后，沈一兴奋得睡不着，熬到天刚亮，就迫不及待的进城拿回家向妻子炫耀，此时才发现袋子里的银酒器居然是自己两处酒楼的全部家当。这则讽刺贪婪的酒楼遇仙故事透露出一个真实信息：普通市民沈一开的两处酒店都用了银酒器，这也印证了《西湖老人繁盛录》中南宋酒店中银器的使用很普遍的记载。

雅致的环境包括外围环境与内部环境。北宋汴京一家脚店的店主孙赐根据酒店客人中儒生多的特点，“置图画于壁间，列书史于几案”[①]，刻意营造一个雅致的、颇具文化氛围的内部环境，这一独具特色的店内装饰果然吸引了很多文人，孙氏脚店生意日渐兴隆，最后发展为大酒楼，孙赐也因此致富。

酒肆里的音乐也烘托了就餐气氛，使客人不仅品尝了美食、美酒，也获得了精神上的愉悦与享受。仁宗时的一天夜里：

> 在宫中闻丝竹歌笑之声，（仁宗）问曰：“此何处作乐？”宫人曰：“此民间酒楼作乐处。”宫人因曰：“官家且听外间如此快活，都不似我宫中如此冷冷落落也”[②]。

民间酒楼的丝竹歌笑之声使宫女都羡慕不已，这悦耳的声音受酒客之欢迎是可以想见的。

四、服务：客人第一

在服务方面，两宋的酒肆无一例外地恪守着“客人第一”的原则。从宋话本《闹樊楼多情周胜仙》中“女孩儿迤逶走到樊楼酒店，见酒博士在门前招呼”[③]的描写来看，宋代酒肆门前都会站着一两个酒博士，笑容满面的招呼客人，让人未入酒肆就如沐春风。客人进入酒肆后，厨师和过卖（即酒店服务员）会为他们提供热情周到、细致规范的服务。厨师从过买那里得知客人点的菜品之后，“如流便即制造供应，不许少有违误”[④]，过卖“记忆数十百品，不劳再四传喝。……

① （宋）苏颂《苏魏公文集附魏公谭训》附录一《魏公谭训》卷十《杂事》，《苏魏公文集附魏公谭训》，北京：中华书局，1988 年 9 月 1 版，第 1177 页。

② （宋）施德操《北窗炙輠录》卷上，《宋元笔记小说大观》第三册，上海：上海古籍出版社，2007 年 1 月 1 版，第 3331 页。

③ 程毅中：《宋元小说家话本集》之《闹樊楼多情周胜仙》，《宋元小说家话本集》，济南：齐鲁书社，2000 年 2 月 1 版，第 797 页。

④ （宋）周密《武林旧事》卷六《酒楼》，《东京梦华录（外四种）》，上海：上海古典文学出版社，1956 年 11 月 1 版，第 442 页。

酒未至，则先设看菜数碟；及举杯则又换细菜，如此屡易，愈出愈奇，极意奉承”[①]；店主对过卖要求很高，如果过卖“少忤客意，及食次少迟”[②]，店主就会毫不客气地将其开除；为满足客人的要求，酒肆要求过卖务必耐心，比如客人要下酒羹汤时，只管“任意索唤，虽十客各欲一味，亦自不妨”[③]。

酒肆的优质服务还体现在对客人的尊重与充分信任上。无论客人贫富贵贱，酒肆都一视同仁。大酒楼送外卖时，即使来叫外卖的是经济不够宽裕的市井平民，或是妓院的人，也用银器供送，如果酒客是夜饮，就把银酒器留下，次日再去收取[④]。一套银酒器加起来约有一百两银子，这在以金银为流通货币的两宋时期，可不是一笔小钱，用它送外卖并留在贫贱之家过夜，确实是有一定风险的，酒楼对这一风险的选择性忽略恰恰说明了它对客人的充分尊重与信任。

两宋的不少酒肆是通宵营业的，北宋时是“大抵诸酒肆瓦市，不以风雨寒暑，白昼通夜，骈阗如此”[⑤]；南宋时则“歌管欢笑之声，每夕达旦，往往与朝天车马相接。虽风雨暑雪，不少减也”[⑥]，营业时间上的延长无疑给顾客带来了极大的方便。

出于为客人提供便利的目的，大多数酒肆老板会允许一些买货者或提供各色服务的人员进入店中，以满足客人多方面的需求，这些人员包括“焌糟”、“闲汉”、“厮波”、“劄客”等。“焌糟”指腰系青花布手巾，头绾高髻的妇女，专门为酒客提供换水斟酒的服务；“闲汉”是在男酒客旁边小心侍候，帮着打杂（买东西、取送钱物、召妓女等）的男人；“厮波”指的是帮客人换水斟酒，或献果子、香药，甚至为客人唱曲助兴的人；“劄客”即“打酒坐”，她们是不呼自来的下等妓女，在客人宴饮时唱曲助兴[⑦]。到了南宋，大酒楼除了沿袭北宋的传统，允许闲汉、厮波、焌糟、礼客（即劄客，又名“打酒坐”）等类人进入酒肆提供

---

①（宋）《武林旧事》卷六《酒楼》，《东京梦华录（外四种）》，上海：上海古典文学出版社，1956年11月1版，第442页。

②（宋）《武林旧事》卷六《酒楼》，《东京梦华录（外四种）》，上海：上海古典文学出版社，1956年11月1版，第442页。

③（宋）《武林旧事》卷六《酒楼》，《东京梦华录（外四种）》，上海：上海古典文学出版社，1956年11月1版，第442页。

④（宋）孟元老《东京梦华录》卷五《民俗》，《东京梦华录（外四种）》，上海：上海古典文学出版社，1956年11月1版，第29页。

⑤（宋）孟元老《东京梦华录》卷二《酒楼》，《东京梦华录（外四种）》，上海：上海古典文学出版社，1956年11月1版，第16页。

⑥（宋）周密《武林旧事》卷六《酒楼》，《东京梦华录（外四种）》，上海：上海古典文学出版社，1956年11月1版，第442页。

⑦（宋）孟元老《东京梦华录》卷二《饮食果子》，《东京梦华录（外四种）》，上海：上海古典文学出版社，1956年11月1版，第16页。

服务外[①]，还提供更多的娱乐节目和风味小吃：

又有吹箫、弹阮、息气、锣板、歌唱、散耍等人，谓之“赶趁”。…又有卖玉面狸、鹿肉、糟决明、糟蟹、糟羊蹄、酒哈蜊、柔鱼、鰕茸、䱇干者，谓之“家风”。又有卖酒浸江蝤、章举蛎肉、龟脚、锁管、密丁、脆螺、鲎酱、法鰕、子鱼、鯗鱼诸海味者，谓之“醒酒口味”。[②]

为最大程度地方便客人，两宋酒肆还提供一些附加服务，如帮客人去外面买店中没有的食物，帮客人约请朋友来店会面之类。《东京梦华录》卷四《会仙酒楼》中记载，有客人要一些风味小吃作下酒菜，酒肆就会派人“外买软羊、龟背、大小骨、诸色包子、玉板鲊、生削巴子、瓜姜之类”[③]。对酒肆而言，帮客人约请朋友来店会面是最常见的附加服务，这一点在宋话本中多有记载，仅以《西山一窟鬼》为例，清明节时出去闲游的吴洪就是被酒店量酒邀入酒店的，他

取路过万松岭，出今时净慈寺里，看了一回，却待出来，只见一个人看着吴教授唱个喏，教授还礼不迭，却不是别人，是净慈寺对门酒店里量酒，说道：“店中一个官人，教男女来请官人。”吴教授同量酒入酒店来时……[④]

五、吸引：广告与节日宣传

南宋宁宗庆元元年，江西路隆兴府进贤县简坊市酒肆主人王翁想从田仆赵三手中购买一个直径一尺八寸、平生未见过的特大蘑菇，把它“挂于店外以诱饮客”[⑤]。王老板这一出资求奇的举动，目的是用新颖奇特之物吸引酒客，以增加酒肆的客流量。这种做法实际上就是今天的广告宣传，王老板设想中的这则实物广告高妙之处在于出奇制胜。

---

① 请参见（宋）吴自牧《梦粱录》卷十六《分茶酒店》（《东京梦华录（外四种）》，上海：上海古典文学出版社，1956 年 11 月 1 版，第 264 页）的记载。

②（宋）周密《武林旧事》卷六《酒楼》，《东京梦华录（外四种）》，上海：上海古典文学出版社，1956 年 11 月 1 版，第 442 页。

③（宋）孟元老《东京梦华录》卷四《会仙酒楼》，《东京梦华录（外四种）》，上海：上海古典文学出版社，1956 年 11 月 1 版，第 26 页。

④ 宋话本《西山一窟鬼》（《警世通言》卷十四作《一窟鬼癞道人除怪》），出自《京本通俗小说》，南京：江苏古籍出版社，1991 年 12 月 1 版，第 32 页。

⑤（宋）洪迈《夷坚支景》卷十《简坊大蕈》，《夷坚志》第三册，北京：中华书局，1981 年 10 月 1 版，962 页。

还有更高妙的广告宣传，这件事发生在南宋理宗时：

端平间，周文璞、赵师秀数诗人，春日薄游湖山，极饮西林桥酒垆，皆大醉熟睡。忽有髽髻道人过而睨之，哂曰："诗仙醉耶？"顾酒家："善看客，我当将偿酒钱。"索水小盂，以瓢中药少投之，入口略嗽，噀之地上，则皆精银也。时游人方盛，皆环视骇叹，忽失道人所在。

薄暮，诸公始醒，酒家具道所以，皆怅然自失。其家持银往市，得钱正可酬所直，了无赢余。明日，喧传都下，酒家图其事于壁，自以为遇仙酒肆。好事者竞趋之，遂为湖山旗亭之甲……①。

西林桥酒垆老板有广告意识，反应又敏捷，在他家酒店来过神仙的事情一日之间传遍临安后，他马上派人把遇仙之事画在酒垆墙上，并且自居为"遇仙酒肆"。结果在仙人效应之下，人们纷纷前往消费，西林桥酒垆"遂为湖山旗亭之甲"。这是一则利用神仙传说使酒店以最快的速度为尽可能多的消费者所认知和接受的典型范例，西林桥酒垆老板"图其事于壁，自以为遇仙酒肆"的作法属于制作新闻类的软广告，创意很是高妙。通观整个遇仙事件，西林桥酒垆老板无疑是最大受益者。仔细研读文本，笔者不禁对几个细节产生了疑问：故事发生的时间为什么恰巧是"游人方盛"的春天？道人把瓢中的药放入盛水的小盂中，为什么要"入口略嗽"后才喷出化为银子？道人为什么在喷水化银后就消失不见了？这些银子又为什么恰恰是诗人们消费的数目？这些疑问当然可以解释为仙术神秘，仙人来去无踪、神机妙算，但也不妨做一个大胆的假设：这位仙人会不会是老板雇用的幻术艺人呢？众所周知，南宋民间艺人的魔术水平是很高的，北宋时也有过君臣合谋制造祥瑞的事情，西林桥酒垆老板会不会制造出一个假神仙事件呢？果真如此的话，这位老板可就真是位广告奇才、经营高手了。

除了户外的实物广告和制作新闻类的软广告，酒肆老板们还注重在各种重大节日和社会活动中宣传自家店铺，利用文化习俗进行公关诉求，通过人际传播达到市场传播的目的。北宋时，各家酒肆为庆祝上元节，"灯烛各出新奇"②，樊楼重装开张那年的上元夜，"每一瓦陇中皆置莲灯一盏"③，用与众不同的彩灯吸引消费者，借机提升酒肆的知名度和美誉度；中秋节前，各大酒楼争卖新

① （宋）周密《齐东野语》卷十三《西林道人》，《齐东野语》，北京：中华书局，1983年11月1版，第242页。

② （宋）孟元老《东京梦华录》卷六《十六日》，《东京梦华录（外四种）》，上海：上海古典文学出版社，1956年11月1版，第37页。

③ （宋）孟元老《东京梦华录》卷二《酒楼》，《东京梦华录（外四种）》，上海：上海古典文学出版社，1956年11月1版，第16页。

酒，而且“重新结络门面彩楼、花头画竿、醉仙锦旆”[①]，用装饰一新的门面、彩楼欢门和酒旗吸引市民前来饮酒，增加酒的销售量；重阳节，汴京人有赏菊的习俗，“酒家皆以菊花缚成洞户”[②]以应节气，目的还是宣传酒肆吸引客户。

有宋一代，宋代各家官私酒楼，每年开煮迎新酒都有盛大的游行活动，所经之地，累足骈肩，可称得上“万人海”[③]，正店都会利用这次影响很大的社会活动宣传自己的名酒。以南宋为例，杭州诸酒库迎煮非常热闹：

> 临安府点检所，管城内外诸酒库，每岁清明前开煮，中前卖新迎年，诸库呈覆本所，择日开沽呈样，各库预颁告示，官私妓女，新丽妆着，差雇社队鼓乐，以荣迎引。至期侵晨，各库排列整肃，前往州府教场，伺候点呈。首以三丈余高白布写“某库选到有名高手酒匠，酝造一色上等浓辣无比高酒，呈中第一”，谓之“布牌”，以大长竹挂起，三五人扶之而行。次以大鼓及乐官数辈，后以所呈样酒数担，次八仙道人、诸行社队，如鱼儿活担、糖糕、面食、诸般市食、车架、异桧奇松、赌钱行、渔父、出猎、台阁等社。又有小女童子，执琴瑟；妓家伏役婆嫂，乔妆绣体浪儿，手擎花篮、精巧笼仗。其官私妓女，择为三等，上马先以顶冠花衫子裆袴，次择秀丽有名者，带珠翠朵玉冠儿，销金衫儿、裙儿，各执花斗鼓儿，或捧龙阮琴瑟，后十余辈，着红大衣，带皂时髻，名之“行首”……诸酒肆结彩欢门，游人随处品尝。追欢买笑，倍于常时[④]。

在开煮迎新的活动中，各家酒库制作写有“库名高品”[⑤]的三丈多高的布制大旗，用长竹竿悬挂，由三五个人扶着走在迎新酒的游行队伍最前面，成为最引人注目的户外流动广告牌；跟在布制大旗后面的是大鼓、乐官和演出杂剧、百戏、诸艺等市民喜闻乐见之文娱活动的各类“社队”；社队后面是骑在马上的浓妆丽服的妓女；沿途酒店将彩楼欢门装饰一新，提供样酒供人品尝。这些做法的目

---

① (宋) 孟元老《东京梦华录》卷八《中秋》，伊永文《东京梦华录笺注》，北京：中华书局，2006 年 8 月 1 版，第 814 页。

② (宋) 孟元老《东京梦华录》卷八《中秋》，伊永文《东京梦华录笺注》，北京：中华书局，2006 年 8 月 1 版，第 817 页。

③ (宋) 周密《武林旧事》卷三《迎新》，《东京梦华录 (外四种)》，上海：上海古典文学出版社，1956 年 11 月 1 版，第 379 页。

④ (宋) 吴自牧《梦粱录》卷二《诸库迎煮》，《东京梦华录 (外四种)》，上海：上海古典文学出版社，1956 年 11 月 1 版，第 149 页。另，周密《武林旧事》卷三《迎新》、灌园耐得翁《都城纪胜·酒肆》中亦有类似记载，只是均不如此处详细。

⑤ (宋) 周密《武林旧事》卷三《迎新》，《东京梦华录 (外四种)》，上海：上海古典文学出版社，1956 年 11 月 1 版，第 378 页。

的都是吸引更多的人围观，借助人际传播提高酒库所酿酒品的知名度。

六、诱惑：歌妓招邀与筵前歌唱

宋代诗人王庭珪《和胡观光登酒楼》诗中有“遥观翠幕张灯处，小妇鸣筝坐上头”[①]的诗句，这句诗道出了当时酒楼妓女陪客的情形。歌妓陪酒是酒楼为招揽客人使用的一种经营手段，宋代酒楼中陪酒的妓女，大多为具备某些技艺的歌妓，她们或为客人唱曲，或为客人演奏乐器，以博取客人欢心，北宋时的任店：

> 入其门，一直主廊约百余步，南北天井两廊皆小阁子，向晚，灯烛荧煌，上下相照。浓妆妓女数百，聚於主廊槏面上，以待酒客呼唤，望之宛若神仙[②]。

几百名望去似仙女的浓妆妓女，对酒客是颇有吸引力的。为了使妓女能更好地陪客人，大酒楼“排列小阁子，吊窗花竹，各垂帘幕，命妓歌笑，各得稳便”[③]，为酒客和歌妓提供了相对独立的空间。南宋时，户部点检所下辖的官酒库“诸库皆有官名角妓”[④]，她们的作用是“就库设法卖酒”[⑤]。当时的官酒库“每库有祗直者数人，名曰‘下番’。饮客登楼，则以名牌点唤侑樽，谓之‘点花牌’。元夕诸妓皆并番互移他库”[⑥]。除了官酒库，大的市楼“每处各有私名妓数十辈，皆时妆袪服，巧笑争妍，夏月茉莉盈头，春满绮陌。凭槛招邀，谓之‘卖客’”[⑦]。将歌妓“凭槛招邀”的行为称为“卖客”，一针见血地道出了酒楼用歌妓陪酒的营销目的。

---

①（宋）王庭珪《和胡观光登酒楼》，《全宋诗》第二十五册，北京：中华书局，1995 年 11 月第一版，第 16786 页。

②（宋）孟元老《东京梦华录》卷二《酒楼》，《东京梦华录（外四种）》，上海：上海古典文学出版社，1956 年 11 月 1 版，第 15 页。

③（宋）孟元老《东京梦华录》卷二《饮食果子》，《东京梦华录（外四种）》，上海：上海古典文学出版社，1956 年 11 月 1 版，第 17 页。

④（宋）吴自牧《梦粱录》卷十《点检所酒库》，《东京梦华录（外四种）》，上海：上海古典文学出版社，1956 年 11 月 1 版，第 214 页。

⑤（宋）吴自牧《梦粱录》卷十《点检所酒库》，《东京梦华录（外四种）》，上海：上海古典文学出版社，1956 年 11 月 1 版，第 214 页。

⑥（宋）周密《武林旧事》卷六《酒楼》，《东京梦华录（外四种）》，上海：上海古典文学出版社，1956 年 11 月 1 版，第 441 页。

⑦（宋）周密《武林旧事》卷六《酒楼》，《东京梦华录（外四种）》，上海：上海古典文学出版社，1956 年 11 月 1 版，第 442 页。

除了酒肆自有的歌妓，两宋的酒肆也允许被称为“礼客”或“打酒坐”的下等妓女进店，这些妓女“不呼自来，筵前歌唱，临时以些小钱物赠之而去”①。宋话本《金鳗记》中就记载，计押番之女庆奴流落镇江时，因为走投无路，只好“头顶着厮锣”②，“出去诸处酒店内卖唱，趁百十文，把来使用”③，庆奴当时的身份就是这种“打酒坐的”的下等歌妓。

第四节　酒肆故事的主题类型与文化内涵

被宋人袁采贬为“小人杂处之地”④的酒肆，由于形形色色的人物往来其中，因而成了两宋民间消息传播最快的场所之一。宋代有位叫许道宁的画家，“每见人寝陋者，必戏写貌于酒肆，识者皆笑之”⑤，这位画家这样做的目的是想借助酒肆密集的人流验证自己的画技，当被画的貌丑者不断被认出并遭到嘲笑时，许氏就获得了极大的成就感与满足感；酒肆还是信息交汇集散最密集的场所之一。据司马光《涑水记闻》卷七记载，一僧人被诬杀死村妇并盗其家财，大臣向敏中因未见赃证而怀疑僧人受了冤枉，遂秘密派小吏去追查真正的杀人凶手，小吏

> 食于村店，店妪闻其自府中来，不知其吏也，问之曰：“僧某者，其狱如何？”吏绐之曰：“昨日已笞死于市矣。”妪叹息曰：“今若获贼，则何如？”吏曰：“府已误决此狱矣，虽获贼，亦不敢问也。”妪曰：“然则言之无伤矣。妇人者，乃此村中少年某甲所杀也。”吏曰：“某人安在？”妪指示其舍，吏就舍中掩捕获之。案问具服，并得其赃。一府咸以为神。⑥

查到杀人凶手的地方是案发地附近的乡村酒肆，处于信息集散中心的店妪说出了凶杀案的真相，这个故事也因为神奇被司马光记录了下来。事实上，作为一个以饮酒为中心的民间娱乐场所，宋代的酒肆中每天发生着各种事件，其中有

① （宋）孟元老《东京梦华录》卷二《饮食果子》，《东京梦华录（外四种）》，上海：上海古典文学出版社，1956年11月1版，第16页。

② （明）冯梦龙《警世通言》卷二十《计押番金鳗产祸》，《警世通言》，北京：人民文学出版社，1956年1月1版，第283页。

③ （明）冯梦龙《警世通言》卷二十《计押番金鳗产祸》，《警世通言》，北京：人民文学出版社，1956年1月1版，第281页。

④ （宋）袁采《袁氏世范·处己·颜貌重则有威》，袁采《袁氏世范》（与《增广贤文》、《朱子家训》合刊），合肥：黄山书社，2007年5月1版。

⑤ （宋）张邦基《墨庄漫录》卷三，《墨庄漫录》《过庭录》《可书》合刊，北京：中华书局，2002年8月1版，第95页。

⑥ （宋）司马光《涑水记闻》卷七，《涑水记闻》，北京：中华书局，1989年9月1版，第140页。

许多因为离奇、奇异或恐怖、诡异而被行诸笔端，于是宋代小说中就出现了为数不少的酒肆故事。

那么，什么样的宋代小说才属于酒肆故事呢？笔者翻阅了宋代志怪、传奇、杂事小说和话本小说中涉及酒肆的故事，将酒肆故事初步界定为：以酒肆为场景展开的奇异或恐怖故事，它必须符合下面两个条件中的一个：酒肆为世间凡人与仙佛、鬼怪、异人等初次相遇和奇异、恐怖事件展开的空间场所；或者凡人初遇仙佛、鬼怪、异人等的地点虽不在酒肆，但奇异、恐怖事件发生与展开的地点在酒肆。按照这一界定标准，以下小说不属于本章要讨论的酒肆故事：其一，虽然小说的主人公是酒肆主人或酒博士，但奇异、恐怖情节的发生与展开之地不在酒肆的，小说《吴小员外》（《夷坚甲志》卷四）、《孔都》（《夷坚丁志》卷十四）、《璩小十家怪》与《张充家怪》（《夷坚三志己》卷二）、《林灵素》（《睽车志》卷一）、《王小官人》（《癸辛杂识》前集）、《金鳗记》（宋话本）等就属于这种情况；其二，小说中仅仅提到了酒肆却没有相应情节发生、展开的，属于这种情况的小说包括《遇仙楼》（《夷坚乙志》卷十一）、《镇江酒库》（《夷坚丁志》卷四）、《西池游》（《夷坚丁志》卷九）、《西池春游》（《青琐高议》别集卷一）等。按照上述标准与相应说明，笔者收集了两宋志怪、传奇、杂事和话本小说中的酒肆故事，并将这些故事划分为酒肆遇仙佛（或菩萨）、遇鬼怪与遇众生（仙佛与鬼怪之外的凡人）三个主题类型，按类型分析探讨酒肆场景在推进情节、结构故事方面的叙事功能与意义，并进一步阐释这三类酒肆故事所蕴涵的两宋民间文化内涵。

一、遇仙佛故事

酒肆遇仙佛故事可分为三个亚型：其一为展示神异型，此亚型的主题与酒肆关系最为密切；其二为修仙型，此亚型主题为道教的修炼与成仙之法；其三为报恩与惩罚型，此亚型的主题是报恩（保护）与惩罚。下面分别加以具体分析。

1. 展示神异型

展示神异型故事包含五个情节单元：第一，仙人外表或装扮奇特、引人注目。具体表现为可能是仙风道骨的，也可能是破衣烂衫乞丐模样的；第二，仙人酷爱饮酒，酒量远超常人；第三，仙人携带的金银取之不尽，或者能随时化出金银；第四，仙人诗句往往暗示神仙及其生活，常会题诗于酒肆墙壁；第五，仙人来无影、去无踪，出现或消失都很突然。此亚型最典型的是《三朵花》（《夷坚支志乙》卷四）故事①：

---

①（宋）苏轼《东坡全集》卷十二《诗八十九首》中有一首《三朵花》诗曰：学道无成鬓已华，不劳千劫漫蒸砂。归来且看一宿觉，未暇远寻三朵花。两手欲遮瓶里雀，四条深怕井中蛇。画图要识先生面，（转下页）

> 或云（三朵花先生）姓李氏，隐于州之福溪岩，每戴花三朵入市，市人围绕争呼之，但笑云："休打理。"休打理者，房人方言，犹云"莫要如此也。"有二三老翁常从之游，间入山，邀之入城饮酒，辄语使先去，我当便来。翁还到城，李已先在。追同诣酒家，所沽钱尽而兴未已，探手于腰间小竹篕中取钱索酒至醉。三翁窃视其篕，空无所有，及李自取，依然随手满案。如是久之。忽与诸人告别，不知所届。元隐处石壁塑像犹存，郡人诵其一诗云："戴花三朵镇长春，谁识玄中不二门。醉里自传神似活，终当不老看乾坤。"尾句或云："不知不觉到黄昏。"①

这个故事基本具备了展示神异型故事的五个情节单元：头戴三朵花的奇特装扮；酷爱饮酒；随身金银取之不尽；来无影、去无踪；诗句含有暗示自己神仙身份的内容，只是这首诗流传于房州人之口而非题写于酒肆壁上。

周密《齐东野语》卷十三和郭彖《睽车志》卷五分别记载了一个展示神异型的酒肆遇仙佛故事。前者名为《西林道人》，叙述南宋理宗端平年间临安西林桥酒垆被神仙光顾的故事。这个故事包含了前面所说五个要素中的两个：其一，鬔髻道人"索水小盂，以瓢中药少投之，入口略嗽，噀之地上，则皆精银也"②，在酒肆里当场用药化出了银子；其二，鬔髻道人是忽然出现在酒肆，又在众目睽睽之下突然从酒肆消失的。后者即《睽车志》卷五所载故事发生的时间是宋徽宗宣和年间的某个元夕，地点是州西酒楼，它具备了此亚型故事五个情节单元中的三个，分别为：道人酷爱饮酒甚至一人在酒楼痛饮；道人"探怀取药匕许，拭杯即成黄金"③，有随时化出黄金之异能；道人于酒肆壁上题诗一首，诗句"偶到皇都玩月华，笙歌留我醉流霞。劝君不用悲尘世，天上人间只一家"④暗示了自己的神仙身份。

展示神异型的酒肆遇仙故事中，有一篇比较独特：

> 《复斋漫录》云：李定记宣和中太学士人饮于任氏酒肆，忽有一妇人妆饰甚古，衣亦穿弊，肌肤雪色，而无左臂。右手执拍板，乃铁为之。唱词曰："栏干曲，红扬绣帘旌，花嫩不禁纤手捻，被风吹去意还惊，眉恨蹙山

（接上页）试问房陵好事家。这首诗前有序，云"房州通判许安世以书遗余，言吾州有异人，常戴三朵花，莫知其姓名，郡人因以三朵花名之。能作诗，皆神仙意，又能自写真，人有得之者。许欲以一本见惠，乃为作此诗"。

①（宋）洪迈《夷坚支乙》卷四《三朵花》，《夷坚志》第二册，北京：中华书局，1981 年 10 月 1 版，第 825 页。

②（宋）周密《齐东野语》卷十三《西林道人》，《齐东野语》，北京：中华书局，1983 年 11 月 1 版，第 242 页。

③（宋）郭彖《睽车志》卷六，《唐宋笔记小说三种》，合肥：黄山书社，1991 年 6 月 1 版，第 143 页。

④（宋）郭彖《睽车志》卷六，《唐宋笔记小说三种》，合肥：黄山书社，1991 年 6 月 1 版，第 143 页。

青。”诸公怪其辞异，即问之曰：“此何辞也？”答曰：“此上清蔡真人法驾道引也。妾本唐人，遭五季之乱，左手为贼所断，今游人间，见诸公饮酒，求一杯之适耳。”遂与一杯，饮毕而去。诸公送之出门，杳无所见。①

太学士人们遇到的是一位偶来人间一游的女仙。洪迈《夷坚甲志》卷七《蔡真人词》所载陈东事与此故事略同②，而且还抄录了蔡真人词的下阕，“铿铁板，闲引步虚声。尘世无人知此曲，却骑黄鹤上瑶京，风冷月华清”，显然，有了这个下阙，蔡真人词的神仙意味就很明显了。上面故事具备了展示神异型故事五个情节单元中的三个：女仙身穿破弊古装，肤色雪白却没有左臂；身为女人却讨酒喝；突然出现、突然消失。“题诗酒家壁”的情节单元被置换成了“执铁板唱词”，这显然更符合女仙装扮成的打酒座歌妓的身份。小说中提到的蔡真人叫蔡如金，字叔宝，又名南玉，唐代泉州人。蔡真人曾为官，有惠政，晚年归隐泉州紫泽宫，先以方技济人，后又在清源山紫泽洞炼丹，大历年间离世。蔡真人在宋朝尤其泉州民间广受崇信，屡被封赠。徽宗崇宁年间始封虚应先生，高宗绍兴元年封“冲应真人”，绍兴二十三年加封“善利”，孝宗乾道三年加封“灵济”，宁宗嘉定十一年加封“昭博”，全称“冲应善利灵济昭博八字真人”，简称八字真人。请看《夷坚甲志》卷七《蔡真人词》的描述：

陈东，靖康间尝饮于京师酒楼，有倡女打坐而歌者，东不顾。乃去倚栏独立，歌《望江南》词，音调清越，东不觉倾听。视其衣服皆故弊，时以手揭衣爬搔，肌肤绰约如雪。乃复呼使前，再歌之。……歌罢，得数钱下楼。③

和《复斋漫录》相比，洪迈的记载世俗化更强一些，洪氏形象地展示了北宋酒楼中的劄客（即打酒座的下等妓女）在客人宴饮时唱曲助兴的情景：“打酒坐”者不请自来，客人可以不理她们，也可以听她们歌唱后给些钱或物品。

---

①（宋）胡仔《渔隐丛话后集》卷三十八，四库全书本。

②（宋）洪迈《夷坚甲志》卷七《蔡真人词》（《夷坚志》第一册，北京：中华书局，1981 年 10 月 1 版，第 56 页），全文为：陈东，靖康间尝饮于京师酒楼，有倡女打坐而歌者，东不顾。乃去倚栏独立，歌《望江南》词，音调清越，东不觉倾听。视其衣服皆故弊，时以手揭衣爬搔，肌肤绰约如雪。乃复呼使前，再歌之。其词曰：“栏杆曲，红飏绣帘旌。花嫩不禁纤手捻，被风吹去意还惊，眉黛蹙山青。铿铁板，闲引步虚声。尘世无人知此曲，却骑黄鹤上瑶京，风冷月华清。”东问何人制，曰：“上清蔡真人词也。”歌罢，得数钱下楼。亟潜仆追之，已失矣。

③（宋）洪迈《夷坚甲志》卷七《蔡真人词》，《夷坚志》第一册，北京：中华书局，1981 年 10 月 1 版，第 56 页。

宋人小说还记载了一些被误传为酒肆遇仙故事的例子，发生在北宋的如宋欧阳修《归田录》卷二所记：

石曼卿磊落奇才，知名当世，气貌雄伟，饮酒过人。有刘潜者，亦志义之士也，常与曼卿为酒敌。闻京师沙行王氏新开酒楼，遂往造焉，对饮终日，不交一言。王氏怪其所饮过多，非常人之量，以为异人，稍献肴果，益取好酒，奉之甚谨。二人饮啖自若，傲然不顾，至夕殊无酒色，相揖而去。明日都下喧传：王氏酒楼有二酒仙来饮，久之乃知刘、石也。①

发生在南宋的如周密《齐东野语》卷十三《林外》：

林外字岂尘，泉南人。词翰潇爽，诙谲不羁，饮酒无算。在上庠，暇日独游西湖，幽寂处得小旗亭，饮焉。外美丰姿，角巾羽氅，飘飘然神仙中人也。豫市虎皮钱箧数枚藏腰间，每出其一，命酒家保倾倒，使视其数，酬酒直即藏去。酒且尽，复出一箧，倾倒如初。逮暮，所饮几斗余，不醉，而箧中钱若循环无穷者，肆人皆惊异之。将去，索笔题壁间曰："药炉丹灶旧生涯，白云深处是吾家。江城恋酒不归去，老却碧桃无限花。"明日都下盛传某家酒肆有神仙至云。②

汴京盛传的王氏酒楼和临安盛传的某酒肆有神仙至饮后均被证实是一场误会。之所以产生这样的误会，和宋代民间观念中已固化的神仙形象有着不可否认的关系。宋人尤其是一般市民的心目中，神仙有如下特征：长相出众，有着气质雄伟或飘飘出尘的外表，惯于豪饮，酒量超群；身边的银子取之不尽，会用一些蛛丝马迹（诸如题诗酒家壁上）暗示自己的神仙身份。上述两故事的主角石曼卿、刘潜、林外无意中暗合了这一刻板印象，才出现了这两个疑似的展示神异型遇仙故事

展示神异型遇仙故事还有一个变种，在这个变种中，神异的表现形式被置换成了对凡人官运、寿数、子息等未来命运的准确预言。张舜民《画墁录》记载一个刘伯寿的人，少年时随做京官的父亲在汴京，常趁父亲去官衙时外出游玩。一天早晨天还没亮，刘伯寿独坐白矾楼下的茶坊里，结识了随后走进茶坊

① （宋）欧阳修《归田录》卷二，《渑水燕谈录》《归田录》合刻，北京：中华书局，1981 年 3 月 1 版，第 34 页。按，此故事（宋）江少虞《事实类苑》卷四十四《石曼卿》，（宋）王称《东都事略》卷一百一十五《文艺传》九十八，（宋）陈思编、（元）陈世隆补《两宋名贤小集》卷七十九，（元）脱脱《宋史》卷四百四十二列传第二百一文苑四等亦有记载。

② （宋）周密《齐东野语》卷十三《林外》，《齐东野语》，北京：中华书局，1983 年 11 月 1 版，第 241 页。

的一位老人，应老人之邀去樊楼饮酒：

> 既上，阒无一人，老人一举已斗余矣。熟视伯寿曰："少年神清气足，可以致神仙。然肩胛低一指，犹位跻三品。至耄年，文武双全，子孙蕃衍。"乃授以丹术。[①]

一生的福、禄、寿是凡人，尤其士人最为关注的，老人饮酒之间对刘伯寿未来官运、寿数与子息的准确预告，虽有泄露天机之嫌，却也展示了自己的神奇异能，暗示了自己的仙人身份。

洪迈《京师贫士相》（《夷坚三志己》卷一）叙述了一个类似刘伯寿的故事：明州人王彦楚到汴京赴省试，揭榜前一日独在邸店，一穿着似乞丐的贫士主动与他搭话，请他去酒肆喝酒，允诺到酒肆告诉他能否中举，王和他同至酒肆：

> 酌数杯罢，复叩之曰："明日榜出，幸为决得失。"士曰："后日方榜出，明日未也。"王曰："恰已见宣押台官入贡院拆封，何由留连信宿？"士曰："我但知如是耳。秀才猝未登第，直到五十八岁乃可。"王曰："倘如所言，前程当不能远大。"曰："却有些好处，才了当便任京局，不三年超迁卿监，连典大郡作监司，寿登八十"[②]。

异人主动邀凡人去酒肆饮酒，在酒肆对话中明确告知其未来的官运、寿数等天机，这是王彦楚故事与刘伯寿故事的相同之处。两故事不同的是对神仙异人身份的暗示：刘伯寿故事中是老人在酒肆传授给了他丹术，王彦楚故事中是贫士关于放榜日期和刘不中举的预言成为现实后，王去寻访贫士却"更无识之者"[③]，显然，王彦楚故事的神异色彩更浓一些。

与王彦楚故事、刘伯寿故事同属于展示神异型之变种的还有洪迈的《张七省干》（《夷坚支志癸》卷六），该故事叙述会稽人张守中淳熙二年在临安时，瞒着母亲，娶了银铺秦氏女为妻。两年后其母才得知此事，但秦氏已生二子，母亲无奈之下，只好"厚饷卑词"，谢绝了已定亲多年的宗室女赵氏，赵氏不久即郁闷而死。紧接着，张守中儿子夭折，官职也丢了。一天张守中在酒楼饮酒时，

---

①（宋）张舜民《画墁录》，《宋元笔记小说大观》第二册，上海：上海古籍出版社，2007 年 3 月 1 版，第 1536—1537 页。

②（宋）洪迈《夷坚三志己》卷一《京师贫士相》，《夷坚志》第三册，北京：中华书局，1981 年 10 月 1 版，第 1310 页。

③（宋）洪迈《夷坚三志己》卷一《京师贫士相》，《夷坚志》第三册，北京：中华书局，1981 年 10 月 1 版，第 1310 页。

遇到一位独自饮酒的道人，这位道人：

> 引袖长揖而笑曰：“君不是张持正名守中者乎？”张曰：“是已，但与先生素无一面，何以知守中详悉如此？”道人曰：“君合有三子二女，官职随分粗得。近见姓氏，乃注在死籍，不知作何隐恶，以至于是？其事亦不久，吁！可惜哉。”张大骇，不能措辞，道人趋下楼，迹之不见。①

不同于刘伯寿、王彦楚故事，张守中故事中的道人在指示张未来的官运、寿数和子息时，强调他因为作了隐恶——抛弃定亲多年的赵氏致其郁闷而死，所以命中原有的三子二女和官职均失去，寿数也遭减折。张守中后来果真不到一年而死，这一结局透露的是两宋民间的报应观：虽然人一生福、禄、寿皆为前定，但作恶会遭到失去好命运的报应。

2. 修仙型

宋代民间有着浓重的命定观念，在他们看来，不仅官运、寿数、财运和婚姻是前定的，甚至能否中举、能否成仙也是冥冥之中命运安排好的。如此一来，成仙不仅非常艰难，而且更要看机缘，看命运。没有成仙之命的人，即使遇到神仙，也会失之交臂。有一位黥卒在金陵闹市区开了家卜肆，一道人来问卜，黥卒算出来人是神仙，立刻请求对方度脱自己，为防止其因身份泄露逃走，黥卒抓住道人的衣服不放，道人无奈之下，只好和黥卒一起去酒肆饮酒，进了酒肆：

> 黥挽衣如初。并坐片时，杯方行，道人含酒噀其面。黥惊而放手，遽失所在。将拭面，觉光洁异常。酒家明视之，黥文灭矣。②

聪明的神仙一口酒喷去了黥卒脸上的刺青，也成功摆脱了他的纠缠，就在酒肆里，在黥卒和酒保的眼前消失了。“占验如神”的黥卒虽然认出了神仙，可惜没有成仙之命。与黥卒故事形成鲜明对比的是循州龙川人蓝乔的故事，蓝乔最终成为罗浮仙人是命中注定的。蓝乔是其母“祷罗浮山而孕，及期，梦仙鹤集其居，是夕生乔，室有异光”，出生时便带着神异。他十二岁时，就被相面的人预言“有奇骨，仕宦当至将相，学道必为神仙”。云游洛阳时：

---

①（宋）洪迈《夷坚支癸》卷六《张七省干》，《夷坚志》第三册，北京：中华书局，1981 年 10 月 1 版，第 1264 页。

②（宋）洪迈《夷坚支庚》卷四《金陵黥卒》，《夷坚志》第三册，北京：中华书局，1981 年 10 月 1 版，第 1164—1165 页。

（蓝乔）每入酒肆，辄饮数斗，常置纸百番于足下，令人片片拽之，无一破者，盖身轻乃尔。语人曰：“吾罗浮仙人也，由此升天矣。”①

在酒肆进行了多次飞升练习后，一天，在洛阳郊外，蓝乔在众目睽睽之下，“复置纸足底，令观者取之。纸尽足浮，风云翛翛，蹑而上征。仙鹤成群，自南来迎，望之隐然”，真的飞升成仙了。

得道成仙的方法显然不只白日飞升一种。洪迈《岳阳董风子》（《夷坚三志壬》卷八）记载了一个叫董风子的人因为“事母至孝”被神仙抱黄翁度脱得道的故事。乾道元年暮冬，董风子过岳阳，夜宿黄花市旅舍时，遇到一位貌若婴童的奇异老人，在董的反复追问下，老人透露自己已经等他多日，于是：

（两人）挽手同出市西旗亭中，买酒三升，谕酒家仆，不用暖热。董起白言：“某平日骨寒，虽当盛暑，亦去绵衣不得，况今腊月，若饮冷酒，定足丧命，惟先生亮之。”叟云：“无虑。”董不获已，强进半杯，便觉四肢和畅。及再饮，尽脱其衣，移时，出到大树下，授以至道之要。②

不知这位老人给腊月里未暖热的冷酒施了什么法术，董风子才喝半杯就觉得四肢和畅，喝第二杯后就和老人一样寒冷不侵了，在酒肆里完成了得道的第一步后，老人又在酒肆外的大树下给董传授了“至道之要”，这是他得道第二步，也是关键的一步。在得知奇异老人即是东晋的抱黄翁且目睹其在自己面前突然消失后，董风子回到旅店，作了一首“大乙元君遇虎龙，沉沉三洞锁青风。自从九九明分了，白变黄金黑变红”的悟道诗，从此得道，能预知人之祸福。

在修仙型故事中，成仙结局的故事是少数，更多的还是像金陵黥卒那样因为没有仙缘，欲成仙而不得的例子，这类故事给人们留下的是无尽的遗憾与惋惜。据魏泰《东轩笔录》卷八记载，尚书郎李观还是进士时，欲去南岳：

道过潭州圣旗亭买酒，忽有一人荷竹奁，持钉校之具径至，问观曰：“闻君将之南岳，颇识养素先生蓝方否？”观曰：“固将往见之。”其人曰：“奉烦寄声云：刘处士奉问先生，十月怀胎，如何出得？”言讫径出不顾。③

①（宋）洪迈《夷坚甲志》卷十五《罗浮仙人》，《夷坚志》第一册，北京：中华书局，1981 年 10 月 1 版，第 134 页。

②（宋）洪迈《夷坚三志壬》卷八《岳阳董风子》，《夷坚志》第四册，北京：中华书局，1981 年 10 月 1 版，第 1525—1526 页。

③（宋）魏泰《东轩笔录》卷八，《东轩笔录》，北京：中华书局，1983 年 10 月 1 版，第 90 页。

李观在潭州圣旗亭遇到的这位刘处士，后经蓝方证实乃神仙刘海蟾，他问蓝方的语带玄机的问题，恰是蓝修仙过程中通向得道的关键，因为蓝当时养圣胎已成，正愁没有出离之方，蓝亦知必须得刘海蟾之助才能使圣胎出离，于是慨叹，“今声闻相通而不得接，吾之道不成矣”，无奈地承认，“吾不遇是人，命也”，最终还是一个欲成仙而不遇的修道者。李观再次到潭州酒肆访刘海蟾时，刘已经无影无踪了，他得道成仙的希望也破灭了。

洪迈《当涂朱道人》（《夷坚三志壬》卷七）中也记载了一位当面错过得道机会的朱道人，这位朱道人本来是当涂县的弓手，乾道初年，因捕盗夜行，到青山市近一里许，借着火光找到一位坐在店外、“布素百结，而颜貌清古”的乞丐，朱判断这位头上有红光笼罩的乞丐是异人，第二天又去找他：

> 邀入酒肆，益加礼，饮大杯。临别，解腰破袋内药一粒与朱，使之便服。朱颇嫌不洁，姑藏于怀。其人去，试探取之，但一青禽飞去，腾空而逝。[①]

因为错过了服药的时间，朱弓手与得道的机缘擦肩而过，这一酒肆中丹药变青禽的场景给朱弓手的刺激实在太大，以至他从此忘记了吃饭和睡觉，也不认妻子，变成了一个四处浪游，一心想成仙的疯子，二十多年后死于家乡的街心。

3. 报恩与惩罚型

作为酒肆遇仙佛故事的一个亚型，报恩（保护）与惩罚型故事一个最基本的情节单元是：隐藏身份的仙佛受凡人敬重与照顾后，医好其疑难病症或使其避过灾祸加以报答。洪迈《新乡酒务道人》（《夷坚志补》卷十二）记载徽宗宣和年间，郑州新乡县有位姓赵的酒务，见一位道人常来买酒，每次都对他笑脸相迎，照顾有加：

> （赵）必勑酒吏倍数给与，或唤入座，命之饮，道人积感其意。赵夙苦羸疾，时症候方危，累日不食，道人入，语之曰：“君病状殊不佳，远不过一年，近则半岁，恐无生理。”赵应曰：“……先生既言之，当有神术能生我！”曰：“是事非吾所能办也，感君相爱，非不愿效力，知复奈何！”赵恳再三，乃笑曰：“姑为君谋之，后数日，试邀一髯道人同至此，君宜多设精果妙香，连沃以酒，以大醉为期，则吾计得施矣！”……越五日，果与一客来，长六尺余，丫髻美髯，气貌伟甚，见酒席，俱有喜色。三人同坐，每一举杯，前道人必令多酌髯，……道人曰：“尔已醉，少憩可也。”令扫地铺簟，髯径就枕，鼻息如雷。道人密引赵卧于旁，令牮背紧相挨，且熟睡。

① （宋）洪迈《夷坚三志壬》卷七《当涂朱道人》，《夷坚志》第四册，北京：中华书局，1981 年 10 月 1 版，第 1523—1524 页。

> 少顷，来坐其前，俯身就髯项，吸其气满口，即嘘著赵顶上，又吸胸腹及臂股，亦如之。仆仆十余及，趋而出。髯忽寤，见人在侧，若有所失，大怒跃起，呼叫曰："畜生无状，敢误我。"持杖将击道人，道人迎笑曰："何用如是，只费得尔一年功夫，而救得一个性命，乃是好事。"髯怒稍息……良久，不揖主人而行。赵即时气宇油油然，明日即嗜食，甫十旬，肤革充盈，肌理如玉，略无病态。……①

道人对极力善待、照顾自己的县酒务赵某心存感激，他报答赵酒务的方式就是为他治病：先是主动向赵透露他最多只能再活一年的"天机"，继而在自己力不能及的情况下，把另一位仙人骗到赵监管的酒库将其灌醉，趁他睡卧之际，自己吸了他的真气传给赵某，使赵多日不食且已危及生命的羸疾得以痊愈。

道人报答赵酒务优惠、善待的方式是为其愈病疗疾，这个故事中值得一提的是酒库（肆）场景在结构故事中的作用：其一，赵酒务是在酒库中认识了前来买酒的道人，即凡人与仙人的相遇地点是酒库，酒库这一空间成了整个故事得以发生的背景；其二，赵酒务是在酒库对每次前来买酒的道人给予优惠，酒库又是照顾道人情节得以展开的场所；其三，酒库是道人泄露赵活不过一年的天机和应允其医病恳求之地，是故事情节得以进一步展开的场所；其四，道人是在酒库灌醉了另一仙人，趁其醉卧昏睡之际医治赵酒务的，酒库又是医病报恩这一故事高潮的发生地。通篇叙事中，是酒库这一空间场所串起了整个故事，成为故事从发生到展开、进一步展开，再到高潮的结构枢纽。

《龙主》故事中，龙主鸠盘荼王用使对方避过灾祸的方式报答了对自己敬重有加的太学生们。据王明清《投辖录·龙主》记载，宣和七年元日，几个太学生在丰乐楼楼上酒阁了中饮酒：

> 邻阁有一客，引杯独酌，至数斗，浩歌箕踞，旁若无人，衣冠甚伟。诸生异之，因相率与之揖，且邀之共坐。客亦不辞，来前，又饮斗余。议论锋出，凡所启问，悉出人意表，诸生心降。问其姓氏，曰："主姓龙。弃家访道，随所遇而安之，亦有年矣。"诸生因以先生目之，问曰：'先生休歇之地，可得闻乎？'客曰："在景龙门外某人小邸中安下。诸公翌日幸早至彼，恐差晚则某亦出矣。"②

①（宋）洪迈《夷坚志补》卷十二《新乡酒务道人》，《夷坚志》第四册，北京：中华书局，1981年10月1版，第1663—1664页。

②（宋）王明清《投辖录·龙主》，转引自李剑国《宋代传奇集》（中册），北京：中华书局，2018年8月1版，第885—886页。

太学生们对擅饮酒又谈吐不俗的龙异人钦佩之余，给了他最大程度的敬重，“以先生目之”。此后太学生们与龙异人开始了交往，先是一起去郊外花园中饮酒游玩，龙异人解答了太学生们关于经史的疑难问题，又一箭射下双雁，太学生们更加钦敬，从此双方来往不断。为报答太学生们的敬重，龙异人先是泄露了“不过一岁，此城当毁，虽外城亦然，地皆瓦砾之场”的天机，接着在近郊人烟较少之处，进一步透露“胡骑将犯阙，天子当北狩。城破日大雪，天下自此遂乱”，并告诫太学生们“各怀亲念家，急出都，即可免。不然，非某所知”。太学生们听了龙异人的劝说，都请假回了自己的家乡，从而避过了靖康之乱发生时因城破可能导致的亡命之灾。后来太学生们才知道这位能知未来之事，使他们得以避祸的龙异人乃《华严经》中记载的龙主鸠盘茶王。

报恩与惩罚型故事基本的情节单元中，与“报恩（保护）”相对的是惩罚，被惩罚的是那些贪痴之人，洪迈《丰乐楼》（《夷坚志补》卷七）篇就是此类故事的典型：临安市民沈一扑买钱塘门外丰乐楼酒库，白天前往监督沽卖，傍晚才回城内的家。孝宗淳熙初年春夏之交的一天，来饮酒的人太多，沈一忙得错过了回家的时间，就住在酒库里。将近二鼓之时，有五位贵公子携十余姬妾来到丰乐楼，要了很多酒，沈一在旁边热情侍奉，五人在楼上开怀畅饮，一直喝到深夜，然后“偿酒直，郑重致谢”。猜出二更来酒库豪饮的五位贵公子是五通神后，沈生立刻抓住机会向其求财，那“市井下劣，不过欲冀钱帛之赐尔”的赤裸裸的表白；那得到一布囊银酒器后，怕其发出声响被人盘问的心机和确保银子万无一失的“不暇解囊，悉槌击蹴踏”的急切动作；那从鸡鸣五通神走后到天亮“不复就枕”的高度兴奋与激动，都栩栩如生地展示了小市民沈一贪婪的嘴脸，这些语言、动作、行为都发生在丰乐楼酒库这一空间。当天一亮就跑回家，向妻子大叫“速寻等秤来，我获横财矣”的沈一遭到妻子“那是自家酒肆银酒器”的当头棒喝时，五通神对沈一贪痴的惩罚突然揭开了面纱：沈一从兴奋的高峰重重跌落、既赔钱又丢了面子的结局将整篇叙事推向了高峰，沈一的遭受薄惩给读者带来的则是一种强烈的围观快感。

在以惩罚为情节单元的报恩与惩罚型故事中，还有仙人对恃众欺人者的警示与戏弄，比如下面这个发生在池州东流县一家村酒店里的故事：几个年轻人聚在酒肆喝酒后赌博，一道人强烈要求加入，几个年轻人不得已同意了：

> 既盘跚围坐，（道人）乃笑曰：“忘记带钱来，且札赌，俟了后结算。若我输，却当一一奉还。”满座同词言：“焉有是理！不将一钱随身，如何赌得？”道人怒目曰：“汝曹任意喝五喝六，偏不着我！”勃然变色，揎腕索斗。少年中两人最不堪，且又恃众，交口肆骂，至云：“定是个配军贼。”道人奋起，殴两人背各一拳。登时气绝，摇撼不醒。或走报邻甲，或只遥

望，惧其佚去，则必牵连入狱，稍近前为拘执之势。道人提杖示之曰：“来则就死。”洋洋而行。店人以竹沓遮两尸，俟里正及县检验。至夜，尸忽作声蹶起，守者大叫有鬼，奔而出。两人曰：“我何曾死？且来听说仔细。”稍稍还就之，云：“日午正赌之次，被一道人邀我去吃酒，痛饮二十盏，不觉大醉，所以困卧于此，今已豁然。”众犹疑不信，共坐到天明，果不死。道人莫知所之。①

被两个年轻人的恃众欺人与大肆辱骂激怒的道人给两人背上各一拳，两人当时气绝，道人扬长而去。故事如果至此结束，则没有任何神奇之处，道人也难脱惩罚过当之嫌。故事的叙述重心是在道人走后，半夜的酒店中，已死的两个年轻人忽然复活，并声称是被道士邀去饮酒，以致醉卧熟睡的。通篇叙事的神异之处至此显现，这位道人的异能是让死人复活，且忘记死之缘由。故事中三个重要的情节“年轻人与道士争吵”“道士打死人”“死人半夜复活”都是发生在酒肆这一空间场所，对恃众欺人之年轻人的戏弄是整个叙事的高潮。

有的报恩与惩罚型故事不是单一的报恩（保护）或惩罚主题，而是将这两个元素融合在了一起。洪迈《养皮袋》（《夷坚三志己》卷六）中，有一位不知姓名乡里的野叟自称“养皮袋”，看他是如何对待刘、韩两家酒肆的：

……刘氏颇平直，韩氏狗利，酒更多酸。叟携竹竿倚于刘肆楼曰：“救汝救汝，动着时吃铁棒。”次日，一恶少为推吏所苦，挺刃致怒。吏走上楼，恶少随至，吏缘竿坠地，皆获免。又旬日，诣韩氏，取一杓小便出门首饮之，不留涓滴，观者堵立，叟曰：“吃此尿，胜似吃渠家酒。”自是无人往沽。②

刘肆买卖公平，韩肆为赚取更多利润不惜卖劣质酒，仙人养皮袋用神通保护了刘肆，所以虽有恶少与推吏在酒肆斗殴，推吏逃到楼上跳下都没有丧命，刘肆也因此免了人命官司的搅扰。而对韩肆，养皮袋在其门前喝尿并宣称“吃此尿，胜似吃渠家酒”，这一反面的广告效应致使韩肆的酒完全滞销。刘肆因仙人保护而避祸与韩肆因仙人惩罚而倒闭的情节同时出现在了《养皮袋》这个故事中。

报恩（保护）与惩罚型酒肆遇仙佛故事反映的是宋代民间流行的报应观念：

---

①（宋）洪迈《夷坚支癸》卷九《东流道人》，《夷坚志》第三册，北京：中华书局，1981年10月1版，第1292—1293页。

②（宋）洪迈《夷坚三志己》卷六《养皮袋》，《夷坚志》第三册，北京：中华书局，1981年10月1版，第1348页。

诚信、与人为善会得好报，灾祸得以避免，疾病得到医治；贪痴、不义会遭恶报，其下场往往是被耻笑、失财甚至丧命。

二、遇众生故事

酒肆作为公共活动空间，每日来往其中的特殊酒客中，除了仙佛或鬼怪，还有芸芸众生中的一些特殊人物，如民间社会认为高不可攀的皇帝，如侠客、占卜者、巫师、黑道盗贼等身怀异术的神秘人物，这些芸芸众生中的特殊人物活动于酒肆这一空间，形成了宋代小说中的酒肆遇众生故事，也为读者展示了两宋民间生活中一些鲜为人知的截面：

1. 身怀异术之人

来往于酒肆的身怀异术的神秘人物，包括占卜者、侠客、巫师、黑道盗贼等。王铚《默记》卷中记载了一个酒肆遇占卜者的故事：

> 刘琯，河中人，枢密学士综之孙也。其生母王氏既生琯而出外。琯事嫡母任氏，三十年不懈。嫡母死，寻访王氏，了不可得。遂弃官，布衣蔬食，跣足走天下访之，莫知其生死。数年而琯志益坚，誓不见母不复为人。会岁除日，行次汝、洛间地名彭坡者，逆旅羁栖，岁尽未遂所志，泣于村市酒肆中。忽见日者，琯忧郁中漫呼令作卦。日者端策云："此坤卦乘乾卦，父母爻动，必求访父母。今坤卦为主，则必母也。"因自喜曰："平生求久未见。"日者云："而喜神临之如化速，但不须发去，只留此以俟。匪惟在今日，且在今一时之内，所谓大庆可以贺矣。"琯虽心喜能知本意，而后段悠漫，乃日者常态，唯唯不应。日者临行犹曰："即应，无相忘也。"琯愈惑。旋闻箫鼓喧阗，乃村人嫁女于除夕也。举酒肆人奔往观之。琯独坐无聊。已而观者稍复还坐，而各说所见。一老卒在坐曰："此本县富人之女，嫁此村富家，其送女者所生也，其婿家去此才十步。此妇人先在一大官家，闻生子今作官矣。又入一家，再为此富家侧室，生儿女三人，今嫁其季也，故今自送嫁。其正室已亡，家甚富，而专家事，于女资送甚厚也。"琯引身稍相近，问翁："知媪之姓氏与前主之姓氏乎？"曰："此妇姓王，闻前主姓刘，其子小名则琯也。"琯始惊，问翁："何以知其详如此？"兵曰："我放停兵也，固常役于其家，且每祝我此事，故我常在心也，盖纸书其姓名状貌以千计矣。"出腰间系衣中小纸示琯，因略道所以。方语话酬酢间，村市小儿之慧黠者潜往报此妇人矣。已而老兵问琯详细，曰："为当验之。"然琯久求母不获，而为人绐之，疑似多矣。意事与名字或有相同者，未敢必信也。已而小儿辈与老兵继往，妇人闻之，亟遣骑乘迎琯。琯犹未信，漫往。既各细验之，真琯母也。贮心滋久，再见于不料，母子相持号恸殒

绝于村市久之。事定，因访日者，莫见也。问于村中，亦曰："未尝有此色目人。"意以瑄纯孝所感，天假神灵以告之尔。①

这个刘瑄弃官"跣足走天下"寻母的故事，虽然主题是表彰孝道，但呈现出的是宋代乡村酒肆鲜活、真实的场景：在酒肆中哭泣的外乡人；外乡人与日者的对话；酒客争看富人嫁女回来后七嘴八舌的议论，一老兵话语中丝毫不掩饰的对富人和做官者的羡慕；一儿童听到外乡人与老兵的对话后忙着去报信……在作者的叙述中，"刘瑄酒肆遇日者"无疑是浓墨重彩的一笔，凸显的是酒肆空间作为各色人等聚集地的信息集散、传播功能。那位准确预测出刘瑄找到母亲时间和地点的日者，突然出现在酒肆空间，事后却"访而不见"，村中亦无此人，正是酒肆空间流动性强的特点使这位日者，使整个故事罩上了一层神秘色彩。

传奇小说《任愿》叙述的是任愿酒肆遇侠客的故事：

熙宁二年正月上元，愿昼游街，时车骑骈溢，士女和会。愿乘酒足软仆，触良人家妇。良人大怒，殴击交至，愿惟以衣掩面不语。殴既久，观者环绕，莫知其数。有青巾旁观者忽不平，俄殴良人仆地，乃引愿而去，观者莫知其由。愿曰："与君旧无分，极蒙见救。"青巾者不顾而去。

异日，愿又遇青巾者于途中，召之饮，乃同入市邸。既坐，熟视，目耸神峻，毅然可畏。饮甚久，愿谢曰："前日见辱于庸人，非豪义之士，孰肯援哉！"青巾曰："此乃小故，何足称谢？后日复期子于此，无前却也。"乃各归。愿及期而往，青巾者且先至矣。共入酒肆。酒十余举，青巾者曰："吾乃刺客也。有至冤，衔之数年，今始少伸。"乃于袴间取乌革囊，中出死人首，以刀截为脔，以半授愿。愿惊恐，莫知所措。青巾者食其肉，无孑遗，让愿，愿辞不食。青巾者笑，探手取愿盘中者又食之。取脑骨，以短刀削之，如劈朽木，弃之于地。

复云："吾有术授子，能学之乎？"愿曰："何术也？"曰："吾能用药点铁为金，点铜为银。"愿曰："旗亭门有先子别业，日得一缗，数口之家，寒衣绵，暑衣葛，日食膏鲜。自谓逾分，常恐召祸，安取学此？幸先生爱之。"青巾者叹服曰："如子，真知命者也。子当有寿。"仍出药一粒，云："服之，百鬼不近。"愿以酒服之。夜深乃散。后不复见也。②

---

①（宋）王铚《默记》卷中，《默记》《燕翼诒谋录》合刻，北京：中华书局，1981年9月1版，第30—31页。

② 转引自李剑国《宋代传奇集》（上册），北京：中华书局，2018年8月1版，第518页。

虽然作者设计了街市和酒肆两个场景，但实际上街市场景只是后面两次出现的酒肆场景的前奏。街市上青巾侠对被殴打的任愿出手相救的情节，既表现了他抱打不平的侠义气概，又引出了两人酒肆的深度接触。因为酒肆空间的私密性，所以这里成为青巾侠表露隐秘与内心世界的场所。第一次酒肆接触展现了他施恩不图报的情怀，第二次写青巾侠在谈笑之间，生吃仇人头上之肉，用短刀削其脑骨的恣肆与适意，展示的是侠者的快意恩仇。青巾侠身上那种行侠仗义的风范，快意恩仇的慷慨，“点铁为金，点铜为银”的异术，制作丹药的奇异本领和飘然而去的决然，呈现的是宋代侠客的特点及生存状态，揭开了游离于社会秩序之外的游民生活的冰山一角。

宋代游民还包括黑道上的盗贼，小说《成都恶事》（周密《癸辛杂识》续集卷上）就记述了几个这类人物：

> 魏明已之侄有六直阁者，云少年在成都，时方承平，繁盛与京师同。一日入酒肆中坐，觉桌下有所遗物如钥匙之状，极其光莹，俱各不等，凡数十枚，莫晓其为何物，姑收置之佩囊中。因游狭斜，至深夜方归，忽有三四少年揖于道旁，为礼甚恭，然皆平生素昧者。力邀于酒肆中，坚辞不可，酒再行，乃出向所得如钥之物见还，云：“某辈不知先生在此，辄犯不韪，兹谨纳还，然所愿受教于明师。”魏闻其言，略不知所谓，亦不知此为何物，亦莫知缘何为其所取。辞以偶尔得之，初不知为何用。而众犹不信，久而乃散。及扣黠者，则知此物探囊胠箧之具，此数辈适得之于魏，疑其为高手盗也，欲师之耳。魏惧贾祸，亟毁弃之，久而不敢出市云。①

魏六直阁年轻时在成都酒肆两次遇到奇怪之事，一次是拾到了几十枚大小不等的钥匙；一次是当天深夜被三四个年轻人邀入酒肆，交还他白天拾到并装入佩袋中的钥匙，并表示拜他为师。一串某盗窃高手遗留在酒肆的作案钥匙成为串起两个酒肆场景的纽带，第一次酒肆场景作为第二次酒肆场景的前奏，既从一个侧面反映了酒肆空间汇聚各色人等的功能，又引出了少年盗贼对魏误认的情节。因为酒肆空间的私密性，所以第二次酒肆场景成为少年盗贼误认魏为盗窃高手后欲拜师学艺的场所，少年盗贼因误会产生的恭敬与魏六直阁不知情的懵懂营造出了一种黑色的幽默，深刻地揭示出宋代繁华大都市中盗贼的普遍存在，形象地证实了《武林旧事》卷六《游手》中“阛阓之地，则有剪脱衣囊环佩者，

① （宋）周密《癸辛杂识》续集卷上《成都恶事》，《癸辛杂识》，北京：中华书局，1988 年 8 月 1 版，第 141 页。

谓之‘觅贴儿’。其他穿窬胠箧，各有称首”[①]的描写。

巫师是民间社会中颇有市场的活跃人物，酒肆故事中涉及巫师的不少，请看洪迈《谢眼妖术》（《夷坚丁志》卷十二）的记载：

> 谢眼者，赣州宁都人，一目眇，而有妙术。尝与客坐村店，遥望数妇人，着新衣出游，戏谓客曰：“彼方袨服，吾必使之跣行。”袖手良久，诸人果裴回窘挠，皆脱履袜，牵衣而过。既至前，问其故，曰：“沮洳被径，殊为妨人。”谢笑命反顾，则坦途自若也。一小儿负饼饵两畚随其母归外家，谢就求之，儿不可。即取青竹篾一条，密置后畚。儿觉担颇重，行稍迟，母屡待之。俄而偏重不能举，怪而发羃，但见小青蛇满其中，大惧，悉弃之。又有民挈猪头以过者，谢曰：“吾能得此以侑觞。”默诵咒数十言。民行至山下，讶血臭，视之，已变为人首矣，怖而走。谢徐取以归，与客煮食。每入酒家饮，无敢不致敬，或待遇小不惬，则抛掷苇杖而出，便有蛇出地上，酒徒皆避席。由是乡里畏事之。[②]

巫师谢眼坐在村酒店里施用的巫术属于黑巫术中的符咒伤害术。他倚仗会巫术，戏弄走在路上的妇女，白吃别人的猪头肉，在酒肆作威作福，成为乡里的一害。《夷坚丁志》卷十《邓城巫》中也记载了一位定期向县城酒肆收取保护费的巫师：

> 襄阳邓城县有巫师，能用妖术败酒家所酿，凡开酒坊者皆畏奉之。每岁春秋，必遍谒诸坊求丐，年计合十余家率各与钱二十千，则岁内酒平善，巫亦藉此自给，无饥乏之虑。一岁，因他事颇窘用，又诣一富室有所求，曰：“君家最富赡，力足以振我，愿勿限常数。”主人拒之甚峻，曰：“年年饷君二万钱，其来甚久，安得辄增？宁败我酒，一钱不可得！”巫嘻笑而退，出驻近店，遣仆回买酒一升，盛以小缶，取粪污搅杂，携往林麓，禹步诵咒，环绕数匝，瘗之地乃去。适有道士过见之，识其为妖而不知事所起。巫还店，喜甚。俄道士亦继来，少憩，访酒家，见举肆遑遑忧窘，问其故。曰：“为一巫所困，今酒瓮成列，尽作粪臭，惧源源不已，欲往寻迹哀求之。”……[③]

---

①（宋）周密《武林旧事》卷六《游手》，《梦粱录》《武林旧事》合刻，济南：山东友谊出版社，2001年5月1版，第113页。

②（宋）洪迈《夷坚丁志》卷十二《谢眼妖术》，《夷坚志》第二册，北京：中华书局，1981年10月1版，第640页。

③（宋）洪迈《夷坚丁志》卷十《邓城巫》，《夷坚志》第二册，北京：中华书局，1981年10月1版，第617—618页。

因为没满足巫师保护费之外的勒索，一家酒肆的酒全部被其败坏，这位邓城巫师所用巫术是模拟巫术与接触巫术的结合：取了欲陷害酒肆的一升样酒，将粪污搅杂其中，诵咒后埋于地下，真实酒肆场景中的酒瓮于是尽作粪臭。这两个酒肆遇巫师的故事从一个侧面说明巫师这一群体在宋代民间的普遍存在。

2. 偶入民间的皇帝

北宋时，市民孙赐开的酒楼是汴京著名的正店，因为名倾京城，引来了微服私访的皇帝：

> 太宗上元为微行，至其家。孙已预知。盖耳目广，又接中贵人，得其欢心。上与柴都尉数公往，孙出致恭，呼大人。先集京师名姬妙艺，杯盘精好，罗列于外。上大喜，酒十行，将散，乃前致谢曰："家有闲处，愿诸大人一临。"太宗与诸公相顾骇喜。及至其厅事，杯杓器皿陈设，歌舞尤甚。遂使其女弹琵琶事上旁，通夕极欢而罢。坐中使柴都尉取锦绮金银畀之，固不受。及明，上使劳赐，召其女入，其后宠以位号。①

由于事先已知太宗一行的身份，所以孙赐给了他们最高规格的接待：精美的酒器，曼妙的歌舞，诱人的美酒、美食，对一般市民来说，是轻易享受不到的，但太宗肯定早已司空见惯，这些北宋高档酒楼最高标准的硬件和皇宫中的美酒、美食、美女、美器比起来，无疑是逊色的。太宗之所以沉浸在其中，甚至"通夕极欢"，原因在于酒肆这一民间的休闲娱乐场所带给他的新鲜体验，满足了他对民间生活的向往。

店主孙赐的形象传达出的是商人对官府的巴结，展现的是市井百姓试图结交官府的一面。作为一个精明的商人，孙赐平时已经结交宦官，此次又抓住太宗游幸自家酒楼的机会，极力讨好，甚至不惜让女儿出面献艺服侍，将其送入太宗后宫。孙赐现象说明了当时一部分成功商人致富后结交官府以谋求更大发展的事实。

和北宋的太宗相比，南宋高宗皇帝退位后，对民间生活更是向往，他常乘大龙舟，游幸西湖，甚至在德寿宫的后苑来了个民间西湖的仿造版：

> 效学西湖，铺放珠翠、花朵、玩具、匹帛，及花篮、闹竿、市食等，许从内人关扑。次至球场，看小内侍抛彩球、蹴秋千。又至射厅看百戏，依例宣赐。回至清妍亭看荼蘼，就登御舟，绕堤闲游。亦有小舟数十只，

---

①（宋）苏颂《苏魏公文集附魏公谭训》附录一《魏公谭训》卷十《杂事》，《苏魏公文集附魏公谭训》，北京：中华书局，1988 年 9 月 1 版，第 1177 页。

供应杂艺、嘌唱、鼓板、蔬果，与湖中一般。①

一天，高宗偶尔进了临安的一家小酒肆：

一日，御舟经断桥，桥旁有小酒肆，颇雅洁，中饰素屏，书《风入松》一词于上，光尧驻目称赏久之，宣问何人所作，乃太学生俞国宝醉笔也。其词云："一春长费买花钱，日日醉湖边。玉骢惯识西泠路，骄嘶过，沽酒楼前。红杏香中歌舞，绿杨影里秋千。东风十里丽人天，花压鬓云偏。画船载取春归去，余情在，湖水湖烟。明日再携残酒，来寻陌上花钿。"上笑曰："此词甚好，但末句未免儒酸。"因为改定云"明日重扶残醉"，则迥不同矣。即日命解褐云。②

小酒肆内的雅致洁净，用酒客题词装饰的素屏风，吸引了热衷民间饮食、娱乐生活的高宗，于是有了他的御笔改词，也有了盛传于南宋民间的"俞国宝题词遇上皇"的故事。《喻世明言》卷三十九《汪信之一死救全家》的入话部分也提到了这个故事，说"那酒家屏风上添了御笔，游人争来观看，因而饮酒，其家亦致大富"③。市民心中高不可攀的太上皇偶游民间酒肆，他留下的御笔自然成了争相一睹的奇观，名人效应带来的非同一般的宣传效果使小酒肆迅速致富，整个故事体现了市井民间与上层皇帝之间一次以酒肆空间为枢纽的良好互动。

三、遇鬼怪故事

1. 冢墓荒野型与人鬼混居型

宋代小说中的酒肆遇鬼怪故事，有不少是以恐怖与怪异为美学特征的冢墓荒野型和人鬼混居型故事，下面笔者就从叙事学角度分析这类故事中恐怖与诡异气氛的成因，并进一步揭示其中反映的两宋民间有关鬼的观念与风俗。

首先分析酒肆遇鬼怪故事中最独特的一个。南宋话本《西山一窟鬼》写秀才吴洪遇鬼事。吴在临安教授童蒙时，由王婆介绍，娶李乐娘为妻，并得从嫁锦儿，二人皆有美色。吴洪偶然中发现锦儿似乎是鬼，但未明言。清明时，吴洪和王七三官人夜过郊外的驼献岭，一路上先后遇见朱小四、狱子、李乐娘、

---

①（宋）周密《武林旧事》卷七《乾淳奉亲》，《梦粱录》《武林旧事》合刻，济南：山东友谊出版社，2001年5月1版，第133页。

②（宋）周密《武林旧事》卷三《西湖游幸》，《梦粱录》《武林旧事》合刻，济南：山东友谊出版社，2001年5月1版，第46页。

③（明）冯梦龙《古今小说》第三十九卷《汪信之一死救全家》，《古今小说》，北京：人民文学出版社，1958年4月1版，第588页。

锦儿四个鬼。大约五更，走到离岭下还有一里多路时，又遇见了陈干娘、王婆两个鬼，两人又是一阵奔逃：

真个便是獐奔鹿跳，猿跃鹘飞，下那岭来。后面两个婆子兀自慢慢地赶来。“一夜热乱，不曾吃一些物事，肚里又饥。一夜见这许多不祥，怎地得个生人来冲一冲？”正恁地说，则见岭下一家人家，门前挂着一枝松柯儿。王七三官人道：“这里多则是卖茅柴酒，我们就这里买些酒，吃了助威，一道躲那两个婆子。”恰待奔入这店里来，见个男女：

头上裹一顶牛胆青头巾，身上裹一条猪肝赤肚带，旧瞒裆袴，脚下草鞋。王七三官人道：“你这酒怎地卖？”只见那汉道：“未有汤哩。”吴教授道：“且把一碗冷的来。”只见那人也不则声，也不则气。王七三官人道：“这个开酒店的汉子又尴尬，也是鬼了！我们走休。”兀自说未了，就店里起一阵风：

非干虎啸，不是龙吟。明不能谢柳开花，暗藏着山妖水怪。吹开地狱门前土，惹引酆都山下尘。

风过处看时，也不见了酒保，也不见有酒店，两人立在墓堆子上。唬得两个魂不附体，急急取路到九里松曲院前讨了一只船……①

吴洪和王七三连遇六鬼后，又被两个女鬼追着一路狂奔，至此小说已经营造了足够的恐怖气氛，读者的神经也和他们一样，紧张到了极致。接下来，“门前挂着一枝松柯儿”的乡村酒肆出现了，酒保出现了，作者有意放缓了叙事的节奏，写了吴和王的对话，写了酒保的打扮，此时，吴、王二人和读者的紧张也开始缓和，然后，两人觉出了酒保的诡异，未及再逃时，一阵怪风刮来，风过后，酒店和酒保都消失了，两人发现自己站在墓堆子上！刚刚放缓的神经重又绷紧，无边的恐惧再度袭来，小说营造的恐怖和诡异至此达到了极致。

这段郊外酒肆遇鬼的情节属于遇鬼怪故事中常见的冢墓荒野型，其独特之处在于，不仅酒保是鬼，酒店也是坟墓幻化而成，下面要分析的洪迈《京师酒肆》（《夷坚乙志》卷十五）中的酒肆却是人间真实的酒肆，位于北宋时的汴京城：

廉布宣仲、孙惔肖之在太学，遇元夕，与同舍生三人告假出游……然心中拳拳未尝不在妇人也。夜四鼓，街上行人寥落，独见一骑来，驺导数辈，近而觇之，美好女子也。遂随以行，欲迹其所向。俄至曲巷酒肆，下

① 宋话本《西山一窟鬼》（《警世通言》题作《一窟鬼癞道人除怪》），《京本通俗小说等五种》，南京：江苏古籍出版社，1991年12月第1版，第35页。

马入，买酒独酌，时时与导者笑语。三子者亦入，相对据案索酒，情不能自制，遥呼妇人曰："欲相伴坐，如何？"即应曰："可。"皆欣然趋就之，且推肖之与接膝，意为名倡也。妇人以巾蒙首，不尽睹其貌，客戏发之，乃一大面恶鬼，殊可惊怖。合声大呼曰："有鬼!"酒家奴出视，则寂无一物，嗤其妄。具以所遇告，奴曰："但见三秀才入肆，安得有此？"三子战栗通昔，至晓乃敢归。①

太学生廉布、孙惔和同舍生三人元夕请假出游，目的就是追逐女色，作者以他们的视角将这一逐色遇鬼的恐怖故事一一写来：遇美、尾随、入酒肆、并坐饮酒的情节之后，三人调戏地揭开美女的蒙面巾，出现在眼前的不是期待中姣好的脸庞而是一张恶鬼的大脸！在三人恐怖的尖叫声中，作者的叙述达到了高潮。酒保未见女鬼的事实让三位秀才在酒肆里哆嗦了一个晚上，不仅使叙述高潮得到了延续，更说明三秀才是因为心中有色才会酒肆遇鬼，一整晚的惊吓和恐怖感是他们应得的惩罚。通篇小说在贪色与畏鬼的双重变奏中展开，蒙面巾下美女的脸被置换成了恶鬼的脸，除造成了极强的恐怖效果外，还具有"美色即鬼"的象征意义，体现的是宋代民间广为流行的畏色如鬼的观念。

洪迈《汪一酒肆客》（《夷坚三志壬》卷十）的恐怖程度丝毫不亚于上面的《西山一窟鬼》和《京师酒肆》：

德兴南市乡民汪一，启酒肆于村中。庆元三年盛夏，三客入肆沽酒，饮之至醉。复有二客来，相与攀揖，言曰："数岁不相会，今日何为到此？"客云："因往台州干事，一住十五年，拟欲再行，且谒五通行宫。"语毕，不复索酒饮，计偿酒直即去。汪一访问后至者曰："彼三人姓氏云何？"曰："一姓陈，一姓孔，一姓吴，皆已于淳熙八年死了，不意乃见之!"汪闻而大骇，收坐上所留钱，试投水桶内，俄悉化为灰埃。二客不旋踵亦退。②

作者首先不露声色地叙述了一个酒肆场景：先到的三位酒客饮酒至醉，后至的二位酒客与之寒暄，三酒客留下酒钱离开。从酒肆老板汪一的视角来看，这是一个再平常不过的场景，酒客平常，对话也平常。接着，后到二位酒客说的话使平常的三位酒客一下子成了极不平常的三个鬼，这完全出乎了汪一的预料与

① （宋）洪迈《夷坚乙志》卷十五《京师酒肆》，《夷坚志》第一册，北京：中华书局，1981 年 10 月 1 版，第 312—313 页。

② （宋）洪迈《夷坚三志壬》卷十《汪一酒肆客》，《夷坚志》第四册，北京：中华书局，1981 年 10 月 1 版，第 1545—1546 页。

想象，巨大反差产生的张力使恐怖在汪一的心中，在酒肆的每个角落，也在读者的心中冉冉升起，当汪一看到三酒客留下的纸币在水桶内化为灰烬时，他内心的恐惧也达到了顶点。最耐人寻味的是后至二位酒客对先到三位酒客的态度，明明知道他们死了，为什么对他们的突然出现没有一点疑问，甚至没有一点恐惧呢？这两位酒客“不旋踵亦退”后，留给酒肆主人汪一和读者的疑问是：他们为什么这么快就走了？他们到底是人还是鬼呢？达到恐惧顶点的汪一和读者想到这一点时，通篇故事所营造的恐怖气氛就因“二客不旋踵亦退”七字的叙述达到了高潮后的又一高潮。

《汪一酒肆客》中三鬼留下的纸币在水桶内化为灰烬的描写，反映的是宋代丧葬民俗中为死人烧纸钱的风俗。纸钱又称寓钱、冥钱、冥财、楮钱、纸镪、钱纸等，指烧给死者或鬼神的钱形纸片。众所周知，世界上最早的纸币就是北宋时的交子，鬼使纸钱的历史更在此前，据贾二强先生考证，为死者送葬时使用纸钱的最早时间是唐高宗永征年间[1]，此后该风俗便在民间传播开来，到宋代，为死者烧纸钱的风俗盛行民间，连理学大师邵雍也身体力行，“春秋祭祀，约古今礼行之，亦焚楮钱”[2]，仁宗皇帝驾鹤西归的消息传到洛阳时：

> 伯温时年七岁，尚记城中……纸烟蔽空，天日无光。时舅氏王元修自京师过洛，为先公言……（京师）虽乞丐者与小儿皆焚纸钱，哭于大内之前。[3]

西京洛阳和东京汴梁百姓焚烧纸钱哀悼去世明君的行为充分说明为死者焚纸钱的风俗已深入两宋民间。较大的市场需求之下，打凿纸钱行业应运而生，不少人藉此糊口，章懿皇太后弟李用和穷困时就曾在汴京凿过纸钱[4]。两宋笔记小说中关于烧纸钱的记载很多，洪迈《施三嫂》（《夷坚丙志》卷十一）中的张元中为讨生前之债的女鬼施三嫂“买纸钱一束焚于澮津湖桥下”，施托梦说不够又予以追加[5]；有为死妻之鬼父在阴间建新居，“焚纸镪数百束”出资相助，死

---

① 贾二强《唐宋民间信仰》中篇《唐宋民间信仰的基础》，《唐宋民间信仰》，福州：福建人民出版社，2002年10月1版，第224页。

②（宋）邵泊温《邵氏闻见录》卷十九，《邵氏闻见录》，北京：中华书局，1983年8月1版，第215页。

③（宋）邵伯温《邵氏闻见录》卷二，《邵氏闻见录》，北京：中华书局，1983年8月1版，第16页。

④（元）脱脱《宋史》卷四百六十四《李用和传》：“李用和，字审礼，章懿皇太后弟也。少穷困，居京师凿纸钱为业”；（宋）洪迈《夷坚丙志》卷八《诸暨陆生妻》：“诸暨县治有湖四绕，民陆生者，居县后湖塍上，以打凿纸钱为业。”

⑤（宋）洪迈《夷坚丙志》卷十一《施三嫂》，《夷坚志》第二册，北京：中华书局，1981年10月1版，第457页。

妻表示钱太多无人运送，又做纸力士焚化的[①]，诸如此类，不胜枚举。

人类最恐惧的不是那些处在明处、一眼就能看穿其面目的鬼，而是那些出没在市井中，看起来与世人毫无区别的鬼，因为它们与人杂处，其身份是隐藏的。在宋代的遇鬼故事中，这类故事已经代替了六朝以来流行的冢墓荒野型鬼故事成为主流，我们可以把这类遇鬼故事称为人鬼混居型。人鬼混居型的酒肆遇鬼怪故事中，较典型的一篇是洪迈的《李吉爊鸡》（《夷坚丙志》卷九）：

> 范寅宾自长沙调官于临安，与客买酒升阳楼上，有卖爊鸡者，向范再拜，尽以所携为献。视其人，盖旧仆李吉也，死数年矣。惊问之曰："汝非李吉乎？"曰："然。""汝既死为鬼，安得复在？"笑曰："世间如吉辈不少，但人不能识。"指楼上坐者某人及道间往来者，曰："此皆我辈也，与人杂处，商贩佣作，而未尝为害，岂特此有之？公家所常使浣濯妇人赵婆者，亦鬼耳，公归，试问之，渠必讳拒。"乃探腰间二小石以授范曰："示以此物，当令渠本形立见。"范曰："汝所烹鸡可食否？"曰："使不可食，岂敢以献乎？"良久乃去。范藏其石，还家，以告其妻韩氏。韩曰："赵婆出入吾家二十年矣，奈何以鬼待之？"他日，赵至，范戏语之曰："吾闻汝乃鬼，果否？"赵愠曰："与公家周旋久，无相戏。"范曰："李吉告我如此。"示以石，赵色变，忽一声如裂帛，遂不见。此事与小说中所载者多同，盖鬼技等耳。[②]

在升阳楼与朋友饮酒的范寅宾遇见了卖爊鸡的旧仆李吉，已死数年的李并不讳言自己的鬼身份，还向范透露市井间象它这样与人杂处的鬼很多，它们商贩佣作，自食其力，并不害人。从小说的描写看，李吉活动于市井间，和人没有什么区别。《傅九林小姐》（《夷坚三志己》卷四）也是一篇人鬼混居型的酒肆遇鬼故事，叙述的是傅九和散乐女艺人林小姐相爱，私奔不成，两人遂于孝宗淳熙十六年九月夜间自缢身亡，两年后的光宗绍熙三年春天，吉州苏客居然在泰州酒肆见到了它们[③]：

① （宋）洪迈《夷坚支甲》卷四《项明妻》，《夷坚志》第二册，北京：中华书局，1981 年 10 月 1 版，第 739—740 页。

② （宋）洪迈《夷坚丙志》卷九《李吉爊鸡》，《夷坚志》第二册，北京：中华书局，1981 年 10 月 1 版，第 443 页。

③ （宋）洪迈《夷坚三志己》卷四《傅九林小姐》，《夷坚志》第三册，北京：中华书局，1981 年 10 月 1 版，第 1332 页。笔者按，该处原文为"绍兴三年春"，据文意，应为"绍熙三年春"，乃形似致误。

（两人）为主家李氏当垆供役。苏顷尝识傅，问其去乡之因，笑而不答。苏买酒饮散，明日再往寻之。主人言傅九郎夫妻在此相伴两载，甚是谐和，昨晚偶一客来，似说其宿过，羞愧不食，到夜同窜去，今不复可询所在也。①

已死为鬼的傅九与林小姐被前来饮酒的苏客撞见并认出时，已经在泰州这家酒肆当了两年的酒保，店主根本不知道它俩是鬼，因为害怕身份被揭破，两鬼当夜即慌忙出逃，不难想象，它们会逃到一个无人知晓其鬼身份的地方，继续过着与人杂居的生活。

从文本的阅读效果看，这类故事中鬼与人界限的模糊，不仅没有冲淡恐怖气氛，反而使这种气氛得到了强化。究其原因，鬼在明处的故事，造成恐怖的原因是害人或骇人，无论是被害还是被吓，都是有防范空间的，那种恐惧是表面的、短暂的；而鬼在暗处的故事，在鬼的身份被揭开的一霎那，带给世间活人的不仅仅是对鬼的恐惧，更重要的还有人与人之间的不信任：焉知身边的亲人、熟人、陌生人不是隐藏的鬼呢？简言之，鬼在明处的故事展现的是人对鬼的恐惧与防备，而鬼在暗处的故事，表现出的则是人对人的陌生与疏离。因为除了鬼之间的互相揭发和自我暴露，世间的凡人没有其他途径识破它们，这正如洪迈《孙九鼎》（《夷坚甲志》卷一）中的鬼张敓指着街上来往的行人所说“此我辈也，第世人不识之耳”②。退一步讲，即使这些鬼不会害人，其异类的身份还是会让世间活人对它们有所忌惮甚至防范，因此鬼杂人间给世人造成了草木皆兵、人人自危的心理恐惧，并且这种恐惧是深层的、长久的③。

宋代小说中之所以出现人鬼杂居型的遇鬼故事，和佛教的传入中国有着很大的关系。有宋一代，佛教进一步世俗化、中国化，变得更加重视现世利益且又简捷易行，因而在民间得以广传，其观念也逐渐深入人心。六道轮回是佛教非常重要的观念，所谓六道，由上而下分别为天道、人道、阿修罗道、畜生道、饿鬼道和地狱道，众生这一世生在这一道，下一世又生在那一道，在三界六道的生死世界里如车轮旋转不已，这就是佛教的轮回观。这种观念之下，人可变为鬼，鬼也可转生为人，于是中国传统的“人死为鬼”的单向说法被打破，由人化鬼的线性幻化模式被轮回转生模式取代后，无论人还是鬼，均成为轮回中的“中介”或“过程”。在这种被佛教轮回观念改造的鬼神信仰下，两宋民间形成了鬼与人杂处于市井间的观念，随之也就出现了不少人鬼杂居型的遇鬼故事。

---

①（宋）洪迈《夷坚三志己》卷四《傅九林小姐》，《夷坚志》第三册，北京：中华书局，1981 年 10 月 1 版，第 1332—1333 页。

②（宋）洪迈《夷坚甲志》卷一《孙九鼎》，《夷坚志》第一册，北京：中华书局，1981 年 10 月 1 版，第 1 页。

③ 关于人鬼杂处之鬼故事的恐怖效果，关冰《〈夷坚志〉神鬼精怪世界的文化解读》（载〖DB/OL〗中国优秀博硕士学位论文全文数据库）一文中有详细论述，请参看。

酒肆遇精怪的故事相对少些，洪迈《段祥酒楼》（《夷坚支甲》卷三）是较典型的一篇：

> 鄱阳郡胥段祥，主酒务榷酤。县治之南旧有酒店，重楼颇洁，素为山魈所据，历岁久，人莫敢登。每阴晦之夕，则抛掷瓦石，击坏罂甕，翻泼水浆。淳熙三年，祥实董其事，深以为虑，乃与他少年群议之，密蓄利刃，散伏户外及垆侧，数人入室守视，又缚大雄鸡置甕边。祥亲执短矛，颙坐以俟。时当秋月，二更后，闻有喘息声。顷之，一物身长六尺余，裹软脚唐巾，绿袍脚带，曳黑鞾持手板，从楼而下，搢板揎臂，欲至甕涤器。闻鸡振翼，化为狸，俯伏于地，将搏鸡。祥运矛揕其喉，声如狐嗥，众共擒杀之，剥其皮，斑斓可爱，煮肉分食无余。楼怪遂绝。①

在这个遇狸精的故事中，闹怪与捉怪两大情节都发生在酒楼这一空间。狸精长期占据酒楼，“阴晦之夕，则抛掷瓦石，击坏罂甕，翻泼水浆”，使酒楼笼罩在恐怖气氛中，以至很长时间没人敢登上此楼，严重影响了酒楼的经营和鄱阳县的酒税收益，这才引出了段祥等人极富冒险性、惊心动魄的月夜捉怪行为。

动物、植物乃至器物都能成精变怪，所谓“物老为精”，不仅是原始生民万物有灵的自然崇拜观念的遗存，也是以人为万物灵长观念的体现。就小说的记载而言，动物精怪最多，动物成精最明显的特征是能化形为人。《段祥酒楼》故事中，捉怪当晚，出现在段祥等人视野中的狸精就是一个头戴软脚唐巾，身穿绿袍，持手板的人。动物精怪化形为人的目的之一是要通过虚假的外表迷惑人、伤害人，这使此类故事容易呈现出神秘与恐怖的氛围。上述文字中的狸精占据酒楼后，虽没有直接伤害到人，却造成了长时间的恐怖感。段祥铲除狸精时高明也是关键的一步是将一只大雄鸡捆好放到酒甕旁边，狸精见到鸡后，爱吃鸡的动物本性使它显出真身，段祥抓住机会将长矛刺入了它的咽喉。狸精捉鸡的情节说明在民间观念中，动物精怪即使化形为人，也还保留着一些原有的动物特征。

2. 女鬼惑人型

女鬼惑人型故事在宋代的小说中时常出现，但发生在酒肆的这类故事却不多见。笔者搜集到了《南陵美妇人》《任迴春游》《樊生》三则以酒肆为故事发生地的女鬼惑人故事，这三个故事都具有下面的情节单元：（一）色诱，女鬼主

---

①（宋）洪迈《夷坚支甲》卷三《段祥酒楼》，《夷坚志》第二册，北京：中华书局，1981 年 10 月 1 版，第 734—735 页。

动引诱凡男，其艳丽的容貌极具性诱惑力；（二）交合，凡男迷于美色，与女鬼交合而陷入性爱纠葛中；（三）分离，女鬼身份暴露，凡男虽健康受损或险些丧命，但最终摆脱了女鬼的纠缠。下面具体加以分析，首先看洪迈的《南陵美妇人》（《夷坚支乙》卷八）：

> 宣之南陵……民某生者，就邑治大门之内开酒店。尝以月夜出户，逢美妇人，若自宅堂而来，见生即与笑语。时东平郭尧高叔为宰，生谓姬妾浪游，不敢应。妇前执其手，径驱店中。生故市井屠沽儿，迷于色，便留之寝。旦而去，他夕复至，如是数月。每至必有赠饷，初但得钱，久而携银盏，浸浸及于瓶罂，所获不胜多，益疑为窃主家物，然贪财溺爱，不以为虞。偶往郊外行干，遇道人乞钱，见生颜色枯悴，语之曰："汝满面是邪气，将死于鬼手。"生惊悟，弗隐，尽以告之。道人就近舍求纸三寸许，书一符，使贴于房门。是夜闻妇怒骂曰："吾以至诚待汝，汝受吾物亦不为薄，将终身是托，何乃遽起妄心，一旦如是？吾非畏符不敢入，以汝背义忘恩，誓将弃汝。"即怫然而去。经数夜，复扣门言曰："汝不义已甚，使人不堪，明日夜当治汝。"又去。生始大怖，坐而须晓，始徙于他坊，由此遂绝。①

这个发生在县城酒肆里的故事具备了女鬼惑人型故事的三个情节单元：某生首次与女鬼交合，是"迷于色"，这种性爱关系能持续数月，是因为某生的"贪财溺爱"，既惑于女鬼美色又贪图她带来的财物。在作者的叙述中，某生经营的酒店成为结构故事的关键场所。故事开始时某生与女鬼的首次交合，情节展开时两人数月性爱关系的持续，故事高潮时某生急于保命的贴符治鬼，尤其怕女鬼来索命时胆战心惊的"坐而须晓"，都发生在这里。酒店这一空间能起到如此重要的作用，和某生酒店店主的身份，和县城酒店白天营业、晚上关门的特点有很大关系，晚上关门后，酒肆便成了酒肆主人的单独空间，尤其是本篇中年轻独身的某生，女鬼化成的美妇主动到店中与他欢会后，酒肆这一不会被打扰的私密空间便成了他们幽会的固定场所。酒肆空间上的私密性（相对独立于居民区之外）是酒肆遇鬼故事产生的重要前提。

《南陵美妇人》故事中，某生能摆脱女鬼的纠缠，是因为他为保全自己的性命求助于道士，道士给他写了一道符，让他贴在酒肆的门上。符，也称符箓、符文、符篆、符书等，其主要形式特点，正如刘黎明所说，是"以汉字的叠合、变形

① （宋）洪迈《夷坚支乙》卷八《南陵美妇人》，《夷坚志》第二册，北京：中华书局，1981年10月1版，第856页。

或神秘组合为主，同时配以神秘图案”[①]。据《后汉书·费长房传》记载，“翁又为作一符，曰：‘以此主地上鬼神……’，遂能医疗众病，鞭笞百鬼，及驱使社公”[②]，可见东汉已有神符之说，东汉晚期兴起的太平道和五斗米道已大量造作和使用神符，魏晋南北朝造作符图和信行之风更盛。到宋代，张君房《云笈七签》将符视为道教三大秘术之首，并说“符者，三光之灵文，天真之信也”，[③]称符为天神仙真之信符，因而具有很大的神威。在宋代民间，符主要被道士和巫师等用来祈禳，以达到驱鬼召神、消灾却祸、治病除瘟、济生度死的目的，宋代小说尤其《夷坚志》中有不少道士、巫师以符驱鬼的例子，如善符箓的葆真宫王文卿法师“朱书二符”给被女鬼所惑的士人，让他等鬼妇睡后‘以一置其首，一置箧’”[④]；龙虎山程道士向为鬼所附的宣和宫人投符，宫人吞服之，而后身上的鬼“为符所制”[⑤]；有村民为鬼所附，京师一道士“遣神将杖之，民号呼不已，杖毕，饮之以符，即如平常”[⑥]；杨大同为女鬼所惑数月，道士“以天心六丁符箓治之”[⑦]。本篇中，道士让某生贴于房门的符显然颇为有用，女鬼虽然虚张声势的说“吾非畏符不敢入”，宣称“明日夜当治汝”，但最终没能进入酒肆的房门。

洪迈《任迥春游》叙述的是一个发生在汴京近郊酒肆中的遇鬼故事：

宣和三年，京师富子任迥，因游春独行，至近郊酒肆少憩，乐其幽雅，未即去。店姥从中出，迥顾呼语曰：“吾夜分乃还，宜谨视家舍。”即去。迥窃望幕内，一女子绝妖冶，心殊慕悦，而难于言。女忽整容出，盼客微笑，服饰虽不华丽，而洁素可爱。迥招与坐，以言挑慰。女曰：“吾母赴村中亲舍宴席，家无一人，止妾独身耳。”迥心神流荡不禁，遂纵言调谑，命酒同饮，相偕缱绻。薄暮而姥归，入门，见迥在内，忿然作色曰：“吾女良

① 刘黎明《宋代民间巫术研究》第三章，《宋代民间巫术研究》，成都：巴蜀书社，2004 年 3 月一版，第 116 页。

②（南朝宋）范晔《后汉书》卷八十二《方技列传·费长房传》，《后汉书》第十册，北京：中华书局，1965 年 5 月 1 版，第 2744 页。

③（宋）张君房《云笈七签》卷四十五《秘要诀法》，《云笈七签》，北京：中华书局，2003 年 12 月第 1 版，第 1005 页。

④（宋）洪迈《夷坚甲志》卷八《京师异妇人》，《夷坚志》第一册，北京：中华书局，1981 年 10 月 1 版，第 66 页。

⑤（宋）洪迈《夷坚甲志》卷十二《宣和宫人》，《夷坚志》第一册，北京：中华书局，1981年10月1版，第 103页。

⑥（宋）洪迈《夷坚甲志》卷十二《京师道流》，《夷坚志》第一册，北京：中华书局，1981年10月1版，第 103页。

⑦（宋）洪迈《夷坚甲志》卷十三《杨大同》，《夷坚志》第一册，北京：中华书局，1981年10月1版，第111页。

家处子，汝何敢无礼相污？”迥无辞以答，但泣拜引罪。久之，姥忽易怒为笑曰：“汝既犯吾女，无奈矣，当遂为吾婿，则可解，不尔，则缚送官矣。”迥思己未娶，又畏成讼，唯而从之。姥曰：“若尔，无庸归，少留旬日，吾自遣信报尔父母。”于是遂谐伉俪。夫妇间殊惬适，唯防禁甚密，母子更迭守视，不许出中门，但兀坐饱食而已。一夕未寝，连闻扣户声，姥启扉，有男子妇女二三十辈，扶携而来，有得色，言曰：“城内某坊某家，今夜设大筵，宜往赴约。”姥呼女同行，而指迥告众曰：“奈此郎何？”或曰：“偕往何害？”乃空室而出。迥深忧疑之，而弗敢问。俄顷，到城门，门闭已久，众藉藉谋所以入。姥耸身穿隙而进，众与迥随之，皆无碍。及至市，灯烛贩鬻与平日不殊。到所谓某家，方命僧施法食三大斛，众拱立环绕，争搏取恣食，至于攘夺。迥骇曰：“吾许时乃为鬼婿耶！”始大悟，挺身走入佛座下，跧伏不动。望视同来者，诡形怪状，皆鬼也。竞前挽使回，迥不应。姥与女眷眷不忍释，至互相诋悔，流涕唾骂，乃去。天将晓，此家屏当供器，见而惊曰：“有奇鬼在此。”取火照之，迥出，具道本末。迨旦，送之归家。家人相视号泣曰：“一去半年，无处寻访，以为客死矣。”调治数日，乃复人形。……①

全篇叙事中，近郊酒肆成为结构故事、推动情节发展的关键，任迥和女鬼的初次见面与交合，成为鬼婿后半年软禁的夫妻生活，都是在这个私密性较强的空间内展开的。这个故事虽不脱女鬼惑人的情节框架，但任迥初见化形为酒肆少女的女鬼时“心殊慕悦”和与少女成亲后半年间“夫妇间殊惬适”的描写，使这篇小说蒙上了一层人鬼恋的色彩。

与南陵某生不同的是，任迥是在被带往汴京城中施法食的某家，发现自己身为鬼婿后，躲到佛座下才得以摆脱女鬼的。他的逃脱是借助了佛力，这就涉及到了宋代民间的鬼观念。在中国的民间信仰中，鬼与人一样需要饮食，鬼经常处于饥饿状态。《秀州司录厅》（《夷坚乙志》卷八）中，洪迈之父问鬼有什么需要，鬼说“鬼趣苦饥，愿得一饱馔，好酒肥鹅，与众人共之，无如常时以瘦鸡相待也”②，本篇中众鬼“拱立环绕，争搏取恣食，至于攘夺”的描写再次证明了宋人观念中的鬼是常处于饥饿状态的，而能让饿鬼大饱口福的是活人做道场施法食。两宋时期，随着佛教因果报应、轮回转生观念的深入人心，做道场之风大行于世。道场全称为“法界圣凡水陆普度大斋胜会”，是设斋供奉以超度

---

①（宋）洪迈《夷坚志补》卷十六《任迥春游》，《夷坚志》第四册，北京：中华书局，1981年10月1版，第1698页。

②（宋）洪迈《夷坚乙志》卷八《秀州司录厅》，《夷坚志》第一册，北京：中华书局，1981年10月1版，第251页。

众鬼的法会，也是佛教最隆重的一种经忏法事，简称为水陆斋、水陆法会等。法会时间长短不一，一般为七天，长可达四十九天，甚至一百天。参加法事的僧尼少则数人，多则成千上万，号“千人斋”、“万人斋”。法会内容为设坛诵经，礼佛拜忏，遍施饮食，追荐亡灵。《鬼迎斛盘》（《夷坚三志辛》卷二）对于鬼赴法会的情形有详细记载：

> 鄱阳坊俗，每岁设禳灾道场，不常厥处。庆元四年四月，复就永宁寺大殿，于第四夜命僧建水陆斋供，加持斛盘。寺前居人多闻外间若男女相呼唤，或称兄弟姊妹姑姑嫂嫂，请同去迎接斛食，轻衣钱财。及斋施已竟，众僧鸣铙击鼓，奉斛出三门，其语顿息。迨过庆善桥，则嘈嘈杂杂，初皆喜悦欢噪，随至城外江边抛散讫，乃寂然。①

众鬼呼亲唤朋迎接斛食的兴奋与《任迥春游》中二三十个鬼欣喜地召唤酒肆女鬼母女去赴某家夜筵的描写很是相似，反映的都是宋时民间做水陆道场、施法食给恶鬼道孤魂的风俗。

出自沈氏《鬼董》的《樊生》故事女鬼惑人的色彩很鲜明。故事里的凡男樊生游西湖时，一个偶然，拾到了一只女鞋，鞋里有一张纸，写明此鞋是用来卜婚的，有意者可与王老娘联系。又一个偶然，樊生在一家茶肆里找到了王老娘，得知鞋主人陶小娘子既年轻又有钱，于是：

> 约以明日会某氏酒肆中。樊生如期往，顾之，妪走而先，四夫舁一轿，一女奴从其后。褰帘出揖，粲然丽人，目所未见。饮至暮，语寖亵狎。妪以他故出，女遂与樊乱，不肯复去。②

酒肆初次见面，樊生为陶小娘子美色所惑，与她发生了性关系。酒肆媾欢在整个故事中所占的文字虽然不多，却是承上启下的一个关键情节。承上，它使沿着樊生拾鞋——寻王老娘——茶肆遇王线索发展的小说进入了一个小高潮；启下，它又是小说后面一系列女鬼纠缠情节的根源：就是在这次一夜情后，陶小娘子“不肯复去”，先是住进了樊生家的贮货屋，其鬼身份暴露后，又去樊生家要求承认她的新妇资格。虽然经张法师的劝解被迫离开了樊家，但陶小娘子表

---

①（宋）洪迈《夷坚三志辛》卷二《鬼迎斛盘》，《夷坚志》第三册，北京：中华书局，1981 年 10 月 1 版，第 1398 页。

②（宋）沈氏《鬼董》卷四，转引自李剑国《宋代传奇集》（下册），北京：中华书局，2018 年 8 月 1 版，第 1453—1454 页。

示绝不会放过樊生。一个月后，樊生被以她为首的群鬼所追，险些丧命。

樊生在酒肆中初次见到的陶小娘子是一位“目所未见”的“粲然丽人”，从痴迷美色的状态中清醒过来后，他在荒野中看到被鬼卒守着的陶氏变成了“腰腹中绝，以线缝缀，而不甚相属”的恐怖怪异之鬼；《任迴春游》中的任迴，初次见到的酒肆少女是令其“心神流荡不禁”的“绝妖冶”之美女，在命僧施法食的某家看到群鬼争食的场面，从为色所迷的状态中清醒过来后，“挺身走入佛座下，跧伏不动”的任迴，看到同来的酒肆少女变成了“诡形怪状”的女鬼。樊生和任迴眼中绝色丽人与怪异女鬼的巨大反差，有着一定的象征意义：世人眼中的美色，从佛教的角度看来，均是丑陋之鬼。《南陵美妇人》《任迴春游》和《樊生》三故事均是以色诱开始，以女鬼被驱除或被迫离去结束，如果从道德劝惩的层面看，这体现了宋人强调“离欲”、“戒色”的观念。自六朝以来，佛典中有大量劝人戒离色欲的譬喻，《大唐西域记》卷十一述僧伽罗持利剑叱罗刹女，“汝是罗刹，我乃是人，人鬼异路，非其匹合，若苦相逼，当断汝命”，又说“罗刹之女，情多妖惑”。罗刹女之形由魔所变，妖艳淫邪，唯有极具定力的圣者可以抵拒诱惑，凡人岂可不慎！太宗时释道世编《法苑珠林》，其《十恶篇》之《邪淫》部收录人鬼感应事十多则，指出“淫欲不净，女假容仪，内怀臭垢”，目的也是劝人离欲戒色。宋话本《志诚张主管》中，美貌的小夫人住在张胜家，她“屡次来缠张胜，张胜心坚似铁，只以主母相待，并不及乱”①，作者称赞张胜“谁不贪财不爱淫？始终难染正人心。少年得似张主管，鬼祸人非两不侵”②，体现的就是宋人心目中“离欲”、“戒色”的观念。

《南陵美妇人》、《任迴春游》中都涉及到了凡男身体健康受损的情节，南陵某生“颜色枯悴”，任迴“调治数日，乃复人形”，这反映了宋人意识中与女鬼交合会危及男子身体健康乃至生命的观念，此观念在魏晋南北朝的人鬼恋小说中就已出现，到宋代得到了加强。至于形成这种观念的原因，严明认为，是古人原始的阴阳观和道教阳精崇拜观念的双重影响：其一，按照古人原始的阴阳观，人为阳，鬼为阴，男人为阳中之阳，女鬼为阴中之阴，幽冥异途，人鬼有别，一旦交接，阴气侵入，肯定会对凡男身体造成伤害，甚至会危及生命；其二，依据道教的阳精崇拜观念，男性的阳精是生命力的源泉，无节制的性生活会耗费掉人体内的元精（即男人的阳精），对身体有极大损害。女鬼惑人型故事中，“女鬼一般都有强烈的返魄还生愿望，达成这一愿望的唯一途径是不断与男

① 宋话本《志诚张主管》（兼善堂本《警世通言》题作《小夫人金钱赠年少》，三桂堂本题作《张主管志诚脱奇祸》)），《京本通俗小说等五种》，南京：江苏古籍出版社，1991 年 12 月第 1 版，第 47 页。

② 宋话本《志诚张主管》（兼善堂本《警世通言》题作《小夫人金钱赠年少》，三桂堂本题作《张主管志诚脱奇祸》），《京本通俗小说等五种》，南京：江苏古籍出版社，1991 年 12 月第 1 版，第 47 页。

子交媾，攫取男子的阳精，使自己获得滋养，进而获取强大的生命力。所以属阴的女鬼与凡男交合，即使并非出于恶意，最终也会危害到凡男的身体健康”[①]，所以即使从男性健康的角度考虑，与女鬼交合也是应该绝对禁绝的。在不知女鬼身份的情况下，唯一的防范措施就是像《志诚张主管》中张胜所做的那样，拒绝色诱。

3. 影像人间型

有一些酒肆遇鬼怪故事既不属于冢墓荒野型与人鬼混居型，也不属于女鬼惑人型，而是影像了人间社会生活的诸多方面，与市井民情藕断丝连，传达出许多民间信仰与民俗信息，典型的如洪迈的《张鲇鱼》(《夷坚支甲》卷三)：

> 鄱阳陶器店驵张廿二，丑面阔口，廛市呼为鲇鱼。乾道癸巳，因逋负税直多不能偿，与妻相继自经死。有子幼，赘婿陈昉主其家。淳熙庚子，昉偕同里朱生往都昌鱼池索鱼户债，正饮酒于肆，见张从一黄衣急足来。方怪慑，已至前，厉声叱昉曰：“知汝在此，故来索汝性命。”昉再拜拱手，邀入坐，不许，曰：“我更唤丈母共汝理会。”少顷，果同妻抱婴儿复来，挥铁尺击昉，朱夺其尺，告之曰：“尔女儿分付丈夫随我，今若杀之，如何出手？”张曰：“吾死七八年，囚系阴司，受无量苦，婿全不救拔，此婴儿亦因渠一拳而夭丧，安得素休!”适尉曹两弓兵过，睹其纷争，不知为鬼也，亦语之曰：“汝无故白昼打杀，定当累我。”张乃顾黄衣曰：“为我追此人去。”黄衣曰：“须是先于泰山府君处下状，得文牒方可追人，岂得专擅。”扰扰薄暮，张夫妇及黄衣就买酒处僦宿。昉与朱并弓兵临室而处，略无人鬼之辨。张终夕诟昉，又使黄衣返其家取钱。良久，负二千至。弓兵问所自，对曰：“在张家桌下取来，初时左门神见拒，而右尉为我通报，故得之。”……[②]

此故事呈现了许多宋代民间生活的真实场景：陶器店牙侩张廿二因为不能偿还税值与妻子双双自杀，这反映了下层商贸中介生活的艰难；张死后其子年幼，入赘女婿陈昉主持家事，体现的是民间入赘的风俗；死了的张廿二现身酒肆，找陈昉索命，原因有二，一是一拳致其幼子死亡，二是不做法事超度他，致其死后七八年仍“囚系阴司，受无量苦”。

唐宋以来，糅合儒家慎终追远的孝道观、佛教轮回因果报应观念和道教鬼

---

① 关于人鬼恋小说中与女鬼交合会危及男子身体健康观念的成因，请参看严明《文言小说人鬼恋故事基本模式的成因探索》一文（载《文艺研究》2006 年第 2 期）的相关论述。

②（宋）洪迈《夷坚支甲》卷三《张鲇鱼》，《夷坚志》第二册，北京：中华书局，1981 年 10 月 1 版，第 734—735 页。

神观念，民间社会中形成了以“死后十王审判”为主的死亡观。宋代民间普遍认为，死者的灵魂要在十殿冥王面前接受审判，冥界有地狱，专惩有罪的鬼魂，所以要设斋、念经超度死者，为其减罪拜福，助其脱生投胎。设斋的时间越长、规模越大，对死者、对活人的好处也越大。洪迈《张次山妻》（《夷坚支丁》卷二）中记载洛阳张次山之所以请僧人设斋、诵经超度亡妻，是因为他亲眼看到：

> （鬼卒）运长叉，揕妻至前斩首，且析其四体为数十段。已而复生，鞭讯痛楚。……妻曰：“每日受苦如此，须请泗州大圣塔下持戒僧看诵《金刚经》，方免兹业。”明日更至此观之，及期，所睹如昨。但只加执缚，不复斩脔。……张调官东下，至泗州，设斋赛经回向毕，再诣京城西，茫无所见。其夕梦迎儿云：“妈妈传语官人，谢经文资荐，为士人家男子矣。”①

张妻每日在地狱中受尽诸般苦难，且无法超生投胎为人，都是因为未作佛事，张“请持戒僧看诵《金刚经》”，到泗州又“设斋赛经”之后，其妻不仅免去罪业，顺利投生为人，且投生成了士人家男子。一般而言，宋代民间会在人刚死、七七日（死后四十九天）、百日（卒哭）、期年（小祥）、再期（大祥）、除丧时，设道场斋僧或作水陆法会，他们相信，作了这类佛事，已死亲人生时的罪业就会被赦免，升入天堂享受快乐；如不做佛事，已死的亲人不仅每日在地狱中遭受鞭刑折磨，而且无法超生投胎为人，本篇故事就是这种观念的典型体现。

《张次山妻》中提及的泰山府君是宋代民间信仰中的治鬼之神。“泰山治鬼”的观念早在汉代就已确立，汉人认为，泰山府君掌握着世人的生死寿夭，人死后鬼魂的归宿是泰山。因为“死生异簿”，所以人死后“名系泰山录”，户籍将迁往冥界，由泰山府君管辖，泰山是冥界最高官署所在地。这一中国本土的冥界观在东汉魏晋时盛行一时，《搜神记》卷四《胡母班》中，活人胡母班被请到泰山府君处，看到了地府衙门和如同人间刑徒的鬼魂。到了唐朝，泰山府君的主死之权逐渐受到了来自佛教的阎罗王的威胁，阎罗王不断蚕食泰山府君治鬼的领地，民间信仰中甚至出现了泰山府君和阎罗王共同管辖地府和鬼魂的混乱局面。历史进入两宋时期，阎罗王已逐渐蚕食甚至接管了泰山府君治鬼的职能，泰山府君治鬼大神的辉煌变成了昙花一现，本篇就是其中一例②。

在泰山治鬼观念确立后，鬼魂无论是去泰山还是去阎王殿，都不再自由行

① （宋）洪迈《夷坚支丁》卷二《张次山妻》，《夷坚志》第三册，北京：中华书局，1981 年 10 月 1 版，第 981 页。

② 关于唐宋民间对泰山府君和阎罗王的信仰，请参看贾二强《唐宋民间信仰》上篇《唐宋民间信仰的中心》（福州：福建人民出版社，2002 年 10 月 1 版）中的相关论述。

动，而多由阴府小鬼、冥官阴吏押解而去，就如人间的罪犯需由官府的公人拘捕一般，这种情形在唐宋笔记中屡见不鲜。泰山府君派出的鬼使四处活动，不断缉拿鬼魂前去本衙。本篇中黄衣鬼卒说的“须是先于泰山府君处下状，得文牒方可追人”便是这种观念的反映。

《张次山妻》还涉及到了宋代民间盛行的门神信仰。古代祀典中有五祀，门神是其中之一。门神在民间一直受到广泛信仰，其职能之一就是驱鬼辟邪，保障家庭平安。至于门神到底是何人，不同朝代有不同说法。汉代民间认为门神是神话中的神荼、郁垒，因为他们有捉鬼的神通。当时的人们除夕时悬挂桃人、苇索（二神用以缚鬼），门上画二神和虎（二神执鬼以食虎）的形象，用此方法驱鬼辟邪，这种风俗后来简化为除夕悬桃符驱邪。唐玄宗时形貌狰狞古怪、能劈吃小鬼的钟馗形象问世后，迅速流传于民间，百姓多绘其像贴于门上、墙上，故此自唐末以来钟馗亦被当作门神以驱鬼魅。《东京梦华录》卷十《十二月》载京城开封“近岁节，市井皆印卖门神、钟馗、桃板、桃符”①，可见宋代春节悬挂门神中就包括了钟馗。宋代门神中，贴在左边的称门丞，贴在右边的称为户尉，其形象常见的有神荼、郁垒、钟馗和武士。“今人正旦书桃符，多用郁垒、神荼”②、“桃符之制，以薄木板长二三尺，大四五寸，上画神像狻猊、白泽之属，下书左郁垒、右神荼，或写春词，或书祝祷之语。岁旦则更之”③，这是以神荼、郁垒为门神；“除夜，旧传唐明皇是夕梦鬼物，名曰钟馗，既觉，命工绘画之，至今人家图其形，贴于门壁，亦有用绡为图者。禁中每岁前，赐两府各一”④、“岁首画钟馗于门，不知起自何时”⑤，这是以钟馗为门神；“靖康以前，汴中家户门神多番样，戴虎头盔，而王公之门，至以浑金饰之”⑥、“若买一斤数内有一对被介胄者，如门神之像，盖自来风流，不知其从，谓之果食将军”⑦，这是以番人武士形象为门神。《夷坚支戊》卷十《胡画工》也记载，画工胡生为城隍

①（宋）孟元老《东京梦华录》卷八《七夕》，《东京梦华录（外四种）》，上海：上海古典文学出版社，1956年11月1版，第49页。

②（宋）陈元靓《岁时广记》卷五《辨荼垒》，《岁时广记》，北京：中华书局，排印本（据丛书集成初编所选十万卷楼本排印），第59页。

③（宋）陈元靓《岁时广记》卷五《写桃板》条引《皇朝岁时杂记》，《岁时广记》，北京：中华书局，排印本（据丛书集成初编所选十万卷楼本排印），第58页。

④（宋）金盈之《新编醉翁谈录》卷四《十二月》，《新编醉翁谈录》，上海：古典文学出版社，1958年4月1版，第22页。

⑤（宋）彭□《续墨客挥犀》卷八《岁首画钟馗》，《侯鲭录》《墨客挥犀》《续墨客挥犀》合刻，北京：中华书局，2002年9月1版，第506页。

⑥（宋）袁褧《枫窗小牍》卷下，《宋元笔记小说大观》第五册，上海：上海古籍出版社，2007年3月1版，第4781页。

⑦（宋）孟元老《东京梦华录》卷十《十二月》，《东京梦华录（外四种）》，上海：上海古典文学出版社，1956年11月1版，第61页。

祠画门神，在门神托梦给他后，“买金箔五采，自施工艺，绘黄金甲，执金钺，冠带整严”①，胡生画的这个门神显然是一个武士的形象。

门神的作用是阻挡鬼怪进入住宅，《张鲇鱼》故事中的黄衣鬼卒虽然被左门神即门丞拦阻，却被右尉放了进去，顺利的从张家桌下拿到了二千钱，门神的变通或可视为对张廿二死七八年仍无人出钱为其超度的一种怜悯。

洪迈《孙九鼎》（《夷坚甲志》卷一）也体现了较强的人间色彩：

> 孙九鼎，字国镇，忻州人，政和癸巳居太学。七夕日，出访乡人段浚仪于竹栅巷，沿汴北岸而行。忽有金紫人，骑从甚都，呼之于稠人中。遽下马曰：“国镇，久别安乐？”细视之，乃姊夫张兟也。指街北一酒肆曰：“可见邀于此，少从容。”孙曰：“公富人也，岂可令穷措大买酒？”曰：“我钱不中使。”遂坐肆中，饮啗自如。少顷，孙方悟其死，问之曰：“公死已久矣，何为在此？我见之得无不利乎？”曰：“不然，君福甚壮。”乃说死时及孙送葬之事，无不知者。且曰：“去年中秋，我过家，令姊辈饮酒自若，并不相顾。我愤恨，倾酒壶击小女以出。”孙曰：“公今在何地？”曰：“见为皇城（叶本作城隍）司注禄判官。”孙喜，即诣前程。曰：“未也。此事每十年一下，尚未见姓名，多在三十岁以后，官职亦不卑下。”孙曰：“公平生酒色甚多，犯妇人者无月无之，焉得至此？”曰：“此吾之迹也。凡事当察其心，苟心不昧，亦何所不可！”语未毕，有从者入报曰：“交直矣。”张乃起，偕行，指行人曰：“此我辈也，第世人不识之耳。”至丽春门下与孙别，曰：“公自此归，切不得回顾，顾即死矣。公今已为阴气所侵，来日当暴下，宜毋吃他药，服平胃散足矣。”既别，孙始惧甚，到竹栅巷见段君。段讶其面色不佳，沃之以酒，至暮归学。明日，大泻三十余行，服平胃散而愈。……②

此故事主要情节是在酒肆里展开的：通过孙九鼎与已死姊夫张兟的酒肆对话，读者获知张兟死后做了注禄判官，注禄判官是专管人官运前程的鬼官，在宋代民间观念中，能预知世人前途命运的除了仙佛、占卜者，还有注禄判官之类的冥官。因为姐夫死后被授予了这个官职，所以急于知道自己官运的孙九鼎才会询问他。孙九鼎见到已死的张兟后的问话“我见之得无不利乎”传达出的也是宋代民间的一种普遍观念：活人见到死人，对活人不利，这个活人往往会在见

① （宋）洪迈《夷坚支戊》卷十《胡画工》，《夷坚志》第三册，北京：中华书局，1981 年 10 月 1 版，第 1134 页。

② （宋）洪迈《夷坚甲志》卷一《孙九鼎》，《夷坚志》第一册，北京：中华书局，1981 年 10 月 1 版，第 1 页。

到死人后不久去世，《张鲇鱼》中的陈昉见到已死的丈人丈母后，很快卧病不起，十多天后病情才稳定，没有死去只是幸运的特例而已。即使这个活人像孙九鼎那样“福甚壮”，见到死人并与之接触，也会为阴气所侵，生病伤及身体，所以女鬼惑人故事中的男子无一例外的变得憔悴瘦弱，而本篇中的孙九鼎与鬼姐夫相处的时间虽然不长，却已“面色不佳”，第二天“大泻三十余行”，吃了平胃散才痊愈。

第五章　宋代小说中的茶肆与茶肆故事

周密《武林旧事·诸色酒名》记载的五十四种名酒中，有一种名叫“胜茶”[1]，给酒取名字时以茶做比喻，一定程度上反映了饮茶风俗在宋代的盛行。确实，与前代相比，饮茶风习在两宋更为普及，据文献记载：

> 茶非古也，源于江左，流于天下，浸淫于近代。君子小人靡不嗜也，富贵贫贱靡不用也。[2]

> 茶之为民用，等于米、盐，不可一日以无。[3]

可见北宋时，茶成了社会各阶层人们生活中的必需品，上到皇帝、官员、士人，下到富商、市民，都已习惯于日常的饮茶。据吴自牧《梦粱录》记载：

> 杭州城内外……遇坊巷桥门及隐僻去处，俱有铺席买卖。盖人家每日不可阙者，柴米油盐酱醋茶。[4]

可见南宋时，茶已经和柴、米、油、盐、酱、醋一样，成为杭州市民不可或缺的“开门七件事”之一，其重要程度可以想见。

除了供个人饮用，茶还是两宋民间婚姻礼俗用品之一。据《梦粱录》卷二

---

①（宋）周密《武林旧事》卷六《诸色酒名》，《梦粱录》《武林旧事》合刊，济南：山东友谊出版社，2001年5月1版，第118页。

②（宋）李觏《李觏集》卷十六《富国策十首》第十，北京：中华书局，1981年8月1版，第149页。

③（宋）王安石：《王文公集》卷三十一《杂著·议茶法》，四库全书本。

④（宋）吴自牧《梦粱录》卷十六《鲞铺》，《梦粱录》《武林旧事》合刊，济南：山东友谊出版社，2001年5月1版，第222页。

十《嫁娶》所记，南宋时男女相亲之后，如果男方中意，就会给女方送去定礼，富裕人家的定礼包括“珠翠、首饰、金器、销金裙褶，及缎匹茶饼，加以双羊牵送，以金瓶酒四樽或八樽，装以大花银方胜，红绿销金酒衣簇盖酒上”①，将茶饼与金银珠宝、首饰美酒等一起列为定婚礼品中的一种，足见宋代民间对于茶叶的认可和喜爱。

“今世俗客至则啜茶，去则啜汤”②，两宋时，饮茶除了满足每个社会成员自身的需要，还成了社会生活中最基本的交际礼仪。“太学生每路有茶会，轮日于讲堂集茶，无不毕至者，因以询问乡里消息”③，每人轮流做东请大家喝茶成了太学生之间最基本的交际方式，也起到了交流信息的作用。在北宋的汴京和南宋的临安，盛行邻里间互送茶水以表问候的习俗，请看孟元老《东京梦华录》和吴自牧《梦粱录》中的相关记载：

> 或有从外新来，邻左居住，则相借动使，献遣汤茶，指引买卖之类。更有提茶瓶之人，每日邻里互相支茶，相问动静。④

> 或有新搬移来居止之人，则邻人争借动使，遗献汤茶，指引买卖之类，则见睦邻之义，……朔望茶水往来……。⑤

老邻居们对新搬来的邻居表示欢迎的方式之一就是送茶。汴京的邻里之间，平时会让提茶瓶上门点茶的人送茶水给对方，同时捎去自己的问候或口信；临安城的邻里之间，则有着每月初一、十五互送茶水以示问候的习俗。

茶所起到的礼仪交际作用不仅限于民间，在上层社会中也是如此。首先，茶是一种典礼仪式用品，《铁围山丛谈》中写道：

> 国朝故事，天子诞节……宰相独登殿捧觞，上天子万寿，礼毕，赐百

---

①（宋）吴自牧《梦粱录》卷二十《嫁娶》，《梦粱录》《武林旧事》合刊，济南：山东友谊出版社，2001年5月1版，第280页。

②（宋）朱彧《萍州可谈》卷一《茶汤俗》，《宋元笔记小说大观》第二册，上海：上海古籍出版社，2007年3月1版，第2288页。

③（宋）朱彧：《萍洲可谈》卷一《太学生趁路茶会探乡里消息》，《宋元笔记小说大观》第二册，上海：上海古籍出版社，2007年3月1版，第2300页。

④（宋）孟元老《东京梦华录》卷五《民俗》，《东京梦华录外四种》，上海：古典文学出版社，1956年11月1版，第29页。

⑤（宋）吴自牧《梦粱录》卷十八《民俗》，《梦粱录》《武林旧事》合刊，济南：山东友谊出版社，2001年5月1版，第249页。

官茶汤罢，于是天子还内①。

在北宋皇帝寿诞日的庆典上，茶被用来赏赐百官。南宋时，皇帝举行郊祀大典后祭祀祖宗等神灵时：

第一日驾出……诣景灵宫天兴殿圣祖前行恭谢礼，次诣中殿祖宗神御前行礼，还斋殿进膳讫，引宰臣以下赐茶，茶毕，奏事讫，还内②。

赐茶给大臣成了皇帝祭祀礼仪一个必不可少的组成部分。其次，茶成为赏赐给外国使节的礼品。周密《武林旧事》卷八《人使到阙》记载，宋金讲和后，金国的使者到南宋临安，宋皇帝多次赐茶：金使到达后，宋皇帝“赐龙茶一斤，银合三十两”；到达第二天，金使“至北郭税亭茶酒上马，入余杭门，至都亭驿，中使传宣赐龙茶银合如前”③；金使朝见皇帝之日，皇帝“赐酒茶名果”④；金使返国之日，皇帝还要“赐龙凤茶、金银盒”⑤。

饮茶习俗在宋代的普及带来了当时茶肆行业的迅速发展。因为饮茶盛行，所以茶肆明显增多，上至达官贵人，下至平民百姓，都会经常性地选择相应的地方品饮一番，如此一来，茶肆成了各阶层人们开展休闲娱乐、聚会联谊等社会交往活动的公共场所，自然也就成了民间信息传播最快的地方，成了信息交汇的密集之地。据陆游《老学庵笔记》卷三记载，秦桧孙女童夫人喜爱的一只狮子猫突然失踪了，命令临安府在限期内找回，结果：

及期，猫不获，府为捕系邻居民家，且欲劾兵官。兵官惶恐，步行求猫。凡狮猫悉捕致，而皆非也。乃赂入宅老卒，询其状，图百本，于茶肆张之。……⑥

①（宋）蔡絛《铁围山丛谈》卷二，《铁围山丛谈》，北京：中华书局，1983年9月1版，第25页。

②（宋）周密《武林旧事》卷一《恭谢》，《梦粱录》《武林旧事》合刊，济南：山东友谊出版社，2001年5月1版，第17页。

③（宋）周密《武林旧事》卷八《人使到阙》，《梦粱录》《武林旧事》合刊，济南：山东友谊出版社，2001年5月1版，第148页。

④（宋）周密《武林旧事》卷八《人使到阙》，《梦粱录》《武林旧事》合刊，济南：山东友谊出版社，2001年5月1版，第148页。

⑤（宋）周密《武林旧事》卷八《人使到阙》，《梦粱录》《武林旧事》合刊，济南：山东友谊出版社，2001年5月1版，第148页。

⑥（宋）陆游《老学庵笔记》卷三，《老学庵笔记》，北京：中华书局，1979年11月1版，第32页。

在地毯式搜索童夫人所丢狮猫不获的情况下，军官灵机一动，找人画了一百幅那只狮猫的写真图，在临安各茶肆广为张贴，其目的显然是想借助这些信息传播最快、最广的场所，找回那只金贵的宠物猫以免被治罪。洪迈《黄池牛》(《夷坚支戊》卷四）中提到王元卿与表兄盛杲路过太平州黄池镇，看到野园内拴着五头牛，他们想知道牛的主人是谁，就去问茶肆老板；第二天两人发现一只牛情况异常，又去向茶肆老板打听原因，结果两次都得到了明确、详细的回答①。王、盛二人对获取信息途径的选择和得到的满意结果说明了宋代茶肆作为信息传播与交汇中心的名副其实。

宋代的茶肆也称“茶坊”、“茶楼”、“茶邸”、“茶铺”，为讨论的方便，笔者将它们统一称为“茶肆”。和酒肆一样，茶肆也是两宋民间商贸活动的典型场所，而且比酒肆更为普及。宋代茶肆有着迥异于前代茶肆的诸多特色，在宋人的社会生活尤其是民间生活中不可或缺。本章的第一、第二节将会阐释两宋小说中呈现的茶肆的种类、分布地点、装饰特色与经营策略②，第三节将会分析茶肆在两宋小说中的茶肆故事里所具有的叙事功能与意义，并进一步探讨这些茶肆故事中蕴涵的民间信仰、民俗等文化内涵。

第一节　茶肆种类、分布地点与装饰

一、茶肆的种类

就消费水平而言，茶肆可分为高档、中档、低档三类。高档的茶肆诸如北宋汴京的北山子茶坊③，南宋杭州城内的王妈妈茶肆、黄尖嘴蹴球茶肆、蒋检阅茶肆、车儿茶肆④之类，进出的茶客大多是达官贵人和富商，而低档的茶肆

① (宋）洪迈《夷坚支戊》卷四《黄池牛》,《夷坚志》第三册，北京：中华书局，1981 年 10 月 1 版，第 1080—1081 页。

② 关于宋代茶肆与宋代的社会生活，伊永文《宋代市民生活》(中国社会出版社，1999 年 1 月第一版)、沈冬梅《茶与宋代社会生活》(中国社会科学出版社，2007 年 8 月 1 版）两书和林秋贵《试论宋代茶肆与社会生活》(载于 http://i.cn.yahoo.com/history1640）一文均有精辟论述。因结构限制，伊书对茶肆分析较少，林文因是专论茶肆，故较为详赡且颇有创见。该文以两宋都城为中心，从茶肆选址、建筑和装饰特色、经营策略，茶肆主人与茶仆，和谐和冲突，宋人对茶肆的感知及影响五方面探讨了宋代茶肆与社会生活的关系。因为“和谐和冲突”、“宋人对茶肆的感知及影响”两方面林秋贵已论述得较为充分，故笔者撰写此章时略去了对这两方面的论述。

③ (宋）孟元老《东京梦华录》卷二《潘楼东街巷》,《东京梦华录（外四种)》，上海：古典文学出版社，1956 年 11 月 1 版，第 15 页。

④ (宋）吴自牧《梦粱录》卷十六《茶肆》,《梦粱录》《武林旧事》合刊，济南：山东友谊出版社，2001 年 5 月 1 版，第 210—211 页。

出入的则是下层商贩、工匠与贫民。在笔者看来，最能反映宋代民间生活真实场景的茶肆分类应该是从其主要功能角度划分的，请看下面所列有关茶肆分类的文献：

首先是灌园耐得翁《都城纪胜·茶坊》：

茶楼多有都人子弟占此会聚，习学乐器，或唱叫之类，谓之“挂牌儿”。人情茶坊，本非以茶汤为正，但将此为由，多下茶钱也。又有一等专是娼妓弟兄打聚处；又有一等专是诸行借工卖伎人会聚行老处，谓之“市头”。水茶坊，乃娼家聊设桌凳，以茶为由，后生辈甘于费钱，谓之干茶钱。提茶瓶，即是趁赴充茶酒人，寻常月旦望，每日与人传语往还，或讲集人情分子。又有一等，是街司人兵，以此为名，乞见钱物，谓之“龊茶”①。

其次是吴自牧《梦粱录》卷十六《茶肆》：

大凡茶楼多有富室子弟、诸司下直等人会聚，习学乐器、上教曲赚之类，谓之“挂牌儿”。人情茶肆，本非以点茶汤为业，但将此为由，多觅茶金耳。又有茶肆专是五奴打聚处，亦有诸行借工卖伎人会聚行老，谓之“市头”。大街有三五家开茶肆，楼上专安著妓女，名曰“花茶坊”，如市西坊南潘节干、俞七郎茶坊，保佑坊北朱骷髅茶坊，太平坊郭四郎茶坊，太平坊北首张七相干茶坊，盖此五处多有吵闹，非君子驻足之地也。更有张卖面店隔壁黄尖嘴蹴球茶坊，又中瓦内王妈妈家茶肆名一窟鬼茶坊，大街车儿茶肆、蒋检阅茶肆，皆士大夫期朋约友会聚之处。巷陌街坊，自有提茶瓶沿门点茶，或朔望日，如遇吉凶二事，点送邻里茶水，倩其往来传语。又有一等街司衙兵百司人，以茶水点送门面铺席，乞觅钱物，谓之“龊茶”。……②。

再次是宋话本《阴骘积善》：

学对门，有个茶坊，但见：花瓶高缚，吊挂低垂。壁间名画，皆则唐朝吴道子丹青；瓯内新茶，尽点山居玉川子佳茗。风流上灶，盏中点出百

①（宋）灌园耐得翁《都城纪胜·茶坊》，《南宋古迹考（外四种）》，杭州：浙江人民出版社，1983年6月1版，第84—85页。

②（宋）吴自牧《梦粱录》卷十六《茶肆》，《梦粱录》《武林旧事》合刊，济南：山东友谊出版社，2001年5月1版，第210—211页。

般花；结棹佳人，柜上挑茶千钟韵。张客入茶坊坐，吃茶了罢，问茶博士道：“那个是林上舍？”①

最后是宋话本《简贴和尚》：

东京汴州开封府枣槊巷里，有个官人，复姓皇甫，单名松。……去枣槊巷口，一个小小底茶坊。开茶坊人唤做王二。当日茶市方罢，相是日中，只见一个官人入来。那官人……入来茶坊里坐下。开茶坊的王二拿着茶盏，进前唱喏奉茶。那官人接茶吃罢，看着王二道：“少借这里等个人。”王二道：“不妨。”②

依据以上资料，笔者将两宋的茶肆分为清茶坊、艺茶坊、人情茶坊、行业茶坊、花茶坊和流动茶坊六类，下面分别加以介绍：

1. 清茶坊

指主营业务为售卖茶水的茶肆，客人来这类茶肆的主要目的就是饮茶。前面文献中提到的学府对门的茶肆、枣槊巷口的王二茶坊都属于此类。

2. 艺茶坊

是较高档的茶楼，主营业务为售卖茶水，同时也为富家子弟和衙门小吏学习乐器、教练唱曲的定期聚会提供固定场所。

3. 人情茶坊

《都城纪胜》和《梦粱录》都说人情茶坊不以卖茶水为主营业务，而只是把它作为幌子多收茶钱，那么，人情茶坊主营的究竟是什么呢？《新刊大宋宣和遗事·亨集》中的记载可以帮助我们找到答案，这篇小说写宋徽宗看中了美人李师师，却不知她是什么身份：

（徽宗）问高俅道：“这佳人非为官宦，亦是富豪之家。”高俅道：“不识。”犹豫间，见街东一个茶肆，牌书“周秀茶坊”。徽宗遂入茶坊坐定，将金箧内取出七十足百长钱，撒在那桌子上。周秀便理会得，道是个使钱的勤儿。一巡茶罢，徽宋遂问周秀道：“这对门谁氏之家？帘儿下佳人姓甚名谁？”周秀闻言，“上覆官人：问这佳人，说着后话长。这个佳人，名冠天下，乃是东京角妓，姓李，小名师师。”徽宗见说，大喜，令高俅交周秀传示佳人道：“俺

---

①（明）洪楩《清平山堂话本》卷三《阴骘积善》，《清平山堂话本》，上海：上海古籍出版社，1987 年 2 月新 1 版，第 117 页。

②（明）洪楩《清平山堂话本》卷一《简贴和尚》，《清平山堂话本》，上海：上海古籍出版社，1987 年 2 月新 1 版，第 9 页。

> 是殿试秀才，欲就贵宅饮几杯，未知娘子雅意若何？”周秀去了，不多时，来见官人言曰：“行首方调筝之间，见周秀说殿试所嘱之言，幽情颇喜。不弃泼贱，专以奉迎。”徽宗闻言甚喜，实时同高俅、杨戬望李氏宅来。①

此事真实与否姑且不论，可以肯定的是，上述关于宋代人情茶坊的记载符合历史的真实：徽宗到茶坊的目的不是喝茶，所以一进茶坊便将数目不菲的铜钱扔在桌上，然后便向茶坊主人周秀打听美人的来历，接下来一边喝茶一边让周秀去美人处传信，周秀则两边走动、沟通，最后徽宗如愿与美人会面。显而易见，茶坊主人周秀所做的是收费帮茶客找妓女之事，人情茶坊主营的是拉皮条的业务，也因此挣到了比卖茶水更多的钱。综上，人情茶坊是不以售卖茶水为主营业务，而只是把卖茶作为幌子，进行人际沟通与信息传递（往往是帮茶客找妓女或做一些茶客无法或不便直接出面之事），以此收受茶客钱财的茶肆。

4. 行业茶坊

行业茶坊又称为“市头”，是各种行业出卖技艺的雇佣劳动者定期会聚行老的定点茶肆。同一行业的劳动者们按时来到特定的茶肆，边喝茶边洽谈生意、磋商技艺、交流待遇酬劳。可以想见，来这类茶坊与行老见面的雇佣劳动者们，谈论更多的恐怕应该是觅谋职业、酬劳待遇之类，某种程度上说，这类茶坊的功能相当于今天的劳动力市场或者人才市场。

5. 花茶坊

又名“水茶坊”，是借茶肆名义主营妓院业务的卖笑之所，其中往来出入的多是娼妓、闲汉与嫖客。吴自牧《梦粱录》中曝光了行在临安的朱骷髅、郭四郎、潘节干、张七相干、俞七郎茶肆五家花茶坊，警示正人君子不要涉足其中。周密《武林旧事》卷六《歌馆》则直接点了六家花茶坊的名，并对它们的主营项目进行了生动细致的描述：

> 外此诸处茶肆，清乐茶坊、八仙茶坊、珠子茶坊、潘家茶坊、连三茶坊、连二茶坊，及金波桥等两河以至瓦市，各有等差，莫不靓妆迎门，争妍卖笑，朝歌暮弦，摇荡心目。凡初登门，则有提瓶献茗者，虽杯茶亦犒数千，谓之“点花茶”。登楼甫饮一杯，则先与数贯，谓之“支酒”。然后呼唤提卖，随意置宴②。

---

① 《新刊大宋宣和遗事》亨集，《新刊大宋宣和遗事》，上海：中国古典文学出版社，1954 年 11 月第一版，第 49—50 页。

② （宋）周密《武林旧事》卷六《歌馆》，《梦粱录》《武林旧事》合刊，济南：山东友谊出版社，2001 年 5 月 1 版，第 110 页。

清乐茶坊等茶肆乃富豪大贾、纨绔子弟寻找刺激、一掷千金之地，就实际功能而言，已经与妓院没有太大的区别。

6. 流动茶坊与提茶瓶

除了上面介绍的地址固定的茶坊之外，南宋临安夜市时，“于大街有车担设浮铺，点茶汤以便游观之人①”、“中瓦前车子卖香茶异汤”②，这种卖茶的“浮铺”或“车子”可视为流动茶肆。流动茶肆作为固定茶肆的补充，为逛夜市的市民提供了便利的服务，它也是宋代饮食业兴盛发达的一个旁证。

作为固定茶坊补充的除了流动茶肆，还有提瓶卖茶的小商人，他们在北宋时就已出现，据《东京梦华录》记载，汴京“至三更方有提瓶卖茶者。盖都人公私荣干，夜深方归也”③，这种三更时仍有提茶瓶小贩叫卖茶水的商业现象，是适应汴京因公私事务晚归者的需求而出现的。《西湖老人繁盛录·诸行市》中记载，京都的四百四十行中，就有“提茶瓶”④一行；《武林旧事》卷六《小经纪》中，周密罗列了杭州独有的四十五种小本经纪，其中也包括“提茶瓶”⑤。由此可见，南宋时提茶瓶卖茶已成为临安城一种固定的职业。提茶瓶叫卖茶水的小贩，除了活跃在深夜之外，还往来于白天的大街小巷，他们“提茶瓶沿门点茶，或朔望日，如遇吉凶二事，点送邻里茶水，倩其往来传语⑥”。除了提供茶水服务，走街串巷的“提茶瓶”们还起到了传递信息、沟通邻里的作用。

综上所述，主营业务明确的各类固定茶肆、夜市上的流动茶肆再加上“提茶瓶”者，共同谱写了宋代饮茶业繁荣兴盛的篇章。

二、茶肆的分布地点

终宋一代，茶肆是相对于酒楼的另一类最为普遍的饮品店。据当时的文献记载，北宋时汴京城内的闹市与居民聚集之处，“各有茶坊酒店、勾肆饮食、

① （宋）吴自牧《梦粱录》卷十六《茶肆》，《梦粱录》《武林旧事》合刊，济南：山东友谊出版社，2001年5月1版，第210—211页。

② （宋）吴自牧《梦粱录》卷十三《夜市》，《梦粱录》《武林旧事》合刊，济南：山东友谊出版社，2001年5月1版，第181页。

③ （宋）孟元老《东京梦华录》卷三《马行街铺席》，《东京梦华录（外四种）》，上海：古典文学出版社，1956年11月1版，第20—21页。

④ （宋）西湖老人《西湖老人繁盛录·诸行市》，《南宋古迹考（外四种）》，杭州：浙江人民出版社，1983年6月1版，第115页。

⑤ （宋）周密《武林旧事》卷六《小经纪》，《梦粱录》《武林旧事》合刊，济南：山东友谊出版社，2001年5月1版，第120页。

⑥ （宋）吴自牧《梦粱录》卷十六《茶肆》，《梦粱录》《武林旧事》合刊，济南：山东友谊出版社，2001年5月1版，第210—211页。

市井经济之家[①]”，茶肆之多可以想见；“御街东朱雀门外以南东西两教坊，余皆民居或茶坊[②]”，将茶肆与民居并列，是表示“有民居处即有茶肆”，足见茶肆分布之广泛、普遍。汴京茶肆有名者，如旧曹门街上的北山子茶坊，“内有仙洞、仙桥，仕女往往夜游，吃茶于彼”[③]；又如周秀茶坊，是当时典型的人情茶坊[④]。

北宋时，在汴京之外的其他地方，茶肆也是遍地开花。记载北宋遗闻的王铚《默记》卷中提到徐铉之弟徐锴的后代“居金陵摄山前，开茶肆，号徐十郎”[⑤]，为观看茶肆保存的徐铉与徐锴的诰敕，王铚还专门去过摄山的徐十郎茶肆；何薳《春渚纪闻》卷七《诗词事略》记载，“多与人言偈”的福唐郡张道人，为警醒“素为郡人所恶”的某胥魁，在他向自己求偈言时，“于茶肆取纸大书与之”[⑥]，这里无意中提到的是开在福唐郡的茶肆；庄绰《鸡肋编》卷上记载自己曾经“泊舟严州城下，茶肆妇人少艾，……其门户金漆雅洁”[⑦]，庄氏描述的是开在严州城下的茶肆；洪迈《布张家》（《夷坚乙志》卷七）叙写了开在邢州的茶肆[⑧]、《魏十二嫂》（《夷坚志补》卷十）中谈到了洛阳城中的茶肆[⑨]。一叶知秋，上述五个例子说明北宋时茶肆已经遍布于全国各地。

到了南宋，随着商品经济的进一步发展，集休闲、饮食、娱乐、交易等多种功能于一身的茶肆更为普及，据《梦粱录》记载，当时行在所（临时首都）杭州城内外几十万人家，“处处各有茶坊、酒肆、面店、果子、彩帛、绒线、香烛、油酱、食米、下饭鱼肉鲞腊等铺”[⑩]，大街小巷中茶肆遍地都是，西河分支

---

①（宋）孟元老《东京梦华录》卷三《马行街铺席》，《东京梦华录（外四种）》，上海：古典文学出版社，1956年11月1版，第20—21页。

②（宋）孟元老《东京梦华录》卷二《朱雀门外街巷》，《东京梦华录（外四种）》，上海：古典文学出版社，1956年11月1版，第13页。

③（宋）孟元老《东京梦华录》卷二《潘楼东街巷》，《东京梦华录（外四种）》，上海：古典文学出版社，1956年11月1版，第15页。

④《新刊大宋宣和遗事》亨集，《新刊大宋宣和遗事》，上海：中国古典文学出版社，1954年11月第一版，第49—50页。

⑤（宋）王铚《默记》，《默记》《燕翼诒谋录》合刻，北京：中华书局，1981年9月1版，第26—27页。

⑥（宋）何薳《春渚纪闻》卷七《诗词事略·骂胥诗对》，《春渚纪闻》，北京：中华书局，1983年1月1版，第111页。

⑦（宋）庄绰《鸡肋编》卷上《严州茶肆》，《鸡肋编》，北京：中华书局，1983年3月1版，第11页。

⑧（宋）洪迈《夷坚乙志》卷七《布张家》，《夷坚志》第一册，北京：中华书局，1981年10月1版，第242—243页。

⑨（宋）洪迈《夷坚志补》卷十《魏十二嫂》，《夷坚志》第四册，北京：中华书局，1981年10月1版，第1640页。

⑩（宋）吴自牧《梦粱录》卷十三《铺席》，《梦粱录》《武林旧事》合刊，济南：山东友谊出版社，2001年5月1版，第179页。

长寿桥东面的一条街巷因为是茶坊集中之地而得名茶汤巷[①]，茶肆在杭州可谓盛极一时。和汴京相比，见于文献记载的名茶肆增加了不少，请看下表：

表一　　南宋临安主要茶肆一览表

序号	名字	具体位置	文献出处
1	张七相干茶坊	太平坊北	吴自牧《梦粱录》卷十六《茶肆》
2	郭四郎茶坊	太平坊	吴自牧《梦粱录》卷十六《茶肆》
3	王妈妈茶肆（又名一窟鬼茶坊）	新街坊中瓦内	吴自牧《梦粱录》卷十六《茶肆》
4	连二茶坊	连二巷	周密《武林旧事》卷六《歌馆》；田汝成《西湖游览志》卷十三《南山分脉城内胜迹·衢巷河桥》
5	八仙茶坊	八仙巷	周密《武林旧事》卷六《歌馆》；田汝成《西湖游览志》卷十三《南山分脉城内胜迹·衢巷河桥》
6	连三茶坊	不详	周密《武林旧事》卷六《歌馆》；田汝成《西湖游览志》卷十三《南山分脉城内胜迹·衢巷河桥》
7	清乐茶坊	不详	周密《武林旧事》卷六《歌馆》；田汝成《西湖游览志》卷十三《南山分脉城内胜迹·衢巷河桥》
8	珠子茶坊	不详	周密《武林旧事》卷六《歌馆》；田汝成《西湖游览志》卷十三《南山分脉城内胜迹·衢巷河桥》
9	潘家茶坊	不详	周密《武林旧事》卷六《歌馆》；田汝成《西湖游览志》卷十三《南山分脉城内胜迹·衢巷河桥》
10	双茶坊	熙春巷	田汝成《西湖游览志》卷十四《南山分脉城内胜迹·衢巷河桥》
11	蒋检阅茶肆	清河坊	吴自牧《梦粱录》十三《铺席》；吴自牧《梦粱录》卷十六《茶肆》
12	车儿茶肆	清河坊	吴自牧《梦粱录》卷十六《茶肆》
13	潘节干茶坊	市西坊南	吴自牧《梦粱录》卷十六《茶肆》
14	俞七郎茶坊	市西坊南	吴自牧《梦粱录》卷十六《茶肆》
15	朱骷髅茶坊	保佑坊北	吴自牧《梦粱录》卷十六《茶肆》
16	黄尖嘴蹴球茶坊	保佑坊前	吴自牧《梦粱录》卷十六《茶肆》

① 请参见杨宽《中国古代都城制度史研究》，上海：上海人民出版社，2003 年 6 月 1 版，第 395 页。

除城内茶肆密布外，杭州城外的交通要道与著名景点也有茶肆，比如王明清《玉照新志》中提到的位于南郊龙山的茶肆[①]，这些茶肆为游人提供了品茶解渴和休息的场所，生意也很兴隆。

和北宋相比，南宋见于文献记载的地方茶肆大有增加，仅以《夷坚志》为例，据不完全统计，这部小说集中提到的地方茶肆就有14例，现列表如下：

表二　　《夷坚志》所载南宋地方茶肆一览表[②]

序号	具体地点	所属行政区划	文献出处
1	建康府	江东路	《夷坚乙志》卷一《小郗先生》
2	永康县青城山下	成都府路永康军	《夷坚丙志》卷三《道人留笠》
3	平江府	浙西路	《夷坚丙志》卷十《茶肆民子》
4	淮阴县	淮东路淮安军	《夷坚丁志》卷十二《淮阴民女》
5	黄州	淮西路	《夷坚支乙》卷二《茶仆崔三》
6	黄池镇	江东路太平州	《夷坚支戊》卷四《黄池牛》
7	鄂州南草市	湖北路	《夷坚支庚》卷一《鄂州南市女》
8	江州	江西路	《夷坚支庚》卷二《方大年星禽》
9	临川县	江西路抚州	《夷坚支庚》卷八《道人治消渴》
10	无锡县	浙西路常州	《夷坚支庚》卷九《无锡木匠》
11	福州	福建路	《夷坚支癸》卷八《游伯虎》
12	饶州	江东路	《夷坚志补》卷二《何隆拾券》
13	贵溪县	江东路信州	《夷坚志补》卷五《闻人邦华》
14	建康府	江东路	《夷坚志补》卷十一《徐信妻》

通观上表所列十四个茶肆，分布在南宋十七路（最大的行政区划）中的八个，其中设在州府的七个，设在县城的四个，设在村镇的三个，这些数字充分说明南宋时茶肆在全国各处涌现，而且已经从城市普及到了村镇。脍炙人口的《水浒传》第三十三回《宋江夜看小鳌山，花荣大闹清风寨》中“那清风镇也有几座小勾栏并茶房酒肆”[③]的叙述也从一个侧面印证了宋代茶肆在乡镇的普及。

① （宋）王明清《玉照新志》卷四，《宋元笔记小说大观》第四册，上海：上海古籍出版社，2007年3月1版，第3955—3956页。

② 此表中的南宋行政区划依据的是（宋）祝穆《方舆胜览》（中华书局，2003年6月1版）中的划分。

③ （明）施耐庵《水浒传》第三十三回“宋江夜看小鳌山，花荣大闹清风寨”，《水浒传》，北京：人民文学出版社，1985年10月1版，第443页。

三、茶肆的装饰特色

《东京梦华录》卷二《潘楼东街巷》提到汴京的北山子茶坊，它的里面建有“仙洞、仙桥”，将茶坊营造成了一个微缩仙境，因此不仅招徕了大批男性茶客，也吸引了不少大家闺秀来此夜游、喝茶[①]，北山子茶坊的成功证明了茶肆的建筑装饰对茶肆经营的重要性。欧阳修《集古录》卷八《唐陆文学传》写道：

> 右《陆文学传》，鸿渐自撰。茶之见前史，盖自魏、晋以来有之，而后世言茶者必本陆鸿渐，盖为茶著书自其始也。至今俚俗卖茶肆中，尝置一瓷偶人于灶侧，云此号陆鸿渐。鸿渐以茶自名于世久矣……[②]

由这则记载可知，宋代的茶肆把唐代的陆羽作为行业神供奉，具体做法是在灶旁放置代表陆羽的瓷人，这是所有茶肆最基本的装饰。

除了供奉的行业神，宋代的茶肆都很注重店面的内部装饰。请看宋话本《阴骘积善》中的描述：

> 学对门，有个茶坊，但见：花瓶高缚，吊挂低垂。壁间名画，皆则唐朝吴道子丹青；瓯内新茶，尽点山居玉川子佳茗。风流上灶，盏中点出百般花；结棹佳人，柜上挑茶千钟韵。[③]

从这段文字可以看出茶肆的内部装饰包括插有花卉的花瓶、悬挂的饰物、墙上贴着的绘画等。《西湖老人繁盛录·诸行市》中提到临安有四百四十行，其中一个行业就是“茶坊吊挂”[④]，由此亦可见出当时茶肆装饰的盛行，下面就具体介绍一下茶肆的装饰：

陈师道《后山谈丛》卷五《太祖以蜀宫图画赐茶肆》中记载：

---

①（宋）孟元老《东京梦华录》卷二《潘楼东街巷》，《东京梦华录（外四种）》，上海：古典文学出版社，1956年11月1版，第15页。

②（宋）欧阳修《欧阳修全集》卷一百四十一《集古录跋尾·唐陆文学传》，《欧阳修全集》第五册，北京：中华书局，2001年3月1版，第2303页。

③（明）洪楩《清平山堂话本》卷三《阴骘积善》，《清平山堂话本》，上海：上海古籍出版社，1987年2月新1版，第117页。

④（宋）西湖老人《西湖老人繁盛录》，《南宋古迹考（外四种）》，杭州：浙江人民出版社，1983年6月1版，第115页。

> 太祖阅蜀宫画图，问其所用，曰："以奉人主尔。"太祖曰："独览孰若使众观邪！"于是以赐东华门外茶肆[①]。

这是北宋茶肆墙上张挂绘画的最早记载。南宋茶肆一般都会在墙上挂画，"大茶坊张挂名人书画"[②]，除了挂画，还会在店堂里摆放花卉，《梦粱录·茶肆》就提到南宋茶肆为装饰店面，"列花架，安顿奇松异桧等物于其上"[③]。据明代田汝成《西湖游览志》卷十三《南山分脉城内胜迹·城闉》记载：

> （宋时）茶坊之有名者，曰八仙、曰清乐、曰珠子、曰潘家、曰连二、曰连三。坊中插四时花卉，名人图画，妆点店面[④]。

这里和《梦粱录·茶肆》的记载说得很具体，茶肆中摆放的花卉包括了放有奇松异桧盆景的花架和插有四时花卉的花瓶。

需要说明的是，无论是张挂名人字画还是摆放花卉，目的都是要营造出一种高雅的氛围，以吸引更多的茶客，所谓"勾引观者，留连食客"是也。

四、"分茶"考辨

在宋代，"分茶"不是指茶坊，而是指与茶毫无关系的面食店，对此，《东京梦华录》卷四《食店》明确阐释说"大凡食店，大者谓之'分茶'……吃全茶，饶齑头羹……及有素分茶，如寺院斋食也[⑤]"，按照孟元老的说法，大食店称为"分茶"，孟氏在《东京梦华录》一书中提到的李四分茶与薛家分茶两家著名食店[⑥]就是他自己这一说法的有力旁证。灌园耐得翁《都城纪胜·食店》提到

---

①（宋）陈师道《后山谈丛》卷五《太祖以蜀宫图画赐茶肆》，《宋元笔记小说大观》第二册，上海：上海古籍出版社，2007年3月1版，第1613页。

②（宋）灌园耐得翁《都城纪胜》，《南宋古迹考（外四种）》，杭州：浙江人民出版社，1983年6月1版，第84—85页。另，稍后于《都城纪胜》的《梦粱录》卷十六《茶肆》也记载"汴京熟食店，张挂名画，所以勾引观者，留连食客。今杭城茶肆亦如之，插四时花，挂名人画，装点店面"，见吴自牧《梦粱录》卷十六《茶肆》，《梦粱录》《武林旧事》合刊，济南：山东友谊出版社，2001年5月1版，第210—211页。

③（宋）吴自牧《梦粱录》卷十六《茶肆》，《梦粱录》《武林旧事》合刊，济南：山东友谊出版社，2001年5月1版，第210—211页。

④（明）田汝成《西湖游览志》卷十三《南山分脉城内胜迹·城闉》，《西湖游览志》，上海：上海古籍出版社，1958年10月1版，第189页。

⑤（宋）孟元老《东京梦华录》卷二《食店》，《东京梦华录（外四种）》，上海：古典文学出版社，1956年11月1版，第26页。

⑥（宋）孟元老《东京梦华录》卷二《宣德楼前省府宫宇》，《东京梦华录（外四种）》，上海：古典文学出版社，1956年11月1版，第12—13页。

南宋临安的食店时，解释说“南食店谓之南食、川饭分茶”[1]，《梦粱录》卷十六《面食店》则明确指出“大凡面食店，亦谓之‘分茶店’”[2]。

至于食店在两宋被称为“分茶”或“分茶店”的原因，则要从“分茶”一词的另一个义项说起，这个义项与茶有关。分茶指宋代流行的一种泡茶游戏，又称茶百戏、汤戏或幻茶。具体来讲，“沸水（汤）冲（注）茶，使茶乳幻变成图形或字迹谓之分茶”[3]。陶穀《清异录·荈茗门》中有下面两则文字：

> 《生成盏》：馔茶而幻出物象于汤面者，茶匠通神之艺也。沙门福全生于金乡，长于茶海，能注汤幻茶成一句诗，并点四瓯共一绝句，泛于汤表。小小物类，唾手办尔。檀越日造门求观汤戏，全自咏曰：“生成盏里水丹青，巧画工夫学不成。却笑当时陆鸿渐，煎茶赢得好名声。”《茶百戏》：茶至唐而始盛，近世有下汤运匕，别施妙诀，使汤纹水脉成物象者。禽兽虫鱼花草之属，纤巧如画，但须臾即就散灭。此茶之变也，时人谓之茶百戏。[4]

茶水表面之所以能出现禽兽、虫鱼、花草等物象，关键在于注水入茶之际，水的高下急徐之控制和匕（古代一种取食的器具，长柄浅斗，形状象汤勺）的击拂拨弄之配合。显然，分茶是一种很有难度的技艺，正如黄杰在《宋词与民俗》中所说，百戏作为点注茶过程中形成的游戏，根本在于击拂时分出的茶乳花，但关键还是点茶者高妙的技艺[5]，能用四钟茶幻化成一首绝句的僧人福全就是这样的分茶高手，杨万里诗中也提到一位善于分茶的显上人，说他分茶“怪怪奇奇真善幻。纷如擘絮行太空，影落寒江能万变[6]”，文字之间赞赏有加。

分茶在宋代文人中流行，南宋杭州尤盛。两宋时期，它与风行于世的琴棋书画一样，被视为一种高雅的娱乐活动。但由于其技艺独特，鲜有能者，市井饮食商家怀着趋附名艺绝技的心态，纷纷以“分茶”标榜，显示店铺之品味高

---

① （宋）灌园耐得翁《都城纪胜·食店》，《南宋古迹考（外四种）》，杭州：浙江人民出版社，1983 年 6 月 1 版，第 83 页。

② （宋）吴自牧《梦粱录》卷十六《面食店》，《梦粱录》《武林旧事》合刊，济南：山东友谊出版社，2001 年 5 月 1 版，第 217 页。

③ 蒋礼鸿《蒋礼鸿集》第四卷《“分茶”小记》，《蒋礼鸿集》，杭州：浙江教育出版社，2001 年版，第 393—395 页。

④ （宋）陶穀《清异录》卷下《荈茗》，《宋元笔记小说大观》（一），上海：上海古籍出版社 2007 年 3 月 1 版，第 121—122 页。

⑤ 黄杰《宋词与民俗》，北京：商务印书馆，2005 年 12 月 1 版，第 217 页。

⑥ （宋）杨万里著，辛更儒笺校《杨万里集笺校》卷二《澹庵坐上观显上人分茶》，《杨万里集笺校》第一册，北京：中华书局，2007 年 9 月 1 版，第 95 页。

雅，目的是招揽更多的客人，所以东京、临安的面食店又称“分茶”或“分茶店”[①]，这一称呼本身反映出的是市井民间对于茶艺所代表的高雅的附庸与追捧。

第二节　茶肆的经营策略

由于目标顾客不同，两宋不同功能的、不同档次的茶肆，其经营策略和吸引茶客的方式也不尽相同，下面介绍一些呈现在宋代小说文本中的、具有普遍性的经营策略：

一、店面的雅洁与茶具的精美

《梦粱录》卷十六《茶肆》提到杭州茶肆时写到：

> 今杭城茶肆亦如之，插四时花，挂名人画，装点店面。…向绍兴年间，卖梅花酒之肆，以鼓乐吹《梅花引》曲破卖之，用银盂杓盏子，亦如酒肆论一角二角。今之茶肆，列花架，安顿奇松异桧等物于其上，装饰店面…[②]

插四时花、挂名人画、放置摆有奇松异桧的花架，这些店内的装饰营造出的是一个视觉上的雅致环境，美妙的《梅花引》曲调营造出的是一个听觉上的优雅环境，再加上像高档酒店一样精美的银制茶具，无疑会为茶肆招揽来更多的客人。不仅杭州的茶肆有着雅致、洁净的环境，地方茶肆也是如此。庄绰《鸡肋编》卷上就提到严州的一家茶肆，其特点是“门户金漆雅洁”[③]。

因为雅致、洁净的环境和精美的茶具导致生意红火的茶肆在宋代小说中不乏其例。张宗祥校明抄本《说郛》卷三十七《摭青杂说》里有一篇《茶肆还金》故事，开头就写汴京白矾楼旁一个规模不大的小茶肆“卖茶极盛”，究其原因，除了位于樊楼旁边的恰当选址之外，茶肆店面“甚潇洒清洁，皆一品器皿，椅卓皆济楚[④]”，店堂环境的雅致、洁净和茶具的精美高档也是一个主要原因。

---

① 请参看伊永文《东京梦华录笺注》，北京：中华书局，2006 年 8 月 1 版，第 94 页。

② （宋）吴自牧《梦粱录》卷十六《茶肆》，《梦粱录》《武林旧事》合刊，济南：山东友谊出版社，2001 年 5 月 1 版，第 210—211 页。关于茶肆的装饰和茶具，灌园耐得翁《都城纪胜 · 茶坊》中也有 “大茶坊张挂名人书画，在京师只熟食店挂画，所以消遣久待也。今茶坊皆然。……绍兴间，用鼓乐吹梅花酒曲，用旋杓如酒肆间，止是论角，如京师量卖”的记载，只是不如《梦粱录》详细。具体记载请见（宋）灌园耐得翁《都城纪胜》，《南宋古迹考（外四种）》，浙江人民出版社，1983 年 6 月 1 版，第 84—85 页。

③ （宋）庄绰《鸡肋编》卷上，《鸡肋编》，北京：中华书局，1983年3月1版，第11页。

④ 张宗祥校明抄本《说郛》卷三十七《摭青杂说》，转引自李剑国《宋代传奇集》（中册），北京：中华书局，2018 年 8 月 1 版，第 952 页。

二、经营种类与营业时间的灵活机动

茶肆虽然以茶得名，但出售的不仅是茶水，还包括各种饮料甚至风味小吃。两宋时代，尤其南宋，茶肆的经营种类非常灵活，老板会随着季节的变换，更新茶与饮料的品种：

> 今杭城茶肆……四时卖奇茶异汤，冬月添卖七宝擂茶、馓子、葱茶，或卖盐豉汤；暑天添卖雪泡梅花酒，或缩脾饮暑药之属①。

上述文字具体地介绍了杭城茶肆根据冬天和夏天不同的时令特点所作的茶品、饮品的变换与更新。

茶肆经营品种的灵活还表现在有些茶肆卖茶水之外还兼营其他生意，有卖服装、花环、图画的，如北宋汴京潘楼东街巷的茶肆“每五更点灯，买卖衣服图画花环领抹之类，至晓即散”②；有卖应节彩灯的，如南宋杭州御街上的茶肆在距离上元节还有二十多天时，“渐已罗列灯球等求售”，一直要卖到上元节结束③；有在茶肆中兼营浴室的，据《夷坚志补》卷八《京师浴堂》叙述，宣和初年，一官员将到吏部陈状，因时间太早，吏部门没开，于是“姑往茶邸少憩，邸之中则浴堂也”④，这个茶肆中建有浴堂，说明是兼营沐浴生意的。

北宋汴京城内的茶肆，会灵活机动地设置营业时间以满足不同顾客的需求：

> ……茶坊每五更点灯，博易买卖衣服图画花环领抹之类，至晓即散……北山子茶坊，内有仙洞、仙桥，仕女往往夜游，吃茶于彼⑤。

除了白天日常营业之外，有的茶肆每天清晨五更就点灯营业，针对低端人群扑卖日常用品；有的茶肆则每天夜晚开门，针对仕女等高端人群开发了夜游项目。

---

①（宋）吴自牧《梦粱录》卷十六《茶肆》，《梦粱录》《武林旧事》合刊，济南：山东友谊出版社，2001年5月1版，第210—211页。

②（宋）孟元老《东京梦华录》卷二《潘楼东街巷》，《东京梦华录（外四种）》，上海：古典文学出版社，1956年11月1版，第15页。

③（宋）周密《武林旧事》卷二《元夕》，《梦粱录》《武林旧事》合刊，济南：山东友谊出版社，2001年5月1版，第37页。

④（宋）洪迈《夷坚志补》卷八《京师浴堂》，《夷坚志》第四册，北京：中华书局，1981年10月1版，第1625—1626页。

⑤（宋）孟元老《东京梦华录》卷二《潘楼东街巷》，《东京梦华录（外四种）》，上海：古典文学出版社，1956年11月1版，第15页。

三、娱乐与自娱服务的人性化

茶肆为招揽客人，往往会尽最大可能为更多的文化娱乐与自娱活动提供方便和人性化的服务，这些文化娱乐与自娱活动主要有听“说话”、弈棋、挂牌儿、题壁等，下面分别介绍一下茶肆为这些活动提供的服务：

1. 免费听“说话”

据《夷坚支丁》卷三《班固入梦》记载：

> 乾道六年冬，吕德卿偕其友王季夷嵎、魏子正羔如、上官公禄仁往临安，观南郊，舍于黄氏客邸。……适是日案阅五辂，四人同出嘉会门外茶肆中坐，见幅纸用绯帖，尾云：“今晚讲说汉书。” ……①

“讲史”是南宋流行的“说话”技艺中的一种，临安嘉会门外茶肆为茶客提供了免费听“讲史”的娱乐活动。另据《梦粱录》卷十六《茶肆》记载，临安中瓦内有个王妈妈家茶肆，又名一窟鬼茶坊。中瓦是南宋杭州城内外十七处瓦子（又称瓦舍、瓦肆）之一，位于御街中段的市南坊北面。瓦子作为临时集合、以演艺勾栏为中心的集市，是市民的娱乐场所。位于热闹街市的瓦子里面不仅有演艺用的建筑物勾栏（又叫棚），还有饮食店、酒楼和茶坊。中瓦子前就有大酒楼三元楼②，王妈妈家茶肆又是中瓦内的著名茶肆。所谓“一窟鬼”指“西山一窟鬼”，乃宋代“说话”技艺之一的灵怪类“小说”中的著名故事，位于中瓦内的王妈妈家茶肆为了吸引茶客，在“西山一窟鬼”故事流行后以之命名，借以说明本茶肆与讲说“西山一窟鬼”故事的勾栏离得很近，或者是表示本茶肆内也可以听“说话”中的流行故事“西山一窟鬼”，无论哪种情况，都反映了茶肆利用“说话”这类娱乐活动宣传自己、招揽客人的意识之强。

2. 免费提供棋具

茶肆中除了引进讲说“讲史”、“灵怪”故事的说话艺人，还免费为茶客提供弈棋用的棋具：

> 燕京茶肆设双陆局，或五或六，多至十，博者蹴局，如南人茶肆中置

---

①（宋）洪迈《夷坚支丁》卷三《班固入梦》，《夷坚志》第三册，北京：中华书局，1981 年 10 月 1 版，第 991 页。另，（宋）潜说友《咸淳临安志》卷九十二“纪遗四”也记载了此事。

②（宋）吴自牧《梦粱录》卷十九《瓦舍》（《梦粱录》《武林旧事》合刊，济南：山东友谊出版社，2001 年 5 月 1 版，第 272 页）：“市南坊北三元楼前谓之中瓦子”。

棋具也[①]。

由此条记载可知，南宋茶肆中为方便茶客下棋，放置棋具的做法是很普遍的。

3. 免费提供“挂牌儿”场地

引入“说话”艺人为茶客讲说和提供棋具是一般茶肆都有的服务项目，两宋时有些高档茶肆还为音乐爱好者提供了自娱的空间：

> 大凡茶楼多有富室子弟、诸司下直等人会聚，习学乐器、上教曲赚之类，谓之“挂牌儿”[②]。

《梦粱录》中的这段记载说明临安的高档茶楼通过为富家子弟、衙门吏人习学乐器提供场地服务，成为了他们定期聚会、切磋音乐技艺的地方，从而成功地为茶肆招揽了一批长期、固定的 VIP 茶客。

4. 设置题诗（词）壁

和酒肆一样，茶肆也为诗兴大发的茶客提供了专供题写诗词的墙壁以满足他们这种高雅的自娱需求。宋话本《拗相公饮恨半山堂》写王安石微服私访时：

> 步到一个茶坊，到也洁净。荆公走进茶坊，正欲唤茶，只见壁间题一绝句云：祖宗制度至详明，百载余黎乐太平。白眼无端偏固执，纷纷变乱拂人情。后款云：“无名子慨世之作。”荆公默然无语，连茶也没兴吃了，慌忙出门[③]。

茶肆墙壁上抨击王的绝句显系曾来此茶肆又对变法不满的茶客所题写。据《癸辛杂识》别集卷上《林乔》中记载：

> 林乔，泉州人，颇有记问。初游京庠，淳佑丙午，宗学时芹斋与太学禔身斋争妓魏华，乔挟府学诸仆为助，遂成大哄，押往信州听读，因与时贵游从赓唱，放浪狎邪，题诗于茶肆云：“斗州无顿闲身处，时向梅花走一

① （宋）洪皓《松漠纪闻续》卷二，《宋元笔记小说大观》第三册，上海：上海古籍出版社，2007 年 3 月 1 版，第 2803 页。

② （宋）吴自牧《梦粱录》卷十六《茶肆》，《梦粱录》《武林旧事》合刊，济南：山东友谊出版社，2001 年 5 月 1 版，第 210 页。

③ （明）冯梦龙《警世通言》卷四《拗相公饮恨半山堂》，《警世通言》，北京：人民文学出版社，1956 年 1 月 1 版，第 43—44 页。

遭。”士论薄之[①]。

林乔因为参与争妓事件被流放信州，于是在信州的茶肆壁上题写了“斗州无顿闲身处，时向梅花走一遭”的诗句以表达愤懑之情，从一个侧面反映了茶肆允许壁上题诗给茶客提供了一个宣泄情绪、表现自我的渠道，仅就功能而言，茶肆的墙壁多少有些今天微信朋友圈的味道，茶肆也因为为茶客提供题诗壁这样的宋代自媒体平台而大大增加了自身的吸引力。

四、促销手段的独具特色

茶肆促销的特色手段之一是注重广告叫卖。据吴自牧《梦粱录》卷十三《夜市》记载：

> ……并在五间楼前大街坐铺中瓦前，有带三朵花点茶婆婆，敲响盏，掇头儿拍板，大街游人看了，无不哂笑[②]。

茶摊主人在乐器伴奏下的叫卖声虽然被游人嘲笑，但成功地吸引了他们的注意，扮丑起到的是宣传所售茶汤的作用。南宋时的临安，不止茶摊，固定的茶肆为吸引更多的茶客，也“敲打响盏歌卖”[③]，这种促销手段可视为叫卖广告。高宗绍兴年间（1131-1162），临安卖梅花酒[④]的茶肆在生意清淡时，还用鼓乐伴唱梅花酒曲，以招揽顾客[⑤]。

---

①（宋）周密《癸辛杂识》别集卷上《林乔》，《癸辛杂识》，北京：中华书局，1988年1月1版，第229页。

②（宋）吴自牧《梦粱录》卷十三《铺席》，《梦粱录》《武林旧事》合刊，济南：山东友谊出版社，2001年5月1版，第181页。

③（宋）吴自牧《梦粱录》卷十六《茶肆》，《梦粱录》《武林旧事》合刊，济南：山东友谊出版社，2001年5月1版，第210—211页。

④ 梅花酒是南宋时的一种夏季饮料。西湖老人《西湖老人繁盛录·诸般水名》列举了漉梨浆、椰子酒、木瓜汁、皂儿水、甘豆糖、绿豆水、缩脾饮、卤梅水、江茶水、五苓散、大顺散、荔枝膏、梅花酒、白水、乳糖真雪、富家散暑药冰水等十七种夏季饮料，梅花酒是其中之一。具体记载请见西湖老人《西湖老人繁盛录·诸般水名》(《南宋古迹考（外四种）》，浙江人民出版社，1983年6月1版，第108页）。另，在周密《武林旧事》卷六《凉水》中记载的甘豆汤、椰子酒、豆儿水、鹿梨浆、卤梅水、姜蜜水、木瓜汁、茶水、沉香水、荔枝膏水、苦水、金橘团、雪泡缩脾饮、梅花酒、香薷饮、五苓大顺散、紫苏饮十七种夏季饮料中，梅花酒也榜上有名。具体记载请见周密《武林旧事》卷六《凉水》，(《梦粱录》《武林旧事》合刊，山东友谊出版社，2001年5月1版，第116页）。

⑤（宋）灌园耐得翁《都城纪胜》，《南宋古迹考（外四种）》，杭州：浙江人民出版社，1983年6月1版，第84—85页；（宋）吴自牧《梦粱录》卷十六《茶肆》，《梦粱录》《武林旧事》合刊，济南：山东友谊出版社，2001年5月1版，第210—211页。

茶肆促销的特色手段之二是注重节日促销，这是两宋茶肆普遍采用的促销方式。北宋汴京的茶肆，上元节时“灯烛各出新奇”①，即用新奇的彩灯装饰店铺，吸引游人驻足游观，以便卖出更多的茶水、饮料；南宋临安的茶肆，从“旧岁冬孟驾回”开始到十五日的每天晚上，“渐已罗列灯球等求售，谓之‘灯市’”②，这种为吸引茶客代售灯节应节商品——花灯的做法充分体现了临安茶肆主人有着出色的营销意识与手段。元夕时，临安著名的清河坊蒋检阅茶肆：

> ………奇茶异汤，随索随应，点月色大泡灯，光辉满屋，过者莫不驻足而观③。

这家茶肆不仅用极亮的月色大泡灯吸引了所有过路游人的目光，而且为节日促销准备了足够的、独具特色的茶水和饮料。和临安的蒋检阅茶肆相媲美的是吴兴的庆和楼茶肆：

> 庆和楼在上智潭北，宋茶坊也。每岁元宵，则于池内张水灯戏，最为繁盛④。

独具特色的元宵水灯之戏肯定为庆和楼招揽了大批的茶客。

第三节 茶肆故事的主题类型与文化内涵

同样是信息交汇与传播密集的场所，因为前期投资不多，消费花费较低，茶肆的分布较酒肆广泛，总体数量也较酒肆为多，因此也就拥有了比酒肆更多的客流量，其顾客群体的民间化色彩也更加浓厚。发生在茶肆这一空间场所中的故事，自然也就有了和酒肆故事不同的叙事特色与文化内涵。笔者收集了两宋志怪、传奇、杂事小说和话本中提及、涉及或与茶肆有关的小说，经过综合考量，将本节要讨论的茶肆故事界定为：以茶肆为故事发生地或以茶肆为故事

① （宋）孟元老《东京梦华录》卷六《十六日》，《东京梦华录（外四种）》，上海：古典文学出版社，1956年11月1版，第37页。

② （宋）周密《武林旧事》卷二《元夕》，《梦粱录》《武林旧事》合刊，济南：山东友谊出版社，2001年5月1版，第37页。

③ （宋）吴自牧《梦粱录》卷一《元宵》，《梦粱录》《武林旧事》合刊，济南：山东友谊出版社，2001年5月1版，第6—7页。

④ （明）董斯张《吴兴备志》卷十四“象纬、建置”征，四库全书本。

场景[①]之一或与茶肆密切相关的小说。按照这一界定标准，下面的小说不属于本节要讨论的茶肆故事：其一，虽然小说的主人公是茶肆主人或茶仆，但故事的发生地不在茶肆的，如洪迈《闻人邦华》(《夷坚志补》卷五)、王铚《徐常侍铉》(《默记》卷中)、周密《吴生坐亡》(《癸辛杂识》续集卷下)、周密《陶裴双缢》(《癸辛杂识》别集卷上）等；其二，仅仅提及却没有情节涉及到茶肆这一空间的，如洪迈《西湖庵尼》(《夷坚支景》卷三)、《方大年星禽》(《夷坚支庚》卷二)、《无锡木匠》(《夷坚支庚》卷九)、《骂胥诗对》(《春渚纪闻》卷七《诗词事略》)、《林乔》(《癸辛杂识》别集卷上)、《凌佛子》(《中吴纪闻》卷六)、《徐信妻》(《夷坚志补》卷十一）等。本节中，笔者将符合上述界定标准的茶肆故事划分为茶肆遇仙（异)、茶肆遇众生（指仙异和鬼怪之外的世人）与茶肆遇鬼（怪）三类，通过下面的文本分析，说明茶肆场景在结构小说、展开情节中的作用，并进一步探讨茶肆故事所蕴含的两宋民间文化内涵。

一、遇仙（异）故事

顾名思义，这类故事中，凡人在茶肆遇到的可能是神仙，也可能是异人，这些异人通常为道士，虽然遇到异人的故事不能算作严格意义上的仙话，但是茶肆遇异人故事中体现的济世精神与茶肆遇仙人故事所体现的没有明显区别，因此，考虑到行文的方便，笔者将茶肆遇仙、遇异故事放在一起进行讨论。

笔者收集到的茶肆遇仙（异）故事，根据内容和情节的不同，可分为修道主题、成仙考验主题、济世主题和偶入人间主题四个小类，下面分别加以具体分析：

1. 修道主题

梅新林在《仙话——神人之间的魔幻世界》一书中，将中国的仙话分为以成仙为主旨的修道主题、以还俗为指向的婚恋主题和融成仙与还俗为一体的济世主题。其中的修道主题经历了一个从企求仙界接引到人为修炼，人为修炼又从盲目尝试到理论总结的具体历程。人为修炼的方法中，感召法、服食法和气功法最为盛行。所谓服食法，即通过服用一些特异物质登入仙界，这些特异物质包括单种天然物质和人工炼制的合成丹药[②]。人工炼制的合成丹药是通过炼丹术得到的，按照东晋葛洪在《抱朴子·金丹篇》中的说法，炼丹术可分为三种，即神丹、金液和黄金，三者可以互相转化，金液与水银合炼为丹，此丹与水银合

① 笔者所说的场景，依据的是刘勇强在《西湖小说：城市个性和小说场景》(载《文学遗产》2001 年第 5 期）一文中的界定，即“人物活动或事件发生的环境”，而不是与“概述”(Summary）相对应的作为叙述或表现方式的“场景”(Scene)。

② 关于仙话的基本主题和其中修道主题的论述，请参见梅新林《仙话——神人之间的魔幻世界》第七章《基本主题及其内在冲突》(上海：上海三联书店，1992 年 6 月 1 版，第 164—169 页)

炼成银。《春渚纪闻》卷十《记丹药·瓢内出汞成宝》就记载了一个与修道者炼丹有关的茶肆故事：

承议郎贺致中为余言，任德翁之犹子尝随德翁入都，舣舟相国寺桥，遇一道人邀坐茶肆，手出小药瓢云："吾视官人盖留心丹灶有年，而未有所得者。今能施我百钱，当以此瓢为赠。夜以水银一两投中，翌早收取二两干银也。"任意谓必无此理，然亦不能违其请，倾箧得百钱与之，袖瓢而归。夜取汞试纳瓢中，置之枕间，次夕醉中探手撼瓢，则其声董董然，汞如故也。置之不复视。一日德翁须汞为用，任欣然取器分取，既倾器中，则坚凝成宝矣。入火烹炼，了无耗折。自此夕注晨取，无不成宝者。盖真仙丹药所制，汞感丹气，自然凝结。但不知出瓢始凝之理，向使在瓢即坚，则破瓢而取，止于一作而已。此亦真仙神化无方，非尘凡之可理度者。任无妻孥之累，资用素穷。既日获一星之利，于是厚为己奉。不逾年，一病而卒，瓢亦随失之也。①

这个故事中的真仙之所以以一百个铜钱的低价卖给任德翁的侄子一个药瓢，是因为怜悯他多年修道炼丹，却没有任何收获，只是这个真仙丹药所制、"夜以水银一两投中，翌早收取二两干银"的神奇药瓢，并没有帮助任德翁的侄子在修道方面有所长进，却使他沉溺于"厚为己奉"的红尘享乐中，结果不到一年就一病而逝，仙丹炼成的药瓢也不知去向。任德翁的侄子妄用仙瓢炼出的银子满足自身的尘世享乐，结果不仅无缘于长生成仙，连长寿都未求得，这一故事强调的是修道者必须摒弃尘世的享乐。

修道主题的茶肆故事除了强调摒弃尘世享乐，还强调修德是成仙得道的前提之一，刘斧《青琐高议》后集卷十《中明子刘昉尸解游京师》和《春渚纪闻》卷三《杂记·王乐仙得道》就是两则这样的茶肆遇仙故事。先看《中明子刘昉尸解游京师》：

刘昉先生尸解后，游于京师，里人简有从遇之于途，邀先生于茶肆。

有从询曰："公非刘先生乎？"公曰："然。""闻先生尸解久矣，何故至此？"先生云："无则入有，假乃归真。此吾家常事，子何讶哉！"有从言曰："尝幸抠衣，又同里闬，先生面若红妆，而吾将为枯骨，先生忍不教乎？"先生曰："人之亡于道，五十岁前则可以出也。逾年虽学之勤死，如

① （宋）何薳《春渚纪闻》卷十《记丹药·瓢内出汞成宝》，《春渚纪闻》，北京：中华书局，1983年1月1版，第147页。

坏屋，益以完补，但可延岁月。则子今年七十岁矣，学之何益？且子好言法律，教人争讼，甚为阴德之累。”言讫，乃闭目不语，久方去。

有从蹑其踪，先生回顾，天上一鹤冲天而飞翔，其人亦回顾鹤，即失先生矣。①

再看《王乐仙得道》，这篇小说记载道人王乐仙先跟随太一宫王道录习练胎养之术，后经王推荐，持其书信到相州天庆观寻访李仙人，找了些天，没有找到：

一日坐观门，有老道士见之，呼与语曰：“子寻李先生，此去市口茶肆中。”候之，果见赤目蓬首携瓶至前瀹茶者，因揖之，便呼李先生。李佯惊曰：“汝何人也？”乐仙探怀出王书授之。李微笑曰：“王师乃尔管人闲事耶。此非相语处，三日黎明候我于观门也。”乐仙辞谢而归。三日鸡鸣，坐门未久，李至，以手撩发则两目烨然，如岩电烛人，握手入观中，谓乐仙曰：“汝刳心求道而烧假银何也？”乐仙谢诚有以备乏绝无告耳，然是干水银法，非若世人点铜为之以误后人也。李探怀出银小铤，请以是易子所作如何。乐仙取以示之，范制轻重与李所授无异也。即令取油铛于前，投乐仙所作烹之，须臾粉碎还元。曰：“岂不误后人耶。”乐仙悔谢久之。李勉之曰：“知子不妄用，亦欲子知此术于子无益耳，我且归，后更就汝语也。”明日访之，主人云：“夙昔折券而去，不云所适也。”乐仙既踪迹数日，不复再见。②

这两则故事中的茶肆是结构故事的枢纽。刘昉故事是在简、刘二人的对话中展开的，其主旨也是在对话中体现的，茶肆作为对话发生的唯一场所，自然成了展示故事主旨的重要空间。王乐仙故事中，茶肆是王终于找到化形为茶仆的李仙人的场所，也是故事情节得以展开的场所。有了此次的相见，才有了故事高潮之一的天庆观戒煅烧假银情节的发生。

这两则故事有两个共同的情节单元：其一，求道之人道德上都有污点，简有从是“好言法律，教人争讼”，有损阴德；王乐仙是为预备“乏绝无告”而煅烧假银，贻误后人。其二，仙人因为求道之人的道德污点拒绝了其随从修道的要求，且拒绝而后消失无踪。这两个共同的情节单元强调的是修德对于修道成

① （宋）刘斧《青琐高议》后集卷十，《青琐高议》，北京：中华书局，1983 年 5 月 1 版，第 194 页。

② （宋）何薳《春渚纪闻》卷三《杂记 · 王乐仙得道》，《春渚纪闻》，北京：中华书局，1983年1月1版，第37—38页。

仙的重要性，道德上有污点是不可能成仙的，正如葛洪所说，“欲求仙者，要当以忠孝和顺仁信为本。若德行不修，而但务方术，皆不得长生也”①。“修仙的前提是修德”，这一修仙观实际是儒道合流的产物，它始于东晋的葛洪，北宋末年融封建伦理纲常、鬼神信仰、道教追求为一体的《太上感应篇》和《阴骘文》的出现将儒道合流的情形推向了高峰。而兴起于南宋的净明道②，主张修道“贵在忠孝立本，方寸净明，四美（孝悌忠信）俱备，神渐通灵，不用修炼，自然道成”③，这一主张使修道必须修德（孝悌忠信）的观念得到了最大限度的强调，这种强调是宋代儒道合流思潮的产物。

《王乐仙得道》和《瓢内出汞成宝》故事也有一个共同的情节单元，即炼银之术无益于成仙，无论是《瓢内出汞成宝》故事中真仙丹药所制的神奇药瓢炼出的真银还是《王乐仙得道》故事中王乐仙炼出、被李仙人轻易粉碎还原的假银，无论是《瓢内出汞成宝》的妄用还是《王乐仙得道》中的不妄用。这一共同的情节告诫修道者必需摒弃钱财所代表的尘世欲望。

2. 成仙考验主题

道教认为修道是一个修心炼性的过程，只有摒弃一切外物诱惑才能成仙，这一观念反映到仙话创作中就导致了成仙考验这一故事类型的出现。成仙考验型故事的中心情节是道教神仙设置种种世俗诱惑以考验求道者的诚心，只有道心坚固者才会被吸收为弟子、度脱为神仙④。茶肆故事中成仙考验的小说较少，现就其中典型的一篇进行分析，请看张师正《括异志》卷七《郭上灶》：

> 郭上灶者，不知何许人。天禧中，尝以备雇瀹汤涤器于州桥茶肆间。一日，有青巾布袍而啜茶者，形貌环伟，神彩凛然，屡目于郭；郭亦既疑其异人，又窃觇于袖间引出利剑。郭私念曰：“必吕先生也。”伺其出，即走拜于前曰：“际遇先生，愿为仆厮。”吕不顾，东去。郭乃尾后，至一阒处。吕回顾曰：“若真欲事我耶？可受吾一剑。”郭唯唯，延颈以俟。引剑将击，郭大呼，已失吕所在。乃在百万仓中。巡卒擒送官，杖而遣去。自此，京城里外幽僻之所无不至，见人必熟视良久方去，问之，则曰：“我寻

① （晋）葛洪《抱朴子内篇·对俗》，王明《抱朴子内篇校释》，北京：中华书局，1985年3月第2版，第53页。

② 李养正认为宋元间的净明道实际兴起于南宋，南宋期间可称为“忠孝神仙道”，为净明道之前身。请参见李养正《道教概说》，北京：中华书局，1989年2月1版，第160—162页。

③ （明）黄元吉《净明忠孝全书》卷三《玉真先生语录内集》，十万卷楼丛书本。

④ 关于成仙考验故事类型的论述，请参见吴光正《中国古代小说的原型与母题》第六章《成仙考验》，《中国古代小说的原型与母题》，北京：社会科学文献出版社，2004年7月第2版，第169—191页。

先生。”自此十年余，不知所在。①

小说设计了茶肆和幽僻处两个场景，茶肆，写吕仙翁有意度脱的“屡目于郭”和郭上灶的慧眼识仙，故事情节就此展开；幽僻处，写吕仙翁对尾随而至、求为仆厮的郭上灶的考验，故事情节就此进入高潮。其中茶肆场景是故事高潮得以发生的前提，起到了结构故事的枢纽作用。

许多成仙考验型故事考验的是求道者对七情六欲的摒除，即印证其道心是否坚固，《醒世恒言·杜子春三入长安》中的杜子春先后经受了刀砍、箭射、枪挑、蛇缠、虎咬、狼扑、鬼怖乃至命丧刀下等等考验，才得以成仙。本篇中的郭上灶经受的考验是吕洞宾砍向脖子上的一剑，开始时郭“唯唯，延颈以俟”，但当剑真的砍下来时，郭的一声“大呼”，表明他怕死之心未除，故成仙无望，所以神仙吕洞宾随着郭上灶的叫声消失，郭后来寻找了十多年都没有找到，可见凡人要通过仙人设置的成仙考验是何等的艰难。

3. 济世主题

梅新林在《仙话——神人之间的魔幻世界》一书中指出，济世仙话的主要内容是神仙拯救凡人的灾难，包括以疾病、灾荒为代表的自然灾难和以黑暗邪恶、社会不公为代表的社会灾难②。至于仙话济世主题在小说文本中的体现，吴光正认为，《三言二拍》中主要体现在治病救灾救乏、驱鬼除妖和劝善劝奉道三个方面，《吕仙飞剑记》中则体现在治病、降妖、助人和度人成仙四个方面③。具体到宋代商贸小说中的茶肆故事，笔者认为，茶肆遇仙（异）故事的济世主题主要体现在除病、免祸、救贫救困、度脱凡人四个方面，下面分别加以分析。

为凡人医治疾病，尤其是久治不愈的顽固性疾病是最早在遇异人故事中体现出的宗教关怀，下面是三则以茶肆为背景的此类故事，其一为《小郗先生》：

李次仲季与小郗先生游建康市，入茶肆，见丐者蹒跚行前，满股疮秽。李谓郗曰：“此人恶疾如此，愿先生救之。”郗曰：“不难也。正恐怪奇惊众耳。”李固请，乃索纸一幅，吐津涂其上，稠如胶饧，持以与丐者，令贴于股。移时问之曰：“觉热否？”曰：“始时甚痛，已而极痒，今正热不可忍。”郗揭纸，命李视之，新肉已满，瘢痕悉平。市人争来聚观，郗于众中逸去。

① （宋）张师正《括异志》，《稽神录》《括异志》合刊，北京：中华书局，1996年11月第1版，第75页。另，陈葆光《三洞群仙录》卷十亦载有此事。

② 关于仙话中济世主题的论述，请参见梅新林《仙话——神人之间的魔幻世界》第七章《基本主题及其内在冲突》，上海：上海三联书店，1992年6月1版，第176—181页。

③ 请参见吴光正《中国古代小说的原型与母题》第七章《济世降妖》，北京：社会科学文献出版社，2004年7月第2版，第206—218页。

李急追访之，不及矣。①

其二为《道人治消渴》：

临川人苦消渴，累岁更十名医不效。尝坐茶坊，见道人行乞，漫呼与茶，又具饭。问其有何术，曰："无所能，只收得几道药方耳。"主人喜，复问："有治消渴方乎？"曰："正有之。用苦练根新白皮一握，切焙，入麝香少许，以两盏水煎一半，空心饮之。虽困顿一二日，然疾可愈。"乃延留之，而如方服药。下虫三四条，状如蛔而真红色。以语道人，道人曰："尚有食虫三条，不必再服，恐取尽则困不可支。"自此渴顿止，卧而将理，再宿脱然。②

其三为《明真王真人》：

王妙坚者，本兴国军九宫山道妪也。居尝以符水咒枣等术行乞村落，碌碌无他异。既而至杭，多游西湖两山中。一日，至西陵桥茶肆少憩，适其邻有陈生隶职御酒库。其妻适见之，因扣以妇人头脂不可疎者，还可禳解否？妪曰："此特细事。"命市真麻油半斤，烧竹沥投之，且为持咒，俾之沐发。盖是时恭圣杨后方诛韩，心有所疑，而发脂不解，意有物为祟，以此遍求禳治之术。会陈妻以油进，用之良验，意颇神之，遂召妙坚入宫，赐予甚厚，日被亲幸。且为创道宇，赐名明真，俾主之，累封真人。③

这三则故事中的异人均为道士。《小郗先生》和《道人治消渴》有两个相似的情节单元，其一，被医治者的病久治不愈，道士一出手，则手到病除。《小郗先生》中丐者"满股疮秽"的恶疾不多时就"新肉已满，瘢痕悉平"，《道人治消渴》中临川人"累岁更十名医不效"的消渴症几天之内就被治愈；其二，道士为病者医病的主动性很强。《小郗先生》中的小郗先生在李次仲的恳求下不顾可能"怪奇惊众"，当即在茶肆中为乞丐医病，《道人治消渴》中的行乞道人主动说出自己有治消渴的药方。这两个情节单元体现了道士主动医治世人疾病的

①（宋）洪迈《夷坚乙志》卷一《小郗先生》，《夷坚志》第一册，北京：中华书局，1981 年 10 月 1 版，第 194 页。

②（宋）洪迈《夷坚支庚》卷八《道人治消渴》，《夷坚志》第三册，北京：中华书局，1981年10月1版，第 1201—1202页。

③（宋）周密《齐东野语》卷十《明真王真人》，《齐东野语》，北京：中华书局，1983 年 11 月 1 版，第 187—188 页。

济世精神。

《明真王真人》和《小郗先生》的共同情节单元是医病方法奇特而有效。小郗先生是“索纸一幅，吐津涂其上，稠如胶饧，持以与丐者，令贴于股”，王真人是“命市真麻油半斤，烧竹沥投之，且为持咒，俾之沐发”，这两种方法均有较强的巫术色彩。这也反映了在以道士为主角的茶肆遇异故事中，道士医治世人疾病时大多借助巫术的情形。

通过对灾难和祸患的准确预测帮助凡人避祸消灾是济世主题在宋代茶肆遇仙故事中的一种体现形式。《湖海新闻夷坚续志》后集卷一“神仙门”《异人送扇》记载的是一个听了仙人预言而躲过靖康之难的故事：

> 宋朝东京未陷时，远郡有一士人补入太学，肄习之暇，常出独坐学前茶肆中。见一道人手执道扇化缘，士人尽倾箧中钱与之，五六十日率以为常。道人受施无厌心，士人与之无吝色。一日，道人曰：“每日受官人施舍，今日还，可请道人一茶否？”茶罢，道人曰：“贫道欲说一事，幸无泄。官人可急归去，前程事不必问。东京不久流血成池，恐祸相及。”士人归治行，同舍问之，具以实告。或笑或侮，士人心亦趦趄。明日，复坐茶肆，道人又至，惊曰：“官人何为不去？若不信贫道之言，恐无及矣。东京不日将陷，城往来之人半是鬼。”遂以布袖遮士人之目，令看，但见行者或无首无足，鬼形异象，变幻不一。士人始惊，亦不告同舍，明早遂行。方至城外，而道人又在彼，相送曰：“贫道无以为赠，以此扇与官人遮日。所过乡路，或有人群笑此扇，则是鬼也，切不可驻足。若无人笑此扇，方可缓行，缓行则以此扇从便弃之。”言讫，长揖而别。回首，道人亦不复见，心疑异之。士人持扇在手急走，每过一处，则见数十人，或见三五十人，或百十人相逐来观，群聚指笑。行甫两日，有来自后者则云：“东京已陷。”士人益惊，兼程以进。又行两日，而笑者渐少，及更三数日，则不复有笑者矣。士人乃思道者之言，遂将此扇弃之田中而去。①

《括异志》卷十《遵道者》记载的则是因没听异人之语而遭遇大祸的故事：

> 僧令遵，陕州人也。多智数，善附丽权势。天圣中，出入刘皇城家，因而名闻宫掖。庄献赐与巨万，于陕州造一寺，备极壮丽，凡用钱十余万缗。尝自安业南街乘马而西，呼仆取坠策。时有瞽者坐茶肆前，仰而言曰：

---

①（元）无名氏《湖海新闻夷坚续志》后集卷一“神仙门”之《异人送扇》，《夷坚续志》《湖海新闻夷坚续志》合刊，北京：中华书局，1986年5月1版，第146页。

> “僧豪也。”遵异之。过百许步，下马复来，揖之，未已，即曰：“岂非坠策之僧乎？”遵曰：“然。”复曰：“若之声名尝达天听，有之乎？”僧曰：“有之。”因问将来之事，良久曰：“自此十五年，岁在丙戌，当有大祸，宜杜门避之。不尔，免死为幸。”僧不怿而起。既归陕，具有瞽者之言告其徒，咸曰：“遵道者戒行素严，祸何由而至？”以谓不然。至庆历六年，传岩渊马道人将图不轨，陕有市民亦预其谋。民将自陈于官，密诣僧谋之。僧曰：“若自首于郡，不过免死而已。我有主人在京师，地连□□。但持我书诣之，因其言以达朝廷，岂止免罪，当获重赏。”民从之。行至洛党中，二卒告变，籍有民名，捕得尽道所以然之状，及出遵书。时薛绅守陕郊，大怒，遂黥遵为武昌城卒。①

《异人送扇》中，茶肆场景反复出现了三次。第一次是常独坐茶肆的士人连续一个多月施舍钱财给来化缘的道士，仙凡相遇、相交一月余，故事就此有了产生的背景；第二次是士人应道人之邀请他喝茶，喝茶时道人透露“东京不久流血成池”，要他马上离开。凡人被告知灾祸即将降临，故事就此展开；第三次因犹豫不信未离开的士人在茶肆又遇道人，道人施法术让他看到了城中行人未来之鬼形。道人再次警示凡人灾祸即将降临并催促他离开，故事由此进入高潮。通而观之，茶肆串起了整个故事的前半部分，成为前半部故事从发生到展开、再到高潮的结构枢纽。

《异人送扇》和《遵道者》共同的情节单元有二：其一是均在茶肆蒙异人告知将有大祸；其二是均将异人的话告知了身边之人，遭其嘲笑或否定。两故事重要的区别在于，《异人送扇》中的士人在道人的再次警告后，第二天早晨就离开了东京，躲过了城陷身亡之劫；《遵道者》中的僧人令遵，却置茶肆瞽者十五年后“杜门避之”的警告于不顾，结果因卷入一场未遂起事而被发配为守城之卒，险些丧命。

相比而言，《异人送扇》故事的济世色彩更浓厚一些，因为将要发生的东京城陷是一场涉及所有城中市民生命的大灾难，士人能躲过此劫，全赖道士救助。道士的两次警告促使士人及时离开了东京，他在东京城外送给士人的能区别人鬼的扇子则保证了士人免于死鬼的纠缠，顺利到达了安全地区。

通过对未来美好命运的预测鼓励困苦中的市井民众也是济世主题在宋代茶肆遇仙异故事的一种体现形式，《夷坚支癸》卷八《游伯虎》就是这样的故事：

---

①（宋）张师正《括异志》，《稽神录》《括异志》合刊，北京：中华书局，1996年11月第1版，第115—116页。

福州城西居民游氏，家素贫，仅能启小茶肆，食常不足，夫妇每相与愁叹。淳熙甲申岁，一道人行乞到门，就坐啜茶，适闻其语，笑而谓之曰："不须过忧，已有好儿子，尚何足虑！只一件事理会不得，既做秀才，发解过省，及第了，便着紫公服，系金腰带，却手中不把牙笏，此何理也哉？"俄见柱间倚一黑圆杖，指之曰："此是其所执也。"游翁以所谈无根蒂，不之答。只一子伯虎，能读书作文，且习弓矢骑射。词场荐不利，遂应武举。庆元三年，中绝伦第三人。例赐涂金束带，除沿海制置水军计议官，正持杖以谒制帅，尽符前说，相去正一纪。①

以开小茶肆为生的福州城西居民游氏夫妇，家里很穷，温饱都成问题，夫妇经常"相与愁叹"。一位行乞的道人来茶肆喝茶，听到了这对夫妻的叹息，便预言他们的儿子将会中举做官，用美好的前景安慰、鼓励处在困苦中的游氏夫妇。

茶肆遇仙异故事中济世主题还体现在神仙对凡人的度脱上。宋代民间观念中，经常出没凡间、度人成仙的神仙之一是吕洞宾，这在酒肆和茶肆故事中都有体现，请看载于《夷坚甲志》卷一的《石氏女》：

京师民石氏开茶肆，令幼女行茶。尝有丐者，病癞，垢污蓝缕，直诣肆索饮。女敬而与之，不取钱，如是月余，每旦，择佳茗以待。其父见之，怒不逐去，笞女。女略不介意，供伺益谨。又数日，丐者复来，谓女曰："汝能啜我残茶否？"女颇嫌不洁，少覆于地，即闻异香，亟饮之，便觉神清体健。丐者曰："我吕翁也。汝虽无缘尽食吾茶，亦可随汝所愿，或富贵或寿皆可。"女小家女，不识贵，止求长寿，财物不乏。既去，具白父母，惊而寻之，已无见矣。女既笄，嫁一管营指挥使，后为吴燕王孙女乳母，受邑号。所乳女嫁高遵约，封康国太夫人。石氏寿百二十岁。②

这个故事中的茶肆既是展示石氏女善根的场所，也是吕洞宾试图以茶度脱石氏女的空间。作为度脱者，吕洞宾幻形为一位"病癞，垢污蓝缕"的乞丐，到石氏茶肆去讨茶喝，石氏女一个多月的恭谨态度、"择佳茗以待"的行为和遭父鞭打却"供伺益谨"的做法让吕仙翁确认该女有成仙的善根，顿生度脱之心，于

① （宋）洪迈《夷坚支癸》卷八《游伯虎》，《夷坚志》第三册，北京：中华书局，1981 年 10 月 1 版，第 1278—1279 页。

② （宋）洪迈《夷坚甲志》卷一《石氏女》，《夷坚志》第一册，北京：中华书局，1981 年 10 月 1 版，第 7—8 页。

是让她喝自己剩下的残茶，遗憾的是石氏女终因缘悭分浅，未能尽饮其茶，最后与成仙无缘，但因为喝了一些吕仙的残茶，还是获得了一生财物不乏、寿至百二十岁的福分。这个故事体现的是宋代民间观念中吕洞宾度人的原则：所度之人必须有善根，也要有成仙之缘，二者缺一不可。

4. 偶入人间主题

在茶肆遇仙（异）故事中，有一类记载的是神仙偶然现身茶肆，以其神龙见首不见尾的神异，留给世人惊鸿一瞥的炫丽与无缘仙界的遗憾。下面是两个此类故事，其一来自《夷坚志》的《道人留笠》：

> 永康青城山，每岁二月十五日为道会，四远毕至。巨室张氏、唐氏轮主之，会者既集，则闭观门，须斋罢乃启。一日，方斋，有道人扣门欲入，阍者止之，呼骂不已。阍往告张氏子，张虑其挠众，坚不许。其人不乐，乃往山下卖茶家少驻，索笔题壁间，脱所顶笠挂其上，祝主人曰："为我视此，徐当复来。"去未久，笠如转轮，旋绕于壁上。见者惊异，走报观中人，共揭笠观之，得诗一首，其语曰：偶乘青帝出蓬莱，剑戟峥嵘遍九垓。绿履黄冠俱不识，为留一笠不沉埋。众但相视悔恨，然无及矣。①

其二是来自《玉照新志》的《龙山茶肆》：

> 绍兴辛酉冬，仲信兄客临安，尝观是岁南郊仪仗于龙山茶肆。忽一长须伟男子，衣青布袍，于稠人中叹息云："吾元丰五年游京师，一见之后，不曾再睹，今日之盛，殆与昔时无异焉。"仲信知其异人也，亟下拜，俛兴已失之矣。②

---

①（宋）洪迈《夷坚丙志》卷三《道人留笠》，《夷坚志》第一册，北京：中华书局，1981年10月1版，第386页。按，《蜀中广记》辑录了出自《夷坚志》中的这则故事，文字略有不同，现抄录如下：《夷坚丙志》云：青城以二月望为道会，四远毕至，巨室张氏、唐氏轮主之，既集，闭门，罢乃启。篆众方斋，有道人扣门，阍者止之，乃下茶肆，脱笠挂壁间曰："为我视此，随当复来。"少顷，笠旋如轮，惊报观中，揭之，下有诗云：偶乘青帝出蓬莱，剑戟峥嵘遍九垓。绿履黄冠俱不识，为留一笠不沉埋。众相视悔恨。另，王象之《舆地纪胜》卷一百五十一《仙释》"吕洞宾"条下也记载了一个类似的故事（见《舆地纪胜》第五册，中华书局1992年10月1版，第4089页），原文如下：绍兴癸丑道会，有道人携凉笠而至，会散乃挂笠于壁，无挂笠之物而不坠，题诗云：偶乘青帝出蓬莱，剑戟峥蝾遍九垓。我在目前人不识，为留一笠莫沉埋。

②（宋）王明清《玉照新志》卷四，《宋元笔记小说大观》第四册，上海：上海古籍出版社，2007年3月1版，第3955—3956页。

这两个故事共同的情节单元有二，其一为偶入凡间、混同于凡人的仙人暗示出自己的神仙身份。《道人留笠》的暗示方式包括展示神异——茶肆壁上旋转如轮的斗笠和留诗相告，《龙山茶肆》的暗示方式则是奇异之语；其二是仙人暗示身份后均飘然逝去，给凡人留下无缘仙界的遗憾和悔恨。两个故事的不同之处在于，《道人留笠》中修道求仙的道士将化形赶赴道会的本教仙人拒之门外，逼得仙人留诗自揭身份，使故事具有了强烈的反讽效果。

这两则茶肆故事还呈现了宋代民间社会的一些图景。《道人留笠》故事显示，道教胜地青城山有每年二月十五日定期举行道会的风俗。青城山一名赤城，又名青城都，“乃神仙都会之府”①。两宋时期，青城山道教兴盛，先后有大批道士居此修道，其中皇甫士安、古藏用、张随、仇宗正、王文正、皇甫坦、张宗元等堪称一时之秀。两宋时的青城山不仅是天师正一道的基地，也是衍生孕育新符箓派的基地之一，新符箓派早期的几代传人都是青城山道士。道会是道教信徒的集会，青城山道会知名于时，“青城道会时，会者万计。县民往往旋结屋山下，以鬻茶果”②，还有专为吕洞宾做的道会，“峡州远安民家笃信仙佛，尝作吕公纯阳会，道众预者颇盛”③，道会的盛行与盛大折射出的是道教信仰在两宋民间的广泛流行。

《龙山茶肆》不仅反映了南宋时南郊祭天仪式的盛大，也透露了宋人争相观礼的情形。据史料记载，两宋时期，三年一次的南郊祭天（指昊天上帝）是皇家最隆重的祭典，皇帝“亲郊，合祭天地，祖宗并配，百神从祀”④，花费的钱财很多，宋太宗时，“计缗钱常五百余万”，宋真宗时增至七百余万，宋仁宗时增至一千二百余万⑤。准备的时间很长，南宋时的南郊大礼，“预于元日降诏，以冬至有事于南郊，或用次年元日行事”⑥。费钱、费时颇多的南郊祭天，隆重盛大也是无以伦比，整个仪式有很强的观赏性，所以南宋时，很多人前往南郊

① (宋) 王象之《舆地纪胜》卷一百五十一《风俗形胜》，《舆地纪胜》第五册，北京：中华书局，1992年10月1版，第4065页。

② (宋) 洪迈《夷坚丙志》卷四《饼店道人》，《夷坚志》第一册，北京：中华书局，1981年10月1版，第391页。

③ (宋) 洪迈《夷坚支甲》卷六《远安老兵》，《夷坚志》第二册，北京：中华书局，1981年10月1版，第755页。

④ (元) 脱脱等《宋史》卷一百一十《礼志》，《宋史》第八册，北京：中华书局，1985年6月新1版，第2466页。

⑤ (元) 脱脱等《宋史》卷一百七十九《食货志》，《宋史》第十三册，北京：中华书局，1985年6月新1版，第4349页。

⑥ (宋) 周密《武林旧事》卷一《大礼》，《梦粱录》《武林旧事》合刊，济南：山东友谊出版社，2001年5月1版，第9页。

观礼，皇帝登坛祭祀时，仅郊坛内外，观者就有“数万众”[①]，从《龙山茶肆》的描写看，在龙山茶肆观看仪式的民众也不在少数。据《夷坚志》记载，“乾道六年冬，吕德卿偕其友王季夷嵎、魏子正羔如、上官公禄仁往临安，观南郊”[②]，三个外地人结伴，专程去临安看郊祀；已身死为鬼的衢州倡女李柔，不惮远路去临安看郊祀，路遇同里居住的郡驶卒王先，王先得知她此行的目的后，反映是“何以不携婢仆，又不乘轿，但一妇女单孑远涂，岂得为便”[③]，王奇怪的是李柔的单身赴远，而不是居然走这么远的路去看郊祀。可见在南宋时期，观看“南郊仪状”已成为市民一项普遍的娱乐活动，而且观看者中，不仅有临安的常住居民和外地滞留临安的人，远道而来的也是大有人在。

二、遇众生故事

作为一个以饮茶为中心的群众性活动场所，茶肆是宋人开展文化交流、商品买卖、劳务买卖、表达政见、聚会联谊的平台，而作为茶肆真实场景的记录、描摹与再现，茶肆故事则折射出了宋代政治、经济、文化生活的诸多截面，茶肆遇人间众生的故事在这一点上表现得尤其突出。相较于酒肆，宋代茶肆呈现的社会生活面要广阔得多，其原因主要是茶肆比酒肆花费少，所以客流量更大，发生在这一空间场所的形形色色的故事更多。下面笔者就将这些茶肆遇众生故事分成茶客与茶肆主人、茶仆两大类，分别从主题学、叙事学的角度对这些故事的情节内容与叙事技巧进行分析并进一步探讨其中蕴含的政治、经济与文化内涵。

（一）茶客类

1. 事变与时局

茶肆给三教九流的人们提供了一个见面谈话的、相对私密的空间，谈话的内容可能是私密的，也可能是公开的，可能是琐细的生活小事，也可能是涉及时局的大事。罗大经《白羊先生》（《鹤林玉露》卷九）记载南宋光宗绍熙五年，襄阳兵官陈应祥想趁孝宗薨逝，光宗却未持丧的混乱机会起事造反，期约已定，他手下一个士卒有些不安，于是：

（卒）买卜于市所谓白羊先生者。卜者诘之曰：“此卜将何用？观所占，

① （宋）周密《武林旧事》卷一《大礼》，《梦粱录》《武林旧事》合刊，济南：山东友谊出版社，2001 年 5 月 1 版，第 11 页。

② （宋）洪迈《夷坚支丁》卷三《班固入梦》，《夷坚志》第三册，北京：中华书局，1981 年 10 月 1 版，第 991 页。

③ （宋）洪迈《夷坚支甲》卷四《李柔》，《夷坚志》第二册，北京：中华书局，1981 年 10 月 1 版，第 741 页。

是要杀爷杀娘底事，大不好，莫做却吉。”其人色动，时都统冯湛账前适有一人在傍知见，遂潜迹至一茶肆，与之语，给以己得罪于湛，倘有所谋，愿预一人之数。卒始不肯言，再三问之，乃以实告，但深以卜不吉为疑。其人曰：“若疑其不吉，当与汝同首，可转祸为福。”卒然之，然恐无验，乃引其人诣陈曰：“此人都统账前人也，近偶得罪，可为内应。”陈始不信，再三言之，乃与以白巾一，告以期约。其人与卒急诣湛告变。……①

一场发生在普通茶肆的两位普通士卒之间的密谈居然关涉到了绍熙内禅背景下的陈应祥未遂起事，对这场发生在南宋的政治事件，脱脱《宋史》、叶绍翁《四朝闻见录》、周密《齐东野语》等史书与笔记均有记载②，文字最详的是《四朝闻见录》，叙写光宗因为疯病不为薨逝的太上皇孝宗服丧，于是襄阳士人陈应祥：

阴连北方邓州叛党，欲杀守臣张定叟，用缟素代皇帝为太上执丧，且举襄以顺北。适宁皇登极之诏甫三日而至，陈遂变色寝谋，旋为其党所诉。定叟临阅场问之曰：“朝廷负尔耶？太守负尔耶？”各命将士射之。……发陈之箧，惟缟巾数千云。③

至于陈应祥事件中最为关键的未起事即败露之因，叶绍翁的记载却只有寥寥五字的“为其党所诉”，这寥寥五字到了罗大经的笔下，被演绎成了《白羊先生》中“茶肆套真言”的重要情节，这一情节使起事的来龙去脉被交代得十分清楚：先是陈应祥的手下就起事之事问卜于白羊先生，问卜时引起了都统冯湛一手下的注意，冯手下遂秘邀陈手下至一茶肆，经过交谈不仅套出了真相，两人还约定一起去出首，这样才有了下文两人从陈应祥处骗取白巾与起事日期后的告发情节。这一“茶肆套真言”的场景，上承“问卜于白羊先生”的场景，将已经展开的叙事推向了高潮，同时引出另一高潮——“骗白巾后告发”场景。“茶肆套真言”场景不仅是陈应祥事变的关键转折点，更是结构《白羊先生》整

① （宋）罗大经《鹤林玉露》卷九《白羊先生》，《鹤林玉露》，北京：中华书局，1983 年 8 月 1 版，第 166 页。

② 详见（宋）叶绍翁《四朝闻见录》丙集《宁皇登位》和丁集《考异》，《四朝闻见录》，北京：中华书局，1989年2月1版，第104页和第140页；（宋）周密《齐东野语》卷三《绍熙内禅》，《齐东野语》，北京：中华书局，1983年11月1版，第43页；（元）脱脱等《宋史》卷三百六十一列传第一百二十《张浚传附子杓传》，《宋史》第三十二册，北京：中华书局，1985年6月新1版，第11312—11313页。

③ （宋）叶绍翁《四朝闻见录》丙集《宁皇登位》和丁集《考异》，《四朝闻见录》，北京：中华书局，1989 年 2 月 1 版，第 104 页和第 140 页。

体叙事的的关键。

茶肆谈话的话题不可避免地会涉及时局，涉及朝廷大臣，震惊朝野的靖康之变发生期间，提举官沈琯给受命镇守汴京的大臣李纲的上书中，就有“某昨日步归，憩于茶肆，闻诸人咸有欲战之心…人心可见”[①]之语，这表明当时茶肆所代表的民间舆论对时局采取了公开议论而不是三缄其口的态度。两宋时代，茶肆谈话涉及时局时，公开谈论是主流，三缄其口则是非正常的。据陆游《老学庵笔记》叙述，以大胆敢言、直谏无忌著称一时的江山人毛德昭：

> 对客议时事，率不逊语，人莫敢与酬对，而德昭愈自若。晚来临安赴省试，时秦会之当国，数以言罪人，势焰可畏。有唐锡永夫者，遇德昭于朝天门茶肆中，素恶其狂，乃与坐，附耳语曰：“君素号敢言，不知秦太师如何？”德昭大骇，亟起掩耳，曰：“放气！放气！”遂疾走而去……[②]

临安朝天门茶肆中饮茶的直谏勇士毛德昭，面对“秦太师如何”的低声询问，那避之唯恐不及的态度和吓得匆忙逃走的行为从一个侧面反映了秦桧当权时的“势焰可畏”：秦氏“以言罪人”的淫威之下，不仅茶肆论时局所代表的民间舆论被彻底封杀，且监视者、告密者的无处不在更是造成了人人自危的社会氛围。

2. 骗局与凶杀

两宋时期，骗局属黑道行为，各类骗局发生地点各异，规模有大有小，作案手段与骗术亦有高有低，所谓“钱唐游手数万，以骗局为业”[③]，为数不少的骗局专业户的存在肯定会导致更多骗局的出现，而这些骗局给宋代民间生活这一欢愉热闹的协奏曲掺进了一些刺耳的、不协调的音符。茶肆作为人员流动性强的公共场所，是骗局的易发生地。笔者收集到了四则发生在茶肆里的、典型的骗局故事，首先是一个单人作案的小骗局：

> 有少年高价买老妪绢，引令坐茶肆内，曰：“候吾母交易。”少焉，复高价买一妪绢，引坐茶肆外，指曰：“内吾母也，钱在母处。”取其绢，又入附耳谓内妪曰：“外吾母也，钱在母处。”又取其绢出门，莫知所之。[④]

---

①（宋）徐梦莘《三朝北盟汇编》卷三十“靖康中帙”条，上海：上海古籍出版社，2019 年 9 月版，271 页。

②（宋）陆游《老学庵笔记》卷一，《老学庵笔记》，北京：中华书局，1979 年 11 月 1 版，第 11—12 页。

③（宋）陈世崇《随隐漫录》卷五，《宋元笔记小说大观》第五册，上海：上海古籍出版社，2007 年 3 月 1 版，第 5421 页。

④（宋）陈世崇《随隐漫录》卷五，《宋元笔记小说大观》第五册，上海：上海古籍出版社，2007 年 3 月 1 版，第 5421 页。

这是一个简单的、以买绢为名实施的骗局，这一骗局得逞的前提是在宋人的意识里，茶肆作为经常进行商品买卖与交易的公共场所，有着交易中介的功能。《夷坚乙志》卷七《布张家》就记载，邢州富人张翁开了一家茶肆，“以接小商布货为业”。显然，这位茶肆老板把自己的茶肆当成了固定的、进行布帛业交易的地方。上面提到的骗局中，骗子购买的货物也是布帛，被骗的对象是两个市井老妇，这一小骗局得逞的奥妙有二，一是少年买绢时所给出的“高价”引得被骗对象上钩，利用的是人性中贪财的弱点；二是两位卖绢老妇信息交流渠道的被阻，她们各自的限知视角使她们都把对方当成了少年骗子的母亲。茶肆骗局故事中还有由诈骗团伙合作实施的骗局：

> 又有士夫调官都下，所居逆旅前张茗坊，与染肆相直。士无事日，凭茶几阅过者。一日，见数人往来其前数四，若睥睨染肆者，殊讶之。一夫忽前，耳语曰：“某辈经纪人也，欲得此家所暴缣帛，告官人勿言。”士曰：“此何预吾事，而肯饶舌邪？”其人拱谢而退，士私念：“彼所染物皆高揭于通衢之前，白昼万目共睹，彼若有术可窃，则真黠盗也。”因谛观之，但见其人时时经过，或左或右，渐久渐疏，薄暮则皆不见。士笑曰：“彼妄人，果绐我。”即入房，将索饭，则其室虚矣。①

这则出自《梁溪漫志》卷十的《俚语盗智》故事是一个精心设计的骗局，被骗的对象是一位在临安等待调官的外地官员。这位官员闲来无事独坐茶肆，以一杯茶和凭桌看街景打发时光。故事开始时的茶肆场景体现了茶肆特有的休闲功能，正是在这个很休闲的空间场所，闲适无聊的官员在毫无心理防备的情形下被骗，这场骗局的发生与茶肆的休闲功能有着不可分割的关联：诈骗团伙充分调动了某官员闲适无聊之际的好奇心理，采取声东击西之术，从白天到傍晚一直将他拴在茶肆这一空间，从而从容地窃走了他的财物。如果没有茶肆休闲功能前提下的官员被骗久坐茶肆，也就不可能有骗子们将其暂住处的财物全部盗走的神鬼不知与从容。《俚语盗智》的作者采取了以被骗官员为中心的限知视角，将故事不露声色地娓娓道出，整个叙述和骗局的设计一样天衣无缝、高明无比，以致“其室虚矣”几字跃入眼帘时读者才明白通篇写的是一场骗局。从某位官员的视角来看，整个事件就像一个极不真实的梦境；就阅读效果而言，这个骗局故事引人入胜、趣味盎然，给人以观看喜剧般的强烈感受，因为“骗局中人物的行动正跟精心排练的戏剧中的演员一样是被人操纵或安排的，一个骗局故

①（宋）费衮《梁溪漫志》卷十《俚语盗智》，《宋元笔记小说大观》第三册，上海：上海古籍出版社，2007年3月1版，第3443页。

事被阅读正如一出戏剧被观看，……最后剧终人散，一切消失无痕。”①

上面两个骗局的目的指向都是骗财，它们再现了在商品细胞的裂殖中迅速发展的宋代民间社会生活中黑暗的一面。至于劫财类骗局出现的背景，周密《武林旧事》专门辟出《游手》一节介绍：

> 浩穰之区，人物盛伙，游手奸黠，实繁有徒。有所谓美人局（以娼优为姬妾，诱引少年为事），柜坊赌局（以博戏关扑结党手法骗钱），水功德局（以求官、觅举、恩泽、迁转、讼事、交易等为名，假借声势，脱漏财物），不一而足。②

在周密看来，南宋时期的许多城市，尤其是杭州这样的大都会，由于繁华富庶、商贾云集，加上人口众多，难免会有很多游手好闲的市井无赖混杂其中，以诈骗为职业，凭借各种诈骗手段赚钱谋生，上文提到的少年买绢故事即属于小型的水功德局，洪迈《李将仕》（《夷坚志补》卷八）篇则属于典型的美人局。

除了骗财，茶肆故事中还有以脱身为目的指向的骗局：

> （众人）到郑州，问了宋四公家里，门前开着一个小茶坊。众人入去吃茶，一个老子上灶点茶。众人道：“一道请四公出来吃茶。”老子道：“公公害些病未起在，等老子入去传话。”老子走进去了，只听得宋四公里面叫起来道：“我自头风发，教你买三文粥来，你兀自不肯。每日若干钱养你，讨不得替心替力，要你何用？”刮刮地把那点茶老子打了几下。只见点茶的老子，手把只粥碗出来，道：“众上下少坐，宋四公教我买粥，吃了便来。”众人等个意休不休，买粥的也不见回来，宋四公也竟不见出来。众人不耐烦，入去他房里看时，只见缚着一个老儿。众人只道宋四公，来收他。那老儿说道：“老汉是宋公点茶的，恰才把碗去买粥的，正是宋四公。”众人见说，吃了一惊，叹口气道：“真个是好手！我们看不仔细，却被他瞒过了。”只得出门去赶，那里赶得着……。③

上面这段带给读者强烈阅读快感的“茶肆脱险”场景出自话本《宋四公大闹禁魂张》，叙述的是江湖好汉宋四公用偷梁换柱之术得以从自家茶坊里，从众捕快

① 请参见李鹏飞《中国古典小说中的骗局》一文（载《北京大学学报》2006 年第 1 期）的相关论述。

②（宋）周密《武林旧事》卷六《游手》，《梦粱录》《武林旧事》合刊，济南：山东友谊出版社，2001 年 5 月 1 版，第 112—113 页。

③ 宋话本《宋四公大闹禁魂张》，见程毅中辑注《宋元小说家话本集》，济南：齐鲁书社，2000 年 2 月 1 版，第 151—152 页。

眼皮底下逃走的奇事。和《俚语盗智》故事一样，作者采用了第三人称限知视角叙事，以追捕宋四公的众捕快为中心将整个骗局不露声色地娓娓道出，以致结尾处见到房里不是宋四公而是被绑着的老茶仆时，读者和众捕快一起惊诧于宋四公偷梁换柱之术的高明，同时更惊诧于作者叙事技巧的高明，因为这则故事使他们享受到了观看喜剧一般的阅读快感。

茶肆故事中一个以逞技为目的指向的典型骗局也出现在了《宋四公大闹禁魂张》的叙事中：

> 离客店十来家，有个茶坊里，一个官人叫道："店二哥，那里去？"店二哥抬头看时，便是和宋四公相识的官人。店二哥道："告官人，公公要去，教男女买爊肉共蒸饼。"赵正道："且把来看。"打开荷叶，看了一看，问道："这里几文钱肉？"店二哥道："一百钱肉。"赵正就怀里取出二百钱来道："哥哥，你留这爊肉、蒸饼在这里，我与你二百钱，一道相烦，依这样与我买来，与哥哥五十钱买酒吃。"店二哥道："谢官人！"道了便去。不多时，便买回来。赵正道："甚劳烦哥哥，与公公再裹了那爊肉。见公公时，做我传语他，只教他今夜小心则个。"店二哥唱喏了自去。到客店里将肉和蒸饼递还宋四公。宋四公接了道："罪过哥哥。"店二哥道："早间来的那官人，教再三传语，今夜小心则个。"①

接下来的情节是吃了爊肉、蒸饼的宋四公被药翻在地、人事不知，等他醒过来与赵正再次见面时，赵得意地表示自己趁店小二第二次去买肉和蒸饼时，在他的食物里放了蒙汗药。由于赵正茶坊掉包故事仅仅是江湖同道间的"骗术竞技"，赵正的动机也只是显示自己骗术的高明，叙述者"所刻意追求的乃正是那偷与骗中的趣味"②，所以就阅读效果而言，这段"茶坊掉包"的情节确实像说话者承诺的，是一段"有笑声的小说"③，其强烈的趣味性与娱乐性充分体现了服务于市井民间的宋代话本对受众心理与兴趣的迎合。

和茶肆骗局故事相比，发生在茶肆里的凶杀案在宋人小说中的记载较少，洪迈《吴师颜》（《夷坚支癸》卷八）是其中较有特色的一篇，全文如下：

> 太史局令史吴师颜，在京师时，已世为日官。及渡江，掌其职者犹二

① 宋话本《宋四公大闹禁魂张》，见程毅中辑注《宋元小说家话本集》，济南：齐鲁书社，2000 年 2 月 1 版，第 156 页。

② 李鹏飞《中国古典小说中的骗局》，北京：《北京大学学报》，2006 年第 1 期，第 62 页。

③ 宋话本《宋四公大闹禁魂张》，见程毅中辑注《宋元小说家话本集》，济南：齐鲁书社，2000 年 2 月 1 版，第 147 页。

十年，居于临安众安桥下。绍兴壬戌秋，以旬休不入局。或诣其家邀之出，就相近茶肆款话，若素所厚善者。从容久之，客先起，吴忽仆于地，衣裳有血污湿。主人视之，死矣。一匕首插于腹间。走报其子泽，奔趋而至。遭伤处洞贯肠胃，莫识刺客为谁。但执主人，告官坐狱。数月，鞫不成。府尹以为不应白昼于都市中敢行杀害，怜其无辜久系，犹受杖乃得释。泽继代父任，令为春官大夫，判太史局。予尝质以此事，云殆是宿生冤业耳。①

这桩茶肆凶杀案中，一家众安桥附近的普通茶肆由见面谈话的空间变成了一桩凶杀案的发生地，茶肆主人也受牵连进了监狱。洪迈用第三人称限知视角，客观地叙述了这桩离奇凶杀案的始末，在凶手是谁这个问题上，洪迈留给茶肆老板、府尹、吴师颜子吴泽和读者一团迷雾的同时，也留下了无尽的想象与阐释的空间。结尾处吴泽"殆是宿生冤业"的解释虽然体现了宋代民间普遍崇信的因果报应观念，却令读者感受到了一种浓浓的牵强与苍白无奈之感。

3. 帝王与小民

宋儒袁采说茶肆乃"小人杂处之地"②，此话虽带有贬义，却道出了一个客观事实：茶肆作为三教九流、形形色色之人的休闲消费场所，有着强烈的市民色彩和世俗底蕴。作为民间生活最具代表性的一部分，茶肆的普遍存在甚至引起了上层统治者的兴趣，于是在来往于茶肆的各色人等中，出现了皇帝的身影：

行到状元坊，有座茶肆。仁宗道："可吃杯茶去。"二人入茶肆坐下，忽见白壁之上，有词二只，句语清佳，字画精壮，后写："锦里秀才赵旭作。"仁宗失惊道："莫非此人便是？"苗太监便唤茶博士问道："壁上之词是何人写的？"茶博士答道："告官人，这个作词的，他是一个不得第的秀才，羞归故里，流落在此。"苗太监又问道："他是何处人氏？今在何处安歇？"茶博士道："他是西川成都府人氏，见在对过状元坊店内安歇。专与人作文度日，等候下科开选。"仁宗想起前因，私对苗太监说道："此人原是上科试官取中的榜首，文才尽好，只因一字差误，朕怪他不肯认错，遂黜而不用，不期流落于此。"便教茶博士："去寻他来，我要求他文章，你若寻得他来，我自赏你。"茶博士走了一回，寻他不着，叹道："这个秀才，真个没福，不知何处去了。"茶博士回覆道："二位官人，寻他不见。"仁宗道：

① （宋）洪迈《夷坚支癸》卷八《吴师颜》，《夷坚志》第三册，北京：中华书局，1981年10月1版，第1285页。

② （宋）袁采《袁氏世范》，《增广贤文》《朱子家训》《袁氏世范》合刻，合肥：黄山书社，2007年5月1版，第112页。

“且再坐一会，再点茶来。”一边吃茶，又教茶博士去寻这个秀才来。茶博士又去店中并各处酒店寻问，不见，道：“真乃穷秀才！若遇着这二位官人，也得他些资助，好无福分！”茶博士又回覆道：“寻他不见。”

二人还了茶钱，正欲起身，只见茶博士指道：“兀那赵秀才来了！”苗太监道：“在那里？”茶博士指街上穿破蓝衫的来者便是，苗太监教请他来。茶博士出街，接着道：“赵秀才，我茶肆中有二位官人等着你，教我寻你两次不见。”赵旭慌忙走入茶坊，相见礼毕，坐于苗太监肩下，三人吃茶。①

上面是宋话本《赵伯升茶肆遇仁宗》中“茶肆相遇”一段的开始部分，紧接着的谈话围绕赵旭落第展开：赵旭认错，仁宗推荐他去找西川制置使讨官做。可见，“茶肆相遇”情节是赵旭由落魄到发迹的转折点，也是《赵伯升茶肆遇仁宗》故事的中心情节。走进茶肆的仁宗皇帝，其言语行为，完全是一副市井做派。从托茶博士去寻人时许诺赏钱的老到，到让赵旭去投西川制置使时“讨了名分，叫你发迹”②的用语，都有着浓浓的市井气息，显然，这是一个民间观念下被市井化的皇帝。和皇帝的试图通过茶肆了解民间生活一样，市井民间也有着窥见社会上层尤其是皇帝生活的欲望，因此这个“落魄秀才茶肆遇皇帝而发迹变泰”的故事记载的是茶肆场景下皇帝与小民、以皇帝为代表的社会上层和以市民为代表的市井民间的一次碰撞，可惜的是因为作者身份的限制，它只是体现了市民的情趣与追求，而皇帝的情趣与追求甚至也被置换成了市民的追求与情趣。

《赵伯升茶肆遇仁宗》故事生动地再现了宋代茶肆壁上题诗和茶博士为客人寻人的附加服务项目。仁宗在茶肆壁上看到的两首词，一首的来历是“赵旭见案上有诗牌，遂取笔，去那粉壁上写下词一首”③，另一首的来历是“赵旭蓦然见壁上前日之辞，嗟吁不已，再把文房四宝，作词一首”④。据王安石“褒贤乐善自为美，当挂庙壁为诗牌”⑤的诗句，可以推断宋代茶肆所谓的题诗于壁有一

①（明）冯梦龙《喻世明言》第十一卷《赵伯升茶肆遇仁宗》，《喻世明言》，北京：人民文学出版社，1958年4月1版，第181—182页。

②（明）冯梦龙《喻世明言》第十一卷《赵伯升茶肆遇仁宗》，《喻世明言》，北京：人民文学出版社，1958年4月1版，第182页。

③（明）冯梦龙《喻世明言》第十一卷《赵伯升茶肆遇仁宗》，《喻世明言》，北京：人民文学出版社，1958年4月1版，第176页。

④（明）冯梦龙《喻世明言》第十一卷《赵伯升茶肆遇仁宗》，《喻世明言》，北京：人民文学出版社，1958年4月1版，第178页。

⑤《全宋诗》卷五百四十四王安石《董伯懿示裴晋公平淮右题名碑诗用其韵和酬》，《全宋诗》第十册，北京：北京大学出版社，1992年6月1版，第6519页。

种可能是客人把诗、词写在诗牌上，再由店家挂在墙壁上的。

民间观念下被市井化得更厉害的是风流皇帝宋徽宗，据《新刊宣和遗事》记载，第一次走出皇宫“出观市廛景致”①的徽宗走到金环巷的一座大宅院时，见到了绣帘下的“两京酒客烟花帐子头京师上停行首”李师师后，被深深迷住：

> （徽宗）问高俅道：“这佳人非为官宦，亦是富豪之家。”高俅道：“不识。”犹豫间，见街东一个茶肆，牌书“周秀茶坊”。徽宗遂入茶坊坐定，将金箧内取出七十足百长钱，撒在那桌子上。周秀便理会得，道是个使钱的勤儿。一巡茶罢，徽宋遂问周秀道：“这对门谁氏之家？帘儿下佳人姓甚名谁？”周秀闻言，“上覆官人：问这佳人，说着后话长。这个佳人，名冠天下，乃是东京角妓，姓李，小名师师。”徽宗见说，大喜，令高俅交周秀传示佳人道：“俺是殿试秀才，欲就贵宅饮几杯，未知娘子雅意若何？”周秀去了，不多时，来见官人言曰：“行首方调筝之间，见周秀说殿试所嘱之言，幽情颇喜。不弃泼贱，专以奉迎。”徽宗闻言甚喜，实时同高俅、杨戬望李氏宅来。②

从未到过市井民间的徽宗进了周秀的人情茶坊，往桌子上扔钱的动作，以喝茶为由打听美人底细的作法，让周秀传话时颇为老到的用语，俨然一个经验丰富的市井嫖客，以致老市井周秀都误认为他是位“使钱的勤儿（即嫖客）”。显而易见，带着强烈的“出观市廛景致”愿望走入人情茶肆的徽宗皇帝，在市井小民同样强烈的窥视皇帝形象又无真实感性认识的情况下，被民间观念想当然地市井化后置换成了市井小民熟悉的嫖客形象。

上面这则茶肆遇徽宗的故事形象生动地再现了宋代人情茶坊为嫖客拉皮条的情形，茶肆空间成了一场色情交易的中介场所。事实上，宋代茶肆作为中介场所，其功能不仅限于介绍妓女，还包括介绍仆婢、介绍工作机会等。宋话本《碾玉观音》（又名《崔待诏生死冤家》）中，虞候奉咸安郡王的命令，要让裱褙铺里的女孩进府作婢女，他打听清楚女孩的底细后：

> 即时来他家对门一个茶坊里坐定。婆婆把茶点来。虞候道：“启请婆婆，过对门裱褙铺里请璩大夫来说话。”婆婆便去请到来，两个相揖了就坐。璩待诏问：“府干有何见谕？”虞候道：“无甚事，闲问则个。适来叫出来看郡王轿子的人是令爱么？”待诏道：“正是拙女，止有三口。”虞候又问：“小

① 《新刊大宋宣和遗事》亨集，上海：中国古典文学出版社，1954 年 11 月第 1 版，第 48 页。

② 《新刊大宋宣和遗事》亨集，上海：中国古典文学出版社，1954 年 11 月第 1 版，第 49—50 页。

娘子贵庚？”待诏应道：“一十八岁。”再问：“小娘子如今要嫁人，却是趋奉官员？”待诏道：“老拙家寒，那讨钱来嫁人，将来也只是献与官员府第。”虞候道：“小娘子有甚本事？”……原来这女儿会绣作。虞候道：“适来郡王在轿里，看见令爱身上系着一条绣裹肚。府中正要寻一个绣作的人，老丈何不献与郡王？”璩公归去，与婆婆说了。到明日写一纸献状，献来府中。郡王给与身价，因此取名秀秀养娘。①

茶肆成了郡王府雇佣婢女的中介场所。正是这场茶肆谈话使秀秀被卖进了郡王府，得以认识崔宁，进而导致了两人爱情悲剧的发生。从这个意义上说，茶肆情节是《碾玉观音》全篇故事得以展开的背景，在结构故事方面有着不可替代的作用。

上述这段茶肆情节还形象地再现了宋代官宦人家婢女的一个重要来源：因为家里没钱置办嫁妆，裱褙铺老板的女儿秀秀十八岁了还未嫁人，最后被卖到郡王府。秀秀的命运在两宋时期绝非特例，它呈现的是两宋时期一般市民和小户人家卖女儿到官员府第为婢女的事实。

4. 男女间情事

在茶肆遇众生故事中，也有一些写男女之情的作品，如洪迈的《鄂州南市女》取材于市井细民的委巷传闻，故事的男女主人公分别为茶仆彭先和富人吴氏女②。吴氏女暗恋茶仆彭先至相思成疾，其父得知女儿心事后听亲戚劝说许婚，吴家求婚遭彭先拒绝，吴氏女绝望而亡。樵夫谋财发冢至吴女复苏，吴女虽委身樵夫，却念念不忘彭先。孝宗乾道五年春天，吴氏女骗樵夫说要回南市看父母，樵夫和她一同乘船前往，结果：

才入市，径访茶肆，登楼，适彭携瓶上。女使樵下买酒，亟邀彭，并膝道再生缘由，欲与之合。彭既素鄙之，仍知其已死，批其颊曰：“死鬼！争敢白昼现形？”女泣而走，逐之，坠于楼下，视之死矣。③

上述“茶肆会彭先”场景是吴氏女与茶仆彭先情感纠葛故事的高潮，吴氏女对彭先的痴情不仅表现在昏死前的相思成疾，更体现在复苏后两次哄骗樵夫的细节上，哄骗的目的就是为了再见彭先一面并与之共结连理。吴氏女的坠楼而死

① 宋话本《碾玉观音》(《警示通言》卷八题作《崔待诏生死冤家》)，见程毅中《宋元小说家话本集》，济南：齐鲁书社，2000 年 2 月 1 版，第 187—188 页。

② 虽然此故事男主人公为茶仆即茶肆伙计，但女主人公乃商人女，是茶客，故笔者将其归入了茶客故事类。

③（宋）洪迈《夷坚支庚》卷一《鄂州南市女》，《夷坚志》第三册，北京：中华书局，1981 年 10 月 1 版，第 1136—1137 页。

表面是被彭先误认为是鬼而遭其打骂追逐所致，实质却是一厢情愿的单相思以致情根误植造成的悲剧。“茶肆会彭先”场景不仅展现了吴氏女对爱情的执着追求，也为读者再现了南宋新兴市民阶层的感情和婚姻状态。

与《鄂州南市女》情节相似的宋话本《闹樊楼多情周胜仙》[①]叙述的是汴京樊楼老板之弟范二郎与贩海富商之女周胜仙的爱情悲剧，小说开头写春末夏初，范二郎去金明池游赏时：

> 行到了茶坊里来。看见一个女孩儿，方年二九，生得花容月貌。这范二郎立地多时，细看那女子，生得……
>
> 元来情色都不由你。那女子在茶坊里，四目相视，俱各有情。这女孩儿心里暗暗地喜欢，自思量道：“若还我嫁得一似这般子弟，可知好哩。今日当面挫过，再来那里去讨？”正思量道：“如何着个道理，和他说话，问他曾娶妻也不曾？”那跟来女子和奶子，都不知许多事。你道好巧！只听得外面水盏响，女孩儿眉头一纵，计上心来，便叫：“卖水的，倾一盏甜蜜蜜的糖水来。”那人倾一盏糖水在铜盂儿里，递与那女子。那女子接得在手，才上口一呷，便把那个铜盂儿望空打一丢，便叫：“好，好！你却来暗算我！你道我是兀谁？”那范二听得道：“我且听那女子说。”那女孩儿道：“我是曹门里周大郎的女儿，我的小名叫作胜仙小娘子，年一十八岁，不曾吃人暗算，你今却来算我！我是不曾嫁的女孩儿。”这范二自思量道：“这言语跷蹊，分明是说与我听。”这卖水的道：“告小娘子，小人怎敢暗算？”女孩儿道：“如何不是暗算我？盏子里有条草！”卖水的道：“也不为利害。”女孩儿道：“你待算我喉咙，却恨我爹爹不在家里。我爹若在家，与你打官司。”……
>
> 对面范二郎道：“他既过幸与我，如何我不过幸？”随即也叫：“卖水的，倾一盏甜蜜蜜糖水来。”卖水的便倾一盏糖水在手，递与范二郎。二郎接着盏子，吃一口水，也把盏子望空一丢，大叫起来道：“好，好！你这个人真个要暗算人！你道我是兀谁？我哥哥是樊楼开酒店的，唤作范大郎，我便唤作范二郎，年登一十九岁，未曾吃人暗算。我射得好弩，打得好弹，兼我不曾娶浑家。”卖水的道：“你不是风！是甚意思说与我知道？指望我与你做媒？你便告到官司，我是卖水，怎敢暗算人！”范二郎道：“你如何不暗算？我的盂儿里，也有一根草叶。”女孩儿听得，心里好喜欢。茶博士

---

① 李剑国认为“《夷坚支庚》卷一《鄂州南市女》演为南宋话本《闹樊楼多情周胜仙》，今载《醒世恒言》卷一四，人物情节大为增饰”[《宋代志怪传奇叙录》（增订本），中华书局 2018 年 8 月 1 版，第 615 页]，此处分析的“茶肆初会”情节即为话本增饰的部分。

> 入来，推那卖水的出去。女孩儿起身来道："俺们回去休。"看着那卖水的道："你敢随我去？"这子弟思量道："这话分明是教我随他去。"……①

于是范二郎尾随周胜仙而去，摸清了她家的具体位置。这段范、周"茶肆初会"与《鄂州南市女》中吴氏女茶肆表白遭彭先坚拒迥然不同，范、周是典型的初见之下"俱各有情"。"茶肆初会两情相悦"场景构成了范、周爱情悲剧的叙述语境，是后面一系列情节——二郎、胜仙各害相思、周母允婚王婆提亲范家、周父拒婚胜仙气死、朱真发冢胜仙复活、酒肆再会胜仙坠楼而亡、胜仙托梦二郎被释得以展开、走向高潮的不可或缺的背景。

"范、周茶肆初会"叙事中，还再现了两宋茶肆允许卖其他饮料的小贩入内的风俗。卖糖水小贩显然是叙述者特意安插的一个叙事中介，范、周二人与他看似蹊跷的对话不仅表白了他们对对方的一见钟情，同时也为日后的联系提供了具体的个人信息，甚至帮助范二郎锁定了周胜仙家的具体位置。应该说，没有卖糖水小贩的进入茶肆，就不会有范、周二人这种新颖的表白方式，而这种表白方式既符合民间新兴商人阶层青年男女的身份，又成为下文两人各害相思、周母宠女允婚、王婆提亲范家三个情节的推动因素。因此，茶肆允许卖饮料小贩进入的风俗不是游离于故事情节之外的冗余，而是整个"范、周茶肆初会"叙事中一个至关重要的组成部分，也是推动后续情节发展的助力因素。

发生在茶肆的男女情事也有终成眷属的，刘斧《文叔遇侠》就是这样的故事。故事男主人公林文叔在英宗治平年间游宦京师，寓居甘泉坊后巷，生活穷困勉强糊口，他的邻居是位三十多岁的孀妇，靠早出晚归卖旧衣服为生：

> （文叔）居之对门有茶肆，文叔多坐其中，妇人亦时来饮茗。时初冬，文叔尚衣暑服，妇人怜之，乃以全体之服与之。月余雪寒，又以一衾遗之。数日，又以钱与文叔。文叔愧谢，妇人曰："人有急难而不拯者，非壮义士也。"后遂与文叔为婚……②

上文短短一百余字中，茶肆场景出现了四次，除了一次作为文叔与孀妇独自饮茶的地点被一般性地提及之外，其余三次均是作为二人会面交谈的空间场所被叙写的，依次为孀妇赠文叔冬衣、孀妇赠文叔棉被、孀妇赠文叔钱财。作为一

① 宋话本《闹樊楼多情周胜仙》（《醒世恒言》卷十四），见程毅中《宋元小说家话本集》，济南：齐鲁书社，2000年2月1版，第787—788页。

②（宋）委心子《新编分门古今类事》卷五"异兆门下"引刘斧《翰苑名谈·文叔遇侠》，《新编分门古今类事》，北京：中华书局，1987年7月1版，第76—77页。

个特定的空间场所，茶肆被宋人袁采目为“小人杂处之地”[①]，抛开这句话的鄙夷色彩与批评态度不谈，袁氏此语至少说明茶肆已成为两宋民间交往的重要场所，更为市民阶层青年男女的交往开辟了一条新渠道。正是在甘泉坊后巷的这个茶肆中，文叔与孀妇经历了由陌生到熟悉、由熟悉到相爱、由相爱再到结婚的过程，也使得茶肆成为结构故事、推动情节发展的重要场景，因为没有文叔与孀妇的多次茶肆相会，也就不会有后来他们的结为伉俪。

《文叔遇侠》这个茶肆相遇生情的故事也再现了宋代下层市民的婚姻状态：文叔虽然贫困，却是未婚，他结婚的对象是一个以卖旧衣服为生的孀妇，可见宋代寡妇再嫁是婚姻中的常态，她们不会因为身份的特殊而受到歧视。

5. 占相与科名

《春渚纪闻》卷二《黄涅盘谶语》记载了一个茶肆遇科举落第者的故事：

> 黄公度，兴化人。既为大魁，郡人同登第者几三十人。余一日于江路茶肆小憩，继一士人坐侧，因揖之，且询其乡里，云：“兴化落第人也。”余因谓之曰：“仙里既今岁出大魁，且登科之数，复甲天下，是可庆也。”其人叹息曰：“昔黄涅盘有谶语云‘拆了屋，换了椽，朝京门外出状元。’初徐铎振夫作魁时，改建此门。近军为变，城门焚毁，太守复新四门，而此门尤增崇丽。黄居门外区市中，而左右六人同遇，虽一时盛事，亦皆前定，非人力所能较也。”[②]

就在兴化郡出了状元和中进士人数高居全国第一的这一年，这位同样出自兴化郡的落第士人所说的“一切皆前定”之语，体现了宋人普遍信奉的“科名前定论”。有宋一代，社会上的一个普遍观念是科名至上，因为“今诚有道德之士，经纶之彦，不由科举，则无以进仕于朝廷”[③]。作为进入仕途的唯一途径，宋代科举考试的竞争几近残酷，加上当时科举制度的严密与完善，使任何个人都无法直接决定士人的命运，这种情况下，唐代就已开始流行的“神”与“命”于冥冥中主宰士人前程的“科名前定论”在宋代更加大行其道，成为了从上层到民间普遍信奉的观念，甚至出现了“亲朋馈送赴解士人点心，则曰‘黄甲头魁鸡’。以德物称之，是为佳谶”[④]的风俗。按照祝尚书的观点，因为科名前定，或

① （宋）袁采《袁氏世范·处己·言貌重则有威》，《增广贤文》《朱子家训》《袁氏世范》合刻，合肥：黄山书社，2007年5月1版，第112页。

② （宋）何薳《春渚纪闻》卷二《黄涅盘谶语》，《春渚纪闻》，北京：中华书局，1983 年 1 月 1 版，第 19—20 页。

③ （宋）赵汝愚《宋名臣奏议》卷八十载孙觉《上神宗论取士之弊宜有改更》，四库全书本。

④ （宋）吴自牧《梦粱录》卷四《解闱》，《梦粱录》《武林旧事》合刊，济南：山东友谊出版社，2001 年 5 月 1 版，第 44 页。

主于神或主于阴司，科举制度之下被动和无能为力的士子们便不能不求助于冥冥中的主宰，他们乞神、求巫（包括僧人、道士、日者、相人，以及各种自称深谙术数者）、乞“先师”，甚至相信所谓佳谶吉兆①。上述故事中，兴化落第者提到的黄涅盘谶语“拆了屋，换了椽，朝京门外出状元”就属于这类预卜科名的佳谶吉兆。士人在“科名前定论”影响下求乞于相士、卜者的故事频频见于宋代小说，笔者收集到了三则发生在茶肆中的此类故事：

一则出于方勺《泊宅编》：

> 朱晓容，不详何许人，常为浮屠，以善相游公卿间，号容大师。后因事返初，惟工相贵人，他人虽强之使言，终非所喜，而中者亦寡。初，朱临、姚辟久同场屋，每试榜出，姚往往在朱上。冯太尉京榜中，二人俱赴廷入对，未唱名前数日，京师忽传以小赋，乃朱君殿试之作也。姚谓人曰：“果尔，纵不魁多士，亦须在第一甲。”自叹平时滥居其先，及至鱼龙变化之地，便尔悬绝，诣术士，以二人命率质之，亦访容师未见。殿唱日，禁门未开，曈昽未明，或云晓容立茶肆中。姚闻之，走觅，容果与一白袍偶坐。姚连揖，恳容略屈邻邸一观气色，容指偶坐者曰：“状元已在此，何劳他阅？”偶坐者，冯当世京也。姚力挽之，容不得已，为就邻邸灯火下视之，曰：“姚第几甲，朱第几甲。”言讫，复还前肆，相次辨色，入听胪传，皆如师言。②

一则是《新编分门古今类事》卷十《相兆门下》的《欧阳省元》：

> 欧阳文忠公举进士，试尚书省为第一人。与刁学士约饮于茶肆，近座有数僧私语，刁疑问之，众指一僧能相，适方窃议二君。刁问文忠何如，僧曰：“此省元也。”刁曰：“作状元耶？”曰：“不。”“第二？”曰：“不。”“第三？”曰：“不。”“第四、第五耶？”曰：“不。”故事省试第一人御行不出第。刁曰：“然则如何？”曰：“当在第一甲，但不高尔。登科之后万苦艰难，十年始改京官，自此以后当富贵，然有名无实。”刁勃然曰：“无文章耶？无德行耶？”曰：“非此之谓也，有富贵之名，无富贵之实，虽居大位，不得享其乐。”语已罢去。殊不以为然，既而唱名，果在第一甲之末，为西京留守推官三年。召试，文入高等，故事改官供职，而执政者不悦，

① 请参见祝尚书《科名前定：宋代科举制度下的社会心态——兼论对宋人志怪小说创作的影响》一文（载《文史哲》2004年第2期）的相关论述。

②（宋）方勺《泊宅编》卷下，《泊宅编》，北京：中华书局，1983年7月1版，第93页。

止除馆阁校勘。久之有后命，三年改官。尹师鲁不喜数术，闻而笑之，曰："六年后为京官，狂僧妄言矣！"未几贬夷陵，十年方为太子中允，自是继历清要，遂参大政，遭劾贬黜，迁徙不常，而内苦死丧疾病皆如僧言。①

一则是《夷坚支戊》卷十《李汪二公卜相》：

李仲永赴政和戊戌廷对罢，卜者某人云："君必居魁甲，全与黄裳状元等。"既而曰："恰所言小误，黄公入乾元祖土格，君乃坤元祖土，差不及之。然故不失十名前也。"及唱第，名在第七。绍兴乙卯，临安有相士，曳一牌，长三尺，题云"寻今年状元"。汪圣锡省试罢，与同辈十余人在茶肆。熟睨户外，趋而入，注视汪不瞬目，起执其手曰："吾求大魁久矣，乃在此耶。"访馆寓所在，随以往，丐一纸书其事，曰："吾言不妄，当与我五万钱。"汪弗许。同舍劝勉，于是为之书。士置其牌于汪馆曰："从今不复出，指日俟捷耳。"汪是岁省闱第九，继冠多士，如其言。②

这三则故事均可归入祝尚书所说"科名前定"志怪小说中的人神交通类③，不过应视为该类的变种，因为其中的人神交通不是通过梦境而是借助中介——相士和卜者完成的。这三则故事共同的情节单元有三：其一，某相士或卜者素有灵验、奇中之名，这使得故事有了讲述的背景；其二，茶肆场景中，士人为预知科名主动求卜或相士主动相人甚至寻找状元，这使得故事情节得以展开；其三，相士之言一一应验，成为"科名前定论"的典型案例，也使故事具有了讲述的意义。三故事不同之处在于：朱晓容故事中，士人姚辟为预知自己和另一士人朱临的科名高低，不仅"遍诣术士，以二人命率质之"，而且到处寻访"工相贵人"的朱晓容，殿唱日终于在一茶肆找到朱，恳请其为自己相面，姚辟的一系列举动形象地反映了宋代士人在"科名前定论"影响下惴惴不安的无助心态；欧阳修故事中，茶肆偶遇的、工于相面的僧人由欧阳修的科名说起，进而预卜了他一生的仕宦前景，这从某种程度上说明了科举与仕途的密切联系；《李汪二公卜相》故事中，那位举着写有"寻今年状元"字样的巨幅广告牌到处寻找状元的相士，终于在一茶肆中找到汪圣锡后，即让他承诺在事情应验后给与五万铜钱

① （宋）委心子《新编分门古今类事》卷十"相兆门"下《欧阳省元》，《新编分门古今类事》，北京：中华书局，1987年7月1版，第159—160页。

② （宋）洪迈《夷坚支戊》卷十《李汪二公卜相》，《夷坚志》第三册，北京：中华书局，1981年10月1版，第1133页。

③ 请参见祝尚书《科名前定：宋代科举制度下的社会心态——兼论对宋人志怪小说创作的影响》一文（载《文史哲》2004年第2期）的相关说法。

的天价卦资，该相士炒作自己及借科举谋利的意图十分明显，他的做法与朱晓容故事中，朱在殿唱日与自己预言的新科状元坐在信息集散地——茶肆等待应验有异曲同工之妙。

这三个茶肆遇相士、卜者的故事都发生在京城，两个在北宋的汴京，一个在南宋的临安，它们不仅再现了整个社会对科举的高度关注，反映了宋人普遍信奉的科名前定论，还说明了占卜、相术在宋代的流行。王安石曾作《汴说》，指出宋代卜筮者“澶漫四出，抵今为尤蕃。举天下而籍之，以是自名者，盖数万不啻，而汴不与焉。举汴而籍之，盖亦以万计”①，据王安石的估计，北宋时汴京的卜筮者就有万人之多，而且那些善于借助奇中之事打动人的术士之肆，问卜者“肩相切，踵相籍，穷一朝暮，则已错不可计”②，宋人对卜筮的普遍崇信与极度热衷由此可见一斑。

（二）茶肆主人、茶仆类

1. 热心助人与渎职自盗

茶肆遇众生故事中不少涉及到了茶肆主人和茶博士的热心助人。《夷坚乙志》卷七《布张家》写的就是茶肆主人救人性命的故事：

> 邢州富人张翁，本以接小商布货为业。一夕，闭茶肆讫，闻外有人呻痛声，出视之，乃昼日市曹所杖杀死囚也。曰：“气绝复苏，得水尚可活。恐为逻者所见，则复死矣。”张即牵入门，徐解缚，扶置卧榻上，设荐席令睡，与其妻谨视之，饲以粥饵，虽子妇弗及知。经两月，胁疮皆平，能行。张与路费，天未晓，亲送之出城，亦未尝问其乡里姓名也。过十年久，有大客，乘马从徒，赍布五千疋入市，大驵争迎之。客曰：“张牙人在乎？吾欲令货。”众嗤笑，为呼张来，张辞曰：“家赀所有，不满数万钱。此大交易，愿别择豪长者。”客曰：“吾固欲烦翁，但访好铺户赊与之，以契约授我，待我还乡，复来索钱未晚。”张勉如其言。居数日，客谓翁：“可具酒饮我，勿招他宾。”既至，邀其妻共饮，酒酣，起曰：“翁识我否？乃十年前床下所养人也。……荷翁再生之恩，既出门，即指天自誓云：‘今日以往，不复杀人，但得一主好钱，持报张翁，更不作贼。’才上太行，便遇一人独行，劫之，正得千余缗，遂作贾客贩卖。今于晋绛间有田宅，专以此布来偿翁媪恩。元约复授翁，可悉取钱营生产业，吾不复来矣。”拜诀而去，张

①（宋）王安石《汴说》，转引自（明）李濂《汴京遗迹志》卷十八艺文五，北京：中华书局，1999年12月1版，第345页。

②（宋）王安石《汴说》，转引自（明）李濂《汴京遗迹志》卷十八艺文五，北京：中华书局，1999年12月1版，第345页。

氏因此起富，赀至十千万，邢人呼为布张家。①

“茶肆救死囚”场景虽然只是《布张家》故事的缘起，却是故事结构中不可或缺的一个关键情节，它使得这个阐述善有善报的故事有了讲述的意义，没有这一情节，也就不会有故事高潮“卖布偿恩”和“翁囚相认”的出现。茶肆主人张老板的可贵之处在于，他于死囚有再生之恩，却从未想过从对方那里得到回报，原因是从发现死囚直到两个月后悄悄将其送走时，张老板都没有问死囚籍贯和姓名。与邢州茶肆的张老板一样，宋话本《杨温拦路虎传》中的茶博士和茶肆老板杨玉也有着相同的高风亮节：

出那店来，行去市心，见一座茶坊，入去坐地。只见茶博士叫道：“官人，吃茶吃汤？”那杨三官人道：“吃茶也不争，只是我没茶钱。”茶博士道：“官人吃茶也不妨。”茶博士点茶来。……

那杨三官人吃茶罢，茶博士问道：“官人是那里人？”杨三官人道：“我是东京人。”茶博士道：“官人莫不病起来？”杨温道：“然也。”茶博士道：“官人，你没钱如何将息？我交官人撰百十钱把来将息，你却肯也不肯？”杨三官人道：“好也，谢你周全。”茶博士道：“我这茶坊主人却是市里一个财主，唤做杨员外，开着金银铺，又开质库，这茶坊也是他的，若有人来唱个喏告他，便送钱与他……”讲来，说犹未了，只见员外入茶坊来。……

那杨员外吃饭了，过茶坊闲坐，茶博士便努嘴。杨三官人与杨员外唱个喏，员外回头。杨官人又唱一个喏，员外还了礼。那官人是个好人，好举止，待开口则声，说不出来。那茶博士又决嘴道：“你说。”那员外说：“官人无甚事？”那官人半响了才说得出来，道是：“客人杨温是东京人，特来上岳烧香。病在店中，要归京去，又无盘缠，相恳尊官周全杨温回京则个。”那员外听得，便交茶博士取钱来数。茶博上抖那钱出来，数了，使索子穿了，有三贯钱，把零钱再打入竹筒去。员外把三贯钱与杨三官人做盘缠回京去。……②

正如杨温自己所说，“财散人离后，无颜返故京。不因茶博士，怎得显其名”，当他因生病落难外乡时，是茶博士知他没钱也让他在茶肆喝茶，交谈中给出主

① （宋）洪迈《夷坚乙志》卷七《布张家》，《夷坚志》第一册，北京：中华书局，1981 年 10 月 1 版，第 242—243 页。

② 宋话本《杨温拦路虎传》（出明洪楩《清平山堂话本》卷三），见程毅中《宋元小说家话本集》，济南：齐鲁书社，2000 年 2 月 1 版，第 114—116 页。

意让他找茶坊主人杨玉要盘缠，杨玉来茶坊后，茶博士“努嘴”的动作，催促杨温的“你说”两字，都活画出他对一个萍水相逢的落难之人的热心帮助。茶坊主人杨玉听素昧平生的杨温说了自己的困境和乞求，二话没说就拿钱给他，充分体现了他“济人须济急时无”的乐善好施。和邢州茶肆的张老板相比，仙居市茶肆的杨玉老板和茶博士的助人颇有些江湖好汉仗义行侠的意味。

《魏十二嫂》中记载了一位叫魏十一的茶肆主人无偿帮助刘桨夫妇的故事：

> 睢阳刘桨夫妇，年皆四十余，屡得子不育，惟一幼女。刘调官京师，女在家亦死。将出瘗，母望送之，哭甚苦，倦憩椅上，遂昏睡。及醒，见高髻妇人立于侧曰：“无庸过悲恼，便毓贵子矣！官人已得差遣，朝夕归。但往城西魏十二嫂处，觅一故衣，俟生子，假大银合，藉以衣，置子于中，合之少时而出，命之为合住或蒙住可也。”语毕，忽不见。后五日，刘调滁州法曹掾归，妻告之故。次日，既出西门寻魏氏，行二里，无此姓者。还及门，偶驻茶肆，与主人语，其行第则魏十一也，问其弟，曰：“正为十二弟，所娶弟妇生十子，皆不损折，共居同食，殊非贫舍所宜。”刘闻言喜甚，以情语之。魏入告其弟，持妇所衣绢中单与客，刘酬以钱二千，不肯受。既而妻娠。……至六月生男，如妇所教而字之曰“蒙住”。…男后名孝韪，字正甫，位至兵部侍郎。[①]

茶肆主人魏十一得知年过四十屡次生子均夭折的刘桨之妻要找的是自己弟弟后，主动给与衣服并谢绝了刘桨的酬金。这段“茶肆得旧衣”的情节文字虽然不多，却是刘桨之妻所梦神人指示新生之子能够养大的必备条件之一，虽神异而不乏巫术色彩，重要的是凸显了茶肆主人魏十一助人不求报的古道热肠。

《布张家》中的张老板、《杨温拦路虎传》中的杨玉老板与茶博士、《魏十二嫂》中的魏十一，或是兼作贩布生意的茶肆主人，或是开金银铺、质库与茶坊的市井富商，或是茶肆的伙计，或是小茶肆的店主，都属于随着宋代城市的兴起和商品经济发展新兴的市民阶层，他们热心助人的正面形象多次出现在茶肆故事中，也反映了宋代社会对这一新兴阶层的逐渐认可。需要指出的是，这并不意味着所有茶肆老板与茶仆形象都是正面的，事实上，茶肆故事中也不乏漠视职业道德甚至渎职自盗的茶肆经营者与服务人员，茶博士陶铁僧就是这样的反面典型。据宋话本《山亭儿》叙述，襄阳府万员外茶坊雇佣了一个叫陶铁僧

① （宋）洪迈《夷坚志补》卷十《魏十二嫂》，《夷坚志》第四册，北京：中华书局，1981 年 10 月 1 版，第 1640 页。

的茶博士，一天，万员外从布帘底下瞧见陶铁僧把四五十铜钱握在手掌中：

> 万员外道："且看如何？"元来茶博士市语，唤做"走州府"。且如道市语说"今日走到余杭县"，这钱一日只稍得四十五钱，余杭是四十五里；若说一声"走到平江府"，早一日稍三百六十足。若还信脚走到"西川成都府"，一日却是多少里田地！……只见陶铁僧栾了四五十钱，鹰觑鹘望，看布帘里面，约莫没人见，把那见钱怀中便搋。万员外慢腾腾地掀开布帘出来，柜身里凳子上坐地，则见陶铁僧舒手去怀里摸一摸，唤做"自搜"，腰间解下衣带，取下布袱，两只手提住布袱角，向空一抖，拍着肚皮和腰，意思间分说：教万员外看道，我不曾偷你钱。万员外叫过陶铁僧来问道："方才我见你栾四五十钱在手里，望这布帘里一望了，便搋了。你实对我说，钱却不计利害。见你解了布袋，空中抖一抖，真个瞒得我好！你这钱藏在那里？说与我，我到饶你；若不说，送你去官司。"陶铁僧叉大姆指不离方寸地道："告员外，实不敢相瞒，是有四五十钱，安在一个去处。"那厮指道："安在挂着底浪荡灯铁片儿上。"万员外把凳子站起脚上去，果然是一垜儿安着四五十钱。万员外复身再来凳上坐地，叫这陶铁僧来问道："你在我家里几年？"陶铁僧道："从小里，随先老底便在员外宅里掉茶盏抹托子。自从老底死后，罪过员外收留，养得大，却也有十四五年。"万员外道："你一日只做偷我五十钱，十日五百，一个月一贯五百，一年十八贯，十五来年，你偷了我二百七十贯钱。如今不欲送你去官司，你且闲休！"当下发遣了陶铁僧……又被万员外分付尽一襄阳府开茶坊底行院，这陶铁僧没经纪，无讨饭吃处。①

陶铁僧的行为属于典型的渎职自盗，只会卖茶的他被万员外解雇后彻底失业，走投无路之下被黑道好汉苗忠利用，与他们合伙杀了万小员外和伙计周吉，并将万员外之女万秀娘捉去作了押寨夫人，最后落了个被官府捉住后处斩的悲惨结局。就叙事功能而言，这段"茶肆偷钱被逐"场景构成了《山亭儿》整篇故事的叙述语境，是后面一系列情节得以发生、发展的背景，对结构整个故事有着不可或缺的铺垫作用。

从文化角度看，宋话本《山亭儿》中这段"茶肆偷钱被逐"的场景，再现了宋代茶肆的一些基本风俗，比如经营管理方面的行规：首先，为防止茶博士偷窃财物，茶肆晚上关门时，茶博士必须"自搜"己身以证清白；其次，对有

---

① 宋话本《山亭儿》，见程毅中辑注《宋元小说家话本集》，济南：齐鲁书社，2000 年 2 月 1 版，第 84—85 页。

偷盗行为的茶博士，茶肆老板可以秉公将其移送官府处置，也可以选择从轻发落将其开除。有偷盗行为的茶博士被开除后，茶肆老板一般会将其偷盗行为告知所有同行，从此整个茶业行都不会再雇用此人，这种约定俗成的做法是对偷盗行为最严厉的惩戒。上文中，就是因为万员外“分付尽一襄阳府开茶坊底行院”[①]，陶铁僧才落得“没经纪”即彻底失业，最后吃饭都成了问题；再比如茶肆的行话：茶博士称偷茶肆的钱叫做“走州府”，如“今日走到余杭县”，是说今天偷了四十五铜钱，这是茶博士之间流行的行话。行话又称市语、隐语、切口，两宋时的很多行业都有自己的行话。值得注意的是，上述《山亭儿》中“茶肆偷钱被逐”场景呈现的行规、行话等茶肆风俗并非游离于情节之外，而是渗透到了整个叙事之中：没有陶铁僧的偷钱就没有关于茶博士之间所用偷盗行话的介绍，没有陶铁僧的“自搜”就没有万员外对他偷窃行为的揭露和遣逐，没有万员外遍告同行后陶铁僧的彻底失业也就不会有下文他的铤而走险。毋庸置疑，自搜、行话之类的茶肆风俗已成为推动“茶肆偷钱被逐”场景展开的动力因素。

茶肆热心救人与渎职自盗的故事还生动地再现了其他宋代民间观念与风俗。《布张家》故事中的邢州张老板因为救了一位被杖死复苏的死囚，十年后从这位再生的死囚那里获赠五千匹布，由此发财起家，这个故事反映的是宋代民间善有善报的观念；《魏十二嫂》故事呈现的则是宋代养育子女的巫术。宋代儿童的夭折率很高，据统计，除度宗二子死于战乱外，宋代皇帝的 181 名子女中，夭亡者高达 82 人，夭亡率接近 50%[②]，皇室尚且如此，民间婴儿和儿童的夭亡率之高可以想见，《魏十二嫂》中刘浆之妻屡次生子而不育就是一个代表性案例。为确保婴儿和儿童顺利长大，宋人想了很多办法，其中不乏巫术，《魏十二嫂》中高髻妇人对刘浆之妻所说的“但往城西魏十二嫂处，觅一故衣，俟生子，假大银合，藉以衣，置子于中，合之少时而出，命之为合住或蒙住可也”[③]是一种模拟巫术。之所以选择魏十二嫂穿过的旧衣服包裹新生儿，是因为魏十二嫂生了十个孩子都没有夭折，根据相似率，通过模仿就能实现想做之事，因此用魏十二嫂的衣服包裹的孩子肯定也会顺利长大，不至夭折。故事的结尾，刘浆之妻依照高髻妇人吩咐而行后，其新生之子果真顺利长大，这种叙事本身从客观效果上强调凸显了巫术的灵验。

2. 拾金不昧与见金掉包

在笔者收集的茶肆遇众生故事中，洪迈《何隆拾券》（《夷坚志补》卷二）

---

① 宋话本《山亭儿》，见程毅中辑注《宋元小说家话本集》，济南：齐鲁书社，2000 年 2 月 1 版，第 84—85 页。

② 请参见王曾瑜《宋代人口浅谈》一文（载《天津社会科学》1984 年第 6 期）的相关论述。

③（宋）洪迈《夷坚志补》卷十《魏十二嫂》，《夷坚志》第四册，北京：中华书局，1981 年 10 月 1 版，第 1640 页。

和无名氏《茶肆主人》（张宗祥校明抄本《说郛》卷三十七《摭青杂说》）是两则较典型的以拾金不昧为主题的故事①。先看《何隆拾券》：

> 饶州市老何隆，乾道二年在兵籍。尝行至茶邸，见桌上有官券一沓，不知其数，略无守者，乃取之。持归置木匣内，俟来访者，将审实以还，自午至暮悄然。隆只一婿郑郎，及出街，忘与之言，正逢人执券博钱，心疑之，到家视匣，封闭如初，为之终夕不敢寐。明日，遇市民董三云："我妹夫在提刑衙，交领官会子三百道，才出门，更不记得顿放何处，今愁恼欲投死。"妹夫者，掌钱库子包兴也。遂诣包氏，见其夫妇相对颦蹙，问其故，所言与董合。隆引包往张山人铺占卜，已而言："汝放下忧心，此物恰是我收得。"拉还舍，悉以授之，三百道一无所欠。包拜谢，愿分献之，隆辞不纳。……鄱阳人共叹隆获无望之财，舍而不取为可嘉。……②

再看《茶肆主人》，这篇小说叙述宋神宗熙宁、元丰年间，汴京樊楼旁有家小茶肆，邵武军士人李某在这家茶肆前偶遇一位老朋友，于是：

> （李某）引就茶肆，相叙渴别之怀。先有金数十两，别为袋子，系于肘腋间，以防水火盗贼之虞。时春月乍暖，士人因解卸衣服次，置此金于茶卓之上。未及收拾，旧知招往樊楼会饮，遂忘记携出。③

李某和老友在樊楼尽情欢饮，夜深时才想起自己的钱袋忘在了茶肆里。又一想茶肆人流多茶客流动性强，钱袋几无找回的可能，李某绝望之下也就没去茶肆询问。一晃几年过去，李某又来到了这家茶肆，他对同来的朋友说：

> "某往年在此曾失去一包金子，自谓狼狈冻馁，不能得回家。今日天与

① 另有一则宋话本《阴骘积善》（洪楩《清平山堂话本》卷三），述林积还珠事，称林为唐德宗时南剑州人。洪迈《夷坚甲志》卷十二《林积阴德》亦载有"林积还珠"事，称林为宋朝南剑人。据林荣发《有关"阴骘积善"的故事——读〈尤溪县志·林积传〉》（载于《三明日报》）考证，宋太平兴国四年（979年）才有"南剑州"之称，如林积为南剑州人，则不可能是唐德宗时（780—805年）秀才。林积实际生活于北宋时期，《阴骘积善》乃后人据林积故事编撰而成。李剑国在《宋代志怪传奇叙录》（增订本，中华书局2018年8月1版，第615页）中指出洪迈"《甲志》卷一二《林积阴德》演为话本《阴骘积善》"，甚是。只是为慎重起见，笔者此处未将《阴骘积善》列入宋代茶肆故事。

②（宋）洪迈《夷坚志补》卷二《何隆拾券》，《夷坚志》第四册，北京：中华书局，1981年10月1版，第1565页。

③（元）陶宗仪《说郛》卷三十七《摭青杂说·茶肆主人》，转引自李剑国《宋代传奇集》（中册），北京：中华书局，2018年8月1版，第952—953页。

之，幸复能至此。”主人闻之，进相揖曰：“官人说甚么事？”李曰：“某三四年前，曾在盛肆啜茶，遗下一包金子。是时以相知招饮，夜深方觉。自知其不可寻，遂一向归安于下处，更不曾拜禀。”主人徐徐思之，曰：“官人彼时著毛衫，在里边坐乎？”李曰：“然。”又曰：“前面坐者著皂披袄乎？”李曰：“然。”主人曰：“此物是小人收得，彼时亦随背赶来送还，而官人行速，于稠人广众中不可辨认，遂为收取，意官人明日必来取。某不曾为开，觉得甚重，想是黄白之物也。官人但说得片数称两同，即领去。”……

茶肆上有一小棚楼，主人捧小梯登楼，李随至楼上。见其中收得人所遗失之物，如伞扇衣服器皿之属甚多，各有标题，曰“某年某月某日某色人所遗下者”，僧道妇人即曰“僧道妇人”，其杂色人则曰“其人似商贾、似官员、似秀才、似公吏”，不知者则曰“不知其人”。就楼角寻得一小袱，封结如故，上标曰：“某年月日一官人所遗下”，遂相引下楼。集众再问李片数称两，李曰：“计若干片，若干两。”主人开之，与李所言相符，即举以付李，李分一半与之，主人曰：“官人想亦读书，何不知人如此！义利之分，古人所重。小人若重利轻义，则匿而不告，官人待如何？又不可以官法相加。所以然者，常恐有愧于心故也。”李既知其不受，但惭怍失言，加礼逊谢。……时茶肆中五十余人，皆以手加额，咨嗟叹息，谓世所罕见焉。[①]

上面两篇小说有三个共同的情节单元：其一，茶肆失金（券）。茶肆主人故事是茶肆失金后于茶肆复得之，何隆故事是茶肆失券后于何隆家复得之。茶肆构成了上述两个故事的叙述语境，是后续情节单元得以展开、推进的背景；其二，拾金（券）者寻找失主。拾到金子的茶肆主人和拾到官会子的何隆都曾积极寻找失主并将失物妥善保存，茶肆主人是贴上标签放在专门放置失物的小棚楼里，何隆是怕女婿拿走木匣中的官会子而整晚守着木匣没合眼；其三，失主答谢遭拒。两个故事中，士人李某和董三妹夫为答谢拾金不昧的茶肆主人和何隆都要分一半失物给对方，结果均遭拒绝：何隆拒绝是“辞不纳”；茶肆主人拒绝一半金子时，则说出了“官人想亦读书，何不知人如此？义利之分，古人所重，小人若重利轻义，则匿而不告，官人将如何？又不可以官法相加，所以然者，常恐有愧于心故也”[②]这段掷地有声、义正辞严的坦荡之语，更为难能可贵的是茶肆主人的这段话与其实际行动是相匹配的——茶肆小棚楼里保存着多年

① （元）陶宗仪《说郛》卷三十七《摭青杂说·茶肆主人》，转引自李剑国《宋代传奇集》（中册），北京：中华书局，2018年8月1版，第953—954页。

② （元）陶宗仪《说郛》卷三十七《摭青杂说·茶肆主人》，转引自李剑国《宋代传奇集》（中册），北京：中华书局，2018年8月1版，第954页。

收得的茶客遗落之物，其上还用字条标明了遗失年日和遗主穿着与体貌特征。

如果说《茶肆主人》中的茶肆老板堪称明乎义利之分的拾金不昧之人，那么《米张家》（《夷坚乙志》卷十一）中的茶肆张老板无疑是见金掉包的见利忘义之徒。《米张家》故事叙述的是徽宗宣和二年六月，汴京卖水果小贩阚喜之妻汤氏在东水门外汴堤柳林下卖瓜，她凭借自己的聪慧让小鬼扔下了几十块马蹄金和十余锭白银，并急忙把它们收到了自己的瓜篮中，然后

> （汤氏）尽拾瓜皮与所坐败箪覆篮，共舁以归。仅能行百步，重不能胜。暂寄于张家茶肆中，出募有力者挈取。张氏讶其苍黄如许，发蔀见物，悉以瓦砾易之。喜夫妇不复阅视，及家始觉……[①]

第二天，汤氏到昨日卖瓜处用上次之法命令小鬼往下扔金银，小鬼说已经没有了，汤氏问原因，小鬼回答道：

> “已烦卖瓜人送与张氏竟。”喜将讼于官，妻曰：“鬼神不我与，虽诉何益？不若谋诸张氏。”张曰：“物已归我，又无证验。安得取？且尔夫妇皆老而无子，多赀亦奚为？幸馆于吾门，随所用钱相给。毕此一世，可也。”喜乃止。张氏由此益富，徙居城北，俗呼为米张家云[②]。

上述故事中的“茶肆掉包”场景虽然文字不多，却是连接“阚喜夫妇从小鬼处得金银”和“茶肆张老板拒绝还金”两个情节的关键一环，它处于故事的开始与高潮之间，起到了承上启下、推进情节发展的作用。茶肆张老板偷换了阚喜夫妇寄存的金银，人家上门讨要时，居然以查无对证的无赖姿态拒绝归还，甚至振振有词地表示阚喜夫妇年老无子，要金银亦无用，最后以给予生活费为条件摆平了此事，为张家成为富豪掘得了重要的一桶金。茶肆张老板的行为和樊楼前小茶肆主人一贯拾金不昧的高义行为相比可谓天壤之别。

《米张家》故事生动地再现了宋人钱财前定的观念。阚喜夫妇之所以无奈接受茶肆张老板见金掉包的事实，原因是他们的金银得自鬼神，金银被掉包后，阚喜夫妇再去向小鬼讨要时，他们亲耳听到小鬼说金银是让卖瓜的自己搬运给张氏的，既然“鬼神不我与”，自己只是那笔金银的搬运工，张氏夫妻又无赖不还，阚喜夫妇只能无奈认命。

---

①（宋）洪迈《夷坚乙志》卷十一《米张家》，《夷坚志》第一册，北京：中华书局，1981 年 10 月 1 版，第 275 页。

②（宋）洪迈《夷坚乙志》卷十一《米张家》，《夷坚志》第一册，北京：中华书局，1981 年 10 月 1 版，第 276 页。

三、遇鬼（怪）故事

与酒肆遇鬼（怪）故事相比，茶肆遇鬼（怪）故事不仅数量大为减少，而且类型也颇有缺失，女鬼惑人型、厉鬼怖人型的茶肆故事几乎没有，茶肆遇精怪故事也仅有《茶仆崔三》（《夷坚支乙》卷二）一则①。根据以上实际情况，笔者将通过对宋代小说进行文本细读后收集到的茶肆遇鬼（怪）故事划分为偶入人间、混居人间与人怪相恋三个主题，分别对它们的叙事特征及意义进行分析探讨，并进一步阐释这些故事中蕴涵的两宋民间鬼文化之内涵。

1. 偶入人间主题

在唐宋时期的民间观念中，鬼并不都是怖人或害人的：有的鬼隐藏身份出入人世间，试图与人和谐共处，却因为运气差很快露出了“鬼相”；有的鬼带着某种特定目的来到人世间，自身并无与人长期相处的打算。这两种情况都属于茶肆遇鬼（怪）故事中的鬼偶入人间主题，此主题早在唐代就已行诸文人笔端。据潘若同《郡阁雅言》记载，唐代洛阳才子王著早年拜张嘏为师，后来他到东京备考，许久没有张的消息。有一天，寓居相国寺东的王著：

> 出通衢，忽遇张嘏，遂邀至茶肆叙阔，乃赋《蝴蝶诗》，最嘉云：“今夜君栖芳草里，为传消息到王孙。”嘏无言，忽然不见，但惊问乡人云：卒已半年……②

通篇叙事以王著的第三人称限知视角展开，王著眼中的张嘏是人，因此邀请老师到茶肆饮茶赋诗再正常不过，没想到自己赋了一句“今夜君栖芳草里”之后，老师先是没说话，然后就在眼前一下子消失了，惊诧至极的王著寻人时，从同乡处得知张已死半年，此时的他才恍然大悟，原来张嘏以为自己吟那句诗是识破了他的鬼身份，才突然消失的。由此可见混入人间的鬼在人面前多少有些心

① 按，笔者所见宋代笔记小说中，蔡絛《铁围山丛谈》卷六（中华书局 1983 年 9 月版，第 114—115 页）、《夷坚丙志》卷九《宣和龙》（中华书局 1981 年 10 月版，第 439—440 页）、《大宋宣和遗事》元集（中国古典文学出版社 1954 年 11 月版，第 29—30 页）均记载了一个茶肆遇龙的故事，其中龙的样子和龙被杀十余天后大水犯汴京的情节高度一致，现将《铁围山丛谈》的记载引录如下：宣和元年夏五月，都邑大水。未作前，雨数日连夕如倾。及霁，开封县前茶肆有晨起拭格榻者，睹若有大犬蹲其旁，明视之，龙也，其人大叫而倒。茶肆适与军器作坊近，遂为作坊士群取而食之，屏不敢奏。都人皆图画传玩，其身仅六七尺，若世所绘。龙鳞作苍黑色，然驴首，而两颊宛如鱼，头色正绿，顶有角座极长，其际始分两岐焉，又其声如牛。考诸传记，实龙也。后十余日，大水至，故俗传谓之龙复仇。据三则记载中龙的样貌和发大水复仇的神通判断，此龙为水神而非本部分定义的精怪，故未将此故事纳入欲讨论的文本范围。

② （宋）潘若同《郡阁雅谈》（又名《郡阁雅言》），《说郛三种》一百二十卷本卷十七下、《增修诗话总龟》卷十五引，四部丛刊本。

虚，更害怕暴露自己的“鬼相”。下面这个发生在后周时的鬼偶入人间故事记载在《玉壶清话》卷六[①]：

初，周祖自邺起师向阙，京国罹乱，鲁公遁迹民间。一旦，坐对正巷茶肆中，忽一形貌怪陋者前揖云：“相公相公，无虑无虑。”时暑中，公执一叶素扇，偶写“大暑去酷吏，清风来故人”一联在上，陋状者夺其扇曰：“今之典刑，轻重无准，吏得以舞，何啻大暑耶？公当深究狱弊。”持扇急去。一日，于祆庙后门，一短鬼手中执其扇，乃茶邸中见者。未几，周祖果以物色聘之，得公于民间，遂用焉。忆昔陋鬼之语，首议刑典，疏曰：“先王所恤，莫重于刑。今繁苛失中，轻重无准，民罹横刑，吏得侮法，愿陛下留神刑典，深轸无告。”世宗命公与台官刘可久、知杂张湜聚都省详修刊定，惟务裁减，太官供膳。殆五年书成，目曰刑统。[②]

显而易见，祆庙庙鬼并没有与人长期相处的想法，它主动出现在闲坐茶肆的范质面前，是因为看到了当时国家刑法量刑轻重没有统一标准以致狱吏钻空子舞弊的弊病，希望范有朝一日能深挖、革除这些弊端。不难看出，这位庙鬼偶尔现身世间的目的是为造福天下的百姓。

相较于唐代，宋代的茶肆遇鬼故事明显增多，出于某种特定目的偶然来到人间茶肆的鬼也随之增多，《夷坚丙志》卷十《茶肆民子》、《夷坚丁志》卷十二《淮阴民女》就是这样的例子，先看《茶肆民子》：

乾道五年六月，平江茶肆民家失其十岁儿，父母连日出求访，但留幼女守舍。一黄衣卒来啜茶，告云：“尔家几郎使我寄语，早晚当附木筏还家。”女喜，祈客少驻，以俟父母归，坚不可，临去又云：“明日几郎自别寄信来。”遂去。迨暮，父母归，女具道其故，莫测所以然，而忧其非吉语也。明旦，外传有浮尸在升平桥河岸木筏侧，奔往视之，乃所失子。傍人言，顷年一急足溺于此，则民女所见，殆其鬼乎！[③]

---

① 晚于《玉壶清话》的《邵氏闻见录》卷七和《清波杂志》卷七亦载有此事，只是文字稍略。请参见（宋）邵伯温《邵氏闻见录》卷七，北京：中华书局，1983年8月1版，第62页；（宋）周煇《清波杂志校注》，北京：中华书局，1994年9月1版，第311页。

②（宋）释文莹《玉壶清话》卷六，《湘山野录》《续录》《玉壶清话》合刻，北京：中华书局，1984年7月1版，第57页。

③（宋）洪迈《夷坚丙志》卷十《茶肆民子》，《夷坚志》第二册，北京：中华书局，1981 年 10 月 1 版，第 452 页。

当平江一茶肆主人家十岁的儿子失踪多日，父母到处找寻却无任何消息时，这个生前为捕快的卒鬼急人所急，以生前身份与打扮来到茶肆，暗示了茶肆民子的行踪。显而易见，此鬼来到人间的目的就是传递消息给寻子的茶肆主人，是一个热心助人的善鬼。与《茶肆民子》中的卒鬼不同，《淮阴民女》中的女鬼是为自身利益偶入人间的：

> 淮阴小民丧其女，经寒食节，欲作佛事荐严而无以为资。母截发鬻之，得六百钱。出街，将寻僧，值五人过门，迎揖作礼告其故。皆转相推避。良久，一僧始留，曰："今日不携经文行，能自往假借否？"妇人遍访诸邻，得《金光明经》一部以授僧。方展卷启白，妇人涕泪如雨。僧恻然曰："不谓汝悲痛若此，吾当就市澡浴以来，为汝尽心。"既至，洁诚持诵，具疏回向毕，乃受钱归。遇向同行四人者于茶肆，扣其所得，邀与共买酒。已就坐，未及举杯，闻窗外女子呼声，独经僧起应之。泣曰："我乃彼家亡女也，沦滞冥路久，适蒙师课经精专之功，遂得超脱。阎王已饬令受生，文符悉具，但未用印耳。师若饮酒破斋，则前功尽废，实为可惜。能忍俟明日乎？"僧大感惧，以语众，皆悚然而退。亦绍兴末年事也。①

女鬼现身茶肆窗外迫不及待的呼叫，是因为怕为自己诵经超度的僧人因为饮酒破戒而毁了自己的托生。这则故事为我们展现了宋代民间诵经超度亡魂的基本过程：启白、持颂、具疏、回向，且僧人诵经超度时，应先沐浴，更应戒酒。终宋一代，民间相信做佛事超度死者可以使其免为恶鬼，托生佳处，只是做佛事开支浩大，少者数千缗，多则十万缗以上，一般百姓负担不起。本篇中的淮阴民妇就因无钱超度亡女，致其久滞阴间不得脱生。值得关注的是，民妇请求僧人为亡女做佛事时，因为嫌钱少，五个僧人互相推避，不得已留下的僧人让民妇自备佛经，甚至诵经结束后买酒欲饮，这些情节都从一个侧面反映了宋代僧人的俗世化倾向。

2. 混居人间主题

笔者在第四章的酒肆遇鬼（怪）故事中，提到了人鬼混居型故事，这类故事中的鬼不再活动于冢墓荒野，而是出没于市井人间，隐藏真实身份与人杂处。从表面上看，这些鬼和世人没有区别，因此他们可能在世间生活数月、数年乃至十数年后才因被同类揭发或自暴身份而露出本来面目，这类故事属于混居人间主题。与酒肆遇鬼（怪）故事一样，茶肆遇鬼（怪）故事中混居人间主题的

① （宋）洪迈《夷坚丁志》卷十二《淮阴民女》，《夷坚志》第二册，北京：中华书局，1981年10月1版，第642页。

故事亦不鲜见，先看下面两个例子：

河北人王武功，寓居郢州。乾道六年九月间，雇一小仆，方十余岁，名山童。王于七年四月初一生一子，以贾氏妻为乳母。未己，山童忽去，寻访无迹。是年冬，王赴调临安，忽遇之于江上。童见王至，邀入茶肆致拜，王好言慰之曰："汝服事我十个月，备认勤谨，我亦抚息，何为不告而去？"谢曰："山童今日不敢有隐。身是鬼，恰恨后来乳母亦是鬼，怕山童泄漏，百般据摭相排陷，所以只得避之。武功到宅时，千万起居宜人，自管护小官人为上。"语讫辞去。王深忧其子，不俟注拟，遽还家。与妻言其事，即呼乳母抱儿出，妪意态自若，犹以儿肥腴夸为己功。……[①]

临安中瓦市卖冻鱼吴翁，与一子并妇同居，晚得孙女丑儿，爱之甚。适周晬，翁死。淳熙二年三月，妇在门洗衣，闻人呼声，举头则翁也，死已九年矣。妇昏昏如醉，全不省记。翁问："小乙何在？"曰："出市卖鱼矣。"翁曰："我今在湖州市第三闸边做经纪，将汝治鱼刀来。"妇取与之。问丑儿所在，指示之。翁呼其名，随扑不省，翁亦不见矣。急唤夫归，丑儿已死。翁元葬于德寿门外，遂舁女柩葬翁墓下。吴生欲验翁踪迹，后三日，往北闸访之，入茶肆，问一媪曰："有吴翁否？"曰："今日不来。"指凉棚下大纸伞曰："是其坐处也，逐日极卖得。此老数日前却抱得十岁一个女儿来，央我与他梳掠。"吴云："其所居何处？望告我，我与有亲，欲见之。"媪曰："不曾询他住址，但每日拂晓来，过午即去。"吴怅然而返。……明日，复诣茶肆，少焉，望见翁，首戴一盔，左手携丑儿。丑儿挟三脚木架来。吴趋出叫爷，翁不答，即携女去。吴起逐之，……遂相失。吴又还茶肆，肆媪曰："吴翁元来是汝爷，适怒告我，云极怪汝，不喜相见，所以走去。"吴还家与妻言……[②]

两相比较，王武功故事中的茶肆场景只出现了一次，但却是故事的高潮所在；吴翁故事中的茶肆作为情节发生的空间场所出现了三次：第一次是吴生在此访知父亲于此处卖鱼，且与孙女在一起；第二次是吴生在此望见了已死的父亲和女儿；第三次是吴生在此听女老板传达父亲不愿与他相见之意。从听闻信

① (宋) 洪迈《夷坚志补》卷十六《王武功山童》，《夷坚志》第四册，北京：中华书局，1981 年 10 月 1 版，第 1697 页。

② (宋) 洪迈：《夷坚志补》卷十六《卖鱼吴翁》，《夷坚志》第四册，北京：中华书局，1981 年 10 月 1 版，第 1695—1696 页。

息到望见真人（鬼）再到听闻不愿相见，故事情节得以一步步展开，茶肆场景成为结构前半部分故事的重要枢纽。

王武功故事中，如果没有山童的自暴身份与揭发，王武功可能永远不会知道服侍自己十个月的他、与自己孩子亲密接触的乳母都是鬼。吴翁故事中，湖州市北闸茶肆的女老板和来茶肆前买冻鱼的人，都不知道每天坐在大纸伞底下卖鱼的吴翁居然是已死九年的鬼。已死九年的吴翁告诉儿媳妇自己在湖州市第三闸边做买卖，亦可见他是隐藏鬼的身份杂居世间的。至于人鬼杂居给人造成的草木皆兵、人人自危的恐惧心理及这类遇鬼故事产生的原因，笔者在酒肆遇鬼（怪）故事中已作分析，此处就不再重复了。

同样是人鬼混居的茶肆故事，《樊生》（《鬼董》卷四）的人间色彩更浓，请看它的开头：

> 都民质库樊生，与其徒李游湖上某寺阁。得女子履，绝弓小，中有片纸曰："妾择对者也，有姻议者，可访王老娘问之。"樊生少年，心方荡，得之若狂，莫知其何人。他时过升阳宫库前，闻两妪踵其后相语笑，多道王老娘。伺其入茶肆，亦往焉。两妪谓瀹茶仆曰："王老娘在乎？"曰："在。""为我道欲见。"仆自后呼一妪出，四五十矣。两妪迎，语之曰："陶小娘子遣我问亲事何如。"王曰："未得当人意者，且彼自以鞋约，得鞋者谐之。"樊大喜，伺两妪去，独呼饮王妪，言："鞋乃我得之，陶今安在？妪果能副吾事否？"妪咤曰："天合也！彼生二十有二年矣，张郡王之嬖也。郡王死时方十七八，出求偶已四年矣，无当其意者，故不嫁至今，奁中所有万缗。君少年而家富，契彼所欲，然必令一见乃可。"约以明日会某氏酒肆中。①

由于作者采用的是以樊生为视角的第三人称限知叙事，所以如果没有后面贮货屋欢会场景中樊家仆人的揭露及故事结尾时的说明，读者将和樊生一样，根本不会想到茶肆主人王老娘、升阳宫前遇到的两个老妪和王老娘口中的富婆美女陶小娘子都是鬼。上文中王老娘对陶小娘子的介绍至少透露了两点信息：其一，宋代主流社会舆论对寡妇再嫁没有歧视，更不会谴责。对陶小娘子做过郡王之妾，如今又以寡妇身份托媒议婚乃至借鞋卜婚，未婚青年樊生一点也没有介意；其二，宋代民间嫁娶论财的婚姻观念很流行，财产上的对等成了一种新的门当户对。陶小娘子之所以成为公认的热门议婚对象，除了她的年轻貌美，更重要的是她拥有万贯家财。也正因为如此，王老娘才觉得同样年轻富有的樊生与她

① （宋）沈氏《鬼董》卷四《樊生》，转引自李剑国《宋代传奇集》（下册），北京：中华书局，2018 年 8 月 1 版，第 1453 页。

很般配，想撮合他俩。正是在王老娘的撮合之下，才有了后面樊生与陶小娘子的酒肆相会。就叙事意义而言，作者设计了茶肆对话、酒肆初会、贮货屋相会、樊生家认公婆等一系列场景，最早发生的茶肆对话场景只是后面诸多高潮场景尤其酒肆初会小高潮的前奏，茶肆中樊生与王老娘对话的情节既活画出他知慕少艾的急切，又引出了他与陶小娘子的酒肆初会。正是那场私密空间中的欢会，引发了后面高潮情节的出现，两宋民间婚姻观念在茶肆对话场景中所起到的叙事作用是不言而喻的。

3. 人怪相恋主题

相比于酒肆遇精怪故事，发生在茶肆的精怪故事要少得多，洪迈《茶仆崔三》(《夷坚支乙》卷二）是其中一个较典型的人与精怪相恋的故事：

> 黄州市民李十六，开茶肆于观风桥下。淳熙八年春夜，已扃户，其仆崔三未寝，闻外人叩门，问为谁，曰："我也。"崔意为主公，急启关，乃一少年女子，容质甚美，骇曰："娘子何自来？此是李家茶店耳，岂非错认乎？"曰："我是只左侧孙家新妇，因取怒阿姑，被逐出，终夜无所归，愿寄一宵。"崔曰："我受佣于人，安敢自擅。"女以死哀请，泣不肯去。崔不得已引至肆傍一隅，授以席，使之寝。久之，起就崔榻，密语曰："我不惯孤眠，汝有意否？"崔喜出望外，即留共宿，鸡鸣而去。继此时时一来。……一夕，女曰："汝月得顾直不过千钱，当不足给用。"袖出官券十千与之。其后屡致薄助，崔又益喜。兄崔二者，素习弋猎，常出游他州，忽诣弟处相问讯，寄寓旬余，女不至。崔思恋笃切，殆见梦寐，乃吐情实告兄。兄曰："此地多鬼魅，虑害汝命，宜速为之图。"崔曰："弟与之相从半年，且赖渠拯恤，义均伉俪，难诬以鬼也。"兄曰："然知我至则敛迹，何邪？"崔曰："正以兄弟妨嫌，于礼不可。"兄曰："彼每至从何处出入？"曰："入自外门，由楼梯而下。"兄是晚舍去，取猎具卷网数枚散布之。抵暮，乃俯伏于隐所。三更后，戛然有声，急篝火照视，得一斑狸，长三尺，死焉。兄曰："是物盖惑吾弟者也。"为剥其皮而烹其肉。崔惨沮凄泪，不能胜情。异日独处室中，觉异香馥烈，女已立灯下，大骂曰："吾与汝恩意如此，兼数济汝窘乏，何为轻信狂兄之言！幸吾是时未离家，仅杀了一婢，坏衫子一领而已。"崔逊谢，女笑曰："固知非汝所为，吾不恨汝。"遂驻留如初，至今犹在。[1]

[1] （宋）洪迈《夷坚支乙》卷二《茶仆崔三》，《夷坚志》第二册，北京：中华书局，1981年10月1版，第805—806页。

茶肆作为崔三与狸女初会、欢爱的地点，作为猎人崔二捕怪误杀他狸后崔三与狸女尽释前嫌、狸女“驻留如初”的地点，在整个故事中多次出现，成为结构情节与故事走向的重要空间。美国学者韩南谈到白话鬼怪小说的情节架构时，将其概括为三位演员与他们的四个行动，具体而言，“三个演员，按其出场的先后排列：一个未婚的青年，一个伪装成年轻妇女的鬼或怪，一个驱邪人（大多是道士）。四个行动是：相遇、相爱、接近危险、驱邪”①，这样的概括也适用于已经“通俗化或曰市井化”②的文言志怪小说，适用于本篇故事。只是在本篇中，“接近危险”和“驱邪”两个情节单元被置换成了“女怪与凡男媾和，凡男获得性满足与钱财却平安无事”和“猎人张网捕怪”。故事结局也发生了改变，不是吴光正指出的“妖怪显露原形，离去或被杀死”③，而是猎人误杀，狸女侥幸逃命，崔三在被误杀者面前的悲恸与留恋让狸女大为感动，于是两人继续着夜间的茶肆幽会，这个人怪恋故事罕见地有了个团圆的美满结局。

《茶仆崔三》这则发生在宋代茶肆的人怪恋故事颇具世俗与市井色彩，它不再像魏晋志怪、唐传奇中的人怪恋故事那样，以贵族公子、青年高官或士人为主人公，取而代之的是属于新兴商人阶层的茶仆，对这个并不富裕的青年男子来说，美貌异类带来的性爱享受与钱财资助是他寤寐以求的白日梦。小说中斑狸化成的美妇求欢时，崔三喜出望外，“即留共宿”；美妇常来茶肆欢会时，崔三因身为茶仆却抱拥美妇而“惬适所愿”；美妇屡次赠与钱财时，崔三的反映是“益喜”。这些描写一定程度上反映了宋代商人阶层乃至整个民间好钱财、好美色、好享受的主流风气。

---

① （美）韩南《中国白话小说史》，杭州：浙江文艺出版社，1993 年版，第 49 页。

② 这一说法见李剑国《宋代志怪传奇叙录》（增订本），北京：中华书局，2018 年 8 月 1 版，第 9—11 页。

③ 请参见吴光正在《中国古代小说的原型与母题》中关于人妖恋故事叙事单元的总结（社会科学文献出版社 2004 年 7 月第 2 版，第 257 页）。

结　语

作为“中国古代经济史上繁荣兴旺的高峰期之一”①，两宋时期的民间商贸活动获得了前所未有的长足发展，其繁荣发达为当时商贸题材小说的大量出现提供了不可或缺的背景与前提。事实上，两宋民间商贸活动与两宋小说之间存在着某种程度的关联与互动：以纪实性与市井化（或曰通俗化）为突出特征的宋代小说文本中呈现了当时民间商业与贸易活动的诸多真实、鲜活的图景，而这些活动图景对宋代小说的叙事策略与文化内涵产生了不容忽视的影响。有鉴于此，本书选取了两宋民间商贸活动的四个截面——交易市场与交易主体、商贸习俗、酒肆、茶肆作为观照视角与切入点，勾勒、还原了小说文本中呈现的这四个截面的具体影像，进一步分析了以它们为主要内容、空间场景、主角与配角之商贸小说、酒肆故事、茶肆故事的叙事策略与文化内涵。具体而言，本书内容主要体现为以下四个互有关联又相对独立的部分：

第一部分即第一章，勾勒、还原了宋代小说中呈现的两宋民间商贸活动的交易市场与交易主体这一截面，其中交易市场的具体影像包括坐商铺席、夜市与早市、墟市与庙市，交易主体的具体影像包括专业商贩、自产（采、捕）自销者、商业中介（牙侩）及其他中介（职业经理人、行钱、揽户）。各类以日间经营为特色的坐商店铺遍布于城市乡村的大街小巷，共同演绎着宋代民间商品交易的骈盛与兴旺；商贸集市伴随着坊市制在两宋时期的崩塌应运而生并且遍地开花，营业时间以夜晚和清晨为主的夜市和早市成了大中城市、小城镇乃至乡村民间商贸活动的一道亮丽风景；与此同时，作为民间商贸活动重要交易市场的墟市与庙市在两宋时也空前活跃，被称为“商品渊薮”的大相国寺庙市、巨型市集东岳庙市与青城山庙市均为驰名全国的特大集市。最晚在南宋时，墟市已遍布于州县以外的小城镇与乡村，有些较大的墟市，如鄂州南草市，甚至

① 姜锡东《宋代商人和商业资本》，北京：中华书局，2002 年 12 月第 1 版，第 4 页。

随着乡间贸易的繁荣发展成了新兴的工商业市镇。

空前繁荣与兴旺的民间商贸交易市场里活跃着各类交易主体——专业商贩、自产自销者与中介的身影。专业商贩尤其是进行海外贸易和长途贩运的行商们要面对诸多危及资财甚至生命的风险。与大商人的富裕生活形成鲜明对比的是，小商贩们的日子充满了艰辛与无奈；自产自销者多数属于中下层百姓，靠着辛勤的劳作与自产自销才能维持自身或一家的温饱；两宋商品经济长足发展之下，催生出了除商业中介（牙侩）之外的中介行业新成员：首先是类似今天职业经理人的经营中介，这些人往往是有经营管理才干的平民，受掌握资本的官员、大地主、大商人等委托，用他们提供的资金进行商贸活动，所获利润双方按一定比例进行分配，小说《申师孟银》中的申师孟和《处州客店》中的叶青都是这样的职业经理人；其次是类似今天贷款中介的"行钱"，他们受拥有巨资的私营高利贷者委托，作为经纪人为其放债取利，所获佣金为高利贷者贷出款项之利息的一半。"行钱"虽被高利贷出资者视为家奴，其丰厚的佣金仍吸引不少人从事这一职业以获利，从业者中甚至有低级官吏，小说《大桶张氏》中的"行钱"孙助教即为从九品小官；再次是专以承揽他人税赋输纳业务取利的"揽户"，属于职业的税务中介，其身份受两宋官方认可，有朝廷所发"身牌"或"印记"为从业凭证。"揽户"佣金可观，社会地位等同于县吏，小说《叶三郎》中的叶三郎就因充当富室"揽户"五十年而获利颇丰。"揽户"包揽、代纳民户税赋的现象在两宋民间广泛存在，在宋代经济生活中的作用更是不可或缺。

第二章是第二部分，该章从三个方面较为详尽地勾勒、还原了宋代小说中呈现的两宋民间商贸习俗这一截面，其具体影像包括商贸交易方式习俗、商标与广告方式习俗、商业神祖崇拜及商业禁忌习俗：商贸交易方式习俗中，从前代传承下来的"讨价还价"的议价方式在民间被普遍遵行；一种新兴的、融商品交易与赌博于一体的交易方式——"关扑"（又称"扑"）登上商贸交易的舞台并开始广泛流行。"关扑"所用工具称为"头钱"，亦称"骰钱"，意即决定胜负一掷之钱，这一称呼始于唐代，两宋时沿用。与作为流通货币使用的铜钱不同，"头钱"专用于关扑，一般要染色，有的甚至经过特别设计，宋理宗时宫中小太监就曾将特别设计的无"字"头钱用于关扑。头钱数目不固定，通常为六枚，也可为三枚或八枚，由商贩自备，要求图案、文字清晰，色泽明亮。头钱有字一面即正面，称为"字"或"幕前"，无字一面为背面，称为"镘"或"幕"（音漫）、"漫"。"关扑"时将头钱都掷成正面或背面统称为"浑成"或"纯成"，几枚掷成背面就称为几"纯"，全部掷为背面则称为"浑纯"，"浑纯"是较难掷出的图案组合。"关扑"之前，买卖双方约好某件商品"扑"哪种图案组合，买家赢则免费拿走所"扑"商品，输则需要付钱。具体操作时，买家将头钱向瓦盆内或地上投掷，商贩有权要求买家在投掷姿势上不要有弯腰、下蹲、探手、叠指等作弊行为，买家亦有权要求商贩所备头钱色泽明亮、文字清晰，双方据头钱落下后正背面组合情况判断输赢。作为宋代新兴的民间商贸交易方式,“关扑”习俗流行的前提是商品既可以买(交易),也可以赌(即“扑”),这种亦商亦赌、以赌促销的独特交易方式迎合了人们不劳而获的贪财与侥幸心理,加上简单易行,偶然性又强,对一般市民吸引力很大,因此迅速成为小商贩招揽生意之重要手段而大行其道,且屡见于小说文本,典型如《李将仕》中,李将仕扑永嘉黄柑不得,输了万钱后叹恨不已。正是李氏的叹恨引来美人“赵县君”派青衣童送柑上门,进而导致了两人的亲密交往,以至私期幽会,可见“扑柑”细节不仅是“美人局”的一个紧要环节,更成为结构整个故事的关键;和“关扑”一样属于新兴商贸交易方式习俗的还有划时代的纸币“交子”,它的出现解决了宋代大宗货物的支付问题,因为给商人们带来极大便利而受到广泛追捧。

就商标与广告习俗而言,宋人已经有了明确的商标与广告意识,宋代的商标可分为两类,一类是自行设计的、颇富创意的商标,另一类是工商业者在其手工制品中标明自己的姓氏、姓名或留下独有的标志作为商标;除了遍布于城市和村镇的招幌之外,宋代广告现象的普及还体现在创造性的推出了各类创意十足的广告与准广告;为了在激烈的市场竞争中取得更大的经济效益,两宋商人致力于发展特色商品、打造品牌优势,伴随着知名品牌的涌现,宋代民众也逐渐形成了追求品牌的消费心理;商贸神祖崇拜习俗在宋代小说尤其是巨型小说集《夷坚志》中有诸多呈现:出于求平安与求财富的目的,宋代的商人们对纸墨业祖师神吕仙翁和准财神五通菩萨、商贸保护神海神天妃、预测商机的紫姑神等都有普遍奉祀。

第三部分即第三章,本章在通过文本细读收集到的二百七十余篇宋代商贸小说中,选择数量居多且较典型的发家传闻类、义商类、海外奇遇类故事,总结归纳了这三类故事的基本叙事模式与主要情节单元,较为详细地剖析了各类故事中典型文本的叙事角度与叙事方法,并进一步探讨了其中蕴含的民间文化内涵:所谓发家传闻故事,指的是由某种偶然性或非人为因素导致的、发生在宋代商人身上的发家致富故事,这类故事以“偶然事件(或非经济行为)——获财发家”为基本叙事模式,具体体现为“发家之前生活贫困或仅能糊口”、“因偶然事件或非经济行为得财”和“发家之后致富或者既富且贵”三个情节单元。至于得财原因,无论是掘藏、仙鬼帮助,还是被认定为应梦之人,折射出的都是宋人意识中极具神秘色彩的定数观念。因救人、助人善举获福报的得财反映了两宋民间善有善报的报应观,凸显了故事的道德劝惩意味。在宋人定数、报应观念的背后,是“凡人情,莫不欲富。至于农人、商贾、百工之家,莫不昼夜营度以求其利”①的整个社会对财富的孜孜以求和强烈的致富欲望之下人们急于发家的迫切心态。

---

①(宋)蔡襄《端明集》卷三十四《福州五戒文》,四库全书本。

义商型故事内容上包括对商人经商活动中重义轻利的演绎和对商人个人生活中践行仁义的演绎两类，笔者将其叙事模式归结为“商人义举——获福报（赞誉）”。就实际的文本呈现而言，两宋小说中的义商故事包括了讲述商人经营活动的A亚型和讲述商人社会生活的B亚型，其中A亚型包括“交易发生时，商品质量（或成交价）出差错”、“商人自己承担损失（或主动补了差价）”和“商人因义举得福报或受赞誉”三个情节单元，B亚型包括“某人陷入困境”、“商人义举解困”和“商人因义举获福报或受赞誉”三个情节单元。无论是A亚型还是B亚型，此类故事都塑造了带有光环的“义商”形象，其核心单元都凸显了“重义轻利”的道德倾向，对这一倾向的强调主要通过借助评论直接赞誉和借助因果报应观念劝诫两种方式体现出来。需要指出的是，义商型故事中蕴含的“重义轻利”的道德观不仅是中国传统文化“重义轻利”价值取向在商品交换领域的延伸，更是宋代精英文化追求内圣、“执着于道德教化的彻底自觉”[①]的反映。

所谓海外奇遇故事，是指讲述从事海外贸易的商人航海途中遇风、雨、雾、海盗等造成迷航（或沉船）而误入海外异域某岛（或山）后的神异、奇幻、恐怖经历的商贸小说，其基本叙事模式可归结为“航海遇险、难或奇——生还归乡”，这类故事的最大特色是巧合、偶然与奇幻。具体而言，海外奇遇故事主要由三个情节单元组成：（一）商人航海途中遭遇险境或船难，幸存者漂流至一海外异域某岛（或山）。这一情节单元为整个故事提供了叙述语境；（二）幸存海商在海外异域某岛（或山）遭遇奇人奇事或生命危险。这一情节单元构成叙事中心并将故事推向高潮；（三）困于海外异域某岛（或山）上的海商搭乘偶然漂流至此或停靠、经过此地的商船生还返乡。海商们流落海外异境的原因从一个侧面反映了他们从事海外贸易时付出的不仅是长时间海上颠簸的寂寞艰辛、数年乃至十年旅居海港的离乡背井，往往更是无法预测之危险导致的失联、失踪甚至葬身大海。

第四部分包括第四章和第五章。第四章首先以两宋民间商贸活动的典型交易市场——酒肆作为观照视角，还原了两宋小说中呈现的酒肆截面的具体影像：屡见于小说文本的各类酒肆（正店、脚店）的发达繁盛，尤其是汴京酒肆之甲樊楼与临安第一楼丰乐楼的高大壮丽、豪华高档；酒肆作为信息交汇与传播中心的空间特征——建筑形式与布局（酒阁子，或称厅院、厅馆）、店外与店内装饰；以诚信不欺、顾客第一为服务原则，以美酒佳肴、银制餐具为核心竞争力，以广告与节日活动、歌妓招邀与宴前歌唱为促销手段的经营策略；其次在对酒肆故事进行界定的基础上，将其分为酒肆遇仙佛、遇鬼怪与遇众生三个主题类

① 李剑国：《宋人小说——巅峰下的徘徊》，《古稗斗筲录——李剑国自选集》，天津：南开大学出版社，2004年10月1版，第178页。

型，分别分析了这三类酒肆故事中酒肆场景的叙事特征与意义，揭示了其中蕴含的文化内涵。第五章首先以与酒肆同样具有代表性的典型交易市场——茶肆作为观照视角，还原了两宋小说中呈现的茶肆截面的具体影像：茶肆的繁盛与普及；茶肆作为信息传播与交汇密集之地，集休闲娱乐、交际交易功能于一身的空间特性；屡见于小说文本的各类茶肆及其装饰特色；以店面雅洁与茶具精美、经营商品与营业时间灵活机动为核心竞争力，以广告叫卖与节日优惠、提供多种免费娱乐与自娱活动（听“说话”、弈棋、“挂牌儿”、题壁）为促销手段的经营策略；其次在对茶肆故事进行界定的基础上，将其分为茶肆遇仙（异）、遇众生与遇鬼（怪）三类，分析了茶肆场景在这三类故事中承担的叙事功能，进一步探讨了茶肆故事本身折射出的民间文化内涵；再次将酒肆与茶肆的空间特性，茶肆故事与同类型酒肆故事的数量与叙事特征进行了对比，分析了茶肆遇众生故事类型与数量明显多于酒肆同类故事、茶肆遇鬼怪故事缺失酒肆同类故事中本已少见的女鬼惑人亚型却增多了偶入人间与混居人间亚型的原因。

作为两宋民间商贸活动的典型交易市场，酒肆兼具开放性与私密性双重空间特征，具体体现为：一方面，酒肆是人流密集、人员流动性较强的热闹而开放的公共活动空间。因为开放性，不能满足鬼怪出没环境所要求的荒僻寂静与封闭独立，所以酒肆遇鬼怪故事相对少见；另一方面，一些偏僻的小酒肆或大酒楼的酒阁子（相当于今天的单间、雅间）又是私密性较强的安静而封闭的独立空间，因其私密性容易成为表露隐秘与内心世界的场所。《南陵美妇人》中日间营业、天黑关门的县城酒店，《任迥春游》中幽僻的近郊酒肆，就是因为较强的私密性成为了人鬼欢会的单独空间，导致了酒肆遇鬼（怪）故事中女鬼惑人亚型的出现。相较于酒肆，茶肆空间的开放性更强，隐蔽性则较弱，这主要是因为茶肆前期投资较酒肆少，消费花费较酒肆低，故其总体数量比酒肆多，客流量自然也多于酒肆，顾客群体的成分也更加驳杂，因此空间的开放性比酒肆更强，加上缺少类似酒肆中酒阁子的单间，所以隐蔽性明显弱于酒肆，这也是酒肆遇鬼（怪）故事中本已少见的女鬼惑人亚型在茶肆遇鬼（怪）故事中缺失的主要原因。

酒肆和茶肆作为以饮酒、品茶为中心的群众性活动场所，集餐饮、休闲娱乐、人际沟通、信息传递等多种功能于一身：首先是民间的信息中心，来自四面八方的三教九流、形形色色之人在其中饮酒品茶、聚会联谊、谈古论今，使酒肆和茶肆成为消息传播最为迅速的场所和信息交汇的密集之地；其次多数酒肆和茶肆允许卖零食小吃、其他饮料者或提供各色服务者入内，诸如“焌糟”、“闲汉”、“厮波”、“劄客”（或称“礼客”、“打酒坐”）之类均可进入酒肆，其中“劄客”乃客人宴饮时唱曲助兴的下等妓女，《金鳗记》中庆奴流落镇江时就因走投无路到酒楼做“劄客”，巧遇前夫周三，两人重拾旧好，这才有了后面气死情夫张彬、因撞见后夫府中追捕之人而被抓等一系列高潮情节。《闹樊楼多情周神仙》中青年男女范二郎、周胜仙茶肆初会，就是借助进茶肆卖糖水的小贩表白了爱情，为日后联系传递了个人信息，卖糖水小贩不是游离于小说情节之外的冗余，而是“范、周茶肆初会”情节中一个至关重要的组成部分；再次，酒肆、茶肆提供壁上题诗（词、故事）、帮客人寻人或约人来店会面等附加服务，这些附加服务情节屡见于酒肆与茶肆故事，成为这些故事的叙述语境或情节推进的助力因素。《赵伯升茶肆遇仁宗》中落第秀才赵旭在状元坊茶肆壁上题词，仁宗看到该词后请茶博士帮助寻找他，这才有了赵旭与仁宗的茶肆相会及之后他的发迹变泰。显然，“茶肆相遇”场景是赵旭从落魄到发迹的关键情节，而茶壁题词和仁宗寻人则是这一关键情节中不可或缺的叙事中介。

就空间所具有的功能而言，不同于酒肆，茶肆还是宋人开展商品买卖与交易、劳务买卖与交易甚至色情或灰色交易的中介。《布张家》中邢州富人张翁开了一家茶肆，“以接小商布货为业”，这家茶肆就是固定进行布帛交易的场所；行业茶坊作为各行业雇工、手艺人定期与行老交流酬劳、洽谈买卖的定点茶肆，其功能相当于今天的劳动力市场；人情茶坊以售卖茶水为幌子，帮茶客找妓女或做一些茶客无法、不便直接出面之事，以此收受茶客钱财，充当的是色情或灰色交易的中介，《新刊大宋宣和遗事·亨集》中宋徽宗与李师师的会面就是人情茶坊老板周秀拉的皮条。由基本饮茶功能衍生出的茶肆的休闲功能强于酒肆，《俚语盗智》故事中，骗局的发生与茶肆的休闲功能有着不可分割的重要关联：诈骗团伙充分调动了某官员闲适无聊之际的好奇心理，采取声东击西之术，从白天到傍晚一直将他限制在茶肆这一空间，从而神不知鬼不觉地盗走了他暂住处的财物。显然，茶肆休闲功能前提下的官员被骗久坐茶肆不仅为这个骗局故事提供了叙述语境，更是该骗局得以成功实施的重要因素，这是以茶肆特有的休闲功能结构整个故事的一个典型例子。

兼具开放性与私密性的酒肆也是一个社会交往空间，这不仅使它成为众多酒肆故事得以展开的背景，更使它承担了重要的叙事功能：酒肆遇仙（异）故事中与酒肆关系最为密切的展示神异型包括五个情节单元：一是仙人外表或装扮奇特、引人注目；二是仙人酷爱饮酒、酒量远超常人；三是仙人囊中金银取之不尽，或能随时化出；四是仙人常题诗于酒肆墙壁，诗句往往暗示神仙身份及其生活；五是仙人来去无踪，出现或消失都很突然，典型的《三朵花》故事就具备了上述五个情节单元。此型故事较多的原因主要是在宋人尤其是一般市民的心目中，神仙都喜欢豪饮且酒量超群，《新乡酒务道人》中两位被骗到酒库的仙人就是“见酒席，俱有喜色”；遇鬼怪故事的四个亚型——冢墓荒野型、人鬼混居型、影像人间型、女鬼惑人型中，人鬼混居亚型代替了六朝以来流行的冢墓荒野亚型成为主流，究其原因，是随着佛教轮回观念在两宋民间的深入人心，由人化鬼的线性转化模式被轮回转生模式取代，人和鬼都成了六道轮回中的一个阶段或过程，鬼与人杂处于市井间的观念于是大行其道，诸多人鬼混居亚型故事由此应运而生。这类故事中鬼与人界限的模糊强化了恐怖气氛，是因为鬼在明处的故事呈现的是人对鬼的恐惧与戒备，而鬼在暗处的故事里，鬼被揭破身份的一霎那，给世间活人带来的不仅仅是恐惧，更重要的是对他人的不信任，这无疑会造成人类个体与个体之间的陌生与疏离，所谓“他人即鬼怪”，正是这一点使人鬼混居型故事具有了较大的讲述意义。

与酒肆故事相比，茶肆故事呈现出了迥然不同的叙事特征与文化内涵。茶肆遇鬼（怪）故事分为偶入人间、混居人间与人怪恋三个亚型，其中比酒肆遇鬼（怪）故事数量增多的是偶入人间与混居人间两个亚型，这一情况的出现显然与茶肆的空间特征有着不可分割的关系。作为以饮茶为中心的开放性公共场所，茶肆既是信息传播与交汇密集之地，又集休闲娱乐、交易交际等多种功能于一身，加上消费花费较酒肆低，整体客流量较酒肆大，因此其顾客群体的成分也更加庞杂，这就使得茶肆故事折射出的宋代政治、经济、文化生活的诸多截面要比酒肆故事广阔得多，也成为导致茶肆故事中偶入人间与混居人间两个亚型增多的主要原因，更是发生在茶肆的遇众生故事丰富多样且明显多于酒肆空间同类故事的主因。茶肆遇众生故事包括了以事变与时局、骗局与凶杀、帝王与小民、男女间情事、占相与科名、拾金不昧与见金掉包、热心助人与渎职自盗为主题的七小类故事，其中的茶肆场景不同程度地有着提供叙述语境、展开故事情节、推动故事进入高潮的叙事功能。如热心助人与渎职自盗类故事中，《布张家》中“茶肆救死囚”场景虽然只是故事的缘起，却是故事结构中不可或缺的关键一环，没有这一情节，也就不会有故事高潮情节“卖布偿恩”和“翁囚相认”的出现，也正是这一场景使这个善有善报的故事具有了讲述的意义。《山亭儿》中“茶肆偷钱被逐”场景呈现的行规、行话等风俗并非游离于情节之外，而是推动“茶肆偷钱被逐”场景展开的助力因素。不夸张地说，这一场景构成了《山亭儿》整篇故事的叙述语境，是后面一系列曲折、离奇情节得以发生、发展的背景，对结构整个故事有着不可或缺的作用。

综上所述，本书四个互有关联又相对独立的部分是在两个互有关联的维度——作为观照视角的宋代小说中的民间商贸活动层面与作为研究对象的宋代商贸小说（包括作为个案探讨的酒肆故事与茶肆故事）的叙事意义、文化意义之上建立起全书的组织架构，力图实现这两个维度本身及其互动关系的清晰表述与贯通。毋庸置疑的是，两宋时期繁荣发达的民间商贸活动除了作为场景出现在商贸小说中并对其叙事策略与文化内涵产生影响之外，实际社会生活中的这些商贸活动本身，诸如茶肆为招聚客人提供的免费听“说话”服务，酒肆与茶肆提供的“题壁”服务，尤其是以从汴梁大相国寺东迁至临安中瓦南街东的荣六郎经史书籍铺、尹家文字铺（又名尹家书籍铺或经籍铺）[1]、陈道人书籍铺（又名陈宅经籍铺或书籍铺）、张官人诸史子文籍铺、橘园亭文籍书房、王八郎家经铺等印书铺为代表的宋代刻书业的兴盛[2]，对已经市井化的宋代文言小说，尤其是作为市民文学的话本小说的传播与发展产生了不可或缺乃至较为重要的催化与促进作用，只是限于本书的论述框架与逻辑架构，只能在后续研究中对这一维度（实际生活中的商贸活动对宋代小说传播与发展的影响）进行更充分、深入的探讨了。

① 据王国维《两浙古刊本考》卷上记载，这家文字铺曾刊行不少笔记小说，如《北户录》《却扫编》《渑水燕谈录》《曲洧旧闻》《述异记》《续幽怪录》《茅亭客话》《箧中集》等。

② 关于宋代刻书业的兴盛，请参看孟昭连《白话小说生成史》一书的相关论述（南开大学出版社，2016年8月版，第314—315页）

参考文献

一

《宋刑统》（宋）窦仪撰，中华书局，1984 年版。

《宋本太平寰宇记》（宋）乐史撰，中华书局，2000 年版。

《东斋记事·春明退朝录》（宋）范镇撰、汝沛点校；宋敏求撰、诚刚点校，中华书局，1980 年版。

《涑水记闻》（宋）司马光撰，邓广铭、张希清点校，中华书局，1989 年版。

《渑水燕谈录·归田录》（宋）王辟之撰、吕友仁点校；欧阳修撰、李伟国点校，中华书局，1981 年版。

《梦溪笔谈》（宋）沈括撰、胡道静校正，上海出版公司，1956 年版。

《东坡志林》（宋）苏轼撰、王松龄点校，中华书局，1981 年版。

《仇池笔记》（宋）苏轼撰、华东师范大学古籍研究所点校注释，华东师范大学出版社，1983 年版。

《龙川略志·龙川别志》（宋）苏辙撰、俞宗宪点校，中华书局，1982 年版。

《吴郡图经续记》（宋）朱长文撰、金菊林校点，江苏古籍出版社，1999 年版。

《师友谈记·曲洧旧闻·西塘集耆旧续闻》（宋）李廌撰、朱弁撰、陈鹄撰，孔凡礼点校，中华书局，2002 年 8 月 1 版。

《青箱杂记》（宋）吴处厚撰、李裕民点校，中华书局，1985 年版。

《邵氏闻见录》（宋）邵伯温撰，李剑雄、刘德权点校，中华书局 1983 年版。

《湘山野录·湘山续录·玉壶清话》（宋）文莹撰，郑世刚、杨立扬点校，中华书局，1984 年版。

《侯鲭录·墨客挥犀·续墨客挥犀》（宋）赵令畤、彭□辑撰，孔凡礼点校，中华书局，2002 年版。

《元丰九域志》（宋）王存撰，王文楚、魏嵩山点校，中华书局，1984年版。
《青琐高议》（宋）刘斧撰，施林良校点，上海古籍出版社，2012年版。
《石林燕语》（宋）叶梦得撰、宇文绍奕考异、侯忠义点校，中华书局，1984年版。
《麟台故事校证》（宋）程俱撰、张富祥校证，中华书局，2000年版。
《东轩笔录》（宋）魏泰撰、李裕民点校，中华书局，1983年版。
《中吴纪闻》（宋）龚明之撰、孙菊园校点，上海古籍出版社，1986年版。
《西溪丛语·家世旧闻》（宋）姚宽撰、陆游撰，孔凡礼点校，中华书局，1993年版。
《续资治通鉴长编》（宋）李焘撰，上海师范大学古籍整理研究所、华东师范大学古籍所点校，中华书局，1979年版。
《泊宅编》（宋）方勺撰，许沛藻、杨立扬点校，中华书局，1983年版。
《云斋广录》（与《鸳渚余志雪窗谈异》合刊）（宋）李献民撰，程毅中、程有庆点校，中华书局，1997年版。
《萍州可谈》（《宋元笔记小说大观》第二册）（宋）朱彧撰、李伟国点校，上海古籍出版社，2007年版。
《邵氏闻见后录》（宋）邵博撰，刘德权、李剑雄点校，中华书局，1983年版。
《春渚纪闻》（宋）何薳撰、张明华点校，中华书局，1983年版。
《东京梦华录》（上下册）（宋）孟元老撰、伊永文笺注，中华书局2006年版。
《雍录》（宋）程大昌撰、黄永年点校，中华书局，2002年版。
《夷坚志》（全四册）（宋）洪迈撰、何卓点校，中华书局，1981年版。
《容斋随笔》（全二册）（宋）洪迈撰、孔凡礼点校，中华书局，2005年版。
《入蜀记》（宋）陆游撰、柴舟校注，上海远东出版社，1996年版。
《老学庵笔记》（宋）陆游撰，李剑雄、刘德权点校，中华书局，1979年版。
《铁围山丛谈》（宋）蔡絛撰，冯惠民、沈锡麟点校，中华书局，1983年版。
《新编醉翁谈录》（宋）金盈之撰，古典文学出版社，1958年版。
《四朝闻见录》（宋）叶绍翁撰、沈锡麟、冯惠民点校，中华书局，1989年版。
《清波杂志校注》（宋）周煇撰、刘永翔校注，中华书局，1994年版。
《三朝北盟会编》（宋）徐梦莘撰，上海古籍出版社，1987年版。
《吴郡志》（宋）范成大撰、陆震岳校点，江苏古籍出版社，1999年版。
《范成大笔记六种》（宋）范成大撰、孔凡礼点校，中华书局，2002年版。
《默记·燕翼诒谋录》（宋）王铚撰、朱杰人点校；王栐撰、诚刚点校，中华书局，1981年版。
《墨庄漫录·过庭录·可书》（宋）张邦基撰、范公偁撰、张知甫撰，孔凡礼点校，中华书局，2002年版。

《宋朝事实类苑》（宋）江少虞撰，上海古籍出版社，1981 年版。
《鸡肋编》（宋）庄绰撰、萧鲁阳点校，中华书局，1983 年版。
《能改斋漫录》（宋）吴曾撰，上海古籍出版社，1979 年版。
《挥麈录》（宋）王明清撰，世纪出版集团上海书店出版社，2001 年版。
《国朝诸臣奏议》（宋）赵汝愚编，上海古籍出版社，1999 年点校本。
《袁氏世范》（宋）袁采撰，黄山书社，2007 年版（与《增广贤文》《朱子家训》合刊）。
《靖康稗史笺证》（宋）确庵、耐庵编、崔文印笺证，中华书局，1988 年版。
《宋大诏令集》，中华书局，1962 年版。
《武林旧事》（宋）周密，上海古典文学出版社，1956 年 11 月版（与《东京梦华录》《都城纪胜》《西湖老人繁盛录》《梦粱录》合刊）。
《癸辛杂识》（宋）周密撰、吴企明点校，中华书局，1988 年版。
《齐东野语》（宋）周密撰、张茂鹏点校，中华书局，1983 年版。
《舆地纪胜》（宋）王象之，中华书局，2005 年影印本。
《桯史》（宋）岳珂撰、吴企明点校，中华书局，1981 年版。
《绿窗新话》（宋）皇都风月主人编、周楞伽笺注，上海古籍出版社，1991 年版。
《云麓漫钞》（宋）赵彦卫撰、傅根清点校，中华书局，1996 年版。
《鹤林玉露》（宋）罗大经撰、王瑞来点校，中华书局，1983 年版。
《芦浦笔记》（宋）刘昌诗撰，张荣铮、秦呈瑞点校，中华书局，1986 年版。
《建炎以来朝野杂记》（全二册）（宋）李心传撰、徐规点校，中华书局，2000 年版。
《建炎以来系年要录》（宋）李心传撰，中华书局，1988 年版。
《游宦纪闻·旧闻证误》（宋）张世南撰、张茂鹏点校；李心传撰、崔文印点校，中华书局，1981 年版。
《岁时广记》（宋）陈元靓编，清光绪间陆心源《十万卷楼丛书》二编本，《丛书集成初编》排印，中华书局 1985 年新版，第 179-181 册；《续修四库全书》影印，第 885 册。
《事林广记》（宋）陈元靓编，中华书局，1999 年版。
《方舆胜览》（宋）祝穆撰、祝洙增订，施和金点校，中华书局，2003 年版。
《名公书判清明集》（宋）佚名编、陈智超等点校，中华书局，1987 年版。
《都城纪胜》（宋）灌园耐得翁撰，上海古典文学出版社，1956 年版（与《东京梦华录》《西湖老人繁盛录》《梦粱录》《武林旧事》合刊）。
《西湖老人繁盛录》（宋）西湖老人撰，上海古典文学出版社，1956 年版（与《东京梦华录》《都城纪胜》《武林旧事》《梦粱录》合刊）。
《梦粱录》（宋）吴自牧撰，上海古典文学出版社，1956 年版（与《东京梦华录》

《都城纪胜》《西湖老人繁盛录》《武林旧事》合刊）。
《南宋临安两志》（宋）周淙撰、施谔撰，浙江人民出版社，1983 年版。
《新编分门古今类事》（宋）委心子撰，中华书局，1987 年版。
《新刊大宋宣和遗事》（宋）佚名，古典文学出版社，1954 年版。
《醉翁谈录》（宋）罗烨，古典文学出版社，1957 年版。
《续夷坚志・湖海新闻夷坚续志》（金）元好问撰、无名氏撰，常振国点校、金心点校，中华书局，1986 年版。
《归潜志》（金）刘祁撰、崔文印点校，中华书局，1983 年版。
《宋史》（元）脱脱等，中华书局，1977 年版。
《新编事文类聚翰墨全书》（元）刘应李辑，上海古籍出版社，1996 年影印本。
《历代名臣奏议》（明）黄淮、杨士奇等，上海古籍出版社，1989 年影印本。
《汴京遗迹志》（明）李濂撰，周宝珠、程民生点校，中华书局，1999 年版。
《汴京勼异记》（明）李濂撰，中华书局，1985 年版。
《西湖游览志》（明）田汝成辑撰，上海古籍出版社，1980 年新 1 版。
《西湖游览志余》（明）田汝成辑撰，上海古籍出版社，1980 年版。
《清平山堂话本》（明）洪楩编、谭正璧校点，上海古籍出版社，1987 年新 1 版。
《陶庵梦忆・西湖梦寻》（明）张岱撰、马兴荣点校，中华书局，2007 年版。
《警世通言》（明）冯梦龙编、严敦易校注，人民文学出版社，1956 年版。
《喻世明言》（明）冯梦龙编、许政扬校注，人民文学出版社，1958 年版。
《醒世恒言》（明）冯梦龙编、顾学颉校注，人民文学出版社，1956 年版。
《历代宅京记》（清）顾炎武撰、于杰点校，中华书局，1984 年版。
《宋东京考》（清）周城著、单远慕点校，中华书局，1988 年版。
《宋会要辑稿》（清）徐松辑，中华书局，1957 年影印本。
《宋会要辑稿・刑法》（上下册）（清）徐松辑、马泓波点校，河南大学出版社 2011 年版。
《南宋古迹考》（外四种）（清）朱彭，浙江人民出版社，1983 年版。
《宋艳》（清）徐士銮辑、舒驰点校，浙江古籍出版社，1987 年版。
《扬州画舫录》（清）李斗著，汪北平、涂雨公点校，中华书局，1960 年版。
《宋人小说类编》（清）余叟辑，中国书店，1985 年版。
《全宋词》 唐圭璋编，中华书局，1965 年版。
《宋元话本小说集》 欧阳建、萧相恺编订，中州古籍出版社，1987 年版。
《全宋文》 四川大学古籍整理研究所编，巴蜀书店，1989 年版。
《全宋诗》 北京大学古文献研究所编，北京大学出版社，1991 年版。
《中国地方志民俗资料汇编・西南卷》 丁世良、赵放主编，书目文献出版社，1991 年版。

《中国地方志民俗资料汇编·中南卷》 丁世良、赵放主编，书目文献出版社，1991 年版。
《古体小说钞·宋元卷》 程毅中编，中华书局，1995 年版。
《宋元小说家话本集》 程毅中辑注，齐鲁书社，2000 年版。
《宋元笔记小说大观》 上海古籍出版社编，上海古籍出版社，2007 年版。
《全宋笔记》（10 编，102 册）戴建国、朱易安等校点，大象出版社，2003 年至 2018 年版。
《中国古代小说总目》（文言卷）李剑国主编，山西教育出版社，2004 年版。
《中国古代小说总目》（白话卷）石昌渝主编，山西教育出版社，2004 年版。
《宋代传奇集》（上中下三册）李剑国辑校，中华书局，2018 年版。

二

胡士莹：《话本小说概论》，中华书局，1980 年版。
郭朋：《宋元佛教》，福建人民出版社，1981 年版。
陈高华、吴泰：《宋元时期的海外贸易》，天津人民出版社，1981 年版。
朱瑞熙：《宋代社会研究》，中州书画社，1983 年版。
王孝通：《中国商业史》，上海书店，1984 年版。
吴涛：《北宋都城东京》，河南人民出版社，1984 年版。
熊伯履：《相国寺考》（修订本），中州古籍出版社，1985 年版。
乌丙安：《中国民俗学》，辽宁大学出版社，1985 年版。
林正秋：《南宋都城临安》，西泠印社，1986 年版。
漆侠：《宋代经济史》（上、下册），上海人民出版社，1987、1988 年版。
周峰：《南宋京城杭州》，浙江人民出版社，1988 年版。
宋兆麟：《巫与巫术》，四川人民出版社，1989 年版。
傅宗文：《宋代草市镇研究》，福建人民出版社，1989 年版。
李养正：《道教概说》，中华书局，1989 年版。
张紫晨：《中国巫术》，上海三联书店，1990 年版。
卫绍生：《中国古代占卜术》，中州古籍出版社，1991 年版。
王贵元：《女巫与巫术》，河北人民出版社，1991 年版。
浦文起：《中国民间秘密宗教》，浙江人民出版社，1991 年版。
姚瀛艇主编：《宋代文化史》，河南大学出版社，1992 年版。
周宝珠：《宋代东京研究》，河南大学出版社，1992 年版。
梅新林：《仙话——神人之间的魔幻世界》，上海三联书店，1992 年版。
程民生：《宋代地域经济》，河南大学出版社，1992 年版。

徐岱：《小说叙事学》，中国社会科学出版社，1992年版。
马西沙、韩秉方：《中国民间宗教史》，上海人民出版社，1992年版。
顾吉辰：《宋代佛教史稿》，中州古籍出版社，1993年版。
程民生：《神人同居的世界——中国人与中国祠神文化》，河南人民出版社，1993年版。
李春棠：《坊墙倒塌以后——宋代城市生活长卷》，湖南人民出版社，1993年版。
陈宝良：《中国流氓史》，中国社会科学出版社，1993年版。
石昌渝：《中国小说源流论》，生活·读书·新知·三联书店，1994年版。
吴志达：《中国文言小说史》，齐鲁书社，1994年版。
龙登高：《宋代东南市场研究》，云南大学出版社，1994年版。
王国维：《宋元戏曲史》，华东师范大学出版社，1995年版。
戈春源：《赌博史》，上海文艺出版社，1995年版。
陆德阳：《流民史》，上海文艺出版社，1995年版。
汪圣铎：《两宋财政史》（上、下册），中华书局，1995年。
乔幼梅：《宋辽夏金经济史研究》，齐鲁书社，1995年版。
李华瑞：《宋代酒的生产和征榷》，河北大学出版社，1995年版。
郭双林、肖梅花：《中华赌博史》，中国社会科学出版社，1995年版。
杨义：《中国古典小说史论》，中国社会科学出版社，1995年版。
王曾瑜：《宋朝阶级结构》，河北教育出版社，1996年版。
陈大康：《明代商贾与世风》，上海文艺出版社，1996年版。
李四龙：《中国佛教与民间社会》，大象出版社，1997年4月版。
王锐：《市井商情录——中国商业民俗概说》，河北人民出版社，1997年版。
陈大康：《中国小说史话》，黄山书社，1997年版。
周宝珠：《清明上河图与清明上河学》，河南大学出版社，1997年版。
萧相恺：《宋元小说史》，浙江古籍出版社，1997年版。
魏天安：《宋代行会制度史》，东方出版社，1997年版。
程民生：《宋代地域文化》，河南大学出版社，1997年版。
杨义：《中国叙事学》，人民出版社，1997年版。
朱瑞熙、刘复生、张邦炜、蔡崇榜、王曾瑜：《宋辽西夏金社会生活史》，中国社会科学出版社，1998年版。
李时人：《全唐五代小说》（五册），陕西人民出版社，1998年版。
王学泰：《游民文化与中国社会》，学苑出版社，1999年版。
伊永文：《宋代市民生活》，中国社会出版社，1999年版。
程毅中：《宋元小说研究》，江苏古籍出版社，1999年版。
葛剑雄主编、吴松弟撰：《中国人口史》，复旦大学出版社，2000年版。

万晴川：《命相、占卜、谶应与中国古代小说研究》，中国文联出版社，2000年版
李零：《中国方术考》，东方出版社，2000年版。
高聪明：《宋代货币与货币流通研究》，河北大学出版社，2000年版。
王善军：《宋代宗教和宗教制度研究》，河北教育出版社，2000年版。
张其凡、陆勇强编：《宋代历史文化研究》，人民出版社，2000年版。
王文成：《宋代白银货币化研究》，云南大学出版社，2001年版。
宋兆麟：《巫觋—人与鬼神之间》，学苑出版社，2001年版。
徐复观：《中国人性论史》，上海三联书店，2001年版。
尚秉和撰，母庚才、刘瑞玲点校：《历代社会风俗事物考》，中国书店，2001年版。
吕宗力、栾保群：《中国民间诸神》（上下册），河北教育出版社，2001年版。
汪立华、孙洪涛：《中国流民史》（古代卷），安徽人民出版社，2001年版。
包伟民：《宋代地方财政史研究》，上海古籍出版社，2001年版。
关剑平：《茶与中国文化》，人民出版社，2001年版。
徐吉军、方建新、方健、吕凤棠：《中国风俗通史·宋代卷》，上海文艺出版社，2001年版。
王平：《中国古代小说叙事研究》，河北人民出版社，2001年版。
陈国灿：《宋代江南城市研究》，中华书局，2002年版。
赵世瑜：《狂欢与日常——明清以来的庙会与民间社会》，三联书店，2002年版。
姜锡东：《宋代商人和商业资本》，中华书局，2002年版。
刘守华主编：《中国民间故事类型研究》，华中师范大学出版社，2002年版。
贾二强：《唐宋民间信仰》，福建人民出版社，2002年版。
张祝平：《夷坚志论稿》，中国文史出版社，2002年版。
鲁德才：《古代白话小说形态发展史论》，南开大学出版社，2002年版。
王昕：《话本小说的历史与叙事》，中华书局，2002年版。
黄纯艳：《宋代海外贸易》，社会科学文献出版社，2003年版。
刘黎明：《契约·神裁·打赌——中国民间习惯法则》，四川人民出版社，2003年版。
王静、许小牙：《掮客·行商·钱庄——中国民间商贸习俗》，四川人民出版社，2003年版。
游彪：《宋代寺院经济史稿》，河北大学出版社，2003年版。
杨宽：《中国古代都城制度史研究》，上海人民出版社，2003年版。
孟昭连、宁宗一：《中国小说艺术史》，浙江古籍出版社，2003年版
万晴川：《巫文化视野里的中国古代小说》，中国社会科学出版社，2003年版。

李道和：《岁时民俗与古小说研究》，天津古籍出版社，2004年版。
刘黎明：《宋代民间巫术研究》，巴蜀书社，2004年版。
葛兆光：《中国思想史》，复旦大学出版社，2004年版。
吴光正：《中国古代小说的原型与母题》，社会科学文献出版社，2004年版。
邱绍雄：《中国商贾小说史》，北京大学出版社，2004年版。
刘方：《宋型文化与宋代美学精神》，巴蜀书社，2004年版。
李剑国：《古稗斗筲录——李剑国自选集》，南开大学出版社，2004年版。
李鹏飞：《唐代非写实小说之类型研究》，北京大学出版社，2004年版。
段玉明：《相国寺——在唐宋帝国的神圣与凡俗之间》，巴蜀书社，2004年版。
万建中、周耀明、陈顺宜：《汉族风俗史·隋唐五代宋元汉族风俗》，上海世纪出版集团学林出版社，2004年版。
赵章超：《宋代文言小说研究》，重庆出版社，2004年版。
葛永海：《古代小说与城市文化研究》，复旦大学出版社，2004年版。
伊永文：《到古代中国去旅行》，中华书局，2005年版。
伊永文：《行走在宋代的城市》，中华书局，2005年版。
胡新生：《中国古代巫术》，山东人民出版社，2005年版。
邵毅平：《中国文学中的商人世界》，复旦大学出版社，2005年版。
万晴川：《中国古代小说与方术文化》，中国社会科学出版社，2005年版。
刘长东：《宋代佛教政策论稿》，巴蜀书社，2005年版。
王章伟：《在国家与社会之间—宋代巫觋信仰研究》，香港中华书局，2005年版。
傅新民：《细说南宋京城与西湖》，浙江大学出版社，2005年版。
黄杰：《宋词与民俗》，商务印书馆，2005年版。
张毅：《宋代文学思想史》（修订本），中华书局，2006年版。
吴光正：《八仙故事系统考论——内丹道宗教神话的建构及其流变》，中华书局，2006年版。
张金花：《宋诗与宋代商业》，河北教育出版社，2006年版。
杨万里：《宋词与宋代的城市生活》，华东师范大学出版社，2006年版。
李剑国、陈洪主编：《中国小说通史》，高等教育出版社，2007年版。
沈冬梅：《茶与宋代社会生活》，北京：中国社会科学出版社，2007年版。
全汉升：《中国行会制度史》，百花文艺出版社，2007年版。
刘勇强：《中国古代小说史绪论》，北京大学出版社，2007年版。
凌郁之：《走向世俗——宋代文言小说的变迁》，中华书局，2007年版。
皮庆生：《宋代民众祠神信仰研究》，上海古籍出版社，2008年版。
李剑国：《唐前志怪小说史》，人民文学出版社，2011年版。
全汉升：《中国经济史研究》（一、二），中华书局，2011年版。

全汉升：《中国经济史论丛》（一、二），中华书局，2012 年版。
吴钩：《宋：现在的佛晓时辰》，广西师范大学出版社，2015 年版。
李剑国：《宋代志怪传奇叙录》（增订本），中华书局，2018 年版。
黄杰：《宋画中的民俗信仰研究》，浙江大学出版社，2020 年版。
〔日〕加藤繁撰、吴杰译：《中国经济史考证》（第一卷），商务印书馆，1959 年版。
〔英〕弗雷泽撰，徐育新、张泽石、汪培基译：《金枝》（上下册），中国民间艺术出版社，1987 年版。
〔美〕夏志清撰、胡益民等译：《中国古典小说导论》，安徽文艺出版社，1988 年版。
〔美〕华莱士·马丁撰、伍晓明译：《当代叙事学》，北京大学出版社，1990 年版。
〔美〕P·韩南撰、尹慧珉译：《中国白话小说史》，浙江文艺出版社，1993 年版。
〔法〕谢和耐撰、刘东译：《蒙元入侵前夜的中国日常生活》，江苏人民出版社，1995 年版。
〔日〕斯波义信撰、庄景辉译：《宋代商业史研究》，台湾稻禾出版社，1998 年版。
〔德〕艾伯华撰，王燕生、周祖生译：《中国民间故事类型》，商务印书馆，1999 年版。
〔美〕韩森撰、包伟民译：《变迁之神——南宋时期的民间信仰》，浙江人民出版社，1999 年版。
〔美〕包弼德撰、刘宁译：《斯文：唐宋思想的转型》，江苏人民出版社，2001 年版。
〔英〕E.M 福斯特撰、朱乃长译：《小说面面观》，中国对外翻译出版公司，2002 年版。
〔芬兰〕E.A.韦斯特马克撰、李彬等译：《人类婚姻史》，商务印书馆，2002 年版。
〔日〕加藤繁：《唐宋时代金银之研究——以金银之货币机能为中心》，中华书局，2006 年版。
〔日〕斯波义信撰，方健、何忠礼译：《宋代江南经济史研究》，江苏人民出版社，2012 年版。
〔美〕伊沛霞撰、韩华译：《宋徽宗》，广西师范大学出版社，2018 年版。
〔英〕崔瑞德、〔美〕史乐民编：《剑桥中国宋代史》（上卷），2020 年版。

三

徐邦达：《清明上河图的初步研究》，《故宫博物院院刊》，1958 年，第 1 期。
朱家溍：《关于清明上河图中的“解”字招牌》，《故宫博物院院刊》，1960 年第 2 期。

王曾瑜：《宋代人口浅谈》，《天津社会科学》，1984 年第 6 期。
李时人：《中国古代小说的主题问题和研究方法》，《光明日报·文学遗产》，1985 年 1 月 22 日。
朱瑞熙：《宋代商人的社会地位及其历史作用》，《历史研究》，1986 年第 2 期。
刘坤太：《清明上河图中的“解”》，《河南大学学报》，1987 年第 1 期。
杨汉辉：《宋代城市商品经济与话本小说》，《贵州商业专科学校学报》，1991 年第 3 期。
李伟国：《宋代经济生活中的市侩》，《历史研究》，1992 年第 2 期。
傅璇琮、郭英德等：《关于中国古典文学学术史研究的思考》，《文学评论》，1992 年第 3 期。
刘勇强：《掘藏：从民俗到小说》，《文学遗产》，1997 年第 6 期。
陈大康：《熊大木现象：古代通俗小说传播模式及其意义》，《文学遗产》，2000 年第 2 期。
龙建国、廖美英：《宋代商品经济的发展与文化艺术商品化》，《江西财经大学学报》，2000 年第 3 期。
邱绍雄：《儒商互补，理欲并重——试论中国商贾小说的特色和价值》，《中国文学研究》，2001 年第 1 期。
姚兆余：《宋代文化的生成背景及其特点》，《甘肃社会科学》，2001 年第 1 期。
马珏玶：《宋元话本叙事视角的社会性别研究》，《文学评论》，2001 年第 2 期。
陈国灿：《略论南宋时期江南市镇的社会形态》，《学术月刊》，2001 年第 2 期。
常大群：《宋代商人的构成和来源》，《贵州师大学报》，2001 年第 2 期。
刘勇强：《西湖小说：城市个性和小说场景》，《文学遗产》，2001 年第 5 期。
邱绍雄：《为市井细民写心——试论宋元商贾小说的特色》，《湘潭大学社会科学学报》，2001 年第 6 期。
张筱梅：《〈燕青博鱼〉与宋元关扑风习》，《东南大学学报》，2002 年第 2 期。
陶立明、朱冠艾：《宋元时期赌风再探》，《淮北煤师院学报》，2002 年第 3 期。
任仲书、于海生：《宋代“牙人”的经济活动及影响》，《史学集刊》，2003 年第 3 期。
纪德君：《宋元话本小说的时空设置及其文化意蕴》，《学术研究》，2003 年第 4 期。
周榆华：《〈夷坚志〉反映的江西民俗》，《江西社会科学》，2003 年第 6 期。
郭学信：《试论商品经济对宋代社会风气的影响》，《历史教学》，2003 年第 8 期。
邱绍雄：《论中国古代商贾小说中的诚信》，《湖南社会科学》，2004 年第 1 期。
祝尚书：《科名前定：宋代科举制度下的社会心态——兼论对宋人志怪小说创作的影响》，《文史哲》，2004 年第 2 期。
唐国锋：《从〈夷坚志〉看宋代商业信息的传播途径》，《柳州师专学报》，2004

年第 3 期。
柯宏伟：《从〈清明上河图〉看北宋东京酒店建筑的特色》，《河南大学学报》，2004 年第 4 期。
孙逊、葛永海：《中国古代小说中的“双城”意象及其文化蕴涵》，中国社会科学，2004 年第 6 期。
游彪：《宋代商业民俗论纲——以城市餐饮业为中心的透视》，北京师范大学学报，2005 年第 1 期。
魏华仙：《从〈夷坚志〉看宋代房产诸形态》，《贵州文史丛刊》，2005 年第 2 期。
李健秋：《女祸观念影响下的市民叙事——论宋元话本中的烟粉灵怪故事》，《学术交流》，2005 年第 7 期。
李鹏飞：《中国古典小说中的骗局》，《北京大学学报》，2006 年第 1 期。
严明：《文言小说人鬼恋故事基本模式的成因探索》，《文艺研究》，2006 年第 2 期。
郭学信：《论宋代士商关系的变化》，《文史哲》，2006 年，第 2 期。
虞云国：《略论宋代文化的时代特点与历史地位》，《浙江社会科学》，2006 年第 3 期。
马晓坤：《宋元小说话本中的民俗信仰论略》，《浙江学刊》，2006 年第 3 期。
余丹：《宋代文言小说中的商人形象》，《浙江万里学院学报》，2006 年第 4 期。
朱文广：《〈夷坚志〉报应故事所见南宋观念与基层社会》，陕西师大硕士论文，2006 年。
丁雅：《从〈夷坚志〉看宋代商业发展的特点》，《许昌学院学报》，2007 年第 4 期。
马丽丹：《论宋元小说话本中的帝都描写及其叙事意义》，《大连民族学院学报》，2007 年第 6 期。
李桂奎：《话本小说时空构架的“江南”特征及其叙事意义》，《南京师大学报》，2008 年第 1 期。
苗雪兰、宋会群：《扑掩和摊钱——古代用货币作赌具的博戏研究》，《韶关学院学报》，2008 年第 2 期。
孙薇薇：《〈夷坚志〉与宋代城市民俗研究》，黑龙江大学硕士论文，2010 年。
钱慧：《宋代酒业经营中的音乐促销活动探析》，《中外音乐史研究》，2014 年第 3 期。
郜冬萍：《从〈水浒传〉看宋代的酒肆文化》，《西北民族研究》，2015 年第 2 期。

后　记

谨将这本小书献给已经离开我26年的父亲，那个给了我大山一般理解、包容的深挚之爱的父亲，那个让我在26岁之前活在温暖与幸福中的温柔体贴的父亲，那个爱父母、爱妻子、爱孩子、爱亲朋好友、爱同事邻居却唯独忽略了自己的宽厚温润的父亲。

2021年4月3日，清明节前两天，父亲的坟上长满了青草。抚摸着刻有“先父”字样的墓碑和坟上新培的泥土，仿佛触到了父亲棕褐色的衣襟，触到了父亲那双满是皱纹的手，顺着脸颊滑落的泪水浸开了相隔的阴阳，模糊的视线里弥漫着父亲的音容笑貌……

父亲几乎是所有人眼中的好人：母亲眼中的好丈夫，孩子们心中的好父亲，老师们眼中的好校长，学生们心中的好老师，亲朋好友、邻居熟人口碑里公认的好人。父亲在世的日子里，母亲一直被关爱、呵护着，在我的记忆中，父母亲从未拌过嘴，见的最多的场景是父亲从学校一回到家就帮着母亲做饭，两个人有说有笑、其乐融融；如果早晨醒得早，就会听到父母计划着当天要做的事情，轻声轻语、有商有量；每个大年三十，父亲都会对母亲说，你忙了一年了，今天出去玩玩吧，饭由我来做。于是，一阵紧张的忙碌后，八个菜摆上了年三十中午的饭桌，每个菜都好吃得让擅长做面食的母亲自叹不如。记得父亲去世后的第一个大年三十，大弟弟像父亲那样拿起炒锅，像父亲那样说出“我给你们炒几个菜”时，母亲和我们一下子沉默了，屋子里飘满了悲伤，泪水顺着每个人的脸颊流下来，母亲当天病倒在床，整个春节一直躺着，几乎没起来过，也没怎么吃过饭，说过话。

父亲脾气很好，又深谙教育之道，对孩子们别提打骂了，连一句重话都没有说过。对我和妹妹，父亲虽然没说过“女孩要富养”之类的话，却实实在在地践行了这个原则。对犯了错的孩子，父亲会和风细雨般与他聊天，循循善诱地启发开导，最后让他由衷地觉得：爸爸说的真有道理啊。我小学和初中都在父亲做校长的学校上学，由于学习成绩好，每次大考一结束老师们都争着去向他报喜。到了初三那年，父亲郑重其事地把我叫到他的书桌前，告诉我我需要做一个选择：上高中或者上师范中专。上高中有风险，因为有可能考不上大学；上中专保险，毕业后就可以得到一份稳定的工作。记得当时父亲对我说：你想上高中还是中专啊？你自己选择吧，听你的。说完他有些紧张地看着我，我毫不犹豫地说要考高中，父亲长长地出了一口气，欣慰地笑了，马上说“我也希望你考高中，上大学”。后来听一位堂哥说，父亲年轻时学习很好，想上大学却因为家里经济条件不允许而考了师范学院，怪不得父亲在我小学时就告诉我有个像花园一样美丽的大学叫武汉大学呢，那大概就是他的梦校吧。现在想来，最令我感动的不是父亲没有把他的大学梦寄托在我的身上，而是让我自己做出选择，最令我感动的是父亲清楚地知道上师范中专是不用交学费的，可上高中不仅会多花三年的钱，冒考不上大学的风险，而且考上了还要继续花四年钱，这意味着父亲将要背负更重的担子而他却满心期望我选择考高中，这显然是要尽最大的努力把女儿送上一个更高的平台，让她有个更美好的未来啊。

后来我考上了县城最好的高中，高中三年一直住校。高三那年六月初，离高考只剩下一个来月的时候，父亲来看我，带来了他亲手腌的咸鹅蛋，领我在校园外的小饭馆吃了午饭，聊了什么我忘了，只清楚地记得一句没提高考的事。吃完饭父亲送我回学校，因为午休，学校的大门关着，父亲在门外和我道别，夏日正午的太阳明晃晃地照着，我目送着父亲的身影一点点远去，眼泪不争气地流下来，泪眼蒙眬中看他直到消失在路的拐弯处也没回头看我，我抱着那六个咸鹅蛋在灼热的阳光下站了好久，任由泪水在脸上流淌，然后擦干眼泪像翻墙那样翻校门进了学校，一直到高考心中都是满满的力量和自信。等我拿到南开大学的录取通知书时父亲才告诉我，他那次去看我其实很紧张，一直在想怎么既给我打气又别给我增加压力，还去见了我的班主任并再三嘱托，和我告别后一直想回头看我却忍着没有回头。这就是我的父亲，宁可背上经济的重担也期望我考高中、读大学，为了给高考前的我缓解压力，把紧张和焦虑都扛在了自己的肩头。

为实现自己的大学教师梦，我在工作两年后放弃了待遇优厚的国企专心准备研究生考试，那年春节我没有回家，一个人在借住的平房里复习时中了煤气，用尽最后的力气打开门就倒在了冬日寒冷的街路上。记得正月十五我回到家时，父亲高兴得像个孩子一样放了鞭炮，听了我死里逃生的经历后沉默了半晌，对弟弟说了句“你姐姐拼的是事业啊”，听了这话的我急忙转过身去，眼里的泪水已经夺眶而出。我研究生二年级时父亲突然脑中风，接到电话奔去医院的我当时的感觉就是身后的大山摇晃着要塌了。父亲离世后不久的一天，母亲拿出几千元钱交在我的手里，告诉我那是父亲给我存的找工作的钱，我听后瞬间哭得稀里哗啦。当时我上研究生弟弟上大学，父亲那点微薄的工资除了养家，还要供应我和弟弟上学，是怎么省吃俭用才给我存下了这些钱啊。也就是一年后啊，爸爸，一年后我就工作了，就可以分担一下您的重担、对您尽一点孝心了，您怎么就没能等到那一天啊，这“子欲养而亲不待”的痛二十多年来就一直横亘在我的心头啊。

除了学业上的期许与理解，父亲在生活上的呵护与鼓励滋润着我 26 岁之前的每个日子。记得有一天父亲、母亲和弟弟妹妹们都去地里割麦子了，上初三的我被安排给家人做饭。第一次做面条，面和软了，煮出来的面条又粗又短，还有不少粘在锅底的，割完麦回到家的、疲惫的父亲看到这些面条后，居然笑着说，女儿第一次做面条就做熟了，真不简单啊。多年后我身为人母，对待自己的女儿，很多时候给不出这样的鼓励和理解，才意识到爸爸作为一个父亲是多么优秀，而自己曾经是多么的幸运和有福。记得上大学后每次回家，父亲说的最多的词就是“理解万岁”，父亲去世后我才明白，对母亲和孩子们，父亲一直用宽厚的胸怀去理解和包容，父亲一个人承受了太多，而我却一直活在这浓浓的奉献之爱中不自知，等明白过来想回馈父爱于万一时，却已是阴阳两隔，今世是再也没有机会了。

父亲曾经被评为家乡所在直辖市的市级优秀教师，他讲课幽默风趣，曾用“独伊”的笔名写过文章和诗，书法也很好，每年临近春节时都免费给乡邻们写春联。父亲去世后的第一个春节，他曾经教过、后来考上大学或大专的四个学生来到我家，对母亲说他们以后每年春节都会约着一起来看师母，以报答老师对他们的再造之恩。从四位学长的口中，我知道了父亲如何用出色的教育方法，用他的耐心与爱心，使调皮捣蛋的他们转变成了优秀的学生。在他们的叙述中，父亲的形象愈加高大、丰满起来，原来爸爸不仅是位好父亲、好丈夫，还是一位那么出色的好教师。一年之后我也成了一名教师，然后一年年过去了，我虽然继承了父亲对学生、对教育事业的热爱，但在揣摩学生心理和教育方法上，我由衷地承认，父亲仍然是一个让我仰之弥高的榜样。

上面这些文字是我流着泪，用我思念的心写出来的。父亲离开他深爱的妻子和孩子们之后，三四年的时间里，涉及父亲的话题时，我从来没用过“死”“去世”“离世”之类的字眼，父亲就这样一直活在我的话语里。那时的我每天晚上都以泪洗面，沉浸在自责和懊悔中。在我一遍遍的幻想中，时间停留在了 1995 年 10 月的那个秋日：假如我有高血压患者平时养护的知识；假如父亲中风前不是因为学校的工作和家里的事情太过劳累；假如母亲再多些脑中风急救的知识；假如父亲中风后不是一路颠簸着被拖拉机送到了县城医院；假如到了县城医院不是等了一天一晚才盼来了市里的手术专家；假如手术后父亲不是一直沉睡而是睁开了他慈爱的双眼，假如，假如……。后来，我无数次梦到父亲没有离开我们，在我的梦里，手术后的父亲醒了过来，他和孩子们聊天，帮母亲做饭，告诉我们他的去世才是一个梦。好长时间的夜里，我反复做着这样的梦，偶尔也会想起，父亲在他最后的日子里和我说的那些话。那是暑假结束的前一天，第二天就要回南开上学了，我和父亲坐在小河边的草地上聊着天，父亲突然说，“人生真像一场梦啊，你先回家吧，我一个人再坐一会儿”。我到家后很久父亲才回到家里，没有人知道他一个人孤独地坐在河边时想了些什么。第二天父亲在村口的公路边一如既往地送我，看着长途公交车开来，看着我上了车，车开出很远了，父亲还站在那里，当他的身影消失在我的视野中时，我不知道他是否还站在那里，那时的我更不知道，一个多月后一个萧瑟的秋日，10 月 20 日，父亲就这样消失在了我 26 岁之后的生命中，一句告别的话都没有留下。

好多次拿起笔，想为父亲写一篇正式的纪念文字，却好多次放下了笔，在父亲呕心沥血的爱面前，文字是如此的苍白，辜负了父亲期许的我又是如此的词不达意。在研究生毕业后的人生之路上，善良朴实的天性加上长期呵护下形成的天真直率使我走得磕磕绊绊，高山低谷有之，误入歧途有之，摔倒跌伤有之，每当慨叹“人生实难”之际，蓦然回首之时，总会看到老家村口的公路边，站着目送我的父亲那期许的目光和那目光温暖的陪伴。“死亡不是生命的终点，遗忘才是”（电影《寻梦环游记》台词），亲爱的父亲，女儿把这本小书和这些言不尽意的文字呈给您，当死神把您从您深爱的妻子和孩子们身边带走时，母亲和我们唯一能做的就是让您活在我们的记忆里，直到我们的记忆消失的那一天。

2021 年 4 月 20 日